天津市重点出版扶持项目

津沽名家文库(第一辑)

中国文艺思潮史稿

朱维之 著

南开大学出版社

天 津

图书在版编目(CIP)数据

中国文艺思潮史稿 / 朱维之著. —天津：南开大
学出版社，2019.4

(津沽名家文库. 第一辑)

ISBN 978-7-310-05775-7

Ⅰ.①中… Ⅱ.①朱… Ⅲ.①文艺思潮－文学思想史
－中国 Ⅳ.①I209

中国版本图书馆 CIP 数据核字(2019)第 059604 号

南开大学出版社出版发行

出版人:刘运峰

地址:天津市南开区卫津路 94 号　　邮政编码:300071

营销部电话:(022)23508339　23500755

营销部传真:(022)23508542　　邮购部电话:(022)23502200

*

北京隆晖伟业彩色印刷有限公司印刷

全国各地新华书店经销

*

2019 年 4 月第 1 版　　2019 年 4 月第 1 次印刷

210×148 毫米　32 开本　13.375 印张　6 插页　335 千字

定价:88.00 元

如遇图书印装质量问题,请与本社营销部联系调换,电话:(022)23507125

朱维之先生(1905—1999)

"中西文艺思潮比较" 教学大纲

一、学时 —— 一学期二学分

二、对象 —— 世界文学东方古代方向研究生二年级

三、教师 —— 朱维之

四、目的 —— 对中西文学思潮有个基本知识.

五、方法 —— 给予启发式的讲解，让学生独立研究

六、内容

1. 绪论：中、西文艺思潮的根底是什么？

2. 儒家思潮

3. 道家思潮

4. 佛家思潮

5. 儒、道、佛三家思想的融合和变化

6. 西方古典思潮（希腊，罗马）

7. 西方中世思潮（希伯来·基督教）

8. 日耳曼思想的成长及其作用

9. 文艺复兴与三个思潮的融合·变化

10. 中西思潮的接触和前途

七、参改书 ——

1. 朱维之《中国文艺思潮史稿》

2. 《中国文学比较》杂志各期

3. 韦勒克·沃伦《文学理论》

4. 北师大《比较文学研究资料》

5. H.H. *The background of European Literature*

朱维之先生手迹

出版说明

津沽大地，物华天宝，人才辈出，人文称盛。

津沽有独特之历史，优良之学风。自近代以来，中西交流，古今融合，天津开风气之先，学术亦渐成规模。中华人民共和国成立后，高校院系调整，学科重组，南北学人汇聚天津，成一时之盛。诸多学人以学术为生命，孜孜矻矻，埋首著述，成果丰硕，蔚为大观。

为全面反映中华人民共和国成立以来天津学术发展的面貌及成果，我们决定编辑出版"津沽名家文库"。文库的作者均为某个领域具有代表性的人物，在学术界具有广泛的影响，所收录的著作或集大成，或开先河，或启新篇，至今仍葆有强大的生命力。尤其是随着时间的推移，这些论著的价值已经从单纯的学术层面生发出新的内涵，其中蕴含的创新思想、治学精神，比学术本身意义更为丰富，也更具普遍性，因而更值得研究与纪念。就学术本身而论，这些人文社科领域常研常新的题目，这些可以回答当今社会大众所关注话题的观点，又何尝不具有永恒的价值，为人类认识世界的道路点亮了一盏盏明灯。

这些著作首版主要集中在 20 世纪 50 年代至 90 年代，出版后在学界引起了强烈反响，然而由于多种原因，近几十年来多未曾再版，既为学林憾事，尒有薪火难传之虞。在当前坚定文化自信、倡导学术创新、建设学习强国的背景下，对经典学术著作的回顾

1

与整理就显得尤为迫切。

　　本次出版的"津沽名家文库（第一辑）"包含哲学、语言学、文学、历史学、经济学五个学科的名家著作，既有鲜明的学科特征，又体现出学科之间的交叉互通，同时具有向社会大众传播的可读性。具体书目包括温公颐《中国古代逻辑史》、马汉麟《古代汉语读本》、刘叔新《词汇学与词典学问题研究》、顾随《顾随文集》、朱维之《中国文艺思潮史稿》、雷石榆《日本文学简史》、朱一玄《红楼梦人物谱》、王达津《唐诗丛考》、刘叶秋《古典小说笔记论丛》、雷海宗《西洋文化史纲要》、王玉哲《中国上古史纲》、杨志玖《马可·波罗在中国》、杨翼骧《秦汉史纲要》、漆侠《宋代经济史》、来新夏《古籍整理讲义》、刘泽华《先秦政治思想史》、季陶达《英国古典政治经济学》、石毓符《中国货币金融史略》、杨敬年《西方发展经济学概论》、王亘坚《经济杠杆论》等共二十种。

　　需要说明的是，随着时代的发展、知识的更新和学科的进步，某些领域已经有了新的发现和认识，对于著作中的部分观点还需在阅读中辩证看待。同时，由于出版年代的局限，原书在用词用语、标点使用、行文体例等方面有不符合当前规范要求的地方。本次影印出版本着尊重原著原貌、保存原版本完整性的原则，除对个别问题做了技术性处理外，一律遵从原文，未予更动；为优化版本价值，订正和弥补了原书中因排版印刷问题造成的错漏。

　　本次出版，我们特别约请了各相关领域的知名学者为每部著作撰写导读文章，介绍作者的生平、学术建树及著作的内容、特点和价值，以使读者了解背景、源流、思路、结构，从而更好地理解原作、获得启发。在此，我们对拨冗惠赐导读文章的各位学者致以最诚挚的感谢。

　　同时，我们铭感于作者家属对本丛书的大力支持，他们积极创造条件，帮助我们搜集资料、推荐导读作者，使本丛书得以顺利问世。

最后，感谢天津市重点出版扶持项目领导小组的关心支持。希望本丛书能不负所望，为彰显天津的学术文化地位、推动天津学术研究的深入发展做出贡献，为繁荣中国特色哲学社会科学做出贡献。

南开大学出版社
2019 年 4 月

《中国文艺思潮史稿》导读

崔宝衡

再一次捧读朱维之先生的《中国文艺思潮史稿》，禁不住心潮澎湃，思绪万千。此书于 1988 年由南开大学出版社出版，至今已三十年，而朱先生离开他热爱的南开园，也将近二十年了。朱先生是 1999 年以九十五岁高龄仙逝的，当年受家属的嘱托，我和王立新教授为先生撰写墓志，墓碑上镌刻先生几部重要著作的图像，其中就有这部《中国文艺思潮史稿》。

一

朱先生 1905 年出生于浙江苍南县的一个农村家庭，少年家贫，中学毕业后进入免费的南京金陵神学院读书。三年时间，他打下了坚实的英文基础，也培养了对基督教文化的兴趣。1927 年，受大革命思潮的影响，朱先生投笔从戎，随军北伐。大革命失败后，他到上海青年书局从事编译工作，1929 年，凭借一篇论文《十年来的中国文学》受到当时福建协和大学（今福建师范大学前身之一）校长的赏识，于是没有读过正规大学、没有博士学位的朱先生，在该校谋得一份教职，为国文系学生讲授"中国新文学"和"文艺思潮论"课程。1930 年，朱先生受学校选派，赴日本中央大学、早稻田大学进修两年。回国后，他继续在福建协和大学任教，并兼任《福建文化》主编，出版学术专著《李卓吾论》。

1936 年，朱先生受聘到上海沪江大学（今上海理工大学前身）任教，先后担任讲师、副教授、教授和国文系主任。抗日战争期间，上海沦陷，朱先生困守租界孤岛，生活拮据，但他不愿投敌附逆，除了到学校教书，便是避居亭子间、小阁楼潜心著述，其间出版了《中国文艺思潮史略》《基督教与文学》等重要著作，受到学界的好评。20 世纪 90 年代初，上海书店根据当年的版本，将两书收入《民国丛书》影印发行。

朱先生是 1952 年全国高校院系调整时调入南开大学的，他热爱南开，终老于南开，他的主要教学活动和学术研究都在南开。他长期为南开大学中文系本科生讲授外国文学课程，培养了多名学有所长的比较文学与世界文学专业的研究生。朱先生学识渊博，举凡外国文学课程，从古代到现代，从东方到西方，从文学思潮到比较文学，从作家创作到作品赏析，他都游刃有余，得心应手。朱先生讲课从不按教材照本宣科，他的课总是妙趣横生，引人入胜。他通常是拿着几张小卡片走上讲台，从容不迫，慢条斯理，把文学知识、文史掌故、宗教习俗、人情世态娓娓道来，讲到关键处再做言简意赅的总结、画龙点睛的提示，绝无枯燥乏味、长篇大论的说教。听朱先生的课用不着拼命记笔记，也不必担心折磨人的考试，而是能获得轻松愉快、超然洒脱的艺术享受。朱先生的教学方法，在那个充斥教条主义的年代，自然是屡受批判的，但他始终不改。有一次谈及他受到的不公正待遇时，朱先生若有所思地说："我把文学当作美女来欣赏，有人要把她当作尸体来解剖。"一语中的，道尽其中奥妙。

朱先生在南开，除了认认真真教学，主要还是专心致志地从事 17 世纪英国伟大诗人弥尔顿作品的翻译和研究工作。弥尔顿的三大诗作《失乐园》《复乐园》《斗士参孙》的中译本，全部出自他的笔下。1951 年《复乐园》中译本出版后，朱先生便着手进行《失乐园》的翻译。《失乐园》全诗十二卷，一万多行，翻译出版是一项十分艰巨的工程。"文化大革命"前夕，朱先生已将《失乐园》翻译过半，用蝇头小楷工工整整地抄写在十几个笔记本上。不料"文革"时，译稿被全部抄走，下落不明。眼看着多年心血付诸东流，朱先生内心异常悲愤。在那段艰难岁月里，朱先生咏诵《斗士参孙》的铿锵诗句，决心将它翻译出版。《斗士参孙》描写的是古代以色列斗士参孙在身陷囹圄、惨遭凌辱的情况下，依旧葆有坚强的意志，不败的斗志，同敌人做决死斗争的悲壮故事。朱先生在译者前言中特别提示，《斗士参孙》是"诗人的自况"，反映了弥尔顿在王权复辟的黑暗年代，仍然坚持气节，同黑暗势力顽强抗争的高贵品质。其实，朱先生在"文革"期间，冒着很大的风险，翻译这样一本"不合时宜"的书，又何尝不是"译者自况"呢！"文革"结束后，《失乐园》的译稿失而复得，但已残缺散乱。朱先生又经数年努力，对译稿进行重译、补译、修改、润色，终于在 1985 年杀青，并由上海译文出版社出版。这是我国第一部完整的《失乐园》中译本。在译者序中，朱先生写道："本译稿经过二十二年，用业余时间断续译成。其间遭遇十年浩劫中译稿丢失、复得、返工等恼人的挫折。"寥寥数语，既道出了翻译过程的曲折艰辛，也表现了一位智慧老人的大度宽容。在此之前，朱先生翻译的《斗士参孙》也已于 1982 年由上海译文出版社出版。

朱先生的学术生涯中，尤以对圣经文学与希伯来文化的研究用力最勤，成果最显著。在 20 世纪四五十年代出版的《基督教与文学》《文艺宗教论集》等著作中，朱先生深入考察了宗教与文学的关系，论述了基督教对西方文学的影响。他认为，"原始时代以来，艺术和宗教一向是不可分离的"，"宗教是一门艺术，是人类的艺术产品","宗教的祭坛是人民的舞台,人民艺术的摇篮"。"文革"结束后,拨乱反正,学术环境好转,朱先生的学术研究也进入了生气蓬勃的新阶段。从 20 世纪 80 年代开始,他主持编写了《古犹太文化史》《希伯来文化》《古希伯来文学史》《圣经文学十二讲——圣经、次经、伪经、死海古卷》等著作,发表了《圣经文学的地位和特质》《希伯来文学研究的新途径》《基督教与东西方文化的交流》等多篇论文,还为 1982 年版的《中国大百科全书·外国文学卷》撰写了有关希伯来文学与犹太人文学的条目。在这些论著和论文中,朱先生通过翔实的资料、严谨的论证,以更加明确的语言表述他多年来研究希伯来文化与圣经文学的学术结论:"以往别人读欧美文学的源头,只注重希腊文学,不涉及希伯来文学,我不盲目从众,兼谈'二希'。其实,欧洲在古希腊罗马文学衰落之后,并不是历史的空白;而是以早期基督教文学为代表的希伯来文学的传入,希腊文学与希伯来文学的交汇融合,便成为欧美文学的新起点,开创了西方文学的新纪元。这是我对历史的一个大翻案,也是文学史的一大翻案。"这是朱先生在世界文学教学与研究中最重要的学术贡献。而他对希伯来文化与圣经文学的真知灼见,如今已为学界普遍接受。

朱先生一向十分重视教材建设。他认为,教材是教学的基础,只有编写出具有科学性与实用性的优秀教材,教学质量才有保证。教师讲课不必按教材照本宣科,但教材可以引导学生自学和思考,可以对没有机会上大学的社会青年进行文化知识的普及与启蒙。"文革"结束后,百废待兴,朱先生首先抓的就是外国文学的教材建设。1977 年大地解冻,乍暖还寒,由朱先生主编的《外国文学简编》便交给正在组建的南开大学出版社出版。现在看来,这本书具有明显的时代烙印,但在当时是第一部被广泛使用的外国文学专业教材。此后,朱先生又陆续主编了《外国文学简编·欧美部分》《外国文学简编·亚洲部分》《外国文学史·欧美卷》《外国文学史·亚洲卷》《中外比较文学》等多种教材。朱先生主编教材不是只挂虚名，当甩手掌柜，而是认真负责，一丝不苟。从确立编写体例、拟订写作大纲、分工执笔到全书最后定稿，他都要亲力亲为。除了修改别人的稿件，有些重要的章节还由他亲自撰写。1985年由南开大学出版社首次出版的《外国文学史·欧美卷》，经过多次修订，至今已出到第五版，累计发行一百多万册，曾获国家级优秀教学成果奖和教育部优秀教材　等奖，在国内学界广受好评。

二

朱先生的《中国文艺思潮史稿》（以下简称《史稿》）是在《中国文艺思潮史略》（以下简称《史略》）的基础上重写的。这中间还有一段小插曲。1986年我到香港访学，朱先生嘱托我到香港某出版社为他的《史略》被盗印一事进行交涉。出版社态度谦恭，当即答应为朱先生奉寄稿酬和样书。当我回到学校向朱先生汇报时，才知道这是一场骗局，内心很是气愤。朱先生却心平气和地说："不要去管他们，我再写一本新的。"果然，两年之后，这部内容更充实的《史稿》便由南开大学出版社出版了。此时的朱先生已年逾八旬，视力衰退严重，看书写字都得借助放大镜，其写作之艰辛程度可想而知，其奋斗之精神令人敬佩。

《史稿》和《史略》比较起来，主要思路和框架结构没有根本性的改变，但资料更翔实，内容更丰富，观点更明确，条理更清晰。《史略》十一万字，《史稿》三十二万字，增加了近两倍的篇幅。

朱先生在《史稿》的序言和绪论中明确指出："本书的主要意

图只是论述我国各时代文学主潮的特点，把历代主要代表作家、作品的精华荟集在一起"，以便一目了然地展示我国三千多年来"文学发展、变迁的全貌"。朱先生认为，以往编写的中国文学史大都以朝代或世纪为纲，将作家、作品依时间顺序罗列叙述，散漫琐碎，茫无际涯，令人不得要领。如若以文学体裁为纲，"单依各种文体的变化，缕述其发生、发展和衰替"，那是"只着重在文艺的躯壳，舍本而逐末"，使人难窥堂奥。朱先生根据自身的教学实践，力图打破文学史的旧体制、旧框架，探索出一条新的路径来，这种勇于探索、革新的精神，在《史略》出版的 20 世纪 30 年代，难能可贵。从《史略》到《史稿》，不变的写作思路就是：以文学思潮的发展变化为主线，把各个时代有代表性的作家、作品串联起来，既论述文艺思潮流变的原因及影响，又点评作家的创作倾向与作品的艺术特色。从而"从纵的和横的方面去归纳文艺历史仪态万千的现象"。从这个意义上说，《史略》和《史稿》都是具有开拓性的中国文艺史著作。

朱先生还认为，旧文学史的分期法是"切瓜式"的，即按照朝代或世纪分期，人为地将源远流长的文学发展史切割成独立的片段，这是有悖于文学发展的客观规律的。他的《史稿》采用的是"波浪式"分期法。因为文学发展的历史是动态的，如同奔流不息的长江大河，思潮起伏，作家辈出，"一波未平，一波又起"，此消彼长，前后重叠更替。只有采用"波浪式"分期法，才能反映文学史的真面貌。《史稿》共十二章，第一章《绪论》，其余各章依次为：《北方现实思潮的发达（西周至春秋）》《南方浪漫思潮的发达（春秋、战国）》《南北思潮的合流（秦汉魏晋）》《佛道思潮泛滥（东汉至唐前期）》《社会问题和复古运动（唐后期）》《唯美思潮的泛滥（中唐至北宋）》《民族意识的高涨（宋、元）》《文体大革命与民族意识（宋、元）》《古典主义（元、明）》《浪漫主义（明、清）》《现实主义（清以来）》。仅以标题就可以看出，每一章的内容完全是按照文学思潮的发展变化来设定的，在时代顺序上多有重叠与重复。这就较为完整地体现了社会变迁、宗教传播、思潮更迭、文学兴衰内在的有机联系。

朱先生是学贯中西、博古通今的大学问家，他具有崇高的人文情怀和广阔的学术视野。《史稿》无疑是研究中国文学史的专著，但朱先生的学术思维与学术眼光和一些只关注中国文学的学者有所不同。在他看来，中国文学是世界文学不可分割的　个重要组成部分，只有把中国文学放置在世界文学的大格局中进行全面、深入的考察，才能真正领会和把握中国文学的本质，才能领会和把握中国文学与世界文学的共同性及其自身的特殊性。在《史略》的序言中，朱先生明确表示，他是受到西洋文艺思潮的启发而写作的。从《史略》到《史稿》，都立足于世界文学发展的基本规律来比对、梳理中国文学丰富多彩而又独具特色的发展历史，用西方广为流传的文艺思潮、文艺理论来解读中国的文学现象与作家作品。大体来说，秦代以前，我国北方文学的主流是现实思潮，而南方文学的主流是浪漫思潮，到了秦汉一统中国，南北文学思潮逐渐合流。隋唐时期，由于佛教大规模传入，并与本土的儒、道思想相结合，推动了社会思潮和文艺思潮的多样化。而以佛经为代表的印度文学，也为传统的中国文学注入了新鲜的血液，中国文学出现了繁荣发展的新局面。朱先生指出，在西方文学史上也有类似的现象，欧洲最初的文艺思潮是希腊、罗马的古典传统哲学，以现实主义为主流；到了罗马帝国时期，基督教兴起，希腊、罗马古代哲学与希伯来神学相结合，从而产生世界性的新宗教思潮——基督教，以圣经文学为代表的希伯来文学和希腊文学的交汇融合，开创了欧洲文学的新纪元。类似欧洲文艺复兴时期，唐代文学是中国文学发展史上重要的里程碑。灿若星辰的唐诗、脍炙人口的散文、引人入胜的传奇小说皆兴盛于唐代；以李白为代表的浪漫主义，以杜甫、白居易为代表的现实主义，以李商隐为代表的唯美主义，以及韩愈、柳宗元发起的"古文运动"，都出现在唐代。它们为后世文学艺术的繁荣发展奠定了坚实的基础。

就世界文学而言，不仅有其基本的发展规律，而且不同国家、民族之间的交流融合，是文学艺术繁荣发展的强大推动力。基于这样的认识，朱先生特地为《史稿》增写了《文体大革命与民族意识（宋、元）》一章，即第九章。在《中国文体大革命》这一节中，朱先生开宗明义地写道："中国文体，在宋以前一直是以短篇的诗歌和散文为主；宋以后才有白话长篇小说和真正的戏剧，而且其后的文学也改变为以小说、戏剧为主了。传统的诗文理论范畴也被突破了。这个大变化，不能不说是中国文体的大革命。世界上有几个富有文学遗产的古国如中国、印度、希伯来、希腊等，最初的文学发展情况有两种，一以诗文为主，一以长篇史诗和剧诗为主。前者如中国和希伯来，后者如印度和希腊。但后来都发生了大变化。中国文体的大变化，主要由来于民间文学和外来文学。……外来文学最早对我国文学发生影响的是印度文学。他山之石可以攻玉，在它的影响下，促使我国文体的大革命。"朱先生进一步指出，印度文学中的佛经"变文"是一种韵散杂糅的文体，在印度和希伯来文学中很常见。佛教传入中国后，这种有说有唱的长篇叙事文体，开始在寺庙里流布。后来流落到城市的瓦舍勾栏和广大农村地区，内容也由佛经故事扩大为非宗教故事，从而直接促成了长篇小说和戏剧的诞生。这又和欧洲中世纪的戏剧发展非常相似。欧洲近代戏剧"原先是中世纪教会礼拜仪式的扩大，最初搬演圣经故事、圣者传说，逐渐扩大到世俗的故事；舞台从教堂里面搬到门口，再从教堂门口搬到街上去"。在民间流传衍变的过程中，逐渐发展成欧洲近代戏剧。至于小说，朱先生做了一个大胆的猜测，他提出，像《维摩诘经变文》这种长达三十余卷、用骈文和韵文写成的宏丽叙事诗，"可能直接影响到张文成的《游仙窟》，再由《游仙窟》直接影响到日本文坛，产生了紫式部《源氏物语》那样的小说杰作"。这为比较文学研究留下了一个有趣的课题。

在《史稿》中，朱先生运用比较文学理论和研究方法来比较、梳理、概括中国文学的发展历史。从全书的基本思路和总体结构来看，唐代文学类似于欧洲文艺复兴时期的文学，元代后期至明代前期文学类似于欧洲17世纪的古典主义文学，明代后期至清代前期文学类似于欧洲18世纪末19世纪初的浪漫主义文学，明代末期至清代末期文学类似于欧洲19世纪中叶兴起的批判现实主义文学。欧洲古典主义是专制王权的产物，基本特征是拥护王权、崇尚理性、严守格律。中国古典主义则是明代中央集权的产物，在以《水浒传》《三国演义》为代表的长篇小说中，以《浣纱记》为代表的南戏中，都可以发现古典主义的色彩。从明中叶起，古典主义逐渐僵化，变成拟古典主义，浪漫主义文学应运而生。欧洲浪漫主义的基本特征是追求自由、崇尚感情、喜欢想象和幻想。明代杰出思想家李贽惊世骇俗的理论是浪漫主义思潮的先声，被誉为"东方莎士比亚"的伟大戏剧家汤显祖的代表作《牡丹亭》是中国浪漫主义戏剧的丰碑，脍炙人口的《西游记》是浪漫主义小说的杰出代表。此后，李渔的戏剧理论和他的喜剧创作，悲剧作家洪昇的代表作《长生殿》，等等，都为浪漫主义文学的繁荣发展做出了重要贡献。随着近代世界各国的交往日益密切，西方的科学精神和实践思潮传入中国，促使中国文学在明末清初逐渐转向批判现实主义。但中国的批判现实主义又和西方有所不同。西方批判现实主义作家多属中小资产阶级或同情下层平民的没落贵族，他们揭露资产阶级唯利是图的丑恶嘴脸，批判资产阶级发展过程中各种不合理现象。中国批判现实主义作家往往是失意文人或具有初步民主思想的先进知识分子，他们揭露封建专制统治的落后腐朽，批判当权者奸诈昏庸、胡作非为的恶劣行径以及封建礼教对人性的戕害。孔尚任的《桃花扇》是"一部光辉的批判现实主义戏剧杰作"。而小说方面的成就尤为巨大，《金瓶梅》是"批判现实主义的先锋"，《儒林外史》是"中国第一部真正的批判现实主义小说"，《红楼梦》的横空出世标志着中国批判现实主义文学登上了世界文学的高峰。

朱先生的《史稿》处处闪烁着比较文学的思想火花与学术创见。从中外文学的平行比较到交流影响，从文学现象、文学思潮的比较到作家作品、艺术技巧的比较，无不广泛涉猎，囊括其中。例如《诗经·大雅·生民》与古罗马神话罗慕洛故事的比较，唐代诗人李贺、李商隐与欧洲唯美主义诗人的比较，元代戏剧与西方戏剧的比较，等等，不胜枚举。《史稿》在论及《楚辞》的思想艺术成就时，从屈原诗歌中常用的感叹词"兮"联想到《旧约·耶利米哀歌》所用的"气纳体"，并指出二者都表达了"亡国之痛"的共同主题。在论及明末清初的才子佳人小说时，朱先生特意生发开去，转述了18世纪德国伟大诗人歌德在《谈话录》中的一段话。歌德说他读了一部"中国传奇"，深受感动。这到底是哪一部传奇呢？歌德没有说明。有人说是《玉娇梨》，有人说是《好逑传》，朱先生则认为"可能是《花笺记》"，并介绍了《花笺记》的思想内容与艺术特色，介绍了作品在欧洲的翻译、传播情况，还引用了歌德《中德四季晨昏歌》作为佐证，令人耳目一新，思路开阔。

运用比较文学的理论、方法来研究中国文学，是《史稿》的一个重要特色。对于具有渊博学识和探索精神的朱先生来说，古今中外文学早已融会贯通，积存于心。大凡探讨学术问题，总能信手拈来，旁征博引，相互比较，别出新意。这部《中国文艺思潮史稿》虽然只有三十余万字，算不上鸿篇巨制，但其内容之广博、方法之新颖、观点之独特、论述之机敏、行文之活泼，都不是一般的中国文学史专著可以比肩的。这也是本书具有长久的学术生命力的原因。

2018 年 9 月，于南开园

中国文艺思潮史稿

朱维之 著

南开大学出版社

中国文艺思潮史稿

朱维之　著

南 开 大 学 出版社出版

（天津八里台南开大学校内）

新华书店天津发行所发行

天津市牛家牌印刷厂印刷

1988年4月第1版　　1988年4月第1次印刷

开本：850×1168 1/32　印张：12·75插页2

字数：320千　　　　印数：1—3.000

ISBN7—310—00029—3/H·10　定价：2.50元

小　序

　　将近五十年前，笔者曾在上海出版过一本小书，《中国文艺思潮史略》（1939年长风书店，1946年开明书店），颇受读者欢迎；但太简略，只能说是一个详细的提纲，准备日后重写补充。到现在，半个世纪将要过去了，还没有把它重写，在这半个世纪里，几多人世沧桑，祖国和世界都发生了翻天覆地的变化，文化思想也随着发生了大幅度的转变。半个世纪前的旧作应该重写了。经过重写的这本"史稿"，框架大体不变，只添了一章"文体大革命"和从五四到新中国成立之间的一段思潮史。

　　"文艺思潮史"不仅是思潮的历史，也可以说是以思潮为中心线素的文学史。这还是一个尝试它不是包罗万象，一切兼收并蓄的大文学史，而是以各时代的代表作家、作品为主的文坛变迁史。江山代有才人出，各领风骚数百年，历代主宰风骚的才人名作大都入选。这样，使读者容易抓住各时代的文学特点，容易记住各时代的文艺胜概；不象以朝代或世纪为纲的旧体例，破碎枝蔓，令人难以抓住要领，又不易记忆。打破朝代的框框，以文艺思潮为线素，才能一目了然地见到文学发展、变迁的全貌。

　　观察文艺思潮的发展，要看主潮，就是各个时代文艺的总趋势，各个时代文坛的风尚，流行的气派。但也要意识到：一个主潮出现时，必有潜流、逆流或旋涡在活动着，这种潜流或逆流往往会上升为下一时代的主潮；纵览全部思潮史的大观，有如浩浩的长江，后浪推前浪，一波未平一波又起，这是不可无视的历史辩证法。本书的主要意图只是论述我国各时代文学主潮的特点，把历代主要代表作家、作品的精华荟集在一起。

　　在编写过程中，遇到社会史和文学史上的疑难问题时，得到了王玉哲教授、杨志玖教授、王达津教授、鲁德才副教授的商量和帮助；孙昌武教授、王双启、宁宗一、杨成福三位副教授为本稿评阅部分章节，及时提出宝贵意见；脱稿后，罗宗强教授细读全稿，句斟字酌地指出不足之处；南

Ⅰ

开大学出版社的丁福原编辑核实了引文并磋商几个主要论点，一并在此致以由衷的谢忱！但难免还有错误和不妥之处，概由笔者负责，谨请方家不吝指教。

朱维之

1987.3.30于南开园

Ⅱ

目　录

1

2

3

第一章 绪 论

一 文艺思潮史的意义

所谓文艺思潮史者，有两种意义：

第一，是把各时代文艺上所表现的各种思潮，串在一条线索上，这也可以说是"以思潮为中心的文艺史"。我国幅员广大，民族众多，上下三千年的文学遗产，真可以说是浩如烟海。若单把作家、作品，依朝代次序，胪列叙述，便觉得散漫琐碎，茫无际涯；若单依各种文体的变化，缕述其发生、发展和衰替，我们的目光便好象只着重在文艺的躯壳，舍本而逐末。现在我们须要从内容、思想和风格各方面去找出一条线索，就是奔流于文艺根底的思潮，溯其源，观其流，这或许是真正文艺史的纲领。

第二，是各个时代的文艺观或文艺创作原则、方法、批评原则和倾向的历史。从这方面看来，好象是文艺批评史，其实不是的。文艺批评是外铄的理论；文艺思潮是除理论之外，更注重一个时代文艺家本身所表现的思想和态度，特别注重它所表现的对人生、对政治、对社会的态度，并对艺术上的风格、倾向，做综合观察。

本书主要的任务，是要把我国各时代的文艺主潮指点出来，说明它们发生的原因和所受到的影响，并简介其代表作家和作品，从纵的和横的方面去归纳文艺历史仪态万千的现象。

思潮起伏的历史，好象长江的后浪催前浪，一波未平，一波

1

9

又起；所以本书的分期法不是切瓜式的，而是波浪式的，前后有重叠，表示思潮起伏消长的本来式样。

主潮以外又有小旋涡，也是正常的现象。在文学发展的历史长河中，当然也会有旋涡，那是不足为奇的；而且旋涡往往会成为潜流，对下一代文学思潮的变化可能会起大作用。而且新旧交替时代的风云人物，往往有两种对立的思潮融汇在作品里。

二 源远流长的文艺遗产

中华民族的历史悠久，远在一百七十万年前就有云南"元谋人"在祖国大地上劳动生息了。在六十九万年前有"北京人"在我们的首都附近周口店龙骨山一带生活，他们不仅知道用石器和火，还会用骨针缝制皮衣，制作各种装饰上用的艺术品，如石珠、介壳等。1978年在陕西大荔县发现二十万年前猿人旧人完整的头盖骨化石，名为"大荔人"，它具有与北京人相同的要素；由此，古人类学者推断：北京人和大荔人，同现代人有明显的联系。1980年在安徽和县龙潭洞发现的，三、四十万年前的猿人头骨化石，其地质年代和北京猿人相近，更可以看出人类起源和发展的线索。

我们的祖先，在漫长的旧石器时代和中石器时代，从事渔猎和采集。在七千年前，进入新石器时代，在黄河上游的甘肃，就有了各种各样的彩陶，图案生动流畅；六千年前，黄河中下游的仰韶和马家窑等地产生了辉煌的文化。仰韶陶器十分精美，在陶器上彩绘几何图案和动物的花纹，有时还有人的形象；龙山文化陶器用轮制法，做出来的陶器大都乌黑发光，陶胎很薄，有棱角，造形之美，可与后起之秀古希腊的花瓶比美。那是传说中黄帝、神农、尧、舜的时代，就是原始氏族公社的晚期。由于生产力的发展，氏族内部产生了私有财产和阶级分化，发生了部落之

2

间的战争，如黄帝、蚩尤之争。到了公元前二千年左右，开始出现奴隶制，夏朝就是奴隶主统治的开端。经过殷商、西周，到春秋时代便是奴隶制文化的鼎盛时期。在原始公社解体，奴隶制发生的过渡期间，不仅有精美的陶器和铜器等艺术品，并且由劳动而产生了古代歌谣和神话传说，这是最初的文艺之花。

我国文字的起源，据近人考定，在西安半坡村出土的，属于新石器时代"仰韶文化"的陶器刻文上，已有文字的雏形，距今已有六千年左右。（见郭沫若《古代文字之辩证的发展》）

最早的歌谣产生于集体劳动，从劳动者口里发出，用节奏明朗的歌声来配合动作，成了合唱的歌舞曲。正如《淮南子·道应训》所说："今夫举大木者，前呼'邪许'，后亦应之，此举重劝力之歌也。"这"邪许"歌就是今天常听见的"杭育杭育"歌，可以协调集体劳动者的动作，减轻疲劳，增加劳动的效果。《吴越春秋》有《弹歌》："断竹、续竹，飞土，逐肉。"可说是最早最简单的二言诗，反映了初民渔猎的生活。《易·归妹上六》："女承筐，无实；士刲羊，无血。"用简练的文字生动地描绘男女在牧场上劳动，男的剪羊毛，女的用筐盛着的情景。

劳动时的集体歌曲和动作配合的艺术，具有歌、舞、乐三个要素，就是歌舞剧的源头。《吕氏春秋·古乐篇》说："昔葛天氏之乐，三人操牛尾，投足以歌八阕。一曰'载民'，二曰'玄鸟'，三曰'遂草木'，四曰'奋五谷'，五曰'敬天常'，六曰'建帝功'，七曰'依地德'，八曰'总禽兽之极'。"反映生产劳动和人们的祈愿。有歌有舞有乐，可惜曲、辞佚失了，只存八阕之目。《礼记·郊特牲》载有伊耆氏的《蜡辞》，辞云：

土反其宅！水归其壑！昆虫毋作，草木归其泽！

"蜡"是年终祭神的仪式，庆祝当年的丰收，祈愿来年的更大丰收，祷祝水土顺调，昆虫避开，草木不要侵蚀庄稼。蜡祭仪式是歌、舞、乐三位一体的，扮演迎猫来吃田鼠，迎虎来吃田豕等

3

故事，好象古希腊的酒神狄奥尼素斯（Dionysos）祭中的"山羊之歌"，发展而为悲剧。"蜡"的歌舞规模极大，孔丘的学生子贡曾去观"蜡"的歌舞，回来后对孔丘说"一国之人皆若狂"，可见其盛况，差可比拟古希腊人全民都参加观剧的胜会。

神话传说也和歌谣一样是人民口头创作，也是起源于劳动的。由于人类的远祖缺乏科学知识，对于变幻莫测的自然环境迷惑不解，只能通过主观想象把自然物人格化，因而产生了万物有灵的观念，创造了许多神化了的英雄形象。这些神化了的英雄形象，反映出劳动者的意志和力量。马克思说神话是"通过人民的幻想，用一种不自觉的艺术方式所加工过的自然和社会形式本身"。"任何神话都是用想象和借助想象以征服自然力，支配自然力，把自然力加以形象化；因而，随着这些自然之实际上被支配，神话也就消失了。"（《马克思恩格斯选集》2卷113页）神话的创作方法是浪漫主义的；但它的基础则是现实生活。

我国神话传说是很丰富的，但用文字记载下来的不太多，只能从《山海经》、《楚辞》、《庄子》、《淮南子》等古籍中所转载的一些片段，想象它的全貌。其中最能反映初民生活、愿望和思想感情的，有女娲造人补天、后羿射日、大禹治水等故事。

女娲神话起源于南方，相传古代洪水泛滥，淹死了人类，只有人首蛇身的伏羲和女娲兄妹得救，后来兄妹结为夫妇，成为人类始祖（参看闻一多《伏羲考》）。但在北方，传说女娲用黄土造人，并教他们结婚繁殖子女。《风俗通》说，"天地开辟，未有人民，女娲抟黄土作人，剧务，力不暇供，乃引绳絚于泥中，举以为人。故富贵者黄土人也，贫贱者絚（粗绳）人也"。至于女娲补天的神话，说水神共工和火神祝融争为帝，共工"怒而触不周之山，天柱折，地维绝。天倾西北，故日月星辰移焉；地不满东南，故水潦尘埃归焉"（《淮南子·天文训》），"于是女娲炼五色石以补苍天，断鳌足以立四极，杀黑龙以济冀州，积芦灰以止淫

4

水。苍天补，四极正，淫水涸，冀州平，狡虫死，颛民生"(《淮南子·览冥》)。 造人补天的女娲神话，勾画出古代母系氏族社会的英雄形象。

后羿射日的故事，最早记载可以追溯到《楚辞·天问》。在《山海经》里有几处提到，说羿是上帝派下来为民除害的神人。杀掉凶神凿齿，是他的功绩之一。昆仑山是众神所居的圣山，只有羿能登上那险峻的山岗。在《淮南子·本经训》里，载有较详细具体的射日故事：

> 逮至尧之时，十日并出，焦禾稼，杀草木，而民无所食。猰貐、凿齿、九婴、大风、封豨、修蛇，皆为民害。尧乃使羿诛凿齿于畴华之野，杀九婴于凶水之上，缴大风于青丘之泽，上射十日而下杀猰貐，断修蛇于洞庭，禽封豨于桑林。万民皆喜，置尧以为天子。于是天下广狭险易远近，始有道里。

原始公社的劳动人民最怕水潦和大旱，以及猛兽长蛇。在大旱之年，象有十个太阳在天空出现，草木庄稼枯死，人民没有东西吃，再加上怪禽猛兽为害，简直不能生活；于是盼望有个象羿这样的英雄出来射下太阳，除灭各种害人虫。他们创造了羿的英雄形象，说他英勇斗争，建立伟大的功勋，万民皆喜。在这个英雄传说里，不仅描绘了射日除害的业绩，也描述了英雄的私生活，他的妻子嫦娥偷吃了西王母给他的长生不老药，向月球奔去，使他苦恼万分。嫦娥奔月的美丽故事，更加丰富了羿的传说。

鲧禹治水的传说是古代劳动人民创造出来的人与洪水斗争的著名故事。《山海经·海内经》说："洪水滔天，鲧窃帝之息壤以堙洪水，不待帝命。帝令祝融杀鲧于羽郊。鲧腹生禹，帝乃命禹卒布土以定九州。"鲧出于善良的愿望，想偷着去建立平治洪水的功劳，没有得到上帝的同意便自作主张，运神土去堙洪水。没有成功，被杀掉了。鲧肚子里孕育出一个禹来，上帝叫他去治水，禹

5

吸取了父亲的教训，改用疏导的方法，完成了救民的伟大事业。鲧是个好心人，为什么被杀呢？因为他犯了两个大错，第一是好大喜功，不得命令便私自去动土。在氏族公社的晚期，奴隶制刚萌芽时，族长的军令如山，违反军令是不允许的。第二，治洪水用"堙"的办法是大错误。大禹的疏导和贮蓄治水法，由传说故事流传下来，寓知识于其中，也是一种发明。禹的故事在南方还加上一段爱情的插曲，增加浪漫主义的气氛。说他治水时到处奔忙，三十岁了还未结婚。有一次，在浙江的会稽地方，认识了一个涂山氏的女子，产生了爱情，但因奔忙四方，不容易见面，涂山氏派人去山旁边等他，她唱起"候人兮，猗！"（等我的人儿呀，啊！）的歌。据说这就是"南音"之始。治水成功后，结婚了，人民感激他，诸侯拥护他，他便大会诸侯于会稽的涂山。他最后死于会稽，人们把他的葬处叫做"禹穴"，现在还有"禹陵"的古迹。

上面说的歌谣、歌舞和神话、传说，都是在没有文字之前就开始产生的，都是人民口头创作。是从劳动产生的。几千年来，在我国历代文学中，人民口头创作总是得风气之先。每当老调子唱旧了，失去生气时，民间的口头创作中却兴起了新的调子，使文坛又有了虎虎生气。劳动人民是真正的创造者，他们既能不断创新，又能融合新的种族，吸收外来的新调子、新内容来发展、丰富自己的文艺遗产，使源远流长的文艺思潮，永远波澜壮阔。这是中国文艺史中第一个可注意的特点。

中国文艺的第二个特点是：封建制社会的文艺史特别长。如果把中国封建制的开头划在春秋战国之间，那末上古文艺虽有陶器、铜器等可观的艺术品，但文学方面可观的集子只有《诗经》；如果把它划在西周的话，那末古代奴隶制的文学除口头流传的以外，便只有甲骨文和殷盘等文告了。不管怎么说，中国奴隶制社会文学资料特少是肯定的。封建制崩溃以后，资产阶级的文艺也

6

不多；现代社会主义文艺才开始不久，正方兴未艾。这样看来，我们源远流长的文艺遗产主要是封建主义的东西。我国封建时期的文化遗产较之欧洲更加丰富。欧洲的封建时期，中世纪，虽然也有一千年之久，但它把古代文化一扫而光，新发展的文化只有基督教的和日耳曼等蛮族的。资产阶级史学家中，甚至有的称之为"黑暗时期"或文化的空白页。这种说法固然是一偏之见，但事实上它以前的奴隶社会和以后的资本主义社会的文化都有比它更高度的发达。古希腊、罗马的大量神话、传说、史诗和戏剧、雕刻、建筑等，都是后来文艺复兴时期的欧洲人叹为观止的，几百年来，资产阶级上升期的辉煌成就，吸引全世界人的注目，它的影响遍及世界各地，犹如我国封建文化影响 到东 方四 邻各国一样。

第三个特点是在文艺中所显露的民族气质或民族性。每个民族的文艺都表现其民族的气质、风格，我们的文艺也表现出中国的风格或民族的气质。要考察一个民族文艺思潮的根底，必须知道它的民族性；同时，要知道一个民族的民族性，也必须从这个民族的文艺活动去考察。最能表现民族性的是文艺，因为文艺表现情、意生活，情意生活推动思想前进。但民族性并不停滞在一个固定的模型里。它是和时代一同变化的，其变化的因素可以分为内因和外因两方面：内因是遗传的素质，外因是环境的素质。就内因说，中华民族的血统是十分复杂的。最初华夏系崛起于西北，位在黄河上游，同时有东夷位在东部海边；北方有獯狁（即匈奴）；南方有荆楚、百越、苗猺诸系族。后来又加入东胡、肃慎、突厥、蒙古、羌、藏等族的血液，逐渐同化或融合而成为一整个中华民族。其间遗传的素质是何等的复杂呀！环境的素质，因幅员广大而各异。如北方多是严寒而干燥的大平原，南方多是温暖滋润的山泽。在古代，黄河流域诸族的特性是偏于实际的，功利的；长江流域及其南部的诸族则具有比较富于冥想的特征。

7

后来因为政治和其他原因，造成民族迁徙和交流，因为交通发达，南北的界限已经打破，民族的融合、同化，已经不受地理环境的限制了。但在回顾过去的历史时，又不能忘记这个地理环境的作用。

中华民族立国几千年来，一直屹立于世界，并以其文化的灿烂为四邻所称羡；在封建制时代，有时不免自以为是天之骄子而蔑视别的国家。自从 19 世纪中叶鸦片战争以后的一百多年中，因为晚清政府的腐败无能，军阀的贪污媚外，以致几亿的黄帝子孙被西方的帝国主义所侵凌。人们被三座大山压得喘不过气来，有些人就自卑起来，认为自己是低劣的民族，事事不如人。同时，有觉悟的，革命的志士，前仆后继和反动势力做了一百多年的英勇斗争，终于掀倒了三座大山。中国人民终于摆脱了半殖民地的困境，站起来建设强盛的社会主义新国家。

中国文艺中所表现的民族气质，主流是健康的。其中既有可供"十七八女郎按红牙拍板"而歌的"杨柳岸，晓风残月"那样婉约的词句，也有可供"关西大汉执铜琵琶，铁绰板"而唱的"大江东去"那种豪放的作品，无论是婉约的或豪放的，都是健康的，不是病态的。

华夏族崛起西北，三千年来不断地和四邻各族同化和融合，使自己成为文化的巨人，为中华民族的主要成员。

南方的楚族虽然貌以柔弱，但也勇敢善战，视死如归。《楚辞》中的《九歌·国殇》把他们的战士做这样的描写：

> 操吴戈兮被犀甲，车错毂兮短兵接。
> 旌蔽日兮敌若云，矢交坠兮士争先。
> 凌余阵兮躐余行，左骖殪兮右刃伤。
> 霾两轮兮絷四马，援玉枹兮击鸣鼓。
> 天时坠兮威灵怒，严杀尽兮弃原野。
> 出不入兮往不反，平原忽兮路超远。

8

带长剑兮挟秦弓，首身离兮心不惩！

诚既勇兮又以武，终刚强兮不可凌！

身既死兮神以灵，子魂魄兮为鬼雄！

秦族的勇敢尚武，在《诗经》中的《秦风》里表现得很充分，如《驷铁》：

驷铁孔阜，六辔在手。公之媚子，从公于狩。

奉时辰牡，辰牡孔硕。公曰左之，舍拔则获。

游于北园，四马既闲。辀车鸾镳，载猃歇骄。

回族勇猛，善于团结，是举世瞩目的。《魏书》第一百零三卷论及突厥人的性格说：

为性粗猛，党类同心；至于寇难，翕然相依。

百越等南方各族也不示弱，《三国志诸葛恪传》论述山越的民性说：

其升山越险，突丛棘，若鱼之走渊，猿狖之胜木也。

蒙族的Mong音，本是女真语"勇悍无畏"的意思。蒙古人以竞马、角力为娱乐。他们善于弯弓射雕，富于冒险尚武的精神，元初进兵欧洲，声威远震。英国文艺复兴时期的剧作家马洛（C·Marlowe，1564—1593）的剧作《帖木儿大帝》（Tamburlaine the Great，1590）中的主角，做为文艺复兴时期冒险家巨人的形象，出现在舞台上。他征服欧亚许多国家，被称为"上帝的鞭子"。

中国文艺作品里所描写的女性最足以代表民族的气质，她们是民族精神之母。女性的体质、体型，影响到后代的体质、体型，比男性的更大。我国古典文艺中描述的女性形象多数是健康的美而不是病态的美。如《诗经》中的"硕人其颀"，"颜如舜华"，《楚辞》中的"美人既醉朱颜酡，娭光眇视目层波"，"美要眇兮宜修"；汉赋中的"翩若惊鸿，矫若游龙"等句都是描绘健美的。小说戏剧中的著名女性典型形象也大多数是强健的，或在体

9

格上，或在心力上有超过常人的力量。例如西施，她是负有国家重大使命的一个女杰，同时又是健美的模型。虞姬跟着身经百战的项羽在军队里跑，在乌江慷慨悲歌而自杀。王昭君具有远见卓识，不忍生民涂炭，为汉胡两族的和睦，前去和亲。聂荌勇敢，为妇女参加革命的先辈。女英雄花木兰、廉锦枫、聂隐娘等都有果断勇往直前的性格和超人的武艺。吃苦耐劳的女性如赵五娘和李三娘等在困苦艰难的环境下奋斗，那种坚忍不拔的性格，正是民族的光荣。

三　奔进于中国文艺根底的两大主潮

中国的民族气质虽是复杂的，但大体上说来，可以总归为两大主要的色调。这两种色调形成两种潮流，一盛一衰，互为消长。这就是孕育北方古代文化的黄河流域形成的现实思潮和孕育南方古代文化的长江流域形成的浪漫思潮。这奔进于中国文艺根底的两大潮流是哺育后代文艺思潮的乳汁。

北方的风土和人民的生活孕育现实的思潮，南方的风土和人民的生活孕育浪漫的思潮。把南北人民的气质分为对照的两个体系，原是我们古人的传统看法。最初是《中庸》中所提出的"南方之强"和"北方之强"说：

> 宽柔以教，不报无道，南方之强也，君子居之；衽金革，死而不厌，北方之强也，而强者居之。

后来不少论著提及这一问题。《北史·文苑传序》论到南北文艺作家的风格倾向时说：

> 江左宫商发越，贵于清绮；河朔词义贞刚，重乎气质。

陆法言《切韵序》说南北口音的不同道：

> 吴楚则时伤轻浅，燕赵则多涉重浊，秦陇则去声为入，梁益则平声似去。

10

顾炎武《日知录》骂江南之士为"轻薄奢淫",河北之人"斗狠劫杀"。说"北方学者弊在"饱食终日,无所用心";南方学者弊在"群居终日,言不及义,好行小慧"。

气质习性既然不同,在学术思想上也自然会形成两种各异的倾向。在古代哲学上北方孔、孟和南方老、庄相对。在文学上《诗经》和《楚辞》相对。后代的戏曲则有南曲戏文和北曲杂剧相对。在绘画上则有南宗和北宗:南宗有王维的泼墨山水一派,笔法柔婉,着重神韵;北宗有李思训一派的工体,笔法严谨,着重写生。在书法上有北碑和南帖两派:北碑就是魏碑,以朴素道劲为特色;南帖就是所谓晋帖,如王羲之、僧虔等的法帖,以清丽潇洒为特色。不但如此,就是由印度传来的佛教也分南北两大宗。——原来佛教在印度便已有南北宗派之别,后来南宗从南海传入我国南方,北宗从天山陆路传入我国北方。最初翻译佛教经典的文体也显然有南北的不同。支谦代表南方佛教的译风,文体较为华丽;所译的《维摩诘经》与《周易》、《老子》、《庄子》并称"四书"。支娄迦谶代表北方佛教的译风,文体极为朴实。梁启超在《佛教之初输入》中说:

> 读高(当作谦——引者)书,则与老、庄学每起联想,觉其易入;读谶书,苦不易索解,但觉其非我所固有。吾于初期两大译家,觇我民族两种气分焉。

此外象建筑、雕刻等,一时也说不尽。现在仅以儒家和道家(后来加入佛教,这是后话,暂且不表)作为两大主潮的代表,以儒家思潮代表北方的特点,道家思潮代表南方的倾向。这两家的思想是中国文艺的底流,也是全民族文化的主干,和西洋文艺、思想中之有希腊思潮与希伯来思潮两相对立一样。

最初称道"南方之学"与"北方之学"的是战国时道家的庄子和儒家的孟子。庄子在《天运篇》里说:

> 孔子行年五十有一而不闻道,乃南之沛见老聃。老聃

11

曰："子来乎！我闻北方之贤者也；子亦得道乎？"孔子曰：
"未得也。"

孟子在《滕文公》上篇里说：

> 陈良，楚产也，悦周公、仲尼之道，北学于中国，北方
> 之学者未能或之先也。

细察他们的口气，把南北学统的界限看得很重。庄子承认老子是
南方学术思想的最高代表，以为孔子尚未得道；孟子以周公、孔
子为北方学术思想的代表，他的成见也很深，认为南方是未开化
的蛮夷，说"南蛮鴃舌之人，非先王之道。"由此可见当时的南和
北在思想、学术上是对立的了。

大体说来：北方儒家精神是现实的，代表这派思想的著作是
"六经"，富于道德、教训的要素，有谨严庄重而积极的态度，注
重客观的，实验的条件，主张"学而优则仕"。道家精神是浪漫
的，富于玄学的冥想，自由奔放，重在个人的自我表现；对社会
人生抱消极的态度，对政治主张清静、无为和自然。

道家推崇女性的柔弱，儒家重视男性的刚强；前者主静，后
者主动。老子说：

> 清静为天下正。
>
> 天下之牝（女性），常以静胜牡（男性）。
>
> 知其雄，守其雌，为天下谿。
>
> 常德不离，复归于婴儿。
>
> 我独异于人，而贵食母（乳母）。
>
> 人之生也柔弱，其死也坚强；
>
> 草木之生也柔弱，其死也枯槁。

这些话都是赞美女性和婴儿的柔弱和清静的。儒家的孔、孟却相
反地说：

> 唯女子与小人为难养也。（孔子）
>
> 刚毅木讷近仁。（孔子）

12

三军可夺帅也；匹夫不可夺志也。（孔子）

仁人无敌于天下。（孟子）

我善养吾浩然之气。……其为气也至大至刚。（孟子）

孔子的态度非常积极，他说自己总是"发愤忘食，乐以忘忧"。他认为不自努力去钻研问题的人是不可救药的，他说："不曰如之何如之何者，吾未如之何也已矣！"

儒者主张学以致用，认为学习的目的是为政，就是要有本领能为国家所用。孔子说：

吾岂匏瓜也哉？焉能系而不食？

诵诗三百，授之以政，不达；使于四方，不能专对，虽多亦奚以为！？

他的学生们也都有这样的抱负。子夏就明说"学而优则仕"，学习好了就去求官做。子路说得更具体："千乘之国，摄乎大国之间；加之以师旅，因之以饥馑，由也为之，比及三年，可使有勇且知方也。"自夸能治一个中等的国度。另一学生叫冉求的，说"方六七十，如五六十，求也为之，比及三年，可使足民。"说自己能治理一个小国，三年就可使它富足。公西赤说"非曰能之，愿学焉。宗庙之事，如会同、端章甫，愿为小相焉。"公西赤是学礼乐的，说自己能做一个在宗庙里，接见外宾的小小礼宾长官。曾点说："暮春者，春服既成，冠者五六人，童子六七人，浴乎沂，风乎舞雩，咏而归。"对这段话，读者历来多误解了，认为曾点清高不愿做官。我却同意王充的理解：曾点的志愿是带队举行"雩"祭仪式，表演歌舞，祈求降雨，不违农时。古时候，国家的祭祀大典，需要有歌、舞、乐素养的人去主持。曾点平时喜好礼乐，参加祭祀典礼，所以他的志愿是做个礼乐的长官。孔子也和他有同好，所以说"吾与点也"。

道家与此相反。司马迁说老子"以自隐无名为务。"老子说：

功成名遂身退，天之道。

13

将欲取天下而为之者，我见其不得已。天下神器不可为也，为者败之，执者失之。

庄子不肯做官，有一回楚威王用千金迎他为相，他拒绝楚使者说："子亟去，无污我。我宁游戏污渎之中自快，无为有国者所羁，终身不仕，以快吾志焉。"这种所谓"清高"消极的思想，对后代文艺有很大的影响，在一定的环境之下，起了积极的作用——不与无道的政治势力同流合污。

儒家对于文化、教育，主张人为的训练，道家则主张放任、自然。荀子在这方面最能代表儒家的学说，他说："人之性恶，其善者伪（人为）也。"就是说，一切自然的东西，包括人性在内，都是朴素粗陋的，必待人力加工而后精美。譬如"枸木必将待檃栝烝矫然后直，钝金必将待砻厉然后利；今人之性恶，必将待师法然后正，得礼义然后治。"

道家则不然。他们主张"持万物之自然而不敢为。"

譬如乐：儒家要制先王之乐，圣人之乐，"放郑声。"道家却说："五音令人耳聋，""女（汝，下同）闻人籁而未闻地籁；女闻地籁而未闻天籁。"譬如各种技艺：儒家说："不以规矩不能成方圆。"道家说："五色令人目盲"，"大巧若拙"，"解衣磅礴"。譬如文章：儒家认为"言之无文，行之不远"。道家则说："复归于朴"，"信言不美，美言不信。"

儒家生活在北方，自然环境不太理想，不得不努力奋斗，用人工去补足自然界的缺陷，所以他们的思想重在人为。道家生活在南方，自然环境得天独厚，所以他们觉得自然是完美的，神秘伟大的，人为反而破坏天然的美，不如依着自然的法则，去适应环境。加上北方平原多晴明天气，一切都看得清清楚楚，自然孕育现实的思潮；南方山泽多雨，幽谷杳暝，孕育浪漫的思潮。

到了汉末桓灵之际，佛教正式传入中国，佛教经典开始移译过来。魏晋以后，佛教广泛流行，渗透我国各族人民的精神生活

14

和学术的各部门，大有取代儒、道思想地位之势。南北朝时，北魏有寺院三万所，僧尼二百万；北齐有寺院四万所，僧尼三百万。南朝的佛教也极兴盛，仅建康一带就有杜牧所描述的"南朝四百八十寺，多少楼台烟雨中"的壮观。当时的学者文人也乐于向外来的文化学习，取人之所长，加以提倡、鼓吹，形成一股新的思潮，与原来的儒、道鼎立而三。道教和佛教在思想上比较接近，不久便互相学习，融汇结合，和儒学分庭抗礼。到了唐宋时，三教合一之说盛行，在哲学上产生了宋、明理学，在文学方面则以禅喻诗，使文学理论别开生面。

由此可见，奔进于中国文艺根底的两大思潮，从原来的儒、道两家对立，变成儒家和佛、道的对立。唐代有人大唱三教合一的调子，所谓"三教合一"者，不过是事物的一面，另一面则是不断的矛盾、斗争，有时激烈，有时缓和。总的形势是又斗争又融合。

在西方的文艺思潮史上也有类似的现象。欧洲最初的文艺思潮是希腊、罗马的古典传统，以现实主义为主潮，虽然他们的原始宗教、神话传说都是想入非非的，但都忠实反映自然界的现实和社会生活的现实。在罗马帝国时期，奴隶制度发展到极盛时，基督教兴起，并迅速发展，终于取代了希腊、罗马的原始宗教地位。欧洲的中世纪把古代文明一扫而光，留下的遗产只是几个破烂的城市和一个基督教。在欧洲中世纪唯我独尊的基督教思潮却是希腊、罗马古代哲学末流斯多噶派的思想同希伯来神学的结合而产生的世界宗教思潮。基督教在中世纪时，又在斗争中结合了蛮族——特别是日耳曼民族的文化、思潮，演变、发展成了近代欧洲文化的母胎。所以在欧洲整个文艺根底奔进的三股主潮，又斗争又融合的痕迹是很明显的。

由此看来，在东方文艺的根底奔流着的儒、道、佛三家传统的思潮，在西方文艺的根底奔流着的希腊、希伯来、日耳曼三支传统的思潮，都是在又斗争又融合的状态中向前演进着。无论东方或西方，各时代都有各自的特色，都有各自新的创造。不过人们要创造自己的历史，都不是随心所欲的，而是在既定的，从过去承继下来的条件下创造的。过去承继下来的传统思潮，始终影响着历代的文艺。从近代开始，东西方之间逐渐接近了，其间的关系和影响日益加深，将产生新的东西，未来的前景将更加丰富多彩。

16

第二章 北方现实思潮的发达

（西周至春秋）

一 黄河流域

　　白日依山尽，黄河入海流。欲穷千里目，更上一层楼。

　　这是唐代王之涣的诗，是黄河流域上的实在光景。北方雨量少，除了短短的雨季之外，一年到头几乎都是晴天一碧，万里无云，象王维所描绘的"大漠孤烟直，长河落日圆"的景色。在地上，冬天则冰封万里，原驰腊象；夏天则黄沙万里，风吹草低，有如《敕勒歌》所描写的光景：

　　　　敕勒川，阴山下，

　　　　天似穹庐，笼盖四野。

　　　　天苍苍，野茫茫，

　　　　风吹草低见牛羊。

在这样晴明的大平原上生活的居民，耳之所接，目之所触，都是些明明白白的事物。加以华夏族遗传上带来了功利的，实际的气质，更使他们的文艺趋于现实的倾向——如实地反映社会生活和自然景物。

　　他们的诗歌中所描写的景致多是平淡无奇的平原上的花木和马鹿，最能引人神往的也不外乎丘林、山谷和河中的水鸟。如《诗经》中的"兴"：

　　　　关关雎鸠，在河之洲。（《周南·关雎》）

17

桃之夭夭，灼灼其华。（《周南·桃夭》）

汎彼柏舟，在彼中河。（《鄘风·柏舟》）

彼黍离离，彼稷之苗。（《王风·黍离》）

呦呦鹿鸣，食野之苹。（《小雅·鹿鸣》）

皇皇者华，于彼原隰。（《小雅·皇皇者华》）

伐木丁丁，鸟鸣嘤嘤。出自幽谷，迁于乔木。嘤其鸣

矣，求友之声。（《小雅·伐木》）

等等，都是平淡无奇的景物。

因为北方雨少，人们最怕大旱；"其雨其雨，杲杲日出"，写出大旱望云霓的心情。在甲骨文中常见占卜落雨的事，因为下不下雨是关系国计民生的大事：

帝令雨足年？帝令雨弗其足年？（《卜辞通纂》三六四）

今日雨？其自西来雨？其自东来雨？其自北来雨？其

自南来雨？（同上三七五）

《易经》是从卜辞到《诗经》的桥梁，很多卦辞、爻辞是从古代优美的歌谣中借用来的。其中也常见盼望下雨的辞句：

云行雨施，品物流形。大明终始，六位时成。

（《乾·上九》）

雷雨之动满盈，天造草昧，宜建侯而不宁。（《屯

·象》）

密云不雨，自我西郊。（《小畜》及《小过·六

五》）

既雨既处，尚德载。（《小畜·上九》）

天地解而雷雨作，雷雨作而百果草木皆甲坼。（《解

·象》）

风雷，益。君子以见善则迁，有过则改。（《益·

象》）

独行遇雨，若濡有愠，无咎。（《夬·九三》）

18

从这些辞句看，他们把风雷当做吉利的兆头，至少是"无咎"；密云不雨，便须谨慎从事，不可造次。周易的八卦象征八种东西，为构成万物的基础，在这八种东西中，以风、雷和天、地、水、火、山、泽并列，并且以之为宇宙万物变化的动力。象《系辞》所说的，"鼓之以雷霆，润之以风雨，日月运行，一寒一暑。"在他们的辩证思想中，天地是根基，风雷是动力。他们重视雷雨，和地方高燥，切需雨水分不开。

孔子的学生曾点说自己的志愿在于"浴乎沂，风乎舞雩，咏而归"，以领导求雨祭仪的歌舞为职业。孔子说："吾与点也。"为什么孔子师生二人这样重视求雨的宗教仪式呢？这也和他们的环境缺少雨水而国人盼望云霓的心情是分不开的。

二 诗经的现实思潮

严格地讲，北方最早的文艺产物，要算是《诗经》了。《诗经》是一部综合的诗集，它的编制分为《南》、《风》、《雅》、《颂》四大类。"南"是音乐的名称，同时和产诗的地方也有关。《周南》、《召南》是比较靠近南方的文艺，产生于江、汉一带，不能算做真正的北方文艺；不过经过孔丘的整理（订乐），便也北方化了。四类诗以《周颂》为最早，"颂"就是"容"，是表演的意思，是庙祭或郊祭仪式中的颂歌，体制是歌舞剧之类的东西。其中最著名的《大武》，是西周大型的歌舞剧。据《礼记·乐记》说："且夫《武》始而北出，再成而灭商，三成而南，四成而南国是疆，五成而分周公左召公右，六成而复缀以崇天子。"王国维《周大武乐章考》认为这出大型歌舞剧的故事情节是武王灭商，地点是镐京城郊，舞台是一圆形祭坛。剧分六场：

第一场，北征。唱《周颂·昊天有成命》：

　　昊天有成命，二后受之。成王不敢康，夙夜基命宥密。于！缉熙。单厥心，肆其靖之！

第二场，灭商。唱《周颂·武》：

> 于！皇武王，无竞维烈。允文文王，克开厥后。嗣
> 武受之，胜殷遏刘（杀），耆（致）定尔功。

第三场，庆成。唱《周颂·酌》：

> 于！铄王师，遵养时晦，时纯熙矣。是用大介，我
> 龙受之，蹻蹻王之造，载用有嗣。实维尔公允师。

第四场，绥万邦。唱《周颂·桓》：

> 绥万邦，屡丰年。天命匪解。桓桓武王，保有厥
> 士。于以四方，克定厥家，于！昭于天，皇以间之。

第五场，告庙。唱《周颂·赉》：

> 文王既勤止，我应受之，敷时绎思。我徂维求定，
> 时周之命，于！绎思！

第六场，狩四方。唱《周颂·般》：

> 于！皇时周，陟其高山，堕山乔岳，允犹翕河。敷
> 天之下，裒时之对，时周之命。

从《大武》这出舞剧的规模，可知我国萌芽状态的戏剧在公元前
十一世纪时就被宗教仪式充分利用了。颂是宗庙的歌舞，是侑祭
的文艺形式；但不能说歌舞起源于宗教的仪式。歌舞剧是综合艺
术，有歌、有舞、有乐，而三者都起源于劳动。在古代政教合一
的时代，宗教活动被看做重要的政治活动，很自然地采用了当时
初步发达了的艺术形式来辅助宗教的仪式。"颂"诗也反映了西周
的社会情况，但因为是宗庙的，很庄严、宏大，却不如民间的活泼
鲜艳。"颂"诗多不押韵，因为它乐律缓曼，押了韵也不起韵律的
作用。

　　《大雅》是朝廷的乐诗，朝会时演唱的。它们不是舞剧，而
是叙述故事的史诗。其中的《生民》、《公刘》、《绵》、《皇
矣》、《大明》五篇，就是叙述后稷出生到武王灭商这一段传说

20

故事的史诗。

《生民》歌咏周人始祖后稷的事迹。叙述他的母亲姜嫄踏了巨人——神的脚印而怀孕，生下后稷不敢养育，把他抛弃；但他遇难不死，牛羊来喂他奶，鸟儿来覆翼他：

> 诞置之隘巷，牛羊腓字之。诞置之平林，会伐平林。诞
> 置之寒冰，鸟覆翼之。鸟乃去矣，后稷呱矣。实覃实
> 讦，厥声载路。

这是《生民》诗八章中的第三章，以下各章，说后稷稍稍长大便会种各种的庄稼，既丰盛又美好。

《公刘》述说周的远祖公刘，率部族从有邰迁到豳，在那里开荒建屋定居的故事。

《绵》叙述周文王的祖父古公亶父从豳迁到岐下的经历，与姜女结婚，经营田亩，建立庙社，打败敌人。最后说到文王受命。诗由九章组成，其四、五、六、七章是写在岐下经营农业，修宗庙创大业的情景：

> 周原膴膴，堇荼如饴。爰始爰谋，爰契我龟。曰止
> 曰时，筑室于兹。
>
> 乃慰乃止，乃左乃右。乃疆乃理，乃宣乃亩。自西
> 往东，周爰执事。
>
> 乃召司空，乃召司徒。俾立室家。其绳则直。缩版
> 以载。作庙翼翼。
>
> 捄之陾陾，度之薨薨。筑之登登，削屡冯冯。为堵
> 皆兴，鼛鼓弗胜。

有条有理的建设，群众轰轰烈烈、紧张地劳动，有声有色地描绘出来。比起《周颂》那种板滞的文字来，《大雅》在技巧上算是进了一步。但它仍是不押韵的四言诗，庄重有余，风雅不足。

《小雅》一部分是贵族燕飨之乐，描写他们宴会享乐的生活，钟鼓琴瑟不仅娱神，也以娱人。如《鹿鸣》、《湛露》、《皇

皇者华》、《伐木》、《出车》等都是这一类作品，如《湛露》：

> 湛湛露斯，匪阳不晞。厌厌夜饮，不醉无归。
>
> 湛湛露斯，在彼丰草。厌厌夜饮，在宗载考。
>
> 湛湛露斯，在彼杞棘。显允君子，莫不令德。
>
> 其桐其椅，其实离离。岂弟君子，莫不令仪。

音调和谐，文字精炼，韵律齐整，在文学技巧上进了一大步。但思想内容比较空虚。其中也有真挚的感情表现，如《蓼莪》是悼念父母的诗，晋王褒每次读到这首诗时，总是流涕再三：

> 蓼蓼者莪，匪莪伊蒿。哀哀父母，生我劬劳。
>
> 蓼蓼者莪，匪莪伊蔚。哀哀父母，生我劳瘁。
>
> 瓶之罄矣，维罍之耻。鲜民之生，不如死之久矣。
>
> 无父何怙？无母何恃？出则衔恤，入则靡至。
>
> 父兮生我，母兮鞠我。拊我畜我，长我育我，出入
>
> 腹我。欲报之德，昊天罔极！
>
> 南山烈烈，飘风发发。民莫不穀，我独何害？
>
> 南山律律，飘风弗弗。民莫不穀，我独不卒！

在《小雅》这一部分里，还有不少反映统治阶级内部的矛盾。例如《节南山》、《正月》、《十月之交》、《雨无正》、《小旻》、《巧言》、《大东》、《北山》等篇，都是讽刺幽王和厉王时代的黑暗统治的。主要的怨言或讽刺劳逸的悬殊，一部分人高官厚禄，过着荒淫的生活，一部分人日夜奔波，劬劳尽瘁。如《北山》云：

> 溥天之下，莫非王土；率土之滨，莫非王臣。大夫不
>
> 均，我从事独贤！……
>
> 或燕燕居息，或尽瘁事国，或息偃在床，或不已于
>
> 行。
>
> 或不知叫号，或惨惨劬劳，或栖迟偃仰，或王事鞅

22

掌。

> 或湛乐饮酒，或惨惨畏咎，或出入风议，或靡事不
为。

又如《正月》所怨的："彼有旨酒，又有嘉肴，""念我独兮，**忧心殷殷！**"都是同一主题。可知那时的统治阶级，也不是铁板一块。

《小雅》的另一部分和十三《国风》以及"二南"的大多数是民间的作品，格调比较生动而自然，最足以表现北方的人民生活和民族特性。

在这些民间歌谣中，最多的是抒情诗。《诗经》抒情诗的风格，可以"含蓄蕴藉"四个字去概括。梁启超在《中国韵文里头所表现的感情》中说"含蓄蕴藉"的表情法，以《三百篇》为绝唱。他说："《诗经》中这类表情法真是无体不备，《小雅》十九皆是。"又说："那音节，既不是哀丝豪竹一路，也不是急管促板一路；专用和平中声，出以摇曳；确是《三百篇》正脉。"他把这种表情法分为三类。第一类是情感正在很强的时候，却用很有节制的样子去表现，不是用电气来震，却是用温水来浸；令人在极平淡之中，慢慢地领略出极婉转渊永的情趣。如：

> 昔我往矣，杨柳依依；
> 今我来思，雨雪霏霏。
> 行道迟迟，载渴载饥！ （《小雅·采薇》）

第二类不直写自己的情感，乃用环境或别人的情感去把它烘托出来。如：

> 陟彼冈兮，瞻望兄兮。
> 兄曰："嗟！予弟行役，夙夜必偕；
> 上慎旃哉，犹来无死！" （《魏风·陟岵》）

第三类专写眼前景物，或虚构之景，把情感从实景上浮现出来。如：

23

春日载阳，有鸣仓庚。

女执懿筐，遵彼微行，爰求柔桑。

春日迟迟，采蘩祁祁。

女心伤悲，殆及公子同归！（《豳风·七月》）

《国风》里有许多恋歌，都是些纯洁无邪的庄重表现，没有恣肆放荡的轻飘表现，也没有张开幻想之翼，去追求白日之梦，只是天真地歌唱他们自己所体验到的实感罢了。内容大都简单，往往只将一句极平常的话反复歌咏，便是所谓"一唱三叹"了。例如：

风雨凄凄，鸡鸣喈喈。既见君子，云胡不夷？

风雨潇潇，鸡鸣胶胶。既见君子，云胡不瘳？

风雨如晦，鸡鸣不已。既见君子，云胡不喜？（《郑

风·风雨》）

投我以木瓜，报之以琼琚。匪报也，永以为好也。

投我以木桃，报之以琼瑶。匪报也，永以为好也。

投我以木李，报之以琼玖。匪报也，永以为好也。

（《卫风·木瓜》）

将仲子兮，无踰我里！无折我树杞！岂敢爱之，畏

我父母！仲可怀也；父母之言，亦可畏也。

将仲子兮，无踰我墙！无折我树桑！岂敢爱之，畏

我诸兄！仲可怀也，诸兄之言，亦可畏也。

将仲子兮，无踰我园！无折我树檀！岂敢爱之，畏人之

多言！仲可怀也，人之多言，亦可畏也。（《郑风·将仲子》）

这种婉转深厚的"一唱三叹"，就是所谓"乐而不淫"的表现。以上三诗是被儒者称为"淫"而该"放"的郑、卫之声；它们尚且如此，其他的诗就更不必说了。

《国风》和"二南"里表现阶级矛盾的作品很多，例如《魏风·伐檀》一篇是用讽刺的语气描写奴隶主们如何掠夺人民的劳力

24

所得，榨取奴隶的血汗：

> 坎坎伐檀兮，置之河之干兮，河水清且涟猗。不稼不
> 穑，胡取禾三百廛兮？
>
> 不狩不猎，胡瞻尔庭有悬狟兮？
>
> 彼君子兮，不素餐兮！

你们奴隶主老爷，不种庄稼，不打猎，家里却囤了三百廛的粮
食，还挂起狟猲等珍兽。你们这些白吃饭的流氓，还自称君子！
这是奴隶们反抗和谴责的愤怒呼声。《豳风·七月》反映出奴隶
们一年到头忙碌的结果都得献给奴隶主。最漂亮的红丝绸，最细
软的狐皮，最肥壮的羊羔都得交出来；而他们自己却"无衣无褐"，
吃的是葫芦苦菜等，勉强地过着最贫困的生活。田事完了，还要
到城里去替奴隶主们修理房屋；自己却只好把向北的窗户堵塞起
来，聊避西北风过年而已。《魏风》里的《硕鼠》一诗，不但谴
责奴隶主的剥削，还表现奴隶们在残酷的剥削之下不能再生活下
去了，产生了逃亡的思想：

> 硕鼠，硕鼠，无食我黍！
>
> 三岁贯女，莫我肯顾。
>
> 逝将去女，适彼乐土。
>
> 乐土，乐土，爰得我所！

把剥削阶级比做大老鼠，把人家一年的劳动成果都吃光，年年如
此，不管人家的死活。我只好逃走，自寻乐土。但奴隶逃亡，只是
消极抵抗，阶级矛盾，除了斗争，到那儿去找乐土？其次是战争
连年，征夫不胜行旅之苦。如《邶风·击鼓》中的战士，久久不
得回家和妻子见面，想起出征前拉手所说"死生契阔"的誓言，成
了空话，非常凄苦："死生契阔，与子成说。执子之手，与子偕
老。于嗟阔兮！不我活兮！于嗟询兮，不我信兮！"《魏风·陟
岵》中的青年战士，思念母亲、父兄的心情也慨切动人！还有怨
妇思念征夫的诗，更是缠绵悱恻，例如《卫风·伯兮》：

伯兮竭兮，邦之桀兮。伯也执殳，为王前驱。

自伯之东，首如飞蓬。岂无膏沐，谁适为容？

其雨其雨，杲杲日出。愿言思伯，甘心首疾。

焉得谖草，言树之背。愿言思伯，使我心痗！

此外，如《召南·殷其雷》、《王风·君子于役》等也都是同类的作品，悲叹战祸连年，破坏了家庭的正常生活。壮劳动力在外服兵役，主妇在家怎么不想念？特别是在黄昏时分，"鸡栖于埘，日之夕矣，羊牛下来。君子于役，如之何勿思？"这种朴素的现实主义心理描写，隐含不满的思想。但诗人并不是反对一切的战争，如果是正义的圣战，便同仇敌忾，互相帮助。《秦风·无衣》表现团结一致，共御外侮的精神："岂曰无衣？与子同袍。王于兴师，修我戈矛，与子同仇。"没有衣服吗？我们可以同披一件斗蓬，国家出兵时，我们要把刀枪整理好，共同对敌。

从上所述的例诗看来，《国风》和《小雅》的一部分有两大特点值得注意，一是由民歌发展而来，在我国文学史上第一次有计划地采录各地的民间歌谣，加以整理研究，完成了《诗经》的体制。二是现实主义的表现方法，含蓄蕴藉，朴素敦厚，自然而不过事夸张。虽多用"比兴"，形象思维的方法，却不做过分的修饰。

《诗经》的体制是洪大的调子和轩昂的气象。它的乐调节拍大半是四音节的，四音节庄严而宏大。所用的乐器以钟鼓为主，其音响洪亮、徐缓而庄重。"南"、"风"、"雅"、"颂"的音乐气度虽有差异，而大体上多是庄重宏大的风格。春秋时吴季札到鲁国去聘问，鲁人知道他是知音的人，便叫乐工为他歌唱诗乐。当他听到《二南》时说："美哉，始基之矣。"听到《邶》、《鄘》、《卫》时说，"渊乎！"听到《王风》时说，"思而不惧"。听到《齐风》时说，"泱泱乎，大风也哉！"听到《豳风》时说，"荡乎！"听到《秦风》时说，"此之谓夏声。夫能夏则大，大之至也。"听到《魏风》

时说，"沨沨乎，大而婉，险而易行。"听《唐风》时说，"思深哉！"对于《大雅》，他说"广哉，熙熙乎！"对于颂，他说，"至矣哉，直而不倨，曲而不屈……"我们生在二千五百多年后的今天，还能想象到当时吴季札所听到的那壮阔气象。

《诗经》是我国现实倾向文学传统的奠基作品。第一，因为它是周代前五百年北方社会生活的百科全书，反映社会的广度和深度，在先秦的典籍中是无与伦比的。作者很多，各阶层的人都有，而劳动人民更为多数。劳动人民比起奴隶主老爷们更为真诚、朴素，而发为诗歌更为真实、自然，因而更为活泼可爱。贵族们写的《颂》和《大雅》，多数枯燥乏味，内容空虚。现实主义的诗作，多在民间的《风》和《小雅》。后世的现实倾向诗人多称"风雅兴寄"的优良传统。第二，因为《诗经》里绝少神话的成分。只有《大雅·生民》叙述周王朝祖先之光荣来历时，用了一个简单的神话来神化他们的血统。这个神话很象古罗马始祖罗慕洛（Romulus）的故事。罗慕洛的母亲在河边微睡，战神玛尔斯（Mars）从天而降，使她生下一对孪生子。母亲害怕，把婴孩放在篮子里，丢进台伯河；战神派母狼来哺养他们。孩子长大后，就在母狼喂养他们的地方建立罗马城。不过罗慕洛是吃狼奶长大的，后稷是吃牛羊奶长大的，前者好战，后者善于种地，性格不同，象征两个民族性的差异，后者更富于现实的精神。

不好战，善务农，决不意味着软弱可欺。《诗经》里面也处处表现北方诸族的勇武精神。《秦风》不必说了，其余各《风》也都处处看出尚武的，雄大英勇的风度。例如：

　　击鼓其镗，踊跃用兵。土国城漕，我独南行。（《邶风·击鼓》）

　　清人在彭，驷介旁旁。二矛重英，河上乎翱翔，（《郑风·清人》）

　　羔裘豹饰，孔武有力！（《郑风·羔裘》）

狞嗟昌兮，顾而长兮。抑若扬兮，美目扬兮。巧趋跄兮，射则臧兮。（《齐风·狞嗟》）

《小雅》里的《六月》、《采芑》、《采薇》、《车攻》、《出车》等诗叙述军中生活，或出兵时的声势浩荡。至于《大雅》和《周颂》中歌颂先王武功的诗更不必辞费，自然都是赫赫奕奕的了。其中大型歌舞剧《大武》六场，演武王伐纣克商的情节故事，规模尤大，使吴季札不能不称道："美哉，周之盛也，其若此乎！"

　　再看《诗经》里的几个女性吧。第一个是姜嫄，她勇敢地跟着巨人的脚步，结果怀了孕，生下后稷那样周族的始祖，创立了大业，岂不是不可一世的女性吗？（见《生民》篇）第二个是庄姜，她是个身材高大，额广而方正，双眼闪耀如星的泼辣女性，试想"硕人敖敖，说于农郊，四牡有骄，朱幩镳镳，翟茀以朝"，是何等气象！（见《硕人》篇）第三个是许穆公夫人，她听到祖国（卫）将亡的消息，便准备单骑匹马赶回去营救，虽然丈夫的国家（许）不让她去冒这绝大的险，但她终于运用了外交的手腕，救了祖国。这又是何等有见识的女性！试想她"载驰载驱……驱马悠悠"的神情，难道是一个柔弱的女子？（见《载驰》篇）

　　其余无名氏的女性，民间的女诗人很多，大抵也是性格爽朗而活泼天真的女性。如"颜如舜华，将翱将翔"的女子，口出"子不我思，岂无他人？"的女子。这都是现实的反映。

三　儒家的诗教

　　儒家的诗教对于后代文学思想影响极大，成为传统的权威。儒家十分注重诗歌的社会作用，孔子说：

　　　　小子何莫学夫诗？诗，可以兴，可以观，可以群，可以怨；迩之事父，远之事君；多识于鸟兽草木之名。（《论语·

28

阳货》)

这"兴、观、群、怨"四个字就是儒家诗教的总纲领。什么是"兴"呢?就是"引譬连类"或"感发志意",也就是触类旁通,启发、感动读者的思想感情和意志的作用。孔子和他的学生们谈诗时,有以下两件事例,可以证明诗如何"兴":

> 子贡曰:"贫而无谄,富而无骄,何如?"子曰:"可也,未若贫而乐,富而好礼者也。"子贡曰:"《诗》云:'如切如磋,如琢如磨'。其斯谓与?"子曰:"赐也,始可与言《诗》矣!告诸往而知来者。"(《论语·学而》)

> 子夏问曰:"'巧笑倩兮,美目盼兮,素以为绚兮'何谓也?"子曰:"绘事后素。"曰:"礼,后乎?"子曰:"起予者商也,始可与言《诗》已矣。"(《论语·八佾》)

这就是引譬连类,感发志意,有时甚至不管诗的原意而穿凿附会。后来荀子和汉儒们对于诗的见解,都是朝这条路上走的。汉朝的齐、鲁、韩、毛四家的诗说,更能各尽其附会曲解之能事。

什么是"观"呢?就是观风俗的美恶,也就是采诗的原意。因为诗是最真挚的表现,直率地反映社会生活,各地区人民对于政治的舆论,人民日常生活的情况,都可以从各该地区的诗歌去观察。这就是《汉书·艺文志》所说的"古有采诗之官,王者观风俗,知得失,自考正也。"这也可说是文艺作品切合实际的认识作用。

什么是"群"呢?就是用作交际的工具。孔丘说,"不学诗,无以言。"又说:

> 诵《诗》三百,授之以政,不达;使于四方,不能专对,虽多亦奚以为?(《论语·子路》)

因为当时一般外交的辞令,都是引用《诗经》的句子,若不能把《三百篇》背得烂熟,断章活用,便不能开口。《左传》僖公二

29

十三年所记述，晋公子重耳出奔秦国，和秦穆公赋诗的事便是例子。赋诗的方法是怎样的呢？杜预注道：

> 古者礼会，因古诗以见志，故言赋诗，断句也。其全称诗篇者，多取首章之义。

当时秦穆公是主人，重耳是客人，在客人要辞别时，穆公设酒席饯别。席间，重耳赋《沔水》（原文作《河水》，但《三百篇》中没有《河水》，可能是《沔水》）：

> 沔彼流水，朝宗于海。鴥彼飞隼，载飞载止。嗟我兄弟，邦人诸友，莫肯念乱，谁无父母？

> 沔彼流水，其流汤汤。鴥彼飞隼，载飞载扬。念彼不迹，载起载行。心之忧矣，不可弭忘。

> ……

他把自己比作沔水，把穆公比做海。又暗喻自己象只飞鸟，飞来又飞去，因为家庭发生不和的事，国内混乱而出来的，心中忧愁，时刻耿耿于怀。但谁无父母？我要回到父母之邦。接着穆公赋《六月》勉励他回去之后，要好好辅助天子，同心协力，一致对付北方的强敌狁狁。

> 六月栖栖，戎车既饬。四牡骙骙，载是常服。狁狁孔炽，我是用急。王于出征，以匡王国。

第二节的结句是"王于出征，以佐天子"。第五节说，凯旋的大将尹吉甫，文治武功，是我们的榜样。吉甫设宴，宴请贤者张仲。把重耳比做张仲，一个贤德的朋友。

又如《左传》定公四年，申包胥在秦廷大哭七天七夜，秦哀公为他赋《无衣》，表示愿意出兵救楚。诗云：

> 岂曰无衣？与子同袍。王于兴师，修我戈矛，与子同仇。

这诗本来是军中的歌谣，反映战士友爱的精神的，秦哀公用来示决心出兵参战，共同对敌的意思。这样说话，必须有专门的诗

30

练，如果不背熟《诗经》，非但不能说话，连听也听不懂了。所以孔子说不学诗非但"无以言"，简直是"正墙面而立"的傻子了。当秦穆公设宴请重耳时，重耳的从者子犯自知学诗不如赵衰，便说，"吾不如衰之文也，请使衰从。"席间，穆公赋《六月》后，赵衰便叫重耳"降拜稽首"。宴会后，赵衰解释叫他"拜"的道理："君称所以佐天子者命重耳，重耳敢不拜？"否则不识抬举，就会失礼。

所谓"怨"，据孔安国说是"怨刺上政"，借用诗歌，可以言之无罪，闻之足戒，达到"经夫妇，成孝敬，厚人伦，美教化，移风俗"的成效。这样，就能"扶持邦家"，就能"迩之事父，远之事君"。这是在治平之世所能顺利进行的；"至于王道衰，礼义废，政教失，国异政，家殊俗，而变风、变雅作矣。"变风、变雅是充满不平、怨刺之气的诗，叹王道之衰微，怨政教之失败，借讽刺的方法，匡助政治走上正道。儒家相信，"诗言志"，"思无邪"，就是说，诗歌说出心里的话，吟咏性情，喜怒哀乐，喜乐便赞美，哀怒便讽刺，尤其是民间的歌谣，更能体现民心之所向。但儒家过分重视诗歌在政治上的实用主义，过分重视"美"、"刺"的作用，把三百篇全部看做"美、刺"的作品，其中就有不少牵强附会，强作曲解了。例如《关雎》，原是一首极朴素的民间恋歌：

关关雎鸠，在河之洲。窈窕淑女，君子好逑。

参差荇菜，左右流之，窈窕淑女，寤寐求之。

求之不得，寤寐思服。悠哉悠哉，辗转反侧。

参差荇菜，左右采之。窈窕淑女，琴瑟友之。

参差荇菜，左右芼之。窈窕淑女，钟鼓乐之。

说河边一个采野菜的女子引起一个男子的思慕，那苗条的形象使他昼思夜想：如何把她明媒正娶过来。而儒家却说是："周之文王，生有圣德，又得圣女姒氏以为之配。宫中之人，于其始至，见其有幽闲贞静之德，故作是诗"。"此纲纪之首，王化之端也。"

又如《东门之池》一诗，歌咏青年男女在池塘中沤麻，一面劳动一面谈话唱歌。毛诗序却说："《东门之池》刺诗也。疾其君之淫昏，而思贤女以配君子也。"把一首天真无邪的简朴民歌硬说成讽刺昏君的政治诗了。

诗和歌舞分不开。歌舞有三个要素：诗歌、音乐和舞蹈即动作。《乐记》说："诗，言其志也；歌，咏其声也；舞，动其容也。三者本于心，然后乐器从之。是故情深而文明，气盛而化神，和顺积中而英华发外，惟乐不可以为伪。"儒家把它当作治邦理国的工具，如《荀子·乐论》篇中所说的：

> 先王恶其乱也，故制《雅》、《颂》之声以道之，使其声足以乐而不流，使其文足以辨而不谡（洗XI，邪）。……故乐在宗庙之中，君臣上下同听之，则莫不和敬；闺门之内，父子兄弟同听之，则莫不和亲；乡里族长之中，长少同听之，则莫不和顺。

《乐记》说得更明白：

> 揖让而治天下者，礼乐之谓也。

以礼乐治国，不单是儒家的理想，也是阶级社会中奴隶主、封建地主的统治手段。礼就是社会秩序，是阶级、等级的严格区分。他们认为：自天子以下，各阶级都能以礼为准则，安分守己，则国家相安无事，保持太平；否则便要发生叛乱——造反。《礼记·王制》说：

> 天子无事与诸侯相见日朝。考礼，正刑，一德，以尊于天子。天子赐诸侯乐，则以柷（大鼓的一种）将之；赐伯子男乐，则以鼗（小鼓的一种）将之。

又说：

> 变礼易乐者为不从。

不单变易乐是犯罪行为，绝不许可；如有僭越阶级而作乐的也是大不敬。如《论语·八佾》说：

32

孔子谓季氏八佾舞于庭，是可忍也，孰不可忍也！

按照礼法的规定，天子才可以舞八佾（六十四人），诸侯六佾（三十六人），大夫四佾（十六人），士二佾（四人）。季氏是鲁大夫，按照本分只可以作四佾的乐舞；他却用了八佾，所以孔子气忿不过！

33

第三章 南方浪漫思潮的发达

（春秋、战国）

一 南方风物

南方多深山大泽，正如谢灵运诗所说：

> 山行穷登顿，水陟尽洄沿。岩峭岭稠叠，洲萦渚连绵。
> 白云抱幽石，绿篠媚清涟。

并且土地滋润，草木蔓长，正如邱迟所说：

> 暮春三月，江南草长。杂花生树，群莺乱飞。

长江中上游三峡的风景更加雄浑、宏伟而又清丽。郦道元的《水经注·江水注》写道：

> 自三峡七百里中，两岸连山，略无阙处。重岩叠嶂，隐天蔽日，自非亭午夜分，不见曦月。至于夏水襄陵，沿溯阻绝。或王命急宣，有时朝发白帝，暮到江陵，其间千二百里，虽乘奔御风，不以疾也。春冬之时，则素湍绿潭，回清倒影。绝巘多生怪柏，悬泉瀑布，飞漱其间，清荣峻茂，良多趣味。每至晴初霜旦，林寒涧肃，常有高猿长啸，属引凄异，空谷传响，哀转久绝。故渔者歌曰："巴东三峡巫峡长，猿鸣三声泪沾裳！

生活在这种富于神秘趣味的，变化多样的自然环境中，骚客诗人多得有机会独坐绿荫深处，悠悠然眺望行云流水。在晴天，可以望见"云日相辉映，空水共澄鲜。"雨天时，若"表独立兮山之上"，便可以俯瞰"云容容兮而在下，杳冥冥兮羌昼晦，东风飘兮神灵雨。"

34

觉得"只在此山中，云深不知处。"有时听着刁刁而调调的钧天谐乐；有时又听到"雷填填兮雨冥冥，猨啾啾兮猿夜鸣"。在这样的环境里，难怪要富于想象和玄想，而产生浪漫的文艺思潮。

"浪漫主义"这个世界公用的文艺理论术语，起源于欧洲中世纪的骑士故事，通常叫做"罗曼斯"(Romance) 也可以译成"浪漫史"，原是幻想的传奇小说，冒险故事或骑士的风流韵事。近代人把这种"浪漫史"的性质和倾向，叫做"浪漫蒂克"(Romantic)或"浪漫的"；把这种倾向的创作方法叫做浪漫主义 (Romanticism)。

浪漫主义的特征是丰富的想象和强烈的激情。凡不满现状，虚构理想境界，愤世疾俗，冲破旧框框，用夸张的甚至荒诞的情节，表达热烈而奔放的情绪的，都算是浪漫主义的因素。高尔基曾把浪漫主义分为消极的和积极的两种，前者粉饰现实或逃避现实，企图回到中世纪去，遁入空门；后者提出理想，企图加强人们的生活意志，反抗现实中的不合理现象。有的诗人投身大自然的怀抱，放浪于形骸之外，也是愤世嫉俗的表现。至于把一个具体的诗人或作家划归浪漫主义或现实主义，有时很明显，容易划；有时却不容易划。在伟大的艺术家身上，浪漫主义成分往往和现实主义成分结合在一起；尤其是积极浪漫主义者和现实主义者十分接近。我国古典的和现代的浪漫主义思潮也是这样情况。《楚辞》中很多浪漫主义的作品，例如《九歌·云中君》：

> 浴兰汤兮沐芳，华采衣兮若英。
> 灵连蜷兮既留，烂昭昭兮未央。
> 蹇将憺兮寿宫，与日月兮齐光。
> 驾飞龙兮帝服，聊翱游兮周章。
> 灵皇皇兮既降，猋远举兮云中。
> 览冀州兮有余，横四海兮焉穷？
> 思夫君兮太息，极劳心兮忡忡！

35

云中君是云神，被想象成为俊美的少年，在兰汤中沐浴之后，穿上五彩的华服，无限妩媚。他光辉灿烂，可与日月齐光。他坐着龙车光临了，忽又飞举云中。他在云中眺望神州和四海之外，他去后，多么令人思念，令人忧心忡忡呀！在这首短短的歌舞辞中，既有美丽的想象，又有爱慕思念的深情，既表示对神的颂赞，又挥发对风华正茂的青春怀念，是我国南方古代以民间歌舞为基础的一首浪漫主义好诗。但在这样祭神的颂歌中，除了浓厚的浪漫主义成分，还有人间现实的相思之情。

二　楚民族

代表我国古代东南方文化的是东夷民族和楚民族，而楚民族却继承了东夷的文化而集其大成。

楚民族和周民族相对抗。周天子所属的中原诸侯们，对于楚族多存有歧视的心理，称它为"蛮夷"，为"荆蛮"或"蛮荆"。因为楚族所处的环境，所说的语言，所凤习的风俗等等，都和北方不同。

楚国的兴起是在周成王时（公元前11世纪），到现在已经三千多年了。最初是熊绎受封以子男之田，居丹阳（今湖北省秭归县东），称为西楚。那时长江一带还是荒芜的处女地，《史记·楚世家》引析父的话说："昔我先王熊绎辟在荆山，荜路蓝缕以处草莽。"熊绎五传到熊渠，在江汉之间的版图扩充得很快，便分封了他的儿子们。他坦率地说："我蛮荆也，不与中国之号谥。"那时正当周夷王时（公元前9世纪初叶）。熊渠十二传到了熊通，他要求周天子尊重他，加他王位，不见允许，他便怒道："蛮夷皆率服，而王不加我位；我自尊耳。"便自立为武王。那是周平王时（公元前8世纪中叶），从此楚更强大。到了庄王时（公元前7世纪和6世纪之间），便不可一世了。在东周时，是楚民族全盛的时

36

代，大有"周日蹙百里，楚日拓国百里"之概。计算周诸侯中先后归并于楚的有几十个，陈、吴、越等大国也归入它的版图。长江流域，西起巴蜀，东到江浙，以及山东、河南的一半都已属它，版图之大，远驾周室之上。反之，周天子却只有今河北、山西、陕西三省，和山东、河南的一半罢了。

楚在经济上、政治上，既然大大发展了，在文化方面自然也到了突飞猛进的地步。清洪亮吉的《春秋时楚国人文最盛论》一文说：

> 春秋时人才惟楚最盛，其见用于本国者不具论；其波及他国者，蔡声子言之已详，亦不复述。外此则百里奚霸秦，伍子胥霸吴，大夫种、范蠡霸越，皆楚人也。他若文彩风流，楚亦胜他国。不独左史倚相能读《三坟》、《五典》、《八索》、《九丘》也。……其后即诸子百家亦大半出于楚。《史记》：老子楚苦县厉乡曲仁里人……《艺文志》：道家老莱子……文子……蜎子……鹖冠子……楚子（皆楚人），又孔子、墨子皆尝入楚矣。……公孙龙、任不齐、秦商……楚人。……庄子虽宋蒙县人，而跛迹多在楚。……环渊、尸子、长卢……，陈良，楚产也。许行亦楚人。鬼谷子，皇甫谧注楚人。荀况则尝为楚兰陵令。其他七十子以后传经者，《易》则楚人馯臂、子弓，《礼》则东海人孟卿，《书》则楚太傅铎椒，《诗》则毛、鲁二家，《春秋》则左氏，皆出于楚兰陵令荀况矣。至辞赋家则又原始于楚。屈原、唐勒、景差、宋玉诸人皆是。盖天地之气盛于东南，而楚之山川又奇杰伟丽，足以发抒人之性情，故异材鹜出，又非仅和氏之璧，隋侯之珠，与金木竹箭皮革角齿之饶所得专其美矣。

总括洪氏所说，楚在春秋战国时代的各种文化都极发达，政治、军事上的人材，既为各国之冠，文采风流的博学之士，和百家争

37

鸣的哲学家之多，也都是各国所不及的。尤其是在文学方面，创造了《楚辞》，作者辈出，更不是各国所能企及的。

在《楚辞》之前，《诗经》里的《陈风》和《二南》可说是最古的南方文学集编。陈在今河南，后来归入楚的版图，风俗民情都是和荆楚很调和的。《陈风》里所叙述的民间巫舞，如《宛丘》、《东门之枌》等篇中所描写的，正和楚、越间的巫风相仿佛，从这两首诗所描写的歌乐鼓舞的情景，可以想见屈原当时在"南郢之邑，沅湘之间"所见的民间祭祀歌舞。《二南》是周东迁以后的产品，诗中常常歌咏长江、汉水、汝水，可见是《诗经》中最接近南方的作品。崔述在《读风偶识》中说《二南》："盖其体本起南方，北方效之，故名以南。"梁启超在《诗经读法》里说"南"就是南方的乐，体制和"风、雅、颂"都不同。胡适直说《二南》就是"楚风"。（见《谈谈诗经》）。其实《南》本是一种乐器，后来发展成为一种地方的乐调；再进一步发展为一种地方的诗体。

《二南》之后，散见于各古籍的楚风并不多，但从《父子歌》、《徐人歌》、《孺子歌》和《越人歌》的楚译歌辞看来，还可以看出《楚辞》发展史的痕迹。《孟子·离娄》说孔子游楚时听见小孩唱的民歌（《孺子歌》或《沧浪歌》）道：

　　　沧浪之水清兮，可以濯我缨。
　　　沧浪之水浊兮，可以濯我足。

已是"楚辞"的先声。据刘向《说苑》说，春秋时代的鄂君子晰泛舟河中，划桨的越人用越语唱了一首三十一个字的民歌，子晰听不懂，请人译为楚歌，成了这样一首美丽的诗：

　　　今夕何夕兮，搴中洲流；
　　　今日何日兮，得与王子同舟！
　　　蒙羞被好兮，不訾诟耻。
　　　心几顽而不绝兮，得知王子！

38

山有木兮木有枝，心悦君兮君不知！

这是中国文学史上第一首译诗。虽是译诗，却和《九歌》的风格极为近似。尤其是结句"山有木兮木有枝，心悦君兮君不知！"和《湘夫人》的"沅有茝兮醴有兰，思君子兮未敢言！"的情调何等相似！

玄学诗人老聃写了《道德经》五千言，为中国古代诗体解放开辟了道路。

到了屈原时，楚辞体制来了一个飞跃的发展。屈原（约公元前340—约前278）名平，是中国历史上第一颗文学明星，光辉灿烂，可与日月争光；比之世界任何国家的最大诗人都无逊色。而在当时的北方却还没有产生任何伟大的诗人，只是保守着几首民间歌谣。

和屈原同时的散文作家有庄周（约公元前369—前286），著有《庄子》三十三篇，为我国古代散文放射万丈光芒。那样汪洋恣肆的浪漫派文章，对后代的影响极为深远。北方的散文家如荀况（约公元前313—前238）也是了不起的人物，他有自己的思想体系，是第一个写出结构完整而文彩斐然的散文的作家。他是受过南方文学洗礼的哲学散文家，因为他久在楚地活动，先为楚国的兰陵令，后来著作于楚，老死于楚，并曾染指于辞赋。

三　楚辞的浪漫思潮

《楚辞》富于神话，《天问》、《远游》、《招魂》、《九歌》等篇，几乎全部都是些神话的材料。《天问》里一百七十几个问题，大都是关于神话、传说的。《远游》气象万千，神游太虚，飘飘欲仙。《招魂》里有关于天界、地狱的描写，极为可怕，略似但丁《神曲》（Dante：La Divina Commedia）中的地狱，惊心动魄。不过但丁是在梦中亲临地狱，屈原是招怀王的魂，写法不同。美丽可爱的是《九歌》中所描写的人格化了的自然神，东皇太一（天上尊神），湘君、湘夫人（湘水之神），云中君（云神），东君（日神），《河伯》（河神），大司命（主宰生命之神），少司命（主持正义之神），山鬼（山林女神），都是威严或美丽的形象；最后的《国殇》所描绘的是为国杀敌而壮烈牺牲的英魂，"身既死兮神以灵，子魂魄兮为鬼雄。"

《离骚》一篇也充满着神话的色调，想象极为丰富。如：

> 吾令羲和（日之御）弭节兮，望崦嵫（日宿处）而勿迫。
>
> 路曼曼其修远兮，吾将上下而求索。
>
> 饮余马于咸池（日浴处）兮，总余辔乎扶桑（日出处）。
>
> 折若木以拂日兮，聊逍遥以相羊。
>
> 前望舒（月御）使先驱兮，后飞廉（风神）使奔属。
>
> 鸾皇为余先戒兮，雷师告余以未具。
>
> 吾令凤鸟飞腾兮，继之以日夜；
>
> 飘风屯其相离兮，帅云霓而来御。
>
> 纷总总其离合兮，斑陆离其上下。
>
> 吾令帝阍开关兮，倚阊阖（天门）而望予。
>
> 时暧暧其将罢兮，结幽兰而延伫。
>
> 世溷浊而不分兮，好蔽美而嫉妒。
>
> 朝吾将济于白水兮，登阆风（山）而缫马。
>
> 忽反顾以流涕兮，哀高丘之无女。
>
> 溘吾游此春宫兮，折琼枝以继佩。
>
> 及荣华之未落兮，相下女之可诒。
>
> 吾令丰隆（云神）乘云兮，求宓妃（神女）之所在。
>
> 解佩纕以结言兮，吾令蹇修以为理。……
>
> 览相观于四极兮，周流乎天余乃下。

《楚辞》中运用了大量的神话材料。其想象力之强，形象之生动，和《雅、颂》有天渊之别。周人虽也信天，但他们认为："上

40

48

帝板板"，并未驰骋想象的羽翼。然而，楚人的浪漫主义思想不免受了殷人的影响。殷人是富于宗教信仰的，殷代的卜辞可以证明。郭沫若在《屈原》一书里说：

> 就《卜辞》看来，殷人除掉自己的祖宗和至上神的天帝之外，风云虹霓河岳都是视为神祇，而一切大小事件都是要用龟卜来请命于鬼神的。……殷人的超现实性被北方的周人所遏抑了的，在南方的丰饶的自然环境中，却得着了它的沃腴的园地。《楚辞》的富于超现实性，乃至南方思想家之富于超现实性，我看都是殷人的宗教性质的嫡传，是从那儿发展了出来，或则起了蜕化的。屈原作品中常有灵巫在演着重要的节目，那便是绝好的证明；而屈原始终崇拜着殷代的贤者彭咸，也正明白地表示着他的超现实的思想的来历。

原来殷人是东方近海诸夷中的一个民族，早期住在勃海湾山东半岛上，海水茫茫，容易诱引他们想起缥缈的神话来，以蓬莱三岛为中心的神仙们，恐怕是在殷商时代早就诞生了。他们几次迁移，从契到汤，就已迁移过八次，盘庚迁殷（今河南安阳）以后才算定居。殷人为了征服东南方的诸夷，反被新崛起于西北的周部族所袭击，顾前不顾后，终于亡国。殷亡后的遗民，一部分被安置在宋（今河南、江苏间），一部分逃亡南方。殷人的文化一部分被周人所吸取，一部分被周人所扬弃；他们的浪漫思想，在南方得到了更大的发展。《楚辞》中的《九歌》是很美丽的巫歌，而巫风起源于殷商。《尚书·商书伊训》说："恒舞于宫，酣歌于室，时谓巫风。"伊尹鉴于当时巫风过盛，有伤民力，曾训令禁止过；但后来仍风行于陈、楚、吴、越各地，而楚集其大成。

屈原在他的作品里运用了大量神话、传说的材料，但他并不完全相信鬼神。他写过雄大的诗篇《天问》，提出了一百七十二个问题，大多有关神话传说的问题，表示他对那些神话的怀疑。屈原生当学术思想大发展的黄金时代，他的思想博大精深，是他

41

那时代进步势力的代表。《天问》一篇既显示了他的怀疑主义思想，又表达了他一肚子的郁结烦闷。古代伟大的诗人于运用神话材料的同时，结合他的政治倾向性而摧毁神祇的不仅屈原一个。比屈原早二百年的希腊第一个大悲剧诗人埃斯库罗斯（Aischulos，公元前525—前456）在《被绑的普罗米修斯》中借主角的口说："我憎恨一切的神"，并且愤怒地申斥了河神和神使，甚至大骂主神宙斯。比屈原晚四百多年的希腊作家琉善（Loukianos，约125—约192），在《神的对话》中喜剧式地用笑声与群神告别。

《楚辞》饱含悲愤而感伤的情调。这主要是当时的历史条件起了决定性的作用。

屈原所生活的年代，正当强秦崛起，而楚国却处于由盛而衰，亡国的前夕：内部存在着反动贵族集团和改革派之间的尖锐矛盾，上层卖国集团和广大人民之间也矛盾重重。反对黑暗而热爱祖国和人民的屈原，面对亡国的危机，不能不发出悲愤而凄楚的歌咏。《离骚》便是抒发这种感情的代表作，如说：

> 日月忽其不淹兮，春与秋其代序。
> 惟草木之零落兮，恐美人之迟暮。……
> 长太息以掩涕兮，哀民生之多艰。……
> 忳郁邑余侘傺兮，吾独穷困乎此时也！
> 宁溘死以流亡兮，余不忍为此态也！……
> 曾歔欷余郁邑兮，哀朕时之不当。
> 揽茹蕙以掩涕兮，霑余襟之浪浪！

屈原的悲哀和愤怒引起了广大人民和后代人的深厚同情，因为他的悲愤是由于爱国，不是为了个人。屈原起初得到楚怀王的信任，做到"左徒"的高官，参加了国家政令的起草和外交工作。当楚国在强秦的威胁下，主张联合齐国，共同抗秦。可是令尹子椒，上官大夫靳尚和妃子南后郑袖等受了秦国使者张仪的贿赂，阴谋使怀王疏远了屈原，把他流放，而结果竟致怀王身为俘虏，囚死于

42

秦。楚怀王死后，顷襄王比他父亲更胡涂。公元前278年即顷襄王二十一年，秦将白起南下，攻破楚国都城郢。屈原在流放中写了《哀郢》的诗，十分悲伤。这诗和世界著名的《耶利米哀歌》相似。耶利米为国都耶路撒冷遭到强邻新巴比伦的围攻而毁灭，悲伤痛哭。屈原在《离骚》中一再表明他的悲伤是为了国家：

　　惟夫党人之偷乐兮，路幽昧以险隘。

　　岂余身之惮殃兮，恐皇舆之败绩。

　　忽奔走以先后兮，及前王之踵武。

　　荃不察余之中情兮，反信谗而齌怒。

　　余固知謇謇之为患兮，忍而不能舍也。

　　指九天以为正兮，夫惟灵修之故也。

他的后辈宋玉，也是个有才气的文艺家，他的《九辩》是悲秋的绝妙文章：

　　悲哉，秋之为气也！萧瑟兮，草木摇落而变衰。

　　憭栗兮，若在远行，登山临水兮，送将归。

　　泬寥兮，天高而气清，寂寥兮，收潦而水清。

　　憯凄增欷兮，薄寒之中人。

　　怆怳懭悢兮，去故而就新。

　　坎廪兮，贫士失职而志不平。

　　廓落兮，羁旅而无友生。惆怅兮，而私自怜！

　　燕翩翩其辞归兮，蝉寂漠而无声。

　　雁雍雍而南游兮，鵾鸡啁哳而悲鸣。……

宋玉巧妙地描绘了深秋天气转凉，草木摇落的景色，把个人的寒微身世和国家的危亡隐忧结合在一起，写出了情景交融的艺术境界。他悼念屈原的被谗流放，憎恨楚王左右小人们的嫉害忠良：

　　岂不郁陶而思君兮，君之门以九重；

　　猛犬狺狺而迎吠兮，关梁闭而不通。

　　皇天淫溢而秋霖兮，后土何时而得干？

块独守此无泽兮，仰浮云而永叹！

何时俗之工巧兮，背绳墨而改错！

却骐骥而不乘兮，策驽骀而取路。

当世岂无骐骥兮？诚莫之能善御。

见执辔者非其人兮，故驹跳而远去。

诗中反复抒写这一思想感情，对当时的政治加以批评；但他的性格软弱，斗争无力，最后只得离去了事。屈原却不然，他的性格倔强、亢奋，敢于责备怀王和子椒、子兰等反动集团人物，作正面的斗争。虽在流放中仍不忘祖国的命运，忧思怫郁，终于沉江而死。

《楚辞》所用的"兮"字、"些"字、"只"字都是感叹词。象《离骚》等篇把"兮"字用在句中间的句法，和《旧约·耶利米哀歌》所用的"气纳体"（Kinah）完全一样。希伯来人一说到《哀歌》便联想到亡国之痛。我们一提起《楚辞》或《离骚》便联想到"悲楚的歌辞"，或是志士受屈的"激昂慷慨的歌辞"。

《楚辞》常用一种回荡的表现法，善用象征的方式，用奇幻的神话，天马行空的想象，烘托出浓挚的、坚强的感情。如《涉江》中的一段：

入溆浦余僔佪兮，迷不知吾所如；

深林杳以冥冥兮，猨狖之所居。

山峻高以蔽日兮，下幽晦以多雨；

霰雪纷其无垠兮，云霏霏而承宇。

哀吾生之无乐兮，幽独处乎山中；

吾不能变心而从俗兮，固将愁苦而终穷。

梁启超说："表情的方法，屈、宋都是一样，我譬喻他象一条大蛇，在那里蟠—蟠—蟠！又象一个极深极猛的水源，给大石堵住，在石罅里头到处喷迸。这是他们和《三百篇》的不同处。"屈、宋不但用了回荡法，也用了奔迸的表情法，如《怀沙》：

44

滔滔孟夏兮，草木莽莽。

伤怀永哀兮，汩徂南土。……

玄文处幽兮，矇瞍谓之不章；

离娄微睇兮，瞽以为无明；

变白以为黑兮；倒上以为下。

凤皇在笯兮，鸡鹜翔舞。

同糅玉石兮，一概而相量。

夫惟党人鄙固兮，羌不知余之所臧！

又如《天问》一篇，是屈原悲愤填膺，呵天而问，一口气问了一百七十二个问题，真是痛快，真可说淋漓尽致，被郭沫若称为"空前绝后的第一等奇文字。"

《楚辞》的音乐调子是曼声繁节，所用的乐器以丝竹为主，以鼓疏节。《九歌·东皇太一》说：

扬枹兮拊鼓，疏缓节兮安歌，陈竽瑟兮浩倡。

灵偃蹇兮姣服，芳菲菲兮满堂。

五音纷兮繁会，君欣欣兮乐康！

管弦乐的声音比较缥缈而幽远，合于巫风的神秘情调。但到了祭祀的终了，或歌舞剧的最高潮处，则鼓声齐作，以庄严洪大的合奏来结束盛典。《九歌》的末场《礼魂》：成礼兮会鼓，传芭兮代舞，姱女倡兮容与。春兰兮秋菊，长无绝兮终古！"

古代南方的美术作品很少流传下来，但由于屈原的诗作，可以略知他当时曾看见的一些神秘浪漫的神话画。王逸的《天问章句》说："屈原放逐，忧心愁悴。彷徨山泽，经历陵陆，嗟号昊旻。仰天叹息，见楚先王之庙及公卿祠堂，图画天地山川神灵，琦玮儇佹，及古贤圣怪物行事。周流罢倦，休息其下。仰见图画，因书其壁，呵而问之。"琦玮宏伟的浪漫的壁画，由《天问》所提的问题可以想象而知。再由后人所绘的《离骚图》和《山海经图》看来，似乎可以得其仿佛。

汉王逸说："昔楚国南郢之邑，沅湘之间，其俗信鬼而好祠，其祠必作歌乐鼓舞，以乐诸神。屈原放逐，窜伏其域，怀忧苦毒，愁思沸郁；出见俗人祭祀之礼，歌舞之乐，其词鄙陋，因为作《九歌》之曲。"近年在云梦之泽，沅湘之间，发现古代铜鼓，鼓面和胴部有图像，有奏乐图，舞蹈图，和《九歌》所描绘的一样。凌纯声《东南亚铜鼓装饰纹样的新解释》一文，介绍了东南铜鼓起源问题的讨论，主张说铜鼓起源于中国的云梦、沅湘之间。屈原时住在沅湘之间的民族是"濮越"人或"僚越"人，这些少数民族的后代，部分迁居到印度尼西亚。铜鼓上的图画，《九歌》中"濮僚"人的祭神仪式，至今仍被印尼的那伽人和耶美人完好地保存着。

四　老、庄的文艺

古代南方的思想家，当以老、庄为代表。老聃和庄周的思想虽各有异处，却有根本的相同点。他们都富于南方浪漫的色彩，反对北方儒家的人文思想，主张自然、无为而治。他们虽然都反对艺术的雕饰，但他们的著述——《老子》和《庄子》都富于文艺的趣味。《老子》除了全部带有神秘幽玄的浪漫情调之外，还用诗的形式。如：

众人熙熙，如享太牢，如登春台。

我独泊兮其未兆，如婴儿之未孩。

乘乘兮若无所归。

众人皆有余，而我独若遗；

我愚人之心也哉！

沌沌兮俗人昭昭，我独若昏；

俗人察察，我独闷闷。

澹兮其若晦，飂兮若无所止。

众人皆有以，而我独似鄙。

我独异于人，而贵食母。……

飘风不终朝，骤雨不终日，

孰为此者？天地。……

天得一以清，地得一以宁；

神得一以灵，谷得一以盈；

万物得一以生，侯王得一以为天下贞。

其政闷闷，其民淳淳；

其政察察，其民缺缺。

祸兮福所倚；福兮祸所伏。…

天之道其犹张弓乎，

高者抑之，下者举之，

有余者损之，不足者补。

天之道损有余而补不足，

人之道则不然，损不足而奉有余。

老聃 姓李名耳（约生于公元前六世纪）楚苦县人，曾任周的守藏室之史（图书馆史料管理者），中国最早的哲学家，晚年退隐，著《道德经》五千言，韵文的哲理诗。他具有朴素的辩证法思想，主张无为而治，"民不畏死，奈何以死惧之？""民之饥，以其上食税之多，是以饥。民之难治，以其上之有为，是以难治。"他的理想政治是回到原始社会："小国寡民。……使民复结绳而用之。甘其食、美其服。安其民、乐其俗。邻国相望，鸡犬之声相闻，民至老死不相往来。"

这位诗人哲学家的作品颇有特点：首先是用韵文写他浪漫的哲学思想，文字精练，仅仅五千字，很深刻地写出他那浪漫的世界观、道德观、艺术观和理想的政治。其次是运用形象思维的方法，想象生动，比喻巧妙，说服力很强。第三，善于用通俗的民

47

间语言。全诗用了很多的"兮"字，这是当时南方楚地的口语；又吸取了很多民间的谣谚，如云"进寸而退尺"，"千里之行，始于足下"，"合抱之木，生于毫末"，"九成(层)之台，起于累土，""图难于其易，为大于其细"。第四，诗体的大解放。周诗几乎全是固定的四言诗，而老子在屈原之前写的诗，却比屈原更大胆地解放诗体，并且以韵文写哲理，更是历史上的创举。和老子同时代的古希腊哲学家中有个行吟诗人兼哲学家的色诺芬尼(Xenophanes约公元前565—约前473)以唱诗糊口，留下一些哲学诗和讽刺诗的残篇，反对荷马的多神教，主张一神教。他的名句大意是："如果牛、马、狮子会绘画，定会把神画成牛、马、狮子。"他的学生巴门尼德(Permenides)写过哲学诗《自然论》，只剩断简残篇了。他把他老师的一神论加以阐释，说神就是宇宙本身，是不生不灭的。这些创造性的特点，表现这部哲学诗的浪漫主义性质。

《庄子》是一部绝妙的散文集，例如第一篇《逍遥游》，简直是一篇象征的散文诗：

北冥有鱼，其名为鲲。鲲之大，不知其几千里也。化而为鸟，其名为鹏。鹏之背，不知其几千里也；怒而飞，其翼若垂天之云。是鸟也，海运则将徙于南冥。南冥者天池也。

《齐谐》者，志怪者也。《谐》之言曰："鹏之徙于南冥也，水击三千里，抟扶摇而上者九万里，去以六月息者也。"野马也，尘埃也，生物之以息相吹也。天之苍苍，其正色邪？其远而无所至极邪？其视下也，亦若是则已矣。

且夫水之积也不厚，则其负大舟也无力。覆杯水于坳堂之上，则芥为之舟。置杯焉则胶，水浅而舟大也。风之积也不厚，则其负大翼也无力。故九万里则风斯在下矣。而后乃今培风；背负青天而莫之天阏者，而后乃今将图南。

蜩与学鸠笑之曰：我决起而飞，枪榆枋，时则不至，而控于地而已矣，奚以之九万里而南为？

48

适莽苍者，三飡而反，腹犹果然；适百里者，宿舂粮；适千里者，三月聚粮。之二虫又何知！小知不及大知，小年不及大年。奚以知其然也？朝菌不知晦朔，蟪蛄不知春秋，此小年也。楚之南有冥灵者，以五百岁为春，五百岁为秋；上古有大椿者，以八千岁为春，八千岁为秋，此大年也。而彭祖乃今以久特闻，众人匹之，不亦悲乎？

汤之问棘也是已："穷发之北有冥海者，天池也。有鱼焉，其广数千里，未有知其修者，其名为鲲。有鸟焉，其名为鹏，背若泰山，翼若垂天之云；抟扶摇羊角而上者九万里，绝云气，负青天，然后图南，且适南冥也。斥鴳笑之曰：'彼且奚适也！我腾跃而上，不过数仞而下，翱翔蓬蒿之间，此亦飞之至也。而彼且奚适也！'"此小大之辨也。

故夫知效一官，行比一乡，德合一君，而征一国者，其自视也亦若此矣。而宋荣子犹然笑之。且举世誉之而不加劝，举世非之而不加沮，定乎内外之分，辨乎荣辱之境。斯已矣。彼其于世，未数数然也。虽然，犹有未树也。

夫列子御风而行，泠然善也，旬有五日而后反。彼于致福者，未数数然也。此虽免乎行，犹有所待者也。若夫乘天地之正，而御六气之辨，以游无穷者，彼且恶乎待哉！故曰：至人无己，神人无功，圣人无名。

庄子名周（约公元前369—前286）宋国蒙人，曾为蒙漆园吏，生活贫困而性旷达。楚威王（公元前339—前338）慕名请他为相，不就。相传他隐居南华山，妻死，鼓盆而歌。著有《庄子》五十二篇，今存三十三篇。金圣叹把它列为"第一才子书"真可当之无愧。他的文章自由奔放，纵横无尽，正如宋濂所说："汪洋凌厉，若乘日月，骑风云，下上星辰而莫测其所之，诚有未及者。"（见诸子辨》）鲁迅也说："其文则汪洋辟阖，仪态万方，晚周诸子莫能先也。"（《汉文学史纲要》）庄文的具体特点是：想象丰富奇

49

幻，形象生动，富于浪漫主义色彩；特别是善于讲寓言故事和进行形象的描绘。例如《外物》篇写任公子用大钩长绳钓鱼：

> 已而大鱼食之，牵巨钩馅没而下。鹜扬而奋鬐。白波若山，海水震荡，声侔鬼神，惮赫千里。

这样夸张、浪漫的故事，只三言两语，便绘声绘影，**赫**然如在目前。又如《徐无鬼》写匠石斫垩"：

> 郢人垩慢其鼻端若蝇翼，使匠石斫之。匠石运斤成风。听而斫之，尽垩而鼻不伤，郢人立不失容。

描写匠石和郢人配合演出绝技，生动灵活。庄周常用寓言、神话、传说等不寻常的想象的故事，来阐释他的哲理。

庄子的思想继承老子，反对儒家的热心于仕，主张无为、自然，对当时的政治加以批判。齐是、非，生、死，大、小，久、暂，近乎相对论。他的泛神论有破除宗教迷信的功效。老、庄以思想家兼诗人、文学家，在我国古代哲人中实为绝无仅有，在世界文学史上也是罕见的。罗马奴隶制崩溃时期的卢克莱修（Lucretius，约公元前99—约前55），写的《物性论》(De Rerum Natura）是一部完整的，独步古代西方的哲学长诗，被马克思说成"朝气蓬勃，咤叱世界的大诗人"的"豪爽而宏亮的歌唱。"老、庄虽然也是奴隶制崩溃时期的哲理诗人，却比卢克莱修要早四五百年。

五 老、庄的艺术论

老、庄的艺术思想是从清静无为、朴素自然的原则出发的。他们不主张修饰、雕琢，而主张朴素无华。老子说："大巧若拙"，"大辩若讷"，"信言不美，美言不信"，"处其实，不居其华"。韩非在《解老篇》里解释这些话的意义说：

> 夫君子，取情而去貌，好质而恶饰。夫恃貌而论情者，

50

> 其情恶也；须饰而论质者，其质衰也。何以论之？和氏之璧，不饰以五彩；隋侯之珠，不饰以银黄。其质至美，物不足以饰之。

韩非虽然也是个出色的散文家，能尽纵横捭阖之妙，但不能理解老庄艺术论的三昧境。质朴而自然的作品，决不只是少装饰的作品，而是作者和作品达到了"神化"的境界，也可说是王国维所说的"无我之境"。要达到"神化"的境界不是容易的事，须有相当的修养，修养到了一定的火候，自然会有炉火纯青的功效。庄周曾有几则寓言，形象地把这种"神化"境界阐发得极为精微，如《达生》中有一则说：

> 纪渻子为王养斗鸡，十日而问鸡已乎？曰："未也，方虚憍而恃气。"十日又问。曰："未也，犹应响景。"十日又问。曰："未也，犹疾视而盛气。"十日又问。曰："几矣，鸡虽有鸣者，已无变矣；望之似木鸡矣，其德全矣，异鸡无敢应者，反走矣。"

这就是所说的"大智若愚"、"大巧若拙"的境界，异鸡无敢应者，反去矣。又如《养生主》篇说庖丁解牛时"砉然响然，奏刀騞然，莫不中音，合于《桑林》之舞，乃中《经首》之会。"这种"神化"的绝技，据他说是因为"以神遇而不以目视，官知止而神欲行，依乎天理……因其固然。"所以能得心应手，恢恢乎游刃有余地。再如《田子方》篇里有一个寓言说：

> 宋元君将画图，众史皆至，受揖而立，舐笔和墨，在外者半。有一史后至者，儃儃然不趋，受揖不立，因之舍。公使人视之，则解衣般礴，裸。君曰："可矣，是真画者也。"

"解衣般礴"四字成了后代画论的术语了。"解衣"就是脱去束缚，彻底解放之意。"般礴"即是意气轩昂，旁若无人之意。真正的艺术家要能达到解衣般礴的境地，才能意兴如泉，滚滚地自然喷进，才能不顾技巧之末。艺术最大的束缚是名缰利锁；能够脱去

51

名利的圈套,才能入神。《达生》篇中关于"梓庆削镰"的故事,具体地说明文艺家如何进入"无我之境"的过程:

> 梓庆削木为镰,镰成,见者惊犹鬼神。鲁侯见而问焉,曰:"子何术以为焉?"对曰:"臣工人,何术之有? 虽然,有一焉:臣将为镰,未尝敢以耗气也,必斋(斋)以静心。斋三日而不敢怀庆赏爵禄,斋五日不敢怀非誉巧拙,斋七日辄然忘吾有四肢形体也。当是时也,无公朝,其巧专而外骨消;然后入山林,观天性,形躯至矣,然后成见镰,然后加手焉。不然则已,则天合天。器之所以疑神者其是与!

做到专心致志,进入无我之境,忘记成败毁誉的地步,便真能赏鉴或创作文艺作品。这样,用庄子神化的观念来理解庄子的文章和浪漫主义文艺论的真谛,才可达到透澈微妙的境地。在他的《天下》篇里。他自己描写他的文章特征道:

> 以谬悠之说,荒唐之言,无端崖之辞,时恣纵而不傥,不以觭见之也。以天下为沈浊,不可与庄语,以卮言为曼衍,以重言为真,以寓言为广。独与天地精神往来,而不敖倪于万物;不谴是非,以与世俗处。其书虽瑰玮,而连犿无伤也;其辞虽参差,而淑诡可观。彼其充实不可以已。

这一段文章,可以看做庄子对于自己的思想、文章的特色的自述,也可以看做我国最早关于浪漫主义文艺思潮的评论,是关于古代南方歌谣、《楚辞》、《老子》、《庄子》等浪漫倾向作品的述评。

52

第四章 南北思潮的合流
（秦汉魏晋）

一 合流的经过

晚周的战国时代百家争鸣。儒、道、墨、法、名、兵、纵横等各家都各自构成一个学派。其中被称为"显学"的有儒、道、墨三家。墨家后起，在孟轲时势力非常之大。据《孟子·滕文公下》说："圣王不作，处士横议，杨朱墨翟之言盈天下。天下之言，不归杨即归墨。"可知墨家思想曾风行一时。但影响到后代最深远的还是儒、道两家，代表古代南北方的主要思潮。这两大思潮经过斗争、辩论，经过相互驳难和渗透，终于适应了社会历史要走向统一的根本趋势，而得以合流，并产生了协调综合潮流的先进人物。这些先进人物中可以举出两个作代表：一个是楚人陈良，他喜欢周公孔子之道，到北方学习，"北方之学者未能或之先也。彼所谓豪杰之士也。"（《孟子·滕文公》上）他的影响很大，尤其是对南方文学的发展。郭沫若说陈良"一定是南方的一位大师，是儒术在南方的传道者，从年代推考起来，他正好可以充当屈原的先生。"（《屈原》）

在陈良之后，对于合流事业作出更大贡献的是战国末期的大儒荀况（约公元前298—前238）。侯外庐等著的《中国思想通史》把他列为"中国古代思想的综合者"，说：

荀子的学问兴趣很广泛，自哲学、政治、经济以至于文学，都在他注意研究的范围之内，对于他以前和同时的学派，除了仲尼子弓以外，百家诸子几乎没有不受到他深刻的批判，就是儒家各派也不能幸免。他的天道观就是批判地接受了初期道家——黄老学派的，因此，莫下了他的学说的基础，也留下了很好的批判接受遗产的范例。还有一件值得注意的事，就是各派诗学虽经荀子的传授，但他自己做起诗来，却采用了民间的形式——"成相"的调子，同时还创造了"赋"这一种新的文体；可见他的作风是怎样和当时的社会息息相关，并没有脱节的！

齐国的稷下是战国时代的学术中心，是百家争鸣活动的集中地方。荀况行年五十而游学于齐，为"稷下先生"，三次为祭酒（领袖），可见他在争鸣中的地位和作为古代思想综合者的条件。他曾在楚国被春申君任为兰陵令，春申君死后，荀况就在兰陵退隐，著书立说。《史记》说他"嫉浊世之政，亡国乱君相属，不遂大道，而营巫祝，信祇祥；鄙儒小拘，如庄周等又滑稽乱俗。于是推儒墨道德之行事兴坏序列，著数万言而卒。"（《孟子荀卿列传》）

荀子对以前的哲学思想做了总结，对秦汉学术思想的发展大有影响，他的人定胜天的思想，把先秦对天人关系问题的研究，提到了一个新的高度。他在政治上以法治的新精神，改造了旧的礼治观念。他主张以王道统一天下，必要时也不妨用霸道。他的文学论主要点是为社会教育服务。他也说"诗言志"，但他所谓"志"不是指作者个人的思想感情，而是圣人治国平天下的志。他的文学作品《成相》辞五十六首，主题就是他的政治理想，以法与礼来治天下，统一天下。《成相》的"相"是民间的一种乐器，形状好似花鼓，"成"是演奏的意思。《成相》做为一种诗的形式，类似"花鼓调"。荀子五十六首《成相》辞的中心思想，是要达到一

54

统天下的理想王国。如：

（第五）曷谓贤？明君臣，上能尊主下爱民。主诚听之，天下为一海内宾。

（第十八）治之经，礼与刑，君子以修百姓宁。明德慎罚，国家既治四海平。

（第五三）言有节，稽其实，信诞以分赏罚必。下不欺上，皆以情言明若日。

（第五六）臣谨修，君制变，公察善思论不乱。以治天下，后世法之成律贯。

直接受荀子影响的是他的两个学生李斯和韩非。这两个学生都是主张法治的所谓法家。李斯在政治上，在行动上帮助秦始皇统一中国，把南北不同的各民族作第一次的大统一。韩非在思想上，综合了法家学说，加以发展，达到了顶峰。他的著作帮助秦始皇完成统一的大业。

李斯（公元前？—前208）楚国上蔡人。他向荀况学习帝王之术后，见楚王不足以成大业，齐、燕、韩、赵、魏诸王又软弱无能，只有新兴的秦国，改革比较彻底。经过丞相吕不韦的推荐，李斯在秦受到重用，拜为客卿。从长史、廷尉，直至丞相。鲁迅说他"虽出荀卿之门，而不师儒者之道，治尚严急，然于文字则有殊勋，六国之时文字异形，斯乃立意，罢其不与秦文合者，画一书体，作《仓颉》七章，与古文颇不同，后称'秦篆'，又始造隶书，盖起于官狱多事，苟趋简易，施之于徒隶也。"（《汉文学史纲要》）这个"书同文"的文化政策是李斯完成统一大业的功绩之一，有助于文艺思潮趋于合流。先秦时南北方言不同，孟子说南方人说话象鸟叫，同是南方人，楚的鄂君子晰也不解《越人歌》，需要翻译，便是明证。不但方言，连文字写法也不统一，如《说文》序上说："七国……言语异声，文字异形"。尽管语音不同，如果文字的写法统一了，又有了统一的传统文章

55

（即文言文），思想自然就容易 统 一 了。司马迁编 著《史记》时，曾依照这统一了的文字，去改正古书上不统一的方言。二千年来，藉着这文字的统一以维系我们的民族，不致涣散。

李斯还能写一手好文章，他那著名的《谏逐客书》语言简练而观点鲜明，论据充足，有说服力，如第二段：

> "……必秦国所生然后可，则是夜光之璧，不饰朝廷；犀象之器，不为玩好；郑卫之女，不充后宫；而骏马駃騠，不实外厩；江南金锡不为用，西蜀丹青不为采。…夫击瓮叩缶，弹筝搏髀而歌呼呜呜，快耳目者，真秦之声也；郑、卫《桑间》，韶、虞、《武象》者，异国之乐也。今弃击瓮而就郑卫，退弹筝而取韶虞，若是者何也？快意当前，适观而已矣。今取人则不然：不问可否，不论曲直，非秦者去，为客者逐。然则是所重者，在乎色乐珠玉；而所轻者，在乎人民也。此非所以跨海内制诸侯之术也。"

这篇文章在当时激烈的阶级斗争中起了很大的作用。因为李斯是新兴地主阶级的政治家，他的治国方针是建立封建制，奴隶主贵族们起来做垂死的斗争。贵族们和秦的宗室大臣们提出逐客令，凡不是秦国人统统赶出去，那样一来，他们就可免遭灭亡的命运了。李斯这篇文章情文并茂，说服力强，并有历史的进步意义。

韩非（约公元前280—前233）本是韩国的没落贵族，秦王政看到他的著作，十分喜爱他的才能，把他招到秦国去，但遭到李斯和姚贾的陷害，被迫自杀于狱中。韩非批判地 继 承 了 荀子的"性恶说"而主张以"刑"和"法"去矫正人性。他一方面师承黄老的自然观，写了《解老》、《喻老》等文章，反对"是古非今"，有进步的社会史观，一方面又集先秦法家学说的大成，总结商鞅、申不害和慎到三家的思想，提出了"法、术、势"三结合的法治思想体系。"法"就是明文颁布的法律，可以富国强兵；"术"是防止官僚们结党营私的手段；"势"是牢握政权，若慎 到 所说的"飞龙

56

乘云,腾蛇游雾;云罢雾霁而龙蛇与蟥螾同矣。"他这三个法宝构成的法治思想体系,成了秦始皇统一天下,建立中央集权封建帝国的理论根据。

韩非的理论体系,和欧洲文艺复兴时期的巨人马基雅弗利(Machiavelli,1469—1527)的政治哲学近似。马基雅弗利生当欧洲新兴资产阶级纷纷要求中央集权,统一民族国家的潮流澎湃的时代,鼓吹意大利的统一,作了多年的努力,最后总结经验,写成著名的《君主论》,又译《霸术》,主张用各种手段,包括暴力和纵横捭阖的外交。他的学说影响深远,英国女皇伊利莎白(Elizabeth)就是运用"马基雅弗利主义"而完成中央集权和统一事业的。

秦汉时的"杂家",可说是思想合流中的一种产物。杂家思想侧重于道家而旁通博综,兼采儒、墨、名、法诸家之说。杂家的著作不是个人的创作,而是集体的丛刊。例如吕不韦的《吕览》(即《吕氏春秋》)是他的门客们的作品。《史记》说:"吕不韦乃使其客,人人著所闻,集论以为八览、六论、十二纪,二十余万言。"(《吕不韦列传》)淮南王刘安的《淮南子》也是集体的作品。有人说吕不韦和刘安未尝著书,都是门客替他们作的;这也不尽然,《吕氏春秋》虽不是出于吕氏自己的手笔,也必经他同意,符合他的见解。刘安则至少是《淮南子》的主编者。《汉书·淮南子传》说:

> 招致宾客方术之士数千人,作《内书》二十一篇,《外书》甚众;又有《中篇》八卷,言神仙黄白之术,亦二十余万言。时武帝方好艺文,以安属为诸父,辩博善为文辞,甚尊重。……使为《离骚传》,旦受诏,日食时上……每宴见,谈说得失及方技赋颂,昏暮然后罢。

可见他自己也有充分的才学,不然的话,多才多艺的武帝怎会和他谈说艺文不倦?又怎能统率那数千议论纷纷的宾客方士呢?虽

57

说是杂家，思想还是有倾向性的，就是接近于道家，中间夹杂着儒、墨、申、韩的思想。它是汉初黄老无为而无不为思想的继续和发展，是地方政治集团势力和中央政治集团势力矛盾的反映。（参看任继愈《中国哲学史》第二册）

杂家思潮是秦汉的主潮，是南北民族文化统一后的必然结果。汉代以儒家或道家相标榜的思想家们，也都兼收各家之长。例如标榜道家的司马谈，便兼取六家之所长。标榜儒家的董仲舒，也杂采阴阳、神仙诸说。汉武帝刘彻的"罢绌百家，独尊儒术"，实际上尊的是董仲舒的儒，即杂家的儒。姚舜钦说："秦汉哲学是混成的。虽以墨守一家之说相标榜，实多容纳他说。此种情势，时代愈后而愈甚。"（《秦汉哲学史》第二章）

杂家调和各种对立的学派，实在是折衷主义的哲学，是中国古代哲学衰微的征象，没落的征象。欧洲古代社会哲学的崩溃，也表现为折衷哲学；其代表人物为古罗马的演说家西塞罗（Marcus Tullius Cicero，公元前106—前43），他折衷柏拉图、亚里斯多德、伊壁鸠鲁和斯多葛各派的的思想，而自己没有提出什么新的东西来。

二　汉赋和散文的思潮

赋是一种有韵的散文，专重铺叙事物，为汉代士大夫间最流行的文体。汉赋大都写宫廷生活，从山川城郭，禽兽草木，宫室园囿，饮食游猎，到声色歌舞，都是汉赋的题材。赋本出于《诗》的六义，登高能赋，原是士大夫的本分，所以《汉书·艺文志》把"诗、赋"并为一"略"。由此看来，赋的渊源似乎在于诗。但从体制上看，它受《楚辞》的影响更大，所以后世又常将"辞、赋"并为一谈。由此看来，汉赋继承了南北文学的特点，成为壮丽，宏大的文体，反映了汉代的伟大气魄。

58

扬雄把赋分为"诗人之赋"和"辞人之赋"。所谓诗人之赋者，导源于荀子的《赋》篇，内容该是以讽以谏，有益于世道人心的，叙述也该是写实的，作到"体物而浏亮"就够了，所以说"诗人之赋丽以则"。至于辞人之赋，则导源于宋玉，喜用子虚、乌有、神女、宓妃等超现实的材料，并且大胆地描写女性，颇近于浪漫的小说，所以说"辞人之赋丽以淫"。但二者不可勉强区分，扬雄把贾谊、司马相如分归到孔氏门人的赋家去，便太勉强了。贾谊是师承屈原的文学家，思想近于法家，而他的《鹏鸟赋》却表现道家的人生观。司马相如作《大人赋》使武帝读罢，觉得缥缥有凌云之志；况且他的婚姻更不是孔门礼教所容许的。

汉赋修辞闳侈钜衍，极堆积靡丽之能事。司马相如在《西京杂记》中论赋说，"合纂组以成文，列锦绣而为质，一经一纬，一宫一商，此赋之迹也。"在形式上惨澹经营，聊博人主一粲，却被人看做俳优之徒；所以扬雄灰心道："童子雕虫篆刻，壮夫不为也。"

汉赋作者贾谊（公元前201—前169），洛阳人，学识丰富，二十岁时为博士。他有卓越的政治见解，汉文帝刘恒很重视他，但遭受权贵的诽谤，流谪长沙。后来召为梁怀王傅，又因怀王堕马丧命，自伤为傅无状，郁郁而死，以愤慨的心情，自比屈原，作《吊屈原赋》，是汉赋中最富于情思之作。枚乘（？—公元前140）淮阴人。先为吴王刘濞和梁王刘武的文学侍从，武帝刘彻慕名，以安车蒲轮迎接他，但因年老，不堪跋涉而死于途中。他的《七发》最为盛名。司马相如（公元前179—前117）成都人，少好读书击剑，曾奉使西南，对西南的开发，颇有贡献。他是汉赋的代表作家，《子虚》、《上林》、《大人》、《美人》等被看做汉赋的典范。东方朔（公元前154—前93）山东人，诙谐讽刺，《答客难》为代表作。扬雄（公元前54—公元18）成都人，博学而口吃。《甘泉》、《羽猎》等赋多模拟，不如他的散文。张衡

（78—139）南阳人，《两京赋》于铺采摛文之外，还抒写感情。历史散文作家司马迁和班固也是优秀的汉赋作者，但他们主要贡献在散文方面。

鲁迅在《汉文学史纲要》中肯定了司马相如。他说："武帝时文人，赋莫若司马相如，文莫若司马迁，而一则寥寂，一则被刑。盖雄于文者，常桀骜不欲迎雄主之意，故遇合常不及凡文人。"鲁迅引录了《美人赋》，加上按语道："独《美人赋》颇靡丽，殆即扬雄所谓'劝百而讽一，犹骋郑卫之音，曲终而奏雅'者乎？"这话道破了大部分汉赋的本质：迎合主子之所好，尽情描绘腐朽淫靡的生活，铺张扬厉，而最后曳了一条讽诫的尾巴。赋云：

> ……途出郑卫，道由桑中，朝发溱洧，暮宿上宫。上宫闲馆，寂寥空虚，门阖昼掩，暧若神居。臣排其户而造其堂，芳香芬烈，黼帐高张。有女独处，婉然在床，奇葩逸丽，淑质艳光。睹臣迁延，微笑而言曰："上客何国之公子，所以来无乃远乎？"遂设旨酒，进鸣琴。臣遂抚弦为《幽兰》《白雪》之曲。女乃歌曰："独处室兮廓无依，思佳人兮情伤悲。有美人兮来何迟？日既暮兮华色衰，敢托身兮长自私。"玉钗挂臣冠，罗袖拂臣衣。时日西夕，玄阴晦冥，流风惨冽，素雪飘零，闲房寂谧，不闻人声。……臣乃脉定于内，心正于怀，信誓旦旦，秉志不回，翻然高举，与彼长辞。

汉初散文多是政论文章。继战国时代百家争鸣的余波，对当时政治上的重大问题如削弱同姓诸王的权力、抑制豪商、着重农耕，巩固国防等问题进行热烈的议论。贾谊、晁错、枚乘、邹阳等人的文章，言词激切，打动人心。但同时，他们都受辞赋的影响，讲究俳偶，文辞华美。到了东汉，出了桓谭、王充等具有批判精神的思想家，深刻地批判了荒诞迷信的神学，反对浮华的丽文。

60

为汉散文吐万丈光芒而影响后世历代而不衰的《史记》的作者是司马迁（约公元前145—？）。他生于龙门，十岁起读古文书，受父亲司马谈的熏陶，博学各家学说和各种史料（司马谈为太史令，曾著《论六家要旨》，独到地评论儒、墨、道、名、法、阴阳各派的学说，而特别推崇道家。他自二十岁起，几次从长安出发旅行，"尝西至崆峒，北过涿鹿，东渐于海，南浮江淮"；"南游江淮，上会稽，探禹穴，窥九嶷，浮于沅湘；北涉汶、泗，讲业齐、鲁之都，观孔子之遗风。……过梁楚以归。"三十岁为郎中，奉使西征巴蜀以南，到过邛、笮、昆明。还多次从武帝巡狩，足迹几乎踏遍中国。行万里路，读万卷书，遍访历史故绩，调查研究，具备丰富的感性知识，所以能那样生动地描绘历史人物。

武帝元封初（公元前110年）他继父业，为太史令。十年后，李陵投降匈奴，司马迁为他辩护，受了宫刑；受刑后为中书令，忍辱发愤，完成《史记》一百三十篇。他给朋友任安的信说：

> ……所以隐忍苟活，函粪土之中而不辞者，恨私心有所不尽，鄙没世而文采不表于后也。古者富贵而名磨灭，不可胜记，唯俶傥非常之人称焉。盖西伯拘而演《周易》；仲尼厄而做《春秋》；屈原放逐，乃赋《离骚》；左丘失明，厥有《国语》；孙子膑脚，《兵法》修列。……《诗》三百篇，大氐贤圣发愤之所为作也。此人皆意有所郁结，不得通其道，故述往事，思来者。及如左丘明无目，孙子断足，终不可用，退论书策，以舒其愤，思垂空文以自见。仆窃不逊，近自托于无能之辞，网罗天下放失旧闻，考之行事，稽其成败兴坏之理，凡百三十篇。亦欲以究天人之际，通古今之变，成一家之言。草创未就，适会此祸，惜其不成，是以就极刑而无愠色。仆诚已著此书，藏之名山，传之其人，通邑大都，则仆偿前辱之责，虽万被戮，岂有悔哉？然此可为智者道，难为俗人言也！……

61

因为发愤著书，所以笔端常带感情，且有明显的思想倾向性；正如鲁迅所说，"不失为史家之绝唱，无韵之《离骚》。"他的思想倾向性，首先是：权衡百家，先道而后儒。正如班彪说，"其是非颇缪于圣人（儒）；论大道则先黄老而后六经"，他笔下得意的人物——在《史记》里写得有声有色而予以歌颂的人物是楚霸王项羽、荆轲、伯夷、叔齐、东方朔、老聃、庄周、屈原、贾谊等；或为失败的英雄，或为悲歌慷慨的刺客，或为隐逸者，或为滑稽讽刺家，或为浪漫的哲学家，或为感伤的诗人。司马迁推崇孔丘其人而不迷信汉武帝所"独尊"的，杂有阴阳五行之说的儒术。他用批判的态度对待各家的学说，而在感情上未免偏爱黄老。对历史人物的评论，褒贬爱憎也往往与儒家教条不相容。

其次是历史现实主义的倾向。《史记》是我国第一部通史，上起黄帝，下迄汉武帝，纵贯三千年，包括匈奴、东越、南越、朝鲜、西南夷、大宛等民族的历史和国际关系史，放开眼界，是统一大业完成后史学上一大成就。在上下三千年的历史中，详今略古，重点放在秦汉。十二"本纪"中，秦汉占三分之二；因为秦汉是我国历史上的大转变时期，第一次完成了统一大业。它全面地反映了这时期的政治、经济、文化上的发展和斗争。《史记》不是帝王的家谱，而是历史的实录。对于的帝王也敢于批判，有胆有识，实事求是。如写汉高祖刘邦，虽写他有毅力，有度量，但也写他始终不脱无赖气。写他赋《大风歌》时的气概，也写他对吕后的篡权阴谋徒唤奈何，对哭泣的戚夫人唱"虽有矰缴，尚安所施"的哀歌。在《平准书》里，深刻地批判了武帝好战，奢侈浪费，致使财政支绌，任用苛吏向民间搜括。它歌颂秦末起义者陈涉、吴广的功绩，把陈涉写在"世家"里，比做商、周开国之君汤、武。还歌颂社会的底层人物，如"夷门监者"侯嬴和"市井鼓刀屠者"朱亥一流的傲岸性格；歌颂聂政、荆轲等刺客和朱家、郭解等游侠之士，表彰他们的优秀品质。这些都足以证明他的历史现实主义。

其三，从文学方面看，是现实主义和浪漫主义相结合。《史记》是文学的历史，也是历史的文学。上面所说，它的历史现实主义，也就是它的文学现实主义。它的史实都是有根据的，没有假想或虚构的地方。人物的描写之所以栩栩如生，就在于它的历史真实性，才产生了艺术真实性。司马迁敢于暴露酷吏的残暴和方士的虚伪，因为他爱说真话，不怕更残酷的刑罚。他相信"人固有一死，或重于泰山，或轻于鸿毛"，他既已受过酷刑（宫刑）还怕什么呢？为现实主义的历史真实而死，为了真理、正义、理想而死，重于泰山。《史记》的浪漫主义特征就在于这种爱憎分明，发愤著作的激情。作者常把自己的悲愤和理想寄托在历史人物身上。伯夷、叔齐、管仲、晏婴、孔丘、荀卿、屈原、贾谊、蔺相如、鲁仲连，田单、信陵君、侯嬴、荆轲、聂政、陈涉、项羽、李广、朱家、郭解、淳于髡等人物，作者都着笔注以同情，借以道出自己的各种激情。例如他在《屈原贾生列传》里说："屈平正道直行，竭忠尽智以事其君，谗人间之，可谓穷矣。信而见疑，忠而被谤，能无怨乎？……其文约，其辞微，其志洁，其行廉，其称文小，而其指极大，举类迩而见义远。其志洁，故其称物芳；其行廉，故死而不容自疏。濯淖污泥之中，蝉蜕于浊秽，以浮游尘埃之外，不获世之滋垢，皭然泥而不滓者也。推此志也，虽与日月争光可也。"在这里，作者充分地流露自己的感情和理想。司马迁和屈原虽生不同时，却遭到同样的悲剧命运，对谗谤者的无耻，无比痛恨，对自己的作品，寄以无比的希望，将同样照耀人寰，虽与日月争光可也。这是历史，又是抒情诗，是"无韵的《离骚》。"

63

三 乐府古辞的思潮

汉代的诗歌以乐府民歌和文人五言古诗为代表。采自民间的"汉世街陌讴歌"、"赵、代、秦、楚之讴",很能代表下层社会各阶层的意识。文人五言诗反映了地主阶级中下层知识分子的思想感情。

自从西周派出采诗官到各地采诗,整理出四言诗体以后,在很长的年岁中,以四言诗为雅俗共赏的诗体;但到了汉代,老调子早已唱旧了。自从汉武帝刘彻唱出《秋风辞》以后,较晚出的楚声也随"秋风",如草木黄落了。汉武创立乐府(管音乐、诗歌的政府机构)采集当代的民间歌谣,加以理整,其目的也和周代采诗一样,首先是为了政治的需要,用以观察民风,听听民间的舆论;其次是为了娱乐,为音乐艺术寻求新的路子。汉代采诗的地域比周代更扩大了。据《汉书·艺文志》所载的篇目看,单西汉的乐府民歌就有一百三十八首,接近《诗经》《国风》的数目。现存的只有三十四首,主要分为"相和歌辞"、"鼓吹歌辞"和"杂曲歌辞"三类,(郭茂倩编的《乐府诗集》把汉到唐的乐府分为十二类,其中的"郊庙歌辞"等纯属文人之作)。"相和"是丝竹相和,器乐声乐相和歌辞。"鼓吹"指军乐,以鼓、笛为主要伴奏的歌辞。"杂曲歌辞"是未经整理的,最晚出的,其中有些还是文人所作的歌辞。

汉代乐府民歌的思想主潮是倾诉民间的疾苦。首先是反对战争和徭役,控诉剥削阶级对他们的掠夺和奴役。因为武帝长期对外战争,在国内大兴土木,奴役、剥削人民非常残酷,人民起来反抗,进行暴动,又被血腥镇压。这样动荡不安的社会情景,一直到东汉末年,而且愈来愈厉害。民歌中不少反对战争和徭役过重的作品,如鼓吹歌辞中的《战城南》:

64

战城南，死郭北，野死不葬乌可食。为我谓乌："且为客豪！野死谅不葬，腐肉安能去子逃！"水深激激，蒲苇冥冥。枭骑战斗死，驽马徘徊鸣。梁筑室，何以南，何以北？禾黍不获君何食？愿为忠臣安可得？思子良臣，良臣诚可思：朝行出攻，暮不夜归。

这诗写战场的恐怖景象：在蒲苇的水边，战士死了，只能成为乌鸦的食粮。请对乌鸦说，我死了逃不过你的口，只求你吃时为我嚎叫几声，当做悼辞。象这样穷兵黩武，田园荒芜，粮食不收，你们吃什么？人民要当忠臣，怎么可能？

相和歌辞里的《十五从军征》说一个几乎终身服兵役的战士，临老回家一看，亲属死光，家园成废墟，足见战争给人民生活的严重破坏：

十五从军征，八十始得归。道逢乡里人："家中有阿谁？""遥看是君家"，松柏冢累累。兔从狗窦入，雉从梁上飞。中庭生旅谷，井上生旅葵。舂谷持作饭，采葵持作羹。羹饭一时熟，不知贻阿谁。出门东向看，泪落沾我衣。

其次，反映人民的贫困生活：因为地主豪商无限制地土地兼并，财富集中在少数人手里，农民和小工商业者大量破产，或沦落逃荒，或卖身为奴，挣扎在死亡线上。相和曲中的《妇病行》写一家穷人的悲惨遭遇，病妻死前对丈夫叮咛，声泪俱下：

妇病连年累岁，传呼丈人前，一言当言；未及得言，不知泪下一何翩翩："属累君，两三孤子，莫我儿饥且寒。有过慎莫笪笞，行当折摇，思复念之。"乱曰：抱时无衣，襦复无里。闭门塞牗，舍孤儿到市，道逢亲交，泣坐不能起。从乞求与孤儿买饵。对交啼泣，泪不可止。"我欲不悲伤不能已"。探怀中钱持授交。入门见孤儿，啼索其母抱。徘徊空舍中，行复尔耳，弃置勿复道。

《东门行》写一对贫穷夫妻，孩子幼小，无衣无食，男的决定去

65

铤而走险。妻儿劝阻他，但劝不住，终于走了。因为被逼得无路可走，只好起而反抗。

其三，人民厌恶上层统治阶级的丑恶灵魂。例如相和歌辞中有名的《陌上桑》，叙述一个太守调戏采桑女子的故事。一面揭示上层统治阶级的荒淫无耻的面目，一面描绘民间女子罗敷的美丽、坚贞而机智的形象。这是一首优美的叙事诗。首先叙述罗敷的出场，写她的服饰之后用烘托的手法形容她的美艳：

> 行者见罗敷，下担捋髭须。少年见罗敷，脱帽著帩头。

耕者忘其犁，锄者忘其锄。来归相怒怨，但坐观罗敷。

中间写使君要求她同车回去，罗敷严词训斥他说："使君一何愚！使君自有妇，罗敷自有夫。东方千余骑，夫婿居上头。"然后夸说丈夫的威风、华贵，吓走了使君。这个民间流传的故事未必是真事；但以罗敷的美丽、勇敢、机智来对比使君——地主官僚的丑恶灵魂，来表达人民的爱憎。

其四，妇女的婚姻悲剧：在封建宗法思想和制度下，妇女比男子更多受一种"夫权"的支配，因而更多遭不幸——婚姻上的悲剧命运。在乐府民歌中虽也有极少数的恋歌，如《上邪》：

> 上邪！我欲与君相知，长命无绝衰！山无陵，江水为竭，冬雷震震夏雨雪，天地合，乃敢与君绝。

用朴素的语言，迸发出热情，海誓山盟，直至海枯石烂，绝不变心。可惜这样优秀的民间恋歌在汉代是绝无仅有的，而咏爱情悲剧的名诗却不少。如《上山采蘼芜》：

> 上山采蘼芜，下山逢故夫。长跪问故夫："新人复何如？""新人虽言好，未若故人姝。颜色类相似，手爪不相如。""新人从门入，故人从阁去。""新人工织缣，故人工织素，织缣日一匹，织素五丈余，将缣来比素，新人不如故。"

这首诗通过问答表现弃妇与喜新厌旧的前夫相遇后的复杂心情。

66

杂曲歌辞中著名的《孔雀东南飞》，是古代民间叙事诗中最高成就。徐陵编的《玉台新咏》在这首诗前加的小序说："汉末建安中，庐江府小吏焦仲卿妻刘氏，为仲卿母所遣，自誓不嫁，其家迫之，乃投水而死。仲卿闻之，亦自缢于庭树，时人伤之，为诗云尔。"诗中的女主人公刘兰芝和爱人之间的感情是真挚的；但在封建家长制的淫威之下却遭到悲剧的下场。

总之，汉乐府民歌的思想主潮是控诉民间的疾苦，反对战争和徭役，反映剥削和贫困。乐府题目中命名为"怨"、"愁"、"思"、"叹"、"吟"的占大多数，都是表现生之苦闷的作品；此外称"行"、"引"、"歌"、"曲"的也多表悲愁的哀吟。乐府的体裁，是汉代的新声，为诗歌开拓一条新的路子，为新兴的五言诗奠了基。它的写作方法是现实主义和浪漫主义相结合的。它的现实主义在汉代史家班固的《汉书·艺文志》中便早已指出，是"感于哀乐，缘事而发"，是忠实地反映社会生活的。它的浪漫主义成分在于感伤的情绪，哀感顽艳，激动人心。例如《孔雀东南飞》，全诗曲折地刻划人物性格和封建社会中吃人的礼教，如实地反映了现实；而开头的起兴，中间激动人心的激情和结尾的神化幻想，都显示了浪漫的色彩。

汉乐府民歌采集，整理的结果，产生了五言诗。换句话说，五言诗起源于汉乐府，犹四言诗之起源于"三百篇"。五言诗比四言诗只多了一个字，却是诗体的一大进步。五言比四言有很大的优越性，在叙事或抒情上，较多回转周旋的余地；在音律的协调上，较多变化而不板滞。《古诗十九首》可算是最早的文人五言诗，作者已经不明，大抵是东汉时作品，不是一个人的手笔，但都是表现动乱时代里中下层地主阶层知识分子的思想感情，正如沈德潜所说的"大率逐臣弃妇，朋友阔绝，游子他乡，死生新故之感。"如：

行行重行行，与君生别离。相去万余里，各在天一涯。

67

道路阻且长，会面安可知？胡马依北风，越鸟巢南枝。相去
日已远，衣带日已缓。浮云蔽白日，游子不顾返。思君令人
老，岁月忽已晚。弃捐勿复道，努力加餐饭。

迢迢牵牛星，皎皎河汉女。纤纤擢素手，札札弄机杼。
终日不成章，泣涕零如雨。河汉清且浅，相去复几许？盈盈
一水间，脉脉不得语。

涉江采芙蓉，兰泽多芳草。采之欲遗谁？所思在远道。
还顾望旧乡，长路漫浩浩。同心而离居，忧伤以终老！

这些艺术性很高的作品，不同于一般的爱情歌曲，而是反映汉末
大乱时代，兵祸连年，徭役万里的乱离社会，弄得夫妻远别，亲
人隔绝的真实景象。在这样的社会条件下，他们产生了悲观消极
的人生观：

生年不满百，常怀千岁忧！昼短苦夜长，何不秉烛游？
为乐当及时，何能待来兹？愚者爱惜费，但为后世嗤。仙人
王子乔，难可与等期。

《十九首》的调子是低沉的，但艺术却相当高明。虽然没有华
丽、雕饰的惊人诗句，却用质朴的语言准确地表达思想感情而浑
然一气。既没有西汉辞赋的珠光宝气，又没有南北朝诗的淫靡妖
艳。虽是五言诗的初创，却被《文心雕龙》评为"五言之冠冕"。

四 魏晋文艺思潮

东汉末年，社会极其黑暗，农村凋蔽，农民破产，终于爆发
了黄巾大起义；中央权力瓦解，形成军阀豪强割据的局面。军阀
混战，社会生产力被破坏，出现了"人相啖食，白骨盈野，残骸
余肉，臭秽道路"的惨象。

军阀豪强互相吞并的结果，就是三国鼎立。曹操首先统一了
黄河流域一带，挟天子以令诸侯，基本稳住了北方的局面。赤壁

68

之战后，刘备据蜀——长江上游，孙权据吴——长江下游，形成魏、蜀、吴鼎足之势，各自谋求安定生息，为西晋恢复统一作了准备。魏晋分而复合的历史插曲，成为秦汉以来中央集权大帝国的插曲。建安文学的兴盛，风骨清峻；正始之音又一变调，诗杂仙心，悠然自得。

三国时文学以曾魏为最发达。所谓"建安文学"（建安是汉献帝的年号，公元196—220，建安文学可以算到232年），就是指曹氏父子和"建安七子"的文学业绩。曹操（155—220）字孟德，想要统一天下，雄心不可一世，思想近于法家和杂家。他想用法术来统一国家，学秦始皇广求人才，只讲权谋法术，不问道德，一方面又要学周公吐哺，使天下归心。他唱过"对酒当歌，人生几何"这样忧时悲世的苍凉情调；也写过"老骥伏枥，志在千里"这样鼓舞人心的，积极的豪言壮语。曹丕（187—226）字子桓，也满是急功好利的思想，废汉而自立为皇帝，称魏文帝。他把文学当作一种事业来干，当作树碑立传，传名于后世的工具。他的《典论·论文》中说：

> 盖文章经国之大业，不朽之盛事。年寿有时而尽，荣乐止乎其身。二者必至之常期，未若文章之无穷。是以古之作者，寄身于翰墨，见意于篇籍；不假良史之辞，不托飞驰之势，而声名自传于后。

曹植（192—232）字子建，封为陈思王。他的诗赋虽然清新可爱，但多是他不得志之后所作的。他的雄心比他哥哥更大，他明说自己要建立功业，若不能达到目的时，才去努力写作以显扬声名。他写信给至友杨修说：

> 辞赋小道，固未足以揄扬大义，彰示来世也。昔扬子云先朝执戟之臣耳，犹称'壮夫不为也'；吾虽德薄，位为藩侯，犹庶几戮力上国，流惠下民，建永世之业，流金石之功。岂徒以翰墨为勋绩，辞赋为君子哉？

69

若吾志未果，吾道不行，则将采庶官之实录，辨时俗之**得失**，定仁义之衷，成一家之言。虽未能藏之于名山；将以传之于同好。

三曹之外，建安七子——孔融、陈琳、王粲、徐干、阮瑀、应瑒和刘桢，都"于学无所遗，于辞无所假，咸以自骋骥騄于千里，仰齐足而并驰"（曹丕《典论·论文》）。他们都是曹氏所豢养的清客，热心于文章事业，自觉地从事文学活动，有意识地写作华丽的诗文。所以鲁迅说："用近代的眼光看来，曹丕的一个时代可说是'文学的自觉时代'，或如近代所说为艺术而艺术（Art for Art's Sake）的一派"。（《魏晋风度及文章与药及酒之关系》）

这时期的文学特点在于通脱，华丽，壮大和风清骨峻的风格，也就是所谓的"建安风骨"。刘勰的《文心雕龙·风骨》篇说："辞之待骨，如体之树骸；情之含风，犹形之包气。……练于骨者，析辞必精；深乎风者，述情必显。捶字坚而难移，结响凝而不滞。此风骨之力也。"拿这段文字和三曹七子以及蔡琰的诗辞对证，可以理解到：具有风骨的作品，必然是生活经验丰富，性格爽朗，感情激切，语言精练而健劲，音调铿锵而清脆，形成一种风清骨峻的艺术风格。当然，风格因人而异，同中有异。例如曹操，鲁迅说他"胆子很大，文章从通脱得力不少，做文章时又没有顾忌，想写的便写出来。"他的诗就有悲壮、豪放的风格。举个例，如《步出夏门行·东临碣石》：

东临碣石，以观沧海。水何澹澹，山岛竦峙。树木丛生，百草丰茂。秋风萧瑟，洪波踊起。日月之行，若出其中。星汉灿烂，若出其里。幸甚至哉，歌以咏志。

曹丕生活面不广，但诗清丽而情深，多所创造。他的五言诗受汉乐府、古诗的影响，自然圆浑，加上华丽。他的《燕歌行》是七言诗的白眉，每句押韵，虽嫌单调，却见紧密：

70

秋风萧瑟天气凉，草木摇落露为霜，群燕辞归雁南翔。念君客游思断肠，慊慊思归恋故乡，君何淹留寄他方？贱妾茕茕守空房，忧来思君不敢忘，不觉泪下沾衣裳。援琴鸣弦发清商，短歌微吟不能长，明月皎皎照我床。星汉西流夜未央，牵牛织女遥相望，尔独何辜限河梁！

曹植被称为"建安之杰"，流传下来的作品最多，诗八十多首，辞赋散文四十余篇。他前期雄心勃勃，充满豪壮的精神，以《白马篇》和《杂诗》为代表。后期失意受迫害和压抑，愤而成篇，如《赠白马王彪》、《吁嗟篇》等。《野田黄雀行》以寓言诗的方式表现对迫害者的怒斥：

高树多悲风，海水扬其波。利剑不在掌，结友何须多？不见篱间雀，见鹞自投罗？罗家得雀喜，少年见雀悲，拔剑捎罗网，黄雀得飞飞；飞飞摩苍天，来下谢少年。

这诗的背景大盖是曹丕称帝后，翦除植的羽翼，杀掉他的好友丁仪等。曹植比曹丕更讲究词藻和比兴，特别工于起调，颇多警句，如"惊风飘白日，光景驰西流"，"明月照高楼，流光正徘徊"。提高诗歌的艺术性，同时也开了雕琢藻饰之风。《诗品》说他"骨气奇高，辞采华茂"，切中他的特点。

王粲（177—217）是"七子"的代表。"建安七子"在作清客之前，都经历过战争乱离，目见生民凋零的惨状，发为凄怆的歌声，反映现实，生动感人。如王粲的《七哀诗》富有时代精神的典型性，诗云：

西京乱无象，豺虎方遘患。复弃中国去，委身适荆蛮。亲戚对我悲，朋友相追攀。出门无所见，白骨蔽平原。路有饥妇人，抱子弃草间。顾闻号泣声，挥涕独不还。"未知身死处，何能两相完！"驱马弃之去，不忍听此言。南登霸陵岸，回首望长安。悟彼《下泉》人，喟然伤心肝！

王粲诗很注重字句的雕饰，和曹植一样开两晋南北朝的骈丽风气。

71

他的《登楼赋》也和曹植的《洛神赋》一样，向这方面发展。

刘桢（？—217）也是七子中的佼佼者，曹丕说他的诗"有逸气"，就是奔放的风格。如《赠从弟》三之二云：

亭亭山上松，瑟瑟谷中风。风声一何盛，松枝一何劲！

冰霜正惨凄，终岁常端正；岂不罗凝寒？松柏有本性。

用象征的手法表达"真骨凌霜，高风跨俗"的风格。同时代的女诗人蔡琰，字文姬，生活于公元二百年前后，在战乱中被敌兵所虏，陷于南匈奴十二年，与左贤王生二子，后被曹操赎回，嫁与董祀。她的五言《悲愤诗》吟咏自己一生悲剧的命运。形象生动，真挚感人。骚体的《胡笳十八拍》也是自述，并有强烈的哀怨，呼天抢地，骂倒神灵，如第八拍："谓天有眼兮何不见我独漂流？谓神有灵兮何事处我天南海北头？我不负天兮天何配我殊匹？我不负神兮神何殛我越荒州？"两诗比较，前者重在刻划现实生活，现实主义成分较多，后者发泄激情，浪漫主义色彩较浓，都是具有建安风骨的好作品。

建安风骨是怎么形成的呢？首先是时代的原因：东汉末年，宦官擅权，党锢纠纷，黄巾起义被血腥镇压，加上军阀混战，死人无算，经济、文化受到严重破坏。曹操统一了北方，立了一大功，正如他自己所说的，"设使国家无有孤（我），不知当几人称帝，几人称王！"时局初定，人民盼望文明重建，三曹七子应运而生，在拨乱反正中，让文学自觉发展，成为独立的一种事业。其次，战乱中人民生活的悲惨景象，激发诗人墨客去反映出来，怆凉的情思自然溢于言表。而且材料太多，不能尽收笔底，如《文心雕龙·时序》所说"良由世积乱离，风衰俗怨，并志深而笔长，故梗概而多气也。"其三，汉武帝独尊儒术，为文学桎梏，使两汉"辞赋竞爽，而吟咏靡闻"，诗歌衰落达几百年之久。黄巾起义打破了这个局面，为文学内容开拓了新天地。诗人在乐府民歌的影响下，文人也初创了五言诗，建安时代正好在这个基础上

72

发展了新的诗体，形成了新的风格。

到了魏末，正始年间（魏齐王曹芳的年号，公元3世纪40年代），司马懿父子为了篡位，杀害曹氏家室，并屠戮一切倾向曹氏集团的文人，于是出现"竹林七贤"，嵇康、阮籍、向秀、刘伶、阮咸、山涛、王戎等组成的文学团体，常在竹林之下，饮酒清谈，寄情山水。于是文风转向虚无玄想，文学的表现方法也转为象征的，隐蔽的了。《文心雕龙·明诗》说："正始明道，诗杂仙心。"他们沉溺于道家思想，放浪于形骸之外，逍遥、清谈、弹琴、下棋，超然物外，玩世不恭。徒有"目送飞鸿，手挥五弦，俯仰自得，游心太玄"的气概。

竹林七贤中最长于文艺的嵇康（233—363）和阮籍（210—263），都是风采翩翩的才子，诗文之外，尤精于音乐。嵇康的千古名曲《广陵散》绝后，一千七百多年来谁都为他惋惜。他们沉醉于酒，外表虽象是享乐主义者，可是内心却是极度的苦闷。所以他们的作品在隐逸的外衣下表达慷慨激昂的情绪。嵇康的《幽愤诗》和《与山巨源绝交书》不必说了，阮籍的《咏怀》八十二首也都是苦闷的象征。如：

夜中不能寐，起坐弹鸣琴。薄帷鉴明月，清风吹我衿。
孤鸿号外野，翔鸟鸣北林。徘徊将何见，忧思独伤心！

嘉树下成蹊，东园桃与李。秋风吹飞藿，零落从此始。
繁华有憔悴，堂上生荆杞。驱马舍之去，去上西山趾。一身
不自保，何况恋妻子。凝霜被野草，岁暮亦云已。

第一首表现自己所处的环境，有难言之恸。第二首（原第三首）暗指魏、晋政权交替之际，他的处境非常危险，只好学伯夷、叔齐去退隐西山。嵇、阮二人思想相同，都是尊崇老、庄，反对礼教的。二人名声很大，脾气也很大。阮籍后来学乖了，能够做到"口不臧否人物"的地步，嵇康却说自己做不到。司马昭曾为儿子向阮籍结亲，阮竟连醉六十天，使他没有机会提出，使事情不了

73

了之。嵇康是服用药酒的，性情更加傲岸，山涛请他出来做官，他却写了封绝交书回答他，最后，为司马氏所杀，罪名是因为他"非汤武而薄周孔。"在他受刑前，有三千个太学生要拜他为师，没有被允许，可见他的学问和声望之大。

嵇、阮等竹林七贤的文学思潮特点是所谓"正始之音"，就是反抗的精神和清峻、深远的意境。

正始之后，接着太康时代，（公元3世纪80年代，就是晋灭吴以后的十年）分裂的局面从此暂告结束，进入短期的统一，经济和文化稍见起色。道家神仙思潮也更壮大。郭璞（276—324）创作了《游仙诗》十四首，为魏晋游仙文学的翘楚：

> 京华游侠窟，山林隐遯栖。朱门何足荣，未若托蓬莱。临源挹清波，陵岗掇丹荑。灵溪可潜盘，安事登云梯。漆园有傲吏，莱氏有逸妻。进则保龙见，退为触藩羝。高蹈风尘外，长揖谢夷齐。

这时期写玄言诗的很多，但多索然无味，因为那些诗缺乏形象思维，玄学味太重。魏晋时代的哲学思想，倾向于仙道，何晏、王弼的玄学势力很大。伪书《列子》也是这时期的作品。《列子》文字虽多抄袭《庄子》；但其中的《杨朱》篇确是创作，最可注意，因为它主张为我，极端个人主义，刹那的享乐主义，正是这时代潮流里的一个巨浪。葛洪的《抱朴子》是道教成立后的一部有系统的著述。他的言论代表道教修练一派的哲学思想，兼收各家之所长，颇近杂家。他的文学理论也是如此，惟有反对贵古贱今，反对主观臆断地评论作家作品，文人相轻的陋习，值得注意。

两晋思潮除了仙道的高潮外，广开华丽的风气也是共同的趋向。张华、张协、潘岳、陆机、潘尼等的诗文都浮艳妍冶，千篇一律。惟有左思（公元三、四世纪间）卓然不群，"振衣千仞岗，濯足万里流"，气象豪迈。他的《三都赋》轰动一时，使洛阳纸

74

贵。他的《咏史》、《杂诗》、《招隐》等诗，或借古述怀，或直抒自己的抱负，都表现出浑厚的风格。如《招隐》之一：

> 杖策招隐士，荒涂横古今。岩穴无结构，丘中有鸣琴。白云停阴冈，丹葩曜阳林。石泉漱琼瑶，纤鳞或浮沈。非必丝与竹，山水有清音。何事待啸歌，灌木自悲吟。秋菊兼糇粮，幽兰间重襟。踌躇足力烦，聊欲投吾簪。

左思诗赋的长处在于真挚的情思，高远的境界；同时，练句简劲而雄健，对仗工整而自然，华丽而不浮艳。

到了东晋末年，在大动乱的时代里，出现了一个伟大的诗人陶渊明（365—427），他在少年时曾喜爱儒家思想，"少年罕人事，游好在六经"（《饮酒》）；曾有政治抱负，"忆我少壮时，无乐自欣豫。猛志逸四海，骞翮思远翥"（《杂诗》）。二十九岁起作小官吏，几次归隐，因为在当时的门阀制度下，官场的丑态，使他厌恶。四十一岁作了八十天的彭泽县令，有一天，郡里派个督邮来县，监督县官；县吏们叫他整冠束带去迎接，他说："我不愿为五斗米折腰向乡里小儿！"当天就辞职归隐。从此"躬耕自资"以至于终。

他初归园田退隐躬耕时，觉得返回自然，心安理得；他的思想意识，自然地脱去儒家的功名而进入道家的清静。他的《归园田居》第一首：

> 少无适俗韵，性本爱丘山。误落尘网中，一去三十年。羁鸟恋旧林，池鱼思故渊。开荒南野际，守拙归园田。方宅十余亩，草屋八九间。榆柳阴后檐，桃李罗堂前。暖暖远人村，依依墟里烟。狗吠深巷中，鸡鸣桑树巅。户庭无尘杂，虚室有余闲。久在樊笼里，复得返自然。

在这首诗里，还有一些地主阶级隐士归田的乐园意味。那时还不知道农耕的实际困难，等到庄稼长不好时，虽然觉得农业劳动不简单，但为了实现躬耕的愿望，便坚持下去：

种豆南山下，草盛豆苗稀。晨兴理荒秽，带月荷锄归。
道狭草木长，夕露沾我衣，衣沾不足惜，但使愿无违。（《归
园田居》之三）

结庐在人境，而无车马喧。问君何能尔？心远地自偏。
采菊东篱下，悠然见南山。山气日夕佳，飞鸟相与还。此中
有真意，欲辨已忘言。（《饮酒》之五）

在劳动中不怕脏，不觉累，是什么支持他的？是主观思想的努力，
锻练到"悠然见南山"的地步，进于哲理的玄想，情、景与哲理的
交融时，千言万语，尽在不言中。但他这种道家思想，虽说是自
然形成的，实际上是环境逼成的。况且"他并非整天整夜的飘飘
然"，有时也有"金刚怒目式"的作品。（鲁迅语）如《读山海经》
中的"精卫衔微木，将以填沧海。刑天舞干戚，猛志固常在"。如
《咏荆轲》的"君子死知己，提剑出燕京。素骥鸣广陌，慷慨送
我行。雄发指危冠，猛气冲长缨。……其人虽已没，千载有余
情"等句，借古喻今，足见其怒目之意。当时的社会风气最使他
怒目的是不说真话说假话，非法招纳，如《感士不遇赋》序中所
说的："自真风告逝，大伪斯兴，闾阎懈廉退之节，市朝驱易进
之心。"陶渊明自己则是语朴意真，特别讨厌那虚伪的丑态：宁
可讨饭，不愿作官，也不愿装出清高的样子。他把荣辱置之度
外。他的理想是乌托邦式的桃花源，古朴的原始社会，鸡犬之声
相闻，没有剥削，没有捐税，大家劳动，不用劳心算计。这种浪
漫主义的幻想决不能说是消极的。

总观秦汉统一中央集权的封建大帝国，南北思潮合流之后，
道家思想、神仙思想逐渐占了优胜的地位，到了晋末，可说是已
经达到顶点了。同时，中国古代文化也到了烂熟而疲敝的时期。
正当这时，新兴的民族崛起，以佛教为中心的外族文化，便如潮
水一般地涌进来，给中国旧文化以新的刺激——从此中国文艺思
潮也就进入了一个新的阶段。

76

第五章　佛道思潮泛滥

（东汉至唐前期）

一　佛教的输入

佛教是世界三大宗教之一，产生于公元前 6 世纪到前 5 世纪时，创始人是古印度迦毗罗卫国王子悉达多·乔答摩(siddhartha Guatama)。他后来被尊为教主，称为释迦牟尼（释迦族的圣人）。另一说，他出生于印度边境，今尼泊尔境内一个贵族（刹帝利种性）的家庭，后来转传为王太子。"佛"是"觉"，即自觉、觉他、觉行的意思。佛教五蕴（色、受、想、行、识），四谛（苦、集、灭、道）和五戒（戒杀生、谎言、盗、淫、酒），的基本教义，加上轮回、修行、解脱等一套宗教的理论，一套新的宗教组织，以及滋生的哲学思想。吸收各阶层人的信仰。它最初于劳动人民有利，后来也曾被统治阶级用为麻醉人民的工具。

佛教文献数量庞大，没有完全整理印行，很多是口耳相传的，"如是我闻"。12世纪时，印度本土的佛教寺院组织遭到大规模的摧毁，几乎失传了；但大量流传国外。我国翻译佛经之多，规模之大，影响之深远，是世界文化史上不容忽视的业绩。其中有些甚至被印度从汉译倒译了回去。

佛教输入我国将近二千年。最初输入时期当为新莽前后，就是公元一世纪初。梁启超《佛教之初输入》一文的结末说："要

77

之，秦景宪（卢）为中国人诵佛经之始，楚王英为中国人祀佛之始；严佛调为中国人襄译佛经之始；笮融为中国人建塔造象之始；朱士行为中国人出家之始。初期佛门掌故，信而有征者，不出此矣。"公元前1年从大月氏的使者伊存向博士弟子景宪（卢）口授《浮屠经》。楚王刘英"晚节更喜黄老学，为浮屠斋戒祭祀"。严佛调，临淮人，于2世纪中叶襄助波斯人安世高译经，世高是译业之祖。朱士行于甘露五年（260）出家西行（详见梁启超《千五百年前之中国留学生》一文）。这几件事中关系最大的是襄助安世高译经。那时译的多属小乘禅数和大乘般若零散经典，而禅数常杂以方术，般若依附老庄，易被国人所接受，所以有一点地位。佛教初来中国时，若没有老庄思想为基础，那是很难站得住脚的。楚王刘英就是因为喜欢黄老之学，因而祀佛的。

东汉文学受佛教影响还不大。如《孔雀东南飞》中所谓"黄泉下相见，勿违今日言"的来生观念，和当时流行的人生无常的思想等，都还是神仙家所想象的，并非是佛教输入以后的思想。

到东晋、南北朝时便不同了。东晋国势腐朽衰败，思想也到了萎靡僵化的境地；正当这时，来了一种新的刺激，那就是历史所谓的"五胡十六国"，就是北方五个民族的崛起。这五个民族是东北的鲜卑族，北方的匈奴和羯族，西南的氐和羌族。氐、羌族乘西晋大乱之机，起来建立大国，完全采用中国传统的文化；同时又介绍西域文化到中国来。印度佛教的大规模输进，便有他们的功绩。

"五胡十六国"之前，佛教对我国的影响是很微弱的，它的思想还不过是道家思想的附庸；到了他们大举内侵中原之后，随着民族的迁徙，和政治上的变化，佛教便大规模地宣传起来，声势浩大，甚至在某些时候，和道家同占中国思想的中心地位。这些民族，多数是和中亚各国有关系的，他们的文化多以佛教文化

78

为中心。有如中世到近代的欧洲新兴各民族，多半受基督教熏陶一样。他们所到之处，都带着他们所信仰的宗教同去。例如后赵的石勒、石虎，尊重佛图澄，起佛寺多至八百九十三所；后秦的姚兴，尊崇鸠摩罗什，居之逍遥园，以国师礼待他。佛图澄和鸠摩罗什都是当时世界知名的佛教学者。不仅如此，而且其他各国的佛学者也来到中国。据《洛阳伽蓝记》卷四《永明寺》条说："时佛法经象盛于洛阳，异国沙门，咸来幅辏……百国沙门三千余人。"盛况可想而知。

南北朝时，北方固然是在少数民族统治之下，佛教盛极一时，而为中国传统文化集中的南方，也因为思想界正处于怀疑时代而乐于接受外来的佛教思想。况且南方原是道家思潮盛行的地方，自然要闻佛风而兴起。南朝所建筑的寺院也不少，杜牧的诗句"南朝四百八十寺"，就活活画出以建业和庐山为重点的南方中心地的佛教文化事业和繁荣的佛教艺术。

二　佛教文学的翻译

佛教的传入，对中国文艺思潮最有影响的是佛教文学的翻译、介绍和唱诵。从东汉到盛唐七百年间的翻译工作，可说是盛况空前。据唐《开元释教录》说，译人一百七十六人，共译佛经二千二百七十八部，七千零四十六卷。（日本《新修大正大藏经》所收一万六千多卷，其中有部分是宋元以后的译品和中国人的著作）七百年中间的译风是有所变化，有所进步的。梁启超《佛典之翻译》一文，把它分为三个时期：（1）自东汉至西晋，约二百五十年，（2）东晋至隋，约二百七十年，（3）唐贞观至贞元，约一百六十年。

第一期的代表译人在北方的有安世高和支谶等人，他们的译风有直译和意译之分，安世高偏于意译，文字华丽，支谶则译

79

笔拙朴，偏于直译；在南方的支谦、康僧会，师法安世高的译风，用老、庄文体，意译佛经。他们译的都不是完本。到了第二期才有完整的译品，如《法华》、《维摩》、《大品》等，都是佛教文学中重要的部分。鸠摩罗什（kumarajiva，344—413）是这一时期的代表人物，他是龟兹人，懂西域各国语言，在中国几十年，精于汉语文。他的译风开展了后期的意译派。赞宁说："童寿（即罗什）译《法华》，可谓折中，有天然西域之语趣。"（《宋高僧传》卷三）外来"语趣"的移译，才是翻译文学成立的条件，可以使我国文学情趣有所扩大，韵味有所变化。鸠摩什译佛经，可比英王詹姆斯（Jamesi）时所钦定的《新旧约》英译本(The Bible, Old And New Testaments)虽未必字字与原文吻合，而译文既合于本国语言的习惯，又有外来的新情趣，使读者得以享受艺术的趣味。第三期译者的代表人物，自然要算玄奘（602—664）和义净（635—713）。玄奘冒万难，到西域求经取法，留学十七年，遍参佛教各国的大师，所到之处，都受国师礼的待遇。他在国外时便已大弘宗风，宣讲、辩论，使中国佛教有青出于蓝的名实。他在印度编辑并带回来的经籍共有五百二十夹，六百五十七部。归国之后，凡十九年间（645—663），继续不断地翻译。所译的佛典共七十三部，一千三百三十卷。《慈恩法师传》云："师自永徽改元后，专务翻译，无弃寸阴。每日自立课程，若昼日有事不充，必兼夜以续，遇乙之后，方乃停笔。摄经已复，礼佛行道。三更暂眠，五更复起，读诵梵本，朱点次第，拟明旦所翻。每日斋讫，黄昏二时，讲新经论，及诸州听学僧等，恒来决疑请义。日夕已去，寺内弟子百余人，咸请教诫。盈廊溢庑，酬答处分，无遗漏者。"如此精勤猛励，可说空前。唐宋以来，奘译称为新译，他的译风是直译，力求正确。但他所译的偏于法相宗的神学哲理方面的，较少文学艺术方面的。稍晚的义净则译了卷帙浩繁的《本生经》，关于佛前生的传说故事，想象

80

丰富。

玄奘和鸠摩罗什代表翻译的两种风格。前者代表直译，力求忠于原作；但他也有把重复的地方删节的。后者代表意译，注意韵味，在删节重复之外，还变易原文的体制。陈寅恪论鸠摩罗什的译经艺术说："予尝谓鸠摩罗什翻译之功，数千年间仅玄奘可以与之抗席。然今日中土佛经译本，举世所流行者如《金刚》，《心经》、《法华》之类，莫不出自其手。故以言普及，虽慈恩（玄奘）犹不能及。所以致此之故，其文不皆直译，较诸家雅洁，当为一主因。……盖罗什译经，或删去原文繁重，或不拘原文体制，或变易原文。兹以《喻鬘论》梵文原本，校其译文，均可证明。"这里说的"不拘原文体制"就是把散文译成韵文，把韵文译成散文。例如《喻鬘论》第一卷的"彼诸沙弥（小和尚）等，寻以神通力，化作老人象，发白而面皱，秀眉牙齿落，偻脊而柱杖。诣彼檀越（施主）家。檀越既见已，心生大欢庆。烧香散名花。速请令就坐。既至须臾顷，还复沙弥形。"这一段原文是散文，被译成无韵的五言古诗了。第二卷的"汝若欲知可炙处者，汝但炙汝瞋恚之心。若能炙心，是名真炙。如牛驾车，车若不行，乃须策牛，不须打车。身犹如车，心如彼牛，以是义故，汝应炙心，云何暴身？"本是韵文，被译成散文了。为什么这么做？为了行文的方便。印度文学中常用诗文夹杂的体制，犹如我国宋元以后的说唱文学。译者可以斟酌于必要时把说的变为唱的，或把唱的改为说的，依照先后行文的方便，不妨灵活些。

佛教文学的翻译工作中，有一件事值得注意，就是设立译场，主译者以外，有许多译人协作讨论、修改、整理。如鸠摩罗什常向襄理的沙门慧睿讲论西方辞体，商略异同。玄奘也听徒众的意见，除繁去重。个人翻译，难免疏忽。

佛教文学的翻译影响中国文学的，有关于文学形式的影响和文艺思潮的影响，大约有四大端：

81

一、语汇、语词的扩大：有的是译音的外来语，如"涅槃"、"由旬"、"浮屠"、"刹那"、"楞严"、"沙弥"、"阿耨多罗三藐三菩提"等语词；有的是掇汉语而别赋新义 的，如 "真如"、"无明"、"众生"、"因缘"、"圆通"等新语汇。

二、语法和文体的变化：外来的语法、语调、语趣，起初总是和我们格格不入的；接触渐多，寻玩稍进，自然会感觉得一种调和的美。如"所以者何"，"如是我闻"等句法，是我国前所未见的。又如散文不用骈俪，诗不押韵，散文和诗歌交错等体制，还不能被偏重骈俪、藻饰文风的六朝所能吸收运用；到了唐以后便渐渐运用起来了。特别是宋以后，说唱文学，即散文诗歌交错的文体，在市井流行起来，发展而为小说、戏曲。在这种影响下产生的小说、戏曲，声势浩大，几乎有取诗文的地位而代之的压倒文坛之势。

三、叙事文学的发展：中国和印度、希腊同为对近世文明影响最大的古老国家，几乎同时发展了文学。但文学情趣和体裁不同，印度和希腊都喜欢讲唱故事，而我们的祖宗只爱唱抒情诗，爱写历史散文。正如闻一多说的："……从西周到宋，我们这大半部文学史，实质上只是一部诗史。……是那充满故事兴味的佛典之翻译与宣讲，唤醒了本土的故事兴趣的萌芽，使它与那较进步的外来形式相结合，而产生了我们的小说与戏剧。"（《文学的历史动向》）佛经中有许多是小说，有些是半小说半戏剧，有些是长篇史诗。如大乘《庄严经论》是一部"儒林外史式"的小说，原料采自《四阿含》，经过多才多艺的马鸣一改编便很能感人。《维摩诘经》是一部半小说半戏剧的作品。居士维摩诘生病，释迦佛叫弟子们去问病，舍利弗、大迦叶、须菩提、阿难等都不敢去，都说维摩诘这人太厉害。最后，文殊师利去了，相见时维摩诘大显辩才和神通。马鸣写的《佛所行赞》是一首四万六千余言的长诗，中译本虽不押韵，但读来有些象《孔雀东南飞》，如：

82

太子入园林，众女来奉迎，并生希遇想，竞媚进幽诚。
各尽妖恣态，供侍随所宜。或有执手足，或遍摩其身，或复
对言笑，或现忧戚容，规以悦太子，令生爱乐心。

众女见太子，光颜状天身，不假诸饰好，素体踰庄严；
一切皆瞻仰，谓"月天子"来。种种设方便，不动菩萨心；
更互相顾视，抱愧寂无言。……

尔时婇女众，庆闻优陀说，增其踊跃心，如鞭策良马，
往到太子前，各进种种术。歌舞或言笑，扬眉露白齿，美目
相眄睐。轻衣见素身，妖摇而徐步，诈亲渐习近。情欲实其
心，兼奉大王言，漫形泄隐陋，忘其惭愧情。

太子心坚固，傲然不改容。……或为整衣服，或为洗手
足，或以香涂身，或以华严饰，或为贯璎珞，或有扶抱身，
或为安枕席，或倾身密语，或世俗调戏，或说众俗事，或作
诸欲形，规以动其心。

还有一部《佛本行经》也是长诗，歌颂释迦一生的故事，只是详
略有所不同。译本以五言为主，也有四言的和七言的。其中有一
节写太子与众婇女同浴的描写："太子入池，水至其腰。诸女围
绕，明耀浴池。犹如明珠，绕宝山王，妙相显赫，甚好巍巍。众
女水中，种种戏笑：或相湮没，或水相洒；或有弄华，以华相
掷；或入水底，良久乃出；或于水中，现其众华；或没于水，但
现其手。众女池中，光耀众华，令众藕华，失其精光。或有攀
缘，太子手臂，犹如杂华，缠着金柱。女妆涂香，水浇皆堕，旃
檀木樨，水成香池。"这样细腻的描写，在我国古代诗赋中未曾
有过。

四、文艺思潮的推进：佛教是世界三大宗教之一。佛教文学
的大量翻译，佛教艺术在我国的开花，在思想上不能不起作用。
汉译佛经数量之多为世界之冠，是世界最完备的大藏；因为印度
佛经多数是口口相传的，印度和尚靠背诵说经和译经，所以有些

83

经典的原文在印度已经失传了，汉译本却把它保存下来。而且佛教在中国传布得比印度还广，信徒比印度还多，中国也产生了更多有学问的高僧。在唐朝，日本派了大量的僧侣到中国来留学，也聘请中国的高僧去日本传授佛教真谛，如鉴真大师。日本的留学僧到中国来，不只学佛，且要学习整个中国文化；鉴真等到日本去，不只传教，也带去哲学、科学、艺术。同样，西域各国向中国传播佛教时，也传播他们文化的其他方面，包括哲学、文学、艺术。佛教文学的翻译，对我国文艺思潮的推进，确曾起了作用。

佛教的色、空思想、超俗出世思想、轮回转世的迷信思想，对我国魏晋南北朝那样动乱的时代会起消极作用；但它劝人为善，安定社会和普渡群生，"我不入地狱，谁入地狱？"的献身思想，在当时还是有好的一面的。在文艺方面，传进新的音乐、绘画、雕刻、长诗、小说、戏剧各种文体，对我们展开想像的翅膀亦有影响，这些也都是好的一面。但对思潮的影响，不可能立竿见影，要有一个消化、酝酿、发展的过程。它对我国文艺思潮的影响，隋唐以前的六朝时代是推进道家、神仙思想和它合流。田园诗和山水诗，就是这个佛道思想结合的产物。《文心雕龙·明诗》篇说："宋初文咏，体有因革，庄老告退，而山水方滋。"所谓"庄老告退"，是指玄言诗被山水诗所取代。说明南北朝时期文艺思潮的变迁，和道家思想佛教思想的影响是有密切关系的。

三　佛、道思潮的结合

佛教最初传来时，借助道教所打定的思想基础，才在汉土立定脚跟。安清、支谦的译经，往往袭用《老》、《庄》的词句。所以初期的中国佛教虚无的思想和超俗出世的宗旨，不过是仙道思想的附庸。到了南北朝时，佛教文学已经大规模地译出来了，佛

84

教势力趁着民族大迁徙的契机，迅速扩大起来。于是道教便汲取佛理及其组织方法。南北朝时，道教产生了许多经典，如《道士法轮经》、《老子大权菩萨经》，《灵宝法轮经》等，有许多地方是模仿佛经的，例如道教的《真步虚品偈》：

有见过去尊，自然成真道。身色如金山，端严甚微妙。

如净琉璃中，内现元始真。至尊在大众，敷衍化迷强。

这是完全模拟佛教《妙法莲华经》的：

又见诸如来，自然成佛道。身色如金山，端坐甚微妙。

如净琉璃中，内现真金象。世尊在大众，敷衍深法意。

此外模拟处还有很多，这里不一一列举。同时，佛教也曾袭用道教的传说和教义而仿作经典。（参考小柳司气太的《道教概说》）

佛教和道教都为封建帝王和贵族服务，一方面可以愚民，一方面反映他们的享乐生活，帮助他们追求一种超世的极乐境界，也就是幻想人间极乐生活得以长久继续下去。但佛教和道教在某些问题上看法不一样。如在生死问题上，佛法以为生命是无常的，即使延年，终必有死，所以主张"无生"；生、老、病、死，同样是灾难。道教认为此身是真，所以幻想"无死"。佛教要"无生"只好进入涅槃清寂，而超脱轮回；道教要"无死"，所以要修炼养生，追求长生不老，所以要服药求仙，主张"练形"。

二者教义和宗旨相近，这些区分是小事，可以互相吸收，互相融合调和。

佛教思想中，吸取了不少道教的长生神仙思想。如佛教天台宗的第二代祖师，南岳慧思，在《誓愿文》中说："我今入山修习苦行……为护法故，求长寿命，不愿生天及余诸趣。愿诸贤圣佐助我得好芝草及神丹，疗治众病除饥渴……愿借外丹力修内丹。……"这是佛教受道教炼丹，求长生的思想影响。

85

道教理论如《西升经》中说："道别于是，言有真伪。**伪道养形，真道养神**。真神通道，能亡能存。神能飞形，并能移山，形为灰土，其何识焉？"这里提出"伪道养形"，已开始**抛弃**道教炼形的主张。这里道教徒所说的"道"，和佛教涅槃思想十分接近了。（参看任继愈《中国哲学史》第四篇第三节）

南北朝时佛道二教不仅在教义上有所结合，而且在文艺作品中也可看出二教思想的融合。例如孙绰（兴公，498—546）的《游天台山赋》最后一段：

> 王乔控鹤以冲天，应贞飞锡以蹑虚。骋神变之挥霍，忽出有而入无。于是游览既周，体静心闲；害马已去，世事都捐。投刃皆虚，目牛无全。凝思幽岩，朗咏长川。尔乃羲和亭午，游气高褰。法鼓琅以振响，众香馥以扬烟。肆观天宗，爰集通仙。挹以玄玉之膏，嗽以华池之泉，散以象外之说，畅以无生之篇。悟遣有之不尽，觉涉无之有闲；泯色空以合迹，忽即有而得玄。释二名之同出，消一无于三幡。恣语乐以终日，等寂默于不言。浑万象以冥观，兀同体于自然。

几乎每一句都是道、佛并举的，上句说仙人王乔，下句便称比丘应贞；上句言象外之道，下句继无生之佛；上言泯色空，下言得玄道。最后归结到"释二名之同出，消一无于三幡"，就是说二教都以无为宗。孙绰是梁时一代文宗，这篇赋，代表佛道思想相结合在南北朝文人意识中的反映。

但是，佛道两教的斗争有时也是激烈的。有时为政治权力和政治地位而斗争，如北魏时汉族豪门崔浩信道教而排斥佛教，实际上是和鲜卑族的长孙嵩争夺政治地位。有时为争夺宗教正统地位而互相贬低对方，有些佛教徒为要取得封建地主阶级的支持，故意拿张角、张鲁、孙恩的农民起义的事件来加罪于道教。当时道教的上层人物则极力申辩，说他们和张角的原始道教不同本

86

质。

道佛二家思潮的结合，在文艺上表现得更密切，那就是六朝诗赋中所表现的脱俗思想，对自然的礼赞和文学形式上的发展。

四 对自然的礼赞

自从东晋陶渊明以后，诗人多趋向于讴歌自然。渊明虽也受了老、庄的影响，但和清谈者流不同，他虽放达，饮酒，但没有放诞不羁，也不吃药，在他的田园诗中只看出他高洁的人格。原来渊明的时代正是佛教勃兴的时代。那时北方有鸠摩罗什在逍遥园集合八百人参与译经事业；南方有慧远在庐山结白莲社，译经传道，社员据传有百二十三人，《莲社高贤传》所列十八贤如雷次宗、周续之等都是当时大学者，诗人谢灵运就是慧远的弟子。渊明也常往来于庐山，和莲社有密切的关系，但未入社。以白莲社为中心的诗人，一面尊崇老、庄，安闲乐道，一面啸傲山水，凝心静观。这一派诗歌所影响到后世的，非常之大。

陶渊明在高逸的风韵中，寓有直观的诗味；诗的形式虽然朴素，但诗格极高。"采菊东篱下，悠然见南山。山气日夕佳，飞鸟相与还。此中有真意，欲辩已忘言。"这个"真意"，是佛道思潮的结合处，"超俗"的真谛。这种思想不完全是消极的，有它抵抗当时争权夺利、荒淫无耻的政界丑恶习气的积极面。

南北朝山水诗人的代表者是谢灵运（385—433）袭封康乐公，故称谢康乐。他出身于当时最有权势的豪门贵族，从小养尊处优，而且在政治上有野心，自己说该参加"权要"。刘裕灭晋建宋后，他由公爵被降为侯。刘宋朝中的新贵与旧时王、谢等门阀士族斗争激烈。宋少帝刘义符时（公元423—424在位），他被排挤而出任永嘉太守，一年后辞官回故乡会稽；文帝刘义隆时为临川内史，最后在权利斗争中，以谋叛的罪名在广州被杀。

谢灵运在少年时便有诗赋的才华，十五六岁时便从慧远法师学佛，又好作山水之游。尝特制游山屐，世称谢公屐，常结队深入险境，被人误认作山贼。他的生地是千岩竞秀，万壑争流的会稽山阴；永嘉（温州）是他久已向往的地方，因为山水极优异，因此，他的山水诗在当时写得最多。他和陶渊明都爱好自然，对自然礼赞，并要参透自然的奥妙，从而感受造化中潜在的生命，作为悟道的法门。不过陶诗朴素、平淡、率直，而谢诗富赡华丽，雕琢、堆砌，风格各异。这不只是陶、谢个人的风格不同，同时也体现晋、宋之间诗风的转变。《文心雕龙·明诗》篇说："宋初文咏，体有因革，庄、老告退，而山水方滋。俪采百字之偶，争价一字之奇。情必极貌以写物，辞必穷力而追新。"这话说明了南北朝诗作思潮的演变方向，除追求形式美以外，在思想上则打破玄言诗的统治，融合佛教与庄、老于山水诗，融合于对自然的礼赞。

殷忧不能寐，苦此夜难颓。明月照积雪，朔风劲且哀。运往无淹物，年逝觉已催。（《岁暮》）

江南倦历览，江北旷周旋。怀新道转迥，寻异景不延。乱流趋正绝，孤屿媚中川。云日相辉映，空水共澄鲜。表灵物莫赏，蕴真谁为传。想象昆山姿，缅邈区中缘。始信安期术，得尽养生年。（《登江中孤屿》）

潜虬媚幽姿，飞鸿响远音。薄霄愧云浮，栖川怍渊沈。进德智所拙，退耕力不任。徇禄反穷海，卧疴对空林。衾枕昧节候，褰开暂窥临。倾耳聆波澜，举目眺岖嵚。初景革绪风，新阳改故阴。池塘生春草，园柳变鸣禽。祁祁伤豳歌，萋萋感楚吟。索居易永久，离群难处心。持操岂独古，无闷征在今。（《登池上楼》）

这些诗都是在尽量描绘山水的美景中现身说法，或体现脱俗养生的精神生活。他有一篇很长的《山居赋》，讴歌山居之乐，足以

88

颐年。详细描绘山光水色，中间参以佛家说法，心境清澄之妙理；时或叹美庄、老，慕仙家之飘逸。如云："安居二时，冬夏三月，远僧有来，近众无阙。法鼓即响，颂偈清发。散华霏蕤，流香飞越。析旷劫之微言，说像法之遗旨。乘此心之一豪，济彼生之万理。……山中兮清寂，群纷兮自绝。周听兮匪多，得理兮俱悦。"《山居赋》开头说："谢子卧疾山顶，览古人遗书，与其意合，悠然而笑曰：'夫道可重，故物为轻，理宜存，故事斯忘。古今不能革，质文咸其常。……'"中间刻划了山的东西南北各处的风景，寻幽探奇，遇到山穷水尽处，得仙佛的启发而又见柳暗花明。

对于谢灵运的山水诗赋，也得具体分析，不能一概视为吟风弄月的消遣品。祖国秀丽的山河，经他的妙笔点缀，制造出艺术的妙品。如"野旷沙岸净，天高秋月明""白云抱幽石，绿篠媚清涟"等句，观察细致，造句清丽，足见艺术的匠心。会稽、永嘉的山水，因谢诗而更能给人以诗情画意。谢诗也因山川的灵秀而得以长存。至于他诗赋中的仙道佛法思想则是糟粕，只能看做时代思潮的遗迹。

颜延之（384—456）字延年是与谢灵运齐名的诗人；但他没有出色的山水诗，只是在雕琢字句，铺陈典故，追求形式美方面，比谢客走得更远，代表那时代思潮的一个方面。

鲍照（约414—466）字明远，出身寒微，作过参军等小官，最后在荆州为乱军所杀。他在那重门第的时代里，一生受歧视和打击。切身的体会，使他意识到当时社会的腐败，在作品中表现怀才不遇的情绪，揭露现实的黑暗。

鲍照也有描写山水的作品，也追随讲求形式美的时代思潮。著名的《芜城赋》是一篇抒情短赋，夸张地描绘过去的繁华和战后的荒凉，对比鲜明。如写荒凉的一节：

崩榛塞路，峥嵘古遗。白杨早落，塞草前衰。棱棱霜气，

89

萩萩风威。孤蓬自振，惊沙坐飞。灌莽杳而无际，丛薄纷其相依。通池既已夷，峻隅又已颓。直视千里外，唯见起黄埃。凝思寂听，心伤已摧！

《登大雷岸与妹书》是一封瑰丽奇崛的家书，描绘旅途的景色，生动地摹写山川的神态。如其中写大雷岸四围的景色：

> 南则积山万状，负气争高，含霞饮景，参差代雄，凌跨长陇，前后相属，带天有匝，横地无穷。东则砥原远隰，亡端靡际。寒蓬夕卷，古树云平。旋风四起，思鸟群归。静听无闻，极视不见。北则陂池潜演，湖脉通连。苎蒿攸积，菰芦所繁。栖波之鸟，水化之虫，智吞愚，强捕小，号噪惊聒，纷乎其中。西则回江永指，长波天合。滔滔何穷，漫漫安竭！创古迄今，舳舻相接。思尽波涛，悲满谭壑。烟归八表，终为野尘。而是注集，长写不测，修灵浩荡，知其何故哉！西南望庐山，又特惊异。基压江潮，峰与辰汉相接。上常积云霞，雕锦缛。若华夕曛，岩泽气通，传明散彩，赫似绛天。左右青霭，表里紫霄。从岭而上，气尽金光，半山以下，纯为黛色。信可以神居帝郊，镇控湘汉者也。

这一段描写，不仅情景交融，而且拟人化了。引文的开头四句，说群山万壑负气争高，高低参差的山峰，含霞饮阳，交替称雄。形象鲜明。

鲍照的真正特点还不在山水的描画，也不在辞藻的堆砌，而在于乐府诗的发展。这是他和同时代的谢灵运、颜延之的不同处。他的乐府诗，继承、发扬了汉乐府的传统，虽也运用华丽的辞藻，却能保持建安的风骨。多用比兴，表现出强烈的情绪，扣人心弦。例如《拟行路难》十八首中有许多是表现心中的愤懑不平的，如第六首：

> 对案不能食，拔剑击柱长叹息："丈夫生世能几时，安能蹀躞垂羽翼！"弃置罢官去，还家自休息。朝出与亲辞，暮

90

还在亲侧。弄儿床前戏，看妇机中织。自古圣贤尽贫贱，何况我辈孤且直！

又如《梅花落》，是南朝文人乐府诗中最好的作品之一。此曲本属汉横吹曲，"在音调、句法方面都有全新的创造，""歌行里的流转奔放一派从这里开端，对于唐诗有极显著的影响"（余冠英《乐府诗选》）诗云：

中庭杂树多，偏为梅咨嗟。"问君何独然？""念其霜中能作花，露中能作实。摇荡春风媚春日，念尔零落逐寒风，徒有霜华无霜质！"

借梅花歌颂坚贞不屈，借杂树讽刺没有节操的软骨头。诗中"念其霜中能作花"的"其"指梅花；"念尔零落逐寒风"的"尔"指杂树。二者对比，爱憎便露。

谢朓（464—499）字玄晖，是谢灵运同族，常被称为"小谢"，也是写山水诗的名手。他的名句如"鱼戏新荷动，鸟散余落。"（《游东田》），"余霞散成绮，澄江静如练。"（《晚登三山还望京邑》），"大江流日夜，客心悲未央。"（《暂使下都夜发新林至京邑赠西府同僚》），"天际识归舟，云中辨江树。"（《之宣城郡出新林浦向板桥》），"朔风吹飞雨，萧条江上来。"（《观朝雨》）这些名句传诵一千五百年而不衰。

谢朓的乐府小诗，很有含蓄，音调和谐，清新自然，如：

噭噭夜猿鸣，溶溶晨雾合。不知声远近，唯见山重沓。
既欢东岭唱，复伫西岩答。（《石塘濑听猿》）

绿草蔓如丝，杂树红英发。无论君不归，君归芳已歇！
（《王孙游》）

易阳春草出，踟蹰日已暮，莲叶何田田，洪水不可渡。
愿子淹桂舟，时同千里路。千里既相许，桂舟复容与。江上可采菱，清歌共南楚。（《江上曲》）

大诗人李白最爱小谢的诗，有"蓬莱文章建安骨，中间小谢又清

91

发"，（《宣州谢朓楼饯别 校书叔云》），"解道'澄江净如练'，令人长忆谢玄晖"（《金陵城西楼月下吟》）之句。杜甫也在《寄岑嘉州》中说"谢朓每诗堪讽诵"，表示欣赏。

其他南北朝诗人如沈约（441—513），江淹（444—505）何逊（？—518），吴均（469—520），庾信（513—581）等也都写了美丽的山水诗、赋，不过愈到后来，形式愈显得绮丽、柔弱，而思想内容愈趋于玄虚。只有庾信有些例外，他后期作品，有一种浓烈的乡关之思，真挚质实。陶弘景（452—536）是道教的大力宣扬者，晚年信佛，受了五戒，曾隐居句曲山，梁武帝肖衍遇有朝廷大事，带去咨询，人们称之为"山中宰相"。他酷爱山水诗，在当时骈文盛行的环境中，他的散体文却写得很好，这同他崇尚自然不无关系。他的《答谢中书书》为人们所爱读：

> 山川之美，古来共谈。高峰入云，清流见底。两岸石壁，五色交辉。青林翠竹，四时俱备。晓雾将歇，猿鸟乱鸣；夕日欲颓，沈鳞竞跃。实是欲界之仙都。自康乐以来，未复有能与其奇者。

从这一则山水小品看来，可知南北朝的散文，对于自然的描写也大有进展。郦道元的《水经注》、法显的《佛国记》杨衒之的《洛阳伽蓝记》等，都有精妙而生动的描绘。此外的小品散文、书牍、杂感等，也都有绝美的自然描写。正如隋代李谔所说的"连篇累牍，不出月露之形；积案盈箱，唯是风云之状。"

五 格律化和口语化的两股潮流

佛教文学对于魏晋南北朝文学形式的影响也很大：首先是因为梵文音调导致汉文的四声发明，推进绮丽、骈俪、讲求声韵格律的潮流；其次是因为译经、讲经的需要，推动口语化的文学散文的发展。

92

魏晋南北朝的文学中，最大的洪潮，就是在技巧上趋于艳丽。骈俪化从东汉就已开始；自从曹丕在《典论·论文》里提出"诗赋欲丽"的主张之后，陆机（261—303）的《文赋》便显有偏于形式主义的倾向。特别注重辞藻声律，要求"其会意也尚巧，其遣言也贵妍。暨音声之迭代，若五色之相宣。"宋初范晔（398—445）把《后汉书》中无韵的序论称为"笔"，有韵的赞称为"文"，把文、笔的区别说得很明确。他对于文，提出宫商清浊之说，在音律上要求严格，说："性别宫商，识清浊，斯自然也。"诗人谢灵运、颜延之在作品中力求辞藻华丽。《宋书·谢灵运传论》说："爰逮宋氏，颜、谢腾声，灵运之兴会标举，延年之体裁明密，并方轨前秀，垂范后昆。……夫五色相宣，八音协畅，由乎玄黄律吕，各适物宜，欲使宫羽相变，低昂互节，若前有浮声，则后须切响。一简之内，音韵尽殊；两句之中，轻重悉异，妙达此旨，始可言文。"颜、谢注意音韵，还是从语言的自然节奏出发的，到了齐、梁，声韵的研究更加精细了，诗赋都极意于绮丽和声韵的铿锵。佛教徒沈约、王融、周颙等则极力提倡四声、八病之说，使后世诗歌的格式更趋于齐整，提供律诗成立的根据。当时的文艺大评论家刘勰（约465—约532）虽然主张文、质并重，形式和内容不可偏废，却也十分重视声律、丽辞、夸饰和练字。他的专著《文心雕龙》五十篇也是用骈文写的。到了钟嵘（约468—518）晚年写《诗品》时，声律之说更加盛行，以致妨碍自然的节奏。所以他主张浑朴的风格，反对过分宣扬四声八病之说。

中国"四声"的创立和佛教宣传佛经有关。他们宣传教义的方法有三种："转读"、"梵呗"和"唱导"。慧皎的《高僧传》说：

> 天竺方俗，凡是唱咏法言，皆称为"呗"。至于此土，咏经则称为"转读"，歌赞则号为"梵音"。

看来，转读和梵音是相连的，在印度都叫作"呗"，在中国则分为两部分。因为佛经通常是先用散文说一段，接着用韵文重复一遍，叫作"祇夜"（亦译"重颂"、"应颂"）。朗诵散文部分时叫"转读"，歌唱偈时称"梵音"即梵呗。什么是"唱导"呢？慧皎《高僧传》卷十三《唱导论》说：

> 唱导者，盖所以宣唱法理，开导众心也。昔佛法初传，于时齐集，止宣唱佛名，依文致礼。至中宵疲极，事资启悟，乃别请宿德升座说法，或杂序因缘，或傍引譬喻。其后庐山释慧远，道业贞华，风才秀发，每至斋集，辄自升座，躬为唱导，广明三世因缘，却辨一斋大意。后世传受，遂成永则。

经师的"唱导"也是一种艺术，必须具有四种才能，就是声、辩、才、博。声要哀婉动人，辩要辞吐俊发，适时无差，才要文彩华丽，博要广采书史，旁征博引。有了这四种才能，加上熟练，才能把地狱的可怕或极乐土的畅悦，绘声绘影地叙述出来，才能使"阖众倾心，举堂恻怆，五体输席，碎首陈哀，各各弹指，人人唱佛。"（《高僧传》十五）所以《高僧传》中特别提到几个善于唱说的人才，如说释翿："特禀妙声，善于转读……梵响清靡，四飞邻转，反折还弄。"又如说释饶："偏以声音著称，擅名宋孝武之世，响调优游，和雅哀亮。"所谓"生公说法，顽石点头"者，不只道理明沏，还要声调的抑扬顿挫，足以动人。为了把经书唱好，研究印度经师的唱法，因此把汉字的声调加以分析，结果创为四声之说。陈寅恪说：

> 据天竺围陀之《声明论》，其所谓声Svara者，适与中国四声之所谓声者相符合，即指声之高低言，英语所谓Pitch accent者是也。围陀《声明论》依其声之高低，分别为三：一曰Udatta，二曰Svarita，三曰Anudatta。佛教输入中国，其教徒转读经典时，此三声之分别，当亦随之

输入。……中国文士依据及摹拟当日转读佛经之声，分别定为平上去之三声，合入声共计之，造成四声。于是创为四声之说，并撰写声谱，借转读佛经之声调，应用于中国之美化文。

——《四声三门讲义》（转引自《文学》二卷六号李嘉言《韩愈复古运动的新探索》）

在齐武帝永明年代（483—493年）周颙作《四声切韵》，沈约作《四声谱》，于是四声正式成立，应用到诗文上去时，便创为"四声八病"之说，使韵律、平仄的讲求日益精细。《南史·陆厥传》说：

> 吴兴沈约、陈郡谢朓、琅琊王融，以气类相推毂；汝南周颙善识声韵，约等文皆用宫商，将平上去入四声，以此制制韵，有平头、上尾、蜂腰、鹤膝；五字之中，音韵悉异，两句之内，角徵不同，不可增减，世呼为永明体。

"八病"之说就是五言诗（当时主要的诗体）的平仄安排（平声以外的上、去、入三声的字都是仄声）中，该避免的八种毛病。．平头：上句开头两字和下句开头两字平仄相同；2．上尾：上句末一字和下句末一字平仄相同；3．蜂腰：一句的前两字和后两字用仄声，中间一字用平声；4．鹤膝：前两字和后两字用平声，中间一字用仄声；5．大韵：一句中前四字有和最后押韵的字同韵的；6．小韵：一句的前四字中有互犯同韵的字；7．旁纽：一句中用双声字；8．正纽：一句中用四声相纽的字（如溪、起、憩、迄四字平上去入为一纽，一句中不得用其二）。避免了这八病，就可做到"一简之内，音韵尽殊，两句之中，轻重悉异"。

四声八病之说对于中国韵文的格律化，确实起了积极作用；但专求音调铿锵，形式的完美，而忽略了内容，却是大病。钟嵘是个有远见的批评家，他指出了这种现象说："……三贤或贵公子孙，幼有文辩，于是士流景慕，务为精密，襞积细微，专相陵

95

架，故使文多拘忌，伤其真美"（《诗品序》）。钟嵘还指出提倡四声八病的人是"贵公子孙"，封建贵族阶级的人物。

到了梁、陈时，绮丽、柔弱之风更甚。诗的格律更加严整了，而内容却更贫乏了。梁武帝肖衍一面好佛，一面又喜爱轻情的情诗。简文帝肖纲开始写"宫体"诗，风靡一时。《隋书文学传序》说："梁自大同（535－546）之后，雅道沦缺，渐乖典则，争驰新巧；简文、湘东启其淫放，徐陵、庚信分道扬镳，其意浅而繁，其文匿而彩。词尚轻险，情多哀思，格以延陵之听，盖亦亡国之音乎。""宫体"诗的特点是轻浅柔弱、繁彩浮艳，例如著名的陈叔宝《玉树后庭花》："丽宇芳林对高阁，新妆艳质本倾城。映户凝娇乍不进，出帷含愁笑相迎。妖姬脸似花含露，玉树流光照后庭"。成了亡国之音的典型。徐陵选编的《玉台新咏》中不少艳歌，反映一代的文艺思潮：梵呗与艳歌交作。这犹如欧洲中世纪的修士，既沉醉于宗教玄想，又耽溺于"歌"、"酒"、"美人"，产生了许多情诗。

当南北朝封建贵族们的文体愈趋于繁缛的时候，却在民间产生了许多乐府民歌。无论是南方的"吴歌""西曲"，还是北方的"梁鼓角横吹曲""杂曲歌辞""杂歌谣辞"，都是口语的，天真而自然的作品。例如：

打杀长鸣鸡，弹去乌白鸟。愿得连冥不复曙，一年都一晓。
————《读曲歌》

夜长不得眠，明月何灼灼，想闻欢唤声，虚应空中诺。
————《子夜歌》

男儿欲作健，结伴不须多。鹞子经天飞，群雀两向波。
————《企喻歌》

前两首是南方的，后一首是北方的，显示各自不同的特色。前者表示长江流域几个都市的习气，民间情歌盛行。后者表示黄河流域诸族混战的局面，反映战争和尚武精神的民歌占多数。同时也

96

显示民族的性格不同。南朝的绮靡之音也影响到乐府民歌，主要因为采诗者或管乐府的官员们的爱好有关。北朝的乐府民歌却不象北朝文人的诗那样一味模仿南朝。北朝民歌中最光辉的作品是《木兰辞》：

> 唧唧复唧唧，木兰当户织。不闻机杼声，唯闻女叹息。问女何所思，问女何所忆。女亦无所思，女亦无所忆。昨夜见军帖，可汗大点兵。军书十二卷，卷卷有爷名。阿爷无大儿，木兰无长兄，愿为市鞍马，从此替爷征。
>
> 东市买骏马，西市买鞍鞯，南市买辔头，北市买长鞭。旦辞爷娘去，暮宿黄河边。不闻爷娘唤女声，但闻黄河流水鸣溅溅。旦辞黄河去，暮宿黑山头。不闻爷娘唤女声，但闻燕山胡骑鸣啾啾。
>
> 万里赴戎机，关山度若飞。朔气传金柝，寒光照铁衣。将军百战死，壮士十年归。归来见天子，天子坐明堂。策勋十二转，赏赐百千强。可汗问所欲，木兰不用尚书郎，愿借明驼千里足，送儿还故乡。
>
> 爷娘闻女来，出郭相扶将。阿姊闻妹来，当户理红妆。小弟闻姊来，磨刀霍霍向猪羊。开我东阁门，坐我西阁床。脱我战时袍，著我旧时裳。当窗理云鬓，对镜帖花黄。出门看伙伴，伙伴皆惊惶。同行十二年，不知木兰是女郎。
>
> 雄兔脚扑朔，雌兔眼迷离，双兔傍地走，安能辨我是雄雌？

这是一篇出色的叙事诗，仅仅用四百来字，就生动地叙述了木兰代父出征，立大功而回家的完整故事。仅"将军百战死，壮士十年归"十个字就写出了十年征战的经过。回到家时的情况却用了全篇三分之一的篇幅，做了细节的描述，充分表达了欢乐的气氛。全诗内容表达了妇女的真正解放，她们也能干出捍卫祖国的伟大事业来，而且功成而退，高尚的风格，给当时封建贵族的明争暗斗，争权夺利者以对比的讽刺。

鲍照写乐府诗，在诗人中独树一帜。他的乐府诗发扬汉乐府的优良传统，虽然用了些华美的字句，但基本上是近于口语的。

佛经的翻译也给口语化以推动的作用。如鸠摩罗什译的《维摩诘经》是一部小说，富于文学情趣，运用口语化的文体，模拟人物对话的口吻。如释迦佛叫弟子阿难去探问维摩诘的病时，阿难不敢去的一段对话：

> 佛告阿难："汝行诣维摩诘问疾"。阿难白佛言："世尊，我不堪任诣彼问疾，所以者何？忆念昔时，世尊身有小疾，当用牛乳，我即持钵诣大婆罗门家门下立。时维摩诘来谓我言：'唯，阿难，何为晨朝持钵住此？'我言：'居士，世尊身有小疾，当用牛乳，故来至此。'维摩诘言：'止，止，阿难，莫作是语。如来身者，金刚之体，诸恶已断，众善普会，当有何疾？当有何恼？默往，阿难，勿谤如来，莫使异人闻此粗言。无令大威德诸天及他方净土诸来菩萨得闻斯语。阿难，转轮圣王以少福故，尚得无病，岂况如来无量福会，普胜者哉？行矣，阿难，勿使我等受斯耻也。……'时我，世尊，实怀惭愧，得无近佛而谬听耶？即闻空中声曰：'阿难，如居士言，但为佛出五浊恶世，现行斯法，度脱众生。行矣，阿难，取乳勿惭？'世尊，维摩诘智慧辩才为若此也。是故不任诣彼问疾。"

这里的"止，止，阿难，莫作是语"，完全是口语。又如马鸣的《佛所行赞》，用韵文叙述佛的一生，汉译五言无韵诗，约九千三百句，上节已引用过的"太子入园林，众女来奉迎"那一段，读来如《孔雀东南飞》或《木兰辞》，明白如话。后来寺僧向听众说经，也用口语，产生了新的文体"变文"——俗讲僧所用的宣讲底本。如《维摩诘经变文》、《法华经变文》等大量的变文作品出来了，往后再因此而产生说唱文学，再由说唱文学发展为宋元

98

以后的白话小说和戏剧，成为中国近千年以来的文学正宗，影响极为深远。

六　六朝小说及其他艺术与佛道思潮

中国小说的发展，始于神仙故事。神仙巫术之说最初产生于燕齐滨海一带——东夷诸族之间；后在战国时的楚国已盛行，如《楚辞·远游》所写的便是。到秦始皇嬴政时（公元前3世纪末）神仙巫术故事便泛滥了。《史记·封禅书》说：

> 自齐威、宣之时，驺子之徒，论著终始五德之运。及秦帝而齐人奏之，故始皇采用之。而宋毋忌、正伯侨、充尚、羡门高最后皆燕人，为方仙道，形解销化，依于鬼神之事。驺衍以阴阳主运，显于诸侯；而燕齐海上之方士，传其术不能通。然则怪迂阿谀苟合之徒自此兴，不可胜数也。自威、宣、燕昭使人入海求蓬莱、方丈、瀛洲。此三神山者，其傅在渤海中，去人不远；患且至，则船风引而去。盖尝有至者，诸仙人及不死之药皆在焉。其物禽兽尽白，而黄金银为宫阙。未至，望之如云；及到，三神山反居水下；临之，风辄引去，终莫能至云。世主莫不甘心焉。及至秦始皇并天下，至海上，则方士言之不可胜数。始皇自以为至海上而恐不及矣，使人乃斋童男女入海求之……

秦始皇醉心于神仙，助长了神仙说的盛行。在秦汉时各家思想的合流中，势力最大的便是神仙思想。例如淮南子刘安等杂家的书都充满了神仙思想。他的《枕中鸿宝苑秘书》便是专谈神仙黄白之术的。《淮南子》一书也可说是仙道神话的总汇。汉代文、景和窦太后等也都倾倒于仙道。武帝刘彻虽然听信董仲舒的话，独尊儒术；但他却又和嬴政一样，醉心于神仙的追求。甚至董仲舒自己的著作也满纸妖妄之言，充满着阴阳五行和谶纬的神秘色

99

107

彩。总之，秦汉各家思想都渗饱了神仙说，道家、杂家固不必说，就是向来不语怪、力、乱、神的儒家，也受了神仙说的同化。

有了神仙思想和渤海神山神话的流传，才有中国小说的发展。两汉魏晋的小说，什九是道家和方士们所传的神仙故事。张衡《二京赋》说："小说九百，本于虞初"。虞初是汉武帝时的方士。《汉书·艺文志》载，"虞初《周说》九百四十三篇"，在十五家小说的总数一千三百八十篇中占百分之六十八点三强；其他十四家也大半是道家的书，《伊尹说》、《鬻子说》、《宋子》、《务成子》、《黄帝说》等是道家的书，《心术》、《未央术》等是方士的书。这些书虽已失传，但我们还可以由此推知：中国小说的起源和神仙思潮有密切的关系。

魏晋南北朝的神仙故事，存留到今天的，有模仿《山海经》的《神异经》、《十洲记》两本，都托名为东方朔撰，但其篇首有"臣，学仙者也"，可知是方士的作品。此外，《汉武故事》、《汉武帝内传》和《汉武洞冥记》等都是叙述武帝、东方朔和西王母的神秘故事，也是魏晋颓废思潮的表现。再如干宝的《搜神记》、托名陶潜的《搜神后记》、葛洪的《神仙传》、郭璞的《山海经注》、《穆天子传注》等都与神仙故事相关，是后世浪漫小说的基础。

自从佛教传来之后，鬼神灵异之说更觉张皇，诚如鲁迅所说："自晋讫隋，特多鬼神志怪之书。其书有出于文人者，有出于教徒者。文人之作，虽非如释道二家，意在自神其教，然亦非有意为小说，盖当时以为幽明虽殊途，而人鬼乃皆实有，故其叙述异事，与记载人间常事，自视固无诚妄之别矣"。（《中国小说史略》第五篇）

晋时除正续《搜神记》外，有荀氏《灵鬼志》、陆氏《异林》、戴祚《甄异传》、祖冲之《述异记》、祖台之《志怪》、

100

刘敬叔《异苑》。宋有东阳无疑《齐谐记》今佚，梁有吴均《续齐谐记》今存，其中最可注意的是阳羡鹅笼的故事：

> 阳羡许彦于绥安山行，遇一书生，年十七八，卧路侧，云脚痛，求寄鹅笼中。彦以为戏言。书生便入笼，笼亦不更广，书生亦不更小，宛然与双鹅并坐，鹅亦不惊。彦负笼而去，都不觉重。前行息树下，书生乃出笼，谓彦曰："欲为君薄设。"彦曰："善。"乃口中吐出一铜奁子，奁子中具诸饤馔。……酒数行，谓彦曰："向将一妇人自随，今欲暂邀之。"彦曰："善。"又于口中吐一女子，年可十五六，衣服绮丽，容貌殊绝，共坐宴。俄而书生醉卧，此女谓彦曰："虽与书生结妻，而实怀怨，向亦窃得一男子同行，书生既眠，暂唤之，君幸勿言。"彦曰："善。"女子于口中吐出一男子，年可二十三四，亦颖悟可爱，乃与彦叙寒温。书生卧欲觉，女子口吐一锦行障遮书生，书生乃留女子共卧。男子谓彦曰："此女虽有心，情亦不甚，向复窃得一女人同行，今欲暂见之，愿君勿泄。"彦曰："善。"男子又于口中吐一妇人，年可二十许，共酌，戏谈甚久，闻书生动声，男子曰："二人眠已觉。"因取所吐女人还纳口中。须臾，书生处女乃出，谓彦曰："书生欲起。"乃吞向男子，独对彦坐。然后书生起，谓彦曰："暂眠既久，君独坐，当悒悒耶？日又晚，当与君别。"遂吞其女子，诸器皿悉纳口中，留大铜盘可二尺广，与彦别曰："无以藉君，与君相忆也。"彦太元中为兰台令史，以盘饷侍中张散；散看其铭，题云是永平三年作。

这类怪异的故事原出于佛教《旧杂譬喻经》（吴康僧会译）。鲁迅说："魏晋以来渐译释典，天竺故事亦流传世间，文人喜其颖异，于有意无意中用之，遂蜕化为国有，如晋人荀氏作《灵鬼志》，亦记道人入笼子中事，尚云来自外国，至吴均记，乃为中

101

国之书生"。（同上书）

佛教经典中既多小说材料，教徒又往往用小说来说教，如颜之推《冤魂志》等便是引经史以明报应的。其他如王琰《冥祥记》，侯白《旌异记》，刘义庆《宣验记》、《幽明录》等，散见于《法苑珠林》、《太平广记》、《太平御览》中，内容大抵不出因果报应、佛法灵验思想和神仙怪异的思想。

六朝小说，除了志怪的以外还有志人的，以南朝的刘义庆《世说新语》为代表。其中的故事也都很简单，好多是清谈家的故事，如：

> 刘伶恒纵酒放达，或脱衣裸形在屋中。人见讥之，伶曰："我以天地为栋宇，屋室为裈衣，诸君何为入我裈中？"
> ——卷下《任诞篇》

这正是六朝清谈家的风度。这种清谈是从汉末清议来的，汉末政治黑暗，一般名士大发议论，很有力量，后来为执政者所残害，如被曹操杀害的孔融、祢衡等。晋正始以后改变为清谈，专谈玄理，不谈政事。但清谈的名士仍有势力，因为不能玄谈的不够名士资格；而《世说》这部书，可以看做名士的教科书（鲁迅语）。历史上有名的"正始之音"，就是玄谈之音，是使用舌头做武器，绞尽脑汁，甚至可以疲劳致死。他们谈的内容有五经，而更重要的是老庄和佛经，谈者要别出心裁，互相压倒对方，所以很费劲。按当时的潮流，想要出名必须当名士，必须读通儒、道、佛的书，在思想上要做到"脱俗"、"超世"，在行动上要有"疏放"的气派。因此一定要学习《世说》和《语林》等书。汉末到六朝是篡夺时代，天下混乱，人们的厌世思想和佛、道二教的脱俗、超世、疏放相会合，终污漫而成清谈。（参阅侯外庐等《中国思想通史》第十三章。）

* * *

中国各种艺术，如绘画、雕刻、书法等等，到了六朝时发生

102

了一大变化，打定了唐、宋黄金时代的基础。这种变化的原因，首先是经过阶级斗争和民族矛盾的大动荡时期之后，达到民族的大融合。其次是对外的文化交流，从国外吸收了新的艺术和新的思想。这时期的文艺思潮，主要是外来的佛教思想和本土的道教思想汇流而成以佛道为中心的思潮。例如绘画，据潘天寿在《中国绘画史》第一篇上说的：

> 六朝绘画，诸方均大有发展。然以全绘画的大势而言，当以伴佛教而传布的宗教画为主体。盖当初佛教的画家，大概为印度的宣教者，或我国的信教者，对于佛教有热烈的信仰，竟以绘画为宗教的虔敬事业。他们所做的宗教画，虽无十分的价值，然全体系信仰的盈溢，流露于外形，自然存有不可思议的灵力，足以令人起崇敬思想。所以当时的佛教寺院，因宗教思想的灵化，差不多成为美术的大研究所。

佛教画兴起后，道士们也模仿着做仙道画，也产生了一批神佛仙道的画家，所谓六朝三大画圣——顾恺之、陆探微、谢赫——都是佛、道的画家。其他所有的画家，也几乎全和佛、道宗教画有关系。

雕塑方面，佛教的影响更加明显。六朝的雕塑当以佛像为主要作品。除了泥塑木雕之外，还有石刻像、玉刻像、夹苎漆像、象牙像和铜像等。六朝佛教雕刻流传下来的产品不少，特别是敦煌、云冈、龙门三大石窟，震惊了全世界。敦煌石窟，又叫"莫高窟"或"千佛洞"。相传前秦建元二年（366年）僧乐尊开始凿窟造像，历隋、唐至元，都有所修建。现存四百八十六窟，壁画总面积为四万五千平方米，造像二千四百十五尊。壁画包括佛本生、佛传、经变、供养人和建筑彩画图案等。塑像全是泥塑的，有佛、菩萨、弟子、天王、力士等，反映中国4到14世纪的部分社会生活。

云冈石窟在山西大同市武周山，东西绵延一公里，主要洞窟有二十一个，完成于北魏迁都洛阳之前，约自和平元年至太和十八年（460—494）。雕像五万一千多尊，最大的高达十七米，气魄雄伟。风格在继承汉石刻传统基础上，吸收外来的影响。

龙门石窟，也叫"伊阙石窟"，分布在河南洛阳市城南伊水入口处两岸龙门山和香山。开凿于北魏太和年间（477—499）至唐代，历时四百余年。现存石窟一千三百五十二个，龛七百八十五个，造像九万七千余尊。刀法圆纯精致，佛像表情生动。

此外还有巩县石窟，也叫"净土寺"，在河南巩县，北魏普太元年（531年）开凿；不少造像因河水上涨被泥沙封埋而完整地保存下来。其中《礼佛图》浮雕反映封建贵族的生活。炳灵寺石窟在甘肃永靖县。"炳灵"是藏语"万佛"之意。开凿于西秦建弘元年（420年）现存窟三十四，龛一百四十九，式样与云冈、龙门近似。响堂山石窟在河北邯郸。北齐高洋时（6世纪50年代）建，佛像存留无多，也可见其风格已由北魏的挺拔秀丽转为厚重敦实。

书法是中国独特的艺术，但它作为一种艺术的发展，却和佛教有一定关系。六朝书法艺术的蓬勃发展和佛教艺术一样同为历史上一个飞跃时期，所谓魏碑、晋帖，作为后代书法的法书，是魏晋南北朝艺术的光辉遗迹。王羲之的行书被怀仁禅师收集在《圣教序》里。最著名的《兰亭集序》，内容为当时士大夫闲情逸致和脱俗思想的表现。《十七帖》也明说自己久有"逸民之怀"，而且"服食久，犹为劣劣"。他那潇洒的笔致，正好发挥当时浪漫的思潮。他的七世孙为山阴永欣寺僧智永，也是历史上著名的书法家。北魏的龙门造像记，统称为"龙门二十品"，书法方峻雄健，变化多样，可以看出北魏书法的概貌。沙门中也不少精于书法的人。

建筑方面以寺院为代表，杜牧诗："南朝四百八十寺，多少楼台烟雨中"，不仅言其多，且言其美。杜牧说的只是金陵一带

104

的寺院。"天下名山僧居多"，全国的佛寺不计其数，当时北朝的佛寺就比南朝多，单说甘肃天水县麦积山石窟内就有七座北朝"崖阁"，是研究古代建筑艺术的重要资料。

音乐戏剧方面所受佛教的影响也很明显。中国音乐，原来只有五音（宫商角徵羽）；到了周武帝宇文邕时（566—575）龟兹苏祗婆传琵琶七调，于是有了变宫、变徵之音。那时中国多请少数民族的乐师为音乐教师，如曹妙达、安来弱等"西域胡人"都十分受中央政府的优待，甚至有封王开府者。原来汉代开乐府时，就有外乐流入，到了南北朝而更甚，以致乐制紊乱不堪。到了隋代，加以整理而为九部乐，除了一部"清乐"为汉族传统的乐以外，其余都是胡乐（西凉、龟兹、天竺、康国、安国、疏勒、高丽之乐）。这许多"胡乐"又多来自受佛教影响的民族和国家，以印度乐为中心。

七　唐前期佛、道思潮的洪峰

隋统一南北朝的分裂局面，为唐代的强盛演了序幕。隋之于唐，犹秦之于汉，为盛大的朝代揭开灿烂文化的场面。唐灭隋后，结束了几百年的分裂和内战，在政治、财政、军事上，都有蓬勃的发展而跻于空前的强盛。隋唐为关中门阀取得全国政权后，社会风尚逐渐变化。南朝大门阀如王、谢，在齐梁时就已衰落；北朝大门阀如崔、卢的势力，在隋、唐之际被皇室压制下去了，而皇室的关中门阀，又被武则天所摧残。反之，非门阀士族，即世俗地主阶级知识分子的地位上升了。科举考试制度，突破门阀世胄的垄断，为中小地主阶级知识分子开了方便法门。

隋、唐统一的大业，也反映在文化思想上，佛教和道教的南北不同学风都调和统一了。佛教、道教和儒家封建伦理，成了当时统治阶级对人民的三条思想绳索，唯心主义宗教哲学占了绝对

105

优势。寺院经济的物质保障，无形中使寺院成了文化的中心，唯心主义深入城乡人民。当时朴素的唯物主义，还不足以驳倒宗教哲学的唯心论体系。在唐前期的文学上则浪漫主义占了上风。

唐代道教是民族形式的宗教，在统治阶级的大力提倡下，也得到空前的发展。它的教义内容虽和佛教相似，而《老子》一书，则士庶家藏一册，玄宗时贡举加试《老子》。儒家封建伦理有传统的权威，也主张三教合一。唐统治者便利用三教为制服人民的工具，每逢国家大典，常诏三教领袖到宫中讲论。但在人民中间，佛道的思想却更加深入了。

唐朝统治三百年（618—907），可以分为前后两期，以安史之乱（755—763）为界线。前期包括向来所谓的初唐和盛唐；后期包括所谓的中唐和晚唐。前期基本上可说是太平盛世，社会生产力提高了，文化得到灿烂的发展，浪漫主义文艺发展到了顶点；后期经过安史之乱的破坏，社会生产力凋疲，加上藩镇割据，捐税奇酷，文艺家在动荡不安的环境中颠沛流离，不能不打破过去浪漫的梦境；抚摸身上的创痛，不能不考虑现实的出路。

佛教艺术在唐代前期发展到了顶峰。佛典既已多数译出，玄奘（596—664）和义净（635—713）先后从陆路和海路历访印度和西域各国，求经回国，作了大规模翻译，最后完成了译经的事业。中国人民自己创立了许多宗派，发展了佛教教义，成为佛教文化的国际中心。在艺术方面，已经到了自己创造而青出于蓝的地步。吴道子的佛、道人物画，杨惠之的雕塑等，都是空前的神化伟作。敦煌、龙门、云冈等石窟的艺术宝库虽是南北朝时开凿的，但其中最好的作品，却以唐代的为最多。其他寺观壁画之盛，也以唐为最，善导大师一个人就造作了《净土变相图》三百余壁。宋代尚留有唐时壁画八千五百二十四间，佛画一千二百十五，菩萨一万零四百八十八，罗汉僧祖一千七百八十五，变相一百五十八图，其流行之盛可想而知。幡画在唐代佛画中也占了重

106

要的地位。唐时佛教造像的技巧也凌驾前代之上。玄奘从印度带回来的佛像五六躯，影响所至，风靡天下，模拟雕造无数，在雕塑风格上扩大了影响；各处道观及庙祠的造像也跟着有所进展。总之，唐代前期艺术承受六朝的遗产而继续发展，到了黄金时代——佛教艺术的黄金时代，也就是中国艺术的一个黄金时代。

唐代前期是思想大开放的时代，外来思潮大汇集的时代，景教（基督教）、祆教、摩尼教也都传过来了；但它们都敌不过佛、道两教的思潮。二者甚至凌驾儒家思潮之上。佛教到了唐代已不是印度人的思想，而是中国人的思想了，佛、道思想更趋近似，所以唐代文艺多洋溢着禅味和仙心。

唐初文艺承六朝之余绪，一面有浮艳的诗风，继续推进诗的格律化；一面又有提倡口语化诗歌的。前者如上官仪（约616—664）等御用文人，为"应制"而作诗，力求形式的绮丽。他把六朝以来的对仗手法加以程式化，提出"六对"、"八对"等名目，称为"上官体"，对于律诗的正式形成起了作用。又如沈佺期（约656—714）和宋之问（约656—712）为"应诏"而作，内容空洞而形式华丽，被称为"沈宋体"，和"上官体"一样，都是当时大官贵族的台阁体。后者有王绩（585—644）、王梵志（约590—660）和寒山的口语白话诗。

王绩在隋朝做过小官，隋末大乱时归隐。他的诗和陶渊明的相似，质朴而自然，如《野望》：

东皋薄暮望，徙倚欲可依。树树皆秋色，山山唯落晖。
牧人驱犊返，猎马带禽归。相顾无相识，长歌怀采薇。

王梵志是佛教禅师，他的诗集，早于宋代以后就失传了。本世纪在敦煌石窟中发现《王梵志诗》四个残卷。他的诗完全口语化了，例如：

吾有十亩田，种在南山坡。青松四五树，绿豆两三窠。
热即池中浴，凉便岸上歌。遨游自取足，谁能奈我何！

107

寒山曾隐居天台的寒岩，有人说他是和尚，有人说是道士，常往还于国清寺，和寺僧拾得是诗友。寒山有诗云："闲来访高僧，烟山万万层。师亲指归路，月挂一轮灯。"诗句明白如话，有形象、意境，比王梵志那些偈语似的诗前进了一步。

唐初四杰和陈子昂是佛、道思潮狂澜的中流砥柱，激起了一大旋涡。四杰——王勃、杨炯、卢照邻、骆宾王——都是有才华的浪漫诗人。他们的诗赋，继往开来，既能踵事增华，又有创造的才能，言之有物，开始洗涤六朝的浮艳，为唐诗成长与繁荣的开端。他们年少才高，官小名大，引起庸俗、轻薄者的讥讽；而杜甫却肯定他们在诗歌史上的地位："王杨卢骆当时体，轻薄为文哂未休。尔曹身与名俱灭，不废江河万古流。"王杨推进了律诗，特别是五言律诗的定型，卢骆开拓了新乐府歌行，改造了宫体诗，使之走上健康的道路。二者会合，为唐诗的发展准备了条件。

四杰中头一个是王勃（650—676）字子安，是王绩的侄孙，死时才二十八岁，留下了著名的《滕王阁序》，一千三百年来传诵不衰。名句如"落霞与孤鹜齐飞；秋水共长天一色"，只用十四个字就把赣江与抚河合流处波澜壮阔的景象如实而生动地描绘出来。到今天，虽经沧桑变化；但站在抚河边上，还可仿佛望见这种景色。《滕王阁》诗也气势雄壮，格调高亢：

　　　　滕王高阁临江渚，佩玉鸣鸾罢歌舞。画栋朝飞南浦云，珠帘暮转西山雨。闲云潭影日悠悠，物换星移几度秋。阁中帝子今何在？槛外长江空自流！

王勃的五律和五绝基本上达到了成熟的程度。五律如《送杜少府之任蜀州》诗："城阙辅三秦，风烟望五津。与君离别意，同是宦游人。海内存知己，天涯若比邻。无为在岐路，儿女共沾巾"。五绝如《山中》："长江悲已滞，万里念将归。况属高风晚，山山黄叶飞"。都宫商谐叶而且气势雄健，抒情恳切真挚。

108

杨炯（650—？）三十二岁时当崇文馆学士，后迁盈川令。他性格严厉，有军人气质。诗中充满了爱国的战斗精神，如云："丈夫皆有志，会见立功勋"（《出塞》）。《从军行》云：

> 烽火照西京，心中自不平。牙璋辞凤阙，铁骑绕龙城。
> 雪暗凋旗画，风多杂鼓声。宁为百夫长，胜作一书生。

这诗的题目是从旧乐府来的，但也可见他的五律很成功。他曾说自己在四杰中的地位是："愧在卢前，耻居王后。"其实各有各的特色，各有个性。

卢照邻（约635—约689）字升之，晚年为病魔所困扰，贫病交加，虽学老、庄的达观，也终于投水而死。他自号"幽忧子"，象征他的心境和作品。如《悲夫》所表示的：

> 岁去岁来兮东流水，地久天长兮人共死。明境羞窥兮向十年，骏马停驱兮几千里。麟兮凤兮，自古吞恨无已！

在病前，他也如生龙活虎，志在四方。在《难蜀父老问》一文中有"周游几万里，驰骤数十年"的话。他的特长是乐府歌行，他的代表作《长安古意》是轰动一时的歌行。它讽刺贵族统治阶级的骄奢淫逸和必然衰败的命运，虽有不少华丽的字句，但通篇明白如口语，象"得成比目何辞死，愿作鸳鸯不羡仙"这样脍炙人口的名句，也没有"艰深"的毛病。

骆宾王（约640—约684）和卢照邻一样，善于乐府歌行，有名的《帝京篇》，在当时有"绝唱"之称，歌中描写并讽刺贵族高官的荒淫无耻。诗人警告道："莫矜一旦擅豪华，自言千载长骄奢；倏忽搏风生羽翼，须臾失浪委泥沙"。他曾因触犯权贵而入狱，在狱中写了一首《在狱咏蝉》，亲切动人：

> 西陆蝉声唱，南冠客思侵。那堪玄鬓影，来对白头吟！
> 露重飞难进，风多响易沉。无人信高洁，谁为表予心？

以蝉自比，"露重""风多"象征恶势力对他的迫害，高洁而无人相信。后来徐敬业起兵，他写了著名的《讨武曌檄》和王勃的《滕

109

王阁序》成为初唐新骈文的双璧。武氏读了檄文后惊叹道："宰相安得失此人！"

唐初四杰初步摆脱梁、陈颓靡的风气，到了陈子昂才自觉地革除形式主义的残余。

陈子昂(661—702)出身于四川世代豪富的家庭，少年时使气任侠，十七、八岁才立志读书，二十四岁中进士第，任右拾遗，二十六岁参军，到过西北边塞，三十八岁辞职回乡。后在武三思的诬害下被杀，年仅四十二。致死的原因是他曾提出政治的主张，要求安边，缓刑、除贪、关心民间疾苦，刚强正直，触犯了武氏。他曾参加战争，熟悉塞北风光和民间疾苦。他的《登幽州台歌》表现自己的怀才不遇和人民的痛苦，满腔义愤：

> 前不见古人，后不见来者！念天地之悠悠，独怆然而涕下！

这诗没有浮靡之气，却有哲学家的沉思，个人在无限与永恒面前，感慨万千。他只用自然的语言，自由的格律去表现苍凉的感情和豪放的气概。他有意改革诗体，要恢复"建安风骨"。他在《修竹篇》序文中说：

> ……文章道弊五百年矣！汉魏风骨，晋宋莫传，然而文献有可征者。仆尝暇时观齐梁间诗，彩丽竞繁，而兴寄都绝，每以永叹思古人。常恐逶迤颓靡，风雅不作，以耿耿也。……

他主张诗要象建安时代，有从现实激发的兴寄即理想，有思想，内容充实而风格刚健的风骨。他的《感遇》诗三十八首，内容是怀古、讽今，或反映现实，或叹人生的无常，向往神仙和隐逸的生活。例如第二首：

> 兰若生春夏，干蔚何青青。幽独空林色，朱蕤冒紫茎。
> 迟迟白日晚，袅袅秋风生。岁华尽摇落，芳意竟何成！

因伤香草的摇落，引起自己对理想的失望。这种感情贯穿在他的

110

许多诗歌中，闪耀着光辉的思想和刚健的风骨。但向往神仙，却是他的时代局限。

和陈子昂同时的"吴中四士"是贺知章、张旭、包融和张若虚。他们的特点是厌恶礼俗而追求自由闲适，有浓厚的道家思想，诗多七绝或七言歌行，形式明白如话，而思想深入哲理，圆润晴明。

贺知章（659—744）字季真，山阴人，善草隶，先为高官，后为道士。他的诗冲口而出，而音节明朗。如《回家偶书》：

少小离家老大回，乡音无改鬓毛衰。儿童相见不相识，笑问客从何处来。

张旭的特长是草书，被称为"草圣"。他的连笔草书，如龙蛇飞舞，挥发初唐蓬勃的生气。诗长于七绝，善写景，如《山中留客》：

山光物态弄春辉，莫为轻阴便拟归。纵使晴明无雨色，入云深处亦沾衣。

张若虚（约660—约720）扬州人，性爱山水，有狂名，好与道士山人往来。他的诗流畅、优美。如著名的《春江花月夜》：

春江潮水连海平，海上明月共潮生。滟滟随波千万里，何处春江无月明！江流宛转绕芳甸，月照花林皆似霰。空里流霜不觉飞，汀上白沙看不见。江天一色无纤尘，皎皎空中孤月轮。江畔何人初见月？江月何年初照人？人生代代无穷已，江月年年望相似。不知江月待何人，但见长江送流水。白云一片去悠悠，青枫浦上不胜愁。谁家今夜扁舟子？何处相思明月楼？可怜楼上月徘徊，应照离人妆镜台。玉户帘中卷不去，捣衣砧上拂还来。此时相望不相闻，愿逐月华流照君。鸿雁长飞光不度，鱼龙潜跃水成文。昨夜闲潭梦落花，可怜春半不还家。江水流春去欲尽，江潭落月复西斜。斜月沉沉藏海雾，碣石潇湘无限路。不知乘月几人归，落月摇情满

111

江树。

在这首诗里,流畅、轻快的声调,听得出六朝宫女的靡靡之音已经变为青年人的清新歌唱。闻一多说,"这里一番神秘而又亲切的,如梦境的晤谈,有的是强烈的宇宙意识……","这是诗中的诗,顶峰上的顶峰"(《唐诗杂论·宫体诗的自赎》)。

经过四杰,陈子昂和四士的努力,唐诗的方向基本上清楚了。到了8世纪上半叶,是唐诗的繁荣时期,出现了两个浪漫倾向的大诗人,代表佛道思潮的伟大艺术家,这就是王维和李白。他们俩都生于公元701年,王维有"诗佛"之称,李白有"诗仙"之称。

王维字摩诘,早年丧父,母亲崔氏虔诚奉佛三十多年,影响他一生的思想。他是多才多艺的全面的艺术家,既是诗人,又是画家、音乐家、书法家。二十岁以前就有了诗文名,弹一手好琵琶,写一手好字(工草隶),还创作了《郁轮袍》的名曲。二十一岁举进士,初为大乐丞,因伶人舞黄狮子事坐累,谪济州司仓参军。开元二十二年(734)张九龄为相,擢维为右拾遗。三年后九龄失势,王维出使塞上,在凉州住两年后,回到长安。天宝十四年(755),安禄山反,王维被迫任伪职,曾写诗云:"万户伤心生野烟,百官何日再朝天!秋槐花落空宫里,凝碧池头奏管弦"。乱平后,因为这首诗获宥,降职为太子中允。他从此更加笃信佛教,《旧唐书》本传说:"兄弟俱奉佛,居常蔬食,不茹荤血。晚年长斋,不衣文彩。在京师日饭十数名僧,以玄谈为乐。斋中无所有,唯茶铛、药臼、经案、绳床而已。退朝之后,焚香独坐,以禅诵为事。"后得宋之问的蓝田别墅,日与道友裴迪浮舟往来,弹琴赋诗,以此自乐。

王维留下的四百多首诗作,可以分为前后两期,青少年时代积极,有抱负,写边塞诗和游侠的篇章,形象鲜明,气势雄浑,如《使至塞上》:

112

单车欲问边，属国过居延。征蓬出汉塞，归雁入胡天。大漠孤烟直，长河落日圆。萧关逢候骑，都护在燕然。

这时期的诗反映社会生活面较广，对日趋腐化的政治，有清醒的认识，对斗鸡走马，生活骄奢的"繁华子"有所讽刺，对怀才不遇的士大夫表示惋惜。但到了后期，思想起了变化，经过几次政治上的挫折，妻子的死去，使他更深地卷入宗教的浪漫思潮。并以此为他艺术的主导思想。后期作品，正是他的特色所在，有他的个性和独创的风格。在他晚年的生活环境里，深刻体会到人对大自然的关系，体会到艺术和禅心的三昧境，体会到至高的艺术境界，精炼而不雕饰，明净，自然，圆浑，统一于忘机的境界。

王维的泼墨山水画实创南宗之始。他的画重在神韵或意境象征。"凡画山水，意在笔先。"这话虽不定出诸王维之口，却说出了南宗的真缔。在着手之前，先有一段形象思维，得到灵感，神悟，胸有成竹，然后浑然一气地一挥而就，而境界尽出。这和他晚年的山水诗是一致的，所以苏东坡说他"诗中有画"，"画中有诗"。这话不能看做诗画同源的论据，只是说明在王维的诗中有画意，画中有诗情。因为王维的诗，特别是写自然景色的诗是在静观中得来的。18世纪德国莱辛（G.E. Lessing, 1729—1781）写了长篇论文《拉奥孔》（Laokoon），详论诗与画的不同，说前者是动的，后者是静的，只在特定的条件下，二者有同点。王维的诗画融合现象，可以在中国气派的美学中，做一个研究的课题。

王维后期诗的精神特点和他的山水画一样，有神韵，有禅味，天然凑泊，情景交融。个人在无限的宇宙中，刹那在永恒中得到调和。在最短小的五言小诗中，描绘高远的境界：

空山不见人，但闻人语响。返景入深林，复照青苔上。（《鹿柴》）

人间桂花落，夜静春山空。月出惊山鸟，时鸣春涧中，（《鸟鸣涧》）

113

木末芙蓉花，山中发红萼。涧户寂无人，纷纷开且落。
（《辛夷坞》）

秋山敛余照，飞鸟逐前侣。彩翠时分明，夕岚无处所。
（《木兰柴》）

独坐幽篁里，弹琴复长啸。深林人不知，明月来相照。
（《竹里馆》）

荆溪白石出，天寒红叶稀。山路元无雨，空翠湿人衣。
（《山中》）

在这些简短圆润的小诗里，我们可以看到一幅幅泼墨的风景画，可以体会到禅宗的哲学思辨。王维并不说教，但他纯熟地运用艺术的形象，把抽象的理念寄托在自然美的感性形式中。在生动的形象画面里，自然流露诗人自己的思想感情。

在绝句之外，他的五律也同样不受拘束地运用自如，描绘一幅幅风景画，并表露他的禅理和心境。如：

空山新雨后，天气晚来秋。明月松间照，清泉石上流。竹喧归浣女，莲动下渔舟。随意春芳歇，王孙自可留。（《山居秋暝》）

清川带长薄，车马去闲闲。流水如有意，暮禽相与还。荒城临古渡，落日满秋山。迢递嵩高下，归来且闭关。（《归嵩山作》）

寒山转苍翠，秋水日潺湲。倚杖柴门外，临风听暮蝉。渡头余落日，墟里上孤烟。复值接舆醉，狂歌五柳前。（《辋川闲居赠裴秀才迪》）

大艺术家列夫·托尔斯泰也常有陶醉于自己和大自然溶为一体的意识中，在他陶醉的时刻进入宗教的神秘境界，和王维的禅心有类似的地方。对于他们的宗教可做别论，但对于他们艺术的高度成就和在历史上的地位，该予以肯定和重视。

王维的诗友孟浩然（689—约740）初隐鹿门山，以诗自适。

114

年四十，来到京城与王维交，有进取心，但应进士不第，终于回襄阳，真正成了隐士。他漫游了吴、越、闽、湘各地的名胜，写了大量的山水诗。诗多五律，也有小诗，风格可以"骨貌淑清，风神散朗"（唐王士源《孟浩然集序》）八个字来概括。有些诗接近王维的风格，如《夏日南亭怀辛大》：

> 山光忽西落，池月渐东上。散发乘夕凉，开轩卧闲敞。荷风关香气，竹露滴清响。欲取鸣琴弹，恨无知音赏。感此怀故人，中宵劳梦想。

他的小诗也清丽、自然，形象鲜明，耐人寻味：

> 春眠不觉晓，处处闻啼鸟。夜来风雨声，花落知多少。

（《春晓》）

> 移舟泊烟渚，日暮客愁新。野旷天低树，江清月近人。

（《宿建德江》）

他的诗也有象陶渊明的；也有象谢灵运的；也有他个人独特的，象"坐观垂钓者，徒有羡鱼情"、"不才明主弃，多病故人疏"抒发遗憾心情的。王、陶、谢是饱尝官场风味而退隐，投入自然怀抱的；孟却是怀才不遇，未尝官味便退隐的。

此外还有储光羲（707—约760）。作过几任小官，贬死岭南。储爱好自然，追求闲适；注意描写田园生活，观察精密，表现细微，如《钓鱼湾》：

> 垂钓绿湾春，春深杏花乱。潭清疑水浅，荷动知鱼散。日暮待情人，维舟绿杨岸。

在写景中表达自己的感情，显得有境界。又如《江南曲》，一首五言小诗，有如一幅小品画：

> 日暮长江里，相邀归渡头。落花如有意，来去逐船流。

王维的诗友和道友，还有裴迪、丘为、祖咏、綦毋潜等，都有同样的笔调和情趣。这里且举裴迪为例。裴迪是关中人，起初和王维等居于终南山，后来被王维邀到辋川居住，交游最密。他

115

也和王维用同一的调子写了《辋川集》二十首，如：

　　　　落日松风起，还家草露晞。云光侵履迹，山翠拂人衣。(《华子冈》)

　　　　苍苍落日时，鸟声乱溪水。缘溪路转深，幽兴何时已！(《木兰柴》)

　　　　来过竹里馆，日与道相亲。出入唯山鸟，幽深无世人。(《竹里馆》)

王维派充满着禅心的山水田园诗和王维所创始的泼墨山水南宗画派，形成一个强大的思潮，影响深远。

　　唐前期的最杰出诗人，要算诗仙李白。他是魏晋到盛唐浪漫主义诗歌发展的顶峰，是盛唐之音的代表。他有气象雄伟的长篇歌行，也有淡泊恬静的五、七言小诗，风格兼有王、孟、高、岑的特长，是熔铸成五彩缤纷、天马行空的诗歌巨星。他的思想深受道家的影响，羡慕神仙，炼丹受箓，同道士们结成密友。但道教在他身上既表示出唐代崇尚的思想潮流，又显露他自己的特点。他与其说是诗杂仙心，不如说是仙杂侠气。他的仙心中有爱清静闲适的一面，也有自由奔放、饮酒发狂的一面。他蔑视世俗，纵情欢乐，"天子呼来不上船，自称臣是酒中仙"。他的诗把庄周的飘逸和屈原的瑰丽结合起来，奏出浪漫主义文学交响诗——盛唐精神的最强音。

　　李白（701—762）字太白，自号青莲居士，生于中亚的碎叶城（隶属于唐帝国设置的条支都督府，在今苏联吉尔吉斯共和国境内）。父经商，颇有资财，五岁时随父迁居四川的绵州彰明（今江油县）从小好读书、击剑、游仙。"十五观奇书，作赋凌相如"，二十五岁"仗剑去国，辞亲远游"，历经长江、黄河流域的许多地方，"偏干诸侯"，然后游名山，访道士，过隐居生活。天宝元年（742）受道士吴筠的推荐，驰马入京，贺知章惊为谪仙，他满以为从此可以发挥他那诸葛亮、谢安一样的政军天才；那知

116

玄宗李隆基让他当供奉翰林,等于文学弄臣,和他那傲岸不羁的性格相矛盾。虽有贵妃磨墨,力士脱靴的待遇,却不能施展他的政治抱负。终于天宝三年,抱着悲愤的心情离开了长安,去漫游各地,以诗酒自适。肃宗李亨至德元年(756)安史乱后,他受永王**李璘**的邀请,随军北上讨贼,以为可以济苍生,安天下;谁知**李璘**的抗敌包藏着与兄争帝的野心。李璘被肃宗击败后,李白被**流放夜郎**。后在去夜郎的途中遇大赦而回浔阳。在他死前一年(761)又想参加李光弼的百万雄师去讨贼,但到了金陵,因病而折回,足见他等机会效国济世的思想是和飘泊的一生相终始的。他在《宣州谢朓楼饯别校书叔云》中总结自己的心事道:

> 弃我去者,昨日之日不可留;乱我心者,今日之日多烦忧。长风万里送秋雁,对此可以酣高楼。蓬莱文章建安骨,中间小谢又清发。俱怀逸兴壮思飞,欲上青天揽明月。抽刀断水水更流,举杯消愁愁更愁。人生在世不称意,明朝散发弄扁舟。

因为怀才不遇,壮志难酬,引起不尽的烦忧,只能纵酒写诗,放浪形骸之外,表示对现实的反抗。他揭露、鞭挞上层统治者的骄奢淫逸:

> 衣冠照云日,朝下散皇州。鞍马如飞龙,黄金络马头。行人皆辟易,志气横嵩丘。入门上高堂,列鼎错珍羞。香风引赵舞,清管随齐讴。七十紫鸳鸯,双双戏庭幽。行乐争昼夜,自言度千秋。——《古风》十八

他痛恨安禄山等少数权贵的作乱,破坏生产和文化,也不满朝庭对少数民族——南诏的穷兵黩武,给人民带来灾难。

李白的思想基本是仙和侠的思想。他不喜欢儒家,说"我本楚狂人,凤歌笑孔丘"、对鲁儒的嘴脸更加厌恶:"鲁叟谈五经,白发死章句。问以经济策,茫如坠烟雾。足著远游履,首戴方山巾。缓步从直道,未行先起尘……"(《嘲鲁儒》)虽然偶然用了"绝笔

于获麟"的典故，也不过是借以表明自己对诗歌革新的愿望。"自从建安来，绮丽不足珍，圣代复元古，垂衣贵清真"，他要继承发扬《诗经》、楚辞和乐府诗的传统，写出富于兴寄，真实反映现实而能推动时代前进，又不受形式拘束的，有风骨的诗歌。龚自珍《最录李白集》说"儒、仙、侠实三，不可以合，合之以为气，又自白始也。"这话只对一半；"达则兼济天下"的思想，在李白身上正是仙侠的思想，不是"学而优则仕"，而是"功成名遂身退"（《老子》第八章）的意思，如《永王东巡歌》其二所说的：

> 三川北虏乱如麻，四海南奔似永嘉。但用东山谢安石，
> 为君谈笑静胡沙。

这是说当时洛阳一带被安禄山的变乱搞得一塌糊涂，人民都纷纷往南奔，和晋时的永嘉之乱一样。只须隐居在东山的谢安能出来，就可以在谈笑中平定紊乱的局势。在李白的心目中，谢安就是实现《老子》"功成名遂身退"的仙侠人物。你看他在《登金陵冶城西北谢安墩》中的话："晋室昔横溃，永嘉遂南奔。沙尘何茫茫，龙虎斗朝昏。胡马风汉草，天骄蹙中原。…谈笑遏横流，苍生望斯存。……功成拂衣去，归入武陵源。"这就是李白的理想政治，为了"苍生"，从东山再起，功成身退，再卧东山。

李白一生好入名山游，到处寻仙访胜，足迹遍及长江、黄河流域诸宏伟的名山大泽，以饱含爱国热情的诗笔，万马奔腾的气势，画出壮丽的祖国山河，使后人读了除惊奇赞叹之外，还受到鼓舞，开阔心胸：

> 朝辞白帝彩云间，千里江陵一日还。两岸猿声啼不住，
> 轻舟已过万重山。（《早发白帝城》）

> 故人西辞黄鹤楼，烟花三月下扬州。孤帆远影碧空尽，
> 唯见长江天际流。（《黄鹤楼送孟浩然之广陵》）

> 江城如画里，山晓望晴空。两水夹明镜，双桥落彩虹。
> 人烟寒橘柚，秋色老梧桐，谁念北楼上，临风怀谢公？（《秋

118

《登宣城谢脁北楼》）

这些是写长江本身的流急，长远和江城的秀丽。其他写长江流域山水的更多，如《望庐山瀑布》："日照香炉生紫烟，遥看瀑布挂前川。飞流直下三千尺，疑是银河落九天。"

写黄河的名句如："黄河之水天上来，奔流到海不复回"（《将进酒》），"黄河西来决昆仑，咆哮万里触龙门"（《公无渡河》），"黄河万里触山动，盘涡毂转秦地雷。……巨灵咆哮擘两山，洪波喷流射东海"，（《西岳云台歌送丹丘子》）等。他的黄河颂，令人读后对祖国山川油然而生敬慕热爱之情。诗人没有直接宣传爱国思想，但为他所描画的河山性格和形象，传递不朽的艺术感染力。

李白是个伟大的浪漫主义诗人，是屈原以后历代的才华所累积起来的最伟大的浪漫主义诗人。如果我们可以说王维是盛唐消极浪漫主义的代表，那末李白便是同时代积极浪漫主义的代表。当然，消极和积极不是绝对的，而是比较的，相对的。王维也有些积极的成分，李白也有些消极的成分。李白积极浪漫主义的标志是：一、丰富的想象力；二、热情奔放，一泻千里的天才；三、对大自然的憧憬；四、摆脱形式的束缚，自由地表达情思；五、革新创造的精神。

诗人善于驰骋想象，用鲜明的形象，倾注自己的思想感情。如用"白发三千丈"来形容愁思，用"桃花潭水深千尺"来比喻汪伦送别的情谊。用想象的天姥山奇丽胜境，隐喻自己摆脱丑恶的权贵集团，去追求光明：

> 海客谈瀛洲，烟涛微茫信难求。越人语天姥，云霓明灭或可睹。天姥连天向天横，势拔五岳掩赤城。天台四万八千丈，对此欲倒东南倾。我欲因之梦吴越，一夜飞度镜湖月。湖月照我影，送我到剡溪。谢公宿处今尚在，绿水荡漾清猿啼。脚著谢公屐，身登青云梯。半壁见海日，空中闻天

119

鸡。千岩万转路不似，迷花倚石忽已暝。熊咆龙吟殷岩泉，
慄深林兮惊层巅。云青青兮欲雨，水澹澹兮生烟。列缺霹雳，
丘峦崩摧。洞天石扇，訇然中开。青冥浩荡不见底，日月照耀
金银台。霓为衣兮风为马，云之君兮纷纷而来下。虎鼓瑟兮鸾
回车，仙之人兮列如麻。忽魂悸以魄动，怳惊起而长嗟。惟
觉时之枕席，失向来之烟霞。世间行乐亦如此，古来万事东
流水。别君去兮何时还？且放白鹿青崖间，须行即骑访名山。
安能摧眉折腰事权贵，使我不得开心颜？（《梦游天姥吟留
别》）

用神话、幻想、夸张的浪漫主义手法，充分地表现和权贵决裂的
叛逆精神。其他如《蜀道难》、《梁父吟》、《北风行》也都是
用夸张的语言和神话、幻想，创造艺术形象来表现理想和愿望，
构成美妙的诗篇。同时，在这些诗篇里，人们会觉得一股热情奔
放，一泻千里的天才。

他也和一切浪漫主义诗人一样，投身于大自然中，和大自然
融为一体，写出光怪陆离的景色。他一生好为名山游，宏伟的高
山大泽奔赴他的笔底。在他的诗集中，歌咏大自然的篇章俯拾即
是。

李白继承屈原以来的浪漫主义传统，并能认真学习民间诗歌
的精华，凝成明净、自然、光润的风格。他的诗体多的是乐府歌
行和绝句，极少律诗；他不受格律的束缚，自由舒卷，如行云流
水，犹如"清水出芙蓉，天然去雕饰"。

浪漫的精神和革新创造的精神是分不开的。李白的《古风》
第一首开头说："大雅久不作，吾衰竟谁陈？"继陈子昂之后，提
倡改革六朝的诗风，恢复风、骚、建安的风骨。排除绮丽、雕
饰、堆积辞藻的毛病，抵制格律化的潮流。但他不是"一扫"六
朝的绮丽，也能吸收六朝好的东西，对谢朓的"澄江静如练"等名
句，一再引用。对谢灵运的"山水含清晖"、"林壑敛暝色"也曾引

120

用。杜甫说他"清新庾开府，俊逸鲍参军"。尤其是南北朝的民歌是他学习而加以创新的时代产物。他的作品中以新乐府歌行为最出色。他以口语入诗，生动、清新而自然。他有自己的政治理想，同情人民的疾苦，反抗权贵的精神，贯穿在他的作品中，发出浪漫主义的火花。他是唐前期诗歌发展中天才的冠冕，也是佛道思潮洪峰中的标志。

在唐朝文化鼎盛时期，佛道思潮的洪峰中，有一个大旋涡，就是边塞诗的繁荣。

唐前期一百几十年中，对外战争频繁，疆土扩大了，民族间经济、文化的交流也有了很大的成果，边塞生活开拓了诗人艺术家的眼界，边塞诗愈来愈发展，在艺术上有了新的创造，增进了唐诗的丰富多彩。盛唐时期的大诗人几乎都有边塞诗的创作。最著名的如王之涣的《凉州词》："黄河远上白云间，一片孤城万仞山。羌笛何须怨杨柳，春风不度玉门关。"又如前面引过的王维的《使至塞上》。王维还有送别友人赴边的名歌，脍炙人口的《阳关三叠》："渭城朝雨浥轻尘，客舍青青柳色新。劝君更尽一杯酒，西出阳关无故人。"李白的《塞下曲》和《北风行》，杜甫前期的《前出塞》、《后出塞》等都是名篇。而特以边塞诗人出名的有高适、岑参、王昌龄、李颀等。

高适（702—765）渤海蓨（今河北景县）人，关心国防，矢志建立功业，他的边塞诗歌颂战士的壮烈，讽刺将官的腐败，刻画边塞的风光，千载传诵。如《燕歌行》：

> 汉家烟尘在东北，汉将辞家破残贼。男儿本自重横行，天子非常赐颜色。摐金伐鼓下榆关，旌旆逶迤碣石间。校尉羽书飞瀚海，单于猎火照狼山。山川萧条极边土，胡骑凭陵杂风雨。战士军前半死生，美人帐下犹歌舞。大漠穷秋寒草腓，孤城落日斗兵稀。身当恩遇恒轻敌，力尽关山未解围。铁衣远戍辛勤久，玉箸应啼别离后。少妇城南欲断肠，征人

蓟北空回首。边风飘飖那可度，绝域苍茫更何有！杀气三时作阵云，寒声一夜传刁斗。相看白刃血纷纷，死节从来岂顾勋。君不见沙场征战苦，至今犹忆李将军。

这是征战生活的综合描写，从应征、远战、两地相思和塞外的荒凉，写到军中的苦乐悬殊。表现的感情也错综复杂，有高亢，有缠绵，有悲壮，有忧伤，是一首交响乐。

岑参（715—770），南阳人，唐代最杰出的边塞诗人，在边六年，鞍马风尘的战斗生活，赋与他的诗以雄奇瑰丽的浪漫色彩。如《走马川行奉送出师西征》：

君不见，走马川，雪海边，平沙莽莽黄入天。轮台九月风夜吼，一川碎石大如斗，随风满地石乱走。匈奴草黄马正肥，金山西见烟尘飞，汉家大将西出师。将军金甲夜不脱，半夜军行戈相拨，风头如刀面如割。马毛带雪汗气蒸，五花连钱旋作冰，幕中草檄砚水凝。虏骑闻之应胆慑，料知短兵不敢接，车师西门伫献捷。

这是另一曲交响乐。全诗连句押韵，三句一换，急管繁弦，和所写的战斗前的紧张行军配合得很协调。岑参在边塞时间比高适长，诗也较多样化。边疆罕见的景色，瞬息万变的军中生活，生动地再现在他的热情诗笔下，成为一幅幅宏伟壮丽的图画。如《白雪歌送武判官归京》便是一幅北国风光，雪风掣红旗的"音画"：

北风卷地白草折，胡天八月即飞雪。忽如一夜春风来，千树万树梨花开。散入珠帘湿罗幕，狐裘不暖锦衾薄。将军角弓不得控，都护铁衣冷难着。瀚海阑干百尺冰，愁云惨淡万里凝。中军置酒饮归客，胡琴琵琶与羌笛。纷纷暮雪下辕门，风掣红旗冻不翻。轮台东门送君去，去时雪满天山路。山回路转不见君，雪上空留马行处。

王昌龄（698—约757），长安人，三十岁进士及第，初补秘书郎，不护细行，步步被贬谪，终被杀害；生活至惨，却有"诗天

122

子"之称。他的边塞诗的特色是在刻划人物内心的活动，战士们的心理状态，特别是迎战时的精神昂扬。如：

　　秦时明月汉时关，万里长征人未还。但使卢城飞将在，不教胡马度阴山。（《出塞》）

　　青海长云暗雪山，孤城遥望玉门关。黄沙百战穿金甲，不破楼兰终不还！

　　大漠风尘日色昏，红旗半卷出辕门。前军夜战洮河北，已报生擒吐谷浑。

　　烽火城西百尺楼，黄昏独坐海风秋。更吹羌笛关山月，无那金闺万里愁。（《从军行》）

雄伟的气魄和形象，跃然纸上，精练的语言和铿锵的音调，组成鼓舞人心的艺术精品。此外，王昌龄还善于表达妇女闺中的别情：

　　西宫夜静百花香，欲卷珠帘春恨长。斜抱云和深见月，朦胧树色隐昭阳。——（《西宫春怨》）

　　奉帚平明金殿开，暂将团扇共徘徊。玉颜不及寒鸦色，犹带昭阳日影来。（《长信秋词》）

　　寒雨连江夜入吴，平明送客楚山孤。洛阳亲友如相问，一片冰心在玉壶。（《芙蓉楼送辛渐》）

王昌龄长于七言绝句，短短的二十八个字，令人玩味无穷。奔放雄伟的气概，缠绵悱恻的情意，以及爱国的热情，发挥艺术的感染力量。

　　李颀，（690—751）四川东川人，开元十三年（725）进士。曾作新乡尉，久不迁升。晚年归隐，求仙炼丹，与名禅师游。他的边塞诗特点在于战士心理的描绘。《古从军行》是其中杰出的代表作：

　　白日登山望烽火，黄昏饮马傍交河。行人刁斗风沙暗，公主琵琶幽怨多。野云万里无城郭，雨雪纷纷连大漠。胡雁哀鸣夜夜飞，胡儿眼泪双双落。闻道玉门犹被遮，应将性命逐轻车。年年战骨埋荒外，空见蒲桃入汉家。

这诗描写汉胡双方战士的厌战心理，尤其是结尾二句，思想深刻，动人心弦。边塞诗人对于战争批判或歌颂，都有分寸。对于御敌抗战，用悲壮的调子描绘前线的生活，气魄宏大，表现英雄的怀抱。这些诗是唐诗的特色，足以为民族扬眉吐气。但对侵略战争，却生厌倦情绪，描写将士的困苦和他们家庭的悲惨，有时托之闺怨，如陈陶的"可怜无定河边骨，犹是深闺梦里人"，王翰的"葡萄美酒夜光杯，欲饮琵琶马上催；醉卧沙场君莫笑，古来征战几人回？"有时借战士的口，不满好战的将官。如刘湾的"死是征人死，功是将军功！"曹松的"凭君莫话封侯事，一将成功万骨枯"等名句。

124

第六章　社会问题和复古运动
（唐后期）

一　问题的发生

唐帝国的三百年历史大致可以分为前后两期，前期为上升期，后期为衰落期，以天宝十四年（755年）起的安史之乱为转折点。乱前鼎盛时期的所谓"开元天宝盛世"，国势强大，威震四邻，文化繁荣，一片歌舞升平景象。安史之乱后，社会动荡不安，国势一蹶不振，只是靠长期和平的积累，还能维持一百几十年，才慢慢衰落下去。

唐前、后期的文艺思潮变迁是很明显的。前期以王维、李白为最高的标志，代表佛道思潮的最高阶段，浪漫思潮泛滥于艺坛。后期社会在动乱中，问题百出，诗人艺术家不能不面对现实社会：战乱频仍，藩镇割据削弱了中央集权力量，酷捐杂税，生灵涂炭，燃起农民起义的烽火。已经烂熟的佛、道思想也成了问题，部分有志于改革的知识分子起而为儒学争取领导地位。文艺思潮也由浪漫倾向转向现实倾向，在这个思潮的大转变中，首先表示出来的是杜甫的诗作。杜甫比王维、李白虽只小十一岁，但在文艺思潮上却代表另一个时代，他是潮流变换的关键人物。最热心提出复古问题的代表人物是韩愈，他的辟道、辟佛和儒学复兴运动，是这个大时代文化中的巨大事件。

125

从六朝到盛唐（玄宗李隆基时代）之间，是封建大贵族政治的全盛时代，也是佛教和道教的最盛时代，贵族地主们曾和两教勾结起来，国家的财力和物力，蒙受极大的影响。北魏时寺院有三万所，僧尼两百万人；唐代道观一千六百八十七所，道士僧尼总数虽然没有统计，想必是更加增多了。文宗（李昂）时单就正度以外的僧尼说，便已有七十万人。武宗（李炎）笃信道教，摧毁佛教势力，毁寺院四千六百所，兰若四万所，僧尼还俗的二十六万五百人，奴婢十五万人。照这个数目看来，国家和人民对他们的负担已经是不轻了。加以寺产之多更可惊人。北魏时寺院田产占全国民产三分之一；唐时更加增多，武宗时去寺院田产数千万顷，数目真是可观。因为寺产是可以免除租税的，所以贵族大地主们纷纷将自己的田产交给寺院去管理，可以逃避租税。这样一来，国家收入便大受影响。这也是封建贵族政治自取衰败之道。

一个国家的边防极为重要，尤其是唐代，受了突厥、吐蕃、契丹、回纥的侵扰，不能不征集大量的壮丁去防御外祸。但贵族大地主需要大量的劳动力耕种，他们要使自己庄园的农民回避服兵役，最安全的回避决还是逃避到寺院里去，假托名义为寺院的役僧或奴隶。国家所召募的兵员虽多，但多老弱和市井无赖之徒。更有甚者，宪宗和懿宗迎佛骨而大修寺院，"削军费而饰伽蓝，困民财而修净业"。

贵族地主利用寺院在经济上的特殊地位以饱私囊，实际上正是自取败亡。安史之乱一起，内忧外患交作，从此贵族政治便动摇了。但他们仍执迷不悟，甚至到了患难临头时，仍利用佛道教徒，以谋求私利。如《唐书食货志》所说："及安禄山反……杨国忠设计称不可耗正库之物，仍使御史崔象于河东纳钱度僧尼道士，旬日间得钱百万。"这种办法愈致民不聊生，愈使社会不安，政治更加黑暗，佛道二教也趋于衰落。当安史之乱作时，外患也乘机加甚，兵连祸结，苍生困厄，使有血性的诗人不能不用诗歌来宣泄国仇家恨，或感时伤事，或描写人民的疾苦，和妻离子散的悲剧；有思想的散文家如韩愈等也忍不住而出来辟佛复古了。唐后期的复古运动，在思想内容上是复儒学的古，在文学形式上是复散文的古。"古文运动"在文学上产生了一个硕果——传奇的兴盛。

二 杜甫的现实主义

杜甫（712—770）字子美，河南巩县人，他在一切抱有儒家思想的诗人中，算是最伟大的一个。苏轼说："古今诗人众矣，而子美独为首者，岂非以其流落饥寒，终身不用，而一饭未尝忘君也欤？"《北征》一诗，向称绝唱，最可代表他的思想，诗中叙述他在乱离中逃出长安，跑到凤翔去谒见肃宗（李亨），补了个"拾遗"的官，不久他因谏而被逐回家，同时又值饥荒，几乎饿死，"经年至茅屋，妻子衣百结，恸哭松声回，悲泉共幽咽。"在这情况下，他没有抱怨，反求诸己，一心希望国家能渡过难关，复兴祖业。他说："虽乏谏净姿，恐君有遗失。君诚中兴主，经纬固密勿，东胡反未已，臣甫愤所切。挥涕恋行在，道途犹恍惚。乾坤含疮痍，忧虞何时毕？靡靡逾阡陌，人烟眇萧瑟，所遇多被伤，呻吟更流血。……都人望翠华，佳气向金阙。园陵固有神，扫洒数不缺。煌煌太宗业，树立甚宏达！"（《北征》）他一心一意为君为国，虽不见用，却仍祝祷着肃宗能早日还幸故都以保太宗遗业。其他诗中多处表示爱国爱民的思想。"致君尧舜上，再使风俗淳"《赠韦左丞》）是他的最高理想，"致君尧舜付公等，早据要路思捐躯"，要爱国必须有牺牲精神，是他的进步思想。在国家危急的关头，忠君不是愚忠，以国王为国家的标志去团结抗敌是符合人民的愿望的，正如恩格斯说的"在这种普遍的混乱状态中，王权是进步的因素"，（《马克思恩格斯全集》第21卷第453页）无可非议。况且杜甫对于君王不是没有批评的，如说"边庭

127

流血成海水，武皇开边意未已"（《兵车行》），"君已富土境，开边一何多"（《前出塞》）是直接指责玄宗穷兵黩武的政策。在《自京赴奉先县咏怀五百字》中尖锐地批评君臣耽于欢娱淫乐的生活，他写道：

> ……君臣留欢娱，乐动殷胶葛。赐浴皆长缨，与宴非短褐。彤庭所分帛，本自寒女出；鞭挞其夫家，聚敛贡城阙。圣人筐篚恩，实欲邦国活；臣如忽至理，君岂弃此物？多士盈朝廷，仁者宜战栗！况闻内金盘，尽在卫霍室；中堂舞神仙，烟雾蒙玉质。煖客貂鼠裘，悲管逐清瑟。劝客驼蹄羹，霜橙压香桔。朱门酒肉臭，路有冻死骨！荣枯咫尺异，惆怅难再述。

这样大胆地批判责备君王和大官僚集团，实是出于至诚。因为他不得用，贫困地生活在普通老百姓中间，才能体会到"朱门酒肉臭，路有冻死骨"的悬殊生活；才能意识到爱国者必然忧民。他总是"穷年忧黎元"，"忧世心力弱"，当自己的茅屋被风吹破时，想到"安得广厦千万间，大庇天下寒士俱欢颜，风雨不动安如山？"他甚至"济时肯杀身"，所以他的忠君爱国是一贯精神，"诗圣"这个称号，于他是适宜的。他的儒家思想不是教条，而是完全出于真诚，眼见国破山河在，总想挽救危难，在他的诗中可以看到他随时随地担心着国家大事，身在外地而心在朝廷，如《登楼》的起句："花近高楼伤客心，万方多难此登临！"死前在湖南漂泊中写道："云白山青万余里，愁看直北是长安！"（《小寒食舟中作》）正因为诗人饱含高度爱国爱民的思想感情，使他的诗作不朽。爱国诗人陆游从杜诗领会到"诗出于人"的真理，如英国爱国诗人弥尔顿（Jhon Milton）所说的，"一个人要能真正写出颂扬人物的好诗，他本人就必须是一首真正的诗。"民族英雄文天祥在燕京狱中三年专读杜诗，集杜诗为五言绝句二百首，说"但觉为吾诗，忘其为子美诗"。足以证明杜甫是纯真的爱国的"诗圣"。

杜甫还因为忠实地、情文并茂地描述、反映了他的时代。他

128

的时代是一个盛衰荣枯，急剧变化的大时代，大时代遇到大手笔，才能用沉郁顿挫的风格，写出诗的历史，焕发着光焰万丈长。因此他的诗被称为"诗史"。

他的新乐府诗中，如《石壕吏》、《新安吏》、《潼关吏》、《新婚别》、《垂老别》、《无家别》等所谓"三吏"、"三别"的名组诗，都是关于当时社会问题的现实主义作品，叙述生动，并映照出诗人同情的泪光，例如《石壕吏》：

> 暮投石壕村，有吏夜捉人。老翁逾墙走，老妇出门看。吏呼一何怒！妇啼一何苦！听妇前致词："三男邺城戍。一男附书至，二男新战死；存者且偷生，死者长已矣！室中更无人，惟有乳下孙；孙有母未去，出入无完裙。老妪力虽衰，请从吏夜归，急应河阳役，犹得备晨炊。"夜久语声绝，如闻泣幽咽。天明登前途，独与老翁别。

因为乱前穷兵黩武，损耗兵力过多，加上大地主庄农托庇寺庙，兵源更加不足，到了内战起后，征兵抽丁的事便很困难，象本诗所写这一家三个壮丁都被抽走了，连老太婆都被捉去服兵役，这是何等凄凉的情景呀！但悲剧还不止于此。一个自称"贱子"的男子，在军中多年不得归，偶因打败仗，队伍溃散了，才得机会返回；但他回家一看，田园荒芜，四邻只剩一二老寡妇。不料当他拿起锄头重整家园时，县吏又来要他重新入伍，虽然就在本州，路途不远，但他这次已无家可别，远近都一样了。这就是组诗中的《无家别》：

> 寂寞天宝后，园庐但蒿藜。我里百余家，世乱各东西。存者无消息，死者为尘泥。贱子因阵败，归来寻旧蹊。久行见空巷，日瘦气惨凄，但对狐与狸，竖毛怒我啼。四邻何所有？一二老寡妻。宿鸟恋本枝，安辞且穷栖。
>
> 方春独荷锄，日暮还灌畦。县吏知我至，召令习鼓鞞。虽从本州役，内顾无所携。近行止一身，远去终转迷。家乡既荡尽，远近理亦齐。永痛长病母，五年委沟溪。生我不得

129

力，终身两酸嘶。人生无家别，何以为蒸黎？

不但在他的新乐府中很多这样的关于社会问题的叙述；就是在他的律诗中，也处处表现战争和战后的忧戚。七律如《阁夜》：

　　岁暮阴阳催短景，天涯霜雪霁寒宵。五更鼓角声悲壮，三峡星河影动摇。野哭千家闻战伐，夷歌数处起渔樵。卧龙跃马终黄土，人事音书漫寂寥！

这首诗系永泰二年（766年），杜甫五十四岁时在四川夔州所作。那时他平生最受知遇的朋友严武、高适相继死去，仆固怀恩作乱未已，地方长官（刺史）被杀，官军风纪又极坏，真叫他心烦意乱，如《三绝句》所写的：

　　前年渝州杀刺史，今年开州杀刺史，群盗相随剧虎狼，食人更肯留妻子？

　　二十一家同入蜀，唯残一人出骆谷，自说二女啮臂时，回头却向秦云哭。

　　殿前兵马虽骁雄，纵暴略与羌浑同。闻道杀人汉水上，妇女多在官军中。

对国事又是愁，又是怨，又是恸哭，又是讽刺。既是叙事又是抒情，真正是诗的历史。杜甫的诗史，往往和他的个人生活分不开，他个人的故事和国家的盛衰分不开，他个人的悲喜剧和时代的悲喜剧打成一片。例如他的五律《春望》：

　　国破山河在，城春草木深。感时花溅泪；恨别鸟惊心！烽火连三月，家书抵万金；白头搔更短，浑欲不胜簪。

为了国愁家恨，花鸟都和他一同溅泪，惊心。但一旦国军有了捷报，虽在剑外远地也欢喜如狂。如宝应元年（762年）十一月，官军破贼于洛阳，平定了河南、河北，在四川漂泊中写的《闻官军收河南河北》道：

　　剑外忽传收蓟北，初闻涕泪满衣裳。却看妻子愁何在，漫卷诗书喜欲狂！白日放歌须纵酒，青春作伴好还乡。即从

130

巴峡穿巫峡，便下襄阳向洛阳。

看诗人那样孩子般天真的欢乐劲，不仅涕泪满衣裳，还漫卷诗书，放歌纵酒，便要作归计。正是诗人和国家同呼吸共命运，使他的悲喜融入国人的悲喜，成了诗史不可分割的一部分。"诗史"的称谓标志他现实主义的一大胜利。

杜甫的现实主义诗歌，开一代诗风，影响整个唐后期的思潮。如他的新乐府，不用古题，"即事名篇"，直接开导了白居易等人的新乐府运动。元稹在《乐府古题序》中说："近代惟诗人杜甫《悲陈陶》、《哀江头》、《兵车》、《丽人》等，凡所歌行，率皆即事名篇，无复依傍。予少时与友人白乐天，李公垂辈谓是为当，遂不复拟赋古题。"自从建安以后，乐府都沿袭古题如《清平调》、《乌夜啼》等，杜甫这一创举不仅在形式上，而且在实质上也指出通向现实生活创作的道路，这也是他现实主义诗歌的一个胜利。

他提高了诗的语言艺术，勤于推敲，千锤百炼，讲求艺术上的完美，影响到李贺、李商隐，特别是律诗的完整，显见他的功力。他说自己："为人性癖耽佳句，语不惊人死不休"，"新诗改罢自长吟"，"老去渐于诗律细"，"说诗能累夜"，他对严武说："吟诗好细论"，对李白说，"何时一樽酒，重与细论文"。他虽然也运用俗语在诗里，却都经过提炼，丰富了诗的语言。例如：

迟日江山丽，春风花草香。泥融飞燕子，沙暖睡鸳鸯。

江碧鸟逾白，山青花欲燃，今春看又过，何日是归年？（《绝句二首》）

两个黄鹂鸣翠柳，一行白鹭上青天，窗含西岭千秋雪，门泊东吴万里船。（绝句四首之三）

这些绝句，从字面看好象都是白话诗，但经诗人锤炼后，平仄、对仗都成工整的名作。

杜甫的真工夫在于律诗，所谓"诗律细"者就细在律诗上。五

131

言或七言八句，中间四句一定要对仗，每句平仄有定型，音节铿锵。到杜甫时，律诗的格式已有近二百年的发展历史，在他的笔下诗律更细，更成熟了。五言律诗中最脍炙人口的如：

　　好雨知时节，当春乃发生。随风潜入夜，润物细无声。野径云俱黑，江船火独明。晓看红湿处，花重锦官城。(《春夜喜雨》)

　　细草微风岸，危樯独夜舟。星垂平野阔，月涌大江流。名岂文章著，官应老病休。飘飘何所似，天地一沙鸥！(《旅夜书怀》)

这两首名诗，从诗律上看，无可指责；从内容上看，如"随风潜入夜，润物细无声"，"星垂平野阔，月涌大江流"等名句，音调协和，对仗工整，写景状物之妙，纤细中有豪雄，自然中见匠心，给人以高度的艺术享受。七言律如《秋兴八首》中的前三首：

　　玉露凋伤枫树林，巫山巫峡气萧森。江间波浪兼天涌，塞上风云接地阴。丛菊两开他日泪，孤舟一系故园心。寒衣处处催刀尺，白帝城高急暮砧。

　　夔府孤城落日斜，每依北斗望京华。听猿实下三声泪，奉使虚随八月槎。画省香炉违伏枕，山楼粉堞隐悲笳。请看石上藤萝月，已映洲前芦荻花。

　　千家山郭静朝晖，日日江楼坐翠微。信宿渔人还泛泛，清秋燕子故飞飞。匡衡抗疏功名薄，刘向传经心事违。同学少年多不贱，五陵衣马自轻肥。

这诗是他晚年漂泊西南，流寓夔州时所作。落日孤城，依北斗望京华，感慨万千，有意谋篇，惨淡经营，词藻华丽，音节跌宕，达到内容和形式匀配，诗律艺术的最高境界。为此而不惜把句子倒装过来，如本诗第八章的"香稻啄余鹦鹉粒，碧梧栖老凤凰枝，"若不倒装，把"香稻"和"鹦鹉"，"碧梧"和"凤凰"换个位置，平仄也不错，但意义和韵味便不同了。

132

杜甫在艺术上能得到高度的成就，不是偶然的，由于勤奋学习和不断探讨。他自己说"读书破万卷，下笔如有神"，"转益多师是汝师"。元稹说他"尽得古今体势，兼人人之所独专。"吸收诸家的长处之外，更发扬他独自的风格。他一生道路坎坷，把才华全用在诗艺上，创造出不朽的篇章。

和杜甫同时和稍年青的一代诗人，如元结、顾况、李益等，虽没有结成一个诗派，但都反映了社会的问题，走现实倾向的道路。元结（719—772）拥护儒家仁政说，不满于当时统治者的腐败、暴敛。他要求文学要能"上感于上，下化于下"。他的诗作虽然朴质无华，却能反映人民的疾苦。代表作《舂陵行》描写他在道州为刺史（行政长官）时所见人民在乱离后的生活："朝餐是草根，暮食仍木皮。出言气欲绝，意速行步迟。追呼尚不忍，况乃鞭朴之？"他表示宁愿被贬官，不愿执行勒索人民的命令。"逋缓违诏令，蒙责固其宜"，得到大诗人杜甫的赏识。

李益（748—827）陇西人，曾游河朔，为幽州刘济从事，居边十余年。他的边塞诗表明边塞士兵普遍厌战的心情，没有乱前那种卫国立功的气概了。例如：

回乐峰前沙似雪，受降城下月如霜。不知何处吹芦管，一夜征人尽望乡。（《夜上受降城闻笛》）

胡风冻合鸊鹈泉，牧马千群逐暖川。塞外征行无尽日，年年移帐雪中天。（《暖川》）

天山雪后海风寒，横笛偏吹行路难。碛里征人三十万，一时回首月中看（《从军北征》）

边塞诗原是唐前期诗歌的骄傲，英雄的气概，宏伟的魄力，开出唐诗的奇葩。到了唐后期，边塞也成了社会问题，诗人失去了为国立功的豪情，战士产生了厌战的情绪，到了李益时，便只能写出边塞诗的尾声了。

三　白居易和白派诗人

　　杜甫的现实倾向到白居易时得到进一步的发展，就是提高到理论的高度，扩大现实主义文学的影响。白居易有意识地提倡"新乐府"运动，提出"歌诗合为事而作"的写作准则。对社会现实痛下针砭。元稹、张籍、王建、李绅是主要的白派诗人。

　　白居易（772—846）字乐天，生于河南新郑一个小官僚的家庭里，世敦儒业。他少年时在乱离中避难到浙江，贫困生活使他接近劳动人民。他的思想以儒家的"穷则独善其身，达则兼济天下"为主。到四十五岁被贬为江州司马以后，逐渐由"独善其身"、"乐天安命"滋长道家的"知足不辱"和佛家的"四大皆空"的人生观。在文学上早期多"讽谕诗"，积极、勇敢、焕发战斗的光芒；晚期则代之以闲适、感伤的诗。但他最主要的成就是在前期，就是善能运用社会问题的题材写成的新乐府。

　　新乐府是用新题材创作新诗，然后配以乐曲，和乐府古题诗相对。这比杜甫的"即事名篇"更进一步。白居易在《新乐府序》中说："其辞质而径，欲见之者易谕也；其言直而切，欲闻之者深诫也；其辞核而实，使采之者传信也；其体顺而律，可以播于乐章歌曲也。总而言之，为君、为臣、为民、为物、为事而作，不为文而作也。"他自己所珍视的作品如《折臂翁》、《母子别》、《卖炭翁》、《妇人苦》、《重赋》、《伤宅》、《道州民》、《杜陵叟》等篇，都是暴露社会黑暗而加以讽谕的新乐府。这些诗虽然近似义理诗，却也缠绵悱恻，叫人读了不禁暗洒同情之泪，或者目眦为裂。例如《卖炭翁》：

　　　　卖炭翁，伐薪烧炭南山中。满面尘灰烟火色，两鬓苍苍十指黑。卖炭得钱何所营？身上衣裳口中食。可怜身上衣正单，心忧炭贱愿天寒。夜来城上一尺雪，晓驾炭车辗冰辙，

134

牛困人饥日已高,市南门外泥中歇。翩翩两骑来是谁?黄衣使者白衫儿。手把文书口称敕,回车叱牛牵向北。一车炭,千余斤,宫使驱将惜不得。半匹红纱一丈绫,系向牛头充炭直。

这诗揭露宫市的罪恶,名为"宫市",实是抢夺。卖炭翁辛辛苦苦烧了千余斤炭,食少衣单,在冰雪中推车出来卖,只盼能卖个好价钱;谁知皇帝派出的太监来强要送上门去,只拿半匹红纱一丈绫挂在牛角上算是全部的价值。讽意含蓄,深表谴责。文字简炼,明白易解,令读者切齿。又如《秦中吟》组诗中的《轻肥》描写皇帝的内臣们不管人民的死活,穷奢极欲,用对比的方法揭示封建社会的阶级矛盾:

意气骄满路,鞍马光照尘。借问何为者?人称是内臣。朱绂皆大夫,紫绶悉将军。夸赴军中宴,走马去如云。樽罍溢九酝,水陆罗八珍。果擘洞庭桔,脍切天池鳞。食饱心自若。酒酣气益振。是岁江南旱,衢州人食人!

元和十年(815年),白居易被贬为江州司马,以后的感伤诗以《琵琶行》为代表作。这诗作于816年,在他政治上受打击后的第二年,在九江的湓浦口听见船中有弹琵琶的声音,弹的是京都流行的歌曲,一问知道是一个从京都沦落的倡女,诗人有"同是天涯沦落人"的感觉。诗有社会讽刺意义,艺术上也达到圆熟的境地,有强烈的感染力:

浔阳江头夜送客,枫叶荻花秋瑟瑟。主人下马客在船,举酒欲饮无管弦。醉不成欢惨将别,别时茫茫江浸月。忽闻水上琵琶声,主人忘归客不发。寻声暗问弹者谁?琵琶声停欲语迟。移船相近邀相见,添酒回灯重开宴。千呼万唤始出来,犹抱琵琶半遮面。转轴拨弦三两声,未成曲调先有情。弦弦掩抑声声思,似诉平生不得意。低眉信手续续弹,说尽心中无限事。轻拢慢捻抹复挑,初为霓裳后六幺。大弦嘈嘈如急雨,小弦切切如私语。嘈嘈切切错杂弹,大珠小珠落玉

135

盘。间关莺语花底滑，幽咽泉流冰下难。冰泉冷涩弦疑绝，疑绝不通声暂歇。别有幽愁暗恨生，此时无声胜有声。银瓶乍破水浆迸，铁骑突出刀枪鸣。曲终收拨当心画，四弦一声如裂帛。东舟西舫悄无言，唯见江心秋月白。沉吟放拨插弦中，整顿衣裳起敛容。自言本是京城女，家在虾蟆陵下住。十三学得琵琶成，名属教坊第一部。曲罢曾教善才伏，妆成每被秋娘妒。五陵年少争缠头，一曲红绡不知数。钿头云篦击节碎，血色罗裙翻酒污。今年欢笑复明年，秋月春风等闲度。弟走从军阿姨死，暮去朝来颜色故。门前冷落鞍马稀，老大嫁作商人妇。商人重利轻别离，前月浮梁买茶去。去来江口守空船。绕船月明江水寒。夜深忽梦少年事，梦啼妆泪红阑干。我闻琵琶已叹息，又闻此语重唧唧。同是天涯沦落人，相逢何必曾相识？我从去年辞帝京，谪居卧病浔阳城。浔阳地僻无音乐，终岁不闻丝竹声。住近湓江地低湿，黄芦苦竹绕宅生。其间旦暮闻何物？杜鹃啼血猿哀鸣。春江花朝秋月夜，往往取酒还独倾。岂无山歌与村笛？呕哑嘲哳难为听。今夜闻君琵琶语，如听仙乐耳暂明。莫辞更坐弹一曲，为君翻作琵琶行。感我此言良久立，却坐促弦弦转急。凄凄不似向前声，满座重闻皆掩泣。座中泣下谁最多？江州司马青衫湿。

白居易的诗富有情味，新颖自然，并善用明白如口语的文字来写，老妪都能解，雅俗共赏。脍炙历代人口的小诗如《赋得古原草送别》："离离原上草，一岁一枯荣。野火烧不尽，春风吹又生。远芳侵古道，晴翠接荒城。又送王孙去，萋萋满别情。"巧妙地写出自然界顽强的生命力，和少年生气蓬勃的友情结合起来，既有含蕴又形象鲜明。所以白诗传诵之广，罕有其比。他从长安贬到九江，一路上亲见："自长安抵江西，三四千里，凡乡校、佛寺、逆旅、行舟之中，往往有题仆诗者；士庶、僧徒、孀妇、处女之口，每每有咏仆诗者。"（《与元九书》）其实，白诗影响之大，远不止那三四千里。他的诗早已风行全国，而且当时在朝鲜、日本等国都争相传抄，在日本引起白乐天热，人人知道中国的白乐天。《源氏物语》的作者紫式部就在王宫里讲授白诗。晚唐张为作《诗人主客图》，推崇白居易为"广大教化主"。到了今天，国内外都有许多学者在研究他的诗作和理论。

白居易既有创作又有理论为准则。他主张"上以诗补察时政，下以歌泄导人情"。这是从儒家诗教出发的。《与元九书》虽只是一封信，却和罗马贺拉斯（Horatius，公元前65—前8）的《诗艺》一样，根据自己创作的经验，用书信写出现实主义诗歌的理论，成为文艺理论史上的重要著作。

故闻"元首明，股肱良"之歌，则知虞道昌矣。闻王子洛汭之歌，则知夏政荒矣。言者无罪，闻者足戒，言者闻者莫不两尽其心焉……

晋、宋以还，得者盖寡。以康乐之奥博，多溺于山水；以渊明之高古，偏放于田园。江、鲍之流，又狭于此。如梁鸿《五噫》之例者，百无一二焉。于时"六义"寖微矣，陵夷矣。

至于梁、陈间，率不过嘲风雪，弄花草而已。噫！风雪花草之物，《三百篇》中岂舍之乎？顾所用何如耳。设如"北风其凉"，假风以刺威虐也；"雨雪霏霏"，因雪以愍征役也。"棠棣之华"，感华以讽兄弟也；"采采芣苢"，美草以乐有子也。皆兴发于此而义归于彼。反是者可乎哉！然则"余霞散成绮，澄江静如练"，"离花先委露，别叶乍辞风"之什，丽则丽矣，吾不知其所讽焉。故仆所谓嘲风雪、弄花草而已。于时"六义"尽去矣。

唐兴二百年，其间诗人不可胜数。所可举者，陈子昂有《感遇诗》二十首，鲍防有《感兴诗》十五首。又诗之豪者，世称李、杜；李之作，才矣奇矣，人不逮矣，索其风雅比兴，十无一焉。杜诗最多，可传者千余首；至于贯串古今，覙缕格律，尽工尽善，又过于李。然撮其《新安吏》、《石壕吏》、《潼关吏》、《塞芦子》、《留花门》之章，"朱门酒肉臭，路有冻死骨"之句，亦不过三四十首。杜尚如此，况不逮杜者乎！……

……自登朝来，年齿渐长，阅事渐多，每与人言，多询时务，每读书史，多求理道，始知文章合为时而著，歌诗合为事而作。

上引文中的末两句是他的纲领。这就是他和杜甫的不同处：有意识地提倡社会问题文学，有意识地发展现实主义文学原则。杜甫饱经患难，处境贫困，"穷年忧黎元，叹息肠内热"，而每饭不忘君国的安危。白居易除了一次被贬为江州司马，可说是官运亨通，被贬前"十年之间，三登科第，名入众耳，迹升清贵"。被贬后五年（821年）又被穆宗李恒招回长安，但他眼见宫庭腐败，大官僚间的不和，不愿卷入旋涡，自动请外放，在杭州任太守，四年后又任苏州刺史，为苏杭一带的人民所爱戴，后来又任河南尹，太子少傅等职。晚年又在洛阳吟诗参禅，享受清福。他的文学观发自他的思想和对人民的同情，在这一点上差可比拟俄国的"广大教化主"托尔斯泰。

元稹（779—831）字微之，祖籍河南，长于凤翔和长安，幼贫，十五岁明经及第，元和初（806年）任右拾遗、监察御史等职，因弹劾权贵而被贬江陵士曹参军；从此与权贵妥协。

元稹是白居易的朋友，文学主张相近，世称为"元白"。元稹积极提倡新乐府，反映社会问题，发扬杜甫的现实主义传统。他的作品谱成曲子传播宫禁，宫中称他为元才子。例如《田家词》：

牛吒吒，田确确。旱块敲牛蹄趵趵，种得官仓珠颗谷。六十年来兵簇簇，月月食粮车辘辘。一日官军收海服，驱牛驾车食牛肉。归来收得牛两角，重铸锄犁作斤劚。姑舂妇担

138

先输官，输官不足归卖屋。愿官早胜仇早复，农死有儿牛有
犊，誓不遣官军粮不足！

末三句是反语，讽刺官军只知吃粮，不能胜敌。讽刺是尖锐的，
深刻的。但他的才华不及白居易，论诗的题材的广度和深度，人
物的生动性都不如白居易。根本原因就在于他的思想感情的坚韧
性，斗争性的顽强不及白居易。他的小诗《行宫》却洗练、鲜明
而含蓄耐人寻味：

　　寥落古行宫，宫花寂寞红。白头宫女在，闲坐说玄宗。
人们读白的《长恨歌》不厌其长，读元的小诗不觉其短。

李绅（772—846）字公垂，元、白好友，第一个以"新题乐
府"为标榜，曾有《新题乐府诗二十篇》，为元、白所赞赏、效
法，可惜都不传了，现在流传的只有《悯农》二首：

　　春种一粒粟，秋收万颗子。四海无闲田，农夫犹饿死！
　　锄禾日当午，汗滴禾下土。谁知盘中餐，粒粒皆辛苦！

刘禹锡（772—842）字梦得，彭城人，是新乐府运动时期中
杰出的诗人，朴素唯物论的思想家。他二十一岁中进士，和柳宗
元辅佐王叔文执政，锐意改革，他们被贬谪时，他才二十三岁。
九年后从贬地（湖南朗州）被召回京都，游玄都观看桃花，写了一
首《戏赠看花诸君子》："紫陌红尘拂面来，无人不道看花回，玄
都观里桃千树，尽是刘郎去后栽。"对新贵们有所讽刺，引起了
"执政不悦"，再被贬到更远的广东连州。十四年后（828）被召回
时，又写了《再游玄都观》，讽道："百亩庭中半是苔，桃花净
尽菜花开。种桃道士归何处？前度刘郎今又来。"表示对政敌的蔑
视，不怕再度贬官。他还写过其他许多发泄愤郁的诗，借历史古
迹或自然景物来嘲讽反动的群丑。

刘禹锡贬谪湘粤边远地区二十多年，对民间歌谣十分爱好，
并采取为新乐府的扩大形式，给诗歌带来新的活气。他在《竹枝
词序》中说"昔屈原居沅湘间，其民迎神，词多鄙陋，乃作为《九

139

歌》，到于今荆楚歌舞之，故余亦作《竹技》九篇，俾善歌者扬之。"这是新诗的正确途径。

> 杨柳青青江水平，闻郎江上唱歌声。东边日出西边雨，道是无情却有情。（《竹枝词》）

> 春江月出大堤平，堤上女郎联袂行。唱尽新词欢不见，红霞映树鹧鸪声。（《踏歌词》）

> 日照澄洲江雾开，淘金女伴满江隈。美人首饰侯王印，尽是江中浪底来。（《浪淘沙》）

这些吸收民歌的优点加以新创造的新诗，曾播之管弦，在民间歌舞中广为流传。不仅为新乐府运动别开生面，也为我国诗歌开辟了一条新路。

刘禹锡的近体诗中也有不少优秀之作，或怀古，或咏物，都表示出真挚的情绪和对生活观察体会的深湛。如"沉舟侧畔千帆过，病树前头万木春"（《酬乐天扬州初逢席上见赠》），"以闲为自在，将寿补蹉跎"（《岁夜咏怀》）等都是对生活深刻体会所得，不是一般的隽语。怀古的作品咏叹兴亡，看到历史的辩证发展，格调沉郁顿挫，令人回味，如《金陵五题》中的两首：

> 山围故国周遭在，潮打空城寂寞回。淮水东边旧时月，夜深还过女墙来。（《石头城》）

> 朱雀桥边野草花，乌衣巷口夕阳斜。旧时王谢堂前燕，飞入寻常百姓家。（《乌衣巷》）

这些怀古诗不仅慨叹人世沧桑，且有给鱼肉人民的浮夸贵族以讽刺之意。六朝金粉的繁华地已成空城，王、谢等门阀大地主的高堂华屋不存在了，而自食其力的寻常百姓却欢迎春燕的来临。

四　韩愈、柳宗元的古文运动

安史之乱后，唐代社会发生急剧的变化，门阀贵族衰落，世

140

俗地主阶级兴起，人口减少，农业不振，兵祸不断，藩镇割据，宦官专权，党同伐异。但到贞元、元和年间（公元8世纪末，9世纪初）生产恢复，商人活跃，经济发达，号称"太平"、"中兴"，现实主义文学也开始发展，诗歌方面的"新乐府运动"和散文方面的"古文运动"同时发生。元结是新乐府运动的先驱，又是古文运动的先驱。元、白写诗也写散文。刘禹锡是杰出的诗人，又是古文运动的健将。新乐府用以更好地反映社会问题、民间疾苦；古文用以更好地发议论，记叙事物。

所谓"古文"是相对当时流行的"骈文"而言。骈文是魏晋以后，从六朝到唐代，门阀贵族们养尊处优，喜欢玩弄的一种重华丽辞藻和形式的文体，骈四俪六，讲求韵律、对仗。这种文体不便于说理、议论，以及复杂的记叙。不如汉以前的古文（散体文）方便，要纠正弊病，必须复古。南北朝时就有人反对骈文，提倡古文。到唐前期提倡的人更多了，但都不起作用。直到唐后期的韩愈、柳宗元时代才形成一股思潮，掀起一个强大的运动。

韩愈(768—824)字退之，河南孟县人，三岁而孤，由嫂郑氏抚养成人。叔父云卿、兄会，都在李华、肖颖士等提倡复古的人物影响下，教导韩愈。他二十五岁进士及第，做过四门博士、监察御史等官。他在政治思想上有进步面，也有落后面。反对藩镇割据，拥护王朝统一，提倡仁政，反对官吏聚敛横行，要求宽免赋税徭役，关心国家命运和民生疾苦，这是进步的一面，拥护"道统"，宣扬儒家学说中的封建糟粕，是落后的一面。由于他在政治上屡受打击、贬官，常作不平之鸣，所以他所鼓吹的儒家学说，有所继承也有所创新。他强调吸收前人的优良传统，"穷究于经传史记百家之说"，"下逮庄骚、太史所录，子云相如，同工异曲"，都可师法，犹如杜甫学诗，强调"转益多师是汝师"。他开始时"非三代两汉之书不敢观，非圣人之志不敢存"，一心学习古代的古文，但深入之后，知古代的书也有正伪，语言也有过分古奥

141

或形式上的散漫，必须抛弃它们的缺点，"能自树立，不因循者是也。"他的文体改革原则是：一，"惟陈言之务去"（《答李翊书》），就是说要有新颖的语言，避免陈言套语或老生常谈；二、"文从字顺各识职"（《南阳樊绍述墓志铭》），就是说要有妥贴流畅的文句，避免不合语言规律的文风。

韩愈的记叙文，写人写物写事都重视形象的生动、鲜明和完整，发扬、发展了司马迁传记文学的优点，善于选择典型事件、典型人物性格，在客观叙述中，充满着爱憎情绪。《祭十二郎文》等就是笔酣墨饱的抒情散文。又如《毛颖传》等小说体的作品，助长唐传奇小说发展，开出一代奇葩。

他的文章气势磅礴，汪洋恣肆。他的论说文，特别是短文"杂说"，绝少冗言而说理透辟，逻辑力强。如《杂说·说马篇》：

> 世有伯乐，然后有千里马。千里马常有，而伯乐不常有；故虽有名马，祗辱于奴隶人之手，骈死于槽枥之间，不以千里称也。马之千里者，一食或尽粟一石，食马者不知其能千里而食也。是马也，虽有千里之能，食不饱，力不足，才美不外见，且欲与常马等不可得，安求其能千里也？策之不以其道，食之不能尽其材，鸣之而不能通其意，执策而临之，曰："天下无马！"呜呼！其真无马邪？其真不知马也！

这篇短文不到二百字，便把一部"人才学"的原理说得又形象又明白，没有多余的话，而且结构严谨，层次清楚，合于"陈言务去"、"文从字顺"的原则。

韩愈的诗歌却是属另一种风格，他对于诗的革新付出了很大努力，以文为诗，追求奇险。他的诗风，掀起一个新的思潮，详见下章。

柳宗元（773—819）字子厚，河东人。贞元九年（793）进士及第，才华惊人。他曾辅佐革新派王叔文执政，遭到旧势力的猛力攻击，被贬为永州（湖南零陵）司马。贬官使他思想更前进，

142

文章更清淳。从朴素的唯物论进为无神论者，作《天对》，否定天的意志而主张"生人之意"（说君权不是神授而是人的愿望，君主为了人民），反对门阀贵族的"继世而治"，倾向于新兴的世俗地主的思想。在文学上更有政治内容，把现实主义推进一步。

他是韩愈的朋友，积极支持了古文运动，并创作了艺术散文。他也主张"文以明道"但和韩的"文以载道"有些不同。他也主张儒家的民本思想，但他反对排斥儒家以外的各家，特别是释家，而主张"统合儒释"。幸而他们不以哲学思想不同而妨碍他们间的友谊。

柳宗元的散文创作，技巧的圆熟，文字的纯净，美学的价值，且在韩愈之上；虽然在古文运动的声名不如韩大，笔力也不如韩的雄浑、恣肆。

柳宗元的文学散文特长在于寓言讽谕和风景描绘。先秦诸子虽有寓言，但多片断，附属于论文，而柳文则发展而为独立的讽刺散文和西方伊索、拉封·丹、克雷洛夫等人的动物寓言又不一样，柳作更有人情味。如著名的《三戒》中的《黔之驴》：

黔无驴，有好事者船载以入。至，则无可用，放之山下。虎见之，庞然大物也，以为神。蔽林间窥之，稍出近之，慭慭然莫相知。

他日，驴一鸣，虎大骇，远遁，以为且噬己也，甚恐。然往来视之，觉无异能者；益习其声，又近出前后，终不敢搏。稍近益狎，荡倚冲冒，驴不胜怒，蹄之。虎因喜，计之曰："技止此耳。"因跳踉大㘎，断其喉，尽其肉，乃去。

噫！形之庞也类有德，声之宏也类有能，向不出其技，虎虽猛，疑畏，卒不敢取，今若是焉，悲夫！

寓言概括了普遍的真理，这一则显然是讽刺当时的官僚集团。他们虚张声势，实际无能。结论用三言两语点出主题，发人深思。

柳宗元描绘自然，渗透着自己的抑郁情绪。他笔下的山水景物和他的心境调和统一，高洁、澄鲜，如《永州八记》中的《至

143

小丘西小石潭记》：

> 从小丘西行百二十步，隔篁竹，闻水声，如鸣珮环，心乐之。伐竹取道，下见小潭，水尤清冽。泉石以为底，近岸，卷石底以出，为坻，为屿，为嵁，为岩。青树翠蔓，蒙络摇缀，参差披拂。潭中鱼可百许头，皆若空游无所依。日光下澈，影布石上，怡然不动，俶尔远逝，往来翕忽，似与游者相乐。潭西南而望，斗折蛇行，明灭可见。其岸势，犬牙差互，不可知其源。坐潭上，四面竹树环合，寂寥无人，凄神寒骨，悄怆幽邃。以其境过清，不可久居，乃记之而去。

仅仅用二百字，把山光水声，岩石幽篁，历历放在读者面前，尤其是鱼儿在清澈的水中，象空游无所依。日光下澈，影布石上，往来翕忽，犹如活的一般。他笔下的一山一水表达了自己寂寥的心境。

他的小说体文章，也是司马迁传记文学的发扬和发展，他取用了封建社会被侮辱、被损害的阶层人民的事，描述他们的悲惨生活，揭露阶级矛盾，标志他的现实主义的胜利。《捕蛇者说》描写农村荒凉景象，悍吏逼租的狰狞面目。蒋氏三代宁受毒蛇之害而不愿受酷政的逼害。《童区寄传》写一个牧童智杀两个抢劫人口的强豪。创造了少年区寄的机智形象，反映了社会贩卖人口的恶习。《种树郭橐驼传》写一个种树能手如何顺适树木的天性，讽刺统治者不能"使民以时"，横加干挠奴役。《段太尉逸事状》描写机智的段太尉不畏强暴，保护人民，不受新军阀们的残酷剥削。一面创造了一个优秀品格的英雄形象，一面暴露了安史乱后，拥兵自重的新军阀的丑恶面貌。这些带有明显倾向性的小说，显示"古文"的优越性和作者艺术的高超。

柳诗和柳文的风格是一致的；如《田家三首》等描写被剥削农民的悲惨生活，作露骨的讽刺。当然，诗比文更侧重于抒情。他漂泊西南的寂寞之感不能不表现出来。如《登柳州城楼寄漳、汀、封、连四州刺史》：

144

城上高楼接大荒，海天悲思正茫茫。惊风乱飐芙蓉水，密雨斜侵薜荔墙。岭树重遮千里目，江流曲似九回肠。共来百越文身地，犹自音书滞一乡！

他的五、七言绝句，表现出柳诗的特色，在凄清、冷寂的环境中表示诗人的高远和凄婉的心境。如：

　　千山鸟飞绝，万径人踪灭。孤舟蓑笠翁，独钓寒江雪。（《江雪》）

　　宦情羁思共凄凄，春半如秋意转迷。山城过雨百花尽，榕叶满庭莺乱啼。（《柳州二月榕叶落尽偶题》）

这些千多年来被人传诵不衰的名小诗，的确给人以艺术的享受。

　　韩愈、柳宗元的"古文运动"，影响深远，在宋代扩大为"唐宋八大家"，声势比韩柳当时要大得多。宋以后直到清代的桐城派，一直认为文章的典范。和韩、柳文章一样影响深远的是杜甫、白居易的诗歌和颜真卿、柳公权的书法。近人提出杜诗、颜字、韩文三者为我国封建社会后期领袖风骚的三绝。清代诗人书法家王文治的论书绝句云："曾闻碧海掣鲸鱼，神力苍茫运太虚。间气中兴三鼎足，杜诗韩笔与颜书》。这三者是简称，稍加详细点说，该是杜甫、白居易的诗歌，韩愈、柳宗元的散文和颜真卿、柳公权的书法。

　　颜真卿（709—785）字清臣，曾封鲁郡公，世称颜鲁公。安禄山叛乱，他联络从兄杲卿起兵抵抗，附近十七郡响应，使安禄山不敢急攻潼关。德宗时，李希烈叛乱，他被派前往劝诚，为希烈缢死。书法学褚遂良与张旭，正楷端正雄伟，行书遒劲郁勃，开创新风格，影响柳公权，世称"颜柳"。柳公权（778—865）书法遍学各家笔法而得力于颜真卿，骨力遒健，结构劲紧，世称"颜筋柳骨"。

　　杜、白诗歌、韩、柳散文和颜、柳书法，都是我国封建后期形成的强大文艺思潮，集前人艺法之大成，形成规律，使后人有轨可循，

145

153

影响所至，直到封建的末期，甚至当今还是艺苑的楷模和正宗。

五　唐人传奇小说

中国小说到了唐朝才开始成熟，被看做独立的文学体裁。唐传奇和唐诗一样，被称为"一代之奇"。唐传奇显然分为唐前期的和唐后期的不同。前期的为数不多，而且带有前代幼稚的遗风，即六朝志怪的传统。如《古镜记》、《补江总白猿传》、《游仙窟》等，还未脱浓厚的志怪色彩。虽然在结构的完整、人物的塑造和细节的描写上已经进了一大步，但缺乏现实社会生活的气息。唐后期的传奇便不同了，作者辈出，作品繁多，反映了社会现实生活。

唐后期小说发展的原因有三：一、从天宝以后，工商业发达，城市繁荣。商人活跃，对外贸易也很兴盛。城市繁荣之后必然要求城市的文化生活相适应，市人小说便应运而生，促使传奇的繁荣。二、有过去文学遗产为基础，六朝志怪与唐初传奇已稍具小说的雏形，司马迁等史传文学的光辉遗产，更是中国古典小说的良好基础，唐传奇是在史传文学影响下的初熟果子。三、当时的文学运动：古文运动扫荡了六朝初唐骈体文的陈词滥调，解放了文体，方便了小说对复杂广阔社会生活的描写。韩愈、柳宗元自己就曾写过传奇小说体的文章如《毛颖传》、《童区寄传》等。元、白的新乐府运动，致力于揭露社会生活的各个方面，元稹自己就是著名的传奇小说作者。他们能诗能文，更适合于韵散杂揉的传奇文体，如《莺莺传》的后半。

有人说，在唐朝科举制度下，"温卷"的风气，促使小说兴盛发展。宋赵彦卫《云麓漫钞》："唐世举人，先借当时显人以姓名达主司，然后投献所业，逾数日又投，谓之'温卷'，如《幽怪录》、《传奇》等皆是也。"就是说应试的举子们想在考前，先给

146

154

社会名流们送去诗文，造成好印象，替他们在主考官处说句好话。他们所送的诗文中也有传奇小说。这一说法是颠倒因果之谈，传奇小说可以作为"温卷"的材料，得和唐诗比美，那是传奇小说发展的结果，而不是原因。《幽怪录》、《传奇》等集都是晚唐时的东西，出于唐传奇黄金时代之后。

唐传奇的勃兴期和古文运动、新乐府运动同时，属于同一的文艺思潮。多数传奇反映、揭露了当时社会的问题，并有所讽谕。沈既济的《枕中记》、李公佐的《南柯太守传》和陈鸿的《东城老父传》等篇是谴责当时藩镇豪强势力，维护中央王权的名作。《南柯太守传》嘲讽权臣淳于棼的庸碌无能，却飞黄腾达。他原是不懂政治的落魄军官，什么学问都没有，却会阴谋，"久镇外藩，结好中国，贵门豪族，靡不是洽"，竟能构成中央王权的威胁。但最后还是垮台，被送还乡。他的荣华富贵，终成南柯一梦。

《枕中记》的主人公青年卢生，他原是个小地主，一心梦想"建功树名，出将入相，列鼎而食，选声而听，使族益显而家益肥。"在梦中考上了进士，做了大官，又和士族门阀地主（望族）联姻，子孙满堂，挤入望族之林，富贵以终。但一觉醒来，原来是黄粱一梦。这不是人生如梦的消极思想，而是一个讽刺。

《东城老父传》写玄宗时斗鸡童贾昌，得宠于皇帝李隆基，享受了四十年的富贵荣华。反映王室耽于声色之乐，导致叛乱蜂起，国力衰落。这也是维护中央的忧国思想的表示。

唐传奇的多数是描写恋爱婚姻问题的。白行简的《李娃传》、蒋防的《霍小玉传》、李朝威的《柳毅传》和元稹的《莺莺传》可算是代表作。在这些作品里表现出两种思想：一种是婚姻自主或恋爱结婚的问题。这种思想的社会背景是城市繁荣后，在市民中间产生反封建的思想。在恋爱自主的事件中，有喜剧的结果，也有悲剧的结果。《李娃传》和《柳毅传》是喜剧，《霍小玉传》

147

和《莺莺传》则是悲剧的结果。另一种是家族门第问题。李娃和霍小玉都想冲破士族门阀的界限，结果是前者形似成功，但日后的变化仍未可知，后者则完全失败了。因为当时士族贵族虽已日渐衰落，新兴世俗地主起来了。"旧时王谢堂前燕，飞入寻常百姓家"；但百足之虫，死而不僵，士族表面还很神气。新兴世俗地主们仍旧羡慕士族的豪华生活，向他们看齐呢。

妓女霍小玉和士族的破落子弟李益结识后，便意识到自己有被弃的可能，一再要求立下誓言：粉身碎骨，誓不相舍。但李益一知道母亲为他和另一士族卢氏女订婚的事，便不拒绝，违背了信誓旦旦，奔走借债与卢家联姻。霍小玉因此饮恨以终。那时一个破落的士族门阀子弟想要重振家族的荣耀，或中小新地主想要沾有士族地主的显赫地位，要通过两条道路，第一条是和显赫的士族联姻，拉裙带关系；第二条是科举，考中进士。李益走的是第一条路，为了家族，把誓言忘了。将信用、爱情都置之脑后。

《李娃传》也是写一个妓女和士族子弟恋爱的故事，是从市民小说《一枝花话》改写的。荥阳郑生是显赫的士族青年，去长安应试，结识了名妓李娃，后来钱用光了，鸨母和李娃设计赶走他。他流落街头，做了殡仪馆唱挽歌的歌手，正当他参加两家殡馆比赛挽歌时，被他父亲荥阳公遇见了，公大怒，把他打个半死，不认他做儿子。他沿街讨乞的时候，李娃却收留了他，帮助他读书、应举、做官，希望象一般子弟中举升官，当个新兴小地主，也可升高官发大财，便可成为贵族。在他飞黄腾达时，父亲荥阳公就来认他，恢复父子关系，并且让他们正式结婚，还给李娃封"汧国夫人"。李娃和郑生走的是第二条路。

《莺莺传》是作者自己的写照，当充满着现实的成分。莺莺是士族贵族的大家闺秀，张生又有文才，他走了裙带风的路，又走了科举的路。但他喜新厌旧，始乱终弃。这个作品对后世的影响特大，辽金时代的董解元改编为弹词《西厢记诸宫调》，元

148

代王实甫编为杂剧《西厢记》。明清时代出的许多"佳人才子"小说，都多少受这个作品的影响。

《柳毅传》是反对包办婚姻，主张自由自主婚姻而胜利的代表作。柳毅是个落第书生，在去泾阳访友途中遇到受夫家虐待而娘家不知的洞庭龙女。柳毅为她送信到洞庭湖，龙女的叔父钱塘君得信后，飞往泾阳，吃掉了侄女婿，把侄女救回。钱塘君要把侄女转嫁给柳毅时，被拒绝了，他说自己救人不图报，更不愿沾上"杀女婿而纳其妻"的罪名。龙女感激他，真心爱慕他。当她父亲洞庭君为她选婿"濯锦小儿"（可能是个工商业者子弟），她不干，却主动设法嫁给柳毅。这桩称心的婚嫁，表露了新兴阶级知识分子们的愿望。但龙王女是神女，使小说带几分浪漫的气氛；却仍不失为现实主义的作品，象后来蒲松龄用民间故事写的《聊斋志异》一样。人类说故事，往往是早先说神话到传说，直到人生社会现实的事。唐人把小说叫做"传奇"，犹如中世纪时欧洲人把小说叫做Roman（罗曼或浪漫），把恋爱事件叫做Romance（罗曼斯或浪漫史）不是没有道理的。莎士比亚在十六、十七世纪之间还把鬼魂、巫女、神仙引进剧作中来，唐人在八、九世纪间利用一下神话传说有什么奇怪呢？唐晚期的传奇中出现了许多侠客故事，有些是藩镇蓄养的刺客，有的是为人民除害的豪侠，反映唐末社会的混乱，思想的混乱。那些侠客的故事中往往搀杂爱情故事，也有一些含有教训的神魔故事。这现象和欧洲中世纪的末期产生大量的骑士传奇一样。塞万提斯的著名小说《堂·吉诃德》就是戏仿那些骑士侠客小说之作。

第七章　唯美思潮的泛滥

（中唐至北宋）

一　唯美思潮的开始

当白居易、元稹用平易顺畅的新乐府诗反映社会问题，韩愈、柳宗元用古代的散文展开运动的时候，王建、王涯等已经用七言绝句写宫词了。王建写了一百首，王涯写了三十首，还有张祜作小宫词若干首。这些宫词都是用秾丽的语辞，描写宫掖生活和一切绮罗香泽有关女性的诗歌，如：

罗衫叶叶绣重重，金凤银鹅各一丛；每遍舞时分两向，太平万岁字当中。（王建）

一丛高鬓绿云光，宫样轻轻淡淡黄。为看九天公主贵，外边争学内家装。（王涯）

龙虎旌旗雨露飘，玉楼歌断碧山遥。玄宗上马太真去，红树满园香自消。（张祜）

宫词的复活，就是唯美主义的开始。元稹也写过《连昌宫词》，不过这首诗作是带讽谕的意味描写连昌宫的兴亡。白居易写了《长恨歌》，描写李隆基和杨玉环的恋爱故事，还惋惜玉环的死，死后还由方士去"上穷碧落下黄泉"寻她魂灵来相见。最后还说："七月七日长生殿，夜半无人私语时，'在天愿作比翼鸟，在地愿为连理枝。'天长地久有时尽，此恨绵绵无绝期。"多少有些唯美主义的倾向。

韩愈的散文气势奔放，文从字顺；但他的诗歌却是另一种倾

150

向。他那奇险隐僻的诗体，促使他同派诗人在"苦吟"上用功夫，走上唯美思潮的道路。他的《听颖师琴》诗被欧阳修、苏轼称为"奇丽"（见苏东坡《水调歌头》自序）。他在元和元年（806年）和孟郊写长篇联句诗近十首，互相夸奇斗险。又写了《南山诗》，用汉赋排比铺张的手法描写终南山各种的山势和四时变化的风景。搜罗奇字，光怪陆离，连用五十一个带"或"字的句子，押险韵，一韵到底。这些追求奇险的诗，内容没有什么意义，不过是呕心沥血的文字堆积。

孟郊（751—814）字东野，浙江武康人。四十六岁才中进士，贫寒终身。他是韩愈欣赏的苦吟诗人。"夜吟晓不休，苦吟鬼神愁。为何不自闲？心与身为仇。"韩愈说："东野动惊俗，天葩吐奇芬。"孟郊和另一苦吟诗人贾岛齐名，有"郊寒岛瘦"（苏轼语）之称，都是指他们诗的风味而言的。孟郊一生贫寒，代表的诗作中也常给人以寒冷的感觉。如"秋至老更贫，破屋无门扉。一片月落床，四壁风入衣"（《秋怀之四》），"秋气入病骨，老人身生冰"（《秋怀之十三》），"霜吹破四壁，苦痛不可逃"（《寒地百姓吟》），"天色寒青苍，北风叫枯桑，厚冰无裂文，短日有冷光。敲石不得火，壮阴正夺阳。苦调竟何言，冻吟成此章"（《苦寒行》）。他最著名的《游子吟》："慈母手中线，游子身上衣。临行密密缝，意恐迟迟归。谁言寸草心，报得三春晖。"也和"寒"有联系。

孟郊诗的风格特色是色彩幽艳，缠绵凄婉，给人以美的赏受，如在《巫山曲》，咏古老的神话，以含蓄的笔触，写出真诚深切的情绪：

巴江上峡重复重，阳台碧峭十二峰。荆王猎时逢暮雨，夜卧高丘梦神女。轻红流烟湿艳姿，行云飞去明星稀。目极魂断望不见，猿啼三声泪滴衣。

贾岛（779—843）字阆仙，河北范阳人。青年时作过和尚，诗文曾得韩愈的赏识，使还俗，并及进士第，曾为长江主簿和普州司仓参军。他的苦吟故事是有名的。他为了一句诗"僧敲月下门"，用"敲"字好或是"推"字好，正在作推和敲的动作时，专心一意，不料碰到京兆尹韩愈的车子，阻碍了交通。问他怎么回事，他说正在考虑，用"推"字或"敲"字，韩愈没有责备他，却说"还是'敲'字好。"

他长于五言律诗，在诗律的排比工整上用了很多工夫。他曾在"独行潭底影，数息树边身"这两句诗的后面附上一首小诗："二句三年得，一吟双泪流。知音如不赏，归卧故山秋。"过分醉心于词句的推敲，相对地忽略了对社会的意义，远离现实，只留下许多佳句，供人欣赏。如"鸟宿池边树，僧敲月下门"，"秋风吹渭水，落叶满长安"，"怪禽啼旷野，落日恐行人"，"长江人钓月，旷野火烧风"，"孤鸿来半夜，积雪在诸峰"等句传诵很广。

所谓"岛瘦"，是说他的诗没有丰富的内容和宽广的境界，只表达孤寂的情绪。但他的影响却很大，闻一多说："由晚唐到五代，学贾岛的诗人不是数字可以计算的。除极少数鲜明的例外，是向着词的意境与词藻移动的，其余一般的诗人大众，也就是大众的诗人，则全属于贾岛。从这点看，我们不妨称晚唐五代为贾岛时代。"贾岛爱的是静、瘦、冷，甚至贫、病、丑和恐怖，在他看来，这些才是美的。他的趣味在于消极的，与常情背道而驰的人生阴暗面。这是因为他青年时代禅房教育的影响，更重要的是因为"朝代末"的动乱不宁的社会影响。晚唐以后，每到"朝代末"，都有倾向于贾岛的趋势，宋末的"四灵"，明末的钟、谭，清末的"同光派"都学贾岛。

贾岛为什么会有那么大的影响呢？一则因为他的风格清瘦、闲淡，适合于朝代末期的思想潮流和人们的口味。在朝代末的悲哀中，人们多怀消极思想。二则因为他在文学理论上有所建树：他说的"神游象外"（见《诗话总龟·唐宋遗文》）和半个世纪以后的理论家皎然、司空图所说的相同，皎然说"采奇于象外"，司空

152

图说"象外之象，景外之景"，而贾岛比他们二人早生半个多世纪。什么叫"神游象外"呢？就是使用形象思维的方法，创造性地反映事物，成了诗的意境或境界。例如贾岛的诗《寻隐者不遇》：
"松下问童子，言师采药去，只在此山中，云深不知处。"在简单的问答中，呈现出一种云海弥漫中巍峨高山的境界，把隐者的形象也活画出来了。我们读这诗时，便觉得神游象外，看到象外之象。诗中虽没有一个字描写隐者的音容状貌，但这个人物的风姿却明白表露出来了。"不著一字，尽得风流"。贾岛的诗风虽然单薄、瘦削，却有气韵的美。

从贾岛的苦吟，选择最恰当的用词看，他是属于韩愈派的；从他所受的禅房教育看，他却近于王维，并为半个世纪后的皎然、司空图所发展。禅房教育使他深入佛道的思想，懂得诗禅妙悟的道理，和王维、皎然、司空图的思想相契合，到宋末，再发展为严羽的以禅喻诗。

李贺（790—816）字长吉，是韩派的著名诗人，被称为"鬼才"的猎奇者。他为寻觅奇险诗句，每天骑一匹瘦马，跟着一个书童，背着古锦囊，到处探寻，每遇美句，便记下投入囊中，晚上回去在荧荧的孤灯下补足成诗。他母亲却担心他会"呕出心肝"呢，果然，到了二十七岁便死去了，和英国唯美派的开山祖师济慈（John keats）夭死于同样的年龄。

李贺也喜作宫体诗，多至三四十首，因为他惊才绝艳，宫体诗自然合于他的口味。他的诗句既有六朝宫体的香艳和藻丽，又有同派诗人的奇险峻刻，好多是经过千锤百炼而成的。如：

黑云压城城欲摧。　　　　（《雁门太守行》）

玉钗落处无声腻。　　　　（《美人梳头歌》）

天若有情天亦老。　　　　（《金铜仙人辞汉歌》）

芙蓉泣露香兰笑。　　　　（《李凭箜篌引》）

踏天磨刀割紫云。　　　　（《紫石砚歌》）

153

161

飞香走红满天春。　　（《上云乐》）

呼龙耕烟种瑶草。　　（《天上谣》）

桃花乱落如红雨。　　（《将进酒》）

银浦流云学水声。　　（《天上谣》）

酒酣喝月使倒行。　　（《秦王饮酒》）

向前敲瘦骨，犹自带铜声。　　（《马诗》）

等等，大概都是他在瘦马背上所得的警句吧。有时候，他自己也觉得这样寻章摘句没有什么出息，通宵达旦读书写诗，无病呻吟，不如到边防前线去立些功勋。《南园》其五、其六云：

男儿何不带吴钩，收取关山五十州？请君暂上凌烟阁，若个书生万户侯？

寻章摘句老雕虫。晓月当帘挂玉弓。不见年年辽海上，文章何处哭秋风？

但他的志向在那个环境下无法实现。家世虽属唐朝宗室，但非嫡系，父亲名晋肃，作过边疆小官，早死，家贫。又因父讳（晋、进同音）不可以参加进士科考试，只当过奉礼郎的小官。少年时就发出怀才不遇的悲鸣。"我当二十不得意，一心愁谢如枯兰。衣如飞鹑马如狗，临歧击剑生铜吼"（《开愁歌》），"我有迷魂招不得，雄鸡一声天下白"（《致酒行》）。他身体不好，贫病交加，生活圈子又窄，只能在梦境中驰骋幻想，"长歌破衣襟，短歌断白发"。有一次，他从长安去洛阳的路上，想起三国时代魏明帝曹睿把高大的金铜仙人搬到魏都洛阳去的情景。金铜仙人是汉武帝刘彻时铸的，手托铜盘、玉环，承接高空的露水，饮以求仙。李贺想象铜仙人被搬走时心里何等悲伤，以致流泪，离开咸阳愈来愈远，渭水的波声愈来愈小。诗道：

茂陵刘郎秋风客，夜闻马嘶晓无迹。

画栏桂树悬秋香，三十六宫土花碧。

魏官牵车指千里，东关酸风射眸子。

154

空将汉月出宫门，忆君清泪如铅水。

衰兰送客咸阳道，天若有情天亦老！

携盘独出月荒凉，渭城已远波声小！

诗的想象力丰富，那时汉朝已衰落，三十六宫都长了青苔，画栏桂树还在，空中飘着清香，铜仙人被拆走时，潼关的酸风使他酸鼻，流下沉重的铅泪，衰兰送客，悲不可抑，仙人手捧铜盘愈走愈远，哀伤愈增。这显然是借铜仙人的感情表示自己的悲伤。诗人有时在梦中达到自己下意识中的欲望，如《梦天》：

老兔寒蟾泣天色，云楼半开壁斜白。玉轮轧露湿团光，鸾珮相逢桂香陌。黄尘清水三山下，更变千年如走马。遥望齐州九点烟，一泓海水杯中泻。

他在梦中到了月宫里，在那桂树的陌上与盛装的仙女相逢。他们在空中携手漫游，胸襟顿阔，回看渺小的尘世，盛衰变化不定，齐州之大不过九点炊烟，海水浩渺只如杯酒。这个梦境可能是他昼思夜想的结果，聊以消除个人深厚的苦闷。有时他还在想象中和幽灵为伍，如《苏小小墓》：

幽兰露，如啼眼。无物结同心，烟花不堪剪。草如茵，松如盖，风为裳，水为珮。油壁车，夕相待。冷翠烛，劳光彩。西陵下，风吹雨。

把南齐美人和山林神女的境界结合起来，创造出这样艳丽凄清的幽灵世界来宣泄诗人的苦闷。这些荒诞的境界，用瑰丽秾艳的诗句写出，无非是苦闷的象征，和西方唯美主义诗人的情趣十分接近。

杜牧在《李长吉歌诗序》中说："云烟绵联，不足为其态也；水之迢迢，不足为其情也，……时花美女，不足为其色也；……鲸呿鳌掷，牛鬼蛇神，不足为其虚荒诞幻也。盖《骚》之苗裔，理虽不及，辞或过之。《骚》有感怨刺怼，言及君臣理乱，时有以激发人意。乃贺所为，得无有是？贺能探寻前事，所以深叹恨古今未尝经道者，如《金铜仙人辞汉歌》、《补梁庾肩吾宫

155

体谣》，求取情状离绝，远去笔墨畦径间，亦殊不能知之。"这段文字可算是真正的知人论世。他把李贺的唯美主义性质说得很清楚。他的诗歌是真正的美而玄虚诞幻，有《离骚》的美辞，而且过之，却没有它那激发人心的内容。杜牧在这里不仅说出了李贺歌诗的唯美主义倾向（虽然他那时还没有这个名词），同时也说出了他自己的倾向，说出了一代的思潮。

杜牧（803—852）字牧之，长安人，宰相杜佑的孙子，二十六岁举进士，秉性刚直，常被排挤，作了十年幕僚。三十六岁迁为京官，又受宰相李德裕排斥。李失势后又内调，做到中书舍人。

杜牧青年时代见国家内忧外患，心想做一番事业，研究兵法，写过《战论》、《守论》等书。但朝政昏乱，国势衰微，统治者麻木不仁，骄奢淫逸；他无限愤慨，用历史的教训来做警戒。如《过华清宫三绝句》之一道：

> 新丰绿树起黄埃，数骑渔阳探使回。霓裳一曲千峰上，
> 舞破中原始下来。

这诗用李隆基杨玉环的故事，含蓄而尖锐地讽刺了当时帝王的耽乐荒淫，导致渔阳鼙鼓动地来，击破了中原。在敬宗李湛大起宫室，广置声色时，他写了《阿房宫赋》尽力渲染秦始皇的骄奢淫逸，并指出必将灭亡，说："独夫之心，日益骄固，戍卒叫，函谷举，楚人一炬，可怜焦土！"成为一千多年来传诵不衰的美丽短赋。他的几首非常出名的绝句，象是写景叙事，实际上是悲叹人事沧桑，隐含国将灭亡之意。

> 千里莺啼绿映红，水村山郭酒旗风。南朝四百八十寺，
> 多少楼台烟雨中。（《江南春》）

> 烟笼寒水月笼沙，夜泊秦淮近酒家。商女不知亡国恨，
> 隔江犹唱后庭花。（《泊秦淮》）

> 折戟沉沙铁未销，自将磨洗认前朝。东风不与周朗便，
> 铜雀春深锁二乔。（《赤壁》）

156

远上寒山石径斜，白云生处有人家。停车坐爱枫林晚，
霜叶红于二月花。（《山行》）

这些美丽的图画，表现出杜牧明朗俊逸的情调，带有轻烟般的感
伤情绪和黄昏思想。

杜牧的文学论主张"以意为主，以气为辅，以辞彩章句为兵
卫"（《答庄充书》）。"某苦心为诗，未求高绝"（《献诗启》）。
这几首诗可以说实践了他部分的理论；不过时势的衰颓，个人的
潦倒失意，浓厚的迷惘心绪，使他失去"高绝"的理想光辉。

他受了时代习俗的感染，思潮的怂恿，于不知不觉中陷于声
色，"十年一觉扬州梦，赢得青楼薄幸名"，留下不少这样的诗篇，
如：

多情却似总无情，唯觉尊前笑不成。蜡烛有心还惜别，
替人垂泪到天明。（《赠别》二之一）

青山隐隐水迢迢，秋尽江南草木凋。二十四桥明月夜，
玉人何处教吹箫？（《寄扬州韩绰判官》）

二 李 商 隐

李商隐（约813—858）字义山，号玉谿生，怀州河内（河南
沁阳）人。十九岁以文才得牛党令狐楚的赏识，被引为幕府巡
官，二十五岁举进士。次年李党的泾原节度使王茂元爱其才，辟
为书记，妻之以女。牛党骂他背恩。后牛党执政，他被排斥，从
此一直过着清寒的幕僚生活，潦倒终生。

李商隐年青时也和杜牧一样，关心国家大事，在事业上有远
大的抱负。二十六岁时写了一首后来为王安石称赞的七言律诗
《安定城楼》：

迢递高城百尺楼，绿杨枝外尽汀洲。贾生年少虚垂涕，
王粲春来更远游。永忆江湖归白发，欲回天地入扁舟。不知

157

腐鼠成滋味，猜意鹓雏竟未休。

登上高城百尺楼，不要有王粲登楼时那种怀乡的哀思，要有他那远游的壮心。他自比富有才华的贾谊，叹息他徒然忧国挥泪向文帝慷慨陈辞。他要象范蠡那样，把越国从失败中振兴起来，灭吴雪耻之后，功成而退。高洁的鹓雏决不尝腐鼠的滋味。对于贾谊，他另有一首题为《贾生》的诗：

宣室求贤访逐臣，贾生才调更无伦。可怜夜半虚前席，
不问苍生问鬼神。

贾生的才调是无与伦比的，汉文帝刘恒请他来谈话，有问必答，刘恒听的出神了，谈到半夜还把坐位挪近他去细听；可惜刘恒不问天下苍生的大事，却问鬼神虚幻的事。诗人的唯物论思想，和他的《行次西郊一百韵》所说的，国家治乱"在人不在天"是一贯的。可是晚唐时代整个局势使他失望，帝王荒淫，藩镇割据，宦官气焰熏天，甚至杀了宰相，人们敢怒不敢言。他的朋友刘蒉性直敢言，被贬而死。他自己也写诗呼吁，但如石沉大海。于是他销沉，远大的抱负变成颓废的黄昏思想。他的《乐游原》绝句道：

向晚意不适，驱车登古原。夕阳无限好，只是近黄昏。

夕阳虽然美丽，但已近黄昏，象征着个人和唐帝国的沉沦迟暮。又如《隋宫》中的"于今腐草无萤火，终古垂杨有暮鸦"，也蒙上了浓重的"日薄西山"之感。他还用"枯荷"、"残花"来象征个人和帝国的气息奄奄。如"秋阴不散霜飞晚，留得枯荷听雨声。"(《宿骆氏亭寄怀崔雍崔衮》)"荷叶生时春恨生，荷叶枯时秋恨成。"(《暮秋独游曲江》)"此花此叶长相映，翠减红衰愁煞人。"(《赠荷花》)"寻芳不觉醉流霞，倚树沉眠日已斜。客散酒醒深夜后，更持红烛赏残花。"(《花下醉》)醉后赏残花使我们不禁联想到法国象征派诗人波特莱尔的诗集《恶之花》(Baudelair：Les Fleurs du Mal)。

158

李商隐最见功力的作品是七律。他继杜甫之后致力于七律的创作，达到七律艺术的顶峰。他的唯美主义风格，也表现在这些七律中。例如最有名的《无题》：

> 相见时难别亦难，东风无力百花残。春蚕到死丝方尽，蜡炬成灰泪始干。晓镜但愁云鬓改，夜吟应觉月光寒。蓬山此去无多路，青鸟殷勤为探看。

人们读过这样的诗，，虽不能甚解；但只觉得美，在精神上得到一种新鲜的愉快。（梁启超语）这是一种朦胧的美，象征的美。读者隐约知道他的无题诗有关恋爱事件，但他没有明白说出来，好象谜语一般。如《锦瑟》、《碧城》、《日高》、《玉山》、《当句有对》、《代应》、《无题二首》、《无题四首》等等，都是谜语般难解的诗，也是为人们所称道的诗。

一千多年来，很多人想要揭开李商隐的谜底，但多遭到失败，元好问有"独恨无人作郑笺"的慨叹。清代的冯浩开始作"笺"，在《玉谿生诗集笺注》中首先证明他早年"学仙玉阳东"的事实，也认为李集中有不少艳情诗。近人苏雪林的专著《李义山恋爱事迹考》和陈贻焮的论文《李商隐恋爱事迹考辨》，初步揭开了谜底，对于了解义山的诗很有帮助。

苏雪林在三十年代作的考证，结论是："他平生曾恋爱过两种女子，一为修道之女冠，一为宫中之嫔御，二种恋史都难宣布，遂以诗谜方法来写。"陈贻焮在四十年后，（1977，刊《文史》第六辑）重加"考辨"，基本上肯定苏说而加以细节上的改正，说事迹的大致轮廓是："他早年在家乡怀州河内的玉阳山（王屋山的分支）学仙，那里有条玉溪，故自号玉溪生。他所在学仙的那个道观和玉真公主故院灵都观（一名灵都宫）邻近，各在玉溪一岸。当时灵都观内住着某入道公主和许多入道宫人，他爱上一个姓宋的，还和她的义妹另一入道宫人相知。她俩都是公主歌舞队中人，有较高的艺术修养，能歌善舞，擅长丝竹，且有一定的文化水平

159

……由于宫观森严，他们平常很难相见，经常托人暗中传递诗歌、书信……每年秋冬之际她们随公主回宫省亲，大约到明年开春后才能返玉阳，因此他们也备尝远别之苦。即使是这样痛苦的相爱也并未持续多久。后因事发，遭到有力者的干涉、迫害，他们的来往就更加受到限制了。出事后他曾趁法会之便潜入宫观探望她们，但可望而不可及。不久她们即随公主回宫；因受约束，行前也未能与他面别。大概已得知她们很难再来玉阳，他也随即回家。此后的一年夏天，他在长安偶然路遇那人一次，无奈车马匆匆，不及交谈，即已远去。他后来两次重过玉阳时都曾前往灵都观凭吊往事，大有人去楼空之感。他终于在长安找到那人和她的结拜姊妹，才知道她们回京后是住在长安永崇里华阳公主的遗观中；只是因时过境迁，加上仍受限制，这事也就不了了之。

我看这一说法比较可信，由此玉谿生诗中的许多无题诗，比较容易解释了。比如《玉山》这一首：

玉山高与阆风齐，玉水清流不贮泥。何处更求回日驭？此中兼有上天梯。珠容百斛龙休睡，桐拂千寻凤要栖。闻道神仙有才子，赤箫吹罢好相携。

这是说他在玉阳山学仙，与他相爱的那个人所在的宫观隔溪对峙，玉溪水清，有梯可上，我要到那桐拂千寻处去，趁入道公主入睡时，才有会见的机会。这是写恋情的开始。上面引的《无题》（相见时难）是叙说相见不易，苦苦相思，蓬山不远，只能托青鸟（使者）代为探望。又如《圣女祠》：

松篁台殿蕙香帏，龙护瑶窗凤掩扉。无质易迷三里雾，不寒长著五铢衣。人间定有崔罗什，天上应无刘武威。寄向钗头两白燕，每朝珠馆几时归？

居处壮丽，服饰奢华的圣女祠是指情人所在的玉真公主修道的灵都观，问那个戴神女玉燕钗的女道士几时回来？因为她常随公主回宫省亲，使二人有远离之苦。《无题四首》其一：

160

来是空言去绝踪，月斜楼上五更钟。梦为远别啼难唤，书被催成墨未浓。蜡照半笼金翡翠，麝熏微度绣芙蓉。刘郎已恨蓬山远，更隔蓬山一万重。

咫尺千里，魂梦颠倒，五更钟声不知别情。听到远别的消息，匆匆修书赠别，烧香礼赞。平日难见，如今更隔蓬山万重。

封建时代爱情十九落得悲剧的结局。事情被发现了，遭到更大的阻隔，著名的《碧城三首》就是写这时的心情：

碧城十二曲栏干，犀辟尘埃玉辟寒。阆苑有书多附鹤，女床无树不栖鸾。星沉海底当窗见，雨过河源隔座看。若是晓珠明又定，一生长对水精盘。

对影闻声已可怜，玉池荷叶正田田。不逢箫史休回首，莫见洪崖又拍肩。紫凤放娇衔楚佩，赤鳞狂舞拨湘弦。鄂君怅望舟中夜，绣被焚香独自眠。

七夕来时先有期，洞房帘箔至今垂。玉轮顾兔初生魄，铁网珊瑚未有枝。检与神方教驻景，收将凤纸写相思。武皇内传回明在，莫道人间总不知。

事情被发现后不久，她们姊妹随同入道公主回长安去，住进华阳公主的遗观中，再也不回玉阳山了，他也学仙不成而回京还俗。有一年夏天，在京中偶然遇到她，但车子隆隆而过，未及交谈。《无题二首》云：

凤尾香罗薄几重，碧文圆顶夜深缝。扇裁月魄羞难掩，车走雷音语未通。曾是寂寥金烬暗，断无消息石榴红。斑骓只系垂杨岸，何处西南待好风？

重帏深下莫愁堂，卧后清宵细细长。神女生涯原是梦，小姑居处本无郎。风波不信菱枝弱，月露谁教桂叶香！直道相思了无益，未妨惆怅是清狂。

后来他于回故乡之便，重访玉阳山，不胜人去楼空之慨。他写了《重过圣女祠》：

161

白石岩扉碧藓滋，上清沦谪得归迟。一春梦雨常飘瓦，尽日灵风不满旗。萼绿华来无定所，杜兰香去未移时。玉郎会此通仙籍，忆向天阶问紫芝。

这首诗可能是较晚些年月写的；到晚年（他活到四十五岁）时还回忆这段恋情，写了《锦瑟》：

锦瑟无端五十弦，一弦一柱思华年。庄生晓梦迷蝴蝶，望帝春心托杜鹃。沧海月明珠有泪，蓝田日暖玉生烟。此情可待成追忆，只是当时已惘然。

李商隐的爱情诗是晚唐唯美主义思潮中的一面旗帜。多写个人感情，多作哀感愁苦之词，在艺术技巧上有所发展。

三 温庭筠和花间派

温庭筠（约812—约870）字飞卿，是个风流倜傥的花花公子。他的诗和李商隐一样，文彩绮靡，含意暗昧；但有时比较清丽，如"晴碧烟滋重叠山，罗屏半掩桃花月"（《击瓯歌》），"江风吹巧剪霞绡，花上千枝杜鹃血。"（《锦城曲》），"百舌问花花不语，低回似恨横塘雨"（《惜春词》），"团圆莫作波中月，洁白莫为波上雪；月随波动碎㷠㷠，雪似梅花不堪折"（《三洲词》）等都有锦绣斑烂的文彩。此外也有瑰丽而脍炙人口的名诗，如：

溪水无情似有情，入山三日得同行。岭头便是分头处，惜别潺湲一夜声。（《分水岭》）

冰簟银床梦不成，碧天如水夜云轻。雁声远过潇湘去，十二楼中月自明。（《瑶瑟怨》）

水流花落叹浮生，又伴游人宿杜城。还似昔年残梦里，透帘斜月独闻莺。（《宿城南亡友别墅》）

晨起动征铎，客行悲故乡。鸡声茅店月，人迹板桥霜。槲叶落山路，枳花明驿墙；因思杜陵梦，凫雁满回塘。（商

162

温庭筠和李商隐齐名，温诗不如李，但他精于音律，在词的创作艺术成就上却有空前的地位。他是最早的词作家，正站在诗词盛衰的交叉点上。在他之前虽也有偶然填几首词的，但不过是尝试，到了他专力于词之后，词便成了时代的代表文学了。五代两宋都是词的时代，也是温庭筠替唯美主义文学开拓了的新领土。

温庭筠从没落贵族家庭出身，出入歌楼妓馆，"能逐弦吹之音，为侧艳之词"，虽有"温八叉"的才名，但为士大夫们所不齿；更遭"朝代末"的动荡，终身潦倒，对于不幸的歌妓们的处境颇为同情。在他那题材狭窄的词作中，既表达了她们不幸的生活，又抒发了自己怀才不遇的感情。他因熟悉她们的生活，故善于描写她们的容貌、服饰和起居情况，如下面两首《菩萨蛮》：

小山重叠金明灭，鬓云欲度香腮雪。懒起画蛾眉，弄妆梳洗迟。　照花前后镜，花面交相映。新帖绣罗襦，双双金鹧鸪。

水精帘里颇黎枕，暖香惹梦鸳鸯锦。江上柳如烟，雁飞残月天。　藕丝秋色浅，人胜参差剪。双鬓隔香红，玉钗头上风。

他写的一些恋情或闺情的小词是相当深刻的，虽然有过于雕琢和柔弱的表现，却仍不少千载传诵的佳句，如：

梳洗罢，独倚望江楼，过尽千帆皆不是，斜晖脉脉水悠悠，肠断白苹洲。（《梦江南》）

玉炉香，红蜡泪，偏照画堂秋思。眉翠薄，鬓云残，夜长衾枕寒。　梧桐树，三更雨，不道离情正苦。一叶叶，一声声，空阶滴到明，（《更漏子》）

玉楼明月长相忆，柳丝袅娜春无力。门外草萋萋，送君闻马嘶。　画罗金翡翠，香烛销成泪。花落子规啼，绿窗残梦迷。（《菩萨蛮》）

163

温庭筠既在诗、词交替时代站在中枢地位，又为词的风格定了唯美主义的调子；他便成了五代文学史上唯美主义的中坚人物。他的影响及于词的整个时期，特别是在五代时的"花间派"。

五代时后蜀的赵崇祚于940年选辑了以温庭筠为首的十八家词，编为《花间集》，词风大体一致，都是温庭筠的遗风，后人称为花间词人，"花间"二字，象征唯美思潮。欧阳炯《花间集序》说：

> 杨柳大堤之句，乐府相传；芙蓉曲渚之篇，豪家自制。莫不争高门下，三千玳瑁之簪；竞富樽前，数十珊瑚之树。则有绮筵公子，绣幌佳人，递叶叶之花笺，文抽丽锦；举纤纤之玉指，拍按香檀。不无清绝之词，用助娇娆之态。自南朝之宫体，扇北里之娼风。何止言之不文，所谓秀而不实。

陆游《花间集跋》说："方斯时天下岌岌"，"士大夫乃流宕至此"！有这样的社会风气，产生这样的文艺风尚，犹西方的"世纪末"社会产生了现代派的文风。许多同志认为西方现代派和晚唐五代的唯美诗词只是词藻的堆积而没有任何内容；其实不尽然，其中也有真实的抒情，也有社会情况的反映。

花间词人除温庭筠外，以韦庄为代表。韦庄（836—910）字端己，韦应物四世孙。有《浣花集》十卷。晚年入蜀，帮助王建建立西蜀。端己生当朝代末期，黄巢起义给他深刻的印象，写了一篇著名的七言长篇叙事诗《秦妇吟》，用秦妇的口叙述当时的社会情景，传诵甚广，被称为"秦妇吟秀才"。诗中有"内库烧为锦绣灰，天街踏尽公卿骨"之句，后来引起公卿们的介意，虽然作者要避讳，但已流传在外，不能收回，敦煌写本中也有很多。我们现在只能读到从外国抄回来的残本。王国维作了《秦妇吟跋》，陈寅恪作了《秦妇吟校笺》。该诗有认识的价值，虽然我们不能要求一千年前封建贵族出身的文人站在起义者的立场上去写作。

他的词多写婉恋的离情别绪，缠绵悱恻。如《女冠子》二

164

首：

> 四月十七，正是去年今日。别君时，忍泪佯低面，含羞半敛眉。　不知魂已断，空有梦相随。除却天边月，没人知。

> 昨夜夜半。枕上分明梦见。语多时，依旧桃花面，频低柳叶眉。　半羞还半喜，欲去又依依。觉来知是梦，不胜悲。

韦庄词和其他花间词不同处是在写真实的爱情，他有个爱姬，当他入蜀后时常惦记着她，写词表示恨别之情，如《菩萨蛮》：

> 洛阳城里春光好，洛阳才子他乡老。柳暗魏王堤，此时心转迷。　桃花春水绿，水上鸳鸯浴。凝恨对残晖，忆君君不知。

爱姬死后，他写了些悼亡的诗词，如《荷叶杯》二首：

> 记得那年花下，深夜。初识谢娘时，水堂西面画帘垂，携手暗相期。　惆怅晓莺残月，相别。从此隔音尘。如今俱是异乡人，相见更无因。

> 绝代佳人难得，倾国。花下见无期，一双愁黛远山眉，不忍更思惟。　闲掩翠屏金凤，残梦。罗幕画堂空。碧天无路信难通，惆怅旧房栊！

又如《谒金门》：

> 空相忆，无计得传消息。天上嫦娥人不识，寄书何处觅。　新睡觉来无力，不忍把君书迹。满院落花春寂寂，断肠芳草碧。

"碧天无路信难通"，"天上嫦娥人不识"，都是说天上与人间无由通消息。

此外，牛峤及其侄希济、李珣、欧阳炯等也是比较重要的花间词人。作《花间集序》的后蜀欧阳炯以艳词著称，代表花间派的另一面。他的《浣溪沙》被说成"自有艳词以来，未有艳于此

165

者。"（况周颐《蕙风词话》）比较健康的如《江成子》：

> 晚日金陵岸草平。落霞明，水无情。六代繁华，暗逐逝
> 波声。空有姑苏台上月，如西子镜照江城。

又如《春光好》：

> 天初暖，日初长，好春光。万汇此时皆得意，竞芬芳。
> 笋迸苔钱嫩绿，花偎雪坞浓香。谁把金丝裁剪却，挂斜阳。

四　冯延巳、李璟和李煜

五代时的南唐，犹如六朝时的梁、陈，都偷安于江南，度其金粉生涯，寄情声乐，极意歌词，风格、思想也类似，达到唯美主义的高潮。到了亡国于宋之后，只好过以眼泪洗面的日子。而亡国偏多风雅人，以二主的才华，对着锦绣江山，不免尽情歌舞享乐。南唐竟成为一时文艺繁荣的中心。这个小王国的中主李璟、后主李煜和宰相元老冯延巳便是代表的南唐词人。

冯延巳（903—960）字正中，扬州人，官至宰相，有《阳春集》词一百多首。他的词作特色是多抒写人物内心的哀愁，少写妇女的容貌、服饰。文字也较清新，不象花间派的堆砌、雕琢。他是个宰相，又是王国的元老，在抒写缠绵悱恻的闲情、春愁时，不能不流露对王朝没落的忧虑。他的代表词作如《谒金门》：

> 风乍起，吹绉一池春水。闲引鸳鸯香径里，手挼红杏蕊。斗
> 鸭阑干独倚，碧玉搔头斜坠。终日望君君不至，举头闻鹊喜。

《采桑子》：

> 花前失却游春侣，独自寻芳，满目悲凉。纵有笙歌亦断
> 肠。　　林间戏蝶帘间燕，各自双双，忍更思量。绿树青苔
> 半夕阳。

《鹊踏枝》四首：

> 谁道闲情抛掷久？每到春来，惆怅还依旧。旧日花前常

166

病酒。不辞镜里朱颜瘦。　　河畔青芜堤上柳。为问新愁，何事年年有？独立小桥风满袖。平林新月人归后。

几日行云何处去。忘却归来，不道春将暮。百草千花寒食路。香车系在谁家树。　　泪眼倚楼频独语，双燕飞来，陌上相逢否？撩乱春愁如柳絮。悠悠梦里无寻处。

萧索清秋珠泪坠。枕簟微凉，展转浑无寐。残酒欲醒中夜起。月明如练天如水。　　阶下寒声啼络纬。庭树金风，悄悄重门闭。可惜旧欢携手地。思量一夕成憔悴。

庭院深深深几许。杨柳堆烟，帘幕无重数。玉勒雕鞍游冶处。楼高不见章台路。　　雨横风狂三月暮。门掩黄昏，无计留春住。泪眼问花花不语。乱红飞过秋千去。

《更漏子》：

玉炉烟，红烛泪。偏对画堂秋思。眉翠薄，鬓云残。夜来衾枕寒。　　梧桐树，三更雨。不道离情最苦。一叶叶，一声声。空阶滴到明。

此外，如"将远恨，上高楼。寒江天外流。"（《更漏子》）、"山如黛，月如钩。笙歌散，魂梦断，倚高楼。"（《芳草渡》）、"独倚梧桐，闲想闲思到晓钟。"（《采桑子》）、"云雨已荒凉，江南草木长。"（《菩萨蛮》）、"晚风斜日不胜愁"。（《浣溪沙》）等句都隐含南唐国势衰微的隐忧。

李璟（916—961）即中主，即位初还能扩展国土到福建，成为南方大国，纵情声色，后期遭到内忧外患，国势衰落，只好向北周屈服称臣。他留下四首词，都带颓废、感伤的情调，其中有两首可为代表作：

风压轻云贴水飞。乍晴池馆燕生泥。沈郎多病不胜衣。　　沙上未闻鸿雁信，竹间时有鹧鸪啼。此情惟有落花知。（《浣溪沙》）

菡萏香销翠叶残。西风愁起绿波间。还与韶光共憔悴，

不堪看！　　细雨梦回鸡塞远，小楼吹彻玉笙寒。多少泪珠
无限恨，倚阑干。（《摊破浣溪沙》）

中主曾戏问宰相延巳："'吹绉一池春水'干卿底事？"延巳答道：
未若陛下'小楼吹彻玉笙寒'也。"在笑谈的背后，实有"风乍起"
和"多少泪珠无限恨"的感伤情绪，充满着"众芳芜秽，美人迟暮"
之感。

李煜（937—978）字重光，南唐最后的国王，世称李后主。
他多才多艺，工书，善画，晓音律，兼好佛法；善于作词而不善
于治国。961年，他继中主即位时，已是宋太祖赵匡胤灭周建国
的第二年，南唐只靠金银贡物仰人鼻息下，过了十几年的奢靡生
活。975年宋军兵临金陵城下，李煜正在净居室听经，仓忙肉袒
出降，从此作了俘囚，过二年余，于978年的七夕被毒死。

李煜的词可分为被俘囚的前后两期，前期多写宫庭的豪华生
活，是南朝宫体诗和花间派词风的继续。如：《玉楼春》：

晚妆初了明肌雪。春殿嫔娥鱼贯列。凤箫吹断水云闲，
重按霓裳歌遍彻。　　临风谁更飘香屑。醉拍阑干情未切。
归时休放烛花红，待踏马蹄清夜月。

在岌岌可危的形势之下，还恣意歌舞：所唱的无非是亡国之
音。待到危机更加深化后，才觉得必然没落的悲哀。如《清平
乐》：

别来春半。触目愁肠断。砌下落梅如雪乱。拂了一身还
满。　　雁来音信无凭。路遥归梦难成。离恨恰如春草，更
行更远还生。

这是他在亡国被俘前不久时写的；沉重的心，预觉得家破人亡的
悲剧将临，离恨如春草般生长。"别来春半"，正如潘佑的残句所
说的"桃李不须夸烂熳，已输了春风一半"。

被俘囚后的生活和词风，来了个大转变；由帝王豪华的生活
一变而为囚徒"以眼泪洗面"的生活。残酷的现实，不仅使他从醉

168

生梦死中猛醒，还使他自觉身荷人生最沉重的孽债，参悟到宏观宇宙的哲理，用纯熟的艺术技巧，倾泻深沉的哀痛，彻悟永劫的无边苦海。而且总结了残唐五代的词坛。后期的词如：

《相见欢》

　　林花谢了春红。太匆匆。无奈朝来寒雨，晚来风。胭脂泪。留人醉。几时重。自是人生长恨，水长东。

《虞美人》：

　　春花秋月何时了？往事知多少！小楼昨夜又东风。故国不堪回首月明中。雕阑玉砌依然在。只是朱颜改。问君能有几多愁？恰似一江春水向东流！

《浪淘沙》：

　　帘外雨潺潺，春意阑珊。罗衾不耐五更寒。梦里不知身是客，一饷贪欢。　　独自莫凭阑，无限江山。别时容易见时难。流水落花春去也，天上人间！

李后主的词是残唐五代文艺的结束，在政治上是动荡的暂时结束，在词的发展上，开创了艺术技巧的新成就，显示其进一步发展的潜力，使在宋代高度繁荣，成了时代的代表文学。

五　宋初西昆体和反西昆体

北宋初的统一，结束了二百年的动乱、割据局面，农业、手工业得以发展，社会呈现繁荣景象。宋王朝为了粉饰太平，提倡诗赋，君臣唱和风气，继续发展残唐五代以来的浮靡文风，西昆派的形成便是集中的表现。杨亿编的《西昆酬唱集》是该派名称的由来。

杨亿（974—1020）字大年，福建浦城人，早有文名，为太宗、真宗所赏识，官至工部侍郎、翰林学士兼史馆编修，所编《西昆酬唱集》是他和刘筠、钱惟演等十几个御用文人点缀太平的诗歌总集。杨亿在序中说："余景德中（1004—1007）忝佐修书之任，得群公之游，时今紫微钱君希圣、秘阁刘君子仪并负艳文，尤精雅道，雕章丽句，脍炙人口……因以历览遗编，研味前作，挹其芳润，发于希慕，更迭唱和，互相切劘。"他们歌咏前代帝王、宫庭故事、男女爱情或官僚生活，咏梨、泪、柳絮等物。他们扬言学习李商隐，实是片面地发展了李商隐的形式主义。写历史故事并非怀古喻今，写相思实无真情，只是搬弄陈腐典故，堆砌些华辞丽藻，杂凑成章。例如杨亿的《无题》：

> 铜盘蕙草起青烟，斗帐香囊四角悬。沈约愁多徒自苦，相如意密有谁传？金塘雨过犹疑梦，翠袖风回祇恐仙。日上秦楼休寄咏，东方千骑拥辎軿。

诗的上六句写多愁多病的才子如何思想佳人，结二句却袭用了《陌上桑》的典故，不伦不类，单求声律谐和、对仗工整的文字消遣。又如钱惟演的《泪》：

> 鲛盘千点怨吞声，蜡炬风高翠箔轻。夜半商陵闻别鹤，酒阑安石对哀筝。银屏欲去连珠迸，金屋初来玉箸横。马上悲歌寄黄鹄，紫台回首暮云平。

把各种有关泪的典故堆积在一起，真正是摆饰的玩艺，形式主义的作品。开国后的富贵气小摆饰比朝代末的颓废唯美主义更加缺乏内容。这样的文风竟流行了半个世纪。引起反感是理所当然的。

宋初，柳开（947—1000）以继承韩柳古文传统为己任，宣扬孔、孟、扬、韩之道，之文，但他自己的古文有"辞涩言苦"的缺点，影响不大。同时在诗文的理论和创作上都有一些成就的王禹偁（954—1001）最早提倡杜甫、白居易现实主义传统，慨叹当时的浮薄诗风，说"可怜诗文日已替，风骚委地何人收！"，"谁怜所好还同我，韩柳文章李杜诗！"但作用也不大。禹偁之后有姚铉（968—1020）选编《唐文粹》突出韩柳的古文。还有穆

170

修（979—1032）在西昆体风行正盛时，刻印韩柳集几百部在京发行，为诗文改革运动开辟道路。到了真宗祥符二年（1009）下诏复古，指斥侈靡浮艳的文风。到了仁宗即位（1023），欧阳修、梅尧臣、苏舜钦等名家登上文坛时，复古与革新运动一时称盛，才把西昆派打败。

欧阳修（1007—1072）字永叔，号醉翁、六一居士，庐陵人，有《欧阳文忠集》。他二十四岁进士及第，在西昆派头子钱惟演的幕府里作幕僚，和尹诛、梅尧臣等唱和、提倡古文，后来逐渐成为政治上的要人和文坛领袖。由于他的倡导、提拔、揄扬，王安石、曾巩和三苏的诗文，名重一时，这五位加上他自己，得与韩柳并列而为古文的"唐宋八大家"，对后代有极深远的影响。

欧阳修的诗文改革理论和韩愈一样，强调儒道为内容，文章为形式，文学当为政治服务。他的诗、词、文都很有名。其散文的成就最大，无论是状物写景或叙事述怀，都摇曳生姿。如《醉翁亭记》、《泷冈阡表》、《秋声赋》等从容委婉，自然流畅，有艺术上的独创性。他的散文虽说是学韩的，但风格与韩各异。韩文如波涛汹涌的长江大河；欧文则如澄碧荡漾的湖泊。前者雄辩滔滔，一泻千里；后者娓娓而谈，含蓄蕴籍。

欧阳修的诗也是学韩的，往往有奇怪的设想，如《凌溪大石》等。诗中好发议论，以文为诗等毛病也学来了。不过他自己的清新自然风格对于扫除西昆浮艳起过作用。

他的词却顺着文艺思潮更大的潮流——唯美的倾向。刘熙载《艺概》说，"冯延巳词，晏同叔得其俊，欧阳永叔得其深。"就是说，他的词是继承五代花间、南唐的唯美传统，和他同时代的晏殊相似而比较深刻。所谓深刻者就是表现感情较为真挚。如：

清晨帘幕卷轻霜，呵手试梅妆。都缘自有离恨，故画作远山长。　思往事，惜流芳，易成伤。拟歌先敛，欲笑还

171

翠，最断人肠！（《诉衷情》）

　　候馆梅残，溪桥柳细，草熏风暖摇征辔。离愁渐远渐无穷，迢迢不断如春水。　　寸寸柔肠，盈盈粉泪，楼高莫近危栏倚。平荒尽处是春山，行人更在春山外。（《踏莎行》）

有些人替欧阳修辩护，说这些侧艳之词不是他自己写的，如陈质斋说："欧阳公多有与《花间》相溷，鄙亵之语厕其中，当是仇人无名子所为也。"其实象欧阳公那样真诚坦率的性情是不愿被人剥夺其词的著作权的。况且北宋还不是道学专制的时代，写作艳词并不犯禁，欧阳修和同时代的晏氏父子、范仲淹等都不以为讳。

　　看来，欧阳修反对的是五代以来，特别是西昆派的堆积辞藻而内容空虚的文风，而不反对美——自然的美和人间的美。他在散文中的简洁、流畅、婉转，在词作中的清新、真挚、风流蕴藉，显露他的风格特点。

六　北宋的婉约词派

　　北宋收拾了残唐五代的分裂局势，统一了中国，建立了中央集权的专制政治；但在这新的政治体制下，官僚机构臃肿，尾大难掉，消耗了进取的精神。对外屡屡失败，便在外交上事事退让，务求苟安和平而屈辱容忍；对内则在各方的牵制下，只求敷衍，并无远大的计划，虽有志士仁人也无能为力。例如王安石的变法维新，规模、气势都相当大，但在苟安保守的势力牵制之下，终于失败。在不死不活的政治空气中，一般文人只好苟且偷生，在文学思想方面继承唯美主义思潮，而且把它推进到最后的阶段。

　　诗到北宋时已是强弩之末，词起而代之。北宋是词的大发展时代，也是唯美主义的高潮时代。

谈宋词者往往把它分为婉约、豪放二派，其实整个北宋是婉约派的时代，南宋才是豪放派的时代。从温庭筠以来，五代、北宋都把婉约的风格做为词的传统。宋初的晏殊（991—1055）字同叔，是志满意得的达官贵人，和冯延巳相似，词风也相近。他的词集《珠玉词》和冯的《阳春集》可以相混。如《浣溪沙》二首：

一曲新词酒一杯，去年天气旧亭台。夕阳西下几时回？无可奈何花落去，似曾相识燕归来。小园香径独徘徊。

一向年光有限身，等闲离别易消魂。酒筵歌席莫辞频。满目山河空念远，落花风雨更伤春。不如怜取眼前人。

范仲淹（989—1052）字希文，是个政治上有抱负，军事上"胸中自有数万甲兵"的将才，他是宋古文的圣手，虽不在"八大家"之内，他的《岳阳楼记》可算是北宋古文的冠冕，不仅写出洞庭气象万千的胜景，而且写出"先天下之忧而忧，后天下之乐而乐"的胸怀。他的边塞词《渔家傲》正是这种胸怀的具体表现："人不寐，将军白发征夫泪！"虽说突破了男女与风月的界线，但就遗作的比例来看，更多的仍是界线内的词，如《苏幕遮》：

碧云天，黄叶地，秋色连波，波上寒烟翠。山映斜阳天接水，芳草无情，更在斜阳外。　黯乡魂，追旅思，夜夜除非，好梦留人睡。明月楼高休独倚，酒入愁肠，化作相思泪！

苏轼（1037—1101）字子瞻，号东坡居士，一向被视为豪放派的创始人。他的词风的确和婉约派不一样，诚如某幕士所云："柳郎中词，只好十七八女孩儿执红牙拍板唱'杨柳岸，晓风残月'；苏学士词须关西大汉执铜琵琶铁绰板唱'大江东去'。"他冲破了词的藩篱，开阔了广阔园地，用豪迈的笔锋咏史、怀古，说理、谈玄，描写江山景色，叙述郁结情怀，为南宋爱国新词的先驱。

173

其实苏东坡的词在北宋还未成派，苏门词人中秦观和贺铸最为著名，但他们的风格却近于柳永，成了婉约派的台柱。黄庭坚、晁补之稍有豪放气，但都不是第一流词人。况且东坡自己的词也不都是象"大江东去"那样豪放的，他的婉约之作并不少，如《洞仙歌》：

> 冰肌玉骨，自清凉无汗。水殿风来暗香满。绣帘开，一点明月窥人；人未寝，欹枕钗横鬓乱。起来携素手，庭户无声，时见疏星渡河汉。试问夜如何？夜已三更，金波淡，玉绳低转。但屈指、西风几时来，又不道、流年暗中偷换。

又如《蝶恋花》：

> 花褪残红青杏小。燕子飞时，绿水人家绕。枝上柳绵吹又少，天涯何处无芳草！　墙里秋千墙外道，墙外行人，墙里佳人笑。笑渐不闻声渐悄，多情却被无情恼。

这些词的缘情绮靡，比较柳永也不见逊色。周保绪竟说："人赏东坡粗豪，吾赏东坡韶秀。韶秀是东坡佳处，粗豪则病也。"这是站在婉约派的观点说的话；东坡的豪迈词因为是初创，对旧传统有所突破，难免有人说他"粗豪"，但影响很大，使南宋词发展到了高峰。

婉约派是北宋的正宗词派，风格要艳丽，造句要工整，音律要和协。这派由柳永发端，秦观、贺铸建立，周邦彦、李清照等集大成。

柳永（约987—约1053）字耆卿，原名三变，闽崇安人，是北宋第一个专力写词的作家，有《乐章集》。少年时就通晓音律，擅长词曲，认识许多歌妓，为她们填词作曲，给人以"浪子"的形象，有人推荐他给仁宗（赵祯），得了四个字的批语："且去填词"。他从此自称"奉旨填词柳三变"，在京都、苏、杭等地流浪，受尽白眼。后来改名柳永，考中进士，做过小官屯田员外郎，世称柳屯田。

174

柳永发展了长调慢词，善于用民间俚语和铺叙的手法，反映中下层市民生活。他的词流行极广，"凡有井水处，即能歌柳词"。最著名的是《雨霖铃》：

> 寒蝉凄切，对长亭晚，骤雨初歇。都门帐饮无绪，留恋处，兰舟催发。执手相看泪眼，竟无语凝噎。念去去，千里烟波，暮霭沉沉楚天阔。　　多情自古伤离别，更那堪、冷落清秋节！今宵酒醒何处？杨柳岸、晓风残月。此去经年，应是良辰好景虚设。便纵有、千种风情，更与何人说！

这是柳永的代表作，写他仕途失意，离京远行，加上失去爱情的痛苦，在冷落的秋景里，衬出生活前途的黯淡。真情实感，如行云流水，非常自然生动。又如《夜半乐》：

> 冻云暗淡天气，扁舟一叶，乘兴离江渚。渡万壑千岩，越溪深处，怒涛渐息，樵风乍起，更闻商旅相呼，片帆高举，泛画鹢翩翩过南浦。　　望中酒旆闪闪，一簇烟村，数行霜树。残日下、渔人鸣榔归去。败荷零落，衰杨掩映。岸边两两三三，浣纱游女，避行客、含羞相笑语。到此因念：绣阁轻抛，浪萍难驻。叹后约丁宁竟何据？惨离怀、空恨岁晚归期阻。凝泪眼、杳杳神京路，断鸿声远长天暮。

这是用旧曲名创制的长词，共一百四十四字，抒发作者到处奔波，仕途失意的心情。长词分三叠，先说路途所经，次言途中所见，最后说去国离别之情。层次分明，情景交融。

《玉蝴蝶》也是写离愁别绪的名作，这儿远别的是文友，在梧叶飘黄的秋愁里思念故人，立尽斜阳，情真意笃。且隐含对当时贵族排斥歧视他的不满，引起广大读者的同情。词云：

> 望处雨收云断，凭阑悄悄，目送秋光。晚景萧疏，堪动宋玉悲凉。水风轻、苹花渐老，月露冷、梧叶飘黄。遣情伤，故人何在？烟水茫茫。　　难忘：文期酒会，几孤风月，屡变星霜。海阔山遥，未知何处是潇湘？念双燕、难凭远信，

175

183

指暮天、空识归航。踏相望，断鸿声里，立尽斜阳。

秦观（1049—1100）字少游，号淮海居士，留有《淮海词》九十首。他是"苏门四学士"中最长于词的。三十七岁因苏轼的推荐，任秘书省正字，1094年章惇当政时，被斥，贬监处州酒税，又徙郴州、雷州，卒于藤州，一生潦倒。

秦观小令似《花间》，又象李煜，慢词比得上柳永。他的成名作《满庭芳》云：

> 山抹微云，天黏衰草，画角声断谯门。暂停征棹，聊共饮离尊。多少蓬莱旧事，空回首、烟霭纷纷。斜阳外，寒鸦数点，流水绕孤村。　　销魂！当此际，香囊暗解，罗带轻分。漫赢得青楼、薄幸名存。此去何时见也？襟袖上、空染啼痕。伤情处，高城望断，灯火已黄昏。

这首慢词何等象柳永的作品，所以苏东坡有"'山抹微云'秦学士；'露华倒影'柳屯田"之句。秦观这首词作于三十一岁时，当时他在政治上还未有出路，和柳永一样奔波，反映封建社会失意知识分子的不幸遭遇。

秦词和柳永的相象处，还有感情的真挚，以多愁善感的诗人气质，倾吐凄苦的心情。如在四十八岁时受到排斥，被一再贬谪，远徙郴州时写的《踏莎行——郴州旅舍》：

> 雾失楼台，月迷津渡，桃源望断无寻处。可堪孤馆闭春寒，杜鹃声里斜阳暮！　　驿寄梅花，鱼传尺素，砌成此恨无重数。郴江幸自绕郴山，为谁流下潇湘去？

传说苏东坡很喜欢"郴江幸自绕郴山，为谁流下潇湘去？"两句，因为东坡自己曾被贬谪到更远的地方去，能体会秦观这种又希望又失望的心情。

贺铸（1063—1120；夏承焘《唐宋词人年谱》作1052—1125）字方回，原籍山阴，生长卫州，晚年居苏州，有《东山词》）。他性格豪爽，喜谈时事，但他的词却多退隐的消极思想。

176

他工造语，精音律，好婉丽之词。他自己说，"吾笔端驱使李商隐、温庭筠，当使奔命不暇。"《青玉案》词中有"试问闲愁都几许？一川烟草，满城风絮，梅子黄时雨。"时人称为"贺梅子"。张耒在《东山词序》里说："方回乐府妙绝一世，盛丽如游金、张之堂，妖冶如揽嫱、施之袪，幽索如屈、宋，悲壮如苏、李。"表明贺词的多样性。他对正宗词派的贡献在于讲究音律。

周邦彦（1056—1121）字美成，号清真居士，钱塘人，有《片玉集》。宋徽宗任他为大晟乐府的提举官，创制和整理乐曲。他深通古音古调，所作音律与词情兼美，自为当行。他的词作内容多男女之情，步柳永的后尘。例如他的代表作《兰陵王》：

> 柳阴直，烟里丝丝弄碧。隋堤上，曾见几番，拂水飘绵送行色。登临望故国。谁识京华倦客？长亭路，年去年来，应折柔条过千尺。　闲寻旧踪迹。又酒趁哀弦，灯照离席。梨花榆火催寒食。愁一箭风快，半篙波暖，回头迢递便数驿，望人在天北。　凄恻，恨堆积。渐别浦萦回，津堠岑寂。斜阳冉冉春无极。念月榭携手，露桥闻笛。沈思前事，似梦里，泪暗滴。

王国维说他"曼声促节，繁会相宣，清浊抑扬，辘轳交往，两宋之间，一人而已。"这是说周邦彦是北宋当行词的集大成者。

周邦彦和宋徽宗（赵佶）、李师师之间三角恋爱的传说虽是荒唐的，但也表现北宋末年朝廷内幕的荒唐。赵佶是一国之主，竟把国家大事交给奸臣污吏，自己却一头钻进书画音乐里。终于成为俘囚，落得个和李煜一样的命运，只能用哀感繁艳的词去悼念梦中的繁华，如《眼儿媚》：

> 玉京曾忆旧繁华，万里帝王家。琼楼玉殿，朝喧弦管，暮列笙琶。　花城人去今萧瑟，春梦绕胡沙。家山何处？忍听羌管，吹彻《梅花》？

177

亡国之音哀以思。北宋的正宗词派，婉约派，随着赵佶的没落而没落，随着北宋朝廷的结束而结束。

在两宋之间产生了一位杰出的女词人李清照（1084—约1151）号易安居士，生于济南的柳絮泉。她生活在一个文艺气息浓厚的家庭里，从少便有诗名。她十八岁和太学生赵明诚结婚，共同研究金石学，创作诗词。靖康二年（1127）金兵南下，二人相继避兵江南，丢失大量珍贵的藏书和金石书画。不久明诚病死，她只好孤苦地度过不平静的晚年。作品散失很多，只流传《漱玉词》一卷和一些诗文断片。

李清照是北宋正宗词派婉约派的最后一个代表作家，又是南宋新词坛最初的作家。她前期的词不仅是唯美派的女代表，且是北宋婉约派最完美的作家。她那时一方面是最大胆的女诗人，如王灼《碧鸡漫志》所说："作长短句能曲折尽人意，轻巧尖新，姿态百出。闾巷荒淫之语，肆意落笔；自古缙绅之家能文妇女，未见如此无顾藉也"。另一方面，她精于音律并注意语言规范化和艺术美。在她的《词论》中对北宋诸大词人多有批评，如说晏、欧、苏词为句读不葺之诗，往往不协音律；说柳永虽协音律而词语尘下。她自己确能做到两美的地步，有人还说她是北宋第一词人。如：

薄雾浓云愁永昼，瑞脑销金兽。佳节又重阳，玉枕纱厨，半夜凉初透。　　东篱把酒黄昏后，有暗香盈袖。莫道不销魂，帘卷西风，人比黄花瘦。

——《醉花阴》

红藕香残玉簟秋。轻解罗裳，独上兰舟。云中谁寄锦书来？雁字回时，月满西楼。　　花自飘零水自流。一种相思，两处闲愁。此情无计可消除，才下眉头，却上心头。

——《一剪梅》

后一首是她婚后不久，明诚负笈远游，她在家思念的情景。

178

后期的词风大变，个人的愁苦和国破家亡的哀怨交织在一起。如《声声慢》：

> 寻寻觅觅，冷冷清清，凄凄惨惨戚戚。乍暖还寒时候，最难将息。三杯两盏淡酒，怎敌他、晚来风急！雁过也，正伤心，却是旧时相识。　　满地黄花堆积，憔悴损，如今有谁堪摘？守着窗儿，独自怎生得黑！梧桐更兼细雨，到黄昏、点点滴滴。这次第，怎一个愁字了得！

这词所写的不只是个人的苦闷，而是动乱时代广大不幸妇女的苦难。愁苦产生诗歌，巧妙地用日常生活表现出凄凉的身世，运用大量的叠字，如大珠小珠落玉盘，加强渲染感情的力量，显示她的艺术才能。

又如《武陵春》：

> 风住尘香花已尽，日晚倦梳头。物是人非事事休，欲语泪先流。　　闻说双溪春尚好，也拟泛轻舟。只恐双溪舴艋舟，载不动、许多愁。

双溪在浙江金华，这词大概是她于1134年避乱到金华以后的作品。国愁家恨之深重，怕溪上小船载不动。她晚年赋《永遇乐》，末两句云："如今憔悴，风鬟雾鬓，怕见夜间出去。不如向帘儿底下，听人笑语！"刘辰翁说："诵易安《永遇乐》为之涕下。"这个感染力，部分由于隐约中的爱国思想。易安有真挚的爱国热情，在仅存的几首诗中充分表现出来了。如《夏日绝句》：

> 生当作人杰，死亦为鬼雄。至今思项羽，不肯过江东。

这是她在南宋初年北兵仓皇南遁时写的诗，称赞项羽在垓下战败时觉得没有面目去见江东父老，宁自刎于乌江，死为鬼雄。又如《题八咏楼》：

> 千古风流八咏楼，江山留与后人愁。水通南国三千里，气压江城十四洲。

这是她晚年避乱到金华时的作品，八咏楼在金华，内有碑刻沈约

179

的《八咏诗》，是幽雅的风景区，她在乱中游此，觉得江山如此多娇，如此气派，爱国之情油然。可惜她的诗文传下来的太少了。词虽然较多，但她认为"词别是一家"，爱国思想或政治内容的东西该用诗写。词只能隐约中表达一些。总之，李清照是北宋婉约派最后、最成熟的词人，又是南宋爱国诗词的最初作家。

七　宋诗的老境美

从晚唐到北宋，不少诗人爱惜晚景之美，如李商隐："夕阳无限好，只是近黄昏"（《乐游原》），"天意怜幽草，人间重晚晴"（《晚晴》）；杜牧："停车坐爱枫林晚，霜叶红于二月花"（《山行》）；北宋的寇準："日暮长廊闻燕语，轻寒微雨麦秋时"（《夏日》），"萧萧远树疏林外，一半秋山带夕阳"（《书河上亭壁》）；林逋："疏影横斜水清浅，暗香浮动月黄昏"（《梅花》）；梅尧臣："野凫眠岸有闲意，老树着花无丑枝"（《东溪》）；欧阳修："曾是洛阳花下客，野芳虽晚不须嗟"（《戏答元珍》）；王安石："春色恼人眠不得，月移花影上栏干"（《夜直》）；苏轼："横风吹雨入楼斜，壮观应须好句夸，雨过潮平江海碧，电光时掣紫金蛇"（《望海楼晚景》）；张耒："梧桐真不甘衰谢，数叶迎风尚有声"（《夜坐》），"日暮北风吹雨去，数峰清瘦出云来"（《初见嵩山》）；苏舜钦："晚泊孤舟古祠下，满川风雨看潮生"（《淮中晚泊犊头》）；孔平仲："老牛粗了耕耘债，啮草坡头卧夕阳"（《禾熟》）等等例子不胜枚举。这些能欣赏晚景的诗人大抵是经过忧患而挺过来的，而且是性格坚强，心胸开朗的乐观者，而不是意志薄弱，常作日暮途穷之想的感伤主义者。北宋词人多属后者，如云"念去去、千里烟波，暮霭沉沉楚天阔，……今宵酒醒何处？杨柳岸，晓风残月"。"可堪孤馆闭春寒，杜鹃声里斜阳暮！……郴江幸自绕郴山，为谁流下潇湘去？"等随处遇到日暮歧

180

路的哀叹。苏轼的心境开阔，音调强劲。他于1097年（六十二岁）被远贬到惠州，寓居嘉佑寺，贫病交加时写了《纵笔》一绝："白头萧散满霜风，小阁藤床寄病容。报道先生春睡美，道人轻打五更钟。"诗被宰相章惇看见了大为恼怒，因为见他如此远贬，仍能"春睡美"，便把他贬到更远更荒凉的儋耳，就是海南岛。九百年前海南岛是一片荒凉，人不堪其忧，而东坡食芋饮水，而著书以为乐。这种性格，不纯粹出于天性，实多由于修养。当他四十五岁谪黄州时，朋友们都有远别惘然之意，他却写信给朋友们说："吾侪虽老且穷，而道理贯心肝，忠义填骨髓，直须笑谈于死生之际。若见仆困穷便相郁悒，则与不学道者大不相远矣。"他五十五岁在杭州写过一首《赠刘景文》的绝句说："荷尽已无擎雨盖，残菊犹有傲霜枝。一年好景君须记，正是橙黄桔绿时。"一年好景不全在春和秋，秋去冬来时节正是最好的节候，"傲霜"可以锻炼骨气，也是韩琦所说的"莫嫌老圃秋容淡，且看黄花晚节香。"这是老境之所以美的一种标志。

北宋诗坛各派之间虽各有特色，但都有一种境界，就是欧阳修所说的"深远闲淡"的境界。这深远闲淡的境界是由于儒道佛三种思潮合流灌溉而长成的。由于儒家中庸敬恒的思想为基础，加上道家清静无为的人生观和佛家无欲解脱的教义，这三思潮合流，经六朝、隋唐、五代的演变，到宋代，成了深远闲淡的老境美。

宋诗和唐诗有很明显的区别。宋诗是主静的，近于图画，唐诗是主动的，近于音乐。论图画，唐宋也不同，唐多人物画，宋则是山水画的黄金时代。同样画水，唐的孙住喜欢画涛澜激浪，水石相冲激的状态；宋的孙白便画安稳的水，安详徐流的水。又如瓷器，唐瓷三彩的斑烂鲜艳，和宋瓷的细结净润，大不相同。宋诗的意境多平淡而幽远，例如：

洞水无声绕竹流，竹西花草弄春柔。茅檐相对坐终日，一鸟不鸣山更幽。

181

——王安石《钟山即事》

别院深深夏簟清，石榴开遍透帘明。树阴满地日当午，梦觉流莺时一声。

——苏舜钦《夏意》

小园寒尽雪成泥，堂角方池水接溪。梦觉隔窗残月低，五更春鸟满山啼。

——张耒《福昌官舍》

秋雨密无迹，濛濛在一川。孤村望渐远，去鸟飞已先。向晚云漏日，微光人倚船。安知偶自适，落岸逢沙泉。

——梅尧臣《发匀陵》

沧洲白鸟飞，山影落清晖。映竹犬初吠，弄船人未归。水波随月动，林翠带烟微。寺近疏钟起，萧然还掩扉。

——林逋《湖村晚兴》

读这些诗时会有一种深远闲淡、悠然自适的感觉。一幅幅的绘画，气韵生动，有的如关同之峭拔，有的如李成之旷远，有的如范宽之雄杰，虽风格各有不同，但都有平淡简易而意境幽远之致。"诗中有画，画中有诗"的风习，虽导源于王维，却发展于北宋。宋画又随着时代思潮而趋于闲淡的老境美：数竿静竹，几叶残荷，连水平线都没有的水面上缀着几点浮萍，这是简中简，实际上是深中深。

宋代诗话，一时并作，雨后春笋一般地产生。这些诗话的作者多主张深远闲淡的风格。如梅尧臣说："作诗无古今，惟造平淡难。"欧阳修说："古淡有真味。"苏轼说："欲令诗语妙，无厌空且静。静故了群动，空故纳万境。"黄庭坚说："妙在和光同尘，事须钩深入神。"吴可说："学诗须似学参禅。"陈师道说："学诗如学仙，时至骨自换。"而严羽的《沧浪诗话》说得更加明白：

夫诗有别材，非关书也；诗有别趣，非关理也。然古人未尝不读书不穷理。所谓不涉理路、不落言筌者上也。诗者吟咏

182

情性也。盛唐诗人惟在兴趣，羚羊挂角，无迹可求。故其妙处莹彻玲珑，不可凑泊，如空中之音，相中之色，水中之月，镜中之象，言有尽而意无穷。

严羽的以禅喻诗说，并不是他的独创，他的水月镜象说是司空图象外象的发展。唯美倾向的文学思潮时期的理论家，以皎然和司空图为代表，尤其是后者影响更大。司空图（837—908）生活在大动乱时代，不敢面对现实，只能退而搞为艺术而艺术。他的《诗品》虽然是论各种风格的，但主张以闲淡深远为诗家三昧。即使赞"雄浑"、"纤秾"，也带有淡远的意蕴。如说"荒荒油云，寥寥长风，超以象外，得其环中"（雄浑），"采采流水，蓬蓬远春，窈窕深谷，时见美人"（纤秾），"神出古异，澹不可收"（清奇），"落花无言，人淡如菊"（典雅），"不着一字，尽得风流"（含蓄）等语，都是说诗的妙处在莹彻玲珑，不可凑泊，诗的极致在韵外之致，在神韵或兴趣。

这种文艺思想的潮流发生在唐末到宋，其背景是动荡不定的时局，朝代末的悲哀，使他们产生颓废的观念；等到北宋时的统一局势下，便产生歇一口气，过过安闲生活的思想。在意识形态方面的背景是佛教禅宗的广为传播。禅分南北，北宗主张渐悟，要求打坐息想，起坐拘束其心；南宗主张顿悟，提倡心性本净，佛性本有，觉悟不假外求，不读经，不礼佛。中唐以后，南宗为禅的正宗，在当时士大夫和劳动人民中间极为流行。以禅喻诗很快就发生了影响。宋诗坛的背景是西昆派和江西诗派，他们死板地学杜工部，堆积典故、辞藻，或以文为诗，以义理为诗，用生词辟典，生硬槎丫，比兴少而议论多，少形象思想，味同嚼蜡。严羽写《沧浪诗话》反对西昆、江西诗派，提倡禅理妙悟之说，那时没有"形象思维"这个名词，只能用禅来作譬。凡比喻总不能完全表达一个概念的真义，所以有人骂他既误解了诗又误解了禅。

严羽的说法是司空图《诗品》文艺哲学的发展。司空图的二十四品即二十四种风格，全不用逻辑思维方法为每种风格下定义，只用描绘事物来形象地说明。例如说"清奇"品是：

> 娟娟群松，下有漪流。晴雪满汀，隔溪渔舟。可人如玉，步屧寻幽。载瞻载止，空碧悠悠。神出古异，淡不可收，如月之曙，如气之秋。

这就是从形象思维去说明文学创作的原理，不是不可以言传的。这种用形象的语言来说明一个诗人的风格的方法，从魏晋以来就常常使用了，如说谢灵运的诗"如出水芙蓉"，颜延之"如错彩镂金"，到了司空图，可说是全面开花了。这个方法是我国诗论中常用的，可说是我国诗学的特点之一，用形象思维的方法去说明一个概念的定义，罗宗强把这些诗歌风格的用语称为"形象性概念"，从这些形象性概念中看到具体美的意境，再把它描述出来，是形象性概念的思维过程。（《我国古代诗歌风格论中的一个问题》，《文学评论丛刊》第五期）。严羽的水中月，镜中象，也是形象性概念，说明文艺作品反映事物。但它不是照相，而是由想象或幻想加工，用象征的手法创造出美的境界。所以文艺中的境界不等于实物原形，它是象外之象，是诗的形象，是象征。

184

第八章　民族意识的高涨

（宋、元）

一　国难与文艺

宋初统一了中国，滋生了歌舞升平，苟安和平的思想，内忧外患也隐伏其中：内有武人跋扈，外有辽、西夏、女真的对抗，在他们的军事威胁下，宋王朝只有送礼、割地、求和。有识之士不能不对国家的前途充满忧患，发出振兴祖国的呼声，表现对人民痛苦的慨叹。散文家、诗人王安石就是个例子，他于1058年上万言书，要求变法，富国强兵；1070年他被宋神宗赵顼任为宰相后，大力推行新法，取得了显著的效果；但改革总是要遇到阻力的，他受到了强大的保守势力的反对和攻击，被迫辞职。在新法废除后不久，他便怀着悲愤的心情死去。他曾在庆历七年（1047）写了一首诗《河北民》，抨击了朝廷对北辽、西夏贵族统治集团的侵扰取投降、讨好政策，赞扬了唐初的"贞观之治"，诗云：

> 河北民，生近二边长苦辛。家家养子学耕织，输与官家事夷狄。今年大旱千里赤，州县仍催给河役，老小相携来就南，南人丰年自无食。悲愁白日天地昏，路旁过者无颜色。
> 汝生不及贞观中，斗粟数钱无兵戎。

元丰初年（1078）他写了一首《后元丰行》。那时他虽已罢相，但新法还在推行，且见成效，在农业上表现得最明显。这个被列宁称为"十一世纪的改革家"，满心喜悦地写下这首诗：

歌元丰，十日五日一雨风。麦行千里不见土，连山没云皆种黍。水秧绵绵复多稌，龙骨长干挂梁栿。鲥鱼出网蔽洲渚，荻笋肥甘胜牛乳。百钱可得酒斗许，虽非社日长闻鼓，吴儿踏歌女起舞，但道快乐无所苦。老翁堑水西南流，杨柳中间杙小舟。乘兴欹眠过白下，逢人欢笑得无愁。

诗中洋溢着政治的热情，在北宋诗坛中显露特点，较早地在诗中反映政治问题和民族问题。

词在北宋达到鼎盛的地步，但内容限于唯美倾向的狭小范围，冲破这个局限的第一人当算苏轼。"大江东去""明月几时有"二词震撼了词坛：

大江东去，浪淘尽、千古风流人物。故垒西边，人道是、三国周郎赤壁，乱石穿空，惊涛拍岸，卷起千堆雪。江山如画，一时多少豪杰！　遥想公瑾当年，小乔初嫁了，雄姿英发。羽扇纶巾，谈笑间、强虏灰飞烟灭。故国神游，多情应笑我，早生华发。人生如梦，一樽还酹江月。（《念奴娇·赤壁怀古》

明月几时有？把酒问青天。不知天上宫阙，今夕是何年。我欲乘风归去，唯恐琼楼玉宇，高处不胜寒。起舞弄清影，何似在人间！　转朱阁，低绮户，照无眠。不应有恨，何事长向别时圆！人有悲欢离合，月有阴晴圆缺，此事古难全。但愿人长久，千里共婵娟。（《水调歌头·丙辰中秋欢饮达旦，大醉，作此篇兼怀子由》）

前一首描写历史上著名的赤壁之战中，年轻的军事天才周瑜的形象，在谈笑中消灭曹军百万。回顾自己在政治上受了挫折，不得机会为国效劳；四十七岁了，还生了花白头发，觉得十分苦闷。最后在"人生如梦"的感慨中，流露出要为国家建立功勋的豪迈心情。后一首写于四十一岁的中秋，觉得月宫里的琼楼玉宇，高处不胜寒，不如人间的温暖，表现他的热爱生活、对兄弟的真挚感情。虽然在政治上并不得意，但月有阴晴圆缺，人有悲欢离

186

合，必须有广阔的胸怀，乐观的思想。东坡在这两首词中表露豪迈的性格和达观的胸怀，一方面给处在国难中的同胞以鼓励，在斗争中要艰苦卓绝；一方面给北宋词坛开辟豪放风格的路子，冲破婉约派男女爱情的狭小境界，充分抒发爱国的志气，唱出壮烈的情怀。

到了北宋末年，金人灭辽，挥戈南下，兵临汴京城下，京都沦陷，徽宗赵佶父子被虏北去，民众被蹂躏，国难临头，这就是"靖康之耻"，群众激为义愤，民族意识抬头了。

国难深重，艺术之宫毁歇，唯美的象牙之塔动摇倾圮了，"如七宝楼台，眩人眼目，拆碎下来，不成片段"（张叔夏评吴文英词语）。唯美主义的老调子虽未唱完，但已是十分微弱了。爱国志士已悲歌慷慨，发其郁勃之气于诗词中，成为壮烈雄浑的新调子。所以南宋文艺的特色就在民族意识的高涨。李纲的诗和张元干的词便是第一通鼓角。李纲（1083—1140）字伯纪，南宋坚持抗金的民族英雄，邵武人。1126年曾固守汴京，击退了金人。南宋初，一度出任宰相，革新内政，大大增强了抗金力量。但上台只两个半月，就因遭投降派的迫害，不得志而死去。他的《述怀》诗就是卸任后回居福建时写的：

> 胡骑长驱扰汉疆，庙堂高枕入堤防。关河自昔称天府，
> 淮海于今作战场。退避固知非得计，威灵何以镇殊方？中原
> 夷狄相衰盛，圣哲从来只自强。

这首诗的全题是《伏读三月六日内禅诏书及传将士榜檄，慨王室之艰危，悯生灵之涂炭，悼前策之不从，恨奸臣之误国，感愤有作，聊以述怀》。1129年初，宋高宗赵构在金人围攻扬州时，逃往杭州，他的卫队因不满退避政策，武装暴动。赵构被迫于三月初六下诏退位，把不满三岁的皇子立为皇帝。韩世忠等各地将领联合发出檄文，派兵拥护赵构复位。李纲对此慨叹自己抗战主张不能实现，国势衰落，人民遭殃，给投降分子以尖锐的讽刺，并告诫

187

说，只有自强才是上策。李纲这个坚持抗战的名臣，虽被奸臣们攻击而退出宰相的职位，并被罢官；但他问心无愧，自比为国为民服务的牛，筋疲力尽也无怨言，他的《病牛》一诗表示他那崇高的胸怀：

"耕犁千亩实千箱，力尽筋疲谁复伤？但得众生皆得饱，不辞羸病卧残阳。"这是何等高的风格呀！

张元干（1091—约1170）字仲宗，号芦川居士，福建长乐人。北宗末年以词称著，南渡后秦桧当国，他弃官而去。有《芦川词》传世。作品以悲愤为主，"梦中原，挥老泪，遍南州"开辟爱国词的创作道路。他的词既有喷薄的爱国热情，又有高度的艺术技巧。他寄给李纲的词《贺新郎》云：

> 曳杖危楼去，斗垂天，沧波万倾，目流烟渚。扫尽浮云风不定，未放扁舟夜渡。宿雁落、寒芦深处。怅望关河空吊影，正人间、鼻息鸣鼍鼓。谁伴我，醉中舞？　　十年一梦扬州路，倚高寒，愁生故国，气吞骄虏。要斩楼兰三尺剑，遗恨琵琶旧语。谩暗涩，铜华尘土。唤取谪仙平章看，过苕溪、尚许垂纶否？风浩荡，欲飞举。

这是宋高宗绍兴八年（1138）宋金和议，高宗向金称臣，李纲上书反对无效，张元干写了这首词给他，支持他的抗战主张。这位年过古稀的老词人，烈士暮年，壮心不已，词中表现了他雄心勃发，要乘风高举的爱国激情。他还有一首送胡邦衡赴新州的《贺新郎》：

> 梦绕神州路，怅秋风、连营画角，故宫《离黍》。底事昆仑倾砥柱，九地黄流乱注，聚万落千村狐兔。天意从来高难问，况人情老易悲难诉。更南浦，送君去。　　凉生岸柳催残暑。耿斜河、疏星淡月，断云微度。万里江山知何处？回首对床夜语。雁不到，书成谁与？目尽青天怀今古，肯儿曹恩怨相尔汝！举大白，听《金缕》。

188

这是绍兴十二年（1142）他七十六岁时写的又一首义愤填膺、意态豪迈的词作。胡铨(1102—1180)字邦衡，号澹庵，是主战派，坚决反对与金议和，上书请斩秦桧、王伦、孙近三人的头，被谪，议和成后又被除名，押送广东新州，后又远徙海南岛。这首词是在胡铨临行送别时写的，冒险送别主战派赴贬地是个大胆的行为，据说他因此而被除名。词的大意是说，神州陆沉，遍地狐兔，心里十分难受，加上主战的豪杰被贬谪离去，更加可恨！此别不知何时何地重逢，再商量国家大事！请举杯听我高歌《金缕》（即《贺新郎》）一曲吧。《四库全书提要》对这两首词评论道："慷慨悲凉，数百年后尚想其抑塞磊落之气！"

当时对宋朝廷的不抵抗和节节退让的政策觉得气愤的不是少数几个人。广大群众纷纷起来组织义军，在太学生之间酿成学生运动。如吕本中（1084—1145字居仁，号紫微，官至中书舍人，曾触犯秦桧而被降职。他是北宋南宋之间的诗词名家）曾有《兵乱后杂诗》道："晚逢戎马际，处处聚兵时。后死翻为累，偷生未有期。积忧全少睡，经劫抱长饥。欲逐范仔辈，同盟起义师。"说自己晚年遭到乱兵，长期失眠和饿肚子；愿意跟范仔等义军的领袖们结成同盟去抗金。又如太学生运动的领导人陈东（1087—1128字少阳，以贡入太学，后来被投降派陷害致死）的《少阳集》，诗中就有浓厚的爱国热情，如《大雪与同舍生饮太学初筮斋》："飞廉强搅朔风起，朔雪飘飘洒中土。雪花着地不肯消，亿万苍生受寒苦。天公刚被阴云遮，那知世人冻死如乱麻！人间愁叹之声不忍听，谁肯采撷传说传达太上家？……东方日出能照耀，坐令和气生尘寰。"他热情如火，要把民间疾苦和群众的叹愿反映到上面，爱国爱民的赤诚跃然纸上。他又能把明白如话的语言用在诗里，在九百年前就写这样的白话诗用以反映群众的心声，真是难能可贵。所以在他因爱国而被陷害致死时，连不少个认识他的人都为他痛哭流涕！这也表明当时爱国思想已深入人心。

岳飞（1101—1141）字鹏举，河南汤阴人。少年从军，为南宋初期抗金名将，身当国难的第一人。他屡败金兵，战功卓著；因反对和议，为秦桧所陷害。他的文学作品不多，但质量却很高，著名的《满江红》一词，可说是他立志收复失地，精忠报国的宣言。词云：

> 怒发冲冠，凭栏处，潇潇雨歇。抬望眼，仰天长啸，壮怀激烈。三十功名尘与土，八千里路云和月。莫等闲、白了少年头，空悲切！　靖康耻，犹未雪，臣子恨，何时灭！驾长车、踏破贺兰山缺。壮志饥餐胡虏肉，笑谈渴饮匈奴血！待从头、收拾旧山河，朝天阙。

岳飞不单是个伟大的爱国主义者，也是个伟大的艺术家，为后人所崇拜，尊如神明。而投降派的头子秦桧，八百年来则为国人所不齿。所以西湖岳墓上有"青山有幸埋忠骨，白铁无辜铸奸臣"的联语。

继起的爱国主义文学作家有陆游、张孝祥、辛弃疾、刘克庄、刘过、陈亮、韩元吉、方岳、陈经国、文天祥、谢翱、郑思肖、林景熙等人。他们出色的作品是粗豪的、爱国的、民族的怒吼。他们有时也写田园诗，借闲淡或纤秾的调子来隐蔽自己的情绪；却也可从中闻见弦外之音。

二　爱国诗人陆游

陆游（1125—1210）字务观，自号放翁，山阴人。他出生的那年，金兵大举南侵，"儿时万死避胡兵"，他就在逃难、颠沛流离中长大。父亲陆宰是个爱国的士大夫，接交许多爱国志士，他们的言行，或裂眦嚼齿，或流涕痛哭。在环境的熏陶下，他从小就培养了忧国忧民的思想。

陆游从幼好学，博览群书，特别爱读兵书，长大后善于拟议

190

作战计划。二十九岁考上了进士，名次在秦桧孙子秦埙之上，受到秦桧的排挤；到桧死后，诗人三十四岁，才为福建宁德县的主簿。从他故乡山阴去宁德，必须经过瑞安、平阳，在渡过瑞安江（今名飞云江）时风平浪静，用诗表露初出仕的心境："俯仰两青空，舟行明境中。蓬莱定不远，正要一帆风。"希望能一帆风顺，达到自己的志愿。他提出亲贤能、远小人、出兵北伐等许多建议，为苟安好逸的君臣所讨厌，终于在四十一岁时被免职。退休五年后，四十六岁时去四川做夔州通判，官职虽小，但对他的创作却开辟了新天地。路远山遥，江山万里，游览了大江南北的名胜，他的诗作更成熟了。他后来在《与杜思恭书》上说："大抵此业在道途则愈工，虽前辈负大名者往往如此。愿舟楫鞍马间，加意勿辍，他日绝尘迈往之作，必得之此时为多。"也是"行万里路，读万卷书"之意。

四十八岁时川陕宣抚使王炎请他去陕南汉中为宣抚公署干办公事（军事参赞），地临大散关，宋金分界线附近，诗人在这里奔驰各地，亲到沦陷区，对敌方做较深入的考查。他过栈道、入剑阁，对祖国雄壮的江山，唱出壮丽的诗篇。如《归次汉中境上》：

> 云栈屏山阅月游，马蹄初喜蹋梁州。地连秦雍川原壮，水下荆扬日夜流。遗虏孱孱宁远略，孤臣耿耿独私忧。良时恐作他年恨，大散关头又一秋。

他知己知敌，胸有平戎策，但南宋小朝廷死抱苟安思想，不让出兵，所以诗中不少郁勃之气，如"中原久丧乱，志士泪横臆，切勿轻书生，上马能击贼"（《太息》），"阴平穷寇非难御，如此江山坐付人"（《剑门城北望回剑关诸峰青入云汉，感蜀亡事，慨然有赋》），"呜呼！楚虽三户能亡秦，岂有堂堂中国空无人"（《金错刀行》）等句，都是慨叹南宋统治者无知独断，坐失胜利的机会，把大好江山白白送给人家。

诗人五十一岁时，王炎被贬东归，他的好友范成大任四川制置使，邀他去当参议官。在朝廷的屈膝政策下，无法实现北进的愿望，十分苦闷。他只好和范成大饮酒赋诗，发泄郁闷之气，如《午寝》：

> 眼涩朦胧不自支，欠伸常恨到床迟。庭花著雨晴方见，野客敲门去始知。灰冷香烟无复在，汤成茶碗径须持。颓然却自嫌疏放，旋了生涯一首诗。

当时的反动派讨厌他无休止的呼喊抗金，就借"不构礼法，恃酒颓放"的罪名加以弹劾，他便索性自号"放翁"。被免官后，第二年（1178）春天就离蜀东归。他在蜀九年，写了热情奔放的诗一千多首，收在《剑南诗稿》。他自己说："万里客经三峡路，千篇诗费十年功。"

东归之后，在福建和江西做了通判等小官，第二年（1180）江西遭饥荒，他发动赈灾，朝廷以"擅权"罪名免他的职。报国无门，爱民有罪，他离开江西回山阴老家时写了《早行》一诗：

> 江路迢迢马首东，临川一梦又成空。日高未泛晨霜白，风劲先消卯酒红。山市人经饥馑后，孤生身老道途中，著身稳处君知否？射的峰前卧钓蓬。

在山阴乡间过了六年的山林生活，但他身在山林，心在前线，随时不忘报国雪耻，如《夜闻秋风感怀》，不甘为英雄豪杰而死于山林：

> 西风一夜号庭树，起揽戎衣泪溅襟。残角声催关月堕，断鸿影隔塞云深。数篇零落从军作，一寸凄凉报国心。莫倚壮图思富贵，英豪何限死山林！

淳熙十三年（1186），陆游被起用为严州知州。这时他已六十二岁，仍念念不忘出师北伐；但朝廷为投降派所操纵，不敢出师。他写了《书愤》一诗，盛赞诸葛亮的《出师表》，敢于奖率三军，北定中原的气概，可叹一千年后的南宋竟没有这样的壮

192

举。诗云：

> 早岁那知世事艰，中原北望气如山。楼船夜雪瓜洲渡，铁马秋风大散关。塞上长城空自许，镜中衰鬓已先斑！《出师》一表真名世，千载谁堪伯仲间！

他自己总是跃跃欲试，有时"北望中原泪满巾，黄旗空想渡河津。"（《北望》）有时想："老矣犹思万里行，翩然上马始身轻。玉关去路心如铁，把酒何妨听《渭城》！"（《塞上曲》）1184年被任为军器少监，第二年又任修国史，作了京官，便直接上书光宗赵惇，希望他杜绝谄媚、谋及庶人。他痛陈备战、励治、减租、救民的道理，触怒了昏庸的当局，竟以"吟咏专嘲风月"的罪名再次免官。诗人回老家索性以"风月"名轩，有绝句云：

> 扁舟又向镜中行，小草清诗取次成，放逐尚非余子比，清风明月入台评。

一方面表示对个人的名利淡薄，遭到放逐也不在意，一方面讽刺台臣们的可笑，连清风明月都不准到诗人的笔下来。

这次罢官后的二十年就一直待在山乡，"身杂老农间"，有时骑驴背药囊，在各村落医病施药。这二十年中接近劳动人民，歌咏祖国的山水田园风光，但仍"瘝瘝不忘中原"。诗如七十二岁时写的《感事》：

> 鸡犬相闻三万里，迁都岂不有关中！广陵南幸雄图尽，泪眼河山夕照红。

此外还写了许多诗词表露徒有报国壮志，而身老山林的感伤：

> 当年万里觅封侯，匹马戍梁州。关河梦断何处？尘暗旧貂裘。胡未灭，鬓先秋，泪空流！此生谁料，心在天山，身老沧洲！（《诉衷情》）

> 白发萧萧病满身，冻云野渡正愁人。扬鞭大散关头日，曾看中原万里春。（《北园杂咏》十之一）

> 书生忠义与谁论？骨朽犹应此念存。砥柱河流仙掌日，

死前恨不见中原！（《太息》四之一）

二十年的赋闲生活，除梦寐以求中原恢复外，创作中不能不反映现实的日常生活，不能不抒写失望的心情。这不是诗人的不积极，这是昏庸的南宋朝廷容不得积极有为之士，迫使他离开军营和仕途，剥夺了他为祖国立功的机会。

1206年，八十二岁的老诗人，在病中听到王师北伐，高兴得不得了，自比老马"一闻战鼓意气生，犹能为国平燕赵。"

嘉定二年（1210）八十五岁的陆游与世长辞，临终时只有一事放心不下，就是未见中原的恢复，祖国的统一，留下最后一首诗——《示儿》：

死去元知万事空，但悲不见九州同。王师北定中原日，家祭无忘告乃翁！

这是陆游绝笔之作，也是他爱国思想的结晶。活到八十五岁将死时，还不见中原收复，死不瞑目，只好把愿望志向付托儿孙。他死后二十四年（1234）南宋与蒙古会师灭金，刘克庄写诗道："不及生前见虏亡，放翁易箦愤堂堂，遥知小陆羞时荐，定告王师入洛阳。"再过四十二年（1276）元军灭宋时，林景熙在《书陆放翁书卷后》说："青山一发愁濛濛，干戈况满天南东，来孙却见九州同，家祭如何告乃翁？"

三 爱国词人辛弃疾

辛弃疾（1140—1207）字幼安，号稼轩，济南人。他生于靖康之难后十三年，家乡在金人残暴的蹂躏下，人民过着屈辱的生活。

辛弃疾幼年目睹"号泣动于乡里，嗟怨盈于道路"的悲惨环境，受到祖父报"君父不共戴天之愤"的爱国思想教育，和陆放翁一样，早年就有恢复中原的大志，但在南宋投降派的控制下，一

194

辈子不能达到目的，而赍志以没。但他一生轰轰烈烈的爱国事业，"横绝六合，扫空万古"的爱国词作，鼓舞了后人爱国的热情。

1161年，辛幼安组织了一支二千人的义军，以抵抗金人。第二年率义军参加耿京的农民起义军，他自己担任耿京的"掌书记"共同擘画，使起义军迅速壮大起来，发展到二十五万人。

起义军的活动动摇了南侵金军的士气。金主完颜亮于1153年迁都到燕京后，屡屡南犯，到1161年便大举南下，被他自己的部下谋杀了。金兵更因起义军的打击，不得不撤退。南宋朝廷眼光短浅，只以金军撤退为大幸，不敢趁金国内乱的时机，和起义军协同作战，彻底打败它。这时辛弃疾向耿京建议与南宋政府合作，并亲自作代表，去南方进行洽商。

不幸在幼安等南去后，起义军的叛徒张安国被金人所收买，暗杀了耿京，率部五万人投降金人，金人便派张作济州（今巨野县）的知州。辛弃疾在北归路上，过海州，知道这一消息，便连夜带五十名起义军驰骑直趋济州敌营，捉拿叛徒张安国缚置马上，并当场号召上万名士兵反正，一起向南急驰渡江，把叛徒献给南宋高宗（赵构）。南宋朝廷却不敢重用他，先解除他的武装，然后让他作江阴金判。他官职虽小，却不断上书，陈述自己的谋划，名为《美芹十论》(1165)详细分析金国外强中干的情况，详述自强的方略与作战的步骤，却不受重视。过了五年(1170)又献上《九议》给当时的宰相虞允文，更具体地分析形势和可行的计划。智计韬略与热情信念相结合，足见他的胆、识、远见和才气。他的识见和才气，不仅表现在《十论》、《九议》上，也表现在实际行动上，如在湖南建立了一支有名的飞虎军，成了三十多年内长江沿岸的国防力量，被金人称为"虎儿军"。当他的干才谋略受到公认时，也只能被派做几任地方官。从1182年四十三岁以后的漫长岁月中几乎完全被弃置不用。

195

他在1169年三十岁时写的《水龙吟》(登建康赏心亭)充分表达他那被压抑的英雄郁勃气概：

> 楚天千里清秋，水随天去秋无际。遥岑远目，献愁供恨，玉簪螺髻。落日楼头，断鸿声里，江南游子。把吴钩看了，栏杆拍遍，无人会，登临意。 休说鲈鱼堪脍，尽西风、季鹰归未？求田问舍，怕应羞见，刘郎才气。可惜流年，忧愁风雨，树犹如此！倩何人、唤取盈盈翠袖，揾英雄泪？

一个意气风发的青年志士，满怀抗金的热情和韬略，却不受朝廷重视，英雄无用武之地。虽然如此，我有雄心壮志，决不愿就此回乡不干，象张翰（季鹰）那样为了鲈鱼而回到乡下去，也不象许氾那样求田问舍。只是因不能为国家效劳，收复中原而虚度年华，泪流纵横。

1176年，词人任江西提点刑狱（管刑法狱讼）时，在造口写了《菩萨蛮》（书江西造口壁）云：

> 郁孤台下清江水，中间多少行人泪。西北望长安，可怜无数山。 青山遮不住，毕竟东流去。江晚正愁余，山深闻鹧鸪。

赣江和袁江汇合处名清江，经过郁孤台下向北流去，引起词人想起失陷中的西北人民盼望着王师去恢复中原，青山阻挡不住江水北流，也阻当不住爱国青年的向往。但山中的鹧鸪"行不得也"的鸣声，却阻挡了英雄的行动。

淳熙六年（1179）词人四十岁，由湖北转运付使调任湖南转运付使（管钱粮的官），同官在小山亭置酒饯行，他写了首《摸鱼儿》（暮春），借春色将尽的愁意象征自己的哀怨。投降派（可比玉环、飞燕）妒忌他的才能，不让他抬头，把他愈调愈远，这不仅是他个人的悲剧，也是国家的悲剧，据说宋孝宗（赵眘）看了这首词很不高兴。词云：

> 更能消几番风雨，匆匆春又归去。惜春长怕花开早，何

196

况落红无数。春且住！见说道、天涯芳草无归路。怨春不语。算只有殷勤，画檐蛛网，尽日惹飞絮。　　长门事，准拟佳期又误。蛾眉曾有人妒，千金纵买相如赋，脉脉此情谁诉？君莫舞，君不见、玉环飞燕皆尘土！闲愁最苦。休去倚危栏，斜阳正在，烟柳断肠处。

淳熙八年（1181）他四十二岁被罢官，归田园，居于江西上饶的带湖，后又居铅山的瓢泉。人到中年正是有所作为的时候，况且是一个热心抗金的志士，被迫退隐，当然会牢骚满腹。从1182年到1202年之间，只两次被起用，都是为时不久便被免职，退居山林，"呼而来，麾而去"。这期间，他写了很多词，表露忧愤的情绪。如《鹧鸪天（有客慨然谈功名，因追念少年时事，戏作）名为戏作"，实为对宋王朝的严厉讽刺：

壮岁旌旗拥万夫，锦襜突骑渡江初。燕兵夜娖银胡觮，汉箭朝飞金仆姑。　　追往事，叹今吾，春风不染白髭须。却将万字平戎策，换得东家种树书。

词人"追往事"，叹今朝，对虚度年华，万字平戎策（指《美芹十论》和《九议》）被弃置不用，感喟极深。

在这二十年中词作不少，大抵可分为两类，一类是忧国忧民，被困居乡间，而心在中原，表示愤慨；一类是闲居生活的记录，或描写田园山水之美，或抒写饮食男女。著名的词《青玉案》（元夕）就是闲居中岁时行乐的记载：

东风夜放花千树，更吹落，星如雨。宝马雕车香满路。凤箫声动，玉壶光转，一夜鱼龙舞。　　蛾儿雪柳黄金缕，笑语盈盈暗香去。众里寻他千百度。蓦然回首，那人却在，灯火阑珊处。

嘉泰三年（1203）韩侂胄独揽军政大权，为要提高自己的威望，起用一些负有时誉的人物准备对金进攻，辛弃疾也被起用为浙江东路安抚使。第二年（1204）他六十五岁，被宁宗（赵扩）

197

召见。皇帝知道了他的军政才能，便改命为镇江知府。这是一个重大的决定，因为镇江是个军事重镇，可以从那里开始，先收复淮北、山东，然后进而收拾中原。八十岁的陆放翁听到这消息特地写了首长诗《送辛幼安殿撰造朝》送他，把他比做管仲和肖何，鼓励他勇往直前把收复中原的光荣任务担起来。诗的最后劝他谨慎，不要给小人谗夫以可乘之机，把怨恨的帐算在金人身上，不要计较以前受委屈的事："古来立事戒轻发，往往谗夫出乘罅。深仇积愤在逆胡，不用追思灞亭夜。""灞亭夜"是李广失意时在灞亭受辱的故事。在他到镇江上任的日子，当地学者刘宰在欢迎的书启中把他比作张良、诸葛亮，竟说"敢因画戟之来，遂贺舆图之复"，可见当时有识之士对他的信任和期望。

他上任后就布置北伐的工作，先派人深入金国，侦察其兵马数目、屯戍地点，将帅姓名、粮草辎重的位置等，赶制军装一万套，准备在沿边各地招募兵员。但韩侂胄的一帮人没有积极关心、帮助这位老将，反而对他不无妒意。第二年，他在北固亭写下《永遇乐》（京口北固亭怀古）：

千古江山，英雄无觅、孙仲谋处。舞榭歌台，风流总被，雨打风吹去。斜阳草树，寻常巷陌，人道寄奴曾住。想当年、金戈铁马，气吞万里如虎。　　元嘉草草，封狼居胥，赢得仓皇北顾。四十三年，望中犹记，烽火扬州路。可堪回首，佛狸祠下，一片神鸦社鼓！凭谁问：廉颇老矣，尚能饭否？

京口就是镇江，三国时孙权（仲谋）曾在这里建都，他是和曹、刘鼎立的英雄人物。南朝的刘裕曾在这里出发北伐，气吞万里。但他的儿子刘义隆（文帝）却好大喜功，草率从事，于元嘉二十七年（450）仓皇北顾，但看见北军追来慌忙失色。回想自己四十三年前（1162年）在江北扬州地区对敌作战。如今那儿在敌军占领下，香火繁盛。我临老挂帅，但谁来关心我、慰问我呢？这首词被评为辛词的冠冕，表现他老当益壮，念念不忘沦陷

198

区人民的强烈斗志。风格是沉郁苍凉的。他同年在同一地点写的另一首词《南乡子》道："何处望神州？满眼风光北固楼。千古兴亡多少事，悠悠，不尽长江滚滚流……"调子很乐观。还在京口尘表亭题词《生查子》以大禹治水的功绩勉励自己：

悠悠万世功，矻矻当年苦。鱼自入深渊，人自居平土。

红日又西沉，白浪长东去。不是望金山，我自思量禹。

站在尘表亭上望滚滚长江的东流水，不是望金山的风景或金山的财富，而是思量着大禹当年如何为人民的福利而辛苦奔波，如何救民于水火。

但是，韩侂胄等却以为金国有衰落迹象，北伐不难成功，不愿意使功名落在辛弃疾身上，竟谗诬他为"好色贪财"而罢免了他。一个老当益壮，生气勃勃的老英雄，只好离开京口，离开他把一切安排妥当了的设施，回到铅山去过田园生活了。代替他出征的是韩侂胄的亲信郭倬，皇甫斌等，结局正是辛弃疾所担忧的惨败。这一次他回到铅山，真正觉得老了。在1207年秋天，六十八岁的爱国老词人，终于停止了心脏的跳动，留下六百多首的《稼轩词》，赍志以殁。

英雄词人的一生为抗金救国，献出全部军事、政治上的杰出才能，忠诚地为朝廷出谋献策，不被重用，只把奔放的爱国热情，豪迈的气概流露在词里，深深感动了时人和后人。他发展了词的豪放派，解放词的体制，扩大境界，使词坛变靡靡之音为激昂慷慨的民族最强音，他所留下的六百多首词作，是真正豪放派词的代表作，他是两宋词人中最多产的作家，想象丰富，形象鲜明，多彩多姿，情理结合，趣味横生，影响深远。郭沫若为大明湖畔"辛弃疾纪念堂"正所前门所撰的联语，可算是最简略的总结：

铁板铜琶，继东坡高唱大江东去；
美芹悲黍，冀南宋莫随鸿雁南飞。

199

四 辛派词人和壮阔的爱国热潮

南宋在主和派投降政策下，国势日促，爱国志士莫不愤恨填膺。辛弃疾的词作，更掀起了智识界的爱国热潮，影响深远。不少词人和诗人也和他一样心胸豪迈，志趣远大，具有强烈的爱国主义思想。

陈亮（1143—1194）字同甫，号龙川，浙江永康人。他是政论家兼词人，和辛弃疾有深厚的友谊。有《龙川词》、《龙川文集》。他善谈兵，有识见，屡上书宋孝宗详具战略，但不被重视。他的词和辛弃疾一样奔放，"不作妖语媚语"（毛晋语），例如淳熙十三年（1186），南宋派大卿章德茂等到金国去贺万节的时候，陈亮写了《水调歌头》（送章德茂大卿使虏）送他：

> 不见南师久，谩说北群空。当场只手，毕竟还我万夫雄。自笑堂堂汉使，得似洋洋河水，依旧只流东。且复穹庐拜，会向藁街逢。　　尧之都，舜之壤，禹之封，于中应有、一个半个耻臣戎。万里腥膻如许，千古英灵安在，磅礴几时通？胡运何须问，赫日自当中。

这词的意思是说，久不见南宋出师北伐了，金人以为南方没有人了。现在章公敢于做特使北去，是勇敢的行为，必然忠节自守，象黄河水不失向东流的方向。北方中原是尧都舜壤，必然有知耻之臣。今天到他们的帐蓬里去拜见，将来他们会到我首都来叩首的。金人的命运快完了，我们的前途正如赫日在中天。通篇宣泄心中反对和议的郁勃之气，洋溢着民族自豪感和必胜的信念。

又如淳熙十五年（1188），他到镇江一带察看抗金形势，在多景楼写了一首《念奴娇》：

> 危楼还望，叹此意、今古几人曾会？鬼设神施，浑认作、天限南疆北界。一水横陈，连岗三面，做出争雄势。六朝何

200

事，只成门户私计？　　因笑王谢诸人，登高怀远，也学英雄涕！凭却江山，管不到、河洛腥膻无际。正好长驱，不须反顾，寻取中流誓！小儿破贼，势成宁问强对！

这首词说明他的抗金大计，认为镇江的形势极好！可以长驱进攻，不须反顾。六朝时王谢等士大夫们认为这是天险，只管自己的安危，不管沦陷的中原人民在腥膻中生活。应该象祖逖那样在中流誓师，勇往直前无反顾之心。这首词的思想和他上书孝宗的话是一致的："京口连冈三面，而大江横陈，江旁极目千里，其势大略如虎之出穴，而非若虎之藏穴也。……天岂使南方自限于一江之表而不使与中国而为一哉？"又说"苦祗与一二臣为密，是以天下之公愤而私自为计，恐不足以感动天人之心，恢复之事亦恐茫然未知攸济耳。"这是陈亮以议论为词，比辛稼轩走得更远。

刘过（1154—1206）字改之，号龙洲道人，江西太和人。他是辛弃疾的幕客，性格和作风都很象辛氏。宋子虚称他为"天下奇男子，平生以气义撼当世。"他写过两首哀悼岳飞的《六州歌头》，对英雄的枉死怀有极大的愤慨："北望帝京，狡兔依然在，良犬先烹！过旧时营垒，荆鄂有遗民，忆故将军，泪如倾！"今传《龙洲词》一卷。

嘉泰三年（1203）辛弃疾被起用为绍兴知府兼浙东安抚使时，招刘过去他所在的绍兴。刘过那时在杭州，非常高兴渡钱塘江南下，但在高兴时更觉西湖的美，加上白居易、苏东坡和林和靖等诗人的古迹，舍不得离去，想逗留几天再走，写了《沁园春》寄给他：

斗酒彘肩，风雨渡江，岂不快哉！被香山居士，约林和靖，与坡仙老，驾勒吾回。坡谓："西湖正如西子，浓抹淡妆临照台。"二公者，皆掉头不顾，只管传杯。　　白言：天竺去来，图画里峥嵘楼阁开。爱纵横二涧，东西水绕，两峰南北，高下云堆。"通曰："不然，暗香浮动，不若孤山先访梅。

201

须晴去，访稼轩未晚，且此徘徊。"

这首词象散文一样，完全解除格律的束缚，才气横溢。稼轩很欣赏这首词的自由奔放和题材体制的新鲜。此词骤看似与爱国思想无关，若细加体味，则全词充满着爱国的喜悦情绪：首先，为了爱国词人的起用而高兴，"风雨渡江，岂不快哉！"其次，以喜悦的心情，欣赏祖国山水的诗情画意，觉得分外妖娆，加上大诗人的刻画、感发，更加使人流恋；"须晴去，访稼轩未晚，且此徘徊。"岳珂讥笑它"白日见鬼"是不对的，因为三诗人的话都是他们所写的名句，并非杜撰。这里再引他一首七律《夜思中原诗》以见其江山故国之志：

　　　中原邈邈路何长，文物衣冠天一方。独有孤臣挥血泪，更无奇杰叫天阍！关山月夜冰霜重，宫殿春风草木荒。犹耿孤忠思报主，插天剑气夜光芒。

　　南宋中叶以后，为国事忧心如焚的人很多，不仅辛派词人，连江湖诗派的刘克庄，正宗词的格律派姜白石，以禅喻诗的严羽，理学巨子朱熹等等也都有热爱祖国，对敌不共戴天的表现，形成一个壮阔的爱国热潮。

　　刘克庄（1187—1269）字潜夫，自号后村居士，福建莆田人。有《后村长短句》（又名《后村别调》）一卷百余首，《后村大全集》一百九十六卷。杨升庵说他的词"壮语足以立懦"，毛晋说"雄力足以排奡"。冯煦在《宋六十一家词选例言》里说："后村词与放翁、稼轩，犹鼎三足。其生于南渡。拳拳君国，似放翁。志在有为，不欲以词人自域，似稼轩。"他热爱辛弃疾的词，说是"大声鞺鞳，小声铿鍧，横绝六合，扫空万古，自有苍生所未见。（《辛稼轩集序》）。他自己的词继承辛派的爱国主义传统和豪放风格。他喜欢在词里说理叙事，如著名的《贺新郎》（送陈子华之真州），通篇就恢复中原问题发表意见：

　　　北望神州路，试平章，这场公事怎生分付？记得太行兵

202

210

百万，曾入宗爷驾御。今把作握蛇骑虎。君去京东豪杰喜，想投戈下拜真吾父。谈笑里，定齐鲁。　　两淮萧瑟惟狐兔。问当年、祖生去后，有人来否？多少新亭挥泪客，谁梦中原块土？算事业须由人做。应笑书生心胆怯，向车中、闭置如新妇。空目送，寒鸿去。

这词是他四十一岁所作，军事干才陈子华被派知真州兼淮南东路提点刑狱。真州即仪征，在长江北岸，是当时国防的前线，希望他能很快地收复中原。名将宗泽曾联络太行山的百万起义军一起抗金，这次陈子华去京东，继宗泽、岳飞之后力战金人，起义军的豪杰们一定高兴，军民一致，便容易地平定山东，进而收复中原。

后村词多壮语，如"国脉微如缕。问长缨、何时入手，缚将戎主？……闻说北风吹面急，边上冲梯屡舞。君莫道投鞭虚语。自古一贤能制难，有金汤、便可无张许？快投笔，莫题柱。"（《贺新郎》），"老眼平生空四海，赖有高楼百尺，看浩荡千崖秋色。白发书生神州泪，尽凄凉，不向牛山滴。"（《贺新郎》（九日））"男儿西北有神州，莫滴水西桥畔泪。"）（《玉楼春》（戏林推））"到崆峒、快寄凯歌来，宽离别！"（《满江红》（送宋惠父入江西幕））。

姜夔（约1155—约1221）字尧章，号白石道人，江西鄱阳人。他在政治上失意，始终是个布衣。他多才多艺，是诗人、词人兼音乐家、书法家。辛弃疾也激赏他的作品。今传《白石道人歌曲》，其中十七首注名乐谱，是他对词学的特殊贡献。

他本是正宗派传统词人，有婉约派的清丽秀远，有柳永、周邦彦的音律、格调，但没有他们的浮艳情调，有山水之清音，却无猥亵妖语。例如《点降唇》（丁未冬过吴淞作）：

燕雁无心，太湖西畔随云去。数峰清苦，商略黄昏雨。
第四桥边，拟共天随住。今何许，凭栏怀古，残柳参差舞。
中间的"数峰清苦，商略黄昏雨"是几百年来传诵的佳句，好就好在拟人化，觉得格外生动。末三句转到感时伤事，与国难分不开。作词时间是1187年，作者三十二岁，风华正茂，只可叹大好山河，在敌军蹂躏之下，残柳的舞姿参差凌乱。

他在思想上却是辛弃疾的崇拜者，写了《永遇乐》（次稼轩北固楼词韵）、《汉宫春》（次稼轩韵）等，发挥了他那豪放的一面。他曾往来于江汉江淮之间，目睹金人几度南侵留下的残破景象，引起"黍离之悲"，写出较有现实内容的词《扬州慢》（淳熙丙申至日过扬州）：

> 淮左名都，竹西佳处，解鞍少驻初程。过春风十里，尽荠麦青青。自胡马窥江去后，废池乔木，犹厌言兵。渐黄昏，清角吹寒。都在空城。　　杜郎俊赏，算而今、重到须惊。纵豆蔻词工，青楼梦好，难赋深情。二十四桥仍在，波心荡、冷月无声，念桥边红药，年年知为谁生！

作者在这首词的小序上说："淳熙丙申至日（1176年的冬至日），予过维扬，夜雪初霁，荠麦弥望。入其城则四顾萧条，寒水自碧，暮色渐起，戍角悲吟。予怀怆然，感慨今昔。因自度此曲。千岩老人以为有《黍离》之悲也。"（千岩老人即肖德藻。）那时他二十一岁，精于音律，能自度曲，为词的当行。后来他常为仕宦之家的清客，词以写情状物为主，注重词法，音调谐婉，辞句精美，承袭了周邦彦的词风，形成晚宋一个以格律为主的宗派。该词派包括史达祖、吴文英、王沂孙、张炎、周密等人，他们宣扬姜派的格律论，造成词的典雅化，脱离现实，走上词的绝路。

严羽（生卒年不详）字仪卿，一字丹丘，自号沧浪逋客，福建邵武人、是一位著名的文学理论家，著有《沧浪诗话》，用禅道来说诗。他的创作不多，但富于爱国热诚"何日匈奴灭，中原得晏然"，足见他对于收复中原的愿望，不下于陆游、辛弃疾。《从军》、《出塞》、《塞下》、《闺中怨》等跟唐代边塞诗比起来有时代（南宋）的特点。他的五言律诗《有感》六首中有这

204

样的感慨：

　　误喜残胡灭，那知患更长！黄云新战路，白骨旧沙场。
巴蜀连年哭，江淮几郡疮。襄阳根本地，回首一悲伤！

　　闻道单于使，年来入国频。圣朝思息战，异域请和亲。
今日唐虞际，群公社稷臣。不防盟墨诈，须戒覆车新。

　　1234年，宋师会合蒙古军灭金，南宋苟且偷安的廷臣便高兴得不得了，以为从此天下太平，谁知蒙古人比金人更厉害。从1235年开始，蒙军攻打四川、湖北、安徽等地；1258年宋相贾似道求和称臣纳币；到1267年蒙师围襄阳，围困到1273年，守将献城出降。从此很快就兵临临安城下，宋亡。这个历史教训，严羽在当时就指责朝廷"误喜残胡灭"，"不防盟墨诈"。自古兵不厌诈，一味求和，称臣，一纸盟约怎么靠得住！

　　七言律诗《临川逢郑遐之之云梦》可能是1260年左右蒙军攻两湖时写的，郑遐之去湖北路过江西的临川，作一夕谈后又是千里之别，这一辈子恐怕难能再见了，世乱鸿雁难飞，音书易断，一望关河，悲愁无限，忧国之情油然而生。诗云：

　　天涯十载无穷恨，老泪灯前语罢垂。明发又为千里别，
相思应尽一生期。洞庭波浪帆开晚，云梦蒹葭鸟去迟。世乱
音书到何日？关河一望不胜悲！

　　朱熹（1130—1200）字元晦，世称晦翁，江西婺源人。他和陆游、辛弃疾都有交往，和陈亮是知心朋友。他父亲朱松曾主张对全国要实行强硬政策，和当国的秦桧不合，愤而去朝入闽。孝宗时，召朱熹对问，他说："君父之仇，不共戴天"，爱国的热忱使他坚持父亲的主张，但当国者懦怯，不能照他的主张做，不久也去朝，在白鹿洞等处讲学，著作极丰富。他的教育方针是格物致知和人格修养，影响极大，所以宋末特多气节之士。

　　朱熹的文学观很可注意，他主张"文以载道"，好象和古文家们一致。但他的所谓"道"，就是"内容"，所谓"文"就是写文章的"艺术

　　　　　　　　　　　　　　　　　　　　　　　　　　205.

形式"。内容是根本，形式只是表达内容的工具。他说 论诗要从全面考察，说陶渊明的诗平淡中有豪放，《咏荆轲》一篇是他豪放的表现，就是鲁迅所说的怒目金刚一面。他说李白不专是豪放，也有雍容和缓的，如《古风》第一首。他说李白诗如"清水出芙蓉，天然去雕饰"，自然就是好。他厌恶江西派的求"出处"，辞藻的堆积。他特别推崇陆放翁，说："放翁之诗，读之 爽 然，近代唯见此人为有诗人风致"。（《答徐载叔赓》）。"放翁老笔尤健，在今当推为第一流。"（《答巩仲至》）。他爱放翁的诗，觉得读之爽然，当然不但在于他的艺术技巧，更重要的是在于他的爱国主义内容。

五　文天祥和宋末爱国诗词

南宋末年，元兵节节南下，宋兵不能抵抗，终于遭到亡国之恨。这时却有不少杀身成仁、慷慨就义的志士和对景欷歔、发为凄厉之声的诗人和词人。民族英雄文天祥和谢翱、郑思肖、谢枋得、汪元量、林景熙、刘辰翁，蒋捷等人的诗词，惊心动魄，光芒万丈；因为他们的亡国之痛，爱国的热情，由内心迸发出来，一字一泪，可以泣鬼神、开金石。民族精神所寄托，永保不坠。

文天祥（1236—1283）字履善，又字宋瑞，号文山，江西吉水人，有《文山诗》、《吟啸集》、《指南录》和《指南后录》等集遗世。他二十岁举进士第一，历官至江西安抚使。1276年，元军围临安时，他被升为右丞相兼枢密使，赴元军议 和 被元丞相伯颜拘留，解送北方。解到镇江时逃出，从南通泛海去福州，拥立端宗（赵昰），继续抗元，转战东南，收复许多地方。1278年在广东不幸兵败被俘，拘囚燕京四年，于1283年终以不屈而从容就义，年四十七。

他的诗歌以1276年以后所作的《指南录》、《指南后录》和

206

《吟啸集》为最能动人，表现爱国和忠贞气节。"几日随风北海游，回从扬子大江头。臣心一片磁针石，不指南方不肯休"，（《扬子江》）这诗是1276年从元军逃出，在南通搭海船到温州转往福州的路上写的，他的心象磁石指向南方，决不改向。《指南录》的书名由此而来。

1278年底，文天祥在广东的五坡岭战败被俘，元将张弘范把他带到崖山，强迫他写信给坚持抗战的张世杰，要他投降。文天祥不肯写，终于写了《过零丁洋》一诗给他。诗的最后两句是：

"人生自古谁无死，留取丹心照汗青！"

他的《金陵驿》很著名：

> 草合离宫转夕晖，孤云飘泊复何依！山河风景元无异，城郭人民半已非。满地芦花和我老，旧家燕子傍谁飞？从今别却江南路，化作啼鹃带血归！

这是他第二次被俘，押送北去过南京时（1279年2月）写的，表现必死的决心，此去若果死在敌营，也要变成泣血的杜鹃回来。

文天祥那时在金陵驿和朋友邓剡告别，写了一首气冲斗牛，感染力极深的词《酹江月》：

> 水天空阔，恨东风，不借世间英物。蜀鸟吴花残照里，忍见荒城颓壁！铜雀春情，金人秋泪，此恨凭谁雪！堂堂剑气，斗牛空认奇杰。　　那信江海余生，南行万里，属扁舟齐发。正为鸥盟留醉眼，细看涛生云灭。睨柱吞嬴，回旗走懿，千古冲冠发。伴人无寐，秦淮应是孤月。

文天祥在燕京狱中写了很多诗，有《集杜诗》、《读杜诗》等悲凉沉郁的风格。他所坚持的民族气节、坚定的信念，都鲜明、强烈地表现在他晚年的诗歌里，如：

> 苦海周遭断去帆，东风吹泪向天南。龙蛇泽里清明五，燕雀笼中寒食三。扑面风沙惊我在，满襟霜露痛谁堪？何当归看先人墓，千古不为丘首惭！（《寒食》）

207

书生曾拥碧油幢，耻与群儿共竖降。汉节几回登快阁，楚囚今度过澄江。丹心不改君臣谊，清泪难忘父母邦。莫讶乡人知我瘦，经旬绝粒坐蓬窗。（《泰和》）

都是大义凛然，气壮山河的作品。他最著名的，集中表现了浩然之气的《正气歌》，本身就是一座不朽的纪念碑：

天地有正气，杂然赋流形。下则为河岳，上则为日星。于人曰浩然，沛乎塞苍冥。皇路当清夷，含和吐明庭。时穷节乃见，一一垂丹青：在齐太史简，在晋董狐笔。在秦张良椎，在汉苏武节。为严将军头，为嵇侍中血。为张睢阳齿，为颜常山舌。或为辽东帽，清操厉冰雪。或为出师表，鬼神泣壮烈。或为渡江楫，慷慨吞胡羯。或为击贼笏，逆竖头破裂。是气所磅礴，凛烈万古存。当其贯日月，生死安足论？地维赖以立，天柱赖以尊。三纲实系命，道义为之根。嗟予遘阳九，隶也实不力。楚囚缨其冠，传车送穷北。鼎镬甘如饴，求之不可得。阴房阗鬼火，春院闷天黑。牛骥同一皂，鸡栖凤凰食，一朝蒙雾露，分作沟中瘠。如此再寒暑，百沴自辟易。哀哉沮洳场，为我安乐国！岂有他缪巧，阴阳不能贼！顾此耿耿存，仰视浮云白。悠悠我心悲，苍天曷有极！

哲人日已远，典刑在夙昔。风檐展书读，古道照颜色。

这首诗情绪激昂，笔墨淋漓，充分表现这位民族英雄坚强的意志和不屈的性格，其民族的正气、爱国的精神，如白虹贯日，磅礴千古，在今天仍有重要教育意义。

谢翱（1249—1295）字皋羽，号晞发子，福建霞浦人，曾聚乡兵投文天祥军，为文天祥的咨议参军，一生以文天祥为崇拜对象，《西台恸哭记》一文悲愤苍凉，足见其爱国热忱。《西台哭所思诗》云：

残年哭知己，白日下荒台。泪落吴江水，随潮到海回。故衣犹染碧，后土不怜才。未老山中客，唯应赋八哀。

他的《书文山卷后》云：

> 魂飞万里后，天地隔幽明。死不从公死，生如无此生。
> 丹心浑未化，碧血已先成。无处堪挥泪，吾今变姓名。

他的诗集名《晞发集》，其中表达亡国之痛的激情，是血和泪凝成的文字。他早年学诗是学韩愈、孟郊、李贺的，不少象征的笔法，有一位治学谨严的老师说："余研究谢皋羽之诗垂数十年，至今还不甚明瞭。"其实只用明瞭他和文天祥的关系和象征的笔法，就可以受到感发。如《梅花》二首：

> 春过江南问故家，孤根生梦半槎牙。到无香气飘成雪，未有叶来开尽花！

> 吹老单于月一痕，江南知是几黄昏。水仙冷落琼花死，只有南枝尚返魂。

谢枋得（1226—1289）字君直，号叠山，江西弋阳人，有《叠山集》。他为人豪爽，每谈国事必掀髯跳跃。南宋之后，他隐居武夷山中，元人屡次征聘不就，魏天佑迫胁他北去，终于不食而死。临行时作《北行别人》道：

> 雪中松柏愈青青，扶直纲常在此行。天下岂无龚胜洁，人间不独伯夷清。义高便觉生堪舍，礼重方知死甚轻。南八男儿终不屈，皇天上帝眼分明！

龚胜是汉朝彭城人，曾为光禄大夫。王莽派人请他，他叫门人备棺，不饮食，十四日而死。这里的"皇天上帝"可作"人民大众"解。他的《却聘书》是传诵的名文，凛烈的节概跃然纸上。他的《武夷山中》诗云："十年无梦得还家，独立青峰野水涯。天地寂寥山雨歇，几生修得到梅花。"以山中梅花高洁的清姿，象征诗人崇高的品格。

刘辰翁（1232—1297）字会孟，号须溪，江西吉安人。宋理宗时进士，做过濂溪书院山长，被任为太学博士，由于对当时腐败的政治不满，坚辞不就。著作有《须溪词》。在宋末词人中以爱国词著名。他的词多是感怀时事，悼念故国，对奸臣误国的极度痛恨。《宋词选》说他词的特征是"用中锋突进的手法来表现自己奔放的感情，不肯稍加含蓄，使它隐晦，不肯假手雕琢，使其失真，这样就格外具有感人的力量。"如《忆秦娥》：

> 烧灯节，朝京道上风和雪。风和雪，江山如旧，朝京人绝。　百年短短兴亡别，与君犹对当时月。当时月，照人烛泪，照人梅发！

这是和邓剡和韵的词，在南宋京城陷落后的元宵节，江山依旧，人事全非的景象，使词人泪下如注。旧时月亮还照着我挂泪的脸和花白头发。反覆断续，字字悲咽。又如《兰陵王》（丙子送春）：

> 送春去，春去人间无路。秋千外，芳草连天，谁遣风沙暗南浦？依依甚意绪，漫忆海门飞絮。乱鸦过，斗转城荒，不见来时试灯处。　春去，最谁苦？但箭雁沈边，梁燕无主，杜鹃声里长门暮。想玉树凋土，泪盘如露。咸阳送客屡回顾，斜日未能度。　春去，尚来否？正江令恨别，庾信愁赋，苏堤尽日风和雨。叹神游故国，花记前度。人生流落，顾孺子，共夜语。

这是1276年，京都临安陷落，君臣被押送北去后的暮春写的。陈廷焯《白雨斋词话》说："题是'送春'，词是悲宋；曲折说来，有多少眼泪！"

郑思肖（1241—1318）字忆翁，号所南，福建连江人，有《所南集》。他是个积极有为的民族诗人，只因地位低，昏庸的当局都不理他，所抱的救国大计都付东流，眼见祖国沦亡，怎不愤慨！诗如《送友人归》：

> 年高雪满簪，唤渡浙江浔。花落一杯酒，月明千里心。
> 凤凰身宇宙，麋鹿性山林。别后空回首，冥冥烟树深。

有心系天下，性适山林之意，他无论行坐寝处，不忘故国。如《睡觉有怀》云：

210

向年治乱屡兴衰，此日清闲独把杯。千古英雄人不见，一楼风雨梦初回。空中变化观龙见，世上凄凉误凤来。须入山林了生死，莫将心迹付尘埃！

他又是个画家，在他的画幅中也充满着爱国的热情。他画兰花不画土，人问为什么，他说土地已被别人挖去了。他的《题画菊》诗道："花开不并百花丛，独立疏篱趣未穷。宁可枝头抱香死，何曾吹坠北风中！"表现他思念故国和不屈的傲骨。他的铁函《心史》把民族精神也封固着保存下来了，据说明末在苏州承天寺古井里发现了这部《心史》，在爱国诗人中起了极大的影响，顾炎武写了《井中心史歌》，梁启超于光绪三十一年（1905）重印《心史》序道："呜呼，启超读古诗文辞多矣，未尝有振荡余心若此书之甚者。"

　　汪元量（生卒年不详），字大有，号水云，浙江杭州人，有《水云集》、《湖山类稿》。他的诗被称为宋亡诗史。因为他是供奉内廷的琴师，元军俘虏三宫到北方去时，他也随行，对亡国之痛，有深刻的感受。他的《湖州歌》九十八首，写得具体生动，用朴素的语言叙述亡国的经过和细节。摘录五首如下：

　　丙子（1276）正月十有三，挝鞞伐鼓下江南。皋亭山（在湖州）上青烟起，宰执相看似醉酣。

　　殿上群臣嘿不言，伯颜（元军元帅）丞相趣降笺。三军共在珠帘下，万骑虬须绕殿前。

　　北望燕云不尽头，大江东去水悠悠。夕阳一片寒鸦外，目断东西四百州。

　　太湖风卷浪头高，锦柁摇摇坐不牢；靠着篷窗垂两目，船头船尾烂弓刀。

　　暮雨萧萧酒力微，江头杨柳正依依。宫娥抱膝船窗坐，红泪千行湿绣衣。

　　《醉歌》十首也叙述投降的事，但比较多些批评、谴责、讽

211

刺之意，对于"满朝朱紫尽降臣"表示悲愤。对太皇太后谢道清首先乞降表示遗憾。

> 淮襄州群尽归降，鞞鼓喧天入古杭。国母已无心听政，书生空有泪成行。

> 六宫宫女泪涟涟，事主谁知不尽年！太后传宣许降国，伯颜丞相到帘前。

> 乱点连声煞六更，荧荧庭燎到天明。侍臣已写归降表，"臣妾"签名"谢道清"。

谢道清是宋理宗的皇后，端宗的祖母，太皇太后受不住元军统帅的迫胁，便签了投降表，签的名字是"臣妾谢道清"。

汪元量在元都时常到狱中访问文天祥，和他唱和。宋亡后，他做了道士漫游各地，不知所终，但知1315年还在世。

林景熙（1242—1310）字德旸，号霁山，浙江平阳人。1271年进士，官至从政郎，宋亡后隐居故乡。有《白石樵唱》，诗多亡国遗臣之痛，感人至深。如《山窗新糊有故朝封事稿，阅之有感》：

> 偶伴孤云宿岭东，四山欲雪地炉红。何人一纸防秋疏，却与山窗障北风。

这可能是在诗人故乡的南雁荡山中写的。看见新糊山窗纸上写的是给朝廷关于国防建议的奏疏，没有被用，却用来糊窗子挡北风了，不胜感慨系之！

他的《题陆放翁诗卷后》的后半道："诗墨淋漓不负酒，但恨未饮月氏首。床头孤剑空有声，坐看中原落人手！青山一发愁蒙蒙，干戈已满天南东。来孙却见九州同，家祭如何告乃翁？！"说放翁的才气淋漓，但抗战的热诚、计划和勇气不见用，敌兵很快到了东南。翁遗嘱"王师北定中原日，家祭无忘告乃翁！"现在您的玄孙见到了九州的统一，但南宋却亡了！不知道他们家祭时怎样告乃翁！后死者只有悲愤。

212

《读文山集》末段:"书生倚剑歌激烈,万壑松声助幽咽。世间泪洒儿女别,大丈夫心一寸铁!"应和着"留取丹心照汗青"的精神。

林景熙后在杭州遇到杨胜发掘宋陵,取骨渡浙江,余骸遗弃草莽中,没人敢收;他同郑朴翁等装作采药人去收葬在兰亭。听见理宗颅骨为北军投弃湖水中,出钱雇渔翁打捞,托言佛经,葬于越山,种冬青树为记,并作《冬青行》诗,诗道:"冬青花,花时一日肠九折!隔江风雨暗影空,五月深山护微雪。石根云气龙所藏,寻常蝼蚁不敢穴。移来此种非人间,曾识万年觞底月。蜀魂飞绕百鸟臣,夜半一声山竹裂!"忠愤之诚大大影响了当时和后世。但以君王的遗骨为国家的象征,则是时代的局限。

此外,还有些遗民的诗词作家,不一一详述了。总之,这时民族意识高涨,诗歌特盛,为宋诗的光荣。因为它们是真情的流露,打破了旧日格律的束缚。文学体制的大革命即将到来。

六 异族治下的思潮

我国是多民族的国家,有些民族很快就互相融合,有些民族必须经过斗争然后融和一起。在五代和两宋时,北方有契丹族统治的辽国,从五代梁贞明二年(906)建国,到宋徽宗宣和七年(1125)为金所灭,和北宋对峙了一百六十六年。女真族统治的金国从宋徽宗政和五年(1115)建国,于徽宗靖康二年(1227)灭了北宋,到南宋理宗端平元年(1234)为蒙古所灭,和南宋对峙了一百零九年。它们都以现在的北京地区为京都,辽称南京,金称中都,元称大都。它们同宋长期对立,时常激起尖锐的民族矛盾,但同时又进行了文化交流。

辽文化较落后,尽量译注《诗经》、《史记》等书,学习汉文汉诗,但自己的文学很少流传。辽末文妃肖瑟瑟写的《咏史》云:"亲戚并居兮藩屏位,私门潜畜兮爪牙兵。"揭露亡国前众叛

213

亲离的局面。金、元大力吸收汉族文化，诗词作家中多数是汉人，少数民族作者较少。金初立国时，有个多才多艺的学者吴激，字彦高，米芾的女婿，诗文书画，俊逸清婉。他作了宋使臣，因有才名而被金国强迫留下。他的《人月圆》词带有忆国怀乡之思：

南朝千古伤心事，犹唱"后庭花"。旧时王、谢，堂前燕子，飞向谁家？恍然一梦，仙肌胜雪，宫髻堆鸦。江州司马，青衫泪湿，同是天涯。

宇文虚中，字叔通，官至中书舍人，南渡后使金，因有才名而被强留，官翰林学士，号为金之国师。但他在诗歌中以苏武自励，决不屈节，"人生一死浑闲事，裂眦穿胸不汝忘""莫邪利剑今安在？不斩奸邪恨最深！"（《在金日作》）后被诬谋反，全家焚死。南宋因他不忘故国，赠谥"肃愍"。

元好问（1190—1257）字裕之，号遗山，山西忻县人。二十七岁时蒙古军南下，他从家人流亡到河南，在金人的统治下，三十二岁进士及第，做过南阳和内乡的县令。蒙古灭金（1234）前后，和祖国人民同受空前大难。金亡不仕，回乡编纂了金诗总集《中州集》和《壬辰杂编》，保存了许多金史资料。

元好问不仅是金代诗人之冠，也是中国文学史上有地位的作家。他的诗中显有亡国之痛，况周颐说他："丝竹中年，遭遇国变，卒以抗节不仕，颠顿南冠，二十多稔。神州陆沉之痛，铜驼荆棘之伤，往往寄托于词。"他的词豪放象苏、辛，是金词中的冠冕。例如《木兰花慢》（游三台）：

拥岩岩双阙，龙虎气郁峥嵘。想暮雨珠帘，秋香桂树，指顾台城。台城为谁西望？但哀弦凄断似平生。只道江山如画，争教天地无情。　　风云奔走十年兵，惨淡入经营。问对酒当歌，曹侯墓上，何用虚名？青青故都乔木，怅西陵遗恨几时平！安得参军健笔，为君重赋芜城？

214

他的诗才宏衍博大，所作雄浑挺拔。《如横波亭为青口帅赋》：

> 孤亭突兀插飞流，气压元龙百尺楼。万里风涛接瀛海，千年豪杰壮山丘。疏星淡月鱼龙夜，老木清霜鸿雁秋。倚剑长歌一杯酒，浮云西北是神州。

宋理宗绍定五年壬辰（1232），蒙古军攻陷洛阳，他身困重围，目睹时艰，悲叹道："惨淡龙蛇日斗争，干戈直欲尽生灵。高原水出山河改，战地风来草木腥"。（《壬辰十二月车驾东狩后即事》）第二年汴京（开封）陷落后，他被蒙军驱遣至聊城，沿途见闻更使诗人沉痛激愤，他的《癸巳五月三日北渡三首》：

> 道旁僵卧满累囚，过去旃车似水流。红粉哭随回鹘马，为谁一步一回头！

> 随营木佛贱于柴，大乐编钟满市排。虏掠几何君莫问，大船浑载汴京来！

> 白骨纵横似乱麻，几年桑梓变龙沙。只知河朔生灵尽，破屋疏烟却数家。

元灭宋后，民族压迫十分厉害。统治者把蒙古人列为第一等，是主子；第二等是色目人，处客人地位；第三等是汉人，是北方汉人；第四等是南人，就是原南宋所统治的汉人，三、四等人都是奴隶。南人又分作十等，知识劳动者和乞丐列在最后，即"九儒十丐"。所以一般有才智之士，都把不平的愤恨表现在诗、词、散曲里。

刘因（1249—1293）字梦吉，号静修，河北徐水人。元世祖至元十九年（1282）征为承德郎、右赞善大夫，不久即辞归。二十八年（1291）再征为集贤学士，不就。著有《静修集》。他的七律诗《白沟》指出宋太祖曾图收取幽燕，但儿孙不争气，对辽金一味退让，终于覆亡，深叹在元蒙治下的悲剧：

> 宝符藏山自可攻，儿孙谁是出群雄？幽燕不照中天月，丰沛空歌海内风。赵普元无四方志，澶渊堪笑百年功。白沟移向江淮去，止罪宣和恐未公。

215

宋太祖的雄心壮志，儿孙没有一个继续，没有出群的英雄，让燕云十六州在契丹的统治下不见天日，不象汉高祖刘邦威加海内而回故乡沛丰唱《大风歌》。宋初宰相赵普也没有四方志。真宗时，真宗不顾宰相寇准的反对而与辽议和，订"澶渊之盟"，称臣输贡银绢，达百年之久。国界从白沟移到江淮。亡国由来已久，只说是徽宗宣和年代的事，那是不公道的。

刘因的七言绝句《观梅有感》含蓄而明显地流露故国之思：

> 东风吹落战尘沙，梦想西湖处士家。只恐江南春意减，此心元不为梅花。

这里提的"西湖处士"是北宋的林和靖，其咏梅诗传诵于世。诗中观梅而想到杭州，表示对南宋京都的怀念，也就是对元蒙统治的厌恶。他的《人月圆》词也是哀叹中华大地沦丧，一切变成寒灰，词云：

> 茫茫大块一洪炉，何物不寒灰！古今多少，荒烟废垒，老树遗台。泰山如砺，黄河如带，等是尘埃。不须更叹，花开花落，春去春来。

这样消极的思想不是真正的颓废，而是民族高压下的一种反抗方式，这在元人诗词中很普遍，它是不合作方式的反抗，是消极中的积极思想，于无声处听惊雷。

王冕（1287—1359）字元章，别号煮石山农，浙江诸暨人，幼年家贫，牧牛自学。工于画梅、竹、石，能刻印。晚年隐居九里山，作品反映现实生活，有《竹斋集》。他的《劲草行》歌颂汉家不降战士的气节：

> 中原地古多劲草，节如箭竹花如稻。白露洒叶珠离离，十月霜风吹不到。萋萋不到王孙门，青青不盖谗佞坟。游根直下土百尺，枯荣暗抱忠臣魂。我问忠臣为何死，元是汉家不降士。白骨沉埋战血深，翠光潋滟腥风起，山南雨晴蝴蝶飞，山北雨冷麒麟悲。寸心摇摇为谁道，道旁可许愁人知？

216

昨夜东风鸣羯鼓，髑髅起作摇头舞。寸田尺宅且勿论，金马铜驼泪如雨！

张养浩(1269--1329)字希孟，号云庄，山东历城人。官至监御史，因上谏元夕放灯获罪辞官归隐。1329年，他被召回任陕西行台中丞，赈济灾民，目睹人民深重灾难，感慨不平。散曲小令《山坡羊·潼关怀古》是他的代表作：

峰峦如聚，波涛如怒，山河表里潼关路。望西都，意踌躇。伤心秦汉经行处，宫阙万间都做了土。兴，百姓古！

亡！百姓苦！

潼关是长安的东大门，地势险要，是兵家必争之地。长安是秦汉大帝国所经营的京城，万间宫阙都作了土。那些宏大的建筑是老百姓的血汗所积成的。潼关象一座历史展览馆，可以看到几个朝代的兴亡。兴也好，亡也好，吃苦的都是百姓。这首小令虽是"怀古"，实是元朝人民生活的反映。

作家诗人们在极度的压抑下，不得露骨地表现民族思想，只好含蓄在山水、田园、或隐于"歌、酒、美人"，所以元散曲中特多这方面的杰作。例如马致远的《天净沙·秋思》："枯藤老树昏鸦。小桥流水人家。古道西风瘦马。夕阳西下，断肠人在天涯！"末句所表的忧愁，一匹瘦马怎能驮得动！读乔吉的《绿么遍·自述》："不占龙头选，不入名贤传。时时酒圣，处处诗禅。烟霞状元，江湖醉仙。笑谈便是编修院。留连，批风切月四十年。"便知他们是怎样落魄和放浪了。

第九章　文体大革命与民族意识

（宋、元）

一　中国文体大革命

中国文体，在宋以前一直是以短篇的诗歌和散文为主；宋以后才有白话长篇小说和真正的戏剧，而且其后的文学史也改变为以小说、戏剧为主了。传统的诗文理论范畴也被突破了。这个大变化，不能不说是中国文体的大革命。世界上有几个富有文学遗产的古国如中国、印度、希伯来、希腊等，最初的文学发展情况有两种，一以诗文为主，一以长篇史诗和剧诗为主。前者如中国和希伯来，后者如印度和希腊。但后来都发生了大变化。中国文体的大变化，主要由来于民间文学和外来文学。民间文学的变化是由于人民生活，社会关系越来越复杂，反映社会生活的文学艺术也越来越需要更多样化的方法来表现，特别是长篇小说和戏剧的复杂表现手段。外来文学最早对我国文学发生影响的是印度文学。他山之石可以攻玉，在它的影响下，促使我国文体的大革命。

约在公元1000年前后的几百年中完成的我国文体大革命，过去不被人们所重视，一般文学史也多一笔带过，没有加以特笔叙述。原因是这个革命力量来自民间，受封建统治者的压制和抱有正统思想的士大夫们的藐视，外加历朝政治变乱，兵燹频仍，使小说、戏剧久久不能登大雅之堂。直到近百年，新的文学观普及

218

了，小说、戏剧在文艺中才有了地位，经过先进学者的研究、发掘，文体大革命的真相，才大白于世。

公元1000年前后的几百年间，正是中国的封建制度由极盛而衰的阶段。在封建社会的后期，资本主义因素萌芽，城市勃兴，市民生活需要新的娱乐，需要各种新的艺术，于是说唱、歌舞、杂耍、影戏等等就在舞台上出现，逐渐发展而成为长篇小说和大型戏剧——杂剧和戏文。就文体来说，改变的关键在于说唱。这种有说有唱，有散文有诗歌，韵散杂糅的文体，形成中国古典白话小说、戏剧的重要特色。

韵散杂糅的文体，来源于"变文"。变文的发现，是中国文学史上了不起的大事，解答了说唱文体即小说、戏剧体制的来源问题。这种文体在印度和希伯来文学中是常见的，在我国却是封建社会后期才发达的新文体。最初有文字记载的材料是在公元9世纪时，诗人白居易和张祜谈论到《目连变文》。《太平广记》卷251，载张祜说白居易诗中有《目连变文》的影响，白说："何也？"曰："'上穷碧落下黄泉，两处茫茫皆不见'，非《目连变》何邪？"《目连变文》是当时极为流行的变文。

所谓"变文"，始于佛教僧侣的讲经。讲经有"俗讲"和"僧讲"两种，后者是对僧众讲的，前者是对俗众讲的。"俗讲"的主讲人叫"俗讲僧"，他们把佛经故事演化，说得有声有色，吸引一般人去听。《乐府杂录》云：

> 长庆中，俗讲僧文叙，善吟经，其声宛畅，感动里人。

长庆中（821—824）正是张祜、白居易在世的时候，他们可能听过文叙的讲唱变文。

唐代还有所谓"变相"的，就是把佛经的故事绘成图画，绘在佛舍壁上，著名画家吴道子就是一位最善绘《地狱变》的大画家。"变相"和"变文"相互作用，以致当时每个寺院的墙壁上都有"变相"，想必多数寺院多在讲"变文"。

"变文"有讲有唱，讲的部分用散文，唱的部分用韵文。散文有散体的也有骈体的。韵文有七言、三言、五言、六言的。多数是七言的，其次是三、七言间杂，五言、六言的占少数。七言四句的韵式如《维摩诘经变文》第二十卷："佛言童子汝须听，勿为维摩病苦萦，四体有同临岸树，双眸无异井中星。"三、七言夹杂的韵式多是两句连合的，如上书同卷的："智惠圆，福德备，佛果将成出生死。牟尼这日发慈言，交往毗耶问居士。　戴天冠，服宝帔。相好端严注王子。牟尼这日发慈言，交往毗耶问居士。"后来许多弹词、宝卷、鼓词的三、七言夹杂的韵式就是从变文流演下来的。

散体的散文不必举例了，但骈体散文用在变文中却很可注意。就在韩愈、柳宗元提倡古文的时候，骈体文却在变文的创作中发展着，而且可说是骈体文已达到了"最高的与最有弹性的阶段"（郑振铎语）例如《维摩诘经变文》的"持世菩萨"卷中的一段：

> 波旬自乃前行，魔女一时从后。擎乐器者宣宣奏曲，响聒清霄；爇香火者洒洒烟飞，氤氲碧落。竞作奢华美貌，各申窈窕仪容，擎鲜花者共花色无殊，捧珠珍者共珠珍不异。琵琶弦上，韵合春莺；箫管穴中，声吟鸣凤。杖敲揭鼓，如抛碎玉桧盘中；手弄奏筝，似排雁行桧弦上。轻轻丝竹，太常之美韵莫偕；浩浩唱歌，胡部也岂能比对。妖容转盛，艳质更丰。一群群若四色花敷，一队队似五云秀丽。盘旋碧落，宛转清霄。远看时意散心惊，近睹者魂飞目断。从天降下，若天花乱雨于乾坤；初出魔宫，似仙娥芬霏于宇宙。天女咸生喜跃，魔王自己欢欣。

这部三十多卷，用骈文和韵文写成的弘丽叙事诗，在唐代是空前的大作品，预示中国的长篇小说和戏文必将产生。这种用骈文和韵文杂糅的叙事体，可能直接影响到张文成的《游仙窟》，再由

220

《游仙窟》直接影响到日本文坛，产生了紫式部《源氏物语》那样的小说杰作。

变文有（一）关于佛经故事的，（二）关于非佛经故事的。前者如《维摩诘经变文》、《阿弥陀经变文》、《地狱变文》、《父母恩重经变文》、《佛本行集经变文》、《大目连变文》等；后者如《伍子胥变文》、《王昭君变文》、《舜子至孝变文》、《张义潮变文》等。非佛经故事是从宗教故事扩大到宗教以外的范围，唐代赵璘《因话录》卷四描写著名俗讲僧文叙（或文淑）说故事的情况："有文淑僧者，公为聚众谈说，假托经论。所言无非淫秽鄙亵之事。不逞之徒，转相鼓扇扶树。愚夫冶妇乐闻其说，听者填咽寺舍。瞻礼崇拜，呼为和尚教坊。效其声调，以为歌曲。"可知俗讲僧文淑的讲唱艺术出众，吸引了广大的听众，寺院都挤满了人，有人把他所讲唱的腔调，谱成曲子，广为流传。但到宋真宗时（998—1022)通令禁止，变文便从寺院消声匿迹。

变文虽不能在寺院里讲唱了，但它那说唱的文体却化身为诸宫调、鼓子词、话本等。话本中有说经、说参请、讲史、小说等。这些流行在城市的瓦舍、勾栏里的新文学形式，最后发展为长短篇小说和杂剧、戏文。不仅在城市的瓦舍、勾栏里，而且也盛行在农村。陆放翁的诗："斜阳古柳赵家庄，负鼓盲翁正作场；死后是非谁管得？满村听唱蔡中郎。"可见在南宋时，讲唱艺术已有充分的群众基础了。

从寺院发展到广大的民间，这和中世纪的欧洲戏剧的发展史何等相似。欧洲近代剧原先是中世纪教会礼拜仪式的扩大，最初搬演圣经故事、圣者传说，逐渐扩大到世俗的故事；舞台从教堂里面搬到门口，再从教堂门口搬到街上去。演戏的内容由圣经故事到民间故事，越演越野，不能再在教堂里演了，便在民间流传，逐渐变成闹剧、滑稽剧、喜剧、讽刺剧等。终于发展成近代

221

欧洲剧。

文体大革命的结果是：以诗文为主的文学史局面，变成以小说、戏剧为主的新局面。

二 宋元新小说成长中的爱国思潮

"变文"被宋真宗的朝廷禁止之后，便在民间再变而为长篇短篇各种的叙事诗，主要是鼓子词和诸宫调，再由叙事诗进而演化为话本和院本，即新小说和戏剧的雏形。这里所谓的新小说，不是从唐传奇发展而来，而是从变文发展而来的，韵散杂糅，在民间成长，短篇之外还有长篇。唐宋传奇是古文运动的产物，师承古代史传的传统，以古文为工具；宋代话本则从变文和说唱文学演变而来，以白话为主。

新小说和戏剧的成长和中国社会的发展分不开，那就是封建社会的烂熟和资本主义因素的萌芽和滋长，其标志就是城市的繁荣，手工业和商业的发达。当时著名的城市汴梁、临安、成都、广州、泉州、温州、明州、扬州、苏州等地，工商业发达了，对外贸易也频繁。城市人口也增长了，茶坊、酒肆，瓦舍、勾栏林立。由于市民阶层的发达，需要的娱乐也随着发达起来。据孟元老的《东京梦华录》记载，当时的娱乐形式有：小说、讲史、说诨话、合生、诸宫调、杂剧、转踏、傀儡、影戏等二十多种，著名的艺人如张廷叟等七十多人，这是指开封一地而言的。到了南宋时，"说话"特别发达，"说话人"共有五家："小说"、"讲史"、"合生"、"说经"、"说诨话"（见周密《武林旧事》）。其中以"小说"和"讲史"二家为最重要，而"小说"的数量更多。"小说"是短篇，一次就讲完；"讲史"便需要长篇，多到几十回，一百回，一百二十回才能讲完。"小说"的内容多是当时现实社会生活的反映；"讲史"如五代史、三国志、宣和遗事等，根据历史事件而加

222

上虚构的成分，敷衍而为演义。后来"小说"也发展为长篇的了。

宋代"说话"艺术既然发达了，随着便产生了许多"话本"。话本就是说话人的本子，有的是说话人的讲稿或提纲，有的是说话人讲述的记录。话本经过加工，便成书面的小说。宋代话本的出现可以看做中国小说的大革命。

"小说"的"话本"多从现实生活汲取题材，短小精悍、新鲜活泼。存留到现在的有《京本通俗小说》、《清平山堂话本》中的大部分，和《喻世明言》、《警世通言》、《醒世恒言》中的一部分，大约四十来篇。

这四十来篇小说话本，以爱情与公案两类作品为最多、最好。表示市民阶级兴起，对腐朽的封建礼教和社会制度的不满，尤其是在政治上极不安定的情况下，表示人民的反抗。在封建礼教的束缚下，婚姻不能自主，造成无数的家庭悲剧，而妇女受害最深，所以在反封建的思潮中，最突出的问题是婚姻问题。要求婚姻自主、恋爱自由是首先暴发的冲突，在文艺中首先表现在爱情主题的小说里。这和欧洲文艺复兴时代的文艺情况相似。但丁的第一部作品是《新生》，是关于诗人对小女贝亚德的爱情诗的记序。莎士比亚初期的戏剧就是以爱情题材为主，以青年男女在争取恋爱、婚姻自主，而以胜利为团圆的喜剧。但宋代话本在这方面却往往以凄惨的现实悲剧为结束，或者以神仙的缘故或偶然的机会而得到浪漫缔克的成功。例如《碾玉观音》中的璩秀秀，被咸安郡王买去作"养娘"，她爱上了碾玉工匠崔宁，趁王府失火的机会，双双逃到潭州去安家立业。后因郭排军告密，郡王抓回秀秀处死。她死后，鬼魂又和崔宁在建康同居。《闹樊楼多情周胜仙》中的周胜仙在金明池畔遇见了范二郎，便主动对他表示爱情，不顾父母的反对，坚决相爱，为二郎死过两次，并且鬼魂和他相会，还设法救他出狱。秀秀和胜仙对爱情的追求，死后做鬼也不放弃，表现妇女的觉醒。她们的死，揭露了封建黑暗势力的

223

残酷摧残，同时也表现女性的反抗精神。莎士比亚的《罗密欧与朱丽叶》也有这个精神，它虽是悲剧，但它的气氛是喜剧的。

在封建社会阶级森严的环境里，尤其是在民族歧视下的境遇中，有理说不清，有冤不能申，人们是多么需要"清官"或侠盗出来为他们一申冤枉之气呀！如《错斩崔宁》中的崔宁和陈二姐因十五贯钱而被冤枉为谋杀犯，在昏官的严刑拷打下只得招供，被判处死刑。这个案件揭露了封建官府草菅人命的罪行，对昏官恶吏直接加以谴责："做官切不可率意断狱、任情用刑，也要求公平公允，道不得个死者不可复生，断者不可复续。"《简帖和尚》中的浑官无能而残酷，只知严刑逼供，不顾人的死活。一个还俗的和尚写了假信，诬枉并骗取了人家的妻子，反映封建社会中无辜的妇女横遭簸弄的悲惨命运。但也有对封建势力斗争而胜利的故事，如《宋四公大闹禁魂张》中的一伙侠盗赵正等，惩罚了为富不仁、视钱如命的财主张富，还偷走了钱大王的玉带，当面剪走了京师府尹的腰带挞尾和马观察的一半衫袖，闹得整个京师惶惶不安。又如《郑意娘传》写意娘被金人掳去，不甘屈辱，自刎而死，表现出凛然气节和爱国忠魂。她的鬼魂把负心的丈夫抛进江中，表达了对强权的反抗精神。《快嘴李翠莲》写翠莲的锋利辩才，在出嫁前后，驳倒了封建礼教给她的束缚，维护了自己女性的尊严。在觉醒的女性中也不乏富于才智的人才，犹如莎士比亚的喜剧《威尼斯商人》中女扮男装的鲍西娅，在法庭里压倒了气焰嚣张的夏洛克，惊呆了四座。还有《万秀娘仇报山亭儿》中的尹宗母子，同情万秀娘的不幸遭遇，挺身而出，把她从恶霸手中救出。他甚至为她报仇而牺牲了自己的性命，这种舍己救人的高贵品质，是我们民族的骄傲。

宋元的"小说"话本是我国白话短篇小说的发轫，比意大利文艺复兴初期的薄伽丘（1313—1375）的《十日谈》要早一、二百年。二者都有活泼生动的叙述，运用当代的口语，表现市民阶层

224

的新思想，而话本情节的复杂，反映生活的广泛，远远胜过《十日谈》。当然也有许多不足之处，如有些作品带有迷信鬼神，宿命的观念，以及不相干的插科打诨等。这是小说发展成长过程中难免的缺点。

"讲史"话本是根据史书敷演成篇的，受正史的束缚和影响很大。但也有的反映当时人民的爱憎，借古喻今，表现一定的政治态度。现存的宋元讲史话本有《新编五代史平话》、《大宋宣和遗事》和《全相平话五种》。《五代史平话》讲梁、唐、晋、汉、周五代的兴亡历史，也反映了当时人民在暴政和长期战乱中的灾难。对黄巢、朱温、刘知远、郭威等人的描写还算生动，但对农民起义的理解却不完全正确。主要的作品当推《大宋宣和遗事》和《全相平话》中的《三国志平话》。

《宣和遗事》描写宋徽宗的骄奢淫逸，任用小人，毫不关心政治，导致亡国，父子为金人所俘虏，北去的路中惨遭凌辱，终于客死异域。同时，高宗即位南方，宗泽、岳飞等连连打败金兵，但秦桧主和误国，断送了半壁河山。作者大为愤慨，故事的末尾说：

> 中原之土未复，君父之大仇未报，国家之大耻不能雪，此忠臣义士之所以扼腕，恨不食贼臣之肉而寝其皮也欤！

这不胜投笔长叹，突出作者民族主义和爱国主义的思想，尤其可注意的是叙述了宋江等三十六人的故事，成了奇书《水浒传》的底本。

《全相平话五种》包括《武王伐纣书》、《七国春秋后集平话》、《秦并六国平话》、《前汉书续集平话》和《三国志平话》。这五种平话都反映出人民的历史观。如《武王伐纣书》和《秦并六国平话》，着重表达了反抗暴政的思想，认为"国以民为主，民以国为本，国本人民切不可失也。"在元代的话本能表达这种抗暴的思想，发出人民的声音，也可说是时代的声音。

《三国志平话》源远流长，晚唐李商隐的《骄儿诗》中就有"或谑张飞胡，或笑邓艾吃"之句，可知那时已有讲三国故事的了。到北宋时讲三国的更多了，如《东坡志林》卷六中有一条：

> 王彭尝云：涂巷中小儿薄劣，其家所厌苦，辄与钱，令聚坐听说古话。至说三国事，闻刘玄德败则蹙眉，有出涕者；闻曹操败，即喜唱快。以是知君子小人之泽，百世不斩。

平话对刘曹的褒贬，不仅影响到当时的小孩，也影响到大人，更深远的影响是在戏台上所扮演的形象，和后来的《三国志演义》所渲染的形象，深入到后来各时代的大人和小孩的心。在政治思想上和人民感情上，《平话》都替《演义》定了弦。二者都继承了从唐宋以来几百年民间创作所反映的人民的思想感情。

"讲史"的话本虽然在量上不如"小说"话本多，但在民间的影响却更深远。在艺术的成就上虽不如"小说"话本，却在不断改善、成熟中。到了元末，出现了两位杰出的小说家，综合并发展了以前流传下来的思想、材料和艺术技巧，用生动的文字创作了两部不朽的史诗。就是施耐庵的《水浒传》和罗贯中的《三国志演义》。犹如古希腊的荷马把多年流传的，民间演唱特洛亚之战和战后的事，谱成《伊利亚特》和《奥德赛》二大史诗一样。荷马史诗也曾经后人的整理、修改，和施、罗的作品一样对后世产生深远的影响。

《水浒传》和《三国志演义》作者的思想也是继承并发展了民间讲唱艺术家们的思想意识。《水浒传》继承并发展了《大宋宣和遗事》的民族意识和爱国主义，被称为《忠义水浒传》。明末大思想家李贽曾为《水浒传》作了画龙点睛的评价：《水浒传》者，发愤之所作也。盖自宋室不竞，冠屦倒施，大贤处下，不肖处上。驯致夷狄处上，中原处下，一时君相犹然处堂燕鹊，纳币称臣，甘心屈膝于犬羊已矣。……是故愤二帝之北狩，则称大破辽以泄其愤；愤南渡之苟安，则称灭方腊以泄其愤。敢问泄愤者谁

226

乎？则前日啸聚之强人也，欲不谓之忠义不可也。"施耐庵是一个伟大的小说家、艺术家，不仅在思想上忠实地传达了当时广大人民的思想感情，集中地表现在一部小说里；而且在艺术上也达到前人所未能达到的境界。他的语言文字是前所未有的纯净白话文，描画各种性格的人物形象，栩栩如生，呼之欲出，也达到了前人所不能达到的地步。他创造了中国文学史上第一部长篇小说，七百年来读者都惊为鬼斧神工，不能不说他是伟大的天才。

《三国志演义》的作者罗贯中，是施耐庵的学生，也是一位杰出的天才。他的语言虽不是纯净的白话文，却发明了一种雅俗共赏的文语，就是用浅近的文言配合白话的语言。这种语言特别适合于讲史的演义小说，可以直接引用史传文献而不必经过翻译。《三国志演义》的描画人物形象性格也十分巧妙，有极大的感染力，在曹操失败或刘备、诸葛亮胜利时，读者眉飞色舞，反之，读者叹息，甚至落泪。罗贯中在《三国志演义》的写作中，表现出超凡的才能、学识，对于治国之道，对于历代的军事、政治、外交、经济等各方面的战略和策略，都很熟悉，而且描写各个战役的经过，胜败的原因，各个外交的胜败以及所用的词令，都巧妙正确而栩栩如生，且富于教育意义。整部《演义》，可以说是一部中国封建时期政治、军事、外交的百科全书。

三　元代杂剧和民族意识的高涨

文体大革命所产生的文学硕果，除小说方面之外，在戏曲方面则发展了南曲戏文和北曲杂剧。在南宋时，以临安（杭州）为国都，浙江一带成了文化艺术的中心。温州地方南戏的兴起是件大事；但偏安的局面，动荡不安，不久之后，南宋随鸿雁南飞了，南戏也就大受挫折，一时衰落，到元末明初，才又复兴。元代建京于大都（北京），北曲杂剧盛极一时，产生了大批光辉的

227

剧作家和作品。

元代杂剧是我国文体大革命后产生的新文体。元杂剧的全盛时代，作家辈出，优秀的作品如林，是我国戏剧史上第一个黄金时代。在宋真宗时变文的讲唱被禁止后，变文在民间再变而为鼓子词、诸宫调等叙事的说唱文学流行在南北各地。鼓子词演变为话本——新小说的前身，再发展而为新小说。诸宫调演变为金院本，再发展而为新戏剧——元杂剧。长期以来，元曲和唐诗、宋词并列而为代表一代的文学体裁，在中国文学史中占很重要的地位，可与楚辞、内典鼎立。

元代杂剧繁荣的原因，大致有这样几个：首先是城市经济的发达。自从唐末、五代、两宋以来，城市经济已逐渐发展，元蒙贵族入主中原后，集中到大城市中挥霍享受掠物，把农田夷为牧场，失去土地的农民流入城市，壮大了工匠行列，商业也随着发达。马可孛罗（Marco Polo，1254—1324）在他的《游记》里说中国城市既大且富，工商业繁荣，游艺活跃，他说："每日商旅及外侨往来者，难以数计，故均应接不暇。至所有珍宝之数，更非世界上任何城市可比"，似乎比他的故乡威尼斯——当时西方最繁荣的都市更为繁华。城市经济繁荣是戏剧繁荣的物质基础。

其次是民族矛盾和阶级矛盾的激化。从北宋开始，民族矛盾和阶级矛盾就一直交叉着发展；北方人民长期在金元贵族的统治下，处于水深火热之中；元灭南宋后，长期对立的局面虽然统一了，但人民的反抗和武装斗争仍此起彼伏。矛盾更因蒙古统治者推行民族歧视政策而激化。在政治、经济、文化教育上，对蒙古人、色目人、汉人、南人是不平等的。重要官职由蒙古人、色目人担任，汉人、南人被排斥在外，至多只能做个次职小吏。高官大吏们贪污枉法，鱼肉人民，汉人南人无辜被打，不能还手，还手便是死刑，甚至杀戮全家。还有苛捐杂税和高利贷的盘剥，

228

弄得"四境饥荒，万姓逃亡"。有了这样现实的悲剧，然后有《窦娥冤》、《赵氏孤儿》那样艺术的悲剧产生。

当时的文人、知识分子在民族的不平等待遇下没有别的出路。元代统治者把人民分为十等，"八娼、九儒、十丐"，知识分子处在"臭老九"的地位，比娼妓还不如，同叫花子差不多。这种社会地位，迫使他们和人民接近，他们个人的才能和民族的郁结无处发泄，只好发之于剧曲的创作。正因为他们接近人民，才能够写出优秀的作品。

第三是北方杂剧经过长期民间的孕育，到元代成熟而为正式戏剧，又吸收了新鲜血液，成了一代的文学奇葩。杂剧在宋金时，多为滑稽短剧，通过对白打诨，间或加些歌唱，主要是对现实生活加以嘲讽。这是舞台的发展过程。鼓子词和诸宫调的叙事诗形式加上对白才是戏剧文学的发展过程。最明显的例子是《西厢记》文体的发展演变。宋金时期说唱崔、张故事的叙事诗有赵令畤的《商调蝶恋花》鼓子词和董解元的《西厢记》诸宫调，戏曲有宋官本杂剧《莺莺六幺》、金院本《红娘子》和早期南戏《张珙西厢记》等。这些民间流行的曲艺，到了元代，汇合交流而产生了王实甫的《西厢记》大型杂剧。其中给它影响最大的是《西厢记》诸宫调。"诸宫调"是"变文"的嫡系子孙，在宋代许多讲唱的文体里是登峰造极的新文体。《董西厢》这部雄伟叙事诗的杰作，不仅是金代的绝唱，而且更大的作用是影响到元杂剧的形成。诸宫调有白有曲，一人挎弹并唱念到底。元杂剧则每折由一人独唱，惟道白用二人以上对答，在体制上接受了影响是很顺当的。在文字上《董西厢》给元剧王实甫《西厢记》的影响也是很明显的。如王剧第四本第三折中的名句"碧云天，黄叶地，西风紧，北雁南飞。晓来谁染霜林醉？总是离人泪。"《董西厢》中已有："莫道男儿心似铁，君不见满川红叶，尽是离人眼中血。"又同折的〈收尾〉："四围山色中，一鞭残照里。遍人间烦恼填胸臆，量这些大小车儿如何载得起？"《董西厢》中已有："（尾）驴鞭半袅，吟肩双耸，休问离愁轻重，向个马儿上驼也驼不动。"可知元剧文章之美、之真，感人之切，是有来历的，这就是文体大革命后，新文学发展的不可阻挡的势力。

元代杂剧作家中有姓名可考的约二百人，作品有名目可查阅的约七百三、四十种，其他失佚的还有很多。据明朝李开先《闲居集》说，嘉靖年间，他家里还存有元剧一千余种。现在我们能读到的只有二百多种了。

元杂剧的创作可以分为三个时期：第一期即前期，从元初到大德年间（1271—1307）为黄金时代，创作中心在大都，有关、王、白、马等写出《窦娥冤》、《西厢记》、《梧桐雨》、《汉宫秋》等名剧；第二期即中期，从至大到至顺年间（1308—1333），中心移向杭州，有郑光祖、宫天庭、秦简夫等，写出《倩女离魂》、《范张鸡黍》、《东堂老》等作；第三期即末期或衰落期，从元末元统年间到明初宣宗时（1333—1435）有肖德祥、王晔、朱有燉等。末期作品趋于形式主义，脱离斗争的现实，脱离群众，思想消极，好作品很少。

元杂剧代表一代的思潮，按它们的主题思想内容可以分为六类：

第一类：公案剧——在元蒙贵族的统治下，汉人和南人无往而不受冤枉，就是衙门审判也多不依公道判案，而是逼打成招，公理全无；人民权利丝毫没有保障。他们只能希望幻想中的清官如包拯、张鼎等出来替他们伸冤雪辱。如关汉卿的《窦娥冤》、《蝴蝶梦》、《鲁斋郎》；孟汉卿的《魔合罗》；李行道的《灰阑记》；无名氏的《陈州粜米》、《盆儿鬼》等，都是反映当时社会的不平冤气。

《窦娥冤》全名《感天动地窦娥冤》，是元杂剧中最著名的悲剧，是伟大剧作家关汉卿的代表作。关汉卿是元杂剧的奠基人，

230

生于13世纪20年代，死于世纪末，为剧坛前期的领袖。他在元蒙贵族的暴政下，不愿仕进，长期接近社会底层，熟悉民间疾苦，加上"生而倜傥，博学能文，滑稽多智，蕴藉风流，为一时之冠（《析津志》），所以善于反映民族矛盾和阶级矛盾，揭露政治的黑暗和无权者的冤枉。他写过六十多种杂剧，现存十四种中以《窦娥冤》、《救风尘》、《单刀会》、《鲁斋郎》为最著。

《窦娥冤》是我国有数的古典悲剧之一。

窦娥三岁丧母，七岁因高利贷的残酷剥削，被卖给蔡婆为童养媳，十七岁成了寡妇。她遭到赛卢医的阴谋害命，张驴儿父子的恃强霸占，桃杌太守的严刑逼供，一步步被推向无上悲惨的结局。但她的善良而坚强的性格也在苦难中一步步发展，在赃官严刑逼打蔡婆时，她宁自己承担死罪，不让婆婆受刑，在押赴刑场斩首时，又怕婆婆看见她披枷带锁而伤心。善良性格和冤情相对比，更能显出悲剧的效果。且看窦娥唱的几曲冤言：

〔采茶歌〕打得我肉都飞，血淋漓，腹中冤枉有谁知！则我这小妇人毒药来从何处也，天那！怎么的覆盆不照太阳晖！

〔黄钟尾〕我做了个衔冤负屈没头鬼，怎肯便放了你好色荒淫漏面贼！想人心不可欺，冤枉事，天地知，争到头，竞到底，到如今待怎的；情愿认药杀公公，与了招罪。婆婆也，我若不死呵，如何救得你！（以上自第二折）

〔正宫端正好〕没来由犯王法，不提防遭刑宪，叫声屈，动地惊天。顷刻间游魂先赴森罗殿，怎不将天地也生埋怨。

〔滚绣球〕有日月朝暮悬，有鬼神掌着生死权。天地也，只合把清浊分辨，可怎生糊突了盗跖颜渊：为善的受贫穷更命短，造恶的享富贵又寿延。天地也，做得个怕硬欺软，却元来也这般顺水推船。地也，你不分好歹何为地？天也，

你错勘贤愚枉做天！哎，只落得两泪涟涟。（自第三折）

《窦娥冤》是一出著名的中国古典悲剧，列于世界悲剧之林而无愧。英、法、德、日都有译介。

《鲁斋郎》是一出典型的公案剧，它的剧情是写皇亲国戚鲁斋郎抢了银匠李四的妻子，又夺了郑州六案都孔目张珪的妻子，把玩够了的李四妻赏给张珪。李四在妻子儿女失散，极端困难下，来到姊夫张珪家，不料遇见失散了的妻子，便在张家住下来。张珪则因妻子被夺，儿女失散，痛苦之极而出家做了道士。十五年后，开封府尹包拯所收养的张珪、李四的儿女都长大成人，有的还中举做了官。包拯还以"鱼齐即"强抢民妻为名，上一奏本，等皇帝批准处斩后再把"鱼齐即"三字改为"鲁斋郎"，把他斩决。张珪、李四两家团圆。

在元代，皇亲国戚、显官大臣，强占民间妻女是常事，马可孛罗《游记》说平章政事阿合马竟霸占了一百三十三个妇女。剧中的恶霸鲁斋郎，甚至要中级官吏张珪亲自把妻子送到他府上去。张珪慑于威势，不敢不送，又怕妻子伤心，不告诉她真相，痛苦、隐忍地唱道：

〔南吕一枝花〕全失了人伦天地心，依杖着恶党凶徒势。活支剌娘儿双折散，生各扎夫妇两分离。从来有日月交蚀，几曾见夫主婚，妻招婿？今日个妻嫁人，夫做媒，自取些奁房送陪随，那里也羊酒、花红，段匹？

〔梁州第七〕他凭着恶眼眼威风纠纠，全不怕碧澄澄天网恢恢。一夜间摸不着陈抟睡，不分喜怒，不辨高低。弄得我身亡家破，财散人离！对浑家又不敢说是谈非，行行里只泪眼愁眉。你、你、你，做了个别霸王自刎虞姬，我、我、我，做了个进西施归湖范蠡，来、来、来，浑一似嫁单于出塞明妃。正青春似水，娇儿幼女成家计，无忧虑，少萦系。平地起风波二千尺，一家儿瓦解星飞！

232

《灰阑记》是举世闻名的断狱案，作者李潜夫，字行道，山西新绛人，隐居不仕，生平不详。该剧写一良家女张海棠，被逼为娼，后为富翁赵均卿之妾，并生一子。正妻诬告她是通奸、杀夫犯，并取去海棠所生的儿子，衙门里的赃官竟把婴儿判给正妻。公文到了开封府，包拯看了怀疑，在阶下用石灰画一栏，把孩子放在正中，叫正妻和海棠对拉，谁能把孩子拉出灰栏，就算是谁的。正妻用力拉，屡拉屡胜，海棠怕儿子拉伤，不忍重拉，所以屡拉不出。包拯因此判定孩子是海棠生的。这个有名的断狱案件和西方盛传的所罗门剖婴断狱故事一样传为佳话，并在西欧发生了影响。德国的克拉本特（klabund）所改编的《灰栏记》添了些爱情的插曲，1925年在柏林演出。布莱希特（Brest）的《高加索灰栏记》，1944年由名演员路易丝·雷妮尔演出，轰动一时。此外尚有英、法、德文的译本在西欧出版。理想的清官愈受重视，愈反映吏治的黑暗。元剧中公案剧之多，包公之受崇拜，正反映了那时代不平和冤案的频繁。

无名氏的《陈州粜米》是元剧中包公剧的代表作品。剧作写陈州大旱三年，颗粒不收，朝廷派刘得中、杨金吾前往开仓粜米救灾。刘、杨二人借机抬高米价，掺上泥土，盘剥坑害灾民，灾民们敢怒而不敢言。有个耿直的老头叫张憨古的敢于骂他们"都是些吃仓厫的鼠耗，咂脓血的苍蝇"，被他们用紫金锤活活打死。张子小憨古上告到开封府，府尹包拯微服私访，查明真相，判处贪官死刑，并叫小憨古用紫金锤打刘得中的脑袋，为张憨古报仇雪冤。

这出戏的主人公张憨古和包拯，都有鲜明的性格，敢于对恶势力进行斗争。憨古说"柔软莫过溪涧水，到了不平地上也高声。"他据理斗争，甚至不惜牺牲性命。包拯和贪官的正面斗争，剧情曲折，成功地表达了他的思想斗争和知难而进的强韧性格，这是该剧的特点。

孟汉卿的《魔合罗》是另一出有特色的优秀公案剧。汉卿是毫

233

州人，生平事迹不详。《录鬼簿》吊词说他"喧燕赵，响玉京"，可能是玉京书会中的杰出作家。他的杂剧《魔合罗》突出张鼎审案的智慧，深刻揭露当时吏治的黑暗，社会风气的败坏。

《魔合罗》的剧情是：李德昌出外经商，赚了许多钱回家，途中病倒在一古庙中，求托卖魔合罗（梵语音译，是木石雕成的娃娃，供七夕供奉的小菩萨）的小贩叫高山的带信给妻子刘玉娘。李德昌的弟弟李文道把信骗去，李文道久有霸占兄嫂刘玉娘的野心，便趁此机会去古庙中毒死其兄，逼嫂为妻，玉娘不肯，便反诬她谋杀亲夫，并买通官府，将玉娘屈打成招。孔目张鼎对案件怀疑，要求复审。经过调查、分析，从一个线索剥茧抽丝，终于套出李文道父亲的口供，替玉娘昭雪罪名。这个剧本成功地塑造了张鼎这个正直、干练的人物形象。

张鼎是仅次于包拯的"清官"。是人民陷入黑暗社会中没有出路时，幻想的救星。作者细心刻划这样的人物形象，详细描绘这个清官审理案件的公正、认真，是为了对当时一代黑暗现实的讽刺、谴责，同时满足了人民的普遍愿望。

第二类：侠盗剧——公案剧须得清官如包拯，张鼎等出来，才能稍稍昭雪了一些冤枉；但是往往太晚了。《窦娥冤》、《盆儿鬼》等剧，冤是申了，仇也报了，可是受冤者本身已经枉死，究竟是太晚了。况且包拯等清官是理想中的人物，在元代是万万没有的，不如请人民中的强者，侠义之士如李逵、燕青等出来，用武功硬干的手段来报仇雪恨。元杂剧中有高文秀的"黑旋风"戏八种关于李逵的戏剧，李文蔚的《燕青博鱼》、无名氏的《张顺水里报怨》、《三虎下山》，杨显之的《风雪酷寒亭》等用《水浒》故事为题材的剧本共有二十种之多。《水浒》以外的侠义剧也有不少。

高文秀是个多产的青年作家，他的"黑旋风"戏八种，现在只留下一种《双献功》，写强豪白衙内和孙孔目的妻子通奸，二人相约在孔目一家人进山还愿时，一起逃走。孙孔目去告状，又遇

234

到白衙内借了大衙门坐堂，自为判官，把孙孔目打下死囚牢里。宋江派李逵去护送孙孔目。李逵化装成农民，自称孙弟，入狱送饭；暗中用蒙汗药骗牢子取食，救孙出来。李逵又化妆做官府佣人，送酒入衙，杀了衙内和孙妻，把两个人头提来献给山寨，所以叫做"双献功"。强豪可以随意借衙门坐堂，诬杀好人，社会黑暗到如此程度！李逵的行动大快人心。

杨显之《酷寒亭》，写郑州孔目郑嵩见宋彬仗义杀人，把死刑案改为刺配沙门岛。宋彬铭感于心，而在刺配的中途，杀了解子去做义盗。后来在酷寒亭遇见郑嵩也被发配到此，其子女为他行乞送饭。宋彬率党徒到郑州劫狱，并杀了奸人高成，拉郑嵩和他的子女同入山寨。

作者杨显之，元初著名剧作家，关汉卿的知己朋友，和当时的戏曲艺人往来密切，熟悉勾栏生活。他常替人修改剧作，有"杨补丁"的称号。他所作杂剧九种，现存《潇湘夜雨》和此剧。

康进之的《李逵负荆》是元代水浒戏中最优秀的作品，写李逵在梁山附近杏花庄听到开酒店的老王林哭诉，说宋江、鲁智深抢去他的女儿满堂娇。其实是恶棍们冒称宋、鲁抢女人。李逵一听便大怒，回山斥责宋江。宋江同他下山对质，辨明事实真相后，李逵认识错误，回山向宋负荆请罪。恰好恶棍们于那时送满堂娇回门，王林上山报信；李逵便奉派下山捉拿了冒名作坏事的恶棍。这是一出轻松愉快的喜剧或性格剧。通过一场误会，闹出一场戏剧冲突，歌颂农民英雄的嫉恶如仇，知错必改的性格和作风，歌颂他们与人民的亲密关系。李逵性直，一气就要把梁山的杏黄旗砍倒，恨的不只是抢一个女子的事，而是败坏梁山的规矩，正义的原则，断送未来的事业。元代水浒戏的思想、精神是和《水浒传》相一致的。

第三类：因果剧——善良的人民在元蒙贵族的淫威之下，无由吐气；清官既不可得，侠义行动只有少数强者才能做；多数走投无路的人只得用宗教的果报来警告别人，并用来安慰自己。"善有善报，恶有恶报，若是不报，时候未到"，是佛教因果报应说和儒家劝征思想的结合物。元杂剧中无名氏的《盆儿鬼》等是写神灵鬼魂替生人申冤的。又如郑廷玉的《看钱奴》、武汉臣的《生金阁》和《老生儿》等，也都是因果报应思想的表现。至如孔文卿的《东窗事犯》则是利用神灵宗教思想斥奸骂谗、抒发爱国情愫的悲剧。

《盆儿鬼》既是公案剧，又是因果剧。叙述小商人杨国用出外经商，在回家的路中，寄宿"盆罐赵"家里，赵夫妇图财害命，杀死他并把尸首烧灰制成瓦盆。后来"盆罐赵"把这盆儿送给老差吏张懲古。盆儿叮叮珰珰地说起话来，要求张懲古把它带到开封府包拯处告状申冤。包拯提赵夫妇，审问具实，将二人斩首。此剧情节虽然荒诞，但很生动，富于戏剧性。

郑廷玉的《看钱奴》写秀才周荣祖上京应举，把家财埋在地下。穷汉贾仁向东岳大帝祈求富贵。周荣祖的父亲曾毁坏佛寺，荣祖被罚穷困二十年，便把周家财产暂给贾仁二十年。贾仁掘得地下财宝后成为大财主，周荣祖却落第又贫寒，只得把儿子卖给贾仁。贾仁悭吝，一文也舍不得用，白作了二十年"看钱奴"。剧中对贾仁的吝啬，刻划得很深，可与莫里哀的《悭吝人》比美。作者郑廷玉，彰德人，生卒年不详。作杂剧二十三本，现存五本，《看钱奴》是他的代表作。取材于晋干宝《搜神记》中"张车子"的故事。他熟悉人情世态，具有圆熟的戏剧技巧，长于讽刺手法。

武汉臣，济南人，也是一位生卒年不明的剧作家，共有杂剧十种，现存《生金阁》、《老生儿》等三种。

《生金阁》写书生郭成上京求取功名，被庞衙内夺去了随身携带的传家宝生金阁，还要强娶他的妻子。郭成不答应，便被庞衙内铡死。郭成的冤魂提着头颅跑出来，闯散了元宵的花灯社火，满城大乱。开封府尹包拯微服巡访，查清了这件事，便设法计赚生金阁，把庞衙内判死刑。

236

《老生儿》较少迷信，它的因果关系较为现实。故事是说，东昌的富商刘从善老而无子，只生一女，赘婿张郎。从善的弟弟从道早死，留下儿子名叫引孙。从善爱护侄儿，但为张郎夫妇所厌恶，从善只好给侄儿一些银子和一间草房，叫他自己独立生活。婢女小梅为从善生下一个老儿子，张郎夫妇怕老生儿可继家业，有损自己的利益，阴谋把小梅和老生儿关在别屋里，反而诬告她私逃。老头以忏悔的心情，广散家财，把家业交张郎管理。三年后的清明节，老头叫女婿去祖坟上扫墓，后来发觉他到张家祖坟去奠祭了，而在刘家祖坟上烧纸奠酒的是侄儿引孙。老头一怒之下，要把产业全转交给侄儿。张郎夫妇觉得惭愧，把小梅和老生儿从别屋中放出来，引见老头，才释老人的怒气，把财产均分给儿子、侄子和女儿。剧中虽弥漫着封建的伦理观念，也带宗教气氛，但事情的前因后果是自然的，合乎人情之常的。剧中用生动的语言，丰富的戏剧性，赢得了国际的声誉，有宫原民平的日文译本，J.F.达庇时的英文译本和A.B.德索尔桑的法文译本。

孔文卿生于浙江平阳，生卒年不详。《东窗事犯》演爱国英雄岳飞被奸臣秦桧谋害的事。岳飞从朱仙镇奉召回朝，立即被押送大理寺审问，不久便遇害。他的冤魂向高宗托梦，控诉秦桧的罪行。在秦桧到西湖灵隐寺烧香时，地藏王菩萨化为疯僧呆行者，疯言疯语宣说秦桧夫妇在东窗下密谋杀害岳飞的事。秦桧叫何宗立去勾捉呆行者。何宗立到了阴间，看到秦桧因为东窗事犯而受惩处。等他回到阳世，已过了二十年，向新君叙述亲眼看见的因果报应。

元代宗教盛行，佛、道之外，伊斯兰教、基督教等都很兴盛。元蒙贵族既信神鬼，受迫害的人民没有出路时，自然要以宗教的信仰来安慰自己。优秀的剧作家也利用这种心理，用因果报应的说法来警戒恶人，孔文卿用以斥骂卖国贼秦桧，表达作者的爱国热忱。

人间的苦难是宗教的根源，每遇天灾人祸，一时无法对付时，便对神灵发生幻想；元代汉人受人欺侮太甚，无处求告，只好靠天，那是可以理解的。

第四类：仙道剧——那时人们对付强豪压迫的方法，除清官、义侠、因果迷信之说外，还有一种就是洒脱、放浪于形骸之外。抱有这种消极抵抗思想的多为知识分子，表现在戏曲里的就是仙道剧。例如马致远的《陈抟高卧》、《黄粱梦》、《岳阳楼》、《任风子》，岳伯川的《铁拐李》，范子安的《竹叶舟》，宫天挺的《子陵垂钓》等都表现出消极、悲观、颓废的隐逸思想。如《黄粱梦》第二折：

> （混江龙）……虽然是草舍茅庵一道士，伴着清风明月两闲人。也不知甚的是秋，甚的是春，甚的是汉，甚的是秦。长则习疏狂，贪懒散，佯装钝，把个人间富贵，都作了眼底浮云。

又如《子陵垂钓》的末段：

> （离亭宴煞）九经三史文书册，压自一千场国破山河改。富贵荣华，草芥尘埃。难道禄重官高祸害，凤阁龙楼包着成败。怎那里是舜殿尧阶，严光则是出了十万丈是非海。

又如《竹叶舟》的陈季卿唱道：

> （驻马听）我故国神游，只物换星移几度秋。将浮生讲究，经了些夕阳西下水东流。叹兴亡眉锁庙堂愁。为功名人比黄花瘦。归去，休看银山铁庙层层秀……（胜葫芦煞）强如铁甲将军夜过关，他驱猛骑跨雕鞍。有一日战败荒郊白骨寒。争如我茅庵草舍，蒲团纸帐，高卧得清闲！

隐逸的思想由来已久，常被看作清高的风格。到了元代，在民族矛盾和阶级矛盾复杂的社会里，知识分子被放在臭老九的地位，每到没有出路时或倦于奋斗时，便用这种思想来做消极的对抗手段。

238

第五类：恋爱剧——在元代城市经济发达、资本主义萌芽中的社会里，反封建的思想自然要滋生。年青一代总想从封建礼教中解放出来，首先表现在要求婚姻自主和恋爱自由的问题上。元剧不少有关恋爱问题的题材，如王实甫的《西厢记》、关汉卿的《救风尘》、白朴的《墙头马上》、武汉臣的《玉壶春》、石君实的《曲江池》、郑光祖的《倩女离魂》、乔吉的《玉箫女》、无名氏的《百花亭》、尚仲贤的《柳毅传书》、李好古的《张生煮海》等等。

《西厢记》是中国古代恋爱剧中成就和影响最大的杰作之一。它叙述张珙和崔莺莺争取自由恋爱而成功的故事。张、崔二人在普救寺一见钟情，不顾封建礼教的束缚，以书简和诗词传情，在侍女红娘的帮助下，私相结合。崔母怕家丑外扬，只好承认这门婚事。但张生得立即赴京考试，暂时分离。结局是张生终于中举归来团圆。这出爱情胜利的喜剧，犹如莎士比亚初期的喜剧多以爱情成功而团圆，是符合当时思潮和市民阶层青年愿望的。

莺莺的故事最初来自唐传奇，元稹的《会真记》，写恋爱心理的矛盾和被弃后的痛苦心情，写得很动人；但张生始乱终弃，对爱情不忠，还以封建观点来为自己辩护。后来故事流传很广，经过不断修改、丰富，至金朝董解元的《西厢记诸宫调》成了一篇雄大的叙事诗篇，把它再创造为争取婚姻自主的主题，刻划人物，栩栩如生。王实甫在《董西厢》的基础上，改编为五本二十一折的长篇杂剧，波澜起伏，合情合理。它创造了典型人物如崔、张、红娘，尤其突出红娘的形象。在封建礼教统制下，做坚决、机智的斗争，愿天下有情人都成眷属，而且得到了胜利。红娘是我国十三、四世纪最勇敢的反封建人物，比十七世纪莫里哀《伪君子》里的女仆桃丽娜还要大胆而机智。

王国维说："然元剧最佳之处，不在其思想结构，而在其文章。"这话只对一半，元剧的佳处，首先是思想——爱国民族思想，其次才是文章。但他真正道出了元剧文章的妙处："其文章

239

之妙，亦一言以蔽之，曰：有意境而已矣。何以谓之有意境？曰：写情则沁人心脾，写景则在人耳目，述事则如其口出是也。"（《宋元戏曲考，元剧之文章》）在元剧的恋爱剧中尤觉明显。而《西厢记》的文章之美，可说是元杂剧的冠冕。如第四本第三折，写张、崔的分别：

  （夫人、长老上。云）今日送张生赴京，就十里长亭，安排下筵席。我和长老先行，不见张生、小姐来到。（旦、末、红同上，旦云）今日送张生上朝取应去。早是离人伤感，况值那暮秋天气，好烦恼人也呵！"悲欢聚散一杯酒，南北东西万里程。"（旦唱）：

  [正宫][端正好] 碧云天，黄花地，西风紧，北雁南飞。晓来谁染霜林醉？总是离人泪。

  [滚绣球] 恨相见得迟，怨归去得疾。柳丝长，玉骢难系，恨不得倩疏林挂住斜晖。马儿迍迍行，车儿快快随，却告了相思回避，破题儿又早别离。听得道一声"去也"，松了金钏；遥望见十里长亭，减了玉肌。此恨谁知！

  （红云）姐姐今日不打扮？（旦云）红娘呵，你那里知道我的心哩！（旦唱）

  [叨叨令] 见安排着车儿、马儿，不由人熬熬煎煎的气；有甚么心情花儿、靥儿，打扮得娇娇滴滴的媚；准备着被儿、枕儿，则索昏昏沉沉的睡；从今后衫儿、袖儿，揾湿做重重叠叠的泪。兀的不闷杀人也么哥，兀的不闷杀人也么哥。久已后书儿、信儿，索与我恓恓惶惶的寄。

  （做到了科，见夫人了）（夫人云）张生和长老坐，小姐这壁坐，红娘将酒来。张生，你向前来，是自家亲眷，不要回避。俺今日将莺莺与你，到京师休辱末了俺孩儿，挣揣一个状元回来者。（末云）小生托夫人余荫，凭着胸中之才，觑官如拾芥耳。（洁云）夫人主张不差，张生不是落后

240

的人。（把酒了，坐）（旦长吁了，唱）

[脱布衫]下西风黄叶纷飞，染寒烟衰草萋迷。酒席上斜签着坐地，蹙愁眉死临侵地。

[小梁州]我见他阁泪汪汪不敢垂，恐怕人知。猛然见了把头低，长吁气，推整素罗衣。

[幺]虽然久后成佳配，奈时间怎不悲啼。意似痴，心如醉，昨宵今日，清减了小腰围。

（夫人云）小姐把盏者！（红递酒了，旦把盏了）（旦唱）

[小上楼]合欢未已，离愁相继。想着俺前暮私情，昨夜成亲，今日别离。我谂知，这几日想思滋味，却元来比别离情更增十倍。

[幺]年少呵，轻远别，情薄呵，易弃掷。全不想腿儿相压，脸儿相偎，手儿相携。你与俺崔相国做女婿，妻荣夫贵，但得一个并头莲，强似状元及第。

（红云）姐姐，不曾吃早饭，饮一口儿汤水。（旦云）红娘呵，甚么汤水咽得下！（唱）

[满庭芳]供食太急，须史对面，顷刻别离。若不是酒席间子母每当回避，有心待与他举案齐眉。

[幺]虽然是厮守得一时半刻，也合着俺夫妻共桌而食。眼底空留意，寻思起就里，险化做望夫石。

（夫人云）红娘把盏者。（红把酒科了）（旦唱）

[快活三]将来的酒共食，尝着似土和泥；假若便是土和泥，也有些土气息、泥滋味。

[朝天子]暖溶溶玉杯、白冷冷似水，多半是相思泪。眼面前茶饭怕不待要吃，恨塞满愁肠胃。蜗角虚名，蝇头微利，拆鸳鸯在两下里。一个这壁，一个那壁，一递一声长吁气。

241

（夫人云）辆起车儿，俺先回去，小姐随后和红娘来。
（下）（末辞洁科）（洁云）此一行别无话说，贫僧准备买登科录，看做亲的茶饭，少不了贫僧的。先生在意，鞍马上保重者。"从今经忏无心礼，专听春雷第一声。"（下）（旦唱）

[四边静]霎时间杯盘狼藉，车儿投东，马儿向西。两意徘徊，落日山横翠。知他今宵宿在那里？有梦也难寻觅。

（旦云）张生，此一行，得官不得官，疾早便回来。
（末云）小姐心儿里艰难。小生这一去，白夺一个状元，真乃是："青霄有路终须到，金榜无名誓不归。"（旦云）君行别无所赠，口占一绝，为君送行："弃掷今何在？当时且自亲。还将旧来意，怜取眼前人。"（末云）小姐之意差矣，张珙更敢怜谁？谨赓一绝，以剖寸心："人生长远别，孰与最关亲？不遇知音者，谁怜长叹人？"（旦唱）

[耍孩儿]淋漓襟袖啼红泪，比司马青衫更湿。伯劳东去燕西飞，未登程先问归期。虽然眼底人千里，且尽生前酒一杯。未饮心先醉，眼中流泪，心内成灰。

[五煞]到京师服水土，趁程途，节饮食，顺时自保揣身体。荒村雨露宜眠早，野店风霜要起迟！鞍马秋风里，最难调护，最要扶持。

[四煞]这忧愁诉与谁？相思只自知，老天不管人憔悴。泪添九曲黄河溢，恨压三峰华岳低。到晚来，闷把西楼倚，见了些夕阳古道，衰草长堤。

[三煞]笑吟吟一处来，哭啼啼独自归。归家若到罗帏里，昨日个绣衾香暖留春住，今夜个翠被生寒有梦知。留恋你别无意，见据鞍上马，阁不住泪眼愁眉。

（末云）有甚言语嘱咐小生咱？（旦唱）

[二煞]你休忧文齐福不齐，我则怕你停妻再娶妻。你休

要"一春鱼雁无消息"！我这里"青鸾有信频须寄"，你却休"金榜无名誓不归"。此一节君须记：若见了那异乡花草，再休似此处栖迟！

（末云）再谁似小姐？小生又生此念？仆童赶早行一程儿，早寻个宿处。（末念）泪随流水急，愁逐野云飞。（下）（旦唱）

〔一煞〕青山隔送行，疏林不做美，淡烟暮霭相遮蔽。夕阳古道无人语，禾黍秋风听马嘶。我为什么懒上车儿内，来时甚急，去后何迟！

（红云）夫人去好一会，小姐，咱家去（旦唱）

〔收尾〕四围山色中，一鞭残照里。遍人间烦恼填胸臆，量这些大小车儿如何载得起？（旦、红下）

这真是"写情则沁人心脾，写景则在人耳目"的好文章。这出富有反封建，为争取婚姻自主的，曲辞极妙的卓越剧作，我们却无从知道其作者王实甫的生卒年月和生平事迹，只知是大都人，名德信，生活于马致远、白朴之后。明代贾仲明在增补《录鬼簿》时写〔凌波仙〕吊王实甫说："风月营密匝匝列旌旗，莺花寨明飚飚排剑戟，翠红乡雄纠纠施谋智。作词章风韵美，士林中等辈伏低。新杂剧，旧传奇，西厢记天下夺魁。"曲中的"风月营"、"莺花寨"、"翠红乡"是指元代教坊、行院、勾栏，可知他和关汉卿一样，是熟悉民间艺人的生活，献身于剧艺的文人。他的杂剧十三种，现存完整的只有《西厢记》和《丽春堂》两种。《西厢》的影响深远，对十六、七世纪之交汤显祖《牡丹亭》中的杜丽娘，十八世纪曹雪芹《红楼梦》中的贾宝玉、林黛玉，起了痛恨封建制的罪恶和加强悖逆性格的作用。在国外也广泛流传，在日本，有冈岛献太郎、宫原民平、岸春风楼、深译遏、盐谷温等的各种译本；在法国，有S.朱利安、德比西、德莫朗、曾仲鸣、徐仲年等的各种译本，在英国，有G.T.坎德林（汉名甘淋）、熊式一、H.H.

243

哈特等人的译本，在意大利，有Ｍ.基尼的译本，在德国，有Ｖ.洪德豪森（汉名洪涛生）的译本，在苏联，有Л.Н.明希科夫的译本。

《墙头马上》也是一出反封建的，为争取婚姻自主而斗争胜利的好杂剧。作者白朴（1226—1312）字仁甫，又字太素，号兰谷，山西河曲人。他父亲白华做过金哀宗的枢密院判官。白朴七岁时，蒙古兵攻陷汴京，他被父亲的好友诗人元好问带到山东避难，在诗人的教育下，有了相当的文化修养。金亡后，他父亲带他定居在河北正定，该地是元代戏剧中心之一，使他成为杰出的剧作家。元中统年间有人推荐他去做官，他婉言拒绝。后来徙家金陵，放情山水间。所作杂剧十七种，现存《梧桐雨》和《墙头马上》二种，前者缠绵悱恻，后者泼辣尖新。

《墙头马上》情节简练，写裴尚书的儿子裴少俊骑马出游，和名门闺秀李千金隔墙相遇，一见钟情，几次书简往来，李千金便勇敢地跟少俊逃走。少俊把她藏在后花园的书房里七年，生一儿一女。有一天被裴尚书发现，并被赶回娘家。后来少俊中举得官，要求她回裴府，她不肯，裴尚书亲自去相劝，反被讥讽奚落了一番。为了儿女，终于重归于好。

《墙头马上》成功地塑造了一个反封建礼教的，勇敢泼辣的女性形象，她敢于违背闺教，主动跟旧礼教决裂，并在封建家长的淫威面前不低头，据理力争，还把公公奚落。反之，少俊的软弱更加显示她的坚强。

《梧桐雨》写唐明皇和杨贵妃的故事，从长生殿庆七夕、沉香亭舞霓裳、马嵬坡吊死，到雨夜哭奠。剧中批判了明皇的政治得失和骄奢淫逸的宫廷。作者同情明皇，歌颂他的深情，特别是第四折，描写了他的忆旧、伤逝的心情和雨打梧桐凄凉萧瑟气分融和，构成诗的境界。

白朴在《梧桐雨》中谴责臣妾而歌颂皇帝的思想不是偶然的，

244

同《水浒传》只反赃官不反皇帝的思想是一致的。还有同时代剧作家马致远的《汉宫秋》也是这样的思想。

马致远（约1250—1321）号东篱，大都人，有"曲状元"之称。他早年参加过元贞书会等戏剧组织，和艺人红字李二等合编过杂剧《黄粱梦》。中年曾一度出任浙江行省务官，和散曲作家张可久、卢挚等唱和。晚年隐居田园。他写过杂剧十三种，现传七种，都是曲词优美清丽之作，而《汉宫秋》最为著名。

《汉宫秋》写昭君和亲的故事。这个故事是历代剧作家写得最多的，但思想、观点各有不同。马致远因所处的时代特殊，在《汉宫秋》中歌颂她对汉朝的忠贞，虚构了昭君在界河上投水殉国的情节，突出宁死不屈的爱国主义精神，有积极的现实意义。

《汉宫秋》和《梧桐雨》都集中地批判通敌的奸臣和无能的庸碌官吏，而深切同情受屈辱的君王。这种思想是反映当时人对宋、金亡国原因的认识，对贪生怕死、投降元蒙贵族的衮衮诸公的谴责。不仅生活在元代的作家施耐奄、白朴、马致远抱有这样的忠君爱国思想，生在西方文艺复兴时代的大作家如莎士比亚也是这样，同情君主的中央集权，反对地方割据的诸侯。无论东方西方，资本主义萌芽时期的市民阶层都抱有这种拥护中央集权的思想，特别是在君主落难、悲伤的时候。《汉宫秋》第三折描写昭君出发时，汉元帝呆望着塞北悲凉的风光，默想着自己将独自回到宫廷的寂寞情景，真是回肠荡气的文字。

〔七弟兄〕说甚么大王，不当恋王嫱，兀良（天哪）怎禁地临去也回头望！那堪这散风雪旌节影悠扬，动关山、鼓角声悲壮。

〔梅花酒〕呀！俺向着这迥野悲凉。草已添黄，兔早迎霜。犬褪得毛苍，人搠起缨枪，马负着行装，车运着糇粮，打猎起围场，她她她，伤心辞汉主；我我我，携手上河梁。她部从入穷荒，我銮舆返咸阳。返咸阳，过宫墙；过宫墙，绕回

245

廊；绕回廊，近椒房；近椒房，月昏黄；月昏黄，夜生凉；夜生凉，泣寒蛩；泣寒蛩，绿纱窗；绿纱窗，不思量！

〔收江南〕呀！不思量，除是铁心肠！铁心肠，也愁泪滴千行。美人图今夜挂昭阳，我那里供养，便是我高烧银烛照红妆。

第六类：历史剧——这类杂剧多数是借古讽今或借古谕今的作品。如关汉卿的《单刀会》、《单鞭夺槊》、《哭存孝》，戴善夫的《春光好》，无名氏的《赚蒯通》、《昊天塔》、《渔樵记》，纪君祥的《赵氏孤儿》等，都是优秀的历史剧。历史剧基本上取材于历史人物的故事，但多加上流传的传说和诗人自己的思想立场，加上不同的想象因素，达到借古讽今的作用，其中有些是直接影射当时政治的。

《单刀会》写三国时东吴的鲁肃为索取荆州，约请关羽过江赴会，想在宴席中暗害他。关羽只带周仓等几个侍从，驾一叶扁舟，鼓浪前去，仗他勃发的英姿和过人的胆略，胜利回来。关汉卿描写关羽有勇有识有谋的形象本身就骂尽了南宋投降派的昏官庸将们。第三折"训子"的情节是《三国演义》所没有的，训子的内容具有饱满的爱国精神和大丈夫临危不惧的气概。

《赚蒯通》写汉初功臣韩信被肖何骗杀后，蒯通恐怕会株连自己，假装疯魔避祸。但肖何派随何去赚了他来，预备油锅烹了他。由于蒯通的机智、勇敢和雄辩，正气凛然地诉说了韩信的冤枉，为韩信平反了冤狱，并为自己洗刷了罪责。作者是一个博学、能文、有胆略和辩才的文人，一个有政治眼光的爱国主义剧作家，虽然他的名字失传了。

《赵氏孤儿》是历史上一个千古大冤案，作者纪君祥，一作纪天祥，生卒年不详，是一个隐居的，不愿致仕的元代老文士。他编过六出戏，存留的只有一出伟大的悲剧《赵氏孤儿》。悲剧写春秋时晋国的上卿赵盾被大将军屠岸贾诬陷，全家三百多人被杀光，只有一个新生的婴儿被门客程婴救出，这就是赵氏孤儿。为了营救孤儿而牺牲自己性命的，先后有晋公主、韩厥、公孙杵

246

曰等。最后，程婴用自己的儿子来替换，保全了他。待到孤儿长大到二十岁时，程婴把赵家所遭到冤案始末告诉他，他决心向屠岸贾报仇。纪君祥从《左传》、《国语》、《史记》的材料，以及民间流传的赵氏孤儿故事，加工创作这部壮烈的大悲剧，赞扬自我牺牲和恶势力斗争的精神。这是作者在元蒙灭赵宋后目睹民族迫害的现象所发泄的忿懑情绪。悲剧中渗透着民族思想，以歌颂英雄人物的正义行为和牺牲精神为基调，以激烈忿懑的曲词渲染悲剧的气氛及复仇的意志。

如在第一折中韩厥唱道："有一日怒了上苍，恼了下民，怎不怕沸腾腾万口争谈论，天也显着个青脸儿不饶人。"这是说屠岸贾所干的残酷杀害行为是天理人情所不容的。又如第二折公孙杵臼唱的：〔隔尾〕你道是古来多被奸人弄，便是圣世何尝没四凶，谁似这万人恨千人嫌一人重。他不廉不公，不孝不忠，单只会把赵盾全家杀的个绝了种。"在第四折里，成人了的赵氏孤儿，明白自己的家世之后便立下复仇的大志，唱道：

〔耍孩儿〕到明朝若与仇人遇，我迎头儿把他挡住，也不须别用军和卒，只将咱猿臂轻舒，早提翻玉勒雕鞍辔，扯下金花皂盖车，死狗似拖将去。我只问他人心安在，天理何如？

〔二煞〕谁着你使英雄忒使过，做冤仇能做毒，少不的一还一报无虚误。你当初屈勘公孙老，今日犹存赵氏孤。再休想咱容恕，我将他轻轻掷下，慢慢开除。

〔一煞〕摘了他斗来大印一颗，剥了他花来簇儿套服；把麻绳背绑在将军柱，把铁钳拔出他斓斑舌；把锥子生挑他贼眼珠，把尖刀细剐他浑身肉，把钢锤敲残他骨髓，把铜铡切掉他头颅。

〔煞尾〕尚兀自勃腾腾怒怎消，黑沉沉怨未复。也只为二十年的逆子妄认他人父，到今日三百口的冤魂，方才家自有主。（下）

王国维在《宋元戏曲考·元剧之文章》中说："其最有悲剧之性质者，则如关汉卿之《窦娥冤》，纪君祥之《赵氏孤儿》。剧中虽有恶人交媾其间，而其蹈汤赴火者，仍出于其主人翁之意志，即列之于世界大悲剧中，亦无愧色也。"

元杂剧中最为西方人所知的就是悲剧《赵氏孤儿》。法国18世纪著名的思想家和文学家伏尔泰曾把该剧的法译本改编了一部悲剧，名为《中国孤儿》（L'orphelin de la chine），震动了西方剧坛。法译者，先有 J.普雷马雷（汉名马若瑟），后有 S.朱安（汉利名儒莲）。英译由法文本转译，H.A.贾尔斯（汉名翟理思）在他译著的《中国文学史》（1923）中介绍该剧的梗概。德国大诗人歌德曾把它改编为 "Elpenor"（1788）意大利作家 P.梅塔斯塔齐奥改编为《中国英雄》（L'eroe Cinese 1748）。

文体大革命发展到了元代，在新戏剧方面所结硕果是戏文和杂剧。正因为中国戏剧是文体大革命的产物，所以它们的最大特点之一是有唱有白，韵散杂糅的文体。不象西方的歌剧一般都是全部用唱辞，如《茶花女》，又不象话剧全部是对话，如《娜拉》。中国剧的妙处，除剧曲唱腔之外，其思想内容和社会意义也不可忽视。元代杂剧的主要思想内容是对元蒙统治下黑暗社会的暴露、谴责和反抗的鲜明态度，对民族矛盾、阶级矛盾，采取了各种斗争的方式。用公案剧揭露受苦人民的冤枉真相；用侠盗剧为人民出一口气；利用元蒙统治者的迷信心理，用因果剧警告坏蛋们不要胡作非为；用仙道剧表示消极的抵抗；用恋爱剧表示对封建制度的反抗，对自由的向往；用历史剧借古讽今，甚至用以直接批判现实的政治，流露爱国的热忱。

因为在那时知识分子处于臭老九（九儒十丐）的地位，即使是有才华的剧作者也默默无闻，或者生卒年代不明，或者生平事迹，除一鳞半爪外无从查考。但他们掌握了新文体，有丰富的舞台经验，能运用质朴、通俗、口语化的语言艺术，高度的表达能力，"写情则沁人心脾，写景则在人耳目，述事则如其口出"。尤其可贵的是表现了斗争、反抗的精神，抒发了爱国、爱民族、爱人民的满腔热情。

四 文体大革命与文学思想的大变化

我国文体大革命，不仅是文体问题，它不能不涉及文艺理论、文艺批评，结果引起我国文学思想也起了大变化。传统的文艺理论和文艺批评范畴只限于诗文，这个旧范畴在文体革命以后便不适应了。随着新戏剧、新小说的崛起，文艺理论批评便突破了诗文的旧范畴，把视线扩展到戏剧、小说方面。

在唐代，新文体在民间初创时期，就有崔令钦的《教坊记》、段安节的《乐府杂录》等记载戏曲、歌舞、俳优的初期活动情况，也有《踏摇娘、《代面》、《参军戏》等剧情的记录。

宋代白话小说和滑稽戏兴起时，有吴自牧的《梦粱录》、孟元老的《东京梦华录》、王灼的《碧鸡漫志》、耐得翁的《都城纪胜》等，记载当时小说、戏剧的雏形如何发展、兴盛。

元代杂剧勃兴，才人辈出，成了我国第一个戏剧黄金时代，钟嗣成的《录鬼薄》，有关于当时艺人、作家、作品的记录，并有简单的评述，在戏曲评论史上也有相当的地位。周德清的《中原音韵》是关于声乐音韵研究的专著。杨维桢在他的诗文中肯定戏剧文学的讽谏作用，如云："一言之微，有回天倒日之功……则优戏之伎虽在诛绝，而优谏之功岂可少乎？"可见，戏剧这种新文体在元代已经站稳了脚跟，并跻登大雅之堂。

到了明初，南曲戏文也兴盛了，连统治阶级也十分重视这种新文体了。太祖朱元璋说："五经、四书如五谷，家家不可缺；高明《琵琶记》如珍羞百味，富贵家岂可缺耶？"（黄溥言《闲中今古录》）《琵琶记》的出现，是元末明初南戏振兴的标志，也是文

249

体革命全面胜利的标志，它和语体长篇小说《水浒传》几乎同时完成，又和四大传奇《荆钗记》、《白兔记》、《拜月亭》、《杀狗记》齐名，对后世戏曲的影响十分深远。

从文体大革命基本完成后的明代起，便产生了一批面貌一新的伟大文艺理论家和批评家如李贽、焦竑、徐渭、汤显祖、冯梦龙、李渔、金人瑞、梁启超、王国维、鲁迅等。他们都以戏剧、小说为主要评论对象，有的还是戏剧或小说的创作名家。他们的文学视野大大广阔，和传统文论家仅局限于诗文比起来，显然有了重大的变化。

还有一层，我们不能不注意到：元明以后文艺思潮的变迁，多以戏剧、小说为标志，诗文的地位退而居其次。具体说，此后古典主义、浪漫主义和现实主义的推移，都以戏剧、小说为鲜明的旗帜。

250

第十章 古典主义
〔元、明〕

一 汉文化复兴和古典主义

元蒙统治者马上得天下，极端无视汉人和南人的旧文化，排斥儒学，废除科学，甚至藐视汉字，另造新文字。《新元史》卷百二《释老传》云：

> 世祖中统元年，命制新字仅千余，其母四十有一，其相关组而成字者，则有韵关之法。其以二合、三合、四合而成字者，则有韵语之法。而大要以谐声为宗。字成，颁行天下。
> 又于州县各设蒙古字学教授以教习之。

但汉族旧文化，到底根深蒂固，不能长久受压制。在元世祖忽必烈初临朝时，公文诏令都用蒙文，到召聘名学者赵孟頫时便改用汉文。在他死后不久，汉族旧文化又渐渐抬头了。到了仁宗皇庆二年（1313年）又举行科举，**恢复汉族旧制**。科举虽不足以代表汉族旧文化，却足以表明蒙古文化已经逐渐融和于汉族文化。元初废科举，排斥儒学，对新戏剧和新小说的发展以及文体大革命却有好处，因为去掉旧文化因循守旧的阻力，有利于新体制的发展，并且使有才华的文艺作者绝了仕进之路，安心于曲艺的创作。加上种族矛盾和阶级矛盾的现实，使他们发愤而作。所以元初杂剧的光辉成就也是时势所造成的。到了元后期，由于统治者的荒淫腐朽，人民的顽强反抗，在统治力量比较薄弱的江南，绵连不断的农民起义，革命的力量渐占优势。杂剧创作的中心也逐

251

渐南移，汉族的传统文化逐渐恢复。

到了至正十一年（1351年），各地起义军汇合起来成为以红巾军为主的大起义，势如破竹，正如当时民谣所描写的：

满城都是火，官府四散躲。城里无一人，红军府上坐。

1368年，起义大军在朱元璋的领导下，彻底摧毁了元蒙统治政权，建立了强大的明帝国。

朱元璋登基之后就下令恢复汉制。洪武元年的《实录》说："诏复衣冠如唐制。初元世祖自朔漠起，尽以胡俗变易中国之制，士庶咸辫发椎髻，深襜胡帽，无复中国衣冠之旧。甚至易其姓名为胡名，习胡语。俗化既久，恬不知怪。上久厌之，至是悉令复旧。衣冠一如唐制，士民皆以发束顶。其辫发椎髻，胡服胡言胡姓，一切禁止。于是百有余年之胡俗，尽复中国之旧。"

朱元璋当了皇帝，集军政大权于一身，把秦汉以来的专制主义中央集权更发展了一步。绝对君主专制制度要求臣民有统一的思想，忠君爱国的封建思想。于是大力恢复传统的文化，曾亲自筹划、开设文华堂，招揽人才。聘请前朝遗老，修明礼乐制度，立学校，行科举，命胡广、杨荣等撰修《四书》、《五经》、《性理大全》共二百余卷，用程、朱的儒家理论统一思想。朱棣永乐年间，召集文士二千一百余人编纂《永乐大典》二万二千八百七十七卷，为历代文献的总汇，是当时世界空前的大百科全书。他们这样做，一面可以笼络读书人的心情，一面可以统制文人的思想，同时也对整理旧文化做了贡献。

朱元璋还鼓吹文艺，提倡曲艺文学。李开先《张小山乐府序》说："洪武初年，亲王之国，必以词曲千七百本赐之。"《南词序录》说明太祖评论《琵琶记》时说："五经、四书，布帛菽粟也，家家皆有，高明《琵琶记》如山珍海错，富贵家不可无"。皇族亲王如朱权、朱有燉等是著名的能文之士，戏剧专家。朱

252

权的《太和正音谱》至今仍为曲学必需的参考书，朱有燉是杂剧的作者，有三十多种留传下来。在朱元璋和亲王们的提倡下，戏剧曲艺称盛一时，李梦阳的诗曾说："齐唱宪王（有燉）新乐府，金梁桥外月如霜"。不过文学创作到了宫廷里，变成歌舞升平，歌功颂德的东西，便失去原来在民间时的泼辣生气了。况且在文体大革命之后，诗词等旧体文学愈来愈趋于衰微，那是必然的。加上八股文的严格限定，专从四书五经命题，仿宋经义，代古人立言，体用排偶，限定八股，字数限在二、三百字内。如此束缚重重，无非是为极权君主专制服务。

在诗、文等旧体文学方面，在元明之际，虽有宋濂、高启等的努力，但在永乐以后一百年间多模拟汉魏六朝和唐宋，提出"诗必盛唐，文必秦汉"的口号。以秦汉之文，盛唐之诗为榜样并非坏事，如学得秦汉盛唐的创造精神而发扬光大之，也是一条振兴的道路，可是他们只是句摹字拟形式技巧，促使旧体诗文更快地走上衰落的道路。

明代前期的真正有价值的文学的代表是元明之际的小说和戏剧。小说方面，是上章说过的《水浒传》、《三国演义》，戏剧方面则是《琵琶记》、《荆钗记》、《白兔记》、《杀狗记》等划时代的杰作。这些具有大气派的创造精神，在思想上能代表一代的潮流。我们若站在更高的处所，俯视这时期的文学潮流，包括小说、戏剧、诗、文和绘画在内，便会清楚地看出它是古典主义的思潮。

明代画家计约一千，绝大多数以临摹古人为荣，崇古思想严重。元代发展起来的文人画，到明初就衰歇了。因为在绝对君权的高压下，不仅文字狱可怕，画狱也可怕，动不动便遭杀头、贬斥。例如浙派名家戴进，山水、人物、花鸟无不精致，且创健劲之体；进京后便受嫉妒，说他画中垂钓者不应穿红色衣服，有侮京官，因此被放归，终于穷死，死后才受到尊重。所以师古成

253

风，在仿效古人笔法中自鸣得意，只以古人为师，不以古人所师的大自然为师。这是明代绘画古典主义的特点。直到晚明，浪漫主义兴起后，才有董其昌等起来复兴文人画，提倡在以古人为师外，要以天地为师，以大自然为师。

跟17世纪法国等西欧各国的古典主义运动比起来，我国元明之际（14世纪）的古典主义要早三百年，其间有类似之处，也有各异之处。首先是产生的时代背景，都是君主专制，中央集权到了最盛的时期，路易十四Louis XIV(1638—1715)自称太阳王，他的国家是当时西欧最强大的中央集权制国家，要求政权永固，便要求臣民统一思想，忠君爱国，牺牲个人的感情和利益，以国家为重。要求文学之士严格遵守学士院所规定的各种文学规律、格律，如"三一律"等。在中国，朱元璋经过南征北战，赶走了元蒙统治者，统一而建立了当时世界上最大的帝国，集军政大权于一身，进一步加强了中央集权。他当然要求臣民忠君爱国，要求文学之士遵循他和文学之士所订制的文学格律。

古典主义思潮的最大特点是重理性，要求牺牲个人的感情、欲望，以国家和社会的义务为重。这思想的哲学背景是理性主义。在中国有程朱理学和王阳明的良知说。王阳明发展了陆象山的"心即理"说，和程、朱的"性即理"说虽然是对立的；但在重理性，要求人们安分守己，维护封建秩序这点上却是一致的。在西方，笛卡儿（René Descartes 1596—1650）的理性哲学为古典主义思潮的依据。笛卡儿认为"理性"就是良知，人人都有的，靠这良知，可使人人守法，巩固社会秩序。文学工作者要依着良知即理性而创作，为维护封建秩序服务。但杰出的作家是不会完全驯服的，在西方，高乃依、拉辛、莫里哀等都倾向于民主，而和当时的统治者在微妙的斗争中做出贡献，在中国，施耐庵、罗贯中、高则诚等并非御用文人；高启，于谦都死于非命。

西欧古典主义者一味模仿古希腊、罗马的文学作品，而从中

254

定出似是而非的"三一律"；我国的古典主义者模仿秦汉、盛唐的作品，而定出"格调"、"音律"。

西方古典主义产生的社会背景是城市高度发展、市民阶层蒸蒸日上，我国也是如此。不过我国的封建势力过分强大，资产阶级的发展十分缓慢。

西欧，尤其是法国的古典主义，以悲剧为最高级的文体，因为那时悲剧在西欧正是方兴未艾；我国元明之际也是以小说、戏剧为崭新的文体，连皇帝也看做山珍海错。

二 长篇小说的兴起与古典主义

中国文体大革命的结果是白话小说和戏剧的产生，并且成了中国文学史的主干。中国的白话小说是在元末明初之际成熟的，《水浒传》、《三国志演义》就是两棵初熟的果树。这两部长篇杰作都是在古典主义思潮中写成的。上章曾说明它们的爱国主义思想，古典主义的主要原则。这里将要进一步用古典主义的尺度来把它们衡量一下。

施耐庵（1296—1370）字子安，元至顺辛末（1331）进士，活到七十五岁，但一生郁郁不得志，闭门著书，明初洪武三年去世。元末农民起义的头领之一张士诚和他有交往。

《水浒传》是我国第一部真正的长篇小说，用纯熟的语体文，生动而简练地描绘了各种人物形象，结构严整而多变化，而且思想深刻。既反映了元末人心思变的愿望，又总结了历代农民起义的教训，为历史前进的动力，并显露其时代的局限性。

《水浒传》的现在通行本子主要有两种，一种是金圣叹腰斩了的七十回本，一种是一百回本，后者近乎原著，有征辽的故事。另有一种，明末杨定见的一百二十回本，那不过是在百回本的第九十回和第九十一回之间，插进"征田虎"和"征王庆"的故

255

263

事。这二十回是原著所无,二百年后的人所加的。

从一百回本看,全书分为一涨一汐。前七十回是涨潮,描写三十六条好汉,各从不同的道路被逼上梁山。叙述了朝廷腐败,贪官污吏的横行霸道,无理欺人。"三十六"这个数字是"全部"的意思,如云"三十六行"、"三十六计"。(一百 零八是 三十六的三倍。)三十六条好汉,意味着各种典型的性格, 各种官 逼民反的方式。后三十回可说是满潮和汐落,他们打败了官军,两败童贯,活捉高俅,征辽、征方腊,最后死于奸臣们的毒酒,造成悲剧的结束。中世时代,农民起义的故事以悲剧为结束,正合于中国历史现实的真实性。

《水浒传》的思想是合乎古典主义原则的。 首先 是前面说过的爱国主义:反对贪官污吏,反对民族压迫,争取国家统一,必要时要求蠲除个人感情,以国家为重。李贽在《忠义水浒传序》中高度评价宋江,说他公而忘私,"身在水浒之中, 心 在朝廷之上;一意招安,专图报国;卒至于犯大难,成大功,服毒自缢,同死而不辞,则忠义之烈也!真足以服一百单八人之心;故能结义梁山,为一百单八人之主。"《水浒传》真不愧为农民起义的伟大的史诗,古来写农民起义的作品很多,没有比《水浒传》写得更好、更典型的。我们不能用今天的条件来要求七百年前的作家或作品中的人物。那时我国虽有资本主义的萌芽,但还没有达到推翻封建制度,建立共和国的程度。多数起义的农民被强大的封建地主势力镇压下去了,少数如刘邦、朱元璋等, 虽然 夺 取了政权,如李逵所盼望的,也不过是改朝换代,依然是封建的帝国,农民仍不能翻身。施耐庵笔下的宋江,能文能武,有军事天才,又有组织能力,在他头脑里想的是深湛的爱国主义,为了对付夷狄,要求国家统一,一致对外,认为内战只能削弱自己。北宋之所以亡,在于蔡京、童贯、高俅、杨戩等奸臣的误国,卖国以求苟安。他恨的是这些奸臣以及他们手下的赃官腐吏。所以全书的

256

主导思想是："只反贪官，不反皇帝"。这当然是由于时代局限和作者的阶级局限；但在局限中有它可贵的内涵就是爱国主义和人民起义的必要性，用暴力挫败反动奸臣，才能一致对外。

"只反贪官，不反皇帝"这个论点，不仅符合宋江的思想真实，也符合当时一般农民的思想真实。在封建制度下，不仅中国的农民这样想，其他国家如俄国的农民也这样想。斯大林曾说，农民"都是皇权主义者；他们反对地主，可是拥护'好皇帝'"（见《斯大林和德国作家路德维希的谈话》）。所以宋江的纲领，可说是深湛的爱国主义纲领，他的死于奸臣毒计的悲剧结局，也是符合历史的真实和艺术的真实的。

其实新兴的市民阶层也是皇权主义者，例如欧洲文艺复兴时期的市民阶层一面与贵族阶级搏斗，一面拥护皇权，帮助完成中央集权事业。因为工商业者要有和平统一的环境。

《三国志演义》的作者罗贯中的生平，据贾仲名《录鬼簿续编》说是："太原人，号湖海散人，与人寡合，乐府，隐语，极为清新。与余为忘年交。遭时多故，天各一方，至正甲辰复会。别来又六十余年，竟不知其所终。"贾仲名和罗贯中的最后一次会见是至正甲辰年（1364）。其后六十年，贾仲名还在写《录鬼簿续编》，假定那时八十岁，在1364年才二十岁，罗贯中可能四十多岁，正是写作的壮年。王道生《施耐庵墓志》说罗是施的门人，施"每成一稿，必与门人校对，以正亥鱼，其得力于罗贯中者为尤多。"师生年龄若差二十岁，则罗可能生于1316年，元亡时五十三岁，可能写完《三国演义》了。

《三国演义》的文字和《水浒传》不同，《水浒》是纯熟的白话，而《三国》则是浅近文言配合白话，这种文体适用于历史小说，可以直接运用正史的材料。罗贯中多才多艺，历史小说外，还写戏曲，乐府和隐语，戏曲流传至今的有《赵太祖龙虎风云会》。他的最大成就是历史小说，除《三国演义》外，还写过《隋

257

唐志传》、《残唐五代史演义》和《三遂平妖传》。最脍炙人口而影响深远的是《三国演义》。

《三国志演义》集中了宋元讲史话本和戏曲中三国戏的精彩部分而加以充实,写成一部"文不甚深,言不甚俗"雅俗共赏的长篇小说。描写了公元184—280近一百年间,三国时代各统治集团的军事、政治、外交的斗争,揭示当时社会的腐朽和统治者的残暴;反映了人民在灾难深重中,反对战争分裂,要求和平统一的强烈愿望。《三国志演义》的吸引力如此之大,影响如此深远,因为它反映了唐宋以后民间艺人所反映的民意。它是中国封建制下历史上政治、军事、外交的百科全书。

罗贯中写的虽是离他一千一百年前的事,却以当代元朝后期的政治腐败,起义的各路英雄割据的局面为模特儿,以三国时代的复杂变化局面为典型,总结了中国封建制度各代的历史所提供的经验,创造性地塑造了各种人物的典型性格,写出一系列栩栩如生的人物形象。在他看来,我国漫长的历史长河中,有一个规律性的现象,就是"分久必合,合久必分"。正当大乱时,群雄割据,不知鹿死谁手时,人民总是希望好人上台,坏人滚蛋。人心向背是政治家成败的关键。得民心的,虽然一时未得成功,却在人民心中永远得到尊敬。

《演义》的开头,先讲述东汉末年的失败,人心思变,大小军阀各据一方,互相攻伐,残杀人民,到了"出门无所见,白骨蔽平原"的凄惨程度。水深火热中的人民,切齿痛恨暴虐的统治,希望平息战乱,统一国家。所以作者通过魏、蜀、吴三国之间的斗争,塑造人民共同爱憎的各种人物形象,体现出作品的人民性,政治上深沉的爱国主义和艺术上的伟大感染力。

作者把封建统治者的一切罪恶及其丑恶本质都集中在曹操身上。一个"挟天子以号令诸侯"的统治者,口是心非,多疑多忌,还耍两面三刀手法,进行诈术。这在帮助人民识辨其卑鄙手段是

258

有很大意义的。虽然曹操在正史中不是那样的奸佞，但在文艺作品中被夸张、集中，典型化了。这虽不免委屈了曹操，但对于后代的人民辨识敌人的卑鄙手段进行反抗斗争，是很有意义的。

相反地，作品肯定并歌颂开明的统治者刘备，被看做理想的典型人物。他出身于没落的贵族家庭。家贫，织席卖履，能了解人民的疾苦。他开始进行政治活动时，就抱"上报国家，下安黎庶"的宗旨。他仁厚爱民，初为安喜县尉时，与民秋毫无犯；为豫州牧时，杀了"纵兵扰民"的韩暹、杨奉；到了西川，受到"百姓扶老携幼，满路瞻观"，在新野时百姓歌颂他道："新野牧，刘皇叔，自到此，民丰足"。从当阳撤退时，与民共患难，他相信部下，推心置腹，用人唯贤，求贤而不惜三顾茅庐。他为人民所爱戴，和曹操恰成对比。

诸葛亮是聪明才智的化身。他坚毅、忠贞、谨慎、才德兼备。是作者理想的完人形象。他料敌如神，有锦囊妙计，打了无数次的胜仗，发出智慧的光芒，他本隐居南阳，因感于刘备三顾茅庐之诚，爱民忧国之心，才出来和他干一番安邦定国的事业。他爱护人民，忠于国家，鞠躬尽瘁，死而后已。还有关羽的忠贞、骁勇，义烈凛然，民间多崇拜他为神明。至于张飞的豪爽、勇猛；赵云的胆、智、勇；黄忠的老而益壮，都是刘备的手足，都有"上报国家，下安黎庶"的政治理想，智慧机敏，忠贞不二，又有广阔的胸怀。他们都是为人民所仰慕的英雄。

七百年来《演义》深为人民所喜爱，它是人民智慧的宝库，军事战术的典范，人与人关系的系谱。但它的局限也很明显，就是相信妖术和宿命等封建的糟粕，时代的残渣。

《三国志演义》写作时正是朱元璋起义和统一事业进展中，他也受时代思潮的感染，深知要完成统一大业，必须礼贤下士，三顾茅庐。过了一个朝代，现实主义作家吴敬梓在《儒林外史》的第一回里就写了朱元璋在浙江走访时贤王冕时的情况："那人

259

道：'我姓朱，先在江南起兵，号滁阳王；而今据有金陵，称为吴王的便是。因平方国珍到此，特来拜访先生。'王冕道：'乡民肉眼不识，原来就是王爷。但乡民一介愚人，怎敢劳王爷贵步？'吴王道：'孤是一个粗卤汉子，今得见先生儒者气象，不觉功利之见顿消。孤在江南，即慕大名，今来拜访，要先生指示：浙人久反之后，何以能服其心？'王冕道：'大王是高明远见的，不消乡民多说。若以仁义服人，何人不服，岂但浙江？若以兵力服人，浙人虽弱，恐亦义不受辱，不见方国珍吗？'吴王叹息，点头称善。两人促膝，谈到日暮。"

三　南曲戏文的复兴与古典主义

南曲戏文早在南宋时（12世纪）就已经产生了。那时叫做"温州杂剧"，因它开始起于浙南温州的民间，《王魁》和《赵贞女》是最早的作品。这种戏曲的组成，部分是宋词，部分是民间流行的小曲，最适合于民众的扮演和社会大众的欣赏。

南戏最初产生于温州，这不是偶然的。因为南宋的首都在杭州，江、浙、闽一带自然要成为文化的中心。温州地处浙江东南，多崇山峻岭，比较少受兵燹的灾害，更重要的一个条件是对外海上交通的频繁。温州是当时的一个重要通商口岸，设有市舶司，和泉州相似，接触到外国文化的机会较多，印度梵剧可能影响到温州杂剧而创制了南曲戏文。许地山在他的《梵剧体例及其在汉剧上底点点滴滴》一文中，已经证明泉州的傀儡戏和印度有关，那末温州南戏的产生，也可能和印度梵剧有关。前不久在温州附近天台山国清寺发现的迦梨陀娑（kalidasa）的名剧《沙恭达拉》（Sakuntala）的原文本，它的体例和情节，和温州戏文《张协状元》、《赵贞女蔡二郎》、《王魁负桂英》等初负心后团圆相似。国王豆扇陀和沙恭陀罗结婚后不久就离开她回京城去了。

260

沙恭陀罗昼思夜想，心事重重，以致怠慢了大仙人。受到咒诅。国王把她忘了。后来沙恭陀罗到京城去找国王，国王起初不认她，后来从渔翁那里找到他当初送给她的宝石戒指后才记起她，痛悔自己的薄情。最后相认，一起去拜见她的养父，受了他祝福，然后一起回京，团圆。在结构上和我国南戏相似，不过国情和时代不同，梵剧主角是国王和修女，南戏则是发迹变泰的男子和劳动妇女。

称为"宋元旧篇"的古戏文很多，但没有一个完全的本子流传下来，因为宋、元之际兵荒马乱，又是民间的作品，又遭到过官府的"榜禁"。现在我们能确定为宋代戏文的只有《赵贞女蔡二郎》、《王焕》、《乐昌分镜》、《王魁》、《陈巡检梅岭失妻》五种。后四种的戏文可以从《南九宫谱》中找到，前一种《赵贞女蔡二郎》则隻字无存，但其故事流传最广，陆放翁早就在诗中记下"满村听唱蔡中郎"的盛况了。到了元代，北曲杂剧成了舞台之霸，南戏只在江南民间流行。明《永乐大典》和《南词叙录》中所收录的这些古戏文，已有几十种；在《南九宫十三调曲谱》、《雍熙乐府》等书中有许多宋元南戏的资料。钱南扬《宋元戏文辑佚》共辑出一百六十七本，其中有传本者十六，全佚者三十二，存曲文者一百十九本，大部分是元代的作品。可知元代杂剧盛行成为剧坛代表时，南戏并未消灭。到了元代中晚期时，元剧创作中心南移，渐渐为南戏所吸收、同化。到了元、明之际，南戏再度兴起而占主导的地位。

关于南戏最早的全本，只有1920年叶恭绰在伦敦发现的《永乐大典》第一三九九一卷内，有三种戏文的全本，就是《小屠孙》、《张协状元》和《宦门子弟错立身》。这是中国戏曲史上重要的文献，于南戏的形式、体制的考察上是非常重要的资料。

《永乐大典》戏文三种中，《张协状元》最为典型。戏中说是"九山书会新编"，要"占断东瓯盛事"。九山、东瓯，都是温州的

261

别称。我们今天可以把《张协状元》做为宋元旧南戏，"温州杂剧"最早的代表作。看了这个剧本，可以知道南戏最初的样子。也可以由此知道南北戏曲的不同：

一、北剧每本四折为限，有时加个楔子；南戏则不限折数，长短自由，长的可以有几十出。

二、北剧每折限主角独唱；南戏则不限，可以独唱，可以对唱，也可以合唱。

三、北剧每折限用一宫调，一韵到底；南戏则可以用几个宫调，可以换韵。

四、南北音乐的气质不同，风格各异。如王世贞所说："北主劲切雄丽，南主清峭柔远。北字多而调促，促处见筋；南字少而调缓，缓处见眼。北则辞情多而声情少；南则辞情少而声情多。北力在弦，南力在板。北宜和歌，南宜独奏。北气易粗，南气易弱。"

北曲杂剧在元初，创作中心在大都（北京）时期，曾是北剧的黄金时代，到了中、晚期，中心南移了，便逐渐衰落，失去了"劲切雄丽"的气势，杂剧作家如肖德祥等便兼作南戏了。

在元明之际，南曲戏文再度兴起，最大的成就便是古剧的整理、完成，象《琵琶记》和《荆钗记》、《白兔记》、《拜月亭》、《杀狗记》四大传奇，都是南宋以后在舞台上实演着的古剧，到元明之际，由文学之士为它们改进而谱写完成的。这些新完成的古剧中所表现的思想，突出儒家伦常的关系，也就是当时古典主义思潮的中心思想。《琵琶记》突出父子、夫妇两伦的关系问题；《荆钗记》和《白兔记》是表彰义夫节妇的思想；《杀狗记》和《拜月亭》则是君臣、父子、夫妇、朋友之间伦理的教训。伦理是古老儒家的社会道德观念，是我国封建社会维护秩序的法宝；在元末明初之际，中国社会经过元蒙统治者的摧残之后，人心思治，希望有个安居乐业的环境；朱元璋和其他起义者们，也以此

262

为斗争的目标之一，在推翻了元蒙政权之后，为了农、工生产的丰庶，商业的繁荣，新帝国的长治久安，便推行这一套古老的伦理道德，并把文学艺术也纳入这个维持社会治安的轨道。《水浒传》、《三国演义》、《琵琶记》和四大传奇的作者们是在明帝国建立前后完成的，他们都不约而同地投进这股思潮中去。《琵琶记》开场词所说的"不关风化体，纵好也徒然"，正代表他们的文艺观。

《琵琶记》是南曲戏文的冠冕，在南宋时便很著名了，祝允明《猥谈》说："南戏出于宣和之后，南渡之际，谓之温州杂剧予见旧牒，其时有赵闳夫榜禁，颇述名目，如《赵贞女蔡二郎》等亦不甚多。"陆放翁诗"满村听唱〈蔡中郎〉"，指的就是这个戏文或鼓词，也就是高则诚所据以重写的《琵琶记》。

作者高明（1304—1359）字则诚，号菜根道人。浙江温州瑞安人，元至正五年（1345）进士，在处州、杭州做过几任小官。元末方国珍起义，他被任命为平乱统府都事，因与统帅意见不合，"避不治文书"。至正十六年（1356）归隐于宁波南乡的栎社，"以词曲自娱"，写完《琵琶记》。诗文被辑为《柔克斋集》。

《琵琶记》共四十二出，演赵五娘和蔡伯喈的故事。他们结婚两个月，蔡被迫上京应举，考中了状元，被皇帝和牛丞相强行重婚，并留京做官。他辞试不能，辞婚不能，辞官不能。伯喈赴京后，妻赵五娘独撑门户。不幸遭到连年灾荒，一家三口几乎断粮。五娘以过人的毅力和牺牲精神，赡养年逾八旬的公婆。她典尽衣服首饰，买米奉养公婆，自己却背地里吃糠。公婆死后，她祝发买葬，罗裙包土，筑了土坟，然后带着琵琶上京寻夫，经历种种艰苦，终于得大团圆。这是一个深刻的社会悲剧，对封建科举制度作了批判，对元代政治的黑暗作了揭露，对下层妇女的高贵品德予以热情的歌颂。

"宋元旧篇"的蔡二郎原是个贪图富贵而抛弃妻子的负心人，

263

结果被雷劈死。在高则诚的笔下，他却成了被肯定的人物。但作者全部的功力显露在赵五娘的性格描写上。《糟糠自厌》一出，尤为出色（引文中的"旦"是五娘，"外"是公公，"净"是婆婆）：

【山坡羊】(旦上)乱荒荒不丰稔的年岁，远迢迢不回来的夫婿。急煎煎不耐烦的二亲，软怯怯不济事的孤身体。苦衣尽典，寸丝不挂体。几番拚死了奴身己，争奈没主公婆教谁看取？（合）思之，虚飘飘命怎期？难捱，实丕丕灾共危。

【前腔】滴溜溜难穷尽的珠泪，乱纷纷难宽解的愁绪。骨崖崖难扶持的病身，战兢兢难捱过的时和岁。这糠，我待不吃你呵，教奴怎忍饥？我待吃你呵，教奴怎生吃？思量起来，不如奴先死，图得不知他亲死时。（合前）（白）奴家早上安排些饭与公婆吃，岂不欲买些鲑菜，争奈无钱可买。不想公婆抵死埋怨，只道奴家背地自吃了甚么东西。不知奴家吃的是米膜糠秕，又不敢教他知道。便做他埋怨杀我，我也不分说。苦！这糠秕怎的吃得下。（吃吐介）

【孝顺歌】呕得我肝肠痛，珠泪垂，喉咙尚兀自牢嗄住。糠那！你遭砻被春杵，筛你簸扬你，吃尽控持。好似奴家身狼狈，千辛万苦皆经历。苦人吃着苦味，两苦相逢，可知道欲吞不去。（外净潜上探窥介）

【前腔】（旦）糠和米，本是相依倚，被簸扬作两处飞！一贱与一贵，好似奴家与夫婿，终无见期。丈夫，你便是米呵，米在他乡没处寻。奴家恰便是糠呵，怎的把糠来救得人饥馁？好似儿夫出去，怎的教奴，供膳得公婆甘旨？（外、净潜下介）

【前腔】思量我生无益，死又值甚的！不如忍饥死了为怨鬼。只一件，公婆老年纪，靠奴家相依倚，只得苟活片时。片时苟活虽容易，到底日久也难相聚。谩把糠来相比，这糠

264

呵，尚兀自有人吃，奴家的骨头，知他埋在何处？（外、净上。净）媳妇，你在这里吃甚么？（旦）奴家不曾吃甚么。（净搜拿介。旦）婆婆，你吃不得。（外）咳，这是什么东西？

【前腔】（旦）这是谷中膜，米上皮。（外）呀，这便是糠，要他何用？（旦）将来逼逻堪疗饥。（净）唉，这糠只好将去喂猪狗，如何把来自吃？（旦）尝闻古贤书，狗彘食人食，也强如草根树皮。（外、净）恁的苦涩东西，怕不噎坏了你。（旦）啮雪吞毡，苏卿犹健，餐松食柏，到做得神仙侣。这糠呵，纵然吃些何虑？（净）阿公，你休听他说谎，糠秕如何吃得？（旦）爹妈休疑，奴须是你孩儿的糟糠妻室。（外、净看哭介）媳妇，我元来错埋冤了你，兀的不痛杀我也。（闷倒，旦叫哭介）

【雁过沙】（旦）苦，他沉沉向迷途，空教我耳边呼。公公，婆婆，我不能够尽心相奉事，反教你为我归黄土。教人道你死缘何故？公公，婆婆，怎么割舍得抛弃了奴？（外醒介，旦）谢天谢地，公公醒了，公公你闲阔。

【前腔】（外）媳妇，你担饥事姑舅。媳妇，你担饥怎生度？（旦）公公且自宽心，不要烦恼。（外）媳妇，我错埋冤了你，你也不推辞，到如今始信有糟糠妇。媳妇，料应我不久归阴府。也省得为我死的，累你生的受苦。（旦扶外起介）公公且在床上安息。待我看婆婆如何？（叫不醒介）呀，婆婆不济事了。如何是好？

【前腔】婆婆气全无，教奴怎支吾？咳，丈夫呵，我千辛万苦，为你相看顾，如今到此难回护。我只愁母死难留父，况衣衫尽解，囊箧又无。（外）媳妇，婆婆还好么？（旦）婆婆不好了。

【前腔】（外）天那，我当初不寻思，教孩儿往帝都。把媳妇闪得苦又孤，婆婆送入黄泉路，算来是我相耽误。不如

265

我死。免把你再辜负。（旦）公公休说这话，且自将息。（外）媳妇，婆婆死了，衣衾棺椁，件件皆无，如何是好？（旦）公公宽心，待奴家区处。（末上）福无双降犹难信，祸不单行却是真。老夫为何道此两句？为邻居蔡伯喈妻房赵氏五娘，他嫁得伯喈方才两月，伯喈便去赴选。自去之后，连年饥荒，家里只有公婆两口，年纪八十之上。甘旨之奉，亏杀这赵五娘子，把些衣服首饰之类尽皆典卖。余些粮米做饭与公婆吃，他却背地里把些米皮糠逼遏充饥。唧唧，这般荒年饥岁，少什么有三五个孩儿的人家，供膳不得爹娘。这个小娘子，真个今人中少有，古人中难得。那公婆不知道，颠倒把他埋冤；今来听得他公婆知道，却又痛心得害了病。俺如今去他家探取消息则个。（看介）这个来的却是蔡小娘子，怎生恁地走得荒？（旦慌走上介，白）天有不测风云，人有旦夕祸福。（见末介）太公，我的婆婆死了。（末）咳，你婆婆死了，你公公如今在那里？（旦）在床上睡着。（末）待我看一看。（外）太公休怪，我起来不得了。（末）老员外快不要劳动。（旦）太公，我婆婆衣衾棺椁，件件皆无，如何是好？（末）五娘子，你不要愁烦，我自有区处。

【玉包肚】（旦）千般生受，教奴家如何措手？终不然把他骸骨，没棺材送在荒丘？（合）相看到此，不由人不珠泪流，正是不是冤家不聚头。（末唱）

【前腔】不必多忧，资送婆婆，在我身上有。你但小心承直公公，莫教他又成不救（合前）

（旦白）如此，谢得太公！只为无钱送老娘”（末白）娘子放心，须知此事有商量。（合）正是：归家不敢高声哭，只恐人闻也断肠。（并下）

这一出戏“虽也歌颂了封建伦理观念，但在实际上，观众看到的是封建制度下不能掌握自己命运的妇女，在极端艰苦的生活环境

266

中自我牺牲、舍己为人的可贵精神和她们善良、勤朴、坚忍、尽责这些传统的美好品质。"(《中国历代文学作品选》下一87页)对于传统的伦理道德也要做历史唯物主义的分析考察，看它对当时社会风化的作用，看它有那些还可以借鉴的，那些要加批判的。

传说高明在栎社沈氏楼写本剧，清夜按歌，桌上点着双烛，写到本出"糠和米，本是相依倚，被簸扬，作两处飞"时，双烛花相交为一，因名其楼为瑞光楼。传说虽属无稽，但也可知人们早已公认其为神来之笔了。

《荆钗记》也是宋元旧篇，由柯丹丘先生记录写定。据王国维考证，丹丘先生就是明初宁献王朱权，他是当时一大曲学家。第一出"家门"中的《沁园春》一曲总述全剧的大意道：

> 才子王生（王十朋），佳人钱氏（钱玉莲），贤孝温良。以荆钗为聘，配为夫妇，春闱催试，拆散鸾凤。独步蟾宫，高攀仙桂，一举鳌头姓字香。因参相不从招赘，改调潮阳。　　修书速报萱堂。中道奸媒变祸殃。岳母生嗔，逼凌改嫁，山妻守节，潜地去投江。幸神道匡扶捞救，同赴瓜期往异乡。吉安会，义夫节妇，千古永传扬。

"义夫节妇"就是该剧的主题。情节是这样的：钱玉莲鄙弃富豪孙汝权的求婚，宁愿嫁给以荆钗为聘礼的穷书生王十朋。后来王十朋中了状元，丞相逼婚，被他坚决拒绝了，因此被调到僻远的潮阳地方去。孙汝权借此机会，把王十朋的家书改为休书，去哄骗玉莲。玉莲的后母逼她改嫁，她不肯，投河遇救。后经种种曲折，王钱二人终于团圆。剧本赞赏十朋和玉莲的爱情专一，对权贵、豪绅的反抗精神。王十朋是南宋温州乐清县人，官至龙图阁学士，《荆钗记》借用他的名字，剧中情节并不与他本人的事迹相符。《瓯江逸志》说王十朋弹劾了权臣，权臣便指使门客写剧本诬蔑他。这里说的诬蔑他，是指宋元旧本，现在的本子是元明之

267

际新的本子，为了教化，改为肯定的形象，称赞他是"义夫"。本剧流行得很广，现在各地方剧种中都有移植。因为编者秉承当时文学为社会风化的思潮，突出坚贞不贰的美好情操。剧中也不乏清新的曲词，感人的力量。如《晤婿》中的两支曲子：

〔小蓬莱〕（外）策马登程去也，西风里荦落艰辛。淡烟荒草，夕阳古渡，流水孤村。（净）满目堪图堪画，那野景萧萧，冷浸黄昏。（末）樵歌牧唱，牛眠草径，犬吠柴门。

〔八声甘州〕（外）春深离故家，叹衰年倦体，奔走天涯。一鞭行色，遥指剩水残霞。墙头嫩柳篱畔花，见古树枯藤栖暮鸦，遍长径触目桑麻。

《白兔记》取材于五代史中的人物刘知远的故事，具有浓郁的民间传说色彩。内容写刘知远家穷，在李文奎家当拥工。李文奎看出他日后必定会发迹，便把女儿三娘许配给他。文奎死后，刘知远屡受妻舅李洪一夫妇的欺压，被迫离家从军，后因军功升为九州安抚使。李三娘在家受尽兄嫂的欺侮虐待，叫她挑水，推磨，逼她改嫁富家。她在磨房生下儿子"咬脐"，托人送到军中抚养。十六年后，咬脐出外打猎，追踪白兔，在井边与三娘相会，因而全家团圆。剧中赞颂三娘坚忍的美好情操，如第十八出《挨磨》所唱的两支曲子：

〔锁南枝〕星月朗，傍四更，窗前犬吠鸡又鸣。哥嫂太无情，罚奴磨麦到天明。想刘郎去也，可不辜负年少人。磨房中冷清清，风儿吹得冷冰冰。

〔锁南枝〕叫天不应地不闻，腹中遍身疼怎忍？料想分娩在今宵，没个人来问。望祖宗阴显应，保母子两身轻。

这种质朴无华、毫无雕饰的文字，以其自然而真实的情感动人。剧的情节编排得也生动自然，不乏精彩的场面。

《拜月亭》又名《幽闺记》，是元明之际无名氏所编。元初杂剧大作家关汉卿曾作《闺怨佳人拜月亭》杂剧，以金人南迁的离乱时代为背景，写秀才蒋世隆和他的妹子瑞莲，被乱军难民们冲散，少女王瑞兰也找不到母亲，世隆呼叫"瑞莲"时"瑞兰"听见以为叫她，便过去了；少年兴福却遇见了瑞莲，两对青年在乱中互相帮助，发生了爱情，经过种种波折，终成两对夫妇。故事曲折，结构巧妙，文字质朴生动自然。思想上也是进步的，赞扬爱情的专一，对封建礼教的强烈反抗，终于胜利。

关汉卿的《拜月亭》杂剧只四折，南戏《拜月亭》扩展为四十出，增加了许多紧凑的场面，穿插、编排得更加丰腴完整。关汉卿是有名的当行，曲词本色。南戏在关汉卿的基础上充实内容，曲词也以本色、自然称著。例如第十九出蒋世隆和王瑞兰在遇盗时唱的几曲：

〔高阳台引〕（生、旦上，生）凛凛严寒，慢慢肃气，依稀晓色将开。宿水餐风，去客尘埃。（旦）思今念往心自骇，受这苦谁想谁猜？（合）望家乡，水远山遥，雾锁云埋。

〔山坡羊〕（生）翠巍巍云山一带，碧澄澄寒波几派，深密密烟林数簇，滴溜溜黄叶都飘败。一阵雨一阵风，三五声过雁哀。（旦）伤心对景愁无奈。回首家乡，珠泪满腮。（合）情怀，急煎煎闷似海。形骸，骨岩岩瘦如柴。

〔念佛子〕（生旦）穷秀才，夫和妇，为士马逃难登途。望相怜，壮士略放一路。（众）捉住。枉自说闲言语。买路钱留下金珠，稍迟延，便教你身丧须臾。

〔前腔〕区区，山行路宿，粥食无觅处。有盘缠，肯相推阻？（众）厮侮，穷酸饿儒，模样须寻俗。随行所有，疾忙分付。

〔前腔〕告饶恕，魂飞胆颤摧，神恐心惊惧。此身怎地无，屈死真实何辜？（众绑生、旦科）且执缚，管押前去，山寨里听从区处。（生、旦）到那里，吉凶事全然未知。

269

剧中人物性格不同，曲词的雅俗各异。生旦高雅，众盗贼粗俗。加上情节曲折，安排巧妙，思想的进步，使该剧在四大传奇中最受称颂。

《杀狗记》在徐渭《南词叙录》"宋元旧篇"中为《杀狗劝夫》，由徐㖶整理。徐㖶字仲由，浙江淳安人。洪武初年曾被征召，但不肯出仕，著有《巢松集》。全剧三十六出，写富豪子弟孙华，和市井无赖柳龙卿、胡子传为酒肉朋友，把宽厚的同胞兄弟孙荣赶出家门。孙华的妻子杨月贞屡劝不听，最后设计杀了一条狗，装成死尸放在家门外。孙华深夜归来，发现门外放着死尸，必遭大祸，万分着急中，请柳、胡二友帮忙，二人推托不管而去。孙荣却不记前恨，在风雪中把"尸首"埋掉。孙华大受感动，觉得到底还是亲兄弟好，于是兄弟和好。它的主题思想是十分明显的，在于教化人们应如何处理兄弟、夫妇、朋友的关系。

《杀狗记》把剧中五个人物的性格写得分明，孙荣和杨月贞是正派人物，有正义感；柳、胡是流氓坏蛋；孙华是浪荡子的典型。对白唱曲通俗易懂，不脱民间作品的气味，并能适合于人物的不同个性和身份。

四　传奇的繁荣和典丽化

宋元流传的南戏，到元明之际，经过整理加工的《琵琶》《荆钗》、《白兔》、《拜月》、《杀狗》诸剧出来后，传奇一时称盛；但创作的一时还不多，只有苏复之的《金印记》写苏秦未得官时，受到兄嫂等家人的轻视和讥笑，等到拜相荣归时，便受到百般奉承，批判了封建社会的世态炎凉。到了永乐年间（15世纪上半叶）因为帝都迁到北京，杂剧盛行于宫廷藩邸。宁献王朱权（1378—1448）精心研究了杂剧的体式、历史、作家和作品，写

270

出了《太和正音谱》等戏剧理论专著三种，对音韵格律方面的发展做出了贡献，对后世研究北曲杂剧曲谱的影响很大。他创作的杂剧十二种，存留下来的只有《冲漠子独步大罗天》、《卓文君私奔相如》二种。语言生动而思想偏于道家。周宪王朱有燉（1379—1439）幼承家学，又得名师，留心翰墨，通晓音律，著有散曲《诚斋乐府》二卷和杂剧三十一种。他以贵族地位领导剧坛几十年，文人相从，杂剧盛于一时，注意音律的和谐、排场的调济和歌舞的穿插。他的戏剧创作生涯长达三十五年之久，所作全部保存完整至今；虽多游赏庆寿、歌舞升平、神仙道化的题材，真正有价值的不多；但开研究戏剧艺术的风气，对北剧的南曲化起了作用。

到了成化、弘治以后（15世纪下半叶）社会安定，南曲传奇趋于繁荣，文人展耀辞藻，讲求音律，趋于典丽。一百多年间，传奇独占剧坛，对古典主义思潮更推进了一步。

邱濬（1420—1495）字仲深，广东琼山人，三十岁中进士，官至文渊阁大学士，著有《邱文庄集》，作传奇《五伦全备》等。一个文渊阁大学士，理学大儒，竟不以戏曲为小道。有人责备他不该留心此道，他听了大不高兴，视为仇人。他把戏剧看做载道的文学。他在《五伦全备记》的开场里说：

> 这三纲五伦，人人皆有，家家都备。只是人在世间，被那物欲牵引，私意遮蔽了，所以为子有不孝的，为臣有不忠的……是以圣贤出来，做出经书，教人习读，做出诗书，教人歌诵，无非劝化世人，使他个个都习五伦的道理。然经书却是论说道理，不如诗歌吟咏性情，容易感动人心……近世以来做南北戏文，用人搬演，虽非古礼，然人人观看，皆能通晓，尤易感动人心，使人手舞足蹈，亦不自觉。……近日才子新编出这场戏文，叫做《五伦齐备》，发乎性情，生乎义理，盖因人所易晓者以感动之。

271

这话是戏剧为社会风化服务的古典主义理论的发展。剧中虚构了伍伦全、伍伦备兄弟和他们一家人的遭遇、按封建伦理道德行事。第三出中的四支〔金字经〕竟把《论语》的句子写上去。寓教于乐本是可取的；但把文艺变成说教便近乎迂了。《曲品》评它"大老钜笔，稍近腐。"

邵灿字文明，江苏宜兴人，生卒年不详，但知比邱濬稍晚。博学，通晓音律，但未应科举考试，终身布衣。著有《乐善集》和传奇《香囊记》。《香囊》演宋代张九成与妻、母、弟的悲欢离合，终场诗概括全剧："忠臣孝子重纲常，慈母贞妻德永臧，兄弟爱慕朋友义，天书旌异有辉光。"和邱濬《五伦齐备》同样宣扬封建伦常之教。他的特点是卖弄学问才情，追求典丽，开明代戏曲史上骈丽派的端绪。被称为"正人心，厚风俗"的大雅之作，影响深远。而王世贞在《品藻》中，对这典雅派的戏曲评道："《荆钗》近俗而时动人，《香囊》近雅而不动人，《五伦全备》是文庄老大儒之作，不免腐烂。"

邵灿的影响很大，到了梅鼎祚的《玉合记》和屠隆的《彩毫记》，可算是传奇骈俪辞藻的高峰。但另有一种语言文雅工丽而没有雕琢习气，思想上又有强烈倾向性的传奇，要算李开先的《宝剑记》了。李开先（1502—1563）字伯华，号中麓，山东章丘人，官至太常寺少卿。曾上疏抨击朝政，罢官家居三十年。有诗文集《闲居集》。传奇《宝剑记》写林冲被逼上梁山，发扬《水浒传》的思想而有所改进。他把林冲写成爱国忧民的忠臣义士，与奸臣童贯，高俅展开激烈的政治斗争。该剧和《水浒传》的不同处是：林冲见童贯、高俅专权用事，坐误军机，上本弹劾，因而结怨权贵，被诬发配。他把高衙内看中林妻张氏的事放在林冲发配以后，突出政治事件，而不是因妻子被辱而上梁山。在剧中作者表达了自己的政治经历和感情，用清丽的文字，抒发忧国思亲的主题思想，是古典主义的优秀剧作。例如《夜奔》一

272

场，是歌场传唱最多的，抒写被迫逃亡的心情。

〔水仙子〕一朝谏诤触权豪，百战勋名做草茅，半生勤劳无功效。名不将青史标，为国家总是徒劳。再不得倒金樽杯盘欢笑，再不得歌金缕筝琵络索，再不得谒金门环佩逍遥。

〔沽美酒〕怀揣着血刃刀，行一步哭号咷。拽长裙急急蓦羊肠路绕，且喜这灿灿明星下照。忽然间昏惨惨云迷路罩，疏喇喇风吹叶落，振山林声声虎啸，绕溪涧哀哀猿叫。吓得我魂飘胆消，百忙里走不出山前古庙。

〔收江南〕呀，又只见乌鸦阵阵起松梢，数声残角断渔樵，忙投村店伴寂寥。想亲帏梦杳，空随风雨度良宵。

明中叶昆腔的兴起是南戏的一件大事，是传奇发展的里程碑。传奇由民间剧演进到文人剧，不仅在语言文字上要求改进，而且在音韵唱腔上要求规范化。南方各地语言腔调不一，乡音各异，民间小调百花齐放，所以南戏的唱腔也五花八门。《南词叙录》说：“今唱家称弋阳腔者，则江西、两京、湖南、闽、广用之；称余姚腔者，出会稽、常、润、池、太、扬、徐用之；称海盐腔者，嘉、湖、温、台用之。惟昆山腔止行于吴中。”昆腔流丽悠远，而流行仅及吴中，实因未加整理研究和加工改造之故。到了嘉靖年间（1522—1566），著名音乐家魏良辅加以研究、实验，翻为新调，并把乐器制成高低抑扬的复音，在艺术上有了迅速的提高而流传得很广，压倒诸腔，成了统治的局面。从此戏曲的古典主义突出另一特点，注重规范化。

魏良辅字尚泉，江西南昌人，流寓于江苏太仓。清初余怀《寄畅园闻歌记》说：“良辅初习北音，绌于北人王友三，退而镂心南曲，足迹不下楼十年。当是时，南曲率平直无意致，良辅转喉押调，度为新声。疾徐高下清浊之数，一依本宫。取字齿唇间，跌换巧掇，恒以深邈助其凄泪。吴中老曲师如袁髯、尤驼者，皆瞠乎自以为不及也。"当然，从事这项研究项目的不是良辅一人，助手有善唱北曲的张野塘，洞箫名手张梅谷、名笛师谢林泉，以及魏门下弟子张小泉、季敬坡、戴梅川、包郎郎等人。他们在昆山腔的基础上，吸取海盐腔、余姚腔、弋阳腔的长处，并融合北曲演唱艺术，度为新声——水磨调。良辅在文学方面最主要的合作者是剧作家梁辰鱼，以其优秀作品《浣纱记》作为昆腔的实验品，结果得到很大的成功。

梁辰鱼 （约1519—约1591）字伯龙，号少白，又号仇池外史，昆山人，太学生但未入学。青年时谈兵习武，轻视文墨，作《归隐赋》，遨游吴越。嘉靖四十一年（1562）被剿灭倭寇的浙江总督胡宗宪聘为书记，写了许多欢呼剿倭胜利的诗篇。四个月后，因胡宗宪被捕而离开浙江。著有传奇《浣纱记》、杂剧《红线女》，散曲集《江东白苎》、《二十一史弹词》等。

《浣纱记》四十五出。写春秋时吴越交战，越王勾践战败被俘，卧薪尝胆，得赦返越。又用范蠡之计，向吴王夫差进献浣纱女西施，以离间吴国君臣。后越国反攻，占领吴宫，夫差自尽。范蠡功成而退，携西施泛舟归隐。剧作歌颂越国君臣团结一心，批判吴王骄傲自满，不纳忠谏，沉湎酒色，信任奸佞。有积极的政治理想。人物性格鲜明：西施感情饱满，夫差志大才疏，伯嚭贪佞险诈。唱腔则为第一部成功地用"北磨调"。语言则绮丽中有本色，很受观众欢迎。下面引《思忆》出中的三支曲子，写西施在吴宫中思念范蠡时，爱国与爱情的矛盾情绪：

〔喜迁莺，（旦）年年重九，尚打散鸳鸯，拆开奇耦。千里家山，万般心事，不堪尽日回首。且挨岁更时换，定有天长地久。南望也，绕若耶烟水，何处溪头？

〔二犯渔家傲〕堪羞！岁月迟留，竟病心凄楚，整日见添憔瘦。停花滞柳，怎知道日渐成拖逗。问君，早邻国被幽；问臣，早他邦被囚；问城池，早半荒丘。多挚肘，孤身遂尔漂

274

流。姻亲谁知挂两头？那壁厢认咱是个路途间霎时的闲相识，这壁厢认咱是个绣帐内百年的鸾凤俦。

　　[二犯渔家灯]今投，异国仇雠，明知勉强也要亲承受。乍掩鸳帏，疑卧虎帐。但带鸾冠，如罩兜鍪。溪纱在手，那人何处？空锁翠眉依旧。只为那三年故主亲出丑，落得两点春山不断愁。

一个绝世的佳人，为了国家而忍痛别离祖国和亲密的爱侣，在敌国强作笑容以完成政治使命，年复一年，怎不思念！真情的流露，足以沁人心脾。克制个人的感情，以国家为重，正是中西古典主义的真缔。

　　王世贞（1526—1590）的《鸣凤记》也是一部批评时政的传奇。世贞字元美，号凤洲、又号弇州山人，太仓人，嘉靖进士，与李攀龙同为"后七子"首领，主张文必秦汉，诗必盛唐。著《艺苑卮言》论南北曲的产生和创作，很有创见。传奇《鸣凤记》叙述严嵩父子专权横暴，他们手下狐群狗党的淫威、残虐，杨继盛夫妇的壮烈牺牲，正直书生的义烈行为。如继盛夫妇死节时，夫人的一曲：

　　[江儿水]再启吞声愬，重开血染笺。（怀中出本介）粉身犹要将尸谏。我两两哀鸣如鸟怨，人之将死其言善。我苦只苦万里君门难见。我同到乌江，免使亡夫心眷。（自刎介）

"万里君门难见"，恐怕"尸谏"也难以奏效。揭露政治的黑暗到这个程度，足以感发人心。

　　昆曲勃兴之后，传奇剧日趋繁荣，文体也日趋富丽。但这时期的剧作多关爱情，也就是关于婚姻问题的题材。婚姻、夫妇的关系也是五伦中的一伦，那时的作者多称赞专一或忠贞的爱情，指责见异思迁。这里只举《玉玦记》和《红拂记》两个剧本为例。

　　郑若庸的《玉玦记》典雅工丽，开骈绮一派。若庸字中伯，号

275

虚舟，**昆山人**，早岁以诗名吴中，嘉靖年间被赵康王聘于河南彰德，赐宫女与女乐，康王死后（1560年），去赵居山西清源，活到八十多岁。所作传奇三种：《玉玦记》、《大节记》、《五福记》，《玉玦》最著名。

《玉玦记》的故事：南宋山东人王商上京应举，妻秦庆娘赠他玉玦一枚。王商落第，耻归，在杭州游荡，醉心于妓女李娟奴，财尽被逐。同时，庆娘在家遭张安国叛将之乱，被张所迫而誓死守操，自己剪发，毁容。后王商中状元，为京兆尹，在审查俘囚中遇妻庆娘而团圆。剧情以王商夫妻为主体，插入复杂事件，头绪纷繁，但静躁贞奸，交互对比，排场巧妙，收束见功力。主题思想是夫妻关系的正道。颇多佳句，音韵和谐；缺点是用典过多。

张凤翼的《红拂记》是作者新婚一月中所作，有自贺得贤妻之意。王世贞评它："洁而俊，失在轻弱。"张凤翼（1527—1613）字伯起，号灵墟、冷然居士。苏州人。嘉靖四十三年（1564）中举，兄弟三人并有才名，称"三张"。五十四岁以后三十年以卖字和诗文为生。有《处实堂前集、后集》等。他善于度曲，且能演戏，曾和次子演《琵琶记》，父扮中郎，**子扮五娘**，观者盈门。创作《红拂记》、《祝发记》、《灌园记》、《虎符记》等六种，合为《阳春六集》，以《红拂》**为代表作**。

《红拂记》是根据唐传奇小说《虬髯客传》和孟棨的《本事诗》所记乐昌公主的故事，糅合创作而成。叙隋末大乱时，李靖投奔西京留守杨素，杨府中歌妓红拂一见倾心，当夜私奔李靖，并相偕走投太原李世民。途中遇虬髯客张仲坚，一见如故，肝胆相照。张倾家资助他们。杨素府中另一美人乐昌公主，在陈亡时与其夫徐德言破镜，各持半片，为他日纪念而别，被收在杨府为侍女。杨素为她寻找破镜另一半片，与徐德言重圆为夫妇，在郊外闲静度日。后因兵燹，红拂乞宿于乐昌公主家，劝徐德言追踪李

276

靖，去太原图功名。那时李靖为兵部尚书，征伐高丽，以徐德言为参谋，立了大功，受封爵而双双团圆。

该剧把两条故事线索扭成一股，针线绵密，不留牵合痕迹，构思巧妙。但文辞秾艳，颇多骈语，又好用典故，吴音纤轻，加上用韵杂乱，这是多数昆剧的缺点。

昆腔传奇发展到了全盛时，形成以沈璟为代表的吴江派和汤显祖为代表的临江派。两派的分歧，不限于形式、文词、音律上的偏主倾向，更主要的还有思想上的分道扬镳。沈璟在戏曲的形式上注意音律，在思想上则遵循古典派的原则，如《十孝记》，把古代十个孝子的故事结为一集。《义侠记》演《水浒传》中武松义侠的行为，他拒绝嫂子潘金莲的引诱； 他自己有个未婚妻（这是沈璟添的），是一个贞节的女子，终于团圆。沈璟的剧作都是以伦理、教化为主题的。沈璟是昆曲的正统派，代表人物，也是古典主义传奇的主要作家。沈璟一派也注重音律的研究，沈璟的《南九宫谱》、王骥德的《曲律》、吕天成的《曲品》等都是经典之作，使剧作家为格律所限，在协律、合调、字面上用功夫，走上拟古典主义的道路。汤显祖派则在音律上常有不合曲律的地方，在思想上较为解放，进入浪漫主义的轨道。

五　拟古主义的诗歌和散文

在文体大革命后，小说和戏剧成了文学史上的主体；但歌诗和散文虽退居次位，却仍不能偏废。它们也随着时代思潮的演变而演变。在元末明初之际，诗文作家当以宋濂、王祎、刘基、方孝孺、高启、林鸿等人为代表。他们都是模拟古人而能熔铸变化的作家。

宋濂（1310—1381）字景濂，号潜溪，浙江浦江人。明初奉命主修《元史》。他从少到老，未尝一天忘记读书，为学极勤，

277

为古文正宗，风格雍容浑穆，自中节度。他的名文《送东阳马生序》启发青年勤奋为学，对于六百年后今天的学生仍有教育意义：

余幼时即嗜学，家贫，无从致书以观，每假借于藏书之家，手自笔录，计日以还。天大寒，砚冰坚，手指不可屈伸，弗之怠。录毕走送之，不敢稍逾约。以是人多以书假余，余因得遍观群书。即加冠，益慕圣贤之道，又患无硕师、名人与游。尝趋百里外，从乡之先达执经叩问。先达德隆望尊，门人弟子填其室，未尝稍降辞色。余立侍左右，援疑质理，俯身倾耳以请；或遇其叱咄，色愈恭，礼愈至，不敢出一言以复，俟其欣悦，则又请焉。故余虽愚，卒获有所闻。

当余之从师也，负箧曳屣行深山巨谷中。穷冬烈风，大雪深数尺，足肤皲裂而不知；至舍，四肢僵劲不能动，媵人持汤沃灌，以衾拥覆，久而乃和。寓逆旅，主人日再食，无鲜肥滋味之享。同舍生皆被绮绣，戴珠缨宝饰之帽，腰白玉之环，左佩刀，右备容臭，煜然若神人；余则缊袍敝衣处其间，略无慕艳意。以中有足乐者，不知口体之奉不若人也。盖余之勤且艰若此。今虽耄老，未有所成，犹幸预君子之列，而承天子之宠光，缀公卿之后，日侍坐备顾问，四海亦谬称其氏名，况才之过于余者乎？

今诸生学于太学，县官日有廪稍之供，父母岁有裘葛之遗，无冻馁之患矣，坐大厦之下而诵诗书，无奔走之劳矣；有司业、博士为之师，未有问而不告，求而不得者也；凡所宜有之书，皆集于此，不必若余之手录，假诸人而后见也。其业有不精，德有不成者，非天质之卑，则心不若余之专耳，岂他人之过哉！

东阳马生君则，在太学已二年，流辈甚称其贤。余朝京师，生以乡人子谒余，撰长书以为贽，辞甚畅达，与之论辩，言和而色夷。自谓少时用心于学甚劳，是可谓善学者矣！其将归见其亲也，余故道为学之难以告之。谓余勉乡人以学者，余之志也；诋我夸际遇之盛而骄乡人者，岂知余者哉！

王祎（1322—1373）字子充，浙江义乌人。元末隐居青岩山，明初征为中书省掾史，与宋濂同修《元史》。朱元璋有一天对宋濂说："浙东人才，惟卿与王祎，才思之雄，祎不如卿，学问之博，卿不及祎。"他的文章更醇朴，有宋人规范。

方孝孺（1357—1402）字希直、希古，浙江宁海人，是宋濂门人中最杰出者，为文雄健，颇似苏东坡，为人方正，气节贞刚。燕王朱棣举兵南下时，僧道衍对他说："至京师幸勿杀方孝孺，杀孝孺，天下读书种子绝矣。"燕王兵入金陵称帝，命他起草登极诏书，不肯，被磔于市，正气浩然。

刘基（1311—1375）字伯温，浙江青田人，元末进士，曾任江浙儒学副提举，后弃官归隐。1360年后协助朱元璋建立明帝国，为开国功臣之一。官至御史中丞兼太史令，封诚意伯。诗文多反映元末明初社会动乱和人民疾苦。著有《诚意伯文集》。《卖柑者言》指责当时骑大马、饮美酒的将军大臣们，都是些不懂用兵、治世的，虚有其表的废物。尖锐的讽刺，生动有力：

杭有卖果者，善藏柑，涉寒暑不溃。出之烨然，玉质而金色。置于市，贾十倍，人皆争鬻之。予贸得其一，剖之，如有烟扑口鼻，视其中，则干若败絮。予怪而问之曰："若所市于人者，将以实笾豆，奉祭祀，供宾客乎？将炫外以惑愚瞽也？甚矣哉为欺也！"

卖者笑曰："吾业是有年矣，吾赖是以食吾躯。吾售之，人取之，未尝有言，而独不足子所乎？世之为欺者不寡矣，而独我也乎？吾子未之思也。今夫佩虎符、坐皋比者，洸洸乎干城之

279

287

具也，果能授孙吴之略耶？峨大冠、拖长绅者，昂昂乎庙堂之器也，果能建伊皋之业耶？盗起而不知御，民困而不知教，吏奸而不知禁，法斁而不知理，坐糜廪粟而不知耻。观其坐高堂、骑大马、醉醇醲而饫肥鲜者，孰不巍巍乎可畏，赫赫乎可象也？又何往而不金玉其外，败絮其中也哉！今子是之不察，而以察吾柑！"

予默然无以应。退而思其言，类东方生滑稽之流。岂其愤世疾邪者耶？而托于柑以讽耶？

高启（1336—1374）字季迪，苏州人。元末张士诚占苏州时，高启寄居外家于吴淞江的青邱，自号青邱子。明初召修《元史》，后罢官隐居青邱，因诗文有所讽刺，太祖不喜欢，终被斩，死时才三十八岁，有《高太史大全集》。王子充说他的诗"隽而清丽，如秋空飞隼，盘旋百折，招之不肯下。又如碧水芙蕖，不假雕饰，翛然尘外。"如《梅花诗》：

琼枝只合在瑶台，谁向江南处处栽？雪满山中高士卧，月明林下美人来。寒依疏影萧萧竹，春掩残香漠漠苔。自去何郎无好咏，东风愁寂几回开？

他善于吸收古人之所长，拟唐似唐，拟宋似宋，转益多师，加上卓越的才情，可有更大的成就，可惜死得太早。他的《登金陵雨花台望大江》一诗，讥刺朱元璋建都金陵的失当。诗云：

大江来从万山中，山势尽与江流东。钟山如龙独西上，欲破巨浪乘长风。江山相雄不相让，形势争夸天下壮，秦皇空此瘗黄金，佳气葱葱至今王。我怀郁塞何由开？酒酣走上城南台。坐觉苍茫万古意，远自荒烟落日之中来！石头城下涛声怒，武骑千群谁敢渡？黄旗入洛竟何祥？铁锁横江未为固。前三国，后六朝，草生宫阙何萧萧！英雄乘时务割据，几度战血流寒潮。我今幸逢圣人起南国，祸乱初平事休息。从今四海永为家，不用长江限南北。

280

和高启并称"吴中四杰"的杨基、张羽、徐贲，也有同样的风格，徐泰说杨基如"天机云锦，自然美丽"。李东阳说他的《春草》一诗传诵最广：

> 嫩绿柔香远更浓，春来无处不萋萋。六朝旧恨斜阳里，南浦新愁细雨中。近水欲迷歌扇绿，隔花偏衬舞裙红。平川十里人归晚，无数牛羊一笛风。

此外，和高启齐名的，还有袁凯（字景文，号海叟，有《海叟集》），明初授御史，因事为太祖所恶，佯狂，以病免归。诗学杜甫，颇能气骨高妙。少年时以《白燕》诗出名，人称"袁白燕"。诗云：

> 故国飘零事已非，旧时王谢见应稀。月明汉水初无影，雪满梁园尚未归。柳絮池塘香入梦，梨花庭院冷侵衣，赵家姊妹多相忌，莫向昭阳殿里飞。

于谦（1398—1457）字廷益，杭州人，永乐十九年进士，官至兵部尚书。蒙古瓦剌部落入侵，英宗被俘时，他反对南迁，坚决主战，并亲自督战，击败瓦剌军，转危为安。英宗复位后，他被诬"谋逆"，死。万历间昭雪，谥忠肃。著有《忠肃愍公集》诗多忧国忧民之作，见忠贞不拔之志。他在少年时代写的《咏煤炭》和《石灰吟》，就已表现献身的精神。

> 凿开混沌得乌金，藏蓄阳和意最深，爝火燃回春浩浩，洪炉照破夜沉沉。鼎彝元赖生成力，铁石犹存死后心。但愿苍生具饱暖，不辞辛苦出山林。（《咏煤炭》）

> 千锤万击出深山，烈火焚烧若等闲。粉骨碎身全不怕，要留清白在人间。（《石灰吟》）

前者把煤炭比做乌金，里面含有光和热，愿意把自己燃烧，发为国家的动力，并光照世界。后者表现立志苦练，成为坚强而品格高尚的人。他晚年写的《入塞》一诗，写出征军队凯旋的气概和亲人拦街相迎的热烈情况，表现出一派爱国的喜悦心情。

将军归来气如虎，十万貔貅争鼓舞。凯歌驰入玉关门，邑屋参差认乡土。弟兄亲戚远相迎，拥道拦街不得行。喜极成悲还堕泪，共言此会是更生。将军令严不得住，羽书催人京城去。朝廷受赏却还家，父子夫妻保相聚。人生从军可奈何，岁岁防边辛苦多。不须更奏胡茄曲，请君听我入塞歌。

于谦是一位民族英雄，也是深得民心的政治家，他经常视察民间的疾苦，反映在诗里，如《荒村》云：

村落甚荒凉，年年苦旱蝗。老翁佣纳债，稚子卖输粮。

壁破风生屋，梁颓月堕床。那知牧民者，不肯报灾伤。

深刻地揭露了地方官（牧民者）逼人民卖儿鬻女交钱粮，却掩盖灾情不上报的矛盾。

在于谦的时代，出现了以"三杨"为主的"台阁体"诗派，是拟古典主义的开始。"三杨"就是杨士奇、杨荣、杨溥，他们先后官至大学士，作诗歌功颂德，粉饰太平，陈陈相因，平庸乏味。一般追求利禄的文人，得官以后，模仿"台阁体"应酬奉迎。这一风气流行了近一百年（15世纪）。

在15世纪后半叶，出现了以李东阳为首的茶陵诗派。李东阳（1447—1516）字宾之，湖南茶陵人，以台阁大臣地位，主持诗派，叫做茶陵诗派。他强调宗法杜甫主要从音调、法度、结构方面着眼，提出"格调"说来矫正台阁之弊，但他也是台阁中的老宿，为诗未脱台阁体的气息，对前、后七子有明显的影响。

李东阳的学生李梦阳、何景明等力主复古，揭橥"文必秦汉，诗必盛唐"的口号，此后许多的"子"除前七子、后七子之外，还有前五子、后五子、广五子、续五子、末五子、四十子等，都倡言复古，继续走着拟古典主义的路。

格调说本从严羽《沧浪诗话》的"格力"、"音节"说而来，不过李东阳说得更具体些。他说：

诗必有具眼，亦必有具耳。眼主格，耳主声。闻瑟而知

为第几弦，此具耳也；月下隔窗辨五色线，此具眼也。费侍
郎廷言尝问作诗，子曰："试以所未见诗，即能识其时代格
调，十不失一，乃为有得。"（《怀麓堂诗话》）

这样熟读而揣摩各时代诗歌的格调，未始无补于文艺的修养，但
到东阳的弟子，代表前七子的李、何便把格调看做诗的主脑了。李
梦阳说：

> 诗有七难：格古、调逸、气舒、句浑、音圆、思冲、情
> 以发之。七者备而后诗昌也。然非色勿神。（《潜虬山人
> 记》）

总归他们的主张和创作的风气看来，可以得出下列三事：　(1)
格调要古雅，　(2) 情思要雄健，　(3) 贵用实字，少用虚字。
最好的诗句是杜甫的"五更鼓角声悲壮，三峡星河影动摇。"
"万里悲秋常作客，百年多病独登台。""星垂平野阔，月涌大
江流。"等句，都是格调古雅，情思雄健，使用实字（名词、动
词、形容词）的好例。但在他们自己的作品中，却不见这样的气
魄。

他们高唱复古，劝人勿读唐以后的书，诗中的典故都要用唐
以前的。据说梦阳有《秋望》诗：

> 黄河水绕汉边墙，河上秋风雁几行。客子过壕追野马，
> 将军夜箭射天狼。黄尘古渡迷飞挽，白月横江冷战场。闻道
> 朔方多勇略，只今谁见郭汾阳？

因为落句用了郭汾阳（即郭子仪），唐代的故实，便删不入集。
他们在散文方面，复得更古，写作散文便故作聱牙，或模拟剽
窃，毫无生气。

何景明（1483—1521）字仲默，河南信阳人，和李梦阳同倡
复古之说，同为前七子的领袖；但后来觉得梦阳模拟太甚，劝他
舍筏登岸，自辟途径，争论不已。论者认为景明才不如梦阳之
雄，而诗格秀朗，较少做作。如《答望之》；

283

291

念汝书难达，登楼望欲迷。天寒一雁至，日暮万行啼。

饥谨饶群盗，征求及寡妻。江湖更摇落，何处可安栖！

有一些杜诗的味道，但没有句模字拟的痕迹。

到了嘉靖年间，有李攀龙、王世贞等后七子出来，复古的气氛更浓，使整个文坛都沉浸在复古的烟雾中。李攀龙（1514—1570）字于鳞，号沧溟，有《沧溟集》。他的乐府古体模拟汉魏；七言近体专学盛唐。专从格调、韵味着眼。他曾构白云楼，又有三层，最上层是他自己吟咏处，中层置宠妾蔡姬，下层作会客厅。四面环水，如有客来访，便使自投所作诗文，若以为合格，便用小舟渡他过来；若不合格，便谢绝说："亟归读书，不烦枉驾。"他自己在楼上日夜读古书，三楼壁上满贴古人杰作，坐卧其中，描摩古人的格调。写作时独自登楼，拔去梯子，不许别人上去。他这样用心写作，但内容空虚，只有形式完备、音调协和而已。如《秋登太华绝顶》：

缥缈直探白帝宫，三峰此日为谁雄？苍龙半挂秦川雨，石马长嘶汉苑风。地敞中原秋色尽，天开万里夕阳空。平生突兀看人意，容尔深知造化工。

王世贞（1526—1590）字元美，号凤洲，又号弇州山人，江苏太仓人，早年和李攀龙同为后七子的领袖。攀龙早死，他独为文坛盟主二十年，天下文人，莫不奔走门下，威望之盛空前。这时他对拟古主义怀疑，有所转变，他所作的《艺苑卮言》是当时文学批评的一部名著，颇有见地。他自己的创作则洗炼不足，如黄河一泻千里，泥沙俱下。著有《弇州山人四部稿》、《弇山堂别集》。诗如《登太白楼》：

昔闻李供奉，长啸独登楼。此地一垂顾，高名百代留。白云海色曙，明月天门秋。欲觅重来者，漭滆济水流。

此外还有许多的"子"只在流行的复古口号下，玩弄空虚的格调游戏罢了。

284

拟古典主义在明中叶流行了一个世纪之久，使歌诗、散文趋于平庸。但物极必反，当复古气焰高涨的时候，有两派反对的运动起来了。一派是王慎中、唐顺之等嘉靖八子提出"文主欧曾，诗主初唐"的口号，还有归有光、茅坤等标榜唐宋八大家的古文，和他们抗争，以毒攻毒，颇有成效。

唐顺之（1507—1560）江苏常州人。平倭有功。他不满前七子的"文必秦汉"口号，主张学唐宋。著有《荆川先生文集》。在《答茅鹿门知县二》中阐明他们主张学唐宋的意义：

……今有两人，其一人心地超然，所谓具千古只眼人也，即使未尝操笔呻吟，学为文章，但直据胸臆，信手写出，如写家书，虽或疏卤，然绝无烟火酸馅习气，便是宇宙间一样绝好文字；其一人犹然尘中人也，虽其专专学为文章，其于所谓绳墨布置，则尽是矣，然番来复去，不过这几句婆子舌头语，索其所谓真精神与千古不可磨灭之见，绝无有也，则文虽工而不免为下格。此文章本色也。即如以诗为谕，陶彭泽未尝较声律，雕句文，但信手写出，便是宇宙间第一等好诗。何则？其本色高也。自有诗以来，其较声律，雕句文，用心最苦而立说最严者，无如沈约，苦却一生精力，使人读其诗，只见其捆缚龃龉，满卷累牍，竟不曾道出一两句好话。何则？其本色卑也。本色卑，文不能工也，而况非其本色者哉！

且夫两汉而下，文之不如古者，岂其所谓绳墨转折之精之不尽如哉？秦、汉以前，儒者有儒家本色，至如老、庄家有老、庄本色，纵横家有纵横本色，名家、墨家、阳阴家皆有本色，虽其为术也有驳，而莫不皆有一段千古不可磨灭之见。是以老家必不肯剿儒家之说，纵横必不肯借墨家之谈，各自其本色而鸣之为言。其所言者，其本色也。是以精光注焉，而其言遂不泯于世。唐、宋而下，文人莫不语性命，谈

285

治道，满纸炫然，一切自托于儒家。然非其涵养畜聚之素，非真有一段千古不可磨灭之见，而影响剽说，盖头窃尾，如贫人借富人之衣，庄农作大贾之饰，极力装做，丑态尽露。是以精光枵焉，而其言遂不久湮废。然则秦、汉而上，虽其老、墨、名、法、杂家之说而犹传，今诸子之书是也；唐、宋而下，虽其一切语性命、谈治道之说而亦不传，欧阳永叔所见唐四库书目百不存一焉者是也。后之文人，欲以立言为不朽计者，可以知所用心矣。

这种文贵本色，直据胸臆，信手写出如写家书的文学主张，是对后七子的迎头一棒，为后来浪漫主义思潮铺平道路。加以归有光（1506—1571）的文章如《项脊轩志》等，平实有内容，有散文诗般的抒情味，使空虚的拟古典主义派势力大大减退。王世贞晚年也改变了态度，他作《归太仆（有光）赞》说："千载有公，续韩、欧阳，余岂易趋？久而自伤。"

　　另一派是李贽和公安、竟陵派的浪漫主义运动，给拟古典主义以致命的打击。

286

第十一章　浪漫主义
（明、清）

一　浪漫主义思潮的兴起

浪漫主义思潮的特征是崇尚感情，自由、不受拘束，喜欢想象、幻想、甚至荒诞的情节和境界。这种思潮的社会背景是生产力有了新的发展，人心思变，而现实的顽固阻碍在前，一时不能超越。在文学方面，古典主义老化，变成拟古典主义，停滞不再发展时，浪漫主义便应运而生。在这样的社会环境中，怀有新思想、进步理想的人，有的抱着放浪于形骸之外的凌空幻影，想入非非；有的悲观颓唐，消沉于阴暗的情绪，叹息人生的虚幻而向往彼岸；有的苦闷彷徨，胸怀不满、忿慨，怨命运之多蹇。在这种种情景中，有的人怀着积极的态度，向前看，作顽强的奋斗；有的人却消极悲观，向后看；高尔基把浪漫主义分为积极的和消极的两种，也不是没有道理的。

西方近代的浪漫主义运动盛行于 18 世纪末和 19 世纪上半叶，导源于卢梭的感伤主义，他那种感情奔放、想象不羁的风格，返于自然的诗情画意，导致德国和英国浪漫文学的蓬勃发展，反过来再引起法国浪漫主义的洪流。

在我国，明中叶以后，正当前七子、后七子们高唱复古运动，主张诗必盛唐，文必秦汉的时候，沈璟等吴江派传奇作家们大讲声律、格调的时候，唐顺之、归有光等出来倡导文章要有独特的见解，要"洗涤心源""具今古只眼"，只要直据胸臆，信手写来，没有烟火酸馅习气，便是宇宙绝好文字。他们以抒情的散文显为新诗文的先声，如归有光的《项脊轩记》。

项脊轩，旧南阁子也。室仅方丈，可容一人居。百年老屋，尘泥渗漉，雨泽下注，每移案，顾视无可置者。又北向，不能得日，日过午已昏。余稍为修葺，使不上漏。前辟四窗，垣墙周庭，以当南日，日影反照，室始洞然。又杂植兰桂竹木于庭，旧时栏楯，亦遂增胜。积书满架，偃仰啸歌，冥然兀坐，万籁有声。而庭阶寂寂，小鸟时来啄食，人至不去。三五之夜，明月半墙，桂影斑驳，风移影动，姗姗可爱。

……后五年，吾妻来归。时至轩中，从余问古事，或凭几学书。吾妻归宁，述诸小妹语曰："闻姊家有阁子，且何谓阁子也？"其后六年，吾妻死，室坏不修。其后二年，余久卧病无聊，乃使人复葺南阁子，其制稍异于前。然自后余多在外，不常居。

庭有枇杷树，吾妻死之年所手植也，今已亭亭如盖矣。

叙述细致、自然，内容、语言都接近日常生活，人物声容笑貌，跃然纸上。这是古文传统的一个突破，但归有光其他的古文缺乏深刻广阔的内容，而且受八股文的影响较深，如缠足初放，多拘谨局缩。

浪漫主义思潮的大力推进时，必有"狂放"的"才子"，最初不为时人所了解。明中叶有诗人兼画家的唐寅、祝允明、文徵明、仇英、杨慎夫妇等，以清快、天真的风格称著的"才子文"出现。他们纵情诗酒绘画，甚至到了"狂"的程度。

唐寅（1470—1523）字子畏，一字伯虎，号六如，苏州人。二十九岁中解元，但以科场案所连累下狱，谪为吏。自此生活更狂放，纵酒山水、致力于诗画。他在《松溪独钓图》中所题："烟水孤篷足寄居，日常能办一餐鱼，问渠勾当平生事，便弄纶

288

竿便读书"。又自刻印章"江南第一风流才子"和"百年障眼书千卷，四海资身笔一技"。《明史》说他"文才侧艳，倾动流辈，传说者增益而附丽之，往往出名教外"，民间弹词有《三笑姻缘》的故事，实是虚构。诗多出之于不经意之间，而意象新妙。如《题画》云：

> 碧水丹山映杖藜，夕阳犹在小桥西。微吟不道惊溪鸟，飞入乱云深处啼。

唐寅为吴派浪漫画家，擅山水，创清劲长线条的皴法；又工人物、花鸟，笔墨秀润峭利，写意景物清隽生动，与沈周、文徵明、仇英并称为"明四家"。明末的董其昌（1555—1636）是晚期的吴派领袖，师法元代文人画家黄公望、王蒙、吴镇、倪瓒等绘画的精神，突破古典主义的樊篱。他有著名的画论《画禅室随笔》、《画旨》、《画眼》等，主张"行万里路，读万卷书"，"胸中脱去尘浊，自然邱壑内营，成立鄞鄂，随手写出，皆为山水传神"。他又说："画家以古人为师，已是上乘，进此当以天地为师。每朝看云气变幻，绝近画中山。山行时，见奇树，须四面取之。……形与心手相凑而相忘，神之所托也。……"清初石涛（朱若极，法名原济，号苦瓜和尚）所画意境新奇，一反仿古之风。其《苦瓜和尚画语录》是一部浪漫主义美学著作。他的名言："至人无法，非无法也，无法而法，乃为至法"。

祝允明（1460—1526）字希哲，号枝山，苏州人。文学家兼书法家，和唐寅齐名。《明史》说他"好酒色六博，善新声，求文及书者踵至，多赂妓掩得之。恶礼法士，亦不问生产，有所入，辄召客豪饮，费尽乃已"。他的作品流丽隽妙，如：

> 东风转岁华，院院烧灯罢，陌上清明，细雨纷纷下。天涯荡子，心尽思家，只看人归不见他。合欢未久难抛舍，追欢从前一念差。伤情处，恹恹独坐小窗纱。只见片片桃花，阵阵柳花，飞过秋千架。（《金络索·春词》）

杨慎（1488—1559）字用修，号升庵，四川新都人。他少年才华炳焕，晚年流放穷荒，放浪诗酒，颓废佯狂。王世贞《艺苑卮言》说他在泸州时，"暇时红粉傅面，作双丫髻，插花。门生异之，诸妓捧觞，游行街市，了不为愧。"但他学问渊博，著作之富称明人第一。他的作品以爽快流丽的散曲为最好，如：

明月中天，照见长江万里船。月光如水，江水无波，色与天连。垂杨两岸净无烟，沙禽几处惊相唤。丝缆停桡，乘风直上银河畔。（《驻马听·和王舜卿舟行之咏》）

李贽（1527—1602）号卓吾，别号温陵居士，福建泉州人，回族。曾为云南姚安知府，五十四岁辞官，出家，在湖北黄安、麻城讲学著书，兼收女弟子，说女人才智不下于男子，说卓文君善择佳偶。他是晚明最大的进步思想家，并以"异端"自居。他猛烈抨击孔子，说是"无学无术"；说《论语》、《孟子》是"迂阔门徒，懵懂弟子记忆师说，有头无尾，得后遗前，随其所见，笔之于书。"他的宇宙观是"天下万物，皆生于两，不生于一"，即由阴阳二气结合而成。他的文学论，反对复古主义者剽窃摹拟，主张创作必须出于天真的"童心"，肯定小说、戏剧在文学中的地位。《童心说》中说：

夫童心者，真心也。若以童心为不可，是以真心为不可也。夫童心者，绝假纯真，最初一念之本心也。若失却童心，便失却真心；失却真心，便失却真人。人而非真，全不复有初矣。……天下之至文，未有不出于童心焉者也。苟童心常存，则道理不行，闻见不立，无时不文，无人不文，无一样创制体格文字而非文者。诗何必古选，文何必先秦。降而为六朝，变而为近体，又变而为传奇，变而为院本，为杂剧，为《西厢曲》、为《水浒传》，为今之举子业，皆古今至文，不可得而时势先后论也。

李卓吾在当时的影响极大，沈瓒的《近事丛残》说他"从之

290

者几千、万人。其学以解脱直截为宗，少年高旷豪举之士多乐慕之，后学如狂。"盛况可以想见。为什么他的影响会那么大？因为他代表了晚明15世纪末的新思潮，代表了明中叶以后社会情况所发生的显著变化。社会经济出现了繁荣局面，农业和城市工商业都有了新的发展。到了嘉靖、万历年间（16世纪），农业因封建剥削而停滞、衰退；但手工业、商业却迅速发展，纺织、采矿、冶金各业都有更大的发展，造纸、印刷等新的产业特别发达，嘉靖、万历两代刻书业极盛，南京成了刊行小说、戏剧的中心。《醒世恒言》中的《施润泽滩阙遇友》就是写施复由一个家庭小手工业者逐渐上升为工场主的。在资本主义生产关系的萌芽中，东南沿海地区经济发达，同时统治阶级趋于腐朽、反动，骄奢淫逸，任意掠夺，弊政层出不穷，形成了政治上混乱的局面。严嵩父子执政二十多年，给人民带来了深重的灾难。改革派和权贵保守派斗争日趋剧烈，东林党和复社与阉党的斗争更为尖锐。

正当这时，出了进步思想的代表人物李贽，在他的思想中出现了唯物主义的因素，被视为异端之尤。在他的代表著作《焚书》、《续焚书》中猛烈攻击了封建礼教，他说"道"不在于禁欲，而在于满足人们的需要和现实的快乐。这时在文学中已出现了一个崭新的局面，小说、戏剧成了文学的主体，而且进入浪漫主义的高峰。

二 浪漫主义的戏剧

明中叶以后，戏剧思潮趋向于浪漫主义。在杂剧方面，有一代的怪杰，可说是中国马洛的徐渭为代表；在传奇方面，有被称为东方莎士比亚的汤显祖为代表。〔马洛（Christopher Marlowe，1564—1593）是16世纪大学才子之一；在戏剧创作上有大贡献，在悲剧的内容和文体上的改革，都是莎士比亚的先驱。他

291

是自由主义者小组成员之一，被政府特务所杀害。他和我国16世纪的怪杰徐渭（1521—1593）死于同年，在戏剧上的地位也和徐渭相似。莎士比亚（1564—1616）是西方最大的戏剧家，和汤显祖死于同年。徐渭的浪漫主义戏剧冲击了当时陈陈相因的习气，给后来大剧作家汤显祖以明显的影响。）

徐渭（1521—1593），字文长，号青藤，又号天池，浙江绍兴人。他多才多艺，但科举屡不中。曾为浙闽总督胡宗宪幕下当书记，出奇计以破倭寇。后胡被杀，他也潦倒终身。他性格豪放，痛恨达官贵人，被统治阶级看为狂人。他坎坷终身，晚年以鬻书卖画为生。当道官至，求一字而不可得，对卑贱者却亲如家人。他和李贽同为晚明进步思想的先驱，眼空千古，独立一时，不为儒家思想所束缚。

他所作的杂剧《狂鼓史渔阳三弄》、《玉禅师翠乡一梦》、《雌木兰替父从军》、《女状元辞凰得凤》四部短剧合称《四声猿》。

《狂鼓史》写三国时祢衡被曹操杀死后，阴司判官把曹操的鬼魂召到阎王殿上，祢衡击鼓骂曹，淋漓尽致地揭露曹操的口蜜腹剑，借刀杀人，阴险狠毒的丑恶面目。徐渭写这个短剧的用意是借以痛骂当时的严嵩，因为他的姊夫沈炼曾历数严嵩的十大罪状而被迫害致死。作者通过祢衡的击鼓骂曹，烈火一般地痛骂当时权臣的狠毒诈伪，沉湎酒色，骂得痛快淋漓：

> 他那里开筵下榻，教俺操槌按板把鼓来挝，正好俺借槌来打落，又合着鸣鼓攻他。俺这骂一句句锋铓飞剑戟，俺这鼓一声声霹雳卷风沙。曹操，这皮是你身儿上躯壳，这槌是你肘儿下肋巴，这钉孔儿是你心窝里毛窍，这板仗儿是你嘴儿上獠牙；两头蒙总打得你泼皮穿，一时间也醉不尽你亏心大。且从头数起，洗耳听咱！（《混江龙》）

《玉禅师》取材于《西湖游览志》，写杭州府尹柳宣教召请玉通和尚不到，便设计害他，派妓女红莲去勾引他，使他因犯色戒而羞愤自杀。死后投胎为柳太守的女儿柳翠，沦为娼妓。玉通的同门月明和尚指出柳翠的前生因缘，引度她出家为尼。这个剧本虽带因果报应的迷信思想，但和元无名氏的《月明和尚度柳翠》杂剧不同，削弱了宗教迷信色彩，增加了柳太守阴谋陷害玉通和尚的政治内容，揭露政教矛盾和禁欲主义的虚伪本质。

《花木兰》取材于乐府民歌《木兰辞》，写花木兰女扮男装，替父从军，为国立功的故事。剔除了原《辞》中的忠孝说教，着重宣扬爱国思想和女性也能英勇杀敌、为国立功的观点。剧中塑造了一个巾帼英雄的形象，和西方贞德（Jeanne d'Arc，1412—1431）即德国剧作家诗人席勒所写的《奥尔良姑娘》（1810）的形象，同为照耀东西方人们心中的爱国少女英雄美健形象，活跃在东西方的舞台上。

《女状元》写五代时前蜀女子黄崇嘏的故事。她女扮男装，考中状元，授与成都司户参军；丞相周庠要把女儿嫁他，当她不得不说出真情时，周丞相便娶她为儿媳。此剧批判封建时代重男轻女，埋没人才的现象。大声疾呼："世间好事属何人？不在男儿在女子。"

徐渭《四声猿》使明代戏剧起了一大变化。袁宏道说："余少时过里肆中，见北杂剧有《四声猿》，意气豪达，与近时书生所演传奇绝异。"他的"绝异"在于摆脱假古典主义的格律束缚，而独抒性灵；批判封建旧礼教和当代文人的绮丽雕琢。他的浪漫主义的艺术手法，丰富的想象，离奇的情节，犀利的嘲讽，被称为"天地间一种奇绝文字"（王骥德《曲律》）。

徐渭对于南戏也有精湛的研究，他的《南词叙录》记录了宋元南戏六十种，明初戏文四十七种，不仅提供了重要的史料，还提出了自己的正确主张，戏曲"本取于感发人心，歌之使奴童、妇女皆晓，乃为得体"。批判了当时戏曲的用经子语、时文气，脱离舞台、脱离观众的倾向，说是"南戏之厄，莫甚于今"。他肯定《琵琶记》《食糠》、《尝药》、《写真》是从人心中流出的真情，"句句是常言俗语，扭作曲子，点石成金，信是妙手"。这样从古典戏文中发掘用"常言俗语"写心中的"真情"，为浪漫主义铺平道路。

《四声猿》打破元代杂剧的体例，如《狂鼓史》只一出，《玉禅师》只二出，《雌木兰》只二出，《女状元》则是五出的南曲。四剧所用的曲调，有时为北曲，有时为南曲，有时为南北兼用。不是他不知曲律，而是有意打破规律。在音律方面，徐文长也多违反律吕处。清陈栋说："青藤（文长）音律间虽不谐，然其如怒龙挟雨，腾跃霄汉。千古不可无一，不可有二。"

无论从思想或形式方面看，徐渭都给汤显祖很大的影响。

汤显祖（1550—1616），字义仍，号若士，江西临川人。他家世代书香，早年便有文名，但不肯阿附权贵，到三十四岁才中进士，在南京当一名太常博士的闲官。万历十九年（1591）他因忧愤朝政的腐败无能，上书攻击朝廷大臣，被贬官到雷州半岛的徐闻县做典史，后调任浙江遂昌知县，为民除虎患，还在除夕放囚犯回家与家人团聚，遭到上级的非难。1598年，他辞官归居临川，当年完成他的代表作《牡丹亭》。家居十八年，主要是读书著作。新创作的剧本除《牡丹亭》外，还有《紫钗记》、《邯郸记》和《南柯记》，合称《玉茗堂四梦》。（另外还有未完成的《紫箫记》，是他在1577年，二十七岁时考试失利后的试作，后来改写为《紫钗记》。）

汤显祖少年时期受老师左派王学学者罗汝芳的影响，在南京时受李贽浪漫主义哲学的影响，崇尚真性情而反对假道学和程朱理学。在文学上主情而非理。他说："情有者理必无；理有者情必无。"（《寄达观》）他所谓理是指理学家维护封建礼教的理论，不是反对一切的理性。

294

在政治上，他和东林党的领袖顾宪成、高攀龙、邹元标等友好，共同批评朝政。在文艺上称徐渭《四声猿》为"词场飞将"，接受李贽的文学理论和公安袁氏兄弟的"独抒性灵，不拘格套"说。他自己的戏曲构思奇特，富于浪漫色彩，人物形象鲜明，文字清丽，但常犯曲律。王骥德说："临川汤奉常之曲，常置'法'字无论，尽是案头异书。"又说："临川汤若士婉丽妖冶，语动刺骨，独字句平仄多逸三尺，然其妙处，往往非词人工力所及。"当时音律权威沈璟等吴江派曾改正《牡丹亭》不谐协的字句，他很不喜欢地说："余意所至，不妨拗折天下人嗓子"。又给吕姜山的信说："凡文以意、趣、神、色为主，四者到时，或有丽词俊音可用，尔时能一一顾九宫四声否？如必按字模声，即有窒滞迸泄之苦，恐不能成句矣"。这是浪漫主义不拘守成法的具体宣言。

《牡丹亭》即《还魂记》是汤显祖最得意之作。他曾说："一生四梦，得意处惟在《牡丹》"。该剧故事梗概是：南安太守的女儿杜丽娘，不满于封建礼教，违背父母、塾师的训诫，走出闺房，到花园中游春，看到一个美丽多彩的新天地，引起她的自我觉醒。她在梦中与理想的情人柳梦梅相会，因情思成疾而死。死后，她托梦于梦梅，梦梅于园内得到丽娘的自画像，并与画中人的阴魂幽会。梦梅掘墓开棺，丽娘起死回生，两人结为夫妇，同往京都。梦梅在京应试后，正逢金兵南侵，延迟放榜。梦梅受丽娘之托，送家信报复生之喜，却被丽娘生父杜宝囚禁。金兵退后，梦梅金榜名列第一，便由阶下囚一跃而为状元。杜宝仍不承认女儿的亲事，迫她离异，官司打到皇帝面前才得解决——团圆。

《牡丹亭》表现的强烈的反封建礼教，追求个性解放，争取婚姻自主的思想是十分明确的。杜丽娘为了爱情而成病致死，又为了爱情而从死中回生，显示爱情的力量，在汤显祖浪漫主义的笔下被艺术地夸张了。

295

《牡丹亭》的爱情故事，情节离奇，可与莎士比亚的《罗密欧与朱丽叶》比美，诗词的清丽也可互相比美。这两部戏剧的气氛都是愉快的，不过《牡丹亭》在愉快的气氛中以喜剧的团圆结束，而《罗密欧与朱丽叶》却在愉快的气氛中，来了一个悲剧的结局。

杜丽娘的形象，天真伶俐的天性被封建礼教层层包围，不许在人前开口笑，不许到花园里去欣赏自然的风光，只许在闺房中读圣贤的书，学做针黹，听冬烘老师讲"后妃之德"。但她那聪明的性情，自觉地理解到《诗经·关雎》是一首恋歌，还在婢女春香的怂恿下，偷偷走出闺房，"不到园林，怎知春色如许"，春天大自然的气息唤醒了她的久被压抑的青春活力，把一向蕴藏在心里的火一样的热情，喷发出来。她在园游之后，在梦中和情人相会；惊梦之后，梦魂缠绵，再到园中寻梦，爆发出郁积的热情，象火一样燃烧着摧残理想的封建旧礼教。她那火一样的真爱情，具有致病而死的魔力，也有冲出地府而回到阳世的神功。希腊的阿尔雪丝蒂（Alcestis）从地府回来是靠大力士海格立斯（Hercules）；杜丽娘却靠自己的青春活力，靠爱情。这虽是浪漫的夸张，却是对纯真爱情的最高礼赞。

作者在剧中也有力地描写并讽刺了现实社会的腐朽、残酷。丽娘到过阴森的地府，见胡判官和阳世的金州判、银府判、铜司判、铁院判一样枉法贪赃，一样迂腐固执，摧残如花美眷，她觉得那鬼哭神嚎的地府是阳世衙门，是封建社会的缩影。丽娘到过地府，走上朝廷时，遇见兵卒喝她，她惊唱道："似这般狰狞汉叫喳喳，在阎浮殿见了些青面獠牙，也不似这番怕！"

《牡丹亭》这部浪漫主义的戏剧，采用了抒情诗的手法，抒写人物内心的感情。它之所以被称为传奇之冠冕，其魅力也在于抒情诗的情味。例如脍炙人口的《惊梦》一出：

【绕池游】（旦上）梦回莺啭，乱煞年光遍。人立小庭深

296

院。（贴）炷尽沉烟，抛残绣线，恁今春关情似去年？

【乌夜啼】（旦）晓来望断梅关，宿妆残。（贴）你侧着宜春髻子，恰凭栏。（旦）剪不断，理还乱，闷无端。（贴）已分付催花莺燕，借春看。（旦）春香，可曾叫人扫除花径？（贴）分付了。（旦）取镜台衣服来。（贴取镜台衣服上）云髻罢梳还对镜，罗衣欲换更添香。镜台衣服在此。

【步步娇】（旦）袅晴丝，吹来闲庭院，摇漾春如线。停半晌，整花钿。没揣菱花，偷人半面，迤逗的彩云偏。（行介）步香闺怎便把全身现？

（贴）今日穿插的好。

【醉扶归】（旦）你道翠生生出落的裙衫儿茜，艳晶晶花簪八宝填。可知我常一生儿爱好是天然。恰三春好处无人见。不堤防沉鱼落雁鸟惊喧，则怕的羞花闭月花愁颤。

（贴）早茶时了，请行。（行介）你看，画廊金粉半零星，池馆苍苔一片青。踏草怕泥新绣袜，惜花痛煞小金铃。（旦）不到园林，怎知春色如许？

【皂罗袍】原来姹紫嫣红开遍，似这般都付与断井颓垣。良辰美景奈何天，赏心乐事谁家院！恁般景致，我老爷和奶奶，再不提起。（合）朝飞暮卷，云霞翠轩；雨丝风片，烟波画船。锦屏人忒看的这韶光贱！

（贴）是花都放了，那牡丹还早。

【好姐姐】（旦）遍青山啼红了杜鹃，荼蘼外烟丝醉软。春香呵，牡丹虽好，他春归怎占的先！

（贴）成对儿莺燕呵！（合）闲凝盼，生生燕语明如剪，呖呖莺歌溜的圆。

（旦）去罢。（贴）这园子委是观之不足也。（旦）提他怎的！（行介）

【隔尾】观之不足由他缱，便赏遍了十二亭台是枉然。倒

297

不如兴尽回家闲过遣。

（作到介）（贴）开我西阁门，展我东阁床。瓶插映山紫，炉添沉水香。小姐，你歇息片时，俺瞧老夫人去也。（下）（旦叹介）默地游春转，小试宜春面。春呵，得和你两留连。春去如何遣？咳！怎般天气，好困人也。春香那里？（左右瞧介）（又低首沉吟介）天呵，春色恼人，信有之乎？常观诗词乐府，古之女子，因春感情，遇秋成恨，诚不谬矣。吾今年已二八，未逢折柱之夫；忽慕春情，怎得蟾宫之客？……（睡介）（梦生介）（生持柳枝上）莺逢日暖歌声滑，人遇风晴笑口开。一径落花随水入，今朝阮肇到天台。小生顺路而来，跟着杜小姐回来，怎生不见？（回看介）呀！小姐，小姐。（旦作惊起相见介）（生）小生那一处不寻访小姐来，却在这里。（旦作斜视不语介）（生）恰好花园内折取半枝，姐姐，你既淹通书史，可作诗以赏此柳枝乎？（旦作惊喜欲言又止介）（背云）这生素昧平生，何因到此？（生笑介）小姐，咱爱杀你哩。

【山桃红】则为你如花美眷，似水流年。是答儿闲寻遍，在幽闺自怜。小姐，和你那答儿讲话去。（旦作含羞不行）（生作牵衣介）（旦低问介）那边去？（生）转过这芍药栏前，紧迫着湖山石边。（旦低问）秀才，去怎的？（生低答）和你把领扣松，衣带宽，袖稍儿搵着牙儿苫也，则待你忍耐温存一晌眠。（旦作羞）（生前抱）（旦推介）（合）是那处曾相见，相看俨然，早难道这好处相逢无一言。……（贴上）晚妆销粉印，春润费香篝。小姐，熏了被窝睡罢。

【尾声】（旦）困春心，游赏倦，也不索香熏绣被眠。天呵，有心情那梦儿还去不远。

这部浪漫主义戏剧突出一个"情"字，作者在《牡丹亭》题词中

298

说："天下女子有情，宁有如杜丽娘者乎？……情不知所起，一往而深。生者可以死，死可以生。……梦中之情，何必非真。天下岂少梦中之人耶？"相传有娄江女子俞二娘者，因读《牡丹亭》，断肠而死；扬州女子金凤钿读《牡丹亭》成癖，临死遗言以该剧为殉。其感人之深可以想见。

《邯郸记》是根据唐沈既济的传奇《枕中记》改编的，三十出，精简纯净，明白易懂，而其成就仅次于《牡丹亭》。主题是揭露封建上流社会，加以讽刺、批判。剧中描写卢生的发迹成了封建大官僚，直到死亡。他功业彪炳，气势煊赫，做了二十年宰相，封赵国公。但他的飞黄腾达是靠拍马行赂，以鬼蜮伎俩建立功勋。大官僚的无耻、淫逸，集中表现在他身上。表现作者对当时封建官僚的厌恶、鞭挞。

《南柯记》是根据唐李公佐的传奇《南柯太守传》改编的。描写醉汉淳于棼依靠女人关系一直升官，当了左丞相。朝廷的骄奢淫逸，被加上庄严的外表。也是对现实不满的批判。但末尾宣扬佛法，说什么"万事无常，一佛圆满"，是作者思想的局限。

《紫箫记》本是习作，未完；《紫钗记》是后来改写的，前者四六骈文，如读六朝小赋，后者尖新俊逸，近于小词。宜作案头剧，不宜上演。

汤显祖剧作影响深远，他的浪漫主义戏剧派一直延续并发展到一百年后的洪昇《长生殿》。他的剧本被译成英、日、德、法等文字。

在汤显祖之后，被称为玉茗堂派的剧作家先有吴炳（1595—1648）字石渠，号粲花主人，江苏宜兴人。万历进士，官至江西提学副使。明亡后，吴炳随明桂王朱由榔至桂林，为兵部侍郎兼东阁大学士。永历元年（1647），清兵南下，攻陷武冈，吴炳被俘，绝食而死，后谥"节愍"。

吴炳十二三岁时就填词。幼年时就写传奇《一种情》，恐被父亲骂，托名粲花。他的剧作传世的有《粲花别墅五种》，其中《画中人》是早年所作，成熟期写了《西园记》、《绿牡丹》、《疗妒羹》，《情邮记》是晚年之作。

《西园记》是吴炳代表作之一，写王玉真和赵玉英两个女子同住赵家花园。后者是园主赵礼的亲女，前者为义女。书生张继华在西园遇见王玉真，一见倾心，但错认作赵玉英。不久，赵玉英死了，张生悲痛欲绝。后来又在西园遇见王玉真，以为是赵玉英的阴魂。张生思念情深，屡呼其名，玉英的魂灵感其意而出现，冒名玉真，和他幽会。赵礼要把义女玉真嫁张生，遭到拒绝。最后，经各方解说，真相大白。此剧一则写张生爱情专一，二则反映封建婚姻制度造成赵玉英的悲剧。玉英从幼年就许配给王伯宁，她不爱伯宁又不敢反抗"父母之命"，自怨自艾，饮恨而死。《西园记》描写细腻，构思巧妙，真假误会，人鬼错认，情节跌宕起伏，而人物性格不同，从内心活动表现出来，富于戏剧性。

《绿牡丹》也是一部代表作，写翰林沈重结文社为女儿婉娥选婿。在文社会试中，以"绿牡丹"为题，各作诗一首。三个求婚者中的柳希潜请馆师谢英代笔，车本高请妹车静芳代笔，只有顾粲自己写。车静芳和谢英相互读了对方的诗后，发生爱慕心。后经面试，柳希潜和车本高当面出丑。在乡试中，谢英和顾粲名列前茅。终于谢英和车静芳，顾粲和沈婉娥结成两对夫妻。剧本的思想是婚姻自主，不看财产和门第，只看人品和才学；并揭露当时科举制度的腐败，嘲讽了明末的假名士，鞭挞他们在文会中招摇撞骗、考试舞弊的现象。吴炳是个喜剧能手，场场戏有笑料，把观众引入欢乐的艺术境界。作者利用巧合、误会、双关语等喜剧手法，在不同人物性格之间发生喜剧性冲突，组成一幅幅不同的喜剧场面。有人说它是"文雅的喜剧"。

《疗妒羹》写才女乔小青因为父母双亡，被卖给褚大郎为妾，为大妇苗氏所迫害，抑郁而死。后在朋友的救护下，死而复

300

生，改嫁杨器，生一子，与杨夫人相处很和睦。苗氏是有名的妒妇，为朋友所指责。剧本反映封建时代妻妾制的不合理，赞成妇女嫁错了人时，可以改嫁。这种思想在当时算是大胆的，小青的故事，在当时曾轰动一时。

《情邮记》写穷书生刘乾初在驿站壁上题诗而与王慧娘、贾紫箫成亲的故事。剧中写枢密使阿乃颜在扬州买妾选美，通判王仁把使女紫箫冒充女儿去进献，被破格升官的情节，和箫一阳为朋友刘乾初爱紫箫致病，买了她给刘成亲。枢密使要讨回紫箫而不答应，便被免职的情节，揭露封建统治阶级的荒淫无耻，官场的腐朽黑暗。

这两个剧本都反映了封建的妻妾制度给妇女带来的痛苦，却又赞许妻贤妾顺的封建家庭秩序，反封建不彻底。

吴炳的剧本比较精练，刻画人物形象细腻逼真，尤其是在表现悲苦的心情时，更能情景交融。如《西园记》的《呼魂》出和《疗妒羹》的《题曲》出中的某些曲词。

与吴炳同时的有阮大铖（字集之，号圆海，安徽怀宁人。）他是刻意学汤显祖的，作《春灯谜》、《燕子笺》、《双金榜》等传奇剧，反映了一些封建官僚机构的腐败黑暗和下层人民的苦难。《画中人》故事近似《牡丹亭》，文词全以汤剧为法。词曲工丽，文彩绚烂；但人品卑下，思想平庸，风格不高。明王朝未亡前附魏忠贤，免官；明亡后又降清为响导，死于仙霞关。因他心术不正，多流于尖刻；虽以虚伪的文彩，得与吴炳齐名，而一忠一奸，薰莸不同。

周朝俊字夷玉，明末浙江鄞县人。仕途失意的他，作传奇十种，留下来的只有《红梅记》一种。它取材于《剪灯新话》中的《绿衣人传》，写裴禹和李慧娘、卢昭容的爱情婚姻故事，穿插着与权臣贾似道的矛盾斗争。贾似道以权臣的地位，霸占姬妾无算，李慧娘在游西湖时赞美一声书生裴舜卿，贾似道就把她杀掉

301

了。后来贾想要霸占少女卢昭容，裴舜卿仗义救她，便被贾所陷害，李慧娘的鬼魂出来救舜卿。当贾拷问众妾时，李的鬼魂便大闹贾府，保护众姊妹们，对受压迫者同情，对敌人坚决反抗。在17世纪时，鬼魂出现在东方和西方的舞台上，不全是宣扬迷信，在汤显祖的《牡丹亭》和周朝俊的《红梅记》中出现却是人民的愿望，在莎士比亚《哈姆莱特》等剧中出现，有助于剧情的发展。周朝俊戏剧的特点是把爱情和对权贵的政治斗争结合在一起。

到了清初，浪漫主义戏剧已经发展到更成熟的阶段。这时以喜剧作家兼戏剧理论家李渔和悲剧作家洪升的杰出贡献为代表。

李渔（1611—1679）字笠翁，原名仙侣、字天徒，另号有笠道人、湖上笠翁。原籍浙江兰溪，生长于江苏如皋。三十岁前，几次参加了乡试都落第，是一个没有功名的文学之士。1648年，他移家杭州，专心写作戏曲和小说；1657年，迁居金陵，和社会名流吴伟业、尤侗、王士禛等交往，开设"芥子园"书铺，编写出版书籍，如《名词选胜》、《尺牍选》、《诗韵》、《芥子园画谱》等。他以家姬组成戏班子，自编自导，在各地巡游演出，到1677年六十六岁，迁回杭州，三年后去世。

李渔著作丰富，以喜剧和戏剧理论称著。他的剧作《风筝误》、《奈何天》、《比目鱼》、《凰求凤》、《意中缘》等十种，合称《笠翁十种曲》，对当时剧坛影响很大，还流传到日本、欧洲各国。他的戏剧理论主要是《闲情偶寄》中的《词曲部》和《演习部》，是一部比较全面系统的戏曲论著。他结合自己戏剧创作和舞台实践的经验，参考明中叶以来的评论文章，对我国自元、明以来的戏剧文学和舞台艺术，作了创造性的总结，发展了我国的戏剧理论。

李渔的喜剧颇有特色：第一是求情节的新奇；第二是结构严密；第三是宾白颇费推敲，妙语解颐。例如《风筝误》就是由日

302

常琐事中，发掘许多巧合的事，制造喜剧的镜头。情节精炼，剧中无闲人。宾白也多俏皮话，处处令人捧腹。但他注意逗笑，注意喜剧的形式和演出效果，而思想内容却平庸，没有太多的意义。他更大的贡献在戏剧理论方面。

自从文体大革命以后，元初杂剧的繁荣，在创作上取得了第一次卓越的成就。元明之际以后，传奇在古典主义作家们的努力下，又得到了第二次的戏剧繁荣时期。在这二百年的剧作经验基础上，戏剧理论也有了相应的发展。浪漫主义戏剧家徐渭的《南词叙录》批判了"以时文为南曲"的倾向，要求戏曲能使老幼男女都能理解。王骥德的《曲律》提出了音律和其他创作方面的问题。李贽、冯梦龙、金圣叹等的评点剧本，就剧中人物、关目、曲白等加以评论，多所创见。李渔则就剧本创作和舞台演出方面作出了较系统的理论。

李渔的戏剧理论，主要在《闲情偶寄》第一、二卷，论词曲（即论戏曲的创作）和演习（即舞台演出的艺术）两部分。总结四百年的戏剧创作经验，结合自己的体会立论，分论结构、词采、音律、宾白、科诨、格局，是一部有组织的戏剧理论，在中国戏剧批评史上是空前的。

李渔首先肯定四百年来（元、明以来）戏剧在文学中的地位，打破守旧派歧视戏剧，称为末技、小道的思想，他说"填词非末技，乃与史传诗文同流而异派者也。"其次说戏剧批评的重要性，他说："自有《西厢》以迄于今，四百余载，推《西厢》为堆词第一者，不知几千万人；而能历指其所以为第一之故者，独出一金圣叹。是作《西厢》者之心，四百余年未死，而今死矣。不特作《西厢》者心死，凡千古上下操觚立言者之心无不死矣。人患不为王实甫耳，焉知数百年后不复有金圣叹其人哉？"但他又觉得金圣叹的剧论只注意到剧本的文字，还没有论及舞台演出的艺术。他说"以予论之，圣叹所评，乃文人把玩之《西厢》，

303

非优人搬弄之《西厢》也。文字之三昧，圣叹已得之，优人搬弄之三昧，圣叹犹有待焉。"李渔不仅是剧作家，且是有丰富舞台实验的大导演，有条件创造全面的戏剧理论。

李渔论剧，首先重视结构。他说："至于'结构'二字，则在引商刻羽之先，拈韵抽毫之始。如造物之赋形，当其精血初凝，胞胎未就，先为制定全形，使点血而具五官百骸之势。……工师之建宅亦然，基址初平，间架未立，先筹何处建厅，何方开户，栋需何木，梁用何材，必俟成局了然，始可挥斤运斧。倘造成一架而后再筹一架，则便于前者不便于后，势必改而就之，未成先毁，犹之筑舍道旁，兼数宅之匠资，不足供一厅一堂之用矣。故作传奇者不宜卒急拈毫。袖手于前，始能疾书于后。有奇事方有奇文，未有命题不佳而能出其锦心，扬为绣口者也。尝读时髦所撰，惜其惨淡经营，用心良苦，而不得被管弦、副优孟者，非审音协律之难，而结构全部规模之未善也。"

李渔主张结构的单一性，即一人一事。他说："一本戏中，有无数人名，究竟俱属陪宾；原其初心，止对一人而设。即此一人之身，自始至终，离合悲欢，中具无限情由、无穷关目，究竟俱属衍文；原其初心，又止为一事而设。此一人一事，即作传奇之主脑也。"这和希腊亚里斯多德（Aristotle）的主张一样，情节不要枝蔓，要有整一性。西欧的戏剧理论家们以为亚氏主张"三一律"，这是误解，亚氏只说情节要整一，却没有说地点和时间也要整一化。李渔和其他中国的理论家都没有提到时间、地点的限制。

关于结构的完整，主张确立主脑，突出主线，内在衔接，就是头、身、尾的组合和呼应。和亚里斯多德的起、中、结说法一样。

李渔说所演的事，"不必尽有其事"，"所应有者"，"悉取而加"。和欧洲理论家们说的"不在于描述已发生的事，而在于描述

304

可能发生的事，即按照可然律或必然律可能发生的事"。这是文艺和历史的不同。

关于戏剧的语言，李渔主张要浅显易懂。"传奇不比文章，文章作与读书人看，故不怪其深；戏文作与不读书人同看，故贵浅而不贵深。"他反对用四六骈体，也反对多用方言，反对"迂腐"、"艰深"、"隐晦"，要求"尖新"、"机趣"。他认为《牡丹亭·惊梦》的"袅晴丝吹来闲庭院，摇漾春如线。"工丽则工丽矣，但观众不会在听的煞那间注意到作者的苦心孤诣。汤显祖是大作家，但对舞台演出上还不够重视。

李渔是个喜剧作家和戏剧理论家，跟同时代的法国大喜剧家莫里哀（Moliere 1622—1673）颇有相似之点。除同时分别为东西方喜剧巨匠外，又都自己带领戏班子在各地巡游演出，富于舞台经验。他们都为社会各阶层的人们演剧，李渔的观众有达官贵人、文艺家和妇孺、平民；莫里哀既在内地为广大群众演出，也在宫廷演出。古典主义理论家波瓦洛（Boileau）说："莫里哀琢磨着他的作品，他在那行艺术里也许能冠绝古今；可惜他太爱平民，常把精湛的画面用来演出他那些难堪的嘴脸……"莫里哀生在古典主义霸据文坛的时代而始终和当时旧势力斗争到底。李渔生在拟古典主义收尾和浪漫主义戏剧发展到最成熟时期，他的倾向是偏于后者的。他的缺点是作品的内容庸俗，跟不上形式的工整。但在他总结、整理了四百年来戏剧创作的经验和原理之后，剧坛产生了一部杰出的浪漫主义大悲剧《长生殿》，光荣地结束了浪漫主义戏剧的百年历史。再过十多年又产生了一部杰出的现实主义悲剧《桃花扇》，有声有色地开创了现实主义文艺的历史。

《长生殿》的作者洪升（1645—1704）字昉思，号稗畦，浙江钱塘人。他生在明亡后第二年，父亲、岳父都做了清朝的官，他的幼年老师却心怀明室，不愿仕于清；两种矛盾思想，给他很

305

大影响和苦闷。二十三岁（1668）进国子监肄业，次年回家，不久，和父亲关系恶化，分居而过贫困的生活；二十九岁（1674）再到北京，过了十六年的飘零生活。"我忆长安客，飘零寄此身。卖文供贳酒，旅食转依人。"（陈访《寄洪昉思都门四首》）他自己说："大地春回日，羁人泪尽时。七年身泛梗，八口命如丝。"（《己未元日》即1679年元旦）经过十多年的苦心孤诣，于1688年完成了《长生殿》这部大悲剧，因为在康熙的佟皇后丧期演唱，得罪而被削籍回乡。晚年抑郁、纵情湖山之间，在吴兴夜醉落水身亡。洪升交游很广，师友多中下层文人，多怀念亡明，对现实不满，对清廷取不合作态度。《长生殿》中的民主思想和民族感情，和他的身世、思想相关联。

洪升作传奇九种，杂剧一种，现在保留的只有传奇《长生殿》和杂剧《四婵娟》。《四婵娟》和徐渭的《四声猿》相似，由四个单折的短剧组成：第一折写谢道韫和叔父谢安咏雪联吟事；第二折写卫茂漪向王羲之传授簪花格书法事；第三折写李清照和丈夫赵明诚斗茗评论古来夫妇事；第四折写管仲姬和丈夫赵子昂泛舟画竹事。采取历代才女的逸事，表彰她们的才华和真挚的爱情，表现不该重男轻女的民主思想以及理想的生死不渝的爱情。如第三折赵明诚论爱情的词曲《东原升》道："都生难遂，死要偿，噙住了一点真情，历尽千磨障，纵到九地轮回也永不忘，博得个终随唱，尽占断人间天上。"也弥漫着浪漫主义的气氛，和他的诗集《稗畦集》、《稗畦续集》等，是同样的风格。

《长生殿》写唐明皇李隆基和贵妃杨太真的爱情故事。作者一方面批评了他们豪奢的爱情生活带来政治上悲剧的后果，一方面又歌颂了他们爱情生活的执着性，把它看做爱情生死不渝的理想。作者联系这件爱情故事的背景——安史之乱，揭露阶级的矛盾和民族的矛盾，表现了民族的感情。

悲剧共五十出，分为上下两半部。上半部到二十五出《埋玉》

306

止，叙述李、杨爱情从《定情》发端，《密誓》为生死之盟，是肉体爱的顶点。《埋玉》的生离死别，转入下半部的浪漫缔克。《冥追》、《闻铃》、《情悔》、《哭象》、《雨梦》等出，集中描写他们的痴情，信守前盟。最后感动了天地鬼神，得登仙箓，永久团圆。

在下半部中，作者抒展言情的妙笔，把胸中的怀念之情，设身处地，从李隆基的口倾泻出来。例如《闻铃》一出写李隆基巡行了一月，心中愈想愈苦闷，唱词中的〔双调近词·武陵花〕道：

> 万里巡行，多少悲凉途路情。看云山重叠处，似我乱愁交并。无边落木响秋声，长空孤雁添悲哽。提起伤心事，泪如倾。回望马嵬坡下，不觉恨填膺。袅袅旗旌，背残日，风摇影。匹马崎岖怎暂停，怎暂停，只见阴云黯淡天昏暝，哀猿断肠，子规叫血，好教人怕听。兀的不惨杀人也么哥，兀的不苦杀人也么哥，萧条怎生，峨眉山下少人经，冷雨斜风扑面迎。

> 【前腔】淅淅零零，一片凄然心暗惊。遥听隔山隔树，战合风雨，高响低鸣。一点一滴又一声，和愁人血泪交相迸。对这伤情处，转自忆荒茔。白杨萧瑟雨纵横，此际孤魂凄冷。鬼火光寒，草间湿乱萤。只悔仓皇负了卿，负了卿！我独在人间，委实的不愿生。语娉婷，相将早晚伴幽冥。一恸空山寂，铃声相应，阁道峻嶒，似我回肠恨怎平！

> 【尾声】迢迢前路愁难罄，招魂去国两关情。〔合〕望不尽尖山万点青。

李隆基怀念死去的妃子，虽是隔世之人，也在情理之中；而杨玉环的魂灵在仙界热烈地念念不忘人间的明皇，便更是浪漫的气氛了。如《补恨》出中的两支曲子：

> 〔正宫过曲·普天乐〕叹生前，冤和业。（悲介）才提起，

307

声先咽。单则为一点情根，种出那欢苗爱叶。他怜我慕，两下无分别。誓世世生生休抛撇，不提防惨凄凄月坠花折，悄冥冥云收雨歇，忙茫茫只落得死断生绝。

〔小桃红〕位纵在神仙列，梦不离唐君阙。千回万转情难灭。（起介）娘娘在上，倘得情丝再续，情愿谪下仙班。双飞若注鸳鸯牒，三生旧好缘重结。（跪介）又何惜人间再受罚折！

这部浪漫主义传奇的最后杰作，一面反映宫廷的腐朽荒淫，一面又把李、杨的爱情理想化为生死不渝的真正爱情。在艺术上接受了前人的成就，在文词的美丽上和在舞台的演出效果上都注意而有所改进。

《长生殿》的第一出开场【满江红】不仅为该剧的主旨，而且总结了从《牡丹亭》以来近百年的浪漫主义传奇剧的特点，"情而已"，词云：

今古情场，问谁个真心到底？但果有精诚不散，终成连理。万里何愁南共北，两心那论生和死。笑人间儿女怅缘悭，无情耳。感金石，回天地。昭白日，垂青史。看臣忠子孝，总由情至。先圣不曾删郑、卫，吾侪取义翻宫、徵。借太真外传谱新词，情而已。

洪升之后，在18世纪，有蒋士铨（字心余，号清容，1725—1784）继其余绪，可算是浪漫主义传奇剧的尾声。蒋士铨以白居易《琵琶行》为题材的《四弦秋》和以汤显祖的生平历史为题材的《临川梦》二剧，富于浪漫主义色彩。《临川梦》歌颂汤显祖的才华和藐视权贵的高尚品格，中间穿插了民间传说的娄江女子俞二娘因读《牡丹亭》景慕作者而死的故事。剧终时汤显祖进入梦境和他的剧中人淳于梦、卢生等相会。用浪漫剧的形式为浪漫传奇剧的奠基人树碑立传，余音袅袅，缥渺有致。

308

三 浪漫主义的小说

从明初到嘉靖一百七十年间，在小说方面没有多大的发展。到了嘉靖、万历间，约当公元16世纪，浪漫的狂飙起来之后，掀起研究、批点小说、戏曲的热潮。《水浒传》和《三国演义》的影响很广远。

《西游记》是浪漫小说的白眉，其成就与影响，可与元明之际的《水浒》、《三国》鼎立。它与前二者一样，是民间传说和文人创作相结合的杰构。唐代就有《大唐大慈恩寺三藏法师传》，为了神化玄奘，在他出国经历万险的故事中增加了许多神话式的传说。南宋时的《大唐三藏取经诗话》开始把各种取经的神话传说串起来，成为平话小说，元杂剧中也有《唐三藏西天取经》，（金院本中有《唐三藏》），明《永乐大典》一三一三九卷有标题为《西游记》，是一千二百字的《梦斩泾河龙》故事，内容和世德堂本《西游记》第九回基本相同。总之，在吴承恩之前有了七百多年的民间酝酿，经过文采斐然的文学之士的再创造，成了这么一部想象力丰富，笔锋犀利周密的长篇浪漫主义小说。

作者吴承恩（约1510—1582）字汝忠，号射阳山人，淮安山阳人，著有《射阳先生存稿》。《淮安府志·人物志》说："吴承恩性敏而多慧，博学群书，为诗文，下笔立成；清雅流丽，有秦少游之风。复善谐剧，所著杂记几种，名震一时。数奇，竟以明经授县贰；未久，耻折腰，遂拂袖而归。放浪诗酒，卒，有文集存于家，丘少司徒汇而刻之。"他虽有才气而科场屡试不中，到了六十多岁才谋得小小的长兴县丞，做了几年，不愿折腰之苦，拂袖而归。他所做诗文风格幽默豪放，浪漫气氛浓厚，颇似李白。

吴承恩从幼年起就爱读小说，特别是玄怪小说。长大后，知道了许多的奇闻异事，曾写过《禹鼎志》等短篇志怪小说。到老

309

年时，在穷愁潦倒中写成一百回的《西游记》。四百年来，传诵不衰。

全书头七回写孙悟空的来历；接着八至十二回写唐三藏取经的缘起；十三回以下叙取经路中的历险过程，即八十一难的经历。想象丰富，情节变化万端，把读者引进一个幻想的境界。既给人以惊心动魄的恐怖，又给人以艺术的动人享受。

浪漫主义小说作者，常对现实有所不满，在作品中表示批判、讽刺的态度。《西游记》作者在描写天宫时，表示对封建最高统治者取反抗的态度。当如来佛问齐天大圣："你那厮乃是猴子成精，焉敢欺心，要夺玉皇上帝尊位？"大圣回答道："他虽年幼修长，也不应久占在此。常言道'皇帝轮流做，明年到我家'。只教他搬出去，将天空让与我，便罢了；若还不让，定要搅扰，永不清平！"话里有革命思想或民主思想的因素。齐天大圣孙悟空有七十二变的手段，会驾觔斗云，一纵十万八千里，神通广大；在书中发扬他的威力、智慧的光辉。他以诛暴安良，锄强扶弱的精神，和一切的恶势力斗争到底。这样的形象为广大群众所喜爱。

浪漫主义小说，不能凭空捏造形象，必须有现实生活为背景，以现实人物为模特儿，方能引人入胜，百读不厌。《西游记》中出现的各种妖魔，也都和人一样，贪恋声色，搜刮钱财，嗜杀好斗，过着荒淫残暴的生活，而且与最高统治者相联系，这正是现实生活中地主、恶霸、官僚、流氓等做艺术的反映，用幻想、夸张的方法，做曲折的反映。

《西游记》中的人物性格，常有独特的对照，如孙悟空的神通、调皮与猪八戒的傻劲、老实。在猪八戒身上充满了矛盾的性格，于老实、天真之外，有不少的缺点，如好吃懒做，贪财好色。猪八戒邪心多，如意算盘也多，他的愚蠢想法越大，弄巧反拙的笑话就越多，读者对这样可笑的人物却很喜欢，尤其是和孙

310

悟空成对照的时候，使人觉得妙趣横生。

《西游记》这部浪漫小说出来之后，影响很大，仿作者不少，如《续西游记》、《后西游记》等。其中以董说的《西游补》为最可取。董说（1620—1688）字若雨，号俟庵，浙江乌程人。博学能文，著有《董若雨诗文集》和《西游补》十六回。他在小说中攻击了明末政治腐败，士风坠落。他认为明之亡，当归咎于权臣和八股文。小说痛骂了卖国权臣，讥笑了热中于八股文的读书人。

《封神演义》也是这时的伟构，虽不及《西游记》那样雄肆、清绮，也算得呕心之作，想象丰富，文字也通顺流利，曲折地反映了一定的社会生活。

《封神演义》一百回，是钟山逸叟许仲琳编，李云翔改订的。作者在宋元话本《武王伐纣平话》的基础上，兼采民间传说，加上虚构，演为长篇神话小说。作者的目的是要托古讽今，反映明末政治的腐朽，暴虐；通过神魔的斗法，宣扬宿命论和三教合一论。

这部小说突出武王伐纣的"以下伐上"的进步民主思想，姜子牙一再说："天下者非一人之天下，乃天下人之天下也。"这种民主思想和当时资本主义因素明显发展是有关系的。作者还生动地塑造了哪吒的反抗性格。由于李靖对儿子的冷酷无情，自私自利，致使哪吒起来反抗，这表示一定程度的反封建的伦理传统思想。但哪吒没有彻底胜利，最后被迫向李靖认罪，这是因为中国封建势力太大，在四百年前的市民阶层还不够强大，不足以打倒封建的统治。

在艺术上，《封神演义》除文字的清通流利以外，还塑造了一些鲜明的人物形象，除纯朴而富于反抗性的哪吒外，还有英勇而有机谋的杨戬，狡猾而残忍的妲己，常行挑拨离间的申公豹等，给人以很深的印象，尤其是哪吒的形象，更为人们所喜闻乐

311

见，流传在民间，影响深远。其他如神仙们的云游、土遁、飞翔等都表现出作者的丰富想象，甚至幻想，有启发发明的作用。不过现实生活的基础不足，有些情节显得荒唐，且不够生动。如后七十回的历次破阵法描写，显得程式化。

《四游记》是四部神魔小说，原是流行在民间，成仙成佛的故事，由文人纂集编写而成。其中的《东游记》成书较早，原名《上洞八仙传》，二卷五十六回，兰江吴元泰（嘉靖、隆庆间即16世纪中叶时人）编，叙述李铁拐、钟离权、张果老、吕洞宾、蓝采和、何仙姑、韩湘子、曹国舅八仙得道的故事。这本小说主要的贡献是整理民间不同的八仙传说，确定八名男女仙人的名字和事迹。第二种《南游记》，又名《五显灵官大帝华光天王传》，共四卷十八回。余象斗（隆庆、万历间，即16世纪下半叶时人）编。余象斗是明末福建南方著名的出版家。本书演叙华光救母事，所述种种斗争的经过，他大闹天空和地狱，表现反抗精神，生动而有光彩。从文字上看比《东游记》好，幽默处令人倾倒。华光的母亲因为吃人而被捉去关进地狱；华光入狱救母，她出来后，又向儿子讨人吃。华光对娘说："娘，你什鄹都受苦，我孩儿用尽计较救得你出来，如何又要吃人？此事万不可为。"母曰："我要吃，不孝子，你没有岐峨（人也）与我吃，是谁要救我出来？"可说是绝妙的谐谑文字。但最后为孙行者女月索所服，皈依佛道。第三种《北游记》又名《北方真武玄天上帝出身志传》，四卷二十四回，也是余象斗编的。叙述真武大帝成道降妖事。宣传道教和佛教，多取民间传说，内容荒诞，文字拙劣。第四种《西游记传》题为杨志和编，实际上是抄袭吴本《西游记》，四卷四十一回，文字拙劣，草率、简略，没有文彩。是出版商凑合前东、南、北三游记而成一套出版的。

还有一种《西洋记》，全名《三宝太监西洋记通俗演义》，题二南里人编次，从卷首万历丁酉（1597年）罗懋登序看，作者

312

为罗懋登。书共百回，叙述永乐年间（1403—1424）三保太监郑和出使外洋，三下西洋，臣服三十九国的事。这是明初盛事，作者是明末人，不是亲身经历，没有出洋的经验，只凭想象，采用马欢《瀛涯胜览》、费信《星槎胜览》所记国外材料，夸大了异国情调，加上当时流行的神怪妖魔故事，荒诞中显示一些浪漫主义的气氛。虽有热爱祖国，愿为祖国争光的意图，却限于条件——现实生活经验和文采的缺乏，未能如愿。郑和下西洋的壮举比哥伦布（Cristoforo Colombo，1451—1506）的发现新大陆还早半个世纪，是可以用浪漫主义的笔调，写出一部光辉的著作的。

明末在长篇小说风行之后，短篇小说也受到了重视。宋、元以来的白话短篇小说——话本，在嘉靖年间渐渐有人收集印行，到了万历、天启时，话本盛行，拟作者也逐渐多起来，造成明末短篇小说的繁荣时期。

嘉靖年间集刊短篇话本《清平山堂话本》中有宋、元旧篇，也有明代的作品。在明末天启、崇祯年间，短篇小说大量刊行。在这方面贡献最大的则是冯梦龙。

冯梦龙（1574—1646）字犹龙、子龙，号龙子犹、墨憨斋主人、顾曲散人。苏州人。兄梦桂善画，弟梦熊能诗，并称"吴下三冯"。梦龙幼时，才华出众，博览群书，多才多艺，尤爱李卓吾的学说，受他的影响很大。五十六岁（1630）才为贡生，授丹徒县训导，后为福建寿宁知县，任满（1638），归隐乡里。明亡后，他在浙江、福建一带活动，印发《中兴伟略》等书，鼓吹抗战。失败，感愤而死。

冯梦龙的贡献是多方面的，对小说和戏曲都做出了成绩。在戏曲方面，纠正了当时粗制滥造之风，改编传奇如《精忠记》等十四种，修订曲谱，编刊《墨憨斋新谱》、《墨憨词谱》等著作，对于演出艺术也有精湛的见解，认为表演时，必须领会角色

313

所处的环境及其感情、性格、气质和演出的个性。要"长歌当泣，一字一泪。"他最主要的贡献是在搜集民间的歌谣、话本、短篇小说等民间的创作。浪漫主义的文艺者的特色在于接近下层人民，搜集、刊行民间创作。冯梦龙的浪漫主义特点正表现在这方面。他喜爱民间歌谣，曾择取优秀的歌谣和一些拟作，编成《挂枝儿》和《山歌》，先后刊行。影响更大的是收藏了大量的话本小说，选出一百二十种，分三编刊行，就是《喻世明言》、《警世通言》和《醒世恒言》，总称为"三言"。他的文学主张和李贽等浪漫主义者是相通的，就是要出于童心，要通俗。他在《山歌》的序中说："但有假诗文，无假山歌……借男女之真情，发名教之伪药。"

他所编的"三言"，内容广泛地反映社会的各方面。通过这些小说，反映宋、元至明的城市繁荣，工商业发达，资本主义因素越来越明显，反对封建制的思想，表现对美满生活的渴望，对理想的追求，对旧制度的斗争。特别是对婚姻自主的强烈要求，表现得更突出。例如《杜十娘怒沉百宝箱》一篇，通过优秀的语言、结构，刻划出十娘、李甲、孙富的形象，特别是十娘忠于爱情的强烈性格。当她知道了自己所爱的李甲为了金钱把他卖给富商孙富，愤恨填膺，词严义正地把李甲痛骂一顿之后，抱起多年积蓄的宝匣没身于波涛滚滚的江中，用自己的青春和生命来抗议这个罪恶世界，维护纯真爱情的理想。又如《灌园叟晚逢仙女》一篇，描写一个花农遭受地主恶霸的残暴迫害，强占并践踏他的花园，走头无路，终于幸逢仙女，使落花返枝，比前更妍，以浪漫的神话来给受苦人民一点精神上的安慰，以浪漫主义的情节，表达人民群众的反抗意志。

凌濛初（1580—1644）字玄房，号初成，别号即空观主人，浙江乌程人。他也是戏曲家和短篇小说家。他的戏曲论著为《谭曲杂剧》，推崇本色，批评王世贞等人的崇尚骈俪，对沈、汤二

314

派之争，说沈璟"审于律而短于才"；对汤显祖则称赞其"才情"而指出其不足之处。在小说方面，他深受冯梦龙的影响，编过两集《拍案惊奇》，称为"二拍"。冯的"三言"是宋、元和当代话本的集成和整理加工；凌的"二拍"则是创作。内容也是反映市民生活和市民的思想意识，特色在于描写商人的作品。也有描写他们对海外冒险的理想和生死不渝的爱情的理想。但因作者世界观落后和思想的矛盾，不及冯梦龙的成就高。此外，明末清初的拟话本，还有《石点头》、《西湖二集》、《照世杯》、《豆棚闲话》、《醉醒石》等四十多部，其思想艺术更不如《二拍》，拟话本到了尾声。抱瓮老人选编的《今古奇观》，选得很好，把三言二拍的精华集于一部，广为流传。

综观明拟话本的艺术，比宋、元话本更加进一步。在情节曲折生动、形象鲜明、语言精练上继承了优良的传统；在细节描写和人物心理的刻划上便细致多了。

明末清初，除了长短篇外，还有一种中篇小说，被称为"才子佳人"小说的，也值得注意。这种小说内容多是描述天才美貌的公子，二十未娶，偶然遇到二八佳人，经过传书递简，两心相许，私订终身。女子为父母掌上明珠，因才貌过人，迟迟未得适当的乘龙快婿。后因某权贵求为子媳，不许，便遭百般构陷，吃尽苦头，终因才子状元及第而成眷属。文字清通，情致缠绵，情节离奇，为男女青年所爱读。人们多说才子佳人小说是受《金瓶梅》的影响而产生的，其实不尽然，说是受明中叶以后传奇戏曲中浪漫主义戏剧的影响更为确切。明中叶传奇中佳人才子剧之盛行，和《西厢记》的巨大影响是分不开的；加上汤显祖的《牡丹亭》以巨大的艺术力量，表露男女青年反抗封建制度，争取婚姻自主斗争胜利的，体现新生力量反抗旧思想的意志和渴望自由美满生活的热情，形成一股浪漫主义的洪流。传奇作家便纷纷以此为主题，编写传奇剧本。其中当然有优秀的，也有平庸的。在小说方面也受到这股洪流的冲击，便在明清之际，出了一批中篇的"才子佳人"小说。但在这些小说的作者中，没有特出的人物，象王实甫、汤显祖那样，能够写出惊人之作。因为他们一方面迎接了新潮流，却没有喷薄的热烈豪情，他们歌颂婚姻自主的新思想，但在旧势力的压制下，在社会舆论的可畏下，不敢公然违背名教，没有冲破整个封建旧制度的胆量，只希望在旧制度许可的范围内，使有情人终成眷属。他们连这样平稳的小说，也不敢写上自己的姓名，只题"名教中人"、"云封山人"或"天花藏主人"等别名，有的甚至连作者的笔名也不写。

明末清初，这些中篇小说，以《好逑传》、《玉娇梨》、《平山冷燕》等较为出名，影响较大。《好逑传》共十八回，写文武双全的侠义之士铁中玉和绝顶聪明，大胆机智，泼辣爽利的如花美眷水冰心二人，在患难中相识，在患难中互相救援，互相敬重，相处一室而不及于乱，终于在父命和圣旨下，结成眷属。《玉娇梨》共二十回，叙述太常卿白玄的女儿白红玉、甥女卢梦梨，都是娇美异常，文才超过当代公卿的少女，她们在不同的环境下和才子苏友白相知而恋爱的故事。他们之间经过种种的曲折，经历艰难险阻，终于象娥皇、女英那样，两个表姐妹同字一夫，结成和睦的家庭。《平山冷燕》描述两对才子佳人的婚姻故事。平如衡、山黛、冷绛雪、燕白颔，才华出众，文名轰动京师，为皇帝所赏识，经过种种曲折及坏人的破坏，最后真相大白，双双成亲。（燕白颔娶山黛，平如衡娶冷绛雪）"才美相宜，彼此相敬"。

这几部中篇是同类小说中比较好的，问世的时间也比较早，颇有一些创造性的长处，也有颂扬帝王维护封建礼教的落后思想。《好逑传》反映当时官府、乡绅的横行霸道，官官相护，平民有冤无处伸的世道。小说的男主角铁中玉以武艺打抱不平，救人于难，女主角水冰心以智巧躲过叔父的谋财和过公子的百般强

316

娶手段。他们的才貌出众，但不是一见倾心，而以道义相爱慕，虽相处一室而不及于乱。《玉娇梨》和《平山冷燕》突出白红玉、卢梦梨、山黛和冷绛雪的才气超过男子，一反古来所谓的"女子无才便是德"的见解。苏友白为了婚姻的真正自主，不受贵族财产的诱惑，不怕上司取消他的秀才资格，失去进身之阶的威胁。他是个不仅有文才，而且有骨气的青年。以后仿作的同类作品，便落入"千部一腔，千人一面"的陈套了。

《好逑传》、《玉娇梨》等中篇恋爱小说，是在中国封建社会长期停滞，资本主义萌芽而发展极慢环境下的产物。青年们有婚姻自主的浪漫的梦想，又不愿见悲剧的后果，妄想从旧制度的旁边擦过去，既避开大逆不道的罪名，又可遂浪漫谛克的梦想。这和当时戏曲界多喜剧的团圆，极少悲剧的结束是一致的。

《好逑传》于1719年就有不完整的译稿带到英国去，1761年有英文的全译本问世，就是大卫斯（Davis）译的《幸福婚姻》（The Fortunate llnion）。《玉娇梨》有黎默沙（AbelRemusant）的法译本《两表姊妹》（yu-kiao-li, ou les deux cousines）。《平山冷燕》有尤连（Stan Julien）的法译本《两个年轻的女文人》（Ping-chan-ling-yen, ou les deux jeunes filles lettrès）。德国杰出诗人席勒未刊的文稿中有一篇题为"Hao-Kiu-chuan"的纸片，可知他对《好逑传》有很深的兴趣。伟大诗人歌德在和他的朋友爱克曼谈话的记录《歌德谈话录》中很详细地论述他对这些作品的感受。在1827年1月31日的谈话录中说：

> 在歌德家吃晚饭。歌德说，"在没有见到你的这几天里，我读了许多东西，特别是一部中国传奇，现在还在读它。我觉得它很值得注意。"
>
> 我说，"中国传奇？那一定显得很奇怪呀。"
>
> 歌德说，"并不象人们所猜想的那样奇怪。中国人在思

317

想、行为和感情方面几乎和我们一样，使我们很快就感到他们是我们的同类人，只是在他们那里一切都比我们这里更明朗，更纯洁，也更合乎道德。在他们那里，一切都是可以理解的，平易近人的，没有强烈的情欲和飞腾动荡的诗兴，因此和我写的《赫尔曼与窦绿台》以及英国理查生写的小说很多类似的地方。他们还有一个特点，人和大自然是生活在一起的。你经常听到金鱼在池子里跳跃，鸟儿在枝头歌唱不停，白天总是阳光灿烂，夜晚也总是月白风清。月亮是经常谈到的，只是月亮不改变自然风景，它和太阳一样明亮。房屋内部和中国画一样整洁雅致。例如'我听到美妙的姑娘们在笑，等我见到她们时，她们正躺在藤椅上'，这就是一个顶美妙的情景。藤椅令人想到极轻极雅。故事里穿插着无数的典故，援用起来很象格言，例如说有一个姑娘脚步轻盈，站在一朵花上，花也没有损伤；又说有一个德才兼备的年轻人三十岁就荣幸地和皇帝谈话，又说有一对钟情的男女在长期相识中很贞洁自持，有一次他们俩不得不同在一间房里过夜，就谈了一夜的话，谁也不惹谁。还有许多典故都涉及道德和礼仪。正是这种在一切方面保持严格的节制，使得中国维持到几千年之久，而且还会长存下去。"

歌德接着说，"我看贝朗瑞的诗歌和这部中国传奇形成了极可注意的对比。贝朗瑞的诗歌几乎每一首都根据一种不道德的淫荡题材，假使这种题材不是由贝朗瑞那样具有大才能的人来写的话，就会引起我的高度反感。贝朗瑞用这种题材却不但不引起反感，而且引人入胜。请你说一说，中国诗人那样彻底遵守道德，而现代法国第一流诗人却正相反，这不是极可注意吗？"

我说，"象贝朗瑞那样的才能对道德题材是无法处理的。"

歌德说，"你说得对，贝朗瑞正是在处理在当时反常的恶习

318

中揭示和发展出他的本性特长。"我就问,"这部中国传奇在中国算不算最好的作品呢?"歌德说,"绝对不是,中国人有成千上万这类作品,而且在我们的远祖还生活在野森林的时代就有这类作品了。"——朱光潜译本(111—113页)

歌德曾在那部传奇的法译本上写了很多评语,还准备晚年为那传奇写一篇长诗,但没有写成。

歌德所说的那部传奇,到底是哪一部还是个疑问。据《对话录》的法文译者说是《玉娇梨》,中译本说是《好逑传》,也有可能是《花笺记》。《花笺记》是一部广东弹词"木鱼歌"的中篇作品,作者佚名,被称为"第八才子书",谱写书生梁亦沧和小姐杨瑶仙的爱情故事,经过悲欢离合,各种屈折,终成眷属。书是用韵文写成的,细腻生动,某些段落是很美丽动人的。1824年,英人汤姆斯(P.P.Thoms)用韵文把它译为英文。1836年,又有德国人辜尔慈(Heinrich Kurz)译为德文。歌德读的是英译本,对歌德的诗歌影响很大,其中的清辞丽句使德国诗人倾倒。其《中德四季晨昏歌》可能是受《花笺记》的感发而写成的。《花笺记》文字自然,清新。人物的欢乐和哀伤之情,跟四周景色相交融,赚得许多人的眼泪。如云:"东方捧出红轮现,含愁抱恨捱到天光,满胸心事难梳洗,懒步迟迟入到画堂。""只因一笑留深意,撇下私情海样长。今宵为姐担烦恼,伴人空有月痕光!""果见娇花迷去路,池塘秋水映残莲。千条杨柳临风舞,远望有个游人在个边。"这些恋人都能保持爱情的纯洁,有益于社会的风化,给歌德以美的感发,他的《晨昏歌》十四首,就在这种情思下写出的,例如第八、第九首:

八

暮色徐徐下沉,
身边的俱已变远;

319

长庚星的美光，
高高地最先出现！
一切在不定里动移，
雾气潜潜地升起；
黑暗深沉的夜色，
反映着一湖静寂。

九

在那可爱的东方，
我感到月的光辉，
柳条袅袅如丝，
拂弄附近的河水。
由阴影中的游戏，
颤动着月的幽光；
由双眸轻轻潜入，
沁人肺腑的清凉。
过了黄花时节，
才晓得，黄花的价值。
有亭亭最后一枝，
孤傲地补足了满园秋色。

由于歌德对明末这些才子佳人故事的感发，开始感到"世界文学"的即将到来；我国文学也从此开始进入西方世界。

当金圣叹（1608—1661）把《离骚》、《庄子》、《史记》、《杜诗》、《水浒》、《西厢》列为"六才子书"时，有人从明末清初流行的小说中选出十一种，列为"十一才子书"：一，《三国志演义》、二，《好逑传》、三，《玉娇梨》、四，《平山冷燕》五，《金簪记》、六，《西厢记》、七，《琵琶记》、八，《花笺记》、九，《二荷花史》、十，《金锁鸳鸯记》、十一，《雁

320

翎媒》，以第八、第九为佳作。19世纪初期，欧洲浪漫主义思潮泛滥时，努力搜求这类传奇；第二、三、四、八才子书就被介绍过去了。西方文学家的反应，可以歌德的谈话为代表。歌德对这类小说之所以感兴趣，一因初次接触，觉得新奇；二因这三部作品是比较好的，还未落入俗套。男女主人公的性格，都有克制情欲，搞恋爱而不越轨的特点。《好逑传》中铁中玉和水冰心协力同恶势力斗争，不避俗议，但对坐终宵而不及乱；《玉娇梨》中卢梦梨女扮男装，自许终身，也不及于乱；《花笺记》中梁生和杨女在对月烧香作海誓山盟的定情后，分别的前夕，两人抑住情欲，在月下花前坐谈到五更天，保持纯洁的爱情，约定先带十万雄师去征胡，立功后成婚。歌德认为这种克制的力量，正是中国能维持几千年，今后还会长久保持下去的力量。这点值得深思。

中国文学史上最后而成就最高的文言小说，要算清初蒲松龄的《聊斋志异》。这部小说是明清之间浪漫主义小说的殿军，又是批判现实主义的先驱，是承前启后的一部杰作。

蒲松龄（1640—1715）字留仙，号柳泉，山东淄川人。十九岁时考取了县、府、道三个第一，名振一时。但后来屡试不第，觉得郁郁不得志。三十一岁时为一知县的幕宾，第二年便辞职回乡，设帐教学，直到七十岁。四十年间，一面教书，一面应考，始终是个穷秀才。七十一岁援例出贡，七十五岁死去。对科举制度的不公道，腐朽、黑暗，认识得很深刻。又因贫困，多接触下层人民，深知民间的疾苦。

蒲松龄一生著作丰富，诗、文、词、赋、俚曲都擅长，是个多才多艺的作家。但他的代表作是《聊斋志异》，四十岁左右初步完成，后来陆续修改、增补，是他一生心血的结晶。

《聊斋志异》是一部短篇集，各篇的性质不同，有的出自作者亲身见闻，有的是记述当时民间的传说故事，也有的是过去题材的创造性发展。论写作的方法，则是浪漫主义和批判现实主义

321

相结合。作品中经常出现仙鬼狐妖,用丰富的想象、幻想的事物来表达自己的思想。他自己说:"才非干宝,雅爱搜神;情类黄州,喜人谈鬼。闻则命笔,遂以成编。久之,四方同人又以邮筒相寄,因而物以好聚,所积益夥。"据传说,他常在路边摆上茶烟,强请行人说些怪异的事,回去再做艺术加工。不管传说是真是假,他总是喜好浪漫性的故事。例如《席方平》篇,写到他为父复仇,到了地狱阴司去告状,不料地狱中的官吏更加残酷,给他鞭笞,火床烤炙,夹板锯体等等酷刑,他都熬过来,复仇之志不达不休。终于得到天帝的帮助,使仇人受制裁,救活了父亲。又如《香玉》篇里的黄生,他爱上了白牡丹幻化的香玉和耐冬花幻化的绛雪,情真意切,以诗相酬,终于殉情而死,死后化为红牡丹。这种浪漫而美丽的故事,都是作者最喜好的。

但蒲松龄写《聊斋》不是游戏文章,而是很严肃的,他自己又说:"集腋为裘,妄续幽冥之录;浮白载笔,仅成孤愤之书。寄托如此,亦足悲矣!"对现实的社会抱有"孤愤"的感情,当然要用他那支生花的妙笔,现实地描绘他所愤恨的一切而加以批判。例如科举制度的腐朽和弊端,是他亲身感到的憾事,所以在《司文郎》里写一个瞎和尚,说自己能用鼻子臭出文稿焚烧的气味而分别文章的好坏。博学的王平子和文笔不通的余杭生同时去请教,他先嗅王平子的焚稿就说,可以中选;后嗅余杭生的,说不行,太坏了。但发榜时,余杭生高中,王平子却落选了。因此,瞎和尚叹气道:"仆虽盲于目,而不盲于鼻;帘中人并鼻盲矣!"这是辛辣的讽刺。又如《王子安》中的王子安,考后近放榜时,痛饮大醉,仿佛有报子来报喜,一会儿又有人来报中了进士,一会儿又有人来说他考中了三甲进士殿试翰林,家人也觉得可笑。作者在篇末集中地描写当时科举应考人在考前考后的心理状态道:

秀才入闱,有七似焉:初入时,白足提篮,似丐。唱名

322

时，官呵隶骂，似囚。其归号舍也，孔孔伸头，房房露脚，似秋末之冷蜂。其出场也，神情惝恍，天地异色，似出笼之病鸟。迨望报也，草木皆惊，梦想亦幻，时作一得志想，则顷刻而楼阁俱成；作一失志想，则瞬息而骸骨已朽。此际行坐难安，则似被絷之猱。忽然而飞骑传人，报条无我，此时神色猝变，嗒然若死，则似饵毒之蝇，弄之亦不觉也。初失志，心灰意败，大骂司衡无目，笔墨无灵，势必举案头物而尽炬之；炬之不已，而碎踏之；踏之不已，而投之浊流。从此披发入山，面向石壁，再有以"且夫"、"尝谓"之文进我者，定当操戈逐之。无何，日渐远，气渐平，技又渐痒；遂似破卵之鸠，只得衔木营巢，从新另抱矣。如此情况，当局者痛哭欲死；而自旁观者视之，其可笑孰甚焉。

蒲松龄对于当时的政治黑暗，对贪官污吏和土豪劣绅，也大胆批判。如在《席方平》中，揭露了封建官府的暗无天日，富豪羊某竟贿赂冥间的冥王，钱能通神，冥间的酷刑，即是人间的写照。《梦狼》写世上的贪官都是"牙齿巉巉"的老狼，蠹役都是吃人的狼，出现白骨如山的景象。

婚姻、爱情也是社会生活的部分，蒲松龄对这方面也写得很多。他塑造了一系列聪明、美丽、多情的女性形象，她们反对封建礼教，为自己争取完满的爱情生活。有爱笑的婴宁、秋波流慧的青凤、自叹命薄的巧娘、心地良善的聂小倩、爽朗豪迈的莲香、勤俭洒脱的辛十四娘等，都是蒲松龄笔下栩栩如生的典型形象。例如写婴宁：

> 良久，闻户外隐有笑声。媪又唤曰："婴宁，汝姨兄在此。"户外嗤嗤笑不已。婢推之以入，犹掩其口，笑不可遏。媪瞋目曰："有客在，咤咤叱叱，景象何堪？"女忍笑而立。……生无语，目注婴宁，不遑他瞬。婢向女小语云："目灼灼，贼腔未改！"女又大笑，顾婢曰："视碧桃开未？"遽起，

323

以袖掩口，细碎连步而出。至门外，笑声始纵。

塑造典型的人物形象是现实主义艺术家的职能，蒲松龄把仙鬼狐妖等浪漫的人物，写成有血有肉的活人，如婴宁则容貌美丽，喜爱花木，欢笑灿漫，憨态可掬，有引人爱慕的魅力。这是作者艺术创造的力量，在浪漫的题材上，赋予批判现实主义的因素。

四　浪漫主义的诗歌和散文

当李贽猛烈地向假古典主义者大肆攻击时，公安三袁（宗道、宏道、中道三兄弟）在他的指导下树立起浪漫主义新诗歌、散文的旗帜。在袁宏道（中郎）二十五岁时（1593），袁氏三兄弟特地走访了这位大思想家李贽，尊他为师，从此在思想上和作品上站定了脚跟。他们都有专集，宗道（1560—1600）字伯修，有《白苏斋集》。宏道（1568—1610）字中郎，有《袁中郎全集》。中道（1575—1630）字小修，有《珂雪斋集》。

三袁的文学主张是"独抒性灵，不拘格套。"他们的信条是"信腕信口，皆成律度。"这些口号正是和当时的拟古派、格律派针锋相对的。中郎说：

> ……大都独抒性灵，不拘格套，非从自己胸臆流出，不肯下笔。……盖诗文至近代而卑极矣，文则必欲准于秦汉，诗则必欲准于盛唐，剿袭模拟，影响步趋，见人有一语不肖者，则共指以为野狐外道。曾不知文准秦汉矣，秦汉人曷尝字字学六经欤？诗学盛唐矣，盛唐曷尝字字学汉魏欤？秦汉而学六经，岂复有秦汉之文？盛唐学汉魏，岂复有盛唐之诗？惟夫代有升降，而法不相沿，各极其变，各穷其趣，所以可贵，原不可以优劣论也，且夫天下之物，孤行则必不可无，必不可无，虽欲废焉而不能；雷同则可以不有，可以不

324

332

有，则虽欲存焉而不能。故吾谓今之诗文不传矣；其万一传者，或今闾阎妇人孺子所唱《擘破玉》、《打草竿》之类，犹是无闻无识真人所作，故多真声，不效颦于汉魏，不学步于盛唐，任性而发，尚能通于人之喜怒哀乐，嗜好情欲，是可喜也。（《叙小修诗》）

这无疑是对拟古者或假古典主义者所发的革命宣言书。他们的作品也能实现他们的主张，都是平易畅朗的清新文字，尤其是他们的小品散文，更是玲珑可爱。例如《晚游六桥待月记》：

西湖最盛，为春，为月。一日之盛，为朝烟，为夕岚。今岁春雪甚盛，梅花为寒所勒，与杏桃相次开发，尤为奇观。石篑数为余言："傅金吾园中梅，张功甫玉照堂故物也，急往观之。"余时为桃花所恋，竟不忍去。湖上由断桥至苏堤一带，红烟红雾，弥漫二十余里。歌吹为风，粉汗为雨，罗纨之盛，多于堤畔之草，艳冶极矣。然杭人游湖，止午、未、申三时，其实湖光染翠之工，山岚设色之妙，皆在朝日始出，夕舂未下，始极其浓媚。月景尤不可言，花态柳情，山容水意，别是一种趣味。此乐留与山僧游客受用，安可为俗士道哉！

这种清新活泼的文字，在解放文体，冲破文坛死气沉沉的闷气，开拓小品文的新领域的一面是有功的；但缺乏丰富的社会意义，其末流走向玩物丧志，作为小摆设的道路。

至于他们的诗歌，虽说摆脱了模仿盛唐的成规，却也没有惊人之作。因为他们的生活圈子小，诗作不可能有太大的成就。虽然有时也有些愤懑的吟哦，只不过是些秋虫之鸣。例如《显灵宫集诸公以"城市山林"为韵》之二，以"市"为韵的：

野花遮眼酒沾涕，塞耳愁听新朝事。邸报束作一筐灰，朝衣典与栽花市。新诗日日千余言，诗中无一忧民字。旁人道我真瞆瞆，口不能答指山翠。自从老杜得诗名，忧君爱国成儿戏。言既无庸嘿不可，阮家那得不沉醉？眼底浓浓一杯春，恸于洛阳年少泪。

诚如他自己所说的"新诗日日千余言，诗中无一忧民字。"脱离了政治，就会与时代脱节，虽然写诗很多，终于是吟风弄月的滥调。

和公安派同时的竟陵派，也主张"性灵"说。竟陵的代表人物为锺惺、谭元春。钟惺（1574—1624）字伯敬，著有《隐秀轩集》。谭元春，字友夏，有《谭友夏合集》。二人合编过《古诗归》、《唐诗归》，目的是要用古人的"孤行"、"孤诣"，"幽深孤峭"的风格，把诗文创作引上狭小路径。他们在文学上反对复古派硬学古人，提倡"性灵"，这一点和公安派有相合处，又有不同处。竟陵派所提倡的"性灵"说比公安派较为狭隘，只承认表现"幽情单绪"、"孤行静寄"的作品。在他们的作品中，只见孤僻的情绪，冷漠的胸怀。他们冷静地观赏自然，自得其乐。他们自己夸耀说，"诗文到极无烟火处"，实际是脱离现实，远离社会，内容空虚。

竟陵派反对公安派的平易文风，认是"俚俗"，大力提倡"幽深孤峭"的风格，用怪字、押险韵、写怪僻的句子结构，使人读起来佶屈聱牙，不知所云。例如锺惺的《西陵峡》：

过此即大江，峡亦终于此。前途岂不夷，未达一间平。辟入大都城，而门不容轨。虎方错其牙，黄牛喘未已。舟进却湍中，如狼定其尾。当其险夷交，跳伏正相踦。回首黄陵后，此身才出匦。不知何心魂，禁此七百里。梦者入铁围，醒犹忘在几。赖兹历奇奥，得悟垂堂理。

其他似通不通的句子很多，如"树无黄一片，云有白孤村"（锺惺《昼泊》），"竹半夕阳随客上，岩前积气待人消"（锺惺《看残雪》），"鱼出声中立，花开影外穿"，（谭元春《太和庵前坐泉》）等诗句，新奇是新奇了，却令人费解。他们的散文也多

326

这样欠流畅的缺点，但也有一些得力的作品，如谭元春的《游南岳记》，写祝融峰顶的云海奇观，颇见描写的能力。竟陵派的贡献也在于小品散文。

在公安、竟陵两派开拓了新散文之后，有张岱等出来融合各家之长，发展了一代的新散文。张岱（1597—1679）字宗子，又字石公，号陶庵，又号蝶庵，绍兴人。宦家子弟，落拓不羁，喜好游山玩水，对戏剧、音乐特别爱好。在东南人民抗清中，他和爱国志士站在一起；明亡后，"无所归止，披发入山，骇骇为野人，以消极避世，表示民族气节。他的著作很多，《陶庵梦忆》、《琅嬛文集》和《西湖梦寻》等较著名。《陶庵梦忆》是他的代表作，其中描写风景的饶有诗意，象是散文诗。如《湖心亭看雪》的一段："大雪三日，湖中人鸟声俱绝。是日更定矣，余拏一小舟，拥毳衣炉火，独往湖心亭。看雾淞沆砀，天与云与山与水，上下一白。湖上影子，惟长堤一痕，湖心亭一点，与余舟一芥，舟中人两三粒而已。……"这样形象生动，简洁有力的散文，读了有清新之感。

明朝的民歌在晚明有一定的地位。卓人月说："我明诗让唐，词让宋，曲又让元；庶几"吴歌"、"挂枝儿"、"罗江怨"、"打枣竿"、"银绞丝"之类，为我明一绝。"（陈宏绪《寒夜录》引）。把明代民歌的地位提高与唐诗、宋词、元曲并列，是明中叶以后的诗人们心目中重视，搜集民间歌曲，对明代文学影响的结果。晚明搜集的民间歌诗，多写男女风情，和南朝《子夜》、《读曲》等乐府民歌相似。其中也有感情比较健康的情歌保存下来，就是反封建礼教，要求婚姻自主的新兴市民阶级的思想感情。如：

> 要分离除非天做了地！要分离除非东做了西！要分离除非官做了吏！你要分时分不得我，我要离时离不得你，就死在黄泉也做不得分离鬼！（《精选劈破玉歌·分离》）

327

不写情词不写诗，一方素帕寄心知。心知接了颠倒看，横也丝来竖也丝，这般心事有谁知？（《山歌》卷十）

对妆台，忽然间打个喷嚏，想是有情哥思量我寄个信儿。难道他思量我刚刚一次？自从别了你，泪珠垂；似我这等把你思量也，想你的喷嚏儿常似雨。（《挂枝儿·喷嚏》）

这些民歌都表现大胆泼辣，想象丰富，比喻新颖生动的浪漫主义情调。也有少数民歌反映社会矛盾的，也有反映人民对农民起义者渴望、欢迎心理的：

一案牵十起，一案飞十里。贫民供鞭棰，富有吸骨髓。案上一点墨，民间千点血。（《沅湘耆旧集》）

朝求升，暮求合，近来贫汉难求活。早早开门拜闯王，管叫大小都欢悦。（《明季北略》）

清初诗人在高压之下，虽有一些反映时事之作，但只是一些感伤的哀吟。在诗史上比较著名的篇章，只有吴伟业（梅村）的《圆圆曲》，叙述吴三桂为了歌妓陈圆圆而叛国的事，虽有含蓄的讽刺，终于苍凉哀叹。曲终道："全家白骨成灰土，一代红妆照汗青！君不见馆娃初起鸳鸯宿，越女如花看不足。香径尘生鸟自啼，屧廊人去苔空绿。换羽移宫万里愁，珠歌翠舞古梁州。为君别唱吴宫曲，汉水东南日夜流！"除了感伤叹息之外，还能说什么呢！

黄景仁（1749—1783）字仲则，江苏武进人。是个贫苦的秀才，奔走四方谋生。他才气奔放，风韵飘逸；虽然是格调派沈归愚的再传弟子，却是真能表现性灵而有神韵的诗人。他少有狂名，私淑李白，一生好入名山游，九华、匡庐、洞庭诸胜，都有他的足迹，"九州历其八"。不幸三十四岁时便死于解州途中。他诗名甚高，抑郁情怀，表露所谓"乾隆盛世"士大夫的苦闷。他的《两当轩集》多哀怨婉丽之作，象"秋虫咽露，病鹤舞风"，如《癸巳除夕偶成》二首：

328

千家笑语漏迟迟，忧患潜从物外知。悄立市桥人不识，一星如月看多时！

年年此夕费吟呻，儿女灯前窃笑频，汝辈何知吾自悔，枉抛心力作诗人！

又如《都门秋思》三首，表达了自己的穷愁潦倒，也揭露了"乾隆盛世"的社会真象。其二云：

五剧车声隐若雷，北邙惟见冢千堆。夕阳劝客登楼去，山色将秋绕郭来。寒尽更无修竹倚，愁多思买白杨栽。全家都在风声里，九月衣裳未剪裁！

清初词人虽多，但多数碌碌不足道，惟有青年词人纳兰性德词情真挚，可以说是宋以后数百年中一大名词人。纳兰性德（1655--1685）原名成德，字容若，北京生，属满州正黄旗，是宰相明珠的儿子，年少才华，所交多孤傲的文人。他有爱人谢女，多愁多病，是林黛玉一流人物；二人别多会少，又不幸红颜薄命，使性德抱恨终身。词人愁怨积成剧病，在三十岁那年也夭折了。

他的词集《饮水词》和《侧帽词》都字字出于肺腑，哀婉凄楚，动荡心魄。例如：

山一程，水一程，身向榆关那畔行，夜深千帐灯。风一更，雪一更，聒碎乡心梦不成；故园无此声！（《长相思》）

微云一抹遥岑，冷溶溶。恰与个人清晓画眉同。红蜡泪，青绫被，水沉浓。却与黄茅野店听西风。（《相见欢》）

万帐穹庐人醉，星影摇摇欲坠。归梦隔狼河，又被河声搅碎。还睡，还睡，解道醒来无味。（《如梦令》）

感伤主义和浪漫主义分不开，西方的浪漫主义思潮从感伤主义开始，我国明清的浪漫主义思潮却以感伤主义告终。

清初诗论最有代表性的是王士祯的"神韵"说和袁枚的"性灵"说，它们是当时浪漫主义理论的总结，也是唐末以来浪漫思潮诗

329

学的总结。唐末唯美思潮的代表理论家司空图《二十四诗品》总结了从王维到唐末的诗风，逃避现实，称羡冲淡、高古、超逸，不著一字，尽得风流的"韵味"说。宋末严羽《沧浪诗话》发展为"以禅喻诗"，要求空、静，妙悟、兴趣，说诗的高妙处"不可凑泊，如空中之音，象中之色，水中之月，镜中之象"。这话不是不可以言传的，用现在的话说来很简单，就是"形象思维"。《诗品》全部是用形象来说明的。文艺作品反映现实，反映在文艺作品中的形象却不是事物的本身，只是镜中之象，水中之月。以禅喻诗，主要是说"妙悟"的道理，也就是灵感的产生。到了活动于清初王士禛（1634—1711），便总结并发展了上述二家的道理，提出"神韵说，追求水中月，镜中象，强调要脱离现实，为艺术而艺术，否定为人生、社会的艺术。

袁枚（1716—1798）著《随园诗话》，他主张的"性灵"说也是中国浪漫主义诗学的主要特征。苏轼早就主张自然、平易的文风，诗文要如行云流水，纵横恣肆。同时，他也喜欢超逸、淡远的风格，特别喜欢渊明、子厚。苏东坡的影响很大。后来有明末李贽的"童心"说，公安、竟陵的"性灵"说，到清初袁枚则总结了"性灵"说，不仅要求自然、平易，信口道来，还要求功力和磨炼。他的缺点是作品中不少封建士大夫低级的情怀。

司空图和严羽生当朝代末，大动乱的时代，他们不得已而逃避现实，退隐、清高，为艺术而艺术。佛、道的世界观浸透在他们的作品里。王维和苏轼在政治上倦于斗争，退而习道参禅，寄情于山水，在静、空中求妙悟，把他们的多才多艺和佛、道思想融和起来。王士禛和袁枚在清初作文学活动，发展并总结了这一派的思想，足见这种思想、风格，在中国浪漫思潮中是源远流长的；也足见佛、道的世界观在浪漫思潮中是一脉相承的。

330

第十二章 现实主义

（清以来）

一 科学精神和实践思潮

我国是有几千年文化的古国，在自然科学方面早已卓有成就，特别是在天文、数学、医学等方面，尤为显著。在技术、发明上多不胜数，英国著名学者李约瑟在这方面作了详细的考察研究，写了《中国科技史》二十卷煌煌巨著。在欧州的文艺复兴之前，我国的火药、指南针、印刷术等的发明创造，给西方以极大的启发和鼓舞，从那时以后，西方科学有了长足的发展，而我国反因政治上的混乱而衰落了。直到明末，十六七世纪时，才又有所兴起，著名的科学著作有李时珍的《本草纲目》五十二卷、徐光启的《农政全书》六十卷、宋应星的《天工开物》、徐宏祖的《徐霞客游记》等都是经过几十年研究、考察所得的科研成果，影响深远，传至国外。此外还有在中国的欧洲人利玛窦（Matteo Ricci, 1552—1610）的《几何原本》、艾儒略（Julio Alenio)的《西学凡》等介绍西方科学的著作，曾引起朝野的重视。

利玛窦还带来了西方科学的透视画法，明万历时顾起元的《客座赘语》说利玛窦所画的天主象："其貌如生，身与臂手，俨然隐起帧上，脸之凹凸处，正视与生人不殊。人问画何以致此？曰：'中国画但画阳不画阴，故看之人面貌正平，无凹凸相。吾国画兼阴与阳写之，故面有高下，而手臂皆轮圆耳。凡人之面

331

正迎阳，则皆明而白；若侧立则向明一边者白，其不向明一边者眼耳鼻口凹处皆有暗相。吾国之写象者解此法用之，故能使画像与生人亡异也。'"到了清初，西洋传教士在画院的很多，其中最著名的有郎世宁和艾启蒙。郎世宁等以西法为主，参以中国画法，形神逼肖，精工细致，刻划入微。中国画家学习西法的，有明朝的曾鲸（字波臣，莆田人），其技巧神妙，为明代传神画的代表。清初学习西法画的有焦秉贞开风气之先，从者有冷枚、唐岱、陈枚、罗福旻等，都以西洋画法称著，但西洋画法只流行一时，没有加以发展。西洋画法用科学的透视法，优在写真如生。

明末可说是中国近代史的序幕。那时，经过长时期的生育聚蓄，生产力增进，贸易发达，资本主义因素继续增长，再加航海术发达，与西方资本主义国家作贸易上的来往和科学技术上的交流，西方的新科学流入中土，促进了我国科学的中兴和哲学思想的变化，使明末思想活跃。若不是政治上的腐朽和改朝换代的动乱等挫折，很可能赶上并超过欧洲的文艺复兴运动。

中国漫长的封建社会，从唐代中叶以后，开始走上下坡路，中小地主和大工商业者抬头，资本主义开始在中国缓慢地萌芽、发展。中国文艺的体制革命也开始由变文，演变为话本、诸宫调、戏剧、小说。市井的诸种娱乐，以市民为主要的对象。自从宋、元以来，我国戏剧、小说，不断发达，直到"五·四"时期，约一千年间，经过多次的改朝换代的挫折和反复，可以说是一个漫长的，有起伏、间歇的文艺复兴时期，其中以明末为小高潮，以"五·四"为大高潮。

明末思想家、文人，对输进西学的欧洲学者很感兴趣。浪漫主义文人如李贽、袁宏道等都和利玛窦来往。李贽在《与友人书》中说利玛窦："一极标致人也。中极玲珑，外极朴实。数十人群聚喧杂，雠对各得，傍不得以其间斗之使乱。我所见人，未有其比。"袁小修在他的日记中，在《游居柿录》中，都有论到利玛

332

窦处，而刘侗的《帝京景物略》记载得最详细。利氏死于崇祯三年（1630），诏令以陪臣礼葬于北京阜城门外二里。谭元春《过利西泰墓》七律："来从绝域老长安，分得城西土一棺。砑地呼天心自若，挟山超海事非难。私将礼乐攻人短，别有聪明用物残。行尽松楸中国大，不教奇骨任荒寒。"《明史》有他们的传，《四库全书总目》卷一三四列出他们所著的书目。他们带来的科学给我国思想界的影响是实践哲学和治学的科学方法。清初思想家如顾炎武、戴震、刘宗周、王夫之、颜元等，都有学以致用的实践精神；为学的方法也倾向于用客观观察、实验、搜证，然后归纳作断案，合于科学的精神。清代统治者实施了反动的政策，推行了保守的哲学思想，使明末勃兴的科学衰歇了，只有"朴学"特别发达，成了清代学术兴趣的中心，这是因为科学的方法应用于考古学、文字学等方面，使我国几千年来的文化宝藏得到科学的发掘和整理。

这个科学精神和实践的哲学思潮，使中国文艺也受到影响，走上现实主义的道路。因为科学精神把以前缥缈灵幻的、浪漫的美梦打破了，不得不睁开眼睛看看现实。文艺家在现实中生活，观察、体会，必定会感觉到社会的各种矛盾，如民族的矛盾，阶级矛盾，以及其它各种各色的令人气愤的事。有才能的作家就会很好地把它反映在作品里。

西方19世纪的现实主义是批判的现实主义；我国从明末到清末的现实主义也是批判的现实主义。西方的批判现实主义，主要批判资产阶级在发展中的各种不合理现象，我国的批判现实主义主要批判封建没落时代的各种各色不合理现象。西方的批判现实主义作家多属中小资产阶级或同情下层平民的贵族，他们的作品反映或揭露了资产阶级的唯利是图，和资本主义社会的丑恶面，触动了资产阶级的创痛，所以他们的作家被视为资产阶级的"浪子"。我国的批判现实主义作家往往是失意文人和有初步民主思

333

想的先进人物，他们的发愤批判，揭露当国者的奸诈卖国，陷害忠良，以及封建礼教的腐朽，被视为封建礼教的"浪子"，叛逆者，或是"名教罪人"。

清代统治者继承并加强了明代的中央集权政治制度。它的科举制度仍按明代旧制，以八股文取士，康熙十七年（1678）又开设博学鸿儒科，乾隆时改为博学鸿词科，罗致"名士"，授以翰林院的官职。他们以此笼络和麻痹读书人。康熙时推行八股取士的大臣鄂尔泰曾说："非不知八股为无用，而用以牢笼志士，驱策英才，其术莫善于此。"（《满清稗史》31节）同时又禁止文人结社，大兴文字狱，压制思想上的反抗。例如康熙二年（1663）的"明史案"，所杀七十余人，受株连的近二百人。但清初除此起彼伏的武力反抗之外，思想上反抗表现在诗文中的都是进步的，民主的思想。当时的统治者以《四书集注》为考试文章的思想准则，以《性理大全》为士人思想的纲领。而进步思想家们却批判理学为"以理杀人"（戴震），批判八股文时指出"八股之害，等于焚书"（顾炎武），甚至说："为天下之大害者，君而已矣。""凡为帝王者皆贼也"（唐甄）。这些大胆批判的诗人文学家，在清初文坛大放光彩。

顾炎武（1613—1682）字宁人，号亭林，又自署蒋山佣，江苏昆山人。清兵南下，曾参加抗清起义。失败后，遍游华北各省，考察边塞山川形势，一生不忘兴复。学识渊博，于历朝典制、郡邑掌故、河漕兵农，及经史百家、音韵训诂之学，无不探究源委。晚年治经，侧重考证，开清一代"朴学"风气。提倡"经世致用"，反对空谈性、理。诗多描写兴亡史实，以丰富的历史内容，沉雄悲壮的艺术风格，发扬批判现实主义的精神。如《淄川行》：

张伯松，巧为奏，大纛高牙拥前后。罢将印，归里中。
东国有兵鼓逢逢。鼓逢逢，旗猎猎，淄川城下围三匝。围三

334

匦，开城门，取汝一头谢元元。

这诗指责淄川人孙之獬，身为明代进士，清兵南下，很快就归顺，升为兵部尚书。后罢归乡里，剃发令下时，他首先剃发，全家穿上满服。淄川人恨他，起义军攻破淄川城而杀了他。前五句写孙之獬的无耻求荣，后七句写人民起义军攻城杀死他。文字简单，却义愤凛然见于笔端。又如《酬王处士九日见怀之作》：

　　　是日惊秋老，相望各一涯。离怀销浊酒，愁眼见黄花。
天地存肝胆，江山阅鬓华。多蒙千里讯，逐客已无家。

顾炎武的散文纯朴自然，记叙抗清起义的死难烈士和清兵破城时的大屠杀(如《吴同初行状》)，或为"明史案"中牺牲者的事迹，(《书潘吴二子事》) 表扬民族气节。

黄宗羲 (1610—1695) 字太冲，号梨洲、南雷，浙江馀姚人。著名散文家，史学家。曾结山寨，坚持对清斗争。著有《南雷文案》、《明夷待访录》、《宋元学案》、《明儒学案》等。他的散文描绘了民族气节和救亡抗清的历史真实。他的思想倾向是民为君本的民主主义。《明夷待访录》中的《原君》篇抨击了封建专制政治，认为当时的封建帝王以天下为私产，乃"天下之大害"，官吏出仕是"为天下，非为君也；为万民，非为一姓也。"录它的一段如下：

　　　古者以天下为主，君为客，凡君之所毕世而经营者，为天下也。今也以君为主，天下为客，凡天下之无地而得安宁者，为君也。是以其未得之也，屠毒天下之肝脑，离散天下之子女，以博我一人之产业，曾不惨然！曰："我固为子孙创业也。"其既得之也，敲剥天下之骨髓，离散天下之子女，以奉我一人之淫乐，视为当然。曰："此我产业之花息也。"然则为天下之大害者，君而已矣。向使无君，人各得自私也。人各得自利也。呜呼！岂设君之道固如是乎？

　　　古者天下之人爱戴其君，比之如父，拟之如天，诚不过

335

也。今也天下之人，怨恶其君，视之如寇仇，名之为独夫，固其所也。而小儒规规焉以君臣之义无所逃于天地之间，至桀纣之暴，犹谓汤、武不当诛之，而妄传伯夷、叔齐无稽之事，及兆人万姓崩溃之血肉，曾不异夫腐鼠。岂天地之大，于兆人万姓之中，独私其一人一姓乎！

黄梨洲生与英之弥尔顿（John Milton，1608—1674）同时，《原君》和《论国王和官吏的职权》论点也极相似。不过弥尔顿的文章写在人民起来弑君之后，马上出来为人民声辩；而梨洲则写于君主专制极盛的时候，其胆识更可钦佩。至于说伯夷、叔齐忠于暴君而不食周粟的传说是小儒妄传，更足证明他的史识超凡。

　　清代诗文作者很多，各种诗体、文体都有所复兴。散文的桐城派，影响很大，但没有什么新东西。他们所倡导的所谓"义法"也只是极平常的做文原则："义"就是思想内容，就是要"言有物"；"法"就是写作方法，就是"言有序"。言有物，指文章的中心思想要是维护封建统治的儒家传统思想；言有序，指文章的形式技巧，有条理，合于古文家的章法。不要"语录"的语言，不要六朝人的藻丽俳语和《南北史》中的巧语。他们的文章一般简洁平淡，而缺乏生动鲜明的韵致。所以他们作者很多而出色的作品却太少了。只有清末两个翻译家（严复、林纾）用来移译西方科学和文学之后，才给桐城派古文以光荣的结束。林纾特别爱好现实主义小说家狄更斯的文章，前有伏线，后有呼应，甚有义法。严复译《天演论》等，说是"与晚周诸子相上下之书，"（见吴汝纶序）

　　清代中叶以后的诗文，到了以郑燮为首的扬州八怪时，有了新的起色。郑燮（1693—1765）字克柔，号板桥，江苏兴化人，他兼为诗人、画家、书法家，"扬州八怪"之冠，批判现实主义艺术家的佼佼者。他从小贫寒，青年时就以卖画为生，中了进士，作了县官以后，因为清廉，仍旧清贫、仍旧回家卖画。他和劳动人民接近，有民主主义思想。他给弟弟的信中说，我们这些读书

336

人"一捧书本，便想中举、中进士、作官，如何攫取金钱，造大房屋、置多田产"实在庸俗不堪。其实"天地间第一等人，只有农夫。……皆苦其身，勤其力，耕种收获，以养天下之人。使天下无农夫，举世皆饿死矣。"他亲眼看到劳动人民在水深火热的人间地狱，不能不描述出来，如《悍吏》、《私刑恶》、《姑恶》、《孤儿行》、《逃荒行》、《还家行》等诗篇；《满江红·田家四时苦乐歌》、《瑞鹤仙》、《渔家》等词，都是血泪斑斑的感人极深的文字。《逃荒行》和《还家行》都是他在潍县任上遭到几次灾荒后农村破产的现实描写：

> 十日卖一儿，五日卖一妇，来日剩一身，茫茫即长路。长路迂以远，关山杂豺虎。天荒虎不饥，奸人伺岩阻。豺狼白昼出，诸村乱击鼓，嗟予皮发焦，骨断折腰膂。见人目先瞪，得食咽反吐；不堪充虎饿，虎亦弃不取。道旁见弃婴，怜拾置坦釜；卖尽自家儿，反为他人抚。……身安心转悲，天南渺何许！万事不可言，临风泪如注。（《逃荒行》）

> 归来何所有？兀然空四墙，井蛙跳我灶，狐狸据我床。……念我故妻子，羁卖东南庄；圣恩许归赎，携我负橐囊。其妻闻夫至，且喜且彷徨；大义归故夫，新夫非不良。摘去乳下儿，抽刀割我肠。其儿知永绝，抱颈索阿娘；堕地儿翻覆，泪面涂泥浆。上堂辞舅姑，舅姑泪浪浪。……后夫年正少，惨惨难禁当。潜身匿邻舍，背树倚斜阳。其妻径以去，绕陇过林塘。后夫携儿归，独夜卧空房。儿啼父不寐，灯短夜何长！（《还家行》）

其他如《孤儿行》、《姑恶》等刻划农村灾荒后的惨状，并有力地批判了长期以来封建宗法社会的黑暗。他在潍县作县官时，没有闲情去描写那"小苏州"的繁华景象，而用《潍县竹枝词》四十首去描写民情风俗，特别是贫苦人的痛苦。如：

> 绕郭良田万顷赊，大都归并富豪家。可怜北海穷荒地，

337

半篓盐挑又被拿。

　　行盐原是靠商人，其奈商人又赤贫。私卖怕官官卖绝，海边饿灶化冤磷。

只这两首就写出贫富两极分化的惨状，盐民的生活，因官府专利制度而冤死的悲痛情景。

　　板桥的画已是世界闻名的了，他所画的是梅、兰、竹、菊"四君子"，象征清高、幽洁、虚心、隐逸，对现实不满，对统治阶级不合作；加上岩石，象征顽强清劲。这是他发展了南宋以来中国画史上爱国主义的传统。他画得最多的是竹石和兰石的结合，体现出欣欣向荣而又兀傲清劲的精神。他画时想到的是人民，他说："凡吾画兰、画竹、画石，用以慰天下之劳人，非以供天下安享之人也。"他在做潍县知县时送给巡抚的一幅竹画上题诗道

　　衙斋卧听萧萧竹，疑是民间疾苦声，些小吾曹州县吏，一枝一叶总关情。

再如郑板桥的《道情》第一首《老渔翁》：

　　老渔翁，一钓竿，靠山崖，傍水湾；扁舟来往无牵绊。沙鸥点点清波远，荻港萧萧白昼寒，高歌一曲斜阳晚。一霎时波摇金影，蓦抬头月上东山。

这首道情一面歌颂劳动人民的生活，环境是那么幽美，思想是那么纯洁，自在，高歌一曲以迎接月上东山；一面对比醉心于仕宦的争名夺利之辈，隐寓批判之意。第五首《老书生》则是对宦海浮沉中人的讽谕：

　　老书生，白屋中，说黄虞，道古风；许多后辈高科中。门前仆从雄如虎，陌上旌旗去似龙；一朝势落成春梦。倒不如蓬门筚巷，教几个小小蒙童。

生在所谓的"康乾盛世"而作如此形似消极的诗词，被人称为"怪"，实际是高压下的进步、积极思想。综看板桥的诗、文、画，揭发、鞭挞了当时社会的黑暗，推动了我国诗文绘画的现实主义传

统前进一大步。

二 批判现实主义的戏剧

我国戏剧发展到明末，已经到了完全成熟的程度，具备了批判现实主义的条件。在明清之际，产生了两部光辉的批判现实主义戏剧名著，一部是李玉的《清忠谱》，一部是孔尚任的《桃花扇》。

李玉（1600？—1677？）字玄玉，苏州人，号苏门啸侣，又号一笠庵主人，他出身低微，一生穷困不得志。吴伟业在《一笠庵北词广正九宫谱》的序里说："其才足以上下千载，其学足以囊括艺林，而连厄于有司。晚几得之，仍中副车，甲申以后绝意仕进，以十郎之才调，效耆卿之填词。所著传奇数十种。"据传，他写了剧本六十种，现存二三十种。他精通音律，和其他的"苏门啸侣"参订《北词广正谱》，《寒山堂南曲谱》、《南词新谱》。他也是个有名的剧评家，《南音三籁•序》论述我国戏曲的演变得失，提出自己的见解，颇有精到之处。

他的剧作，富于思想倾向性。他的思想，主要是爱国思想，具有民族意识。他早期的作品《一捧雪》、《人兽关》、《永团圆》、《占花魁》，就是有名的所谓"一、人、永、占"便在思想艺术上引人注目了，其中以《一捧雪》和《占花魁》为作者自己得意之作。他在《南音三籁•序》中说："予于词曲，夙有痴癖，数奇不偶，寄兴声歌，〈花魁〉、〈捧雪〉二十余种，演之氍毹。

《一捧雪》写严世蕃强索莫怀古的传家宝，即玉杯"一捧雪"。怀古把假的给他；后来世蕃由于汤某的告密，知道杯是假的，便大怒，到怀古的寓中搜索，忠仆莫诚偷偷把玉杯弄出去，一时免祸。后来世蕃趁怀古北上投旧友戚继光之机，途中逮捕他送到戚继光的营中，要把他杀了。忠仆莫诚愿以身代死，怀古再免于难。后来又因汤某的证明，说怀古的头是假的，世蕃逮捕了继光和妾

339

雪艳来审问，审问的军官陆炳见雪艳很美，退庭时私下对她说，你若肯嫁我，我就说是真的。雪艳为救继光，假装答应，到陆炳来娶时，她就刺死他并自杀。最后，世蕃势倒，怀古与家人团聚，玉杯"一捧雪"也归了原主。该剧真实地反映了明末政治黑暗的实质，批判了当时政府的腐败，严世蕃等以权谋私，残酷陷害人的狰狞、毒辣。但宣扬了仆妾的愚忠，则是它的瑕疵。

《占花魁》的故事是据《醒世恒言》中《卖油郎独占花魁》改编的。一方面歌颂青年秦种对爱情的真挚，排斥了封建观念。一方面描写了民族灾难深重时，少女莘瑶琴失去家庭，被拐骗卖到妓院的悲苦遭遇。她和秦种，一个在金兵入侵时，从东京流亡到临安的少年相逢，同是天涯沦落人，相逢何必曾相识，但感于真情而相结合，有反封建礼教的思想，有一定的进步意义。

李玉入清以后的剧作中，以《千锺禄》为最有现实意义。它描写明初燕王朱棣起兵南下，夺取帝位时，残暴地杀戮忠臣；建文帝朱允炆流离失所，历尽万苦。受了千锺禄的大臣们反颜奉侍新主。剧本用明初政权易主的故事，来影射清初江山易主的兴亡之痛，用以批判新贵。历来盛传的朱允炆化装为和尚，在流亡途中时所唱的名曲子《倾杯玉芙蓉》，足见其情景相融，情文并茂的功力：

> 收拾起大地山河一担装，四大皆空相。历尽渺渺程途，漠漠平林，垒垒高山，滚滚长江。但见那寒云惨雾和愁织，受不尽苦风凄雨带愁长！雄城壮，看江山无恙，谁识我一瓢一笠到襄阳！

当时有谣谚道："家家收拾起，户户不堤防"。"收拾起"就是这里引的李玉《千锺禄》中《惨睹》一出开头的曲子"收拾起大 地江山一担装"，"不堤防"就是洪升《长生殿》中《弹词》一出。李龟年唱的"不堤防余年值乱离"之句。可知在孔尚任的《桃花扇》未发表以前，李玉的戏剧艺术已脍炙人口了。

340

李玉的代表作是《清忠谱》。它写的是明天启六年（1626）东林党人周顺昌，和以颜佩韦为代表的苏州人民反对阉宦魏忠贤专权的斗争。它通过这一真实的历史事件，歌颂人民的正义斗争，是一出反映明末的社会矛盾而取得光辉成就的批判现实主义戏剧。

剧中主角周顺昌，清廉刚直，嫉恶恨奸。对专权无道的魏忠贤坚持斗争。魏大中受冤被捕时，一般人都远远避开，他却独自送行到江边，并许婚联姻。在魏忠贤的党羽们为主子修建生祠，欢庆落成时，他直冲进祠去，指着魏的画像大骂：

> （朝天子）任奸祠郁峚，任奸容桀骜！柱费了万民脂、千官钞。羞题着"一柱擎天，封疆力保"。少不得倒冰山，阳光照，逆像烟销，奸祠火燎，旧郊原兀自的生荒草！怪豺狼满朝，恨鸱鸮满巢，只贻着臭名儿千秋笑！

在东林党人和阉党斗争到了最高峰时，他面对魏党的万丈气焰，不跪不拜，凛然屹立，直指魏忠贤怒喝："啊！元来是魏贼！咄！阉狗！你欺君虐民，残害忠良，我周顺昌食肉寝皮，未消积愤"，愤怒地踢翻案桌，用枷枏殴击魏党爪牙。剧本通过这些言行，塑造了一个刚毅果敢、忠贞不屈的英雄形象。

最难得的是《清忠谱》塑造了颜佩韦等城市平民的英雄形象。如《书闹》折，写他在李王庙前听说岳飞传时，听到童贯杀害韩世忠，便怒气冲天，拍桌大叫："讲这样歪书！讲这样歪书！……可恼！可恼！童贯这敩狗，做恶异常，教我那里按捺得定！"他还踢翻书桌，表示他嫉恶如仇的品质。当他听到朋友被捕，不单不逃，反挺身而出，大叫"这桩事是我做的事，何消拿得别人？"，在五壮士就义时，颜佩韦说："打死校尉，万民称快，死也瞑目了。"

戏剧以现实的事件为题材，诚如吴梅村的序言所说："事俱按实，其言亦雅驯。虽云填词，目之信史可也"。

341

剧中写周顺昌、颜佩韦等五壮士外，还在《义愤》、《闹诏》、《毁祠》等折，写出苏州群众斗争的场面，这是古剧中罕见的。用群众的义愤，更有力地对黑暗势力进行批判。

还有一点值得注意，就是李玉善于和别的艺术家合作，《清忠谱》是和朱㿥等合作而成的。朱㿥字素臣，号笙庵，为李玉的"苏门啸侣"之一，写过二十二本传奇，其中最著名的是《十五贯》。故事写无赖娄阿鼠因盗取十五贯钱，杀死肉店主人尤葫芦。县官过于执主观地判断谋财害命者为熊友兰、苏戍娟二人。知府况钟监斩时发现冤情，连夜求见巡抚周忱，争得半月期限，亲自调查，终于捕获真正的凶手，昭雪了冤案。该剧歌颂况钟为昭雪冤狱，甘冒宦途风险，深入现场勘查，实事求是，为民请命，揭露过于执的主观断狱，周忱的怕负责任，草菅人命，深刻而生动地批判了封建吏治的腐败。

孔尚任（1648—1718）字聘之，号东塘，又号云亭山人，山东曲阜人，是孔丘六十四代孙。他早年在曲阜县北石门山中闭户读书。1684年，康熙玄烨南巡，返经曲阜，孔尚任被推荐讲经，受到赏识，破格录用，次年初入京为国子监博士。1686年去扬州参加水利工作，在淮扬三年多的生活，使他认识到现实社会，写了不少诗歌，反映人民的苦难的官场的腐败，如《淮上有感》云："九重图画筹难定，七邑耕桑户未收。为问琼筵诸水部，金樽倒尽可消愁？"这些"呻吟疾痛之声"的作品被集为《湖海集》。他在扬州结交了一些明末遗老，登梅花岭，凭吊了史可法的衣冠冢，又到南京拜谒了明孝陵，明故宫，去栖霞山白云庵访问了做过明锦衣卫的道士张怡，多方搜集南明亡国的故实，为日后创作名剧《桃花扇》积累了材料。

从扬州回北京后，"向人难折病时腰"，兴趣转到旧书古玩上去。1691年得到唐宫乐器"小忽雷"。后来和顾彩合编《小忽雷》传奇，根据唐段安节《乐府杂录》，描写梁厚本和郑盈盈的爱情故

342

事，狠狠批判了权奸的暴虐骄横和小人们的趋炎附势。但初次写剧，没有经验，头绪繁多，结构芜杂，艺术上不够成熟。

孔尚任执著编写构思已久的《桃花扇》，到康熙三十八年（1699）六月，三易稿而书成，得到很大的成功。剧中批判现实的意义非常明显，他在《桃花扇小引》中说："《桃花扇》一剧，皆南朝新事，父老犹有存者。场上歌舞，局外指点，知三百年之基业，隳于何人？败于何事？消于何年？歇于何地？不独令观者感慨涕零，亦可惩创人心，为末世之一救矣。"剧本发表后，在北京盛演，使一些明朝的故臣遗老，"掩袂独坐"，"唏嘘而散"。第二年，作者孔尚任被免职了，1702年回家乡曲阜去过闲散的生活。他的著作除上述两种传奇和《湖海集》之外，还有《人瑞录》、《长留集》、《真定集》、《岸塘文集》、《绰约词》、《画林雁塔》、《会心录》、《鳣堂集》等。

《桃花扇》是用长期积累的大量史实材料，根据"实事实人"而创作的一部批判现实主义剧本。描写明末弘光朝朱由崧政府覆亡的悲剧历史，以复社文人侯方域和秦淮歌妓李香君的爱情故事为线索，使爱情的悲欢离合和政治的斗争、国家的兴亡，密切联系在一起，以鲜明的政治内容相配合，使爱情故事跳出当时才子佳人传奇的俗套。一部南明亡国的历史，复杂的军政人事关系，甚至可说是将明代三百年的兴亡历史，围绕着一把扇子的运命，有条不紊地组织在一起，使一部雄大的历史剧有了严密的结构。

《桃花扇》所用的史实，始于崇祯十六年（1643），终于清顺治二年（1645）。崇祯十七年（1644）是明代亡国之年，也就是中国历史上大变动的一年，有人说是中国近代史序幕揭开的一年。那年的三月，李自成农民起义军攻克北京，推翻了明王朝；接着吴三桂勾结清兵入关，使李自成腹背受敌，不得已而离去，功败垂成。《桃花扇》用了二十出，即一半的篇幅反映这个历史背景。同年五月，逃亡的福王朱由崧在南京即帝位；不久清兵

343

南下，**朱由崧**被俘。孔尚任认为这是明代三百年基业的隳败消歇；其实是中国两千年封建文化更深一步地走下坡路，开始走上了，近代坎坷不平的阴暗道路。

孔尚任在《桃花扇》中用艺术的真实性再现这一段历史，明确地指出：南明覆亡由于权奸的结党营私，进声色，罗货利；君是昏君，臣是佞臣。半壁江山已失，却一意声色犬马，寻欢作乐。马士英在亡国的大难临头时，也只想到"一队娇娆，十车细软，"阮大铖则卖官鬻爵，假公济私，竟混帐地说："幸遇国家多故，正是我辈得意之秋"。朝臣如此，他们手下的文武百官更加无耻。掌握重兵，保卫江北四镇的高杰、黄得功、刘良佐、刘泽清等争夺地盘，互相残杀，"国仇犹可恕，私怨最难消"。总兵许定国，竟在清军兵临城下时杀了高杰，带领清兵连夜南下，争取"下江南第一功"；坐镇武汉的左良玉也以剿奸为名，领兵东下，致使江北千里营空，清兵乘虚而入，直捣江南。作者以历史的事实，分明的爱憎为批判的武器，给无耻的卖国奸臣以沉重的鞭挞。

孔尚任对于正面人物，如有正义感与民族气节的史可法，则衷心痛悼，他在如此腐败的政局之下，仍怀忠心，不忘收复中原的大志，耿介正直，誓死保卫扬州，但因权奸的排挤与牵制，只剩残兵三千，最后沉江而死。对于李香君、柳敬亭、苏昆生等下层人物则热情歌颂主角李香君虽然处在受侮辱，受歧视的社会地位，却有胆有识，有政治远见，而且刚烈不阿，不畏强暴。《却奁》一出，阮大铖用二百银子买些钗钏衣裙等嫁奁送给李香君和侯方域，想与方域交结，在复社成员中为他开脱附魏的罪名。方域心软，有想妥协收纳之意，而香君却怒骂："阮大铖趋附权奸，廉耻丧尽；妇人女子，无不唾骂。……这几件钗钏衣裙，原放不到我香君眼里！〔拔簪脱衣介〕脱裙衫，穷不妨；布荆人，名自香。"《守楼》一出，她为了抵抗相府的强娶，竟碰倒在地。血喷满地，并溅在诗扇上。其宁死不屈的性格，和那班亡国士大夫们的

344

醉生梦死，成了鲜明的对照。作为男主角的复社文人侯方域同她比起来，显得软弱、妥协、动摇。作者在剧中批判了权奸误国，也适当地点出反权奸的侯方域性格中的软弱面，真正歌颂的是李香君聪明、伶俐、有政治远见、刚直爽朗的形象，以及给香君作陪衬的民间艺人苏昆生、柳敬亭的义气和胆识。这里作者进步的民主思想的表现，也是新兴市民阶层意识的反映。

孔尚任思想上的局限性也是很明显的，他不理解农民革命是推动社会前进的历史动力，他粗浅而错误地认为明朝崇祯的政权亡于李自成，竟说清兵入关是"替明朝报了大仇。"这是他落后、反动的一面，是他没有能够超出当时统治阶级的立场和偏见。但他在《拜坛》一出的眉批上说："私君、私官、私恩、私仇，南朝无一不私，焉得不亡！"对南明亡国悲剧的原因，揭发、批判得却相当深刻。因为他对南明亡国的史实，曾加以调查、研究，有了比较正确的了解，在写作《桃花扇》的过程中，经过十多年的深思酝酿，用科学和艺术结合的方法去构思创作。他在《桃花扇凡例》中说："朝政得失，文人聚散，皆确考时地，全无假借，至于儿女锺情，宾客解嘲，虽稍有点染，亦非乌有子虚之比。"正因为他能够实事求是地调查研究了南明的大量史料，又能够用现实主义的写作方法，所以能够写出这样一部光辉的批判现实主义戏剧杰作。

《桃花扇》的影响十分深远，不仅在当时，直到近现代，还被改编为各种地方戏和话剧，解放后又被编为电影。日文有山口刚译的《桃花扇》，盐谷温译注的《桃花扇传奇》、今东光译的《桃花扇》等全译本。英文有Chen Shih-Hsiang与H·阿克顿合译的"The Peach Blosom Fan"。法文有徐仲年译著的《中国诗文选》Anthologie de la Lite'ra Cuze Chinois des Origines a nos jours) 一书中有《桃花扇》中的《守楼》一出。德文则有Cheng Shou-lin选译的《中国女性》(Chinesische

345

Frauengestalten)载1926年莱比锡《大亚细亚》杂志（Asia Mayer）。

清代昆曲，因为浪漫主义的《长生殿》和批判现实主义的《桃花扇》的风行而延长了百十年的运命。同时，其他地方戏也因此而更加成熟。在乾隆年间就有弋阳腔即高腔，在北京与昆曲争席位。还有京腔、秦腔、梆子腔、罗罗腔等地方戏，总称为乱弹，也称"花部"，与"雅部"昆曲对立。这种对立起了互相借鉴，互相推进的作用。昆曲吸收了乱弹的唱腔，乱弹也学习了昆曲的长处，吸收了它的曲调。

乱弹或花部中以"二黄调"或"西皮调"为能横绝一时的代表。西皮曲调杂乱，应有尽有，昆腔、弋腔、梆子腔、徽调、楚调，乃至山歌小调，兼收并蓄。

清代地方戏的作品多为佚名之作，或用抄本或由艺人口传，出版的极少。乾隆时的戏曲选本《缀白裘》第六和第十一卷，《纳书楹曲谱》和少数梨园抄本。初期的剧本如《打花鼓》、《打面缸》、《张三借靴》等现实生活气息浓厚，针砭时弊，嘲讽恶人。后来随着地方戏的发展，剧目增多，吸收历代各剧种的优秀剧目，最多的是歌颂造反、暴动的戏，如写梁山好汉生活的《神州擂》、《庆顶珠》，写元末徐州市民暴动的《串龙珠》，有写民族英雄，反对民族压迫的《杨家将》、《两狼山》，写汉藏联姻的《文成公主》等。还突出杰出的妇女形象，如穆桂英、杨排风等，智勇过人，救民族于危难之中。更多的是反映社会现实生活，或男女爱情、家庭纠纷、世态炎凉，表现了人民自己的道德观念和是非标准，如《清风亭》、《赛琵琶》、《四进士》、《玉堂春》、《少华山》、《王宝钏》、《宇宙锋》、《梵王宫》等，可说是优秀的批判现实主义剧目。

花部的发展，使中国戏剧艺术更进一步，更加圆熟，更适合于戏剧性的变化。最显著的是"板式变化"。比较以前各剧种采用

346

的"曲牌联套体"更加灵活，不受套数、句格、字数的限制，综合运用，做、念、打、唱，按剧情的需要，可以改变板式，原板、散板、快板、慢板、流水板，可以在一出之中更换，甚至在一句之内，变更板式。这样，使戏剧的综合性、戏剧化和表现现实的能力达到新的高度，使中国古典剧达到更圆满的艺术高度。

347

三　批判现实主义小说发展的高峰

《金瓶梅》

东、西方的批判现实主义文学，都以小说为主。

当明末浪漫主义小说和戏剧发达到最盛时，便已有《金瓶梅》出现，为批判现实主义小说的先锋。这部奇书写于 16 世纪末，明代万历年间，是赤裸裸的社会生活的描写，不夸张，不过度形容，真实大胆地揭露封建末期，商人资产者利用封建关系，肆无忌惮地欺压穷人，蹂躏妇女，荒淫无耻。这是中国小说史上的一个跃进。上古的神话传说，汉魏六朝的志怪小说，多凭想象和幻想，唐宋传奇着重在奇，元明之际的《三国志演义》、《水浒传》和较后的《西游记》等描写历史上的人物和想象的神仙鬼怪，对作者的现实生活环境，多少有些距离。兰陵笑笑生的《金瓶梅》却不同，它是作者对当时现实社会的直接描写，初步创造了典型环境中的典型人物。《三国演义》、《水浒传》和《西游记》的情节事件，人物性格等都是民间长期流传和经许多人加工过的东西，而这书却是在无所抄袭依傍的写真，不是深入生活，洞察社会风尚者不能杜撰。富商而兼官僚恶霸的西门庆，上联官府，下结豪绅、税吏、地痞流氓，予取予求，无所不为，荒淫无度，罪恶滔天。终于自食其果，弄到家破人亡。这是自然的报应，也是作者兰陵笑笑生笔下的批判。

《金瓶梅》是我国第一部描写市井生活的现实主义长篇小说，在艺术上的成就是生动地描绘了井市小人物，有泼皮无赖，娼妓

348

优伶，僧道，尼姑等等。小说中也创造了几个典型人物，如西门庆的联上欺下，贪婪狠毒，潘金莲的泼辣争宠，娥眉善嫉，应伯爵的帮闲逞凶，助桀为虐。它的缺点是在自然主义地描绘淫荡的行为方面，污染读者。

作者姓名不可考，只知是兰陵笑笑生，兰陵就是山东峄县，书中多山东方言。小说一百回，有两个版本，一为《金瓶梅词话》(1617)，一为《原本金瓶梅》(1621—1627)。前者起于景阳冈武松打虎，它的特点是运用大量山东方言，回目字数参差不齐；后者起于西门庆热结十兄弟，减去不少山东方言，回目对仗工整，并删去了《词话》中的吴月娘清风寨被掳，矮脚虎王英强迫成婚的一段。书名《金瓶梅》是西门庆家庭罪恶史的简称，来源于西门庆非法谋娶淫妇潘金莲、李瓶儿为妾，并和婢女春梅发生淫乱关系。西门庆是封建制没落时期，资本主义因素急激增长中产生的，集官僚地主，恶霸豪绅与暴发商人于一身的典型，利用他的资本和奸智，广结朝廷权奸与地痞流氓，横行霸道，构成一幅阴森残酷的鬼蜮世界图像。他的哲学是钱能通神，只要捐款给寺庙，多大罪行都不要紧。他在捐款助修永福寺后对吴月娘说："咱闻那佛祖西天，也止不过黄金铺地，阴司十殿，也要些楮镪营求，咱只消尽这家私，广为善事，就使强奸了嫦娥，和奸了织女，拐了许飞琼，盗了西王母的女儿，也不减我泼天富贵。"这是和西方文艺复兴前夕，教皇发卖赎罪券，使为富不仁的僧俗，可以肆无忌惮地纵欲横行一样的滔天罪行。但我们这里没有马丁·路德那样的勇猛改革家出来反对，贴出九十五条论纲，宣布教皇的罪状。《金瓶梅》一百回，全面描绘了他们的罪恶，反映了时代的黑暗，但批判得不够有力，只以暴死、衰败的自然果报，来劝人们不要横行过度而已。书中一些被侮辱、被迫害者还没有觉悟，没有反抗，反而媚上骄下，奴才气十足。总之，《金瓶梅》是我国第一部现实主义的长篇小说，描写现实社会、家庭生活，

349

题材广泛，富于现实气息，充分反映了当时的社会情况；但多庸俗、低级趣味，有批判而软弱无力。

《儒林外史》

吴敬梓（1701—1754）字敏轩，一字文木，号粒民、秦淮寓客，安徽全椒人，出身于世代官僚地主家庭，祖辈多显达。到了父辈（生父吴雯延，嗣父吴霖起）时，家道开始衰微。吴霖起为人方正恬淡，不慕名利；敬梓幼年才识过人，随父宦游大江南北。二十三岁丧父，不善生计而慷慨好施。三十三岁移居南京，广交文友，接触到清初进步思想家颜李学派的传人程廷祚。吴敬梓早年考取秀才，但后来一直不得志，并在长期和官僚、绅士、名流、清客们交往中，熟知他们卑鄙的灵魂，世态炎凉的丑恶面目，因而厌弃功名富贵，洁身自好。三十六岁时，安徽巡抚荐举他去应博学鸿词考试，但他以病辞，并立志终身不应科举考试。他在四十多岁时，怀着愤世嫉俗的心情创作《儒林外史》五十五回，五十四岁时在扬州结束了他潦倒的一生，著有《文木山房集》十二卷，今存四卷，《诗说》七卷已佚，而《儒林外史》五十五回是他真正的碑传，不朽的名作。

《儒林外史》描写了我国封建末期知识分子的精神面貌，有醉心于科举功名的卑陋之辈，有藐视功名，注重"文行出处"的高尚之士。前者热衷于八股文的考试，取得金钱、地位、势力，便可以为所欲为，轻视"文行出处"，文则不学无术，行则奴颜婢膝，出则贪污受贿，处则成了土豪劣绅。作者歌颂的是品学兼优、清廉高洁、笑傲王侯的人物。例如王冕，是作者理想的人物，能文能画，才学品德堪为一代模范，他生在混浊的社会环境中，出污泥而不染，轻视功名富贵，远避权豪势要，体现了正直的知识分子的骨气。

吴敬梓把自己的思想、生活态度，反映在作品中。书中的杜

350

少卿就是作者自己的影子。他蔑视科举和做官当老爷，当藏蓼斋对他说，补了廪，可以做官、打人、神气时，他便骂道："你这匪类，下流极矣！"他轻财好义，济贫周急，卖光了田地，穷到卖文为活；布衣素食，犹能极天伦之乐。举止豪迈，风度潇洒，作者称为"品行文章，当今第一"。

全书最后所描写的高风亮节的人物是荆元。他善于弹琴赋诗，写一手好字，但他的职业是裁缝。他认为裁缝和读书平等，打破"万般皆下品，唯有读书高"的封建意识。他说："难道读书识字，做了裁缝就玷污了不成？"

王冕、杜少卿、荆元，这些作者所歌颂的人物都反对科举，不愿骑在人民头上做官当老爷，愿意自食其力，重视劳动。他们这种做法和看法，在当时都是革命的，先进的，有民主主义的成分。明、清两代都用八股文取士，为的是要统治、禁锢人们的思想。谁反对，谁就是叛逆者。重视裁缝职业，卖文鬻画，自食其力，是从经济方面解决个性解放，从封建礼教解脱出来的好方法。

那些醉心于科举功名的人们是《儒林外史》讽刺、批判的对象。例如六十多岁的周进，久不得进学，只得卑躬屈节忍受新进学的梅三相公的嘲笑，心中哪是滋味？后来连教馆的职务也丢了，只好去替商人记帐。当他一见贡院号板，就一头撞去，哭得死去活来。当商人们答应为他捐个监生，可以应考举人时，他竟扒在地上磕头说："若得如此，便是生身父母，我周进变驴变马，也要报效。"范进是连考了二十多次不取的老童生，一听到中举的消息，欢喜得发疯了，挨了老丈人的一记耳光才清醒过来。可见科举制度是怎样腐蚀文士们的心灵。

士子们考中了功名，出仕则为贪官，处家则为劣绅。王惠当了南昌太守，一到任就问："地方人情，可有什么出产？词讼里可也有些什么通融？"他深知"三年清知府，十万雪花银"，所以

351

衙门里满是"戥子声、算盘声、板子声"。全城的人怕他，梦里也不安宁。他们居乡则为劣绅，如严贡生横行乡里，强圈别人的猪；没有借钱给人却要利息，讹诈船家，霸占二房产业。

《儒林外史》除了讽刺、批判举业中的人物之外，还讽刺批判了考场的弊端，如向鼎主考安庆七府童生时，那些童生有代笔的，也有传递的，大家丢纸团，掠砖头，挤眉弄眼，无奇不有。有的考生竟装出恭，在土墙上挖个洞，伸手到外头去接文章。文盲金耀，用五百两银子雇匡超人作枪手，成了秀才。庐州主考大人，公然以三百两银子的价钱拍卖秀才头衔，一片乌烟瘴气。

《儒林外史》的艺术特点，首先是现实写生的本领，例如描写王冕在七泖湖边牧牛时的情景说：

> 那日，正是黄梅时候，天气烦躁。王冕放牛倦了，在绿草地上坐着。须臾，浓云密布，一阵大雨过了。那黑云边上镶着白云，渐渐散去，透出一派日光来，照耀得满湖通红。湖边上山，青一块，紫一块，绿一块。树枝上都象水洗过一番的，尤其绿得可爱。湖里有十来枝荷花，苞子上清水滴滴，荷叶上水珠滚来滚去。王冕看了一回，心里想道："古人说，'人在画图中'，其实不错。可惜我这里没有一个画工，把这荷花画他几枝，也觉有趣。"又心里想道："天下那有个学不会的事，我何不自画他几枝？"

这一段描写，不仅再现了一幅优美的景致，也描绘出王冕对于美的感受，并立志做个画家的思想活动，使他日后成长为一个清高脱俗的艺术家，有一个幽雅的环境，使谐和的田园情趣与人物的内心相一致。

写自然风景时是情景相融；写人事时则往往把前后矛盾的行动对照起来，给以微妙的讽刺，例如第四回写丧母"遵制丁忧"的范进，在汤知县处打秋风时暴露了虚伪的情况：

> 知县安了席坐下，用的都是银镶杯箸。范进退前缩后的

352

不举杯箸，知县不解其故。静斋笑道："世先生因遵制，想是不用这个杯箸。"知县忙叫换去，换了一个磁杯，一双象箸来。范进又不肯举；静斋道："这个箸也不用。"随即换了一双白颜色竹子的来，方才罢了。知县疑惑他居丧如此尽礼，倘或不用荤酒，却是不曾备办。落后看见他在燕窝碗里拣了一个大虾元子送在嘴里，方才放心。

《儒林外史》是一部讽刺小说，中国第一部真正的批判现实主义小说。它以讽刺为批判的武器，讽刺的对象以科举为中心，及到整个旧政治，整个封建制度的没落情况。以八股文科举考试的方法取士的封建没落政治，造成官僚主义，消磨人才，为害甚于洪水猛兽。作者站得高，以资本主义因素萌芽的民主进步思想，有力地批判了旧时代形形色色的丑东西。作者生于18世纪中国文艺复兴运动两个高潮之间，他那近似"文艺复兴现实主义"的文学思想，他的人文主义思想，和西欧的文艺复兴时代颇有相同之点，即反对旧时代的烦琐哲学、虚伪的吃人礼教、严重剥削人民，以及愚民政策等等。但他要求恢复古初纯真的儒家的礼治。在他四十岁时，虽然自己经济困难了，但为了倡议捐款修复泰伯祠，竟至卖掉最后一点祖传的财产——全椒老屋。泰伯是古代礼让的典范。他是周太王的长子，仲雍和季历的长兄，听说太王想传位给小儿子季历和他的儿子昌（即文王），便带领二弟仲雍逃到荆蛮去，怕小弟弟不肯接受帝位。他三让天下，荆蛮尊他为义君，立为吴伯。吴敬梓修复泰伯祠，就是要恢复古代礼让的政治，这事本身就是对封建末期的尔虞我诈、争名夺利坏风气的批判。《儒林外史》则是铺开的全面批判，他所创造的正面人物形象王冕、杜少卿、荆元等的言行，与其说是歌颂，还不如说是对反面的批判。

这部小说的结构是独创的，为了现实主义的需要，为了"儒林"内容的需要，作者就用许多短篇连缀而成长篇，没有贯穿始

353

终的人和事，只是围着主题思想，把一幅幅图景或镜头联接起来，构成了广阔的画面，通过各种人物和事件的描绘，服务于统一的主题。全书主体是批判所否定的人物、事件，而开头结尾都是肯定的人和事件，爱憎分明。

《歧路灯》

李绿园（1707—1790）名海观，字孔堂，河南汝州宝丰人。祖父李玉琳是个穷秀才，教村塾安家，父李甲也是农村一普通知识分子。绿园三十岁中举，五十岁后宦游二十年，行迹半中国，六十六在贵州印江做过一任知县，后在老家教过书，在北京住过一个时期。约在四十二岁（1749）丧父家居，开始写小说《歧路灯》，七十一岁时（1778）脱稿，历时三十年。著作尚有《绿园文集》、《绿园诗钞》和《家训谆言》等。文如其人，规行矩步，辞采质实，而独抒所见，亦饶有情趣。

《歧路灯》一百零八回，近七十万言，是18世纪中国封建社会晚期中下层普通人民生活的百科全书式作品。姚雪垠在《序》中说这部小说最重要的成就是"反映的社会生活方面比较广阔，包括不同阶级和阶层的形形色色人物，全用现实主义手法写得维妙维肖，栩栩如生。许多地方，对人物只用简单数笔，写出个性，画出由于阶级和职业形成的性格、思想、心理特点。《红楼梦》虽然是伟大的艺术作品，但是作者集中笔墨写荣、宁二府的人物和生活，荣、宁二府之外的人物和生活写得不多，也不够细致和深刻。《儒林外史》所写的社会生活面和人物，范围更是比较狭窄。所以《歧路灯》用现实主义手法写社会生活比较广阔的优点，在古典长篇小说中是比较突出的。……使我们可以从其中认识我国封建社会后期的社会面貌。它是文学作品，又是活生生的形象的社会风俗历史。"

《儒林外史》、《歧路灯》和《红楼梦》这三部现实主义长篇

354

小说，标志着我国古典长篇小说的发展高峰。盛况远远超过欧洲的18世纪的小说界。三部长篇，成书时间虽略有先后，但差不多是同时写作，虽然作者们彼此没有见过面，也互相不认识，却不约而同地在埋头写作，为中国文学推进新的一步，形成文艺新潮流的最高潮。三者同为18世纪，中国封建后期，资本主义生产关系初步展开时期的社会生活写照，《红楼梦》写了上层社会，《儒林外史》写了知识分子阶层，《歧路灯》则写了中下层广大人民的各种生活。

《歧路灯》描写一个官绅子弟谭绍闻，在丧父之后，为同辈浮浪子弟们所引诱，由吃酒赌博，堕落而惹草拈花，狎尼宿娼，乃至倾家荡产而终于回头的故事，构成一幅风俗画长卷。全书描绘了约二百个人物，有官绅豪吏、清客帮闲、衙役武弁、商贾市贩、赌徒游棍、娈童艺人、庸医相士、假道学、酸秀才、僧尼道婆等三教九流，各具性格，呼之欲出。例如书中赌徒、赌棍几十人，但性格各各不同。可知作者对当时社会各方面的生活都有深入的研究、比较。在这些人物的思想深处，特别可注意的是对于当时新旧阶级的兴衰，有所体会和表现。当时新兴的商人暴发户在他的笔下也栩栩如生地勾画出来了。这一点是和《红楼梦》相同的。曹雪芹和李绿园都是描写社会生活的艺术大师。吴敬梓的《儒林外史》也显示了描绘的才气；但它是由短篇拼凑的，痕迹很明显，不若《歧路》、《红楼》之记载一家的盛衰，行文气势之雄伟，大大进了一步。不过《红楼》没有写完，后由高鹗续写，不若《歧路》一手完成，自然发展，有机地转变，首尾衔接，圆如转环，从结构的雄大圆满看，可说是我国空前的真正长篇小说。

《歧路灯》的中心思想是如何教育下一代的问题。主人公谭绍闻的父亲谭孝移主张"用心读书，亲近正人"八个字的教子方针，认为最关键的事是人品，行为端正。他认为环境力量很大，

355

周围都是正人，孩子就会正派；周围多匪人，子弟就会堕落。绍闻在父亲死后，母亲溺爱，伙伴们有几个不务正业，引诱他喝酒、赌博，走上堕落的道路，后来由于荡尽家产，吃尽苦头，再由于亲友的劝告、启发，逐步悔悟而回头。证明这都是环境对他起的作用。

谭孝移教育方法的失败，在于他不去改造社会的环境，只知聘请行为方正的老师，注意家庭的小环境，对纷繁的社会，则采用隔绝的办法。例如，每年三月三日在禹王台有个大会，饭馆酒棚，数以百计，城里乡间，公子王孙，农夫野老，男女老少，贫富俊丑，都来赶会。孝移的妻子王氏建议带孩子去看看，孝移却坚决不肯，怕那些游手博徒，屠户酒鬼，并一班不肖子弟，在会上胡奏。王夫人比较开通，说孩子读了书，也要出去走走，死读书要弄坏身体的。她讥讽孝移道："你再休要把一个孩子，只想锁在箱子里，有一点缝丝儿，还用纸条糊一糊！"

王夫人为什么会比较开通些？因为她出身于商人暴发户的家庭，对于封建的名门大户固然也仰慕，但不相信"读书"就那么有用。第七四回王夫人和乃弟王春宇辩论读书和做生意哪个有用时，王氏说：

> 世上只要钱，不要书。我是个女人也晓得这道理。

王春宇说"咱爹不读书，姐姐先不得享谭宅这样福。"王氏道："如今福在哪里？"春宇道："都是绍闻作匪，姐姐护短葬送了。"这话被楼下另一富商的女儿巫翠姐听见了，她就对冰梅说：

> 冰姐，你听王舅爷胡说的。象俺曲米街，如今单单俺巫家和王家是财主，两家倒不曾读书。

王春宇是个暴发的资产者，虽然有钱，但也羡慕封建名门世族的光彩，所以说读书好。其实他也认为做生意比读书有用，他原先把儿子王隆吉寄在谭宅跟绍闻一块读书，不久就辍学去做生意了。第十五回写道：

356

却说王隆吉自从丢了书本，就了生意，聪明人见一会十，十五六岁时，竟是一个掌住柜的人了。王春宇见儿子精能，生意发财，便放心留他在家，自己出门，带了能干的伙计，单一在苏、杭买货，运发汴城。自此门面兴旺，竟立起一个"春盛大"字号来。

足见当时新兴阶级的教育观有些解放的趋势。作者李绿园作为一个品行端庄的世代书香，生当所谓"乾隆盛世"，中国封建社会末代的最后一次回光返照的时代；长在所谓"理学名区"，出过"理学名臣"的中州河南。他当然要受影响。但他的思想有些冲破理学藩篱，不用宋明理学家的禁锢方式教育后代。他借优秀教师娄潜斋的口说：

若一定把学生圈在屋里，每日讲"正心诚意"的话头，那资性鲁钝的，将来弄成个泥塑木雕；那资性聪明些的，将来出了书屋，丢了书本，把平日理学话放在东洋大海。（第三回）

李绿园出身于农村知识分子的家庭，一辈子只当过一任县官，而足迹踏遍半个中国，阅历深广，有了初步的民主思想，同情劳动人民。在《歧路灯》中借盛朴斋的手，写下这样一幅对联道："绍祖宗，一点真传，克勤克俭；教子孙，两条正路，曰读曰耕。"（第十九回）劝导世人以勤俭、读书、劳动三件事去匡正浮夸的社会风气。他在小说中批判的对象是纨袴子弟和假道学、假秀才，以及江湖医生等等，而不是纯朴的劳动人民；他所极力塑造的正面人物王中，却是一个正直的奴仆，而不是什么纯正的理学名儒。知书识礼的孔慧娘，眼看婆婆护短，丈夫堕落而无能为力，一声不吭而忧郁致死，她可说是被礼教所吞噬了。丫头出身的冰梅，地位虽低，却能规劝绍闻悔悟过来。作者用三十年的时间，处心积虑地要用小说来提倡社会教育，用以挽救封建末期的世风日下；但在二百年前的历史条件下，只能用传统的儒家伦理

357

道德做准则,而淘汰去一些迂腐的残渣。这在封建末期不能说没有进步意义;但在我们今天看来则是落后的、反动的了。我们对于李绿园这样的一个作家,对于《歧路灯》这样的一部小说,该怎样评价听?他有意地全用现实主义方法写作,反对浪漫主义的东西,出色地描绘了封建末期社会生活的长画卷;但他所开的药方是陈旧的,可笑的。说到这里,不禁想起俄国批判现实主义大作家列夫·托尔斯泰。(Leo N. Tolstoi, 1828—1910)。他是一个热心教化的作家、说教者,他虽不是一个纯正的基督教徒,曾被俄国正教开除出教籍,但为了匡正俄国世纪末的社会风气,也只得借用原始基督教的福音书。李绿园比托尔斯泰早一百多年,情况不一样,可是我们对他也要加以分析,接受他那现实主义艺术的遗产,批判地评论他那以理学面孔出现的教育观。

《红楼梦》

在《儒林外史》、《歧路灯》之外,又出了《红楼梦》,显得我国18世纪批判现实主义小说的迅速发展,达到了全盛的地步,比欧洲早一百年。

《红楼梦》的作者曹雪芹（约1716—1763）名霑,字梦阮,号雪芹、芹圃、芹溪。他先世本是汉人,但早就入了满洲正白旗内务府籍。从曾祖到父亲都是世袭江宁织造。康熙六次南巡,四次以江宁织造署为行宫。雍正五年（1727）罢官抄家,翌年北返,从此家道衰落。

曹雪芹的一生,正好经历曹家盛极而衰的过程,十三岁以前在南京过锦衣纨袴的生活,十三岁迁居北京,工诗、善画、嗜酒、狂狷,四十七、八岁就结束了不平常的一生。他晚年在西郊过"蓬牖茅椽,绳床瓦灶"的生活,从百年望族,钟鸣鼎食之家,降到举家食粥的曲折经历,是他的杰作《红楼梦》的丰富素材。

曹雪芹是个多才多艺的作家,写作时却认真推敲。《红楼梦》

358

第一回说："于悼红轩中，披阅十载，增删五次"，字字血泪，耐人寻味。

曹雪芹只完成了八十回，因为贫病交加，加上爱子的夭逝，伤痛过度而死。这八十回，初名《石头记》，起初以手抄本的形式在上流社会间传诵，很快就受到珍视。在乾隆五十六年、五十七年（1791—1792）时程伟元把它和高鹗续写的四十回合在一起，改名《红楼梦》，用活字排印了两次，便在北方和南方各地流行开来了。

续写后四十回的高鹗，字兰墅，别号"红楼外史"，乾隆六十年（1795）四月被赐三甲同进士出身，嘉庆十五年（1810）为都察院江南道监察御史。嘉庆十七年（1812）署给事中，掌江南道。他的生年未明，但死年起码比雪芹晚半个世纪。他根据《石头记》的线索，把宝黛的爱情故事写成悲剧的结束。其中有些篇章写得生动、感人，如黛玉之死等是合乎艺术的真实性和现实的真实性的。至于宝玉中举，出家成佛，被封为文妙真人，以及贾府复兴、兰桂齐芳等则是败笔。

版本有《石头记》八十回的各种抄本，附有脂砚斋评语；另有《红楼梦》一百二十回排印本。1791年的叫"程甲本"，1792经增删重排的称"程乙本"。现行的1955年文学古籍刊行社影印的《脂砚斋重评石头记》和1959年人民文学出版社的《红楼梦》，主要是根据"程乙本"整理的。

《红楼梦》的内容是曹雪芹用现实主义的概括能力，形象地把荣国府的内外关系，复杂的人事，经济，思想斗争等各方面情况，再现出来。以贾宝玉、林黛玉、薛宝钗等的爱情风波为线索，反映当时的整个社会的斗争和枯荣。中国18世纪的社会历史的大势是封建制的没落，资本主义因素初步发展。在人们的思想上的变化，是封建旧势力的代表人物贾政等的求取功名，荣宗耀祖等宗法社会的伦理道德，与贾宝玉所代表的争取自由、个性

359

解放的叛逆思想之间的斗争。小说的故事主线虽是贾宝玉、林黛玉薛宝钗等少数人的事，而所反映的内容却是整个时代，整个社会的各个方面，经济、政治、学术、思想的趋势，可以感觉得到时代的脉搏和温度。

全书所写的爱情悲剧也是这个社会总趋势所逼成的。时代新思潮要求宝、黛之间恋爱的圆满成功，因为他们二人思想兴趣相同，都厌恶举业仕宦等一套陈腐混帐的东西，而追求自由、解放的新鲜的生活方式；他们不愿成天"子曰诗云"老一套被曲解了的四书五经，他们要欣赏象《西厢记》、《牡丹亭》等表露青年天然性情的清新作品。宝、黛婚姻的成败，就是新思想、新势力的成败。因为封建旧势力的强大，有贾母、王夫人、宝钗、王熙凤等旧势力的包围和愚弄，终于用掉包法的骗术，使宝玉和宝钗成了合法的夫妻，结果是黛玉在悲忿中焚稿、咯血而逝去；宝钗的新婚也转眼成了寡居的不幸。这是真正的悲剧，它正合于恩格斯的定义："历史的必然要求和这个要求的实际上不可能实现之间的悲剧性冲突"。

荣国府外表煊赫而内里干枯，象冷子兴所看出来的，"外面的架子虽没倒，内囊却也尽上来了。"这正是当时整个封建统治阶级的象征。尽管极力粉饰太平，维持乾隆盛世的架势，实际上它本家已腐朽，酝酿着种种危机，法制、道德、廉耻等，日益沦丧。身为皇商的薛蟠，打死人也若无其事，"花上几个臭钱没有不了。"贪官贾雨村为了结交豪门，想夺取石呆子手中的十二把扇子，竟害得他家破人亡；贪婪的王熙凤接过三千两银子的贿赂，便拆毁了张金哥的婚姻，并害死了两条人命。贾珍、贾琏等公子哥儿们明目张胆地搞荒淫无耻的勾当。大观园中的奢华糜烂的生活正如刘姥姥所说的："这一顿的钱，够我们庄稼人过一年了。"可是大观园围墙外面正是灾荒遍野，民不聊生的岁月。封建主子的穷奢极欲，里面却藏着无限凄酸。元妃归省时那样繁华热

360

闹的场面，掩盖不住元妃本人的心里的痛苦。元春"忍悲强笑"对贾母说："当日既送我到那不得见人的去处，好容易今日回家，娘儿们这时不说不笑，反倒哭个不了。一会子我去了，又不知多早晚才能一见！"

《红楼梦》是一部对封建社会全面批判的现实主义小说，对典章法制、道德秩序、文化教育、宗教风俗等等，都给以形象的艺术概括，并加以现实主义的揭露和批判。

《红楼梦》的艺术成就，可说是现实主义的方法的成就。据作者自己在第一回里说，这部小说，打破了汉、唐的名色，不借此套，"只按自己的事体情理，反倒新鲜别致。"比起当时一般流行的才子佳人小说来，有所发展，有所创造。他的创造原则是现实主义的，他说："我这半世亲见亲闻的几个女子，虽不敢说强似前代书中所有之人，但观其事迹原委，亦可消愁破闷；至于几首歪诗，也可以喷饭供酒；其间离合悲欢，兴衰际遇，俱是按迹循踪，不敢稍加穿凿，至失其真。"既说"亲见亲闻"，又说"观其事迹原委"，"按迹循踪，不敢稍加穿凿，至失其真。"当然，艺术家写真实，是经过艺术加工、概括、提练、典型化而后表达出来的。在广阔的社会背景下，描绘一系列活的典型形象。

《红楼梦》中的典型形象如宝玉、黛玉、宝钗、凤姐、贾母、刘姥姥等活生生的人物，已经为广大读者所承认，是曹雪芹创造的不朽典型。如凤姐的泼辣，暗藏狡诈；探春的泼辣，表现严正；妙玉的孤高如孤星寒冷；黛玉的孤高犹杜鹃泣血。人物个性往往和环境的气氛交融，如潇湘馆的竹林、湘帘、琴音、幽香，构成一个诗情画意的境界，烘托出黛玉的幽静、多情的人物形象，分外优美。

《红楼梦》里有许多心理描写，很深入而细腻，这也是新开创的，例如二十六回描写黛玉于晚饭后往怡红院看宝玉时，见宝钗先进去，自己在沁芳桥畔看一回水禽浴水的美景，再去叩门的一

361

段：

　　谁知晴雯和碧痕二人正拌了嘴，没好气，忽见宝钗来了，那晴雯正把气移在宝钗身上，偷着在院内报怨说："有事没事，跑了来坐着，叫我们三更半夜的不得睡觉！"忽听又有人叫门，晴雯越发动了气，也不问是谁，便说道："都睡下了，明儿再来罢！"

　　黛玉素知了头们的性情，她们彼此玩耍惯了，恐怕院内的丫头没听见是她的声音，只当是别的丫头们了，所以不开门，因而又高声叫道："是我，还不开门么？"晴雯偏偏还没听见，便使性子说道："凭你是谁，二爷吩咐的，一概不许放进人来呢！"

　　黛玉听了这话，不觉气怔在门外，待要高声问她，逗起气来，自己又回思一番："虽说舅母家如同自己家一样，到底是客边。如今父母双亡，无依无靠，现在他家依栖，若是认真恦气，也觉没趣。"一面想，一面又滚下泪珠来了。真是回去不是，站着不是。正没主意，只听里面一阵笑语之声，细听一听，竟是宝玉、宝钗二人。黛玉心中越发动了气，左思右想，忽然想起早起的事来："必竟是宝玉恼我告他的原故。——但只我何尝告你去了！你也不打听打听，就恼我到这步田地！你今儿不叫我进来，难道明儿就不见面了？"越想越觉伤感，便也不顾苍苔露冷，花径风寒，独立墙角边花荫之下，悲悲切切，鸣咽起来。

这样细致地描绘黛玉内心隐微的心理，同时也刻画出人物的性格特点。作者既是小说家又兼为诗人，叙述到激情来潮时，往往便情景交融，如在上例之后，紧接着说：

　　原来这黛玉秉绝代之姿容，具稀世之俊美，不期这一哭，那些附近的柳枝花朵上宿鸟栖鸦，闻此一声，俱闶楞楞飞起远避，不忍再听。正是："花魂点点无情绪，鸟梦痴痴

362

何处惊！"

书中诗词很多，大多能与人物性格、故事意境相吻合，好象出于书中人物之手。例如第二十七回的《葬花词》，读来完全象是出于林黛玉之口，而不是曹雪芹写的。末段："天尽头，何处有香丘？未若锦囊收艳骨，一坏净土掩风流。质本洁来还洁去，不教污淖陷渠沟。尔今死去侬收葬，未卜侬身何日丧？侬今葬花人笑痴，他年葬侬知是谁！试看春残花渐落，便是红颜老死时，——一朝春尽红颜老，花落人亡两不知。"完全表露黛玉的才情、性格和思绪。又如史湘云写了一首《柳絮词》要大家也都填一首，但在同时同地，同咏柳絮漫天飘舞的眼前景象，而黛玉和宝钗所咏的却是不同的调子。黛玉写道："……草木也知愁，韶华竟白头。叹今生，谁舍谁收！嫁与东风春不管，凭尔去，忍淹留！"宝钗写道："……万缕千丝终不改，任他随聚随分。韶华休笑本无根；好风凭借力，送我上青云。"两首词表达两种精神状态、两种性格和情绪，前者缠绵悱恻，自叹身世的飘零；后者踌躇满志，野心勃勃。借用诗词，补充所写人物性格的微妙处。

《红楼梦》这部批判现实主义小说的最大杰作，成书二百年来，影响很大。在铅排印行以前便以抄本形式流传了三十年；排印之后，很快便风行南北各地。因为书多叛逆、批判，致遭反动统治者的禁毁，却越发流行得广。续书如《后红楼》、《红楼补》、《红楼复梦》、《红楼圆梦》等以大团圆结束，歪曲了原来的主题思想，妨碍了现实主义小说的发展。

小说出版以来，大量的专门研究者议论纷纷，论文、专著不断出版，形成新旧的"红学"，五四以前的旧红学称"索隐派"，有的说是清世祖和董妃的故事，有的说是康熙朝宰相明珠家的事，宝玉是明珠的儿子纳兰容若。五四以后的新红学者认为小说是作者自传，作了许多考证。有人说，这是新索隐派；其实，文学作品多少有自传的成分，对作者生平的研究是有益的工作；但不能

363

太拘泥了，硬说小说中的某一情节就是作者某事的记录。作品的情节、结构是作者经过艺术加工的，书中人物也是经过形象思维而创造出来的。忽略了这一点便给伟大作品带来了损失。

解放后在历史唯物主义的指导下，从事于《红楼梦》的新研究，取得可喜的成绩。三十多年来，在《红楼梦》的版本问题和续书问题的研究上卓有功绩；在作者曹雪芹生平的考证、写作技巧、语言文字和诗词的研究上，工作做得愈来愈细致，专著、论文集和学刊、季刊等专门杂志大量发行。还通过翻译，引起国际友人的注意，不少专家参加了研究的行列，把这部作品作为世界名著的研究对象，影响愈来愈深远。不过也有不足之处，如有些论文，把一些琐碎问题作繁琐的考证，离开文学本身远了些。

四　近代批判现实主义的激化

从鸦片战争到"五·四"运动（1840—1919）的八十年间，在中国历史中称为近代期。在这时期里，我国的封建制社会越来越衰落；而我国的资本主义因素，随着外国资本主义的入侵而来一个飞跃，产生了中国的资产阶级和工人阶级。英帝国主义首先用大炮轰开了我们闭关自守的封建帝国的大门，彻底暴露了清王朝的腐朽无能，外国资本深入内地，加速了我国农村经济的破产，使我国逐渐沦为半封建半殖民地的地位。同时，我国的资本主义经济也得有限制的生长和发展，但在与外资竞争时总是要吃亏，因为帝国主义入侵者决不容落后的殖民地赶上他们。帝国主义者的大炮政策使武器落后的国家一次次遭到失败，割地、赔款，弄得民不聊生，国将不国。但是在这八十年中，中国人民都在争斗，不甘屈服于帝国主义及其走狗而作顽强的反抗斗争。有的向西方寻求救国的道路。有的人厌弃程朱理学和经史小学考据，去研究经国济世之学以抵抗外来的侵略。

364

世界历史的近代，是资本主义的时代，但中国的民族资产阶级在半封建半殖民地的情况下，显得非常软弱无力。在文学方面有可观的是：一、资产阶级初期的启蒙文学；二、诗界革命；三、谴责小说。从思潮来说，是近代的批判现实主义激化。

资产阶级初期的启蒙文学

中国资产阶级启蒙思想，主要表现在对封建末期的腐朽统治的批判，反对儒学一统说。提倡民主思想。这时期的杰出思想家是龚自珍（1792—1841），号定盦，浙江杭州人。他出身于官僚家庭，中过进士，但一生困厄于下僚，四十八岁辞官南归，五十岁暴卒于丹阳云阳书院。他在表面的"太平盛世"中，意识到社会的深刻变化，对鸦片战争前现实政治的黑暗腐朽，作了尖锐的批判，呼吁改革，主张严禁鸦片，坚决抵抗英帝国主义的侵略。他曾和林则徐、魏源等结"宣南诗社"，留诗六百多首，而以《己亥杂诗》三百五十首为代表，集中表达了他的思想和理想。这些诗是在己亥年（1839），他辞官南归时，在途中写的，如第八十三首说：

> 只筹一缆十夫多，细算千艘渡此河。我亦曾縻太仓粟，
> 夜闻邪许泪滂沱！

这是诗人在运河上见到数以千计的运粮船，拉纤者的辛苦劳动，在夜间听到他们的拉纤邪许声，分外清楚，便想到自己也曾为官吏，糟蹋了人民血汗之所得，听到了他们的沉痛的邪许声，不觉泪如雨下。这是诗人民主思想的一个方面。又如第一百二十五首：

> 九州生气恃风雷，万马齐喑究可哀！我劝天公重抖擞，
> 不拘一格降人材。

这是太息当时清王朝的死气沉沉，没有一点生气，万马齐喑（哑），不见振鬣长鸣的勃勃生气。我们需要狂飙突起，惊雷震撼，打破

365

沉闷局面，要抖擞振作，培养并善用各色的人材。这是他的民主思想的另一面。

龚自珍的散文，总是站在高处，带着批判的眼光看问题，含蓄地讽刺封建旧势力。

张维屏（1780—1859）号南山，广东番禺人。中过进士，当过知县和知府，是"宣南诗社"社员之一，写了不少反映鸦片战争的诗歌，富有爱国精神。著名的《三元里》是他的代表作：

> 三元里前声若雷，千众万众同时来。因义生愤愤生勇，乡民合力强徒摧。家家田庐须保卫，不待鼓声群作气，妇女齐心亦健儿，犁锄在手皆兵器。乡分远近旗斑斓，十队百队沿溪山。众夷相视忽变色：黑旗死仗难生还。夷兵所恃惟枪炮，人心合处天心到。晴空骤雨忽倾盆，凶夷无所施其暴。岂特火器无所施，夷足不惯行滑泥，下者田塍苦踯躅，高者冈阜愁颠挤。中有夷首貌尤丑，象皮作甲裹身厚，一戈已揽长狄喉，十日犹县郅支首。纷然欲遁无双翅，歼厥渠魁真易事；不解何由巨网开，枯鱼竟得悠悠逝。魏绛和戎且解忧，风人慷慨赋同仇。如何全盛金瓯日，却类金缯岁币谋？

这是一首最早歌颂人民战争威力的好诗。广州三元里人民一齐起来向英军作战，层层包围敌人，天下大雨湿透敌人的枪炮，山路泥泞，敌人寸步难行。我军击杀了许多敌人，不难获得全胜。奇怪的是正当敌人垂死关头，敌酋义律秘密派人向奕山求救，奕山竟可耻地答应了他的请求，派广州知府和南海、番禺知县去三元里恐吓乡民，替英军解围。清政府竟如此愚蠢，卖国坑民！

魏源（1794—1857）字默深，湖南邵阳人。是近代启蒙思想家，"以经济名世"，与龚自珍齐名。他也中过进士，作过江苏高邮知州。他呼吁改革内政，抵制外国侵略。主张"师夷长技以制夷"，发展工商业。他的诗风格雄浑，反映鸦片战争前后的社会现实，歌颂人民大众的英勇抗战，批判清廷的愚蠢腐朽。只是用

366

典过多，不免晦涩。如《寰海十章》中的第四首：

> 谁奏中宵秘密章，不成荣镜不汪黄。已闻狐鼠神丛托，
> 那望鲸鲵澥渤攘！功罪三朝云变幻，战和两议镬水汤。安邦
> 自是诸刘事，绛灌何能赞塞防？

诗的大意是说，朝廷用的是些结党营私、狼狈为奸的人，把朝廷交给小人，怎么能打退侵略的帝国主义者呢？朝廷举棋不定，朝令夕改，功罪无常，战和时变，信任的是穆彰阿等满洲贵族，林则徐等提出的国防计划怎么能被接受呢？

魏源的《皇朝经世文编》和《海国图志》等著作，对资产阶级的启蒙运动曾起了推动作用。《海国图志》一书曾于1854年传到日本，翻刻出版，对明治维新运动起过积极的影响。

朱琦（1803—1861）字伯韩，广西桂林人。道光十五年（1835）进士，官至御史，屡上书论政事，敢言直谏。鸦片战争中，写了一系列关于战事的记叙和抒情诗歌，歌颂抗敌将士，痛斥投降派，有"近代诗史"之称。例如《关将军挽歌》：

> 飓风昼卷阴云昏，巨舶如山驱火轮。番儿船头擂大鼓，
> 碧眼鬼奴出杀人。粤关守吏走相告，防海夜遣关将军。将军
> 料敌有胆略，楼橹万艘屯虎门。虎门粤咽喉，险要无比伦。
> 峭壁束两峡，下临不测渊；涛泷阻绝八万里，彼虏深入孤无
> 援。鹿角相犄断归路，漏网欲脱愁鲸鲲。惜哉大府畏懦坐失
> 策，犬羊自古终难驯；海波沸涌黯落日，群鬼叫啸气益振。
> 我军虽众无斗志，荷戈却立不敢前；赣兵昔时号骁勇，今胡
> 望风同溃奔。将军徒手犹搏战，自言力竭孤国恩。可怜裹尸
> 无马革，巨炮一震成烟尘。臣有老母年九十，眼下一孙未成
> 立，诏书哀痛为雨泣。吾闻父子死贼更有陈连升，炳炳大节
> 同峻嶒。猿鹤幻化那忍论，我为剪纸招忠魂。

这诗记录1841年2月下旬，英军进攻虎门，广东水师提督关天培英勇抵抗，两广总督拒不发援兵，关将军与士兵数百人壮烈牺

367

牲，虎门失守。

洪秀全（1814—1864）原名仁坤，广东花县人，太平天国革命领袖。贫苦知识分子出身。鸦片战争，人民的英勇斗争和清政府的腐朽无能使他看清了内忧外患，逐渐形成他的革命思想。1843年，鸦片战争后二年，他把中国农民革命的要求和西方资产阶级的基督教新教的教义结合起来，创立了"拜上帝会"。1851年1月在金田村起义，建立太平天国。1853年在南京建都。1864年清军攻破天京时自杀。他的诗宣传革命思想，如无题诗，是1837年，二十三岁，落第还乡时写的：

> 手握乾坤杀伐权，斩邪留正解民悬。眼通西北江山外，声振东南日月边。展爪似嫌云路小，腾身何怕汉程偏！风雷鼓舞三千浪，易象飞龙定在天。

可见他在青年时代就怀抱革命的雄心壮志，而且有胜利的信心。在他革命思想形成时，提出反孔的主张，发动群众掀起革命浪潮，批判孔孟之道和封建迷信。他在建立太平天国时，发表了农民革命的伟大纲领——《天朝田亩制度》，以解决土地问题为中心，制定出反孔反封建的革命纲领。它要求"有田同耕，有饭同食，有衣同穿，有钱同使，无处不均匀，无人不饱暖"的理想制度。它主张平分土地，从根本上挖掉封建制度的经济基础。它主张男女平等，在经济、政治上男女享受同等权利，彻底批判了男尊女卑或三从四德等反动名教。它奖励生产，反对游手好闲，彻底批判了劳心者治人，劳力者治于人的反动论调。这个伟大纲领，虽然来不及实施，但在启蒙思想上起了深远的作用。

洪仁玕（1822—1864）是洪秀全的族弟，太平天国的杰出政治家和思想家。1843年和洪秀全组织了"拜上帝会"，1853在香港避难，在外国牧师处教书，接受了资本主义思想。1859年在天京（南京）封为干王，总理政事，发布《资政新篇》，提倡学习西方文化科学技术。1864年战败被俘，就义于南昌。他对于文学，

368

主张"文以纪实"，反对"娇艳"、"浮词"。1854年回港舟中写的七律，气势奔放，足见其对革命事业的热情：

> 船帆如箭斗狂涛，风力相随志更豪。海作疆场波列阵，浪翻星月影麾旌。雄驱岛屿飞千里，怒战貔貅走六鳌。四日凯旋欣奏绩，军声十万尚嘈嘈。

石达开（1831—1863）是太平天国的翼王，勇猛多谋，为出色的军事家。但因内部的不和，于1857年带兵出走，转战江西，四川等九省，历时七年，1863年在四川战败被害。他才气纵横，诗文也豪迈雄壮，表达了那时期的历史气概。如《白龙洞题壁诗》：

> 挺身登峻岭，举目照遥空。毁佛崇天帝，移民复古风。临军称将勇，玩洞美诗雄。剑气冲星斗，文光射日虹。

这诗是他1859年攻克庆远后，在白龙洞有感而题，表明他的信仰、抱负，气冲斗牛而光照白虹。

金和（1818—1885）南京人，身经鸦片战争和太平天国起义，用诗反映了这些历史事变，有"诗史"之称。例如《围城纪事六咏》之一《盟夷》：

> 城头野风吹白旗，十丈大书中堂伊，天潢宫保飞马至，奉旨金陵勾当事。总督太牢喑不鸣，吴淞车偾原余生。九拜夷身十不耻，黄侯自分己身死。十万居民空献芹，香花迎跽诸将军，掩泪默无语！周自请，郑不许，声言驾炮钟山颠，严城顷刻灰飞烟；不则尽决后湖水，灌入青溪六十里。最后许以七马头，浙江更有羁广州；白金二千一百万，三年分偿先削券。券书首请帝玺丹，大臣同署全权官。冒死入奏得帝命，江水汪汪和议定。

这诗是写1842年，英军攻占吴淞口，又陷镇江，围南京，迫签卖国的"南京条约"，赔款二千一百万银元，分期偿付，还让出五口通商口岸，任洋人自由支配。丧权辱国，长江也汪汪地泪泉汹

369

377

涌。他的诗集《秋蟪吟馆诗钞》中，不少反映清末社会的情况，如《兰陵女儿行》，叙述兰陵女儿抗拒清将劫婚而胜利的故事。反映了"概从军兴来，处处兵杀民"的现象。叙事诗的女主角不是个柔弱的女子，而是"顾身屹以立，玉貌惨不温，敛袖向众客：'来此堂者皆高轩，我亦非化外，从头听我分明言。……汝如怒我则杀我，譬诸么么细琐扑落粪土一蚤蝨。不则我以我剑夺汝命，五步之内颈血立溅青绉裙。门外长堤无数野棠树，树下余地明日与筑好色将军坟。一生一死速作计，奚用俯首不语局促同斯文！'将军平日叱咤雷车殷，两臂发石无虑千百斤，此时面目灰死纹，颊如中酒颜醺醺。"虽有夸张的成分，却已有典型的意义。

太平天国事业是世界历史上规模最大、纲领最宏伟，反封建最彻底的农民革命运动，历时十四年（1850—1864），转战南北十八省，沉重打击了中外的反动势力，为资产阶级民主革命作了巨大的准备工作。太平天国的事业虽然因中外反革命的联合进攻，因自己政策上的失误和内部的不和而失败了；但它的影响是巨大的，在国内掀起第一次思想解放的浪潮，起了启蒙的作用，在世界范围内，对被压迫民族和被压迫阶级是一个极大的鼓舞，它推动了亚洲民族解放运动，促进了欧洲大陆的政治革命。

诗界革命

轰轰烈烈的太平天国革命运动失败之后，内外反动的联合势力便更加放肆，割地赔款的事接连不断，半殖民地化日益加深，中国社会经济结构起了变化，引起了意识形态的变化。在文化上引起了资产阶级的新文化和封建阶级的旧文化之间的斗争，以及学校与科举之争，新学与旧学之争，西学与中学之争。这种封、资之间的斗争，先在统治阶级内部，随后在知识分子中间展开。先进的人士经过千辛万苦，艰难曲折，向西方寻求真理，用学来的思想武器，发动了维新变法和民主革命，在文化上起了又一次的

370

启蒙作用。这些先觉者们为祖国的独立富强而前仆后继的献身精神是可歌可泣的。在文学上，主要表现在"诗界革命"和"谴责小说"上。

"诗界革命"是梁启超、谭嗣同等在戊戌维新前夕提出的口号，最初不过是用一些新名词或外来语在旧诗里。如云"纲伦惨以喀私德，法会盛于巴力门"；"三言不识乃鸡鸣，莫共龙蛙争寸土"，喀私德是 Caste 的音译，指印度的种姓等级制，巴力门是 Parliament 的音译，指英国议会制度；"三言不识乃鸡鸣"是用《新约·福音书》中的典故，耶稣被捕那天晚上，师徒们没有睡觉；守卫兵三次问他的门徒彼得和耶稣的关系，彼得三次说自己不认识他,第三次说不认识时,鸡叫了。在戊戌维新变法失败后，梁启超在《饮冰室诗话》中继续鼓吹"诗界革命"，但意义有所加深："能以旧风格含新意境，斯可以举革命之实矣。苟能尔尔，则虽间杂一二新名词亦不为病。"这里我们用来包括表达当时资产阶级民主革命思想的诗。最初为"诗界革命"旗帜的是黄遵宪。

黄遵宪（1848—1905）字公度，广东嘉应州（今梅县）人。光绪二年（1876）中举。先后为驻日本和驻英国使馆参赞，美国旧金山和新加坡总领事,在国外共十六七年,深受资本主义国家的政治、文化的影响。最初认为中国不能再闭关自守，要学习日本的维新运动，写《日本国志》和《日本杂事诗》最后羡慕英国的资产阶级民主。从新加坡回国后，在上海参加了康、梁为首的"强学会"，创办《时务报》，又到湖南助陈宝箴创行新政，提倡变法维新。戊戌政变失败后，隐居乡里。他是一个努力向西方寻求真理，企图振兴中华，挽救民族危机的爱国诗人。

黄遵宪有远大的政治抱负，不甘以诗人告终。"穷途竟何世，余事作诗人"。但他用诗笔具体地记录了近代史上的重大事变，反映了近代中国社会的危机和矛盾，批判了现实的腐朽和落后的事物。他的诗多鸿篇巨制，采用俗语、新名词入诗，对诗界革命

371

作出了贡献。他的诗论，表现在一首《杂感》（1868）里：

> 大块凿混沌，浑浑旋大圜，隶首不能算，知有几万年？羲轩造书契，今始岁五千；以我视后人，若居三代先。俗儒好尊古，日日故纸研：六经字所无，不敢入诗篇；古人弃糟粕，见之口流涎：沿习甘剽盗，妄造丛罪愆。黄土同抟人，今古何愚贤？即今忽已古，断自何代前？明窗敞流离，高炉蒸香烟；左陈端溪砚，右列薛涛笺，我手写我口，古岂能拘牵？即今流俗语，我若登简编，五千年后人，惊为古斓斑。

他在诗中驳斥了保守派的复古，把古人的糟粕当做宝贝，偷窃剽盗，以为创造就是罪过。现在的人在智力上不比古人差，而条件比古人好，只要我手写我口，就是在诗里用了俗语，五千年以后人，将惊为"古斓斑"了。

他的诗富有时代的气息，反映新时代的事物，可称为新时代的诗史。例如《冯将军歌》（1885）热情歌颂七十岁的老将军冯子材，1885年3月，在中法战争中英勇抗击侵略军的光辉战绩。那次镇南关大捷是清政府对外战争中一次罕有的胜利，可是腐朽的清政府把这次胜利看作向侵略者乞降的好机会，竟下令前线停战，与法国正式签了屈辱的条约。黄诗真实地把冯将军的战功记载下来，加以热情地颂赞，就是对腐败清政腐的批判。这真可说是批判现实主义的好诗：

> 冯将军，英名天下闻。将军少小能杀贼，一出旌旗云变色。江南十载战功高，黄袿色映花翎飘。中原荡清更无事，每日摩挲腰下刀。何物岛夷横割地，更索黄金要岁币。将军剑光初出匣，将军谤书忽盈箧："将军卤莽不好谋，小敌虽勇大敌怯，"将军气涌高如山，看我长驱出玉关。平生蓄养敢死士，不斩楼兰今不还。手执蛇矛长丈八，谈笑欲吸匈奴血，左右横排断后刀，有进无退退则杀。奋梃大呼从如云，同拼一死随将军。将军报国期死君，我辈忍孤将军恩？将军威严若

372

天神，将军有命敢不遵？负将军者诛及身，将军一叱人马惊，从而往者五千人。五千人马排墙进，绵绵延延相击应。轰雷巨炮欲发声，既戟交胸刀在颈。敌军披靡鼓声死，万头窜窜纷如蚁。十荡十决无当前，一日横驰三百里。吁嗟乎！马江一败军心慑，龙州夔地贼氛压。闪闪龙旗天上翻，道咸以来无此捷。得如将军十数人，制梃能挞虎狼秦，能兴灭国柔强邻，鸣呼安得如将军！

另外一首，《度辽将车歌》却相反地揭露湖南巡抚吴大澂在中日战争中的可耻败北。通过这个愚昧无能而狂妄自大的"将军"的典型形象，揭露清王朝文武百官的昏庸腐朽。中日战争的失败，丧权辱国到了高潮，诗人的愤怒也达到了高潮，写了《哀旅顺》、《台湾行》等一系列的批判现实主义的叙事诗，刻画了中国近代的重大事件。

康有为（1858—1927）字广厦，号长素，广东南海县人。出身官僚地主家庭，年青时曾去上海、香港等地，接触资本主义新事物，目睹清政府腐败，民族危机不断加深，产生变法图强的思想。1888上书要求变法，未得上达。1895年4月在北京参加会试时，闻日本逼签"马关条约"的消息，便领导参加会议的一千三百名举人联名上书，请政府拒和、迁都、变法。这是历史上著名的"公车上书"。不久，他考中进士，任工部主事。他连续上书光绪，成为维新运动的领袖。戊戌变法失败后逃亡国外，逐渐堕落为保皇派。戊戌（1898年）以前，他的诗文是革命的，感慨时势，抒发幽愤，文辞瑰丽，风格雄浑。如1888年第一次上书未得上达，翌年出京，作《出都留别诸公》五首之一云：

天龙作骑万灵从，独立飞来缥缈峰。怀抱芳馨成一握，纵横宇合雾千重。眼中战国成争鹿，海内人才孰卧龙？抚剑长号归去也，千山风雨啸青锋！

自比诸葛亮，但环境昏暗，迷雾千重；如今抚剑归去，等待时机，再叱咤风云。又如1899年在日本听到意大利以武装威胁，强请租借三门湾时，他写了一首《闻意索三门湾以兵轮三艘迫浙江有感》云：

> 凄凉白马市中箫，梦入西湖数六桥。绝好江山谁看取，涛声怒断浙江潮！

自比伍子胥强谏吴王，不听，反赐剑叫他自杀。如今意大利强逼清廷租借浙江的三门湾，大好江山没有人看守，只有钱塘江的怒涛澎湃，狂吼抗议而已。

康有为等用抒情诗反映当时政治上的情况，对现实作了批判。

梁启超（1873—1929）字卓如，号任公，别号饮冰室主人，广东新会人。维新运动杰出的宣传者，曾参加领导强学会活动，主编《时务报》，用通俗、流畅的新文体，自己说是"条理明晰，笔锋常带感情，对于读者，别具一种魔力"。他的诗多作于流亡国外期间，直抒胸臆，表现新的风格。如《太平洋遇雨》：

> 一雨纵横亘二洲，浪淘天地入东流。却馀人物淘难尽，又挟风雷作远游。

这是他二十六岁（1899）时，变法失败后往美洲途中作的，表示继续斗争的顽强精神。又如《读陆放翁集》四之一：

> 诗界千年靡靡风，兵魂销尽国魂空。集中什九从军乐，亘古男儿一放翁。

这是同年在日本时作的，慨叹从陆游以来近一千年的靡靡诗风，赞赏放翁一生争取驰骋沙场，为国立功的精神不朽。

谭嗣同（1865—1898）字复生，号壮飞，湖南浏阳人。青年时曾游南北各省，广泛接触社会。1898年在湖南参与创办南学会；同年秋入京参加变法运动，失败被捕，从容就义，为"戊戌六君子"之一。他是维新运动中的左翼领袖，对封建制度作猛烈的批判。著名的哲学著作《仁学》一书，阐明"民本"、"君末"的

374

道理，说："君也者，为民办事者也"。民主思想，昭然若揭。他的诗境界恢廓，志趣豪迈。例如《潼关》：

> 终古高云簇此城，秋风吹散马蹄声。河流大野犹嫌束，
> 山入潼关不解平。

这是他十七岁（1882）时赴兰州，父亲的任所，过潼关作。用二十八字生动地再现出群山险峻、黄河奔腾的情景，融进诗人要求冲破约束的情怀。又如他就义前的《狱中题壁》：

> 望门投止思张俭，忍死须臾待杜根。我自横刀向天笑，
> 去留肝胆两昆仑。

张俭和杜根都是东汉时爽直勇谏的名人，受人敬重，或望门投止，人们都欢迎他进去避难，或假死三日，目中生蛆而逃窜。变法失败，或留下或出国，都肝胆相照，巍然如昆仑山。一个横刀向天笑，敢于抛头颅，洒热血的志士，谁说不是革命英雄？

丘逢甲（1864—1912）字仙根，号仓海，台湾苗栗县人。1888年进士。中日战争后，清政府把台湾割让日本，他愤慨而组织义军抗日，失败后内渡，在广东各地教书糊口。他的诗多作于内渡后，诗风明朗刚健，抒发故乡沦陷的深情。被梁启超推为"诗界革命一巨子"。

> 春愁难遣强看山，往事惊心泪欲潸。四百万人同一哭，
> 去年今日割台湾！（《春愁》）

> 一角西峰夕照中，断云东岭雨濛濛。林枫欲老柿将熟，
> 秋在万山深处红。（《山村即目》）

> 沦落天涯气自豪，故山东望海云高。西风一掬哀时泪，
> 流向秋江作怒涛。（《去岁初抵蛇江，今仍客游至此》）

蒋智由（？—1929）字观云，号因明子，浙江诸暨人，维新运动中活跃人物之一，也是"近世诗界三杰"之一。曾参与梁启超在日本创办的《新民丛报》的编辑工作，诗中宣传民主思想，如《卢骚》：

375

383

世人皆曰杀，法国一卢骚。民约倡新义，君威扫旧骄。
力填平等路，血灌自由苗。文字收功日，全球革命潮。

严复（1853—1921）字又陵，一字几道，福建福州人。贫家出身，早年入福州船政学堂学海军，后留学英国，深受西方资产阶级文化影响。中日战争后，他猛烈攻击君主专制，提倡民主，提倡新学。所作《原强》、《论世变之亟》、《辟韩》等政论文，实事求是，是有说服力的启蒙文章。他最大的贡献还在用谨严的古文翻译西方的社会科学名著，"一名之立，旬日踟蹰"，如所译赫胥黎的《天演论》，起了极广泛的影响。他用当时人所喜爱的纯正古文体介绍"进化论"，敲起救亡的警钟。他提出译事三难"信、达、雅"，成了后来翻译家们的信条或标准。译事最忌生吞活剥，要照顾到阅读者接受的情况，要直译和意译结合，有时为了引人入胜，不妨再创造。例如《天演论》的开宗明义第一章：

赫胥黎独处一室之中，在英伦之南。背山而面野，槛外诸境，历历如在几下。乃悬想二千年前，当罗马大将恺撒未到时，此间有何景物？计惟有天造草昧，人功未施，其借征人境者，不过几处荒坟，散见坡陀起伏间；而灌木丛林，蒙茸山麓，未经删治如今日者，则无疑也。怒生之草，交加之藤，势如争长相雄，各据一抔壤土，夏与畏日争，冬与严霜争。四时之内，飘风怒吹，或西发西洋，或东起北海，旁午交扇，无时而息。上有鸟兽之践啄，下有蚁蝝之啮伤，憔悴孤虚，旋生旋灭，菀枯顷刻，莫可究详。是离离者亦各尽天能，以自存种族而已。数亩之内，战事炽然，强者后亡，弱者先绝。年年岁岁，偏有留遗，未知始自何年，更不知止于何代。苟人事不施于其间，则芊芊榛榛，长此互相吞并，混逐蔓延而已。

这样的文体近于先秦诸子，颇能吸引当时一般文化界知识分子。

376

但在《原富》发表时，梁启超批评他"文章太务渊雅，刻意模仿先秦文体，非多读古书之人，一翻殆难索解。"这是时代的局限，也是时代的特点。

他的诗作不多，如《哭林晚翠》、《古意》、《戊戌八月感事》等，痛惜谭嗣同、杨锐、林旭、刘光第、康广仁、杨深秀等六君子的牺牲，揭露清廷的腐朽，真挚动人。如《感事》云：

求治翻为罪，明时误爱才。伏尸名士贱，称疾诏书哀。

燕市天如晦，宣南雨又来。临河鸣犊叹，莫遣寸心灰。

在这诗里，认为光绪是高明的，他听从志士仁人维新求治，结果志士们象下贱的动物被杀掉，自己被迫下诏说自己有病，不能治国，再由慈禧垂帘听政。整个京都陷入黑暗中，加上宣武门南刑场上的腥雨阵阵！孔子当年曾要去见赵简子，到了黄河边上，听到窦鸣犊等被简子所杀，便临河浩叹："美哉水，洋洋乎！丘之不济此，命也夫！"结句说，我们后死者不要灰心，要继续努力。

1898年戊戌维新变法失败之后，证明腐朽清王朝的不可救药，加上瓜分的祸患迫在眉睫，革命形势急转直下，革命团体纷纷成立。1905年各革命小团体联合成立"中国同盟会"，标帜着中国资产阶级民主革命走向高潮。仅仅六年的时间内就推翻了几千年封建专制统治。这时期的诗人几乎都是和这个革命团体有关的。如章炳麟、邹容、秋瑾、陈去病、周实、宁调元、高旭、苏曼殊、马君武、柳亚子等。

章炳麟（1869—1936）又名绛，字枚叔，号太炎，笔名西狩，浙江余杭人。早年受维新运动的影响。戊戌政变后，倾向革命。1903年在《苏报》上发表《革命军序》等文被捕入狱。1906年出狱赴日本，任同盟会机关报《民报》的主编。他的主要作品是散文，"所向披靡，令人神往"。他主张学魏晋文，具有严密的逻辑性和犀利的讽刺力量。但他好用古字，妨碍宣传的效果。在

377

他的古体诗里，革命思想为古奥的文词所掩；但他早期的小诗却明白抒写了怀抱。如《狱中赠邹容》：

> 邹容吾小弟，被发下瀛州。快剪刀除辫，干牛肉作糇。
> 英雄一入狱，天地亦悲秋。临命须掺手，乾坤只两头。

邹容（1885—1905）字蔚丹，四川巴县人。十七岁（1902）留学日本，积极参加爱国革命活动。1903年回上海，著《革命军》一书，提出建立"自由独立"的"中华共和国"，影响很大。章炳麟写了《革命军序》被捕入狱，邹容第二天就挺身出来营救，也被捕。他在狱中受尽折磨，于1905年4月3日病逝，年仅二十岁。《狱中答西狩》云：

> 我兄章枚叔，忧国心如焚。并世无知己，吾生苦不文。
> 一朝沦地狱，何日扫妖氛？昨夜梦和尔，同兴革命军。

秋瑾（1878—1907）字璿卿，一字竞雄，又称鉴湖女侠，浙江会稽人，近代一女英雄。官僚家庭出身，十八岁嫁湘人王廷钧。1902年随夫到北京，受新思潮的冲击，立志救民族，解放妇女。1904年东渡日本，加入光复会和同盟会。1906年回国，在上海办《中国女报》。1907年春回绍兴主持大通学堂，与徐锡麟相约同时分别在浙江和安徽起义。1907年7月徐在安庆起义失败，她也在绍兴被捕殉难。诗词多忧国伤时、献身革命的豪情壮志。如《黄海舟中日人索句并见日俄战争地图》云：

> 万里乘风去复来，只身东海挟春雷。忍看图画移颜色，
> 肯使江山付劫灰？浊酒不消忧国泪，救时应仗出群才。拼将
> 十万头颅血，须把乾坤力挽回。

又如《日人石井君索和用原韵》云：

> 漫云女子不英雄，万里乘风独向东。诗思一帆海空阔，
> 梦魂三岛月玲珑。铜驼已陷悲回首，汗马终惭未有功。如许
> 伤心家国恨，那堪客里度春风！

爱国豪迈的感情和气概跃然纸上。她不仅是个诗人，还是个侠客

378

斗士。她写了有名的《宝刀歌》、《宝剑歌》、《剑歌》、《宝剑诗》、《红毛刀歌》等，不断地歌咏刀剑，强调战斗，不惜自我牺牲。她说："吾自庚子以来，已置吾生命于不顾，即不获成功而死，亦我所不悔也"（《致王时泽书》）。她还写了弹词《精卫石》，女主人公黄鞠瑞，出身书香门第，性刚强，不堪封建家教的压迫。后东渡日本参加革命活动；活画出一个求革命、求解放的女英雄形象，模特儿就是她自己。

苏曼殊（1884—1918）原名玄瑛，字子谷，出家后号曼殊，广东香山县人，父母为日本人，父早死，1889年随后父归中国，不久后父又死。他十二岁剃发为僧，又从西班牙庄湘处士学英、法文，后又赴日在上野美术学校学画二年，在早稻田大学学政治三年，学陆军八个月，为抗俄而编入义勇队。二十岁（1903）回国，在长沙、苏州、芜湖等地教书，为《民报》编译组稿。第二年去暹逻、锡兰、印度学习梵文，编《梵文典》八卷。此后，他飞锡中、日、东南亚各地，写诗、作画、翻译、讲学，交游章太炎、柳亚子、陈独秀、刘季平等，女友有日本的调筝人、西班牙的雪鸿和女弟子何震。他的诗朴素、自然、清新，多半是身世、生活的表达。如《本事诗》之二云："春雨楼头尺八箫，何时归看浙江潮？芒鞋破钵无人识，踏过樱花第几桥！""丹顿、裴伦是我师，才如江海命如丝；朱弦休为佳人绝，孤愤酸情欲语谁？"但他也不忘忧时救国，如1903年准备回国投入革命斗争时写的《以诗并画留别汤国顿》二首："蹈海鲁连不帝秦，茫茫烟水着浮身。国民孤愤英雄泪，洒上鲛绡赠故人。""海天龙战血玄黄，披发长歌览大荒。易水萧萧人去也，一天明月白如霜。"又如1914年写的《东居杂诗十九首》之一：

流萤明灭夜悠悠，素女婵娟不耐秋。相逢莫问人间事，故国伤心只泪流！

当时袁世凯正任正式大总统，积极准备复辟帝制，诗人苦闷哀

379

伤。在爱国思情方面，他正和秋瑾成了对照。鉴湖女性而有**男儿好汉**的壮烈；曼殊男儿，而作儿女流泪的感伤。曼殊的更大贡献在于译诗，介绍拜伦、雪莱的诗作，编写《文学因缘》，较早地比较中西的文心，开风气之先。他译拜伦的《哀希腊》、《大海行》和《去国行》，带有丰盛的爱国情怀。他在《潮音跋》中说：

> 一时夜月照积雪，泛舟中禅寺湖，歌拜轮《哀希腊》之篇，歌巳哭，哭复歌，抗音与湖水相应。舟子惶然，疑其为精神病作也。

他哭的不只是自己的身世运命，而且把"故国伤心"和拜伦的"哀希腊"，融汇在一起了。

柳亚子(1886—1958)名弃疾，江苏吴江人。1906年加入同盟会，1909年组织"南社"。他的思想特点是能随社会的发展而不断前进。他写的诗很多，不少作品是为革命服务的。尤其是早期的作品：

> 北望中原涕泪多，胡尘惨淡汉山河。盲风晦雨凄其夜，起读先生正气歌。（《题张苍水集》）

> 啼红泣翠送年华，潦倒穷途哭酒家。梦里荒唐新甲子，樽前憔悴旧琵琶。箫心剑态愁无那，马角乌头恨未赊。便是买山归亦得，只愁清泪落天涯。（《将归留别海上诸子》二之二）

> 慢说天飞六月霜，珠沉玉碎不须伤。已拚侠骨成孤注，赢得英名震万方。碧血摧残酬祖国，怒潮鸣咽怨钱塘。于祠岳庙中间路，留取荒坟葬女郎。（《吊鉴湖秋女士》四之四）

诗总是带有几分浪漫主义成分的；但近代革命诗界却向着现实社会、国家描绘方面发展，反映现实，企图改革现实。正如茅盾在《柳亚子诗选·序》中所说的："柳先生的诗，反映了前清末

380

年直到新中国成立后这一长时期的历史，亦即从旧民主主义革命到社会主义革命的历史，称之为史诗，是名副其实的。"这段话不仅适用于柳亚子的诗，也适用于近代整个诗界。象朱琦、黄遵宪那样的近代诗史，固不必说，即使象秋瑾的理想、曼殊的感伤，也是对革命的现实而发的，都是反映现实的诗篇，并在理想和感伤中深含批判之意。

谴责小说

鲁迅说："戊戌变政既不成，越二年即庚子岁而有义和团之变，群乃知政府不足与图治，顿有掊击之意矣。其在小说，则揭发伏藏，显其弊恶，而于时政，严加纠禅，或更扩充，并及风俗。虽命意在于匡世，似与讽刺小说同伦，而辞气浮露，笔无藏锋，甚且过甚其辞，以合时人时好，则其度量技术之相去远矣，故别谓之谴责小说。"这些小说和《儒林外史》、《红楼梦》等批判现实主义高峰比较起来，批判的深度和写作技巧都相差很远，而"激化""浮露"为其特色。但在数量上却可说是中国小说的最繁荣时代，据统计，创作和翻译在一千种以上。晚清小说繁荣的原因有三：一是清廷腐朽到极点，揭露批判成了一时的风气。二是报刊发达，重视小说，加以鼓吹，如1897年，严复、夏曾佑在天津《国闻报》创刊号上刊登《本馆附印小说缘起》，1902年梁启超《论小说与群治之关系》，说小说有"熏、浸、刺、提"四种不可思议的神力。"欲新一国之民，不可不先新一国之小说。"三是翻译小说大量印行，一新耳目。

在清末或20世纪初的小说洪流中，以谴责小说或批判现实主义为文坛的主流。李伯元的《官场现形记》、吴趼人的《二十年目睹之怪现状》、曾朴的《孽海花》和刘鹗的《老残游记》被称为晚清四大谴责小说。

李伯元（1867—1907）名宝嘉，号南亭亭长，江苏武进人。

381

他在科举中屡试不第，心怀不满。到了上海，接触到许多新事物，更不满于清廷的腐朽。他起初办些小报，为俳谐嘲骂之文，记注倡优生活，但报馆工作有助于生活经验的积累和写作技巧的增长。在20世纪最初的六年里，写了《官场现行记》、《文明小史》、《活地狱》、《中国现形记》等长篇小说。

《官场现形记》全书六十回，由许多短篇蝉联而成。它描绘了各种各色的官僚群像。他们都见钱眼开，为了钱，卖官鬻爵，贪赃枉法，出卖祖国和自己的灵魂。小说中残杀人民的"英雄"胡统领（华若）被派到浙江严州去"剿匪"，害怕送命但又不敢不去，只得带着随员和军队一路耽搁，寻欢作乐。后来打听到严州没有匪了，他便率领人马，耀武扬威地开到乡下去。乡下人兵匪不分，十分害怕，纷纷躲逃，十室九空。胡统领下令把找到的老弱妇孺都捉起来，还放火烧房子，纵容兵丁抢劫村庄，奸淫妇女，无所不至。胡统领在大队人马洗劫之后，便东西南北，四乡八镇，整整兜了个大圈子，见无人起来抵敌，便班师凯旋。

这些官僚对人民作威作福；对洋人却卑躬屈膝。五十三回里有一段文制台接见洋人时的描写：

……巡捕见问，立刻趋前一步，说了声"回大帅的话：有客来拜"。话言未了，只见拍的一声响，那巡捕脸上早被大帅打了个耳刮子。接着听制台骂道："混帐忘八蛋！我当初怎么吩咐的？凡是我吃着饭，无论什么客来，不准上来回。你没有耳朵，没有听见？"说着举起腿来又是一脚。那巡捕挨了这顿打骂，索性泼出胆子来说道："因为这个客人是要紧的，与别的客不同。"制台道："他要紧，我不要紧！你说他与别的客不同，随你是谁，总不能盖过我！"巡捕道："回大帅，来的不是别人，是洋人。"那制台一听"洋人"二字，不知为何，顿时气焰矮了大半截，怔在那里半天；后首想了一想，蓦地起来，拍挞一声响，举起手来又打了巡捕一个耳刮子；接着骂道："混帐忘八蛋！我当是谁，原来是洋人！洋人来了，为什么不早回，叫他在外头等了这半天？"巡捕道："原来赶着上来回的，因见大人吃饭，所以在廊下等了一回。"制台听完，举起腿来又是一脚，说道："别的客不准回，洋人来，是有外国公事的，怎么好叫他在外头老等？糊涂混帐，还不快请进来！"

《文明小史》是《官场现形记》的姊妹篇，也是六十回，也是由许多短篇蝉联而成的，不过揭露的角度不同。它描绘清政府的腐朽无能，假维新派的投机取巧，自相矛盾，证明清政府的无可挽回。《活地狱》是由十五个故事组成，暴露封建衙门内的罪恶。恰似一幅幅血和泪的画面。

吴趼人（1866—1910）名沃尧，广东南海人，因居佛山镇，所以笔名我佛山人。出身于没落的官僚家庭，二十多岁到上海谋生。起初给日报写些短文，1902年在日本写长篇小说刊在梁启超所创办的《新小说》月刊。1906年回上海和周桂笙主编《月月小说》，从此专写小说，作品除《二十年目睹之怪现状》这部代表作外，还有《九命奇冤》、《痛史》、《劫余灰》、《恨海》等二十多部。

《二十年目睹之怪现状》一百零八回，编织了即将亡国的清帝国的图景。真实地反映了民族资本主义的初步发展，半殖民地大都会兴起的历史现象。文武大官只贪私利，不顾国家。例如在庐山问题上，只用总理衙门一位大臣写给江西巡抚的一封信，就白白送掉了一座庐山。信中道："台湾一省的地方，朝廷尚且拿它送给日本，何况区区一牯牛岭，值得什么？将就送了它吧！况且拿了回来，又不是你的产业，何苦呢？"你看这卖国的嘴脸！将领们平时贪污海军费用，战时听到炮声就仓皇逃遁。在中法战争中，中国兵轮只看到海上有一缕烟，就疑为法舰，便放水沉船，事后谎报被敌击沉。

383

当时的官场中只是钱的交易，官位是用钱买的，当了官就不顾廉耻，昧着良心干杀人不见血的勾当。如八十九回，苟观察（苟才）为了升官发财，竟跪逼守寡的儿媳妇去做制台的姨太太：

> 夫妻两个直走到少奶奶房里，双双跪下……苟才双眼垂泪道："媳妇呵！……救人一命，胜造七级浮图。望媳妇大发慈悲罢！"少奶奶到了此时，真是无可如何，只得说道："公公，婆婆，且先请起，凡事都可以从长计议。"苟才夫妻方才起来，姨妈便连忙来搀少奶奶起来，一同坐下。苟才先说道："这件事，本是我错在前头，此刻悔也来不及了……"少奶奶道："媳妇从小就知妇人从一而终的大义，所以自从寡居以后，便立志守节终身，……却不料变生意外。"说到这里就不说了。苟才站起来，便请了个安道："只望媳妇顺变达权，成全了我这件事，我苟氏生生世世不忘大恩。"少奶奶掩面大哭……苟太太一面和他拍着背，一面说道："少奶奶别哭，恐怕哭坏了身子啊！"少奶奶听说，咬牙切齿的踩着脚道："我此刻还是谁的少奶奶哟？"

他们"撕下了罩在家庭关系上的温情脉脉的面纱，把这种关系变成了纯粹的金钱关系"。作者虽然不理解这个社会变迁的原则，却从现实社会的怪现状中描绘了具体的事例。

《九命奇冤》是吴趼人的另一部作品，揭发雍正年间广东一件大奇案，借以反衬时代的黑暗。《痛史》写南宋末年贾似道等权奸的卖国求荣，歌颂坚决抗敌的爱国志士，以古喻今。

吴趼人的小说结构比《官场现形记》较为完整，如《二十年目睹之怪现状》以九死一生的行踪为主要线索，把许多怪现状串在一起，类似西欧的"流浪汉小说"的写法，散漫中有集中。

吴趼人运用了大量的讽刺手法，但不够切中，正如鲁迅所说："惜描写失之张皇，时或伤于溢恶，言违真实，则感人之力顿微，终不过连篇话柄，仅供闲散者谈笑之资而已。"这个评语也适

384

用于李伯元。他们二人还有个缺点，就是到晚年思想变得落后，反动，成了保皇党的应声虫。

刘鹗（1857—1909）字铁云，笔名洪都百炼生，江苏丹徒人。他喜好习西学，对数学、医学、水利学等都有成就。1888年，因治河有功，官至知府。他曾上书建议借外资筑路开矿，被人骂为"汉奸"。有远见的正确建议，常被加上罪名。在八国联军占领北京时，他到北京从俄军手中贱价买来太仓储粟，救济灾民。1908年，因顽固派大臣的陷害，以"私售仓粟"的罪名，谪徙新疆而死。

对刘鹗的冤枉，我们今天当给以正确的评议。他是一位近代实事求是的爱国主义者，他积极研究科学，把他所研究的水利之学应用在治理黄河上，颇奏功效。他主张借外资来筑路开矿，发展产业，是很有远见的经济思想。至于不理解义和团运动的作用，没有机会接触同盟会的革命的人物，那是他的时代局限。

《老残游记》（1906）也是一部比较优秀的谴责小说。全书二十回，以江湖医生老残的行踪为主线，描写所闻所见。自序中说：

> 吾人生今之时，有身世之感情，有国家之感情，有社会之感情，有种教之感情。其感情愈深者，其哭泣愈痛，此洪都百炼生所以有《老残游记》之作也。棋局已残，吾人将老，欲不哭泣也得乎？

作者是一个有科学头脑的实干家，有远见的经济思想家，要振兴中华而被顽固派所嫉视，虽经"百炼"仍无能为力，人老棋局残，还遭诬枉，只有老泪纵横，挥笔揭露清末吏治的残酷和贪赃而已。据他的考察，所谓"清官"对老百姓的为害比赃官更深。他说：

> 赃官可恨，人人知之；清官尤可恨，人多不知。盖赃官自知有病，不敢公然为非，清官则自以为不要钱，何所不

385

可？刚愎自用，小则杀人，大则误国，吾人亲目所见，不知凡几矣。

曹州知府玉贤是个残酷、昏瞆、自私的人，却被看做父母官，他那"道不拾遗"的政绩，是借用残酷杀人的方法取得的，未到一年就用站笼站死两千多人，用血腥的手段达到升官的目的。老残给玉贤写了一首诗：

得失沦肌髓，因之急事功。冤埋城阙暗，血染顶珠红。
处处鸺鹠雨，山山虎豹风。杀民如杀贼，太守是元戎！

老残还有个形象化的譬喻：

这些鸟雀虽然冻饿，却没有人放枪伤害他，又没有什么网罗来捉他。不过暂时饥寒，撑到明年开春，便快活不尽了。若象这曹州府的百姓呢，近几年的年岁，也就很不好。又有这么一个父母官，动不动就捉了去当强盗对待，用站笼站杀，吓得连一句话也说不出来，于饥寒之外，又多一层惧怕，岂不比这鸟雀还要苦吗？

《老残游记》的艺术特点在于自然风景和人物心理的描写。特别是对大明湖和千佛山的描绘：

只见对面千佛山上，梵宇僧楼与那苍松翠柏高下相间，红的火红，白的雪白，青的靛青，绿的碧绿；更有那一株半株的丹枫夹在里面，仿佛宋人赵千里的一幅大画，做了一架数十里长的屏风。正在叹赏不绝，忽听一声渔唱。低头看去，谁知那 明湖业已澄净的同镜子一般，那千佛山的倒影映在湖里，显得明明白白。那楼台树木格外光彩，觉得比上头的一个千佛山还要好看，还要清楚。这湖的南岸，上去便是街市，却有一层芦苇，密密遮住。现在正是着花的时候，一片白花映着带水气的斜阳，好似一条粉红绒毯，做了上下两个山的垫子。

曾朴（1872—1935）字孟朴，笔名东亚病夫，江苏常熟人。

386

他曾在同文馆学习法文，翻译过雨果的作品。当维新运动高潮时，他曾参加，并联名抗议杀害革命家秋瑾，后来堕落为立宪派和反动政客。1904年创办"小说林书社"，开始写《孽海花》。

《孽海花》初印本（1905）原署"爱自由者发起，东亚病夫编述"。"爱自由者"是他的朋友金天翮，先开始写五、六回，由曾朴修改并续写。1905年发表前十回，翌年续出十回，1907年发表二十一至二十五回，1927年再续十一回，并修改全书，于1928年出版了十五卷三十回的修改本。

小说反映了资产阶级民主革命的高潮，有一定的反帝反封建的革命倾向。以金雯青和傅彩云的故事为线索，描写清末政治和社会各个方面，封建统治者的腐败无能，帝国主义的侵略野心和革命志士们的活动。

主角金雯青是状元出身，表面道貌岸然，骨子里昏庸无能，身为朝廷的大员，对国境在那里却一窍不通，研究了多年的西北地理，却画不出国界的地图，最后化钱买了外国人伪造的地图，沾沾自喜地向上报功，结果上了大当，划错了疆界，使国家白白丧了八百里的国土。小说揭露海军无用，提督胆小如鼠。忠顺的卖国贼威严伯（影射李鸿章），在中法战争中，当爱国将领冯子材大败法国侵略军的时候，他竟与侵略者签订了割地赔款的可耻条约，在中日战争中，一心依靠外国的调解，坐误军机，结果订了可耻的卖国条约。还厚颜无耻地说："我们的兵，虽然打不了外国人，杀家里个把毛贼还是不费吹灰之力。"一副可鄙的洋奴嘴脸。

《孽海花》暴露比较深刻，而描写革命运动却单薄无力。它虽然也和其他的谴责小说一样，谴责多于歌颂，但毕竟提出了正面理想，初步具有一些革命的倾向。它在艺术上也是"流浪汉小说"式的联缀短篇，但比串珠式的直线联缀要复杂一些，而是他自己说的"蟠曲回旋"的伞式"珠花"。

387

"谴责小说"的作者对清末社会的病态观察得相当透彻，对革命的道路却看得不太清楚。他们到晚年，不免发生世界观上的矛盾，有似法国批判现实主义作家巴尔扎克(Honoré de Balzac)的保皇思想，他们的小说却给我们以认识的价值。

综看我国近代的诗人和作家们，**忧国忧民**，并向西方寻找振兴中华的道路，寻找真理。但他们一直没有找到真正适合我国国情的道路；即使似乎找到了，也被封建旧势力和帝国主义所粉碎。谴责小说的作家们只能谴责、批判，却不能给开灵验的药方。俄国的大批判现实主义作家列夫·托尔斯泰（Leo Tolstoi）是个伟大的艺术家，是俄国革命的一面镜子。但他所开的药方是可笑的。我们怎能责备谴责小说的作者不为我们开正式的药方呢？

五 现代文学的主潮

从五四运动（1919）到新中国的成立（1949），这三十年的文学被称为"现代文学"。这三十年的文艺思潮，粗看起来是相当紊乱的；但仔细考察，它的主潮仍是现实主义。因为近代后期到五四运动时期，先进的人物和年轻的一代，刚从旧思想、旧文化中挣脱出来，饥不择食地从西方输进各种新思潮，各种主义，一时形成混乱的现象；但其中最强大的主流却是现实主义。

五四时代思潮混乱的原因，除了我们自己饥不择食，什么书都看，什么新鲜的思想都要探讨一下的原因之外，西方思想界本身的紊乱也是重要的原因。我们的五四时代正是西方资本主义发展到帝国主义的阶段，欧洲世纪末颓废思潮泛滥于文坛的时代，同时又是无产阶级崛起，十月革命炮声隆隆的时代。所以西方各种现代派的思想都被介绍进来了，西方各国的传统文学思想也被介绍进来了，同时，马克思列宁主义和无产阶级文艺理论也被

388

介绍进来了，而且逐渐地占了领导的地位。

我国近代文化是资产阶级领导的民主主义文化；现代文化则是无产阶级领导的新民主主义文化。我国现代文学是无产阶级及其先锋队共产党领导的。文学为人民革命事业服务，是现代文学最光辉的战斗传统。

现实主义之所以为现代文学思潮的主流，首先是因为无产阶级革命现实的需要，"实事求是"为共产党的基本精神；其次是因为我国近代文学的批判现实主义传统的影响。

我们观察现代文学三十年（1919—1949）的思潮，要看总的趋势，不要从某一文学团体或某一文学刊物去看。五四以来新文学运动普遍到全国各地，文学团体和刊物如雨后春笋，不可胜数。茅盾在《中国新文学大系小说一集》的《导言》里说，仅就《小说月报》的统计，1922-1925年三年间，先后成立了的文学团体和刊物，就有一百多，实际上的数目要加倍。我们不可能把这些团体或刊物一一研究其思想趋势，只能综合地去看这个时代的大潮流，特别看它的主流。

新文学运动一开始，就提出三大主义：一，"推倒雕琢的，阿谀的贵族文学；建设平易的，抒情的国民文学"。二，"推倒陈腐的，铺张的古典文学；建设新鲜的，立诚的写实文学。"三，"推倒迂晦的，艰涩的山林文学；建设明瞭的，通俗的社会文学。"（陈独秀《文学革命论》，那时把现实主义叫做写实主义）。最初从国外介绍进来的是弱小民族文学（周作人），易卜生的问题剧，都德、莫泊桑的现实主义小说（胡适），正符合于三大主义。

五四以后，相继出现了两个影响最大的文学团体，文学研究会和创造社。前者旗帜鲜明，主张现实主义，沈雁冰（茅盾）的文章《近代文学何以重要》和《自然主义与现代小说》可为代表。后者起初虽有浪漫的倾向，但不久便转向现实。成仿吾论新文学的使命时说："……我们要进而把住时代，有意识地将它表现出来。……要取严肃的态度加以精密的观察与公正的批评。"完全是现实主义的态度。郭沫若的牧歌情趣，郁达夫被视为颓废派，确有浪漫气味；但他们以自己生活的实录，表现了时代，况且他们不久也走上新现实主义的道路。

综看现代三十年中有成就的作家和代表作品，可以得出一个结论：主流是从传统现实主义走向新现实主义。有的作家本身的风格接近于现实主义；有的接受了近代批判现实主义的影响而进入新时代的现实主义；有的则从浪漫主义转入新的现实主义。当时所谓的"新现实主义"，就是毛泽东同志在《在延安文艺座谈会上的讲话》中提到过的"社会主义的现实主义"，这和苏联的"社会主义现实主义"近似，却是有中国特色的新写作方法。其实是和革命浪漫主义相结合的革命现实主义。这里不从定义出发，却要具体地从优秀作家、诗人，看他们的实践。

鲁迅（1881—1936）原名周树人，浙江绍兴人，现代文学的奠基者。他在日本学习时如饥似渴地阅读西方的学说，寻求救国之道。他起初学医，后来改学文学，认为学医不过是强健国民的体魄，不如文学可以强健国民的思想。他起初介绍19世纪浪漫诗人和各种现代派的思潮，如1907年写的《摩罗诗力说》，把西方浪漫主义中所谓恶魔派的诗人作一个系统的介绍。他在二十年代又译了厨川白村的《苦闷的象征》和坂坦鹰穗的《近代美术史潮论》介绍了西欧各现代派的文艺思潮，如意识流说，如象征主义、表现主义、未来主义等等。因此，有人说他在文学活动中，最初是浪漫主义的介绍者。这是合于革命青年文学者发展的某种思想规律的。他在青年血气旺盛时，爱国心切，"灵台无计逃神矢，风雨如磐暗故园。寄意寒星荃不察，我以我血荐轩辕！"富于革命的理想，因此诗中多浪漫主义的成分，对于外国诗则喜欢拜伦、雪莱的作品。随着年龄和社会经验的增长，作品中的现实主

390

义成分也增长了。

拿鲁迅的小说作品集子《呐喊》和《彷徨》来比较一下，就可看出这一变化。《呐喊》早出，富于热情，表现了对吃人礼教的反抗；《彷徨》较后出，较多冷静的分析，有较深的刻画。《狂人日记》是他的第一篇杰出的文学创作，从狂人的口中，对封建礼教的人吃人作了彻底的批判，最后喊出"救救孩子"的呼声。但是没有说出如何救，由谁来救。这篇小说表明作者忧愤的深广，呼声深入人心。他的小说代表作《阿Q正传》反映广大农民的悲惨生活，和没有民主革命觉悟的可悲。暴露并批判了国民性的弱点，哀其不幸，怒其不争。写作的目的是要劳动人民奋起革命，但怎样革命呢？作者那时还不太清楚。

《彷徨》中的《祝福》和《离婚》写于《阿Q正传》以后的两、三年。写农村妇女的悲剧生活。祥林嫂是农村妇女最悲惨的典型。全部封建宗法的四条绳索——政权、族权、神权、夫权，不断地束缚着她。她新寡，不堪婆婆的管制，逃到鲁镇作佣人，自食其力，不久被绑回，逼嫁，把头撞在桌角上鲜血直流，第二丈夫死去后，儿子被狼叼走，再作佣人时，主人说她不洁，不许沾手祭品，受尽歧视，柳妈又告诉她阴间的锯刑如何可怕，要她到土地庙捐一条门槛作替身赎罪，给千人踏，万人跨。《祝福》对封建的四条绳索本质的揭露，其深度与广度都有新的突破。《离婚》中的爱姑，泼辣、能干，丈夫要离婚，整整闹了三年，最后请出城里豪绅七大人来调解。她表示顽强，但对七大人寄托希望，"专听吩咐"，表现出灵魂的弱点。劳动妇女在旧中国是被压在社会的最低层，分析妇女问题，有可能深刻地揭露封建统治的残酷性。鲁迅小说从这方面作较深的分析、批判，为中国革命做出了贡献。他受过近代批判现实主义和西方革命浪漫主义的影响，批判地继承而发展，为现代新现实主义奠定了基础。

1927年以后的鲁迅，斗争经验更加丰富了，加上马克思主义

391

的武装，如虎添翼。他晚期为了现实而搏斗，拿起他最拿手的文学形式——杂文,如匕首,如投枪,狠狠地鞭挞内外反动派。杂文短小精悍，运用灵活，可以说理，可以抒情，可以讽刺，可以歌颂，可以用形象，可以用逻辑，所向无敌。

在他的杂文中，不少用小故事来形象地指向敌人，给以致命伤；同时也给读者以愉快和休息。他的小故事，往往采自古书、外国书，也采自民间笑话，也有自己创造的，都切合现实的斗争。这些作品简直和散文诗一样，如《野草》中《立论》的故事：一家生了个男孩，满月时抱出来给客人看，有的说这孩子将来必发大财，有的说必做大官，都得到一番感谢；有一个客人说，孩子将来必要死，便遭到一顿毒打。做官发财都是谎言，死却是真话。谎言得到好报，真话遭到毒打。现实主义作家为难了，为了不说谎又不遭打，只得说："啊呀！这孩子呵！多么……。阿唷哈哈！Hehe！he，hehehe！"

鲁迅的《故事新编》取材于中国古代的历史、神话、传说。不是"博考文献"，而是"只取一点因由"反映历史的真实。历史上或神话传说上都写着中国的灵魂，指示未来的命运，只因涂饰太厚，废话太多，不容易看清。这些小说剔除了尘垢，让灵魂显明出来，目的是为了现实，全书贯穿着现实主义的精神。

郭沫若（1892—1978）原名开贞，四川乐山人，现代新诗的奠基者。他的第一本诗集《女神》，浪漫主义倾向很明显，热情奔放，要求革命，象火山爆发。他早期思想复杂，从近代民主革命，接受了"新学"，从西方作家吸收"纯艺术"和泛神论的观点，从十月革命、五四运动的激发，接受社会主义思想。1923年起，受到"二七"罢工和"五卅"斗争的影响，写了《文艺家的觉悟》和《革命与文学》，认为文学应该反映现实，为革命服务，主张文艺家应该"到兵间去，民间去，工厂间去，革命的旋涡中去。"1926年北伐战争开始，他便投笔从戎，任国民革命军总政治部副

392

主任。北伐后，参加了南昌起义并加入了共产党，写了诗集《恢复》。1928年逃亡日本，十年中用历史唯物论的观点研究中国古代史和古文字学。

抗日战争爆发，他不顾生命危险而回国，献身于抗战救亡运动，写了《战声集》、《蜩螗集》和许多政论文。历史剧《屈原》、《虎符》、《棠棣之花》等更能激起广大人民的爱国热情。解放后为全国文联主席、担任科学院院长职务，为新中国文化事业，呕心沥血，直到生命的最后一刻。

郭沫若后期的历史剧对抗战起了巨大的鼓舞作用。例如《屈原》一剧，在重庆初次上演时，就轰动了整个山城，激起了观众普遍的共鸣。1941年皖南事变前后，国民党反动派疯狂地执行消极抗战，积极反共的政策，《屈原》作者把愤怒体现在屈原身上，借屈原的时代象征当前的时代。剧的主人公独立不移，坚贞不屈，主张联齐抗秦，反对妥协苟安，但遭到怀王的拒绝和南后、靳尚等投降派的陷害，被革职，蒙受不白之冤。他喊道："你陷害的不是我，是我们整个的楚国啊！我是视死如归，曲直忠邪，自有千秋的判断！"作品除抒发个人感情外，还在反面人物身上表示诗人鲜明的憎恨。如南后的阴谋诡计，卑劣无耻。这是历史故事，但它是针对现实而做的，同时也反映了历史的真实。剧中也用了浪漫主义的手法，用想象添枝添叶，可以说是和浪漫主义结合的现实主义作品。

茅盾（1896—1981）原名沈德鸿，字雁冰，浙江桐乡人，杰出的现实主义作家。他生在"维新派"的家庭，父死遗嘱他去学工，以实业救国，他却学了文学。他从小就广泛地阅读旧小说和外国小说，中学时代便能滔滔不绝地讲述西洋文学史。1916年读完北京大学予科，因经济窘迫而辍学，任上海商务印书馆文学编辑。1920年参加共产主义小组活动，1921年发起文学研究会，主编改革后的《小说月报》，提出"为人生的艺术"。1923年兼任上

393

海大学教职。1926年在广州参加党领导的宣传工作，1927在武汉从事党的新闻工作，同年七月革命失败，在白色恐怖中避难庐山，后秘密回上海，创作第一部长篇小说《蚀》。

《蚀》由《动摇》、《幻灭》、《追求》三部组成，反映第一次大革命时期小资产阶级知识分子的思想和行动状态，收到"时代性作品"的美誉。

1932年完成的长篇《子夜》是茅盾的代表作。反映三十年代初期中国社会，通过典型环境和典型人物的描写，叙述当时中国在帝国主义的压迫下，更加殖民地化了，中国的民族资产阶级仍在帝国主义买办的淫威下挣扎，中国并没有走向资本主义发展的道路。

《子夜》除描绘了资产阶级之间的斗争情况外，还用六分之一的篇幅描写了工农群众的生活斗争。特别是工人罢工斗争的热潮，构成长篇重要的部分。《子夜》既暴露了旧中国的丑态和没落，也歌颂了革命人民的巨大力量，隐隐地指出了中国革命的前途。《子夜》不愧为中国第一部新现实主义的长篇小说。

茅盾的农村三部曲——《春蚕》、《秋收》、《残冬》和《林家铺子》是描写农村的优秀短篇小说，反映"一二八"以后农村受到帝国主义和国内反动统治压迫以致破产的真实情况。农村三部曲的主人公从莫明其妙的"丰收成灾"而大吃苦头，到逐渐觉悟，看到"造反"是对的，终于揭起革命的红旗，投身于革命的熔炉。《林家铺子》写一个乡镇小商人破产的悲剧命运。他铺子里仅存的一点"东洋货"，怕遭国民党党部查封，忍痛接受了反动当局的敲诈勒索四百元，忍痛削价出售，又遭战火的威胁、绑票，局长的霸占林小姐，弄得倾家荡产，终于出走，表示对那伙坏蛋的反抗，中国小资产阶级的反抗。这些短篇也是新现实主义的作品，代表新时代新的文艺思潮的发端。

老舍（1899—1966）原名舒庆春，字舍予，满族，生于北京

394

城一个贫民家庭，1913—1917在北京师范学校学习，曾任小学校长，天津南开学校语文教员。1924年为伦敦大学东方学院中文教员，写了三部长篇小说《老张的哲学》、《赵子曰》、《二马》。前二者淋漓尽致地讽刺了我国小市民的精神面貌；后者表现中国和外国的风土人情，风趣横生。这三部长篇讽刺小说，富于幽默，技巧纯熟，别具一格。1929年写的中篇《小坡的生日》，以南洋为背景，表现了殖民地人民的思想感情，也生动有趣。

1930年，他回国在齐鲁大学、山东大学任教。因左翼文艺运动的勃兴，他在创作上也做了些新的尝试，有了新的成就。1933年写的《离婚》，1937年写的《骆驼祥子》是他自己得意的作品，后者更是脍炙人口，是他在三十年代的代表作。《骆驼祥子》以二十年代军阀时代黑暗社会为背景，通过人力车夫祥子被压迫的悲剧命运，控诉了半封建半殖民地的吃人的社会。兵匪对人民的蹂躏，特别的敲诈、迫害，拴车主对车夫血汗的榨取，公馆的老爷太太对"下等人"的侮辱，老车夫的昏厥，年轻女孩在森林中吊死等，构成一幅残酷的活地狱长卷。一面深入地描绘，一面抒发自己对黑暗社会的愤怒控诉。不足之处是看不到出路，虽然它是现实主义作品中占一席地的杰作。

抗日战争爆发后，老舍满怀爱国的热情到了重庆，曾主持全国文艺界抗敌协会，从事抗战文艺运动。这时期里，他写了《残雾》、《面子问题》、《张自忠》、《天地龙蛇》、《归去来兮》等剧本，长篇小说《火葬》，短篇小说《火车集》、《贫血集》、《东海巴山集》和诗集《剑北集》，鼓舞人民的抗日情绪和斗志。

1944—1947年间，他写了百万字的《四世同堂》三部曲，反映并歌颂了北京人民不屈不挠的斗争。这是他向新现实主义迈进的第一步。解放以后，在新现实主义的创作上取得更光辉的成绩。

巴金1904年生，原名李芾甘，四川成都人。生在封建官僚大家庭里，但母亲比较开明，使他从小同情劳动人民的悲苦遭遇。先在成都外语专门学校学习法语，1923年东下，入东南大学附中补习班。1927年留学法国，1928年回国。受无政府主义的影响，翻译克鲁泡特金的《论理学的起源和发展》（上卷）并和无政府主义者来往，崇拜启蒙思想家卢梭。巴金初期的创作如《灭亡》、《新生》、《爱情的三部曲》（《雾》、《雨》、《电》）都显示着无政府主义的影响。《灭亡》和《新生》的主人公杜大心，立志负担起人间的恨和自己的恨来毁灭这个世界，立誓牺牲自己个人幸福来拯救人类，走上暗杀的道路。他打伤戒严司令以后牺牲了，司令没有死，反倒升官发财了。《爱情的三部曲》描写了一群小资产阶级知识青年反抗黑暗社会的斗争，其中有各种类型知识青年的精神面貌，但却没有接受党的领导，真正走上革命道路的知识分子。作者歌颂的可以说是列宁的哥哥所走的道路，而不是列宁的道路。

巴金的代表作《激流三部曲》（《家》、《春》、《秋》）近半个世纪以来都受广大读者的欢迎，特别是《家》，鼓舞和启发了知识青年反封建的勇气，帮助认识封建礼教和旧家庭的罪恶。作者以自己的生活经验为基础，通过一个封建大家庭的腐朽、没落，反映现代中国社会变迁的历史，反映五四时期老一代的专制、卑劣和堕落，青年一代的痛苦、反抗和新生。高家的"少爷"觉慧、觉民，由于接受了新思潮的影响，对高家的生活秩序不满和反感，强烈要求个性解放和婚姻自由。故事以觉慧在五四浪潮的冲激下，参加了社会活动，终于离家出走为线索，层层揭开封建家庭的内幕，表现各个人物的不同地位、性格、遭遇和命运。

巴金是我国现代革命民主主义文学的杰出作家，在新的现实主义思潮中的成绩辉煌。他的《激流三部曲》是从他亲自生活经验中提炼出来的事件和人物，不是抄袭自然，而是创造、塑刻成

396

典型的形象。他善于挖掘人物的内心世界，善于在纷繁的场面里，在众多人物活动中描绘不同的形象和命运，并以抒情的语言表达出来。巴金这时期的现实主义是革命民主主义时代的现实主义，它在批判旧社会黑暗的同时，揭开新生的曙光。但还不是社会主义的现实主义。

新剧（后来称话剧）运动在中国有两个中心地，在南方的是上海，1907年由春柳社从日本传来，对革命有推动作用，在斗争中产生了各个剧团和刊物，产生了有影响的剧作家，如欧阳予倩、田汉、洪深等创作了《获虎之夜》、《赵阎王》等现实主义的剧作。在北方的新剧运动中心地是天津，南开新剧团在张彭春的指导下，周恩来等认真苦干中，演出了世界名剧《娜拉》、《国民公敌》、《财旺》即《吝啬鬼》和创作的《一元钱》、《一念差》等，誉满华北。在这个中心地，培养了著名的剧作家如曹禺。

曹禺1910年生，原名万家宝，原籍湖北潜江，生在天津一个没落的封建家庭。在南开中学学习时就参加了北方最早的业余戏剧团体之一"南开新剧团"，主演过易卜生的《娜拉》、莫里哀的《吝啬鬼》。1928年进南开大学后，仍对易卜生、契诃夫、莎士比亚的剧作有浓厚的兴趣；到大学二年级后转入清华大学西语系，系统地阅读西方的文学名著。同时，随着新民主主义革命的不断深入，封建势力的急遽崩溃，形成了他的革命民主主义的世界观。

1934年，曹禺发表了他的第一部成功的作品《雷雨》。真实的现实生活内容和精心结撰的戏剧技巧，一问世，便在国内外引起热烈的反响。我们透过这个剧本所揭露的家庭内幕，可以看到半殖民地半封建社会的必然灭亡的命运。

《雷雨》以1924年的中国社会为背景。中国共产党新成立之后，第一次大革命的前夕，阶级矛盾正趋激烈。中国封建势力在帝国主义的支持下，对劳动人民压迫更加残酷了。作者面对这个现实"发泄着被抑压的愤懑，抨击着中国的家庭和社会"。（曹禺《雷雨序》）在一个大家庭里面，包含周、鲁两姓的人，属于两个阶级，有剥削与被剥削的关系，有两种思想（新生和反动）的冲突，是整个社会的缩影，显示现实主义艺术的巨大力量。

《雷雨》包含社会生活的量太大，关系太复杂，在作者巧妙的安排下，构成一个雄大的悲剧，矛盾越纠缠越难解决，最后运用了莎士比亚大刀阔斧的手段，让各种人物在雷电的恐怖中一一死去而结束。不足之处是对悲剧根源的认识还欠清楚。作者认为"在这个斗争的背后有一个主宰来使用它的管辖"，"在《雷雨》里，宇宙象一口残酷的井，落在里面怎样呼号也难逃脱这个黑暗的坑。"（见上序）缺乏工人阶级斗争必然会胜利的信念。作者在《雷雨》中的现实主义还是五四时代后期的现实主义。

《日出》是曹禺于1936年发表的另一名剧，其社会背景比《雷雨》更加广阔，人物更复杂，矛盾冲突更紧张多样。剧本通过交际花陈白露，联系最上层和最下层。陈白露是半封建半殖民地社会的产物。她依附资产阶级而生存。她放荡，追求糜烂的生活，承欢卖笑，显示有周旋、应酬的能力。当她独处的时候又顾影自怜，感到灵魂的空虚。她虽然有心帮助被压迫的"小东西"，同情知识分子方达生，但放荡不羁的生活，玩世不恭的生活态度，腐蚀她的灵魂，陷入矛盾的心情，无法自拔，终于在"日出"之前结束了自己的生命。

陈白露周围的上层社会是个鬼域世界，银行经理潘月亭荒淫无耻，投机倒把，终被买办金八弄得破家荡产；还有张乔治洋奴气十足；顾八奶奶庸俗可厌；流氓黑三气焰嚣张。下层人物有银行小职员黄省三，月薪十元二角五，捉襟见肘，全家自杀；翠喜为了一家老小而出卖肉体；"小东西"逃不出黑三的魔爪，成了榨取金钱的牺牲品。《日出》的光明只有从幕后传来的工人打夯声。《日出》的现实主义已经走到社会主义现实主义的坛前，有待他再前进一步。

后来，曹禺又写了《原野》、《蜕变》、《北京人》、《家》等剧，积极追求光明和理想。《原野》写农村的阶级斗争，一个农民向地主恶霸复仇的悲剧。因为作者对农村生活经验不足，超不出前两个剧本。在《蜕变》中出现了正面人物丁大夫，形象鲜明；爱国，有正义感，把自己的一切贡献给民族解放事业。但作者把梁专员理想化为新力量的代表是不典型的。

《北京人》和《家》，再次描写封建大家庭的溃败，青年一代的离家出走，艺术上更加圆熟了。

夏衍1900年生，原名沈端先，浙江杭州人。生于没落小地主家庭，三岁丧父，家道日益贫困。后留学日本，学电工技术。受狄更斯、契诃夫、高尔基的影响。1923年参加日本工人运动和左翼文艺运动。1927年被驱逐回国，在上海参加中国共产党。组织"艺术剧社"，提出无产阶级戏剧的口号。最早翻译高尔基的《母亲》，写过优秀的报告文学《包身工》，揭露日本纱厂主对工人的迫害惨状。

夏衍是中国戏剧界的主要领导人之一，写过许多剧本，如《赛金花》、《秋瑾传》、《上海屋檐下》、《心防》、《愁城记》、《法西斯细菌》、《芳草天涯》等。1937年写的《上海屋檐下》可说是他的代表作，富有舞台生命力。作者自己说该剧是"反映了上海这个畸形的社会中的一群小人物，反映他们的喜怒哀乐，从小人物的生活中反映了这个大的时代，让当时的观众听到些将要到来的时代的脚步声音。"① 这些小人物有失业青年黄家楣、世故的小学教师赵振宇、谨小慎微的小职员林志成、孤苦无依的李陵碑、被流氓所操纵的施小宝等，在阴沉难晴的黄梅天里

① 夏衍：《谈〈上海屋檐下〉的创作》，《剧本》1957年四月号。

399

矛盾着，斗争着，表现旧中国的一个侧面。革命者匡复，稍有觉悟的林志成和终于远离革命的彩玉，构成三角的戏剧冲突。匡复最后勇敢地为受难的人而出走，给悲剧带来乐观主义的色彩。

夏衍一开始就喜爱现实主义，狄更斯、契诃夫给他最初的影响，翻译《母亲》这部社会主义现实主义的小说，受益非浅。他在《上海屋檐下》的自序中说要"更深潜地学习更写实的方法"，就是新现实主义。

1942年党的整风运动和《在延安文艺座谈会上的讲话》的发表，开辟了现代文学的新阶段。确定文艺是为广大人民服务的，不是为少数人消遣的。提出社会主义的现实主义，有人不赞成。不赞成的原因可能是苏联的定义太烦琐了，变成教条了。周恩来的定义很简单："革命的现实主义和革命的理想主义结合起来，就是社会主义现实主义。"[①] 理想主义相当于浪漫主义。

延安文艺座谈会后，解放区的文艺创作面貌一新。歌剧如贺敬之等的《白毛女》、阮章竞的《赤叶河》和傅铎的《王秀鸾》；长篇叙事诗如李季的《王贵与李香香》、田间的《赶车传》、张志民的《死不着》等，都或多或少在现实主义里面含有浪漫主义成分。

整风后解放区的新小说更有成就。

赵树理（1906—1970）山西沁水人，生于贫农家。他是个具有新颖独特风格的小说家。1943年发表了《小二黑结婚》，立刻获得广大读者的欢迎，仅在太行一个区就销行了三四万册，还被搬上舞台。小说通过一代青年农民的恋爱故事，反映农民和封建势力的斗争。过去民主主义作家写恋爱事件时，大多是悲剧的结束，以阴郁的笔调，批判旧社会。赵树理则以明朗、热情、乐观的心情，歌颂新社会的胜利。这是新、旧现实主义的不同。此后

---

① 《周恩来论文艺》人民文学出版社版53页。

400

发表的《李有才板话》和《李家庄的变迁》反映了农民和地主阶级斗争，范围更扩大了，也更残酷剧烈了。揭露国民党反动派和军阀、豪绅勾结，卖国投降，歌颂共产党在人民中的崇高威望。表明只有共产党才能解放农民，发挥抗日的积极性，这主题有重大的现实意义。

全国解放前不久，有两部反映土改运动的长篇小说，即丁玲（1904—1986）的《太阳照在桑乾河上》和周立波（1908—1979）的《暴风骤雨》，是现实主义的新进展。丁玲自我总结说："从丰富的现实生活来看，在斗争初期，走在最前边的常常也不是崇高、完美无缺的人；但他们可以从这里前进，成为崇高、完美无缺的人"。"我不愿把张裕民写成一无缺点的英雄，也不愿把程仁写成了不起的农会主席。他们可以逐渐成为了不起的人，他们不可能一眨眼就成为英雄。但他们的确是在土改初期走在最前边的人，在那个时候实在是不可多得的人。"①用发展的观点来描写新人物的成长，塑造典型性格，是社会主义现实主义的新经验。周立波也描写了他所熟悉的"从斗争中涌现出来的农民积极分子"，描写了农村中新英雄人物茁壮成长的战斗历程。他的特点是注意人物细节的真实，并用真人真事作模特儿，仔细观察特定地区的风土民情，写得栩栩如生。

袁静和孔厥在1949年写成的《新儿女英雄传》，是一部反映抗日战争的优秀长篇小说。比较成功地用发展的观点塑造了牛大水、杨小梅、黑老蔡等几个共产党员的英雄形象，仔细刻画他们在革命斗争中成长的过程。

这时期解放区的短篇小说也有很大的成就，除上述的赵树理外，还有孙犁、刘白羽、康濯等。孙犁，1913年生，原名孙树勋，河北安平人。他的生活经历和文学上的成长过程，和赵树理

---

① 丁玲：《〈太阳照在桑乾河上〉重印前言》，人民文学出版社。

401

相似。他的创作却有他自己的一贯的风格。他以从容不迫的笔调，浓郁的抒情，洋溢着革命浪漫主义的气息。他从1939年开始，写了《邢兰》、《芦花荡》、《荷花淀》、《碑》、《嘱咐》等一系列优秀短篇小说。《荷花淀》是他的短篇代表作，和赵树理的《小二黑结婚》、康濯的《我的两家房东》等，同为反映解放区新农村的著名之作，第一批社会主义的现实主义新短篇小说。

402